U0529443

"山东省一流学科曲阜师范大学中国语言文学资助"出版

本书为国家社科基金项目"文化视阈下中国现代小城镇小说意义价值新探"（10BZW085）结项成果。

文化视阈下
中国现代小城小说研究

张瑞英 ◎ 著

中国社会科学出版社

图书在版编目（CIP）数据

文化视阈下中国现代小城小说研究/张瑞英著. —北京：中国社会科学出版社，2020.10
ISBN 978-7-5203-6992-3

Ⅰ.①文… Ⅱ.①张… Ⅲ.①都市小说—小说研究—中国—当代 Ⅳ.①I207.42

中国版本图书馆 CIP 数据核字（2020）第 151182 号

出 版 人	赵剑英
责任编辑	郭晓鸿
特约编辑	张金涛
责任校对	夏慧萍
责任印制	戴　宽

出　　版	中国社会科学出版社
社　　址	北京鼓楼西大街甲 158 号
邮　　编	100720
网　　址	http://www.csspw.cn
发 行 部	010-84083685
门 市 部	010-84029450
经　　销	新华书店及其他书店
印　　刷	北京明恒达印务有限公司
装　　订	廊坊市广阳区广增装订厂
版　　次	2020 年 10 月第 1 版
印　　次	2020 年 10 月第 1 次印刷
开　　本	710×1000　1/16
印　　张	25.25
插　　页	2
字　　数	360 千字
定　　价	138.00 元

凡购买中国社会科学出版社图书，如有质量问题请与本社营销中心联系调换
电话：010-84083683
版权所有　侵权必究

目 录
CONTENTS

绪　　论 …………………………………………………………… 1

上编　传统文化视阈下现代小城小说研究

第一章　传统文化视阈下小城生活"浮世绘" ………………… 31
　第一节　小城作家的书写立场及小城小说的观照对象 ………… 40
　第二节　小城作家的故园情怀 …………………………………… 56
　第三节　生命观照与现代中国"浮世绘" ……………………… 79

第二章　小城人的生存信仰和生命哲学 ………………………… 92
　第一节　民间信仰 ………………………………………………… 92
　第二节　宿命认知 ………………………………………………… 99
　第三节　柔弱者的生命哲学 ……………………………………… 118

第三章　现代文明背景下小城的"常"与"变" ……………… 133
　第一节　小城日常生活中的崇拜与信仰 ………………………… 134
　第二节　在梦与醒之间 …………………………………………… 137

中编　生态文化视阈下现代小城小说研究

第一章　生态文化视阈下的小城 …………………………… 155
　　第一节　得自天然的小城风情 ………………………… 155
　　第二节　熟悉的氛围——小城的流言与喧嚣 ………… 173
　　第三节　自家的故事——小城的人事风波 …………… 193

第二章　生态文化视阈下的小城小说 …………………… 217
　　第一节　自然纯朴的小城物事 ………………………… 218
　　第二节　小城伦理的自然生态 ………………………… 229
　　第三节　小城多元的生命形态 ………………………… 256

第三章　生态文化视阈下的小城作家 …………………… 271
　　第一节　"素人"写作 …………………………………… 271
　　第二节　摹写"素人" …………………………………… 285
　　第三节　真诚的生命关注 ……………………………… 299

下编　现代小城小说的叙事艺术

第一章　小城小说的言说艺术 …………………………… 333
　　第一节　不慌不忙的节奏 ……………………………… 334
　　第二节　轻描淡写的悲伤 ……………………………… 337
　　第三节　以细碎生活的描写认知生命形态 …………… 342

第二章　小城小说的叙事模式与叙事结构 ……………… 346
　　第一节　文体错综相间的叙事模式 …………………… 346

第二节　短篇系列组合式叙事结构 ·················· 351
第三节　"统一的观点"——以《呼兰河传》为例 ·········· 354

第三章　小城小说的叙事风格 ························ 361
第一节　萧红小说的"低徊趣味" ···················· 361
第二节　师陀小说冷隽内敛的叙事风格 ················ 377
第三节　沈从文小说叙事的情致化特征 ················ 383

参考文献 ································· 394

绪　　论

一　小城印象

提到小城，人们往往会有这样的印象：地方不大，山环水绕，有古树遮荫，有小桥流水，有悠悠曲巷，在不经意转弯处，会发现一两家别具风格的古朴小店或茶楼、酒肆。有时候还保留一两处古城墙，供人怀古凭吊，发思古之幽情。小城氛围幽静淡远，和谐安详，还带有一些神秘。费穆的电影《小城之春》具象化了人们心目中的小城形象及小城人生。

《小城之春》讲述了中华人民共和国成立前夕，中国南方一个平常的小城里简单的故事。因为经历了战争，处处是断壁残垣。但费穆似乎无意于强调战争给小城带来的创伤，战争只是故事的背景，人物之间情感、前途选择的纠结才是电影要表达的中心。影片中的小城除去几个主要人物，并未出现其他居民，好像是遗世独立的一个封闭的小世界。少妇周玉纹与生病的丈夫戴礼言过着平淡寡味的日子，双方都难以忍受这种无言的沉闷，但正如画外周玉纹的旁白："我没有勇气死去，他没有勇气活着。"日子还得这样熬下去，玉纹只能每天买完药到妹妹房里绣花，从妹妹身上看到些生机，或者独自到城墙上徘徊消遣。章志忱的到来打破了平静、沉闷的一切。健康活跃的章志忱不仅是戴礼言的好友，也是周玉纹曾经的恋人。志忱身上蓬勃的朝气不仅吸引了戴礼言活泼的妹妹戴秀，也让互相都未能忘怀的恋人重新点燃爱火。经过几番情与礼的挣扎、纠缠，章志忱决心离开这里，周玉纹也决定继续与丈夫生活下去，戴、周二人一起站在城墙上目送章志忱远去，影片在怅惘黯然与温情安宁中结束。这是典型的中国式情感演绎，静谧、沉闷的小城氛围中，影片在情感与理智、自由与责任、欲望和道德的种种纠结中，呈现了对生存的渴望、困惑、尴尬、痛苦，表现了每个人的角色定位与内心情感波澜的冲突。最后，影片结束于"发乎情止乎礼"的人生选择中。小城简单的故事，演绎的是普通人共有的生命体验。

这部电影只有五个人，三场内景，一场外景，九天剧情，1948年9月于上海上映没有得到多少关注，它被那些赞美革命、歌唱爱国的电影所淹没。但自从20世纪70年代被重新"发掘"出来后，很快成为民族电影的经典。《小城之春》之所以重焕光彩，其原因大致有三点：一是讲述了远离宏大叙事的普通故事；二是诗化的叙事风格；三是设置了一个普通却永恒的情感困境。

每个艺术家都有自己认知世界、表现世界的独特方式，但就其最终的艺术类型而言，不外乎叙事和抒情两大类。叙事类作品，是指那些关注社会现实，以艺术的方式"为……服务"，以实现某种教化为目的的创作。而抒情类作品，一是抒发个人情思志意；二是指那些以入世近俗的态度描写普通人的平凡生活，但同时又能超越特定现实与环境的束缚，关注普遍的人性，关心普通人的情感和命运的作品。"由入世近俗而达到深刻的认同，作者对普通人的平凡人生际遇，既不是居高临下的怜悯，更不是自命高雅的苛责，而是深切的体察与积极的内省。"①——这是《小城之春》给观众的最为基本的启示。

无独有偶，美国戏剧家桑顿·怀尔德②1938年创作的戏剧《小城风光》被称为20世纪早期美国乡村生活的风情画。这部戏剧撇开布景、道具和明确的故事线索等传统戏剧模式，不加任何渲染地描绘了格罗佛斯角人们的日常

---

① 季红真：《宇宙·自然·生命·人》，《读书》1986年第1期。
② 桑顿·怀尔德（Thornton Wilder, 1897—1975），美国20世纪上半叶著名小说家、剧作家。由于其父在中国领事馆任职，怀尔德童年的大部分时光是在中国度过的。他的戏剧代表作《小城风光》（Our Town, 1938）获得了普利策奖。他喜欢以生活琐事来表现人性，认为人性基本上是善良的，并且肯定一些人类长久遵循的道德价值。

生活，描写了小镇普通人生老病死的生命形态，以此讲述了人类从出生到死亡的生命循环。《小城风光》第一幕"日常生活"，第二幕"爱情与婚姻"，第三幕"死亡"。从每天的日常生活开始，到一步步走向死亡，剧作一点点深入到这个普通小镇生活的细微之处。整个剧作没有跌宕起伏的故事情节，也没有光彩照人的人物形象，讲述的完全是普通人的平凡故事，从新生的婴儿到日常琐事，再到爱情、婚姻直至死亡，一切都是在自然平静之中发生的。然而，剧作的深刻之处就在于作者在普通人的日常生活中融入了人生无常、生命神秘、宇宙无限的种种感触。就在小镇日常田园氛围的诗性描绘中使读者与观众领悟到生与死的日常与恒久，领悟到平凡生活的真谛。这是一个个体生命的存亡寓言。剧作展现了格罗佛斯角这个小城平凡的生活和浓郁的田园生活情调，作者力图在日常生活的琐事中演绎一种生命至高的价值理念——或许这是此剧成为美国戏剧经典的主要原因。

中外两部小城作品，一部重点阐释了人物的情感纠结，一部重点呈现了琐屑的日常生活，主角都是小城中的平凡人物，表现的都是对普通生活和平凡生命的回归。普通的小城生活寓言性地展现了人类生存和追求的平凡和恒久。怀尔德要表现的小镇，"从来没有什么了不起的人物"（《小城风光》第一幕），却与浩瀚的宇宙相通，小镇由此具有了永恒性寓意。正如第一幕结束时丽贝卡与乔治的对话：

> 丽贝卡：我从来没有告诉过你简·克罗夫特生病时牧师写给他的那封信。他给简写了一封信，信封上的地址是这样写的：美国新罕布什尔州萨顿县格罗弗斯角克罗夫特农场简·克罗夫特收。
>
> 乔治：那有什么好稀奇的？
>
> 丽贝卡：你听着，还没有完呢：美国、北美大陆、西半球、地球、太阳系、宇宙、上帝的意志——①

---

① Thornton Wilder, *Three Plays* (New York: Harper & Row, Publishers, 1957), p. 45.

简短的对话无限扩大了作品的象征意义。朴实的生活深入到生命的腹地，将战争、工厂、运动、谋杀等推开为远远的背景，回到晨起劳作、月下漫步、邻里关怀、家庭天伦的单纯生活之中。

小城生活是单纯的、恬然的、平静的、散淡的，小城无大事，有事也是杯水束薪之类的风波。每个人都在自己的位置上认真、努力地生活，尽着自己力所能及甚至力不能及的责任，以不同的方式证明着自己的存在、价值和尊严。

费穆的《小城之春》与怀尔德的《小城风光》互为补充、互为印证地表现了人生的平凡与恒久，或许正因为如此，他们在各自不同的地域、空间成为艺术经典，小城镇也被提示为有意味的空间。

二 小城的文学发现及小城文学梳理

费孝通《乡土中国》开篇第一句话就是："从基层上看去，中国社会是乡土性的。"① 向土里讨生活，以农为生的人，世代定居某地，倘若没有大的灾乱变动，很少迁移。聚族而居所形成的村落对周围其他村庄而言具有相对独立性。就村庄本身而言，是熟人社会，靠习惯和礼俗维持秩序，不习惯契约，但重诺守信。"乡土社会的信用并不是对契约的重视，而是发生于对一种行为的规矩熟悉到不假思索时的可靠性。"② 祖祖辈辈久居一地，彼此之间关系密切，亲情浓郁，对当地的一事一物皆了然于胸，生活经验、生活习俗代代传承，不需要多少思考、创新、变革，血缘的亲近、地缘的永久及生活方式的一成不变，让人自在、心安。所以，中国文学中的理想生活，无论是儒家的完美追求，还是道家的自然清净，佛家的出世脱俗，基本都是以田园乡村为落脚点的。文学自产生以来书写农村、农人、农事、农愁、农趣者居多，不同人眼中的田园牧歌与辛苦劳作，构成了中国文学源远流长、绵延不绝的表现主题。

---

① 费孝通：《乡土中国》，《乡土中国　生育制度》，北京大学出版社1998年版，第6页。
② 同上书，第10页。

与传统的乡土世界相对立的是城市生活。"当人类有剩余的食物允许劳动分工时，城市就产生了。分工是城市得以产生并存在下去的关键，但分工也是城市花园中的'毒蛇'，威胁着城市系统的秩序，制造无序和骚乱……都市人群，流动多变，让城市生活愈加不可预测。"① 城市是作为完全异于乡村的另一种空间及另一种生活方式而存在的。在中国漫长的历史上，在现代化工业影响到人们的普遍生活之前，城与乡具有一定程度的同构性。直到19世纪末20世纪初，近代工业的发展给人们的生活带来了前所未有的改变，出现了与以往完全不同的各种就业机会、生活门路。新潮文化引领的全新的生活理念及工业社会带来的物质享受和便利生活，使城与乡有了明显的差别，现代意义上的城市开始出现。

如果追溯城的起源，首先应区分"城"与"城市"的说法。"城"与"城市"虽然有联系，但无论在出现时间上还是功能侧重上都有区别。"城"是古老的概念，关于"城"与"郭"的出现可以追溯到黄帝时期②。那时的"城"，主要用于"卫君"和作为统治中心。"城市"出现则较晚③，其作用更侧重于社会经济内容。费孝通在对"乡土中国"的分析中谈到，村落的形成对经济上充分自给的农家来说，"并不是出于耕种技术上经济的需要，而是出于社会的需要，主要是亲属的联系和安全的保卫"④。所以，乡村建筑往往是堡垒式的，具有自卫性质。但这类自给自足的生活单位聚落，并不是普通所谓的"城"，城的形成是"为了功能分化而发生的集中形式"⑤。1947年，费孝通在《乡村·市镇·都会》中曾谈到小市镇的形成。乡、市的差别，在中国并不是农工的差别。小农制和乡村工业在中国经济的配合中有极长的历史，

---

① ［美］理查德·利罕（Lehan, R.）：《文学中的城市：知识与文化的历史》，吴子枫译，黄海福校，上海人民出版社2009年版，第10页。
② 《太平御览》卷一百九十三《居处部二十一·城》中引《轩辕本纪》云："黄帝筑城邑，造五城。"《吴越春秋》云："鲧筑城以卫君，造郭以居人，此城郭之始也。"
③ 有论者认为战国以前，只有"城"的概念，手工业区分布在城外。城、市二者逐渐合称，与中国封建社会商品经济的发展密不可分。参见北京古代建筑博物馆编著《中国古代建筑展》，中国民主法治出版社2012年版，第145页。
④ 费孝通：《论城·市·镇》，《乡土中国》，上海人民出版社2006年版，第133页。
⑤ 同上书，第134页。

乡村是传统中国农工并重的生产基地。因乡村生产者个人所生产的东西并不完全相同，他们需要到"街""集"等地交换生活用品。比较富庶的地方交换频繁，为了方便，"在这些集合的场所设立了为憩息之用的茶馆，为收货贩运者贮货的小仓库——成了一个永久性的小市镇"①。这种因为乡村贸易需要，从商业的基础上长成的永久性社区，称为"镇"，这是小城镇形成的渠道之一，这类市镇规模一般较小。还有一类城镇规模较大，起源于乡间地主利用手中的土地资源放地收租，以租金开当铺，贱收贵卖囤米赢利，放高利贷等，他们出租了土地，自己住到城镇里，这样的城镇因经济宽裕，吸引了裁缝、医生及制造首饰的各种工匠。相比于乡村的农业养生和都市的工业赚钱，这种自己不生产，靠坐收渔利、投机贩卖赢利发家的方式滋长了小城镇以投机为主的诡诈自私心理。在随后的《论城·市·镇》中，费孝通强调市镇和都会的区别，认为有必要把"没有受到现代工业影响的'城'和由于现代工业的发生而出现的'城'分开来说，前者称之作'市镇'，后者称之作'都会'"。还有一类小城镇的形成则源于军事需要。

在费孝通的论述中，谈到了乡村、都市、市镇三类空间。乡村自不必说，城市是指受现代工业发生而形成的都会，市镇则是指源于乡村集市贸易形成的小市镇，以及乡间地主租地放债居住一地形成的规模较大的市镇。除费先生所谈及的这两类市镇，还有一类小城镇生发于古代封邑、驿站，或者发展于军事驻地的遗址。这些市镇、城镇的发展、演变构成了我国两千多年来一直延续的建制县域内的政治、经济和文化中心。明、清以来，这类市镇、城镇发展迅速，人口几乎占到全国人口的三分之一，在近代社会结构的城与乡外，占有重要一脉。本书所用的"小城"概念，即是指这一类区别于乡村和都市的市镇、城镇。就小城的形成、发展来看，其文化基因主要体现为中国的传统文化，在现代中国转型时期，小城文化的表现不再是安稳的传统，而是传统文化在外来思想冲击下的颓败和转变。

人类生活是应该扎根于土地之中的，但"由于与滋养自己的外界源泉切

---

① 费孝通：《乡村·市镇·都会》，《乡土中国》，上海人民出版社2006年版，第127页。

断了联系，城市成了一个封闭的熵增系统，这导致了文明的衰退：为理性而牺牲本能，因科学而祛除神话，物物交换让位于金钱的抽象理论"①。城市现代化的物质生活虽然给民众带来很多生存的便利，但其理性、科学、唯实唯利的精神一直不为大多数人所接受，文人更是以"采菊""种豆"的自由劳作和牧童、短笛的田园牧歌为其人生理想。而城市小说内容除了爱情、传奇，也大多是对城市生存中人际关系淡漠、人性为名利异化等予以揭示和批判。

五四新文化运动打破了传统乡土文明与城市文明对垒中一边倒的情势，出现了两种思潮：以胡适、陈独秀为代表的西化思潮；以李大钊、毛泽东、恽代英为代表的民粹思潮。② 前者推崇包含物质文明和精神文明的西方现代城市文明，后者想延续并创造理想的乡村文明。表现在文学创作上，就出现了对待乡村和农民截然不同的两种态度。在前者看来，中国乡村、中国农民是落后、愚昧、麻木的，需要启蒙、改造，现代文明是对落后传统、习俗的烛照；在后者看来，中国乡村是我们赖以生存的家园，是我们灵魂的归宿，并为现代文明对乡村、农民固有的优良传统的侵蚀而痛心不已。五四新文化运动最基本的口号是"人的解放"和"个性解放"，呼吁大家从传统的等级秩序、伦理纲常中解放出来，回到自我，"我是我自己的"，自立并立人。五四新观念如一场思想洗礼，惊醒了大多数感受到新文化气息的青年人，但这种接受毕竟是外在性的、表面化的，内在的思想观念和处世心态是很难有彻底改变的，即便是接受了现代文明熏染的青年人，虽然向往都市现代文明，但骨子里的观念还是乡村的、传统的。况且，启蒙刚刚展开，救亡就压倒了一切，现实的生存焦虑造成的过度入世态度导致了对时代、对政治的极其关心，"人的解放""个性解放"的空间被大幅度挤压，在文学创作中就出现了两类作家甚至同一作家两种思想相互胶着纠结的状况。在由鲁迅所引领的乡土文学创作中，就出现了两种文学类型：田园诗般的浪漫派文学和批判乡村落后风俗文化的

---

① ［美］理查德·利罕（Lehan, R.）：《文学中的城市：知识与文化的历史》，吴子枫译，黄海福校，上海人民出版社2009年版，第8页。

② 李泽厚：《中国现代思想史》，东方出版社1987年版，第156页。

现实主义文学。而更多的乡土文学创作则是以现代理性文明思想烛照落后、衰败的故土家园，既有对乡土素朴传统的眷恋，也有对落后愚昧习俗的同情、批判。当然，也有顽强地接续五四以来以聚焦于个体的人、关注"人的解放"和"个性解放"、关注平民及其日常生活为主的乡土书写。

对现代作家的城市书写稍加梳理就会发现，大多数作家笔下的城市，无论是其生存方式还是思想观念都是被批判和否定的。茅盾《子夜》中情感、人伦的商业异化，新感觉派作家施蛰存、刘呐鸥、穆时英笔下上海滩的灯红酒绿，沈从文《八骏图》中知识分子在城市中的变异，等等，都从不同方面表达了作家们对城市生活的排斥与否定。郭沫若、师陀、王西彦等对城市混乱扭曲生活的呈现，更显示了作家们对城市弊病的共通性看法。或许作为城市外来者，这些作家因为对城市的难以融入以及对城市生活的异己感受，让他们对城市带有或多或少的偏见，而一直生活在北京的老舍对北京中下层市民生活的书写应该带有更多的客观性。《老张的哲学》《离婚》等在对北京传统文化中的中庸、保守思想予以否定的同时，眷恋、欣赏之情也时有不自觉的流露。但《骆驼祥子》却是实实在在地写出了一个健康、努力、有为的农村青年在城市各种力量的挤压下是如何一步步走向堕落的。从对城市文学书写的简单梳理中我们大致可以看出，现代作家对城市生活大多是持否定态度的，而对乡村世界的生活是留恋、向往的，虽然这种留恋、向往有时只是停留在精神层面。

在对乡村的回归向往中，不少作家表达了在现代文明烛照下对于故乡的那种离去—归来—离去的艰难选择，但在对城市、乡村进行多元向度和内在肌理的深入细致思考方面还略显不够，依然有二元对立之嫌。"现代作家对于乡村风光的赞美，确实是一种客观的再现，但是，现代作家仅仅选择乡村的美点去写，并由此写出乡村与城市之间的巨大文化落差，在两者之间，选择前者作为社会发展的基点，体现的恰恰不是向前看的心态，而是向后看的情绪。现代作家在写城市的错综复杂时，只写它的紊乱态，不写它的多元存在、激烈竞争和其中蕴含的无限生命力，这就使得现代作家的描写城乡对立，体现的是一种价值选择"①，而没有真实全面地表现两种不同的生活样态。城市和乡村，在这里不仅仅是题材之别，更是对两种文化态度的选择，这种简单的归类书写，忽略了个体的"人"本身，不可能深入到人性深处，自然对城市和乡村的审美认识也是表层化、类型化的。有研究者将其文化局限性归为以下三点：一是基于传统义利观念的道德眼光。在此眼光下不去深究这种道德标准有多少合理性，当然也就淡化了传统道德与乡村社会对人性的压抑。二是缺少现代发展观念的审美眼光。和谐宁静的乡村之美是无可否认的，但进步总是要打破和谐的，进步所带来的变动不仅要革掉丑，也会影响到美的部分。为了得到更为合理丰富的物质和精神生活，就不能抱残守缺。三是停滞于自给自足的自然经济眼光。任何进步都要付出代价，男耕女织的农业文明模式在社会的进步发展中只能成为过去。"阅读中国现代作家的传记、创作谈和作品，会有一个有趣的发现：他们可以在不同程度上接受西方的民主意识、科学精神，但却很难接受西方的物质文明、商品经济规律。"② 这三种局限性归根结底还是传统的以自我为中心的观念在作祟，只愿接受传统的等级伦理秩序而不肯接受商业竞争的经济规律。这种在传统精神和现代技术之间的矛盾纠结体现在作家笔下，就是对自然风光、人伦天性的肯定，对破坏人际关系的商业竞争、腐蚀人性的物质利益的否定，对田园牧歌式生活的留恋。

相比于繁华都市与土地的日渐分离，小城与孕育万物、充满生机的大地乡村依然保持着千丝万缕的联系。不同于城市的理性、科学、唯实唯利，自然发展的小城还某种程度地保留着天然、淳朴的根性，所以小城人、小城建筑、小城习俗、小城氛围以及小城灵魂都显示出其自然本真的个性特征。小城因为地处一隅，各自为政，与各朝各代的主流社会始终保持着一定的距离，处于边缘的位置。这种不被主流社会关注、重视的结果，一方面形成了小城相对的寂寞、落后，另一方面给了小城保持自我、自由发展的空间。任何边

---

① 刘锋杰：《惊不破的桃源梦——略论中国现代文学中的城乡对立描写》，《南京理工大学学报》2004年第6期。

② 同上。

缘都有自己的中心。小城自身有其源于地域气候、传统习俗所形成的各自的特点：独特的宗教信仰、精神追求、崇尚习好及固有的生活习俗。一方水土养一方人，分布于各地的小城，其不同的自然环境、传统习俗决定着此地子民的思维方式和日常心理，这种思维方式和日常心理又反过来影响和铸就着此地的信仰习性、生活方式，小城的特点因此而越发明晰。就小范围的表象而言，各地小城自成一体，特色明显。透过各种不同的生存形态而探究其本质，就会发现各地不同生存方式背后本质性信仰、思维、追求的一致性，比如天人合一的生命观念，不偏不倚、折中调和的处世心态，众生平等的无差别心，等等。任何宏大的历史叙事都是每一个具体生命诉求的集合表现，就个体生命而言，源于其先天禀赋和生存境遇之不同，他们一生的努力与追求或为温饱，或为安居，或为儿女，或为民族，或为人类，尽管个体的追求千差万别，但都在努力争取着自己的尊严、证明着自己的价值。

美籍黎巴嫩阿拉伯作家纪伯伦曾说："假如一棵树来写自传，那也会像一个民族的历史。"[①]如果认真探寻生命痕迹，用心谛听心灵跃动，会发现任何一个细小的生命，都是一个丰赡、完整的世界，正所谓"一花一世界，一树一菩提"。进入任何一个这样的"微观世界"，会了解到各种关乎生命的故事，会认识到再简单的关系也有矛盾，再卑微的生命也有梦想，泥淖中的小草也在追求生命的尊严。组成生活、连缀生命的自然有精彩和飞扬的亮点，但更多的是日常安稳的底色。小城，作为有意味的空间存在，有着自己的成长演变轨迹，每一座小城都有自己丰富绵长的前生今世。小城因地域差异、遭际不同所展现出来的不一样的存在状态，正如千万个不一样的生命，构成了缤纷绚烂的大千世界。分布在中华大地版图上东西南北中各个方位、各个区域、各具特色的小城，构成了中国人生活样式的"浮世绘"。同时，每一座小城又都是一个缩微的中国，或者说每一座小城中都有一个中国，"有一个被时代影响又被时代忽略了的国度"[②]。

---

① ［黎］纪伯伦：《先知·沙与沫》，钱满素译，北京出版社出版集团2005年版，第92页。
② 熊培云：《一个村庄里的中国》，新星出版社2011年版，第1页。

绪　论

　　作为反映生活的语言艺术，文学作品往往以细腻的文笔、生动的形象来表现所观照对象的细微状貌，并深入观照对象的内在肌理，探寻其灵魂深处作为个体存在的本质属性，进而从这些个体存在属性中寻绎出带有普遍性特征的东西。小城文学就是对小城的传记性书写。

　　在中国版图上，小城因为历史悠久、数量众多、分布广泛而成为中华民族最有代表性的生存空间。小城小说是对存在于不同地域的具体小城之文学呈现，反映小城人生的小城文学也就成为我们民族生活与文化的某些影像记录，小城与小说合体融汇，就形成了"中国的日夜"。这是一个由系列短篇结构而成的散文体小说组合，每一地域的小城小说系列就是对此一地点的一个大的定点透视，这个大的定点又是由无数的生活场景及各种意义景观形成的散点透视所构成的。或许作者创作时各有怀抱，有以左翼的眼光对家乡的批判性谛视，有对故土乡情的诗性回望，有对自我成长记忆的捡拾整理，凡此种种，皆是从不同的视角对现代中国予以艺术呈现。假如我们超越落后与先进、新与旧、批判与赞美的二元对立观念，以生态学、人类学的视角回望检视这些小城作家对自己家乡的文学书写就会发现，这就是"中国的日夜"中葳蕤丛生的生命景观，其中是是非非的执着纠葛都是局部性、暂时性、片面性的个别表现，其最终的价值指向乃是具有普遍意义的各种生命形态和生存状况。传统的习惯性、稳定性、恒久性与现代的先进性、文明性及后现代的反文明、反科学都在小城作家的文本中有意无意地纠集在一起，将小城的存在状态、小城人的生命愿景共时性地综合到一起，小城小说也因此而成了极有意味的文学文本，小说中的小城也成为逐渐演变的传统生存样态的最后影像。

　　中国传统思想文化颇重中庸之道，追求中和之美。相比于喧嚣的都市和沉寂的乡村，小城幽静的环境、安适的生活、淡然的姿态、深厚的文化意蕴颇能符合大多数国人保守、内敛的处世心态，所以小城不仅是日常中国的空间存在形式，还是民族普遍心理的物质载体，更是大多数传统知识分子崇尚中庸之道、追求中和之美的心理投射。小城小说因为对小城方方面面的详尽

· 11 ·

描述而成为我们民族生存、发展的生动记录,对小城小说的研究也因此而具有了多向度、多层面的价值和意义。

三 小城文学研究综述

在中国现代文学史上,都市文学和乡土文学一直占据主流位置。都市文学观照的对象是现代都市的生活种种,关注的是都市人的生存方式与生命形态;乡土文学则基本上是现代作家以故园乡土中所发生的故事、所经历的生活为观照对象,关注的是"乡下人"的生存方式与生命形态。乡土文学的概念最早是由鲁迅提出的,他在《中国新文学大系·小说二集·导言》中说:"蹇先艾叙述过贵州,裴文中关心着榆关,凡在北京用笔写出他的胸臆来的人们,无论他自称为用主观或客观,其实往往是乡土文学,从北京这方面说,则是侨寓文学的作者。但这又非如勃兰兑斯(G. Brandes)所说的'侨民文学',侨寓的只是作者自己,却不是这作者所写的文章,因此也只见隐现着乡愁,很难有异域情调来开拓读者的心胸,或者眩耀他的眼界。"[①] 就鲁迅对"乡土文学"概念的界定来看,我们可有如下理解:一是"乡土文学"是地之子对故乡的回望眷恋,而这里的"地之子"包括"小城之子",这里的"乡土"即"故乡",既是农村田园,也指小城乡镇。二是"异域情调",则指"地之子"们在其乡土小说创作中所展示的具有地域文化特色的家乡人物、风情。三是故乡记忆及地域特色,最后的落脚点在"乡愁"。这样看来,小城是乡土的重要组成部分,小城文学是鲁迅所谓的"乡土文学"的题中应有之义。

1936年,茅盾在《关于乡土文学》一文中说:"关于'乡土文学',我以为单有了特殊的风土人情的描写,只不过像看一幅异域的图画,虽然引起我们的惊异,然而给我们的,只是好奇心的餍足。因此在特殊的风土人情而外,应当还有普遍性的与我们共同的对于命运的挣扎。一个只有游历家的眼光的作者,往往只能给我们以前者;必须是一个具有一定的世界观与人生观的作

[①] 鲁迅:《中国新文学大系·小说二集·导言》,上海文艺出版社2003年版,第9页。

者方能把后者作为主要的一点给予了我们。"① 茅盾这段话，总结了我国乡土文学的创作经验，是对乡土文学的科学总结。在这里，茅盾强调指出，"乡土文学"并非仅仅是对故乡风土人情和异域景致的描绘，还要关注普通百姓的"命运的挣扎"；作家不能仅仅以一个"游历家的眼光"看取乡土世界的自然风物与社会人情，而应该具有深刻的政治头脑和强烈的社会责任感，从乡村世界的风土人情中发掘出带有普遍性的东西。作为左翼作家的茅盾，欲将文学外围的政治立场、阶级观念等引入乡土文学的概念和创作。相较于鲁迅要在乡土文学中"写出他的胸臆""隐现着乡愁"的观点，茅盾对于"乡土文学"的定义似乎更强调其政治功能。在现代小城文学作品中，既有风土人情的描述，其中附丽着作家的"胸臆"和"乡愁"，也有以同情者的姿态表现普通百姓的"命运的挣扎"，更有以批判者的姿态揭橥乡村社会的黑暗落后、乡民的愚昧麻木。

小城作为独立的研究单元进入学术视野最早是在社会学领域。20 世纪 40 年代，费孝通先生就在《乡村·市镇·都会》中开始了对城镇社会的探索研究。随后，他在《论城·市·镇》《小城镇大问题》《乡土中国 生育制度》《小城四记》等论著中对小城社会予以了持续性关注。小城的文学发现及小城文学研究虽然比社会学领域稍晚一些，却更为细致、深入和生动。小城小说从不同的角度对小城做了传记式书写，既突出了小城的主要特色，也深入小城的深层肌理，挖掘出人类个性表象背后的共性心理。文学小城是小城生活加之于文学想象和文学想象加之于小城生活的持续不断的双重建构。沈从文笔下湘西凤凰小镇的世外桃源（《边城》），萧红笔下东北边陲呼兰小城的素朴粗豪（《呼兰河传》），李劼人笔下"天回镇"的世俗享乐（《死水微澜》），师陀笔下"果园城"的沉闷凝滞（《果园城记》），沙汀笔下川西北小镇的冷酷与温情（《一个秋天晚上》）……这些小城成就了小城小说，小城小说也将小城的魅力予以了充分展现。

小城小说向来是作为乡土小说的重要部分而被关注的。最早对中国现代

---

① 茅盾：《关于乡土文学》，《茅盾全集》第 21 卷，人民文学出版社 1991 年版，第 89 页。

小城小说予以研究的应该是吴福辉。他在为 1992 年出版的沙汀的"乡镇小说"选集所作的序中提出了"乡镇小说"的概念并作了这样的界定:"它应该是乡土小说的别体,是专事叙述乡镇的乡土小说。"① 虽然现代乡镇小说创作的源头可以追溯到鲁迅的"鲁镇""未庄"系列,但"真要寻找一位一生专注地描写中国宗法乡镇社会,并以此为自己全部艺术生命的作家,可能非沙汀莫属"②。

沙汀笔下川西北荒僻乡镇的面影是这样的:当街各种摊位——茶堂、烧饼摊、凉粉摊、赌摊,其间活动着各色人等——"斗行"、县衙差役、粮绅、光棍、鸡婆、乡村流氓,市面上充斥各种劣币,等等。小镇规模:两家面食店,三家鸡毛客栈,一家官店,五六爿茶馆,一条鹅卵石道,一个两级小学。镇上的生活:上茶馆、"打围鼓"、"讲圣谕"、闹土匪、听传闻。沙汀了解川西北乡镇的一切内幕和掌故,在现代精神烛照下,他"写出了一个'原始'的实力社会和由野蛮统治权力促成的人间悲喜剧,他的全部乡镇小说向今人诉说了刚刚逝去的中国社会究竟是什么,就显得更其真切。再看乡镇在中国传统文化结构中的地位,它是一切封建正统文化积淀的底层,举凡等级家长制度、宗法观念、闭关自守、盲目排外、男尊女卑、人身依附、以权代法,等等,都在这里通行无阻,长久保存(沙汀乡亲们的辫子是在辛亥很久之后,由把守城门的团丁、警察手执成衣匠使用的大剪刀强迫剪去的)。另一方面,乡间具有活力的民间文化又将乡镇作为献演的第一块广场。民间的质朴、重义、豁达、平均、坚韧、自强的精神,经过乡镇文化消费的恩物——四川茶馆,运用民间艺术、娱乐、节假、商市各种形式,与统治阶级的主流文化相抵触、相渗透,潜移默化地铸就乡镇人的性情脾胃、爱好习俗,铸就乡镇人的特殊风貌"③。沙汀对每一个乡民的社会地位,处于何种社会网络结点,都有准确的把握。在这里,最为活跃的是各式各样的恶人——"滥恶人""善恶

---

① 吴福辉:《乡镇小说·序》,沙汀《乡镇小说》,上海文艺出版社 1992 年版,第 2 页。
② 同上书,第 1 页。
③ 同上书,第 4—5 页。

人",他们心灵贫乏,但极富行动力,行为上的恶已经不自知到习以为常的程度。沙汀入木三分地刻画了在外乡人看来类似传奇的四川乡镇生活和乡镇人的行为方式,描摹了四川乡镇的世态与风情。吴福辉在对沙汀乡镇小说的分析中,不仅对"乡镇"和"乡镇小说"作了简单界定,并且借沙汀的乡镇小说第一次明确、细致地概括了乡镇小说不同于一般乡土小说的特点,而小镇作为观照对象也第一次以一个有面容、有规模、有精神的形象出现在文学作品中。值得注意的是,吴福辉在《乡镇小说·序》中还提到了"市镇"的概念,他虽然没有具体交代这一概念的内涵,但从上下文以及"乡镇通向市镇"的说法来看,"市镇"应该是比乡镇大一些,文明程度更高一些的小城。吴福辉对沙汀"乡镇小说"的研究,应该是最早的对小城小说予以特别关注的文学探讨,虽然这种探讨还比较简单,但其学术意义是毋庸置疑的。1993年,熊家良的《小城:在传统乡村与现代都市之间》[①] 对小城及小城文学作了较为明确的界定和较为系统的分析。此文首先肯定了小城在中国的客观存在,"小城社会与乡村社会、都市社会三足鼎立,是一个客观的事实";其次强调了小城区分于乡村与都市的社会、文化特征:在地理位置上,处于乡村与都市之间;在文化类型上,处于传统与现代之间。这些小城"既兼带乡村与都市的一些特点,又具有自己的独立品味"。该文进而指出了小城在连接都市与乡村方面所独具的价值:"乡村与都市的碰撞交流,乡村文化与都市文化的争斗融合,在某种意义上都是间接地通过小城而发生的,都是较为集中地体现在小城身上。""二十世纪中国社会的文化冲突与文化整合,是新与旧,现代与传统之间的起伏消长,分化组合。这种冲突与整合,传统与现代的碰撞、争斗、渗透和融解,较为集中地体现在'小城'之中。"熊家良特别强调了小城作为"两种文化的过渡带,接合部,交接点"所体现出的新与旧、中与西两种异质文化的冲突。指出小城"不仅是一个地理概念、社会概念,更是一个文化概念,也是一个文学概念",将小城社会与传统的乡村社会与都市社会区别开来,作为鼎之三足之一,并由此将小城文学与传统的乡土文学和都市

[①] 载《湖北民族学院学报》1993年第4期。

文学加以区分研究。小城及小城文学是两种思想文化冲突的重要体现与表现，也符合客观实际，符合启蒙救亡形势下主流思想意识。但该文对小城文化三种类型的划分以及对小城两类人物的划分①，颇有值得探讨商榷的地方。三种文化类型的划分，的确能涵盖小城因其成因而具有的不同文化特征，但"都市里的小城"也算小城，有边界不清之嫌。将小城的人物主体都看成"忙着生，忙着死"的愚夫愚妇，似有不妥。在笔者看来，正是这部分人以及这部分人的日常生活构成了小城生活及小城文学的主体，他们才是研究者应该仔细分析、研究、探讨的对象。两类人物的划分忽略掉了作为主体部分的"中间地带"。"痛苦的悲剧人物"和"畸形的喜剧人物"是小城容易被注意的人物，但毕竟是少数，是"浪花"而不是"底色"。

此后，有关小城镇小说研究分量较重的论文有栾梅健的《小城镇意识与中国新文学作家》②。该文首先肯定了中国新文学领域"反映小城镇生活的作品也有相当多的篇章"，然后从新文学作家的创作意识出发，指出在研究者经常关注的乡村意识和都市意识之外，还应该有小城镇意识。而小城镇意识是20世纪二三十年代中国新文学作家的主流文学意识，是"他们行为规范与审美特性的价值中枢"。而所谓小城镇意识则是文学史上一批有理想、有抱负，对市民心理、性格的改造负有神圣责任的独特的市民作家队伍，借用科学与民族的武器，以一种理性原则和近代人文精神对中国传统市民所作的全方位的观照。在此基础上，作者初步探讨了该类作品中某些特殊的文学现象。2001年，张磊的《城乡交响乐中的小城乐章——浅论现代作家的小城意识》③，在栾梅健观点的基础上阐发了相关见解。

---

① 三种文化类型为：以大小县城为其典型的物质形态，体现为外来信息与固有传统的冲突、碰撞和融合的过程；以都市里的胡同、弄堂、巷子等为其典型的物质形态，是都市社会中的传统文化部分地向小城社会的辐射；以乡村中的某些集镇、村落为其典型的物质形态，是乡村社会中的现代文化部分向小城社会的辐射。两类人物：一类是痛苦的悲剧人物；一类是畸形的喜剧人物。前一类又分为身负传统包袱，渴望新生活又走不出旧圈子的人物，如《小城三月》中的翠姨；一类是走出去了，因失望又回到原地，如《孤独者》中的魏连殳；还有一类是走出小城再没回来，精神始终孤独、空虚，如《孟安卿的堂兄弟》中的孟季卿。后一类畸形者如假洋鬼子之类。
② 载《现代文学研究丛刊》1997年第4期。
③ 载《山东师范大学学报》2001年第6期。

绪　论

　　2003年，熊家良提出了"小城文学"的构想，得到了杨剑龙、逄增玉等学者的积极响应和支持，他们共同组织了"小城文化与小城文学"笔谈①。首先，他们界定小城是与乡村、都市"既相联系又相区别；既兼带乡村与都市的一些特点，又具有自己的独立品味"的空间存在。杨剑龙的《小城文学的价值与研究方法谈》一文指出了小城文学是毋庸置疑的客观存在，探讨了"小城文学"的独特魅力和研究价值，并具体谈到了小城文学的研究方法与研究视角。认为小城文学的研究必须纳入文化的视阈，因为"小城的独特文化孕育出小城文学，以文化研究的方式可以更为深入准确地把握小城文学的底蕴与特点，既注意从传统文化的视角研究小城文学，更要从特定的地域文化的视角深入分析"。逄增玉的《文学视野中的小城镇形象及其价值》考察了以小城镇为观照和描写对象的"小城镇文学"的滥觞及发展。他认为，小城镇文学的滥觞者应首推鲁迅，"五四"时期，"鲁迅的不少以启蒙主义为主题追求的小说里，往往存在着一个以绍兴古镇为'模特'而虚构出来的'鲁镇'形象和空间"。"鲁镇"在鲁迅的小说里不仅是老中国灰色和悲剧人生发生的空间地域背景，而且它本身也是一个重要的形象和角色。该文还从中国人的情感、审美的角度加以概括云："小城镇人生、小城春秋成为中国人生活中既灰色又浪漫、既感伤又温柔的集体记忆。"三人的笔谈将"小城文学"作为一个问题集中讨论，较为全面地从"小城文学"的概念、特色、价值、源流以及研究方法、研究角度探讨了"小城文化与小城文学"的内在关联。这次笔谈虽然较为系统全面，但毕竟只是一个研究设想，提纲挈领，点到为止，甚至有些想法还止于一种初始性探索，真正具体深入的研究还有待于后续研究者的努力。但是，三人的笔谈不仅让我们看到了"小城文化与小城文学"是一个有意思的话题，还看到了在中国崇奉中庸之道、中和之美的传统文化背景下，来自小城并拥有小城人格、小城意识的一大批现代作家对小城镇文化所倾注的巨大热情和才情，以及同样拥有小城情结的读者对小城文学真诚的

---

① 载《镇江师范学院学报》2003年第5期。

阅读期待。稍后，对小城小说集中研究的学者有熊家良①和赵冬梅②。熊家良对小城的历史变革、小城文学的概念和内涵都作了较为细致的界定和叙述；对小城文化的冲突、演进，小城的地域自然特征对小城文化乃至小城作家、小城文学的影响，等等，作了较为全面而深入的思考。其研究成果由具体的文本表现切入，在地域文化和现代性视阈下，基于深刻的生命体验，对小城生活作了深入全面的探讨分析，为以后的小城文学研究奠定了良好的基础。赵冬梅对现代小城文学的研究路径与目的曾作过如下概括："经由文学中的小城故事、小城形象，经由写小城的人，来认识半个世纪前的中国小城，感觉那个时代的小城生活和生活于小城里的人，触摸那些写作者的心跳，总结现代文学乃至整个二十世纪中国文学的律动。"③相比于熊家良对小城文学研究的全面与深入，赵冬梅的研究更为感性，对小城小说的"审美"关注更多。值得一提的是，她对海峡两岸小城小说的研究扩大了小城小说研究的空间和视阈。武汉大学易竹贤、李莉的《小城镇题材创作与中国现代小说》④一文，对小城镇题材作了较为细致深入的分析，指出了小城镇题材的类型、文学价

---

① 熊家良先后发表的有关小城镇文学研究的论文主要有《三元并立结构中的小城文化与小城文学》（《湛江师范学院学报》2003年第10期）、《现代中国小城叙事中的"诗情"与"乡情"》（《首都师范大学学报》2003年第10期）、《茶馆酒店：中国现代小城叙事的核心化意象》（《东南大学学报》2006年第3期）、《"犹睡"的小城与觉醒者的永恒冲撞——中国现代文学中的小城叙事》（《名作欣赏》2007年第4期）、《现代性视阈中的现代中国小城文学》（《东北师大学报》2007年第5期）、《小城文学：一个地域文化空间的命题》（《文艺理论与批评》2007年第5期）、《"无常"与"日常"——论中国现代小城叙事中的生活图景》（《学术交流》2007年第6期）、《空间·故乡·童年——中国现代小城作家现象研究》（《宁夏社会科学》2007年第7期）等。此外，还有研究小城镇文学的专著《现代中国的小城文化与小城文学》（中国社会科学出版社2007年版）。

② 赵冬梅先后发表的有关小城镇文学研究的论文主要有《现代小说中的小城场景》（《北方论丛》2001年第1期）、《现代文学中的小城小说》（《文学评论丛刊》第五卷第1期）、《东西冲突中的现代小城文化》（《学术研究》2003年第4期）、《20世纪小城小说：一种独特的文学现象》（《南都学坛》2004年第2期）、《诗意与悲剧——中国现代小城小说的审美风格》（《南都学坛》2005年第7期）、《社会文化变迁与当代台湾的小城叙事》（《中国文化研究》2009年春之卷：上）、《当代台湾小城小说的谱系——兼与大陆小城小说比较》（《华文文学》2011年第6期）、《从空间向度谈当代女作家的小城写作》（《中国文化研究》2012年夏之卷）。此外，还有研究小城镇文学的专著《小城故事》（人民文学出版社2006年版）、《溯源与比较——当代海峡两岸的小城小说》（北京大学出版社2011年版）。

③ 赵冬梅：《小城故事·引言》，人民文学出版社2006年版，第9页。

④ 载《江汉论坛》2003年第11期。

绪 论

值及对中国现代小说研究的价值意义等。杨加印也较早对小城镇文学世界作了较为系统的探讨①。

除了概括性、纲领性的研究成果外,更多的期刊论文和硕士、博士学位论文从不同角度、不同层面对小城镇小说予以了更为细致、深入的研究。比如对师陀的小城小说研究②,对中国与西方、中国大陆与中国台湾地区小城小说的比较研究③,对某种地域文化影响下的小城小说的研究(比如巴蜀文化影响下的四川小城小说研究)④,生态视野下的小城文学研究⑤,以及对小城意识、小城镇人物与景观、小城小说的叙事与结构的研究⑥,对具体作品的个案研究⑦,等等。

---

① 杨加印:《小城镇文学世界——现代小说中的一道独特风景》,硕士学位论文,东北师范大学,2005 年。
② 有关师陀小城小说研究的成果主要有李素娟的《生存与历史的言说——师陀乡土小说创作的艺术探索与贡献》(河北师范大学硕士学位论文,2003 年)、倪艳的《讲故事的人——师陀小说的叙事技巧》(硕士学位论文,清华大学,2004 年)、陈晨的《现代人文视野中的乡土体验与文学想象——师陀创作论》(博士学位论文,山东大学,2006 年)、刘元和张炜的《中原小城的诗意衣饰——师陀小城小说文体特征论》(《集宁师专学报》2011 年第 3 期)、吴振文的《师陀小说"小城叙事"研究》(硕士学位论文,华中师范大学,2014 年)、陈天天的《空间转向视阈中的小城文学——论师陀〈果园城记〉的文化隐喻》(硕士学位论文,华中师范大学,2014 年)等。
③ 这方面的成果有赵冬梅的《社会文化变迁与当代台湾的小城叙事》(《中国文化研究》2009 年春之卷:上)、张军民和王骁勇的《〈果园城〉与〈小城畸人〉——对中外"小城叙事"的两个典范文本的个案分析》(《甘肃高师学报》2010 年第 1 期)、张军民的《中外"小城"文本的叙事模式》(《兰州大学学报》2010 年第 3 期)、赵冬梅的《当代台湾小城小说的谱系——兼与大陆小城小说比较》(《华文文学》2011 年第 6 期)、魏仁义的《论〈小城畸人〉中的自然主义因子》(硕士学位论文,湖南大学,2013 年)等。
④ 包括黄著的《现代文学巴蜀视野下的四川小城》(硕士学位论文,西南大学,2012 年)等。
⑤ 包括王巍的《生态文学视阈下的萧红创作研究》(硕士学位论文,东北师范大学,2012 年)、耿艳艳的《20 世纪小城小说的生态女性主义解读——以废名、沈从文、师陀、林斤澜和汪曾祺的创作为例》(《沧州师范学院学报》2015 年第 3 期)等。
⑥ 包括张磊的《城乡交响乐中的小城乐章——浅论现代作家的小城意识》(《山东师范大学学报》2001 年第 6 期)、李莉的《中国现代文学中的小城镇商人形象》(《孝感学院学报》2007 年第 5 期)、方珺的《小城世界与女性书写》(硕士学位论文,山东大学,2011 年)、杨琼的《城乡之间的风景——现代小说研究》(硕士学位论文,南京师范大学,2008 年)、周水涛的《论小城镇叙事小说的文体发育与成熟》(《西南大学学报》2014 年第 2 期)、王红玉的《师陀"空间书写"探微》(硕士学位论文,华中师范大学,2006 年)、李莉的《风俗叙事与中国现代小城镇小说结构的散文化》(《湖北工业大学学报》2008 年第 6 期)、叶永胜的《小城镇文学的系列组合叙事结构》(《贵州师范大学学报》2011 年第 6 期)等。
⑦ 包括贺仲明的《个人之爱与民族之痛的交融——以〈小城三月〉为例论萧红的创作个性及意义》(《吉林师范大学学报》2012 年第 2 期)等。

上述研究，大致聚焦于这样几个方面：一是通过文本细读分析小城镇小说的文本表现，包括小城人物、场景、结构，小城形象和意象，小城的文化意蕴，小城的诗意表达，等等；二是挖掘作家背后的小城意识及其形成原因；三是小城小说的各类比较研究；四是以文化研究的方式对小城小说的特点及底蕴予以把握。

值得注意的是叶永胜的《小城镇文学的系列组合叙事结构》[①]，该文认为小城镇小说的结构属于短篇系列组合，比如师陀的果园城系列。其实，不仅是某个作家小城创作的结构具有短篇系列的特点（如师陀的《果园城》），从中国现代文学中各地小城小说的总体来看，也具有系列短篇组合的结构特征。各地的小城小说是小的短篇系列组合，各地不同的短篇系列组合在一起构成大的短篇系列组合，这些大大小小的系列与组合，共同表现着现代中国生活样式的"浮世绘"。耿艳艳的《20 世纪小城小说的生态女性主义解读——以废名、沈从文、师陀、林斤澜和汪曾祺的创作为例》[②] 以生态女性主义理论解读小城小说，给研究者带来了极其有益的启发。而更多的学术成果则是对小城作家作品的个案研究，这些研究从不同的视角对小城文化和文学作了多方面的解析，丰富了小城文学研究的内涵，拓展了小城文学研究的空间。[③]

四　小城文学多维视阈研究之必要性

任何一个事物，无论其构造、内涵如何简单，都具有多面性，不同的观察角度会有不同的认识。如果想对其有相对客观或本质的了解，就要从不同的角度对其做全面的考察，并能透过纷繁的表面现象洞察其核心本质。小城、小城文学书写、小城文学研究涉及多个方面。首先是研究重点的确定，其次是对小城的定位，最后是立足点的确定。所谓研究重点，就是在小城、小城

[①] 载《贵州师范大学学报》2011 年第 6 期。
[②] 载《沧州师范学院学报》2015 年第 3 期。
[③] 包括王红玉的《师陀"空间书写"探微》（硕士学位论文，华中师范大学，2006 年）、王艳丽的《小城社会和小城文学——论沈从文、萧红、师陀笔下的小城世界》（硕士学位论文，河南大学，2006 年）、王巍的《生态文学视野下的萧红创作研究》（硕士学位论文，东北师范大学，2012 年）等。

文学、小城文学研究三者中，重点是小城还是小城文学。若为小城，其关注的重心是人类的生存形态；若为文学，则关注的重点是小城文化之载体的小城文学本身的特点和意义。其次，就小城的定位而言，或者把小城生活作为一种具有相对独立性的群体生存形式，或者把小城作为一个用以回忆及凭吊的人类梦境，或者只是把小城当作一个表达启蒙、革命等思想的载体。定位不同，小城的核心关注点也就不同，其评价标准也就不一样。就立足点而言，或是站在小城之内，作为小城子民感受小城，或是作为归来者或外来者（即茅盾所谓的"游历家"）对小城进行整体性俯瞰或理性地予以局部剖析，或者是对小城文学的文体样式、思想内涵、艺术特色等进行系统观照和研究。就小城本身而言，无论是对小城的文学发现还是社会历史钩沉，其间还是有个视野投放问题。如果把小城或小城文学置于传统文化视野中，或者置于生态文化视域下，或者就文学的审美表现予以思考，都会发现小城文学外在的表现形式和深潜的思想文化内涵是有极大差异的，其被关注、被研究、被阐释的多面性也就由此展开。作为一个具有漫长历史和丰富内涵的研究对象，任何单一的观照视角和叙述方式都是对"小城故事"有意或无意的遮蔽，会造成小城文化内涵的简化和意义的流失。将小城及小城文学置于不同的观照视野，从多个文化视角，以多种价值标准去考察小城，可以更好地接近、融入小城，理解小城丰厚的文化内涵。所以，本书将小城、小城文学、小城文学研究置于传统文化、生态视野、文学表现等维度进行考察，通过对叙事文本的细腻寻绎、挖掘，对现代中国小城的生命形态、生存状况及其文化价值予以深入细致的考察，以期对现代中国人的生存处境、生活样态和生命价值做别一维度的思考和阐释。

　　文学是人学。小城的文学发现及文学表现，本质还是对小城生活方式和小城人生命价值追求的关注。中国现代小城镇小说大都属于如鲁迅先生所谓的"侨寓文学"，其写作者大多具有双重身份，一是作为受过现代文明洗礼的现代知识分子和现代作家，城市的寄寓者、漂泊者；二是作为小城之子，有着小城文化所赋予的根深蒂固的独特意识。小城作家的双重身份决定了其小城文学创作所采用的观照视角是有差异的。当客寓他乡的小城作家感受到了现代文明的强烈冲击而有所不适，需要精神抚慰时，小城就成了其凭吊回忆、安顿灵魂之所；当小城作家接受了西方现代文明的洗礼，以启蒙、革命为己任时，小城相对闭塞的地理环境、相对沉闷的政治氛围、相对落后的社会生活以及封建宗法意识浓郁的家族观念等，都成了被否定、被批判的对象。这两方面的因素有时又综合作用于小城作家的情感思想中，缠夹纠结，无法截然分开。所以，在这些小城作家的叙事文本中，情感极其复杂，一面批判故土习俗的落后、愚昧和精神痼疾，一面沉湎于对故乡小城自然恬淡生活的温情记忆。于是，小城既是现代作家在回望小城时的美好梦境，又是剖析传统痼疾、揭示时代变迁的现实切片。两种情感交错融合，无论哪一种小城叙事概括起来都有内外两种表现视角。内视角：小城之子对小城的书写即为"侨寓文学"，是身在他乡、心回小城。对小城的重新审视，一种常用的方式就是回到老地方，不是远远地观望或站在某一制高点俯视，而是进得城来切身体会城中的生活、氛围，感受小城子民的生存理念和精神追求，与小城市民感同身受，和光共尘。在鲁迅的《祝福》《故乡》中，作家自己就是小城一员，无论是离去、归来，还是再离去，小城之子都在情感与理性、传统与现实的交错纠结中难以彻底摆脱对故乡的情感牵绊。在柔石的《二月》中，浙东小城芙蓉镇在初到的青年知识者萧涧秋眼中是安静、幽美的所在，随着他对芙蓉镇接触的逐渐深入，以及种种流言对他的冲击，他了解了这个静美之所内在涌动的种种暗流，这是一个"死气沉沉而交头接耳的旧社会"①，它排斥任何不符合这里观念和习惯的人和事，任何外来力量都不能触动这里的权势人物的利益。试图在这个"世外桃源"有些作为的萧涧秋，天真地以为以自己的善良、爱心可以尽情帮助需要帮助的人，可没想到无意中触动了小城的生活习惯和思维神经，伤及了权势者的利益和尊严，于是在芙蓉镇处处碰壁。他与陶岚的爱、对文嫂母子的帮助、对学生的文明教育以及他的种种思想和行为在小城中的投射，引来了小城中人表面的冷眼和背后的蜚语，最后不得

---

① 鲁迅：《柔石作〈二月〉小引》，《鲁迅全集》（4），人民文学出版社2005年版，第153页。

已而萧然离去。萧涧秋"仅是外来的一粒石子，所以轧了几下，发几声响，便被挤到女佛山——上海去了。他幸而还坚硬，没有变成润泽齿轮的油"①。进入小城，萧涧秋深刻体味到了芙蓉镇的压抑、腐朽与冷酷，他无力改变这里的任何一点。所谓的外视角，是小城作家对小城的整体生活、文化、制度、习俗的表现和思考。师陀的《果园城记》和沈从文的《边城》，都整体性地表现了小城的日常生活，既有对小城的外像呈现，也有对小城内部不同生活、不同人事的素描或速写。

对小城文学予以系统研究，不仅可以对小城人生做一文学意义上的探求，还可以借此探讨人类在生存方式方面的愿望和精神价值方面的追求。在现代工业文明和都市文明不断演进的过程中，人类对安适静逸、节奏徐缓的田园牧歌式的生活也越发向往，而环境幽静但交通不便、医疗和教育水平落后的乡村大大制约着人们的生活质量，处于喧嚣都市和沉寂乡村之间的小城却能满足人们在物质和精神两方面的追求，成了人们企望美好生活的理想之地。因此之故，研究小城文化和小城文学为我们的当下生活所提供的可资借鉴的意义和价值，就显得尤为必要和迫切。

以往的小城文学研究，或就小城文学本身加以探讨，从小城文学作者群的小城意识、小城心态及小城文学的文本呈现（比如小城人物、小城建筑、小城习俗）等方面去考察；或就小城与小城文学的关系进行研究。"不识庐山真面目，只缘身在此山中"，若想了解山之全貌、山之内涵，既要入乎其内，也要出乎其外。对小城文化的了解也应如此。我们既要深入研究小城与小城人二者之间多维度的双向关系，研究小城历史的"常"与"变"，又要站在一定的高度、一定的距离对小城作多角度、全方位的观察、分析、透视。比如将小城放在地域文化视野中发现其个性，置于传统文化视野中发现其个性中承续传统文化习俗的共性；将小城置于生态文化视野中，将其作为一个个鲜活的生命存在去观察、思考其自然生态、社会生态、文化生态的种种状况，去发掘众多作家在这个独特的生命存在中是如何体悟和表现小城的活力和魅

---

① 鲁迅：《柔石作〈二月〉小引》，《鲁迅全集》（4），人民文学出版社2005年版，第153页。

力的；将小城置于现代及后现代视野中去观察，会发现文明与传统、边缘与中心、偶然与必然并不是绝对的二元对立，它们之间的关系是可以互相转换甚至多元对接的。无论小城、乡村还是都市，都不仅仅是一种表现为建筑的、景观的物质存在，其中还充盈着鲜活的生命。人在不同的地域、环境中成长，自然会带有鲜明的该地域、环境文化所形成的印记，但人类的本质欲求在某些方面是一致的，有时候不一样甚至完全相反的表现竟然出于完全一致的原由。

  从小城文学的创作角度看，作家或者以启蒙的眼光予以观照，或者以左翼的眼光给以分析，或者以理想的生存环境和生命形态为表现主题，给健康的人性建造一座小庙。需要注意的有两点。一是这几个表现主题有时是难以截然区分开来的，只能说某一方面的倾向性更强一些。作家在回望自己生活过的小城时，情感是极为复杂的，有理性的审视、批判，也有温情的怀念、眷恋；有对理想人生的诗意表达，也有对人性困境的无奈述说，任何类型化、规律化的归纳概括都会有意义流失和思想遮蔽的偏颇。二是中国幅员辽阔，地形复杂，气候差别大，现代小城小说涉及东西南北不同地域方方面面的内容。不同地域的自然、文化、风习各有传承沿革，对小城小说所展现的丰富内容，任何一种概括都有其相对性、片面性。本书尝试对自新文化运动至中华人民共和国成立这段时期的小城镇小说作一整体性考察，根据各地地域文化之不同，选择中原、湖南、四川、东北、浙江等有代表性的地域及其代表性作家作品做一重点剖析，以点带面，以局部带整体，对中国现代文学中的小城小说做一番较为系统的梳理、分析和研究。对现代小城小说拟作以下几方面的考察、研究。第一，小城与文学——包括小城的概念界定、小城的历史沿革、小城的文学发现；小城小说中的小城生活、小城人及小城人的思想意识；小城小说之于中国现代文学的价值和意义。第二，小城与人类——将小城置于传统文化、地域文化、生态美学等不同的文化视阈中，努力发掘"小城故事"的丰富性和多面性。我们对"小城故事"不同视阈的多维思考，最后都旨在揭橥其最基本的生命形态和生存状况。将小城小说所反映的某一时期、某一地域普通人的生命形态和生存状况置于生态美学、传统文化、地域文化的观照视野下，考察其文化与人性的特点，分析在历史长河中属于人类自身的"常"与"变"，对当下人的生存状态及人生追求的认识是一种有价值的启示、参考和借鉴。第三，小城与环境——小城能够代表日常中国的空间存在形式，成为中国民族心理的空间呈现和中国知识分子的精神家园，这与小城的建筑设计、环境氛围、意境神韵等文化情趣有关，也与得自习惯的生活传统、风土人情、小城人本真的生命形态及小城书写者浓郁的故园情结有关。在现代快节奏的生活中，人们的身心被挤压，生命日渐平面化、符号化，而小城镇的存在却宛如一个个神秘久远的故事，其中悠长的韵味滋润了现代人日渐干涸的心田，敏感了机械、麻木的身心，令人憧憬向往。考察现代文学中有代表性的小城书写，就会发现它们不同于同时代其他类型化创作的独特艺术魅力。

在以往的小城文学研究中，对小城小说的没有统一的划分标准，或者按时间划分为五四运动以前的小城故事，五四运动到1927年大革命失败期间的小城故事，大革命失败后到抗日战争爆发期间的小城故事，抗战爆发后到解放战争胜利期间的小城故事；或者按地域划分为浙江、江苏等沿海地区的小城故事，中南地区的小城故事，西南地区的小城故事，东北地区的小城故事，西北地区的小城故事；或按人物划分为以知识分子为主的小城故事，以普通民众为主的小城故事，以地方权势者为主的小城故事。以人物分类小城故事的方法，涵盖面非常广阔，几乎涉及一个小城中人、事、物的方方面面，从而勾画出了一幅"全景式"的小城世态图。① 也有研究者从小城文学的内涵方面加以界定，认为"现代小城小说的内涵主要在以下三个关键处：一是题材，即看它是否以小城生活为素材，以此区别于都市文学与农村文学；二是意识，即看它是否以中西文化冲突背景下对城乡文明冲突的体认与观照作为出发点，以此区别于中国古代文学中那些平面地表现小城生活的作品；三是风情，即看它是否以小城及小城附近的风土人情、自然景观和人文景观所蕴

---

① 赵冬梅：《小城故事》，人民文学出版社2006年版，第45—53页。

含的地域文化为背景,以此区别于都市风貌或乡村图景"①。还有的研究者以左翼的眼光或启蒙的视角等来对小城小说予以分类。对于小城小说的划分,无论是以时间为标准,还是以地域为标准,都是一种简单的切割,没能对小城小说的特点加以深度概括,也没能对其内涵和外延加以明确限定。以小城小说题材、意识、风情三个方面的内涵来界定小城小说同样存在模糊的问题。以小城为题材,是将小城作为主人公,还是作为背景,抑或仅仅是一般的叙述材料?以"中西文化冲突背景下对城乡文明冲突的体认与观照作为出发点"来判定是否具有小城意识,说法也过于宽泛,这样的"意识"并非小城小说所专有。而所谓的"风情"之说,也并没有将乡村与小城的不同风情加以具体区分。既然小城的内涵、特点并不具体明确,小城的外延边界也不清晰,这样的小城小说界定本身就是模糊的,这样缺少针对性的小城小说研究的意义也就大打折扣。就题材而言,在中国现代小说中,涉及小城题材者十分丰富,它们或以小城为故事背景,或以之为叙事材料,或以之为表现主体。本书所谓的小城小说,主要指将小城作为表现主体的那些创作。就主题而言,小城小说或以启蒙的眼光烛照小城的落后、愚昧,而加以理性批判;或从革命的视角关注小城的欺压和反抗;或以人文情怀回望生于斯、长于斯的小城,寄托自己的故乡情结。本书对小城小说主题方面的发掘、研究,主要以师陀《果园城记》序言中所说的创作初衷为标准:"我有意把这小城写成中国一切小城的代表,它在我心目中有生命、有性格、有思想、有见解、有情感、有寿命,像一个活的人。"② 这就是小说对生活和生命的艺术呈现,生活多丰富,小说主题就会有多丰富。就叙述方式而言,小城小说的叙述方式一般为不过分强调情节、刻画人物的平淡叙事,单篇而言就是一个个场景的描摹,一幕幕画面的呈现,而多个这样的单篇以一种一致性的小城氛围、情调灌注串联,组合成一个形象清晰、精神独立的小城。如沙汀的川西北系列小说,沈从文的湘西"边城"系列小说,江浙地区许钦文、王鲁彦笔下的沿海小城系列小

---

① 熊家良:《现代中国的小城文化与小城文学》,中国社会科学出版社2007年版,第62页。
② 师陀:《果园城记·序》,《师陀全集》(2),河南大学出版社2004年版,第453页。

说，等等。或者小说本身就是由一个个内容、形式不一但内在精神却串联沟通的单篇连缀而成的长篇系列组合，如《呼兰河传》《果园城记》。就涉及的人物来说，小城小说就是描写小城普通子民的日常故事。笔者认为，小城中的知识分子、有权势者、革命者，以及各种在精神上或身体上有缺陷者，都属于普通人物。知识、权势、革命意识等都具有相对性、不确定性，但能在小城长期安居，就是小城的普通子民。这些形形色色的人物，生活于各具风情的小城中，演绎着五光十色、丰富多彩的"小城故事"，活画出一幅幅现代中国小城的"浮世绘"。

　　本书研究的对象是小城小说，目的是通过对小城小说的研究，真切、细腻而深入地考察、分析各地小城人、小城作家及其生活状貌，以及由他们的生活所构成的"中国的日夜"。以小城人生为切片，对现代中国人的生存环境、生活方式及生命形态予以观照，由此而对人类的生存需要和生命追求作一烛照心灵的探索。

上 编
传统文化视阈下现代小城小说研究

第一章 传统文化视阈下小城生活"浮世绘"

生命如同蒲公英的种子，不知会被风吹到哪里，落在何处。种子落到不同的地方，会有不一样的生存与生长，但不管长成什么样子，都一样会开花结籽。不一样的生存与生长是环境、处境所致，而开花结籽则是生命本能。某一环境相近的自然条件，使该环境的人形成了适应这一自然条件的生活风习，风习影响了人；反过来，在此风习下成长的生命又进一步强化了此地风习。费孝通称这种人和自然的相互迁就以达到生活的目的为"位育"，位育是手段，适应处境，各守其分，各就各位，各行其是，而生活（开花结籽）才是目的。在诸因素中，文化是位育的设备和工具。① "文化中的价值体系也应当作这样看法。当然在任何文化中有些价值观念是出于人类集体生活的基础上，只要人类社会存在一日，这些价值观念的效应也存在一日。但是在任何文化中也必然有一些价值观念是用来位育暂时性的处境的。处境有变，这些价值也会失其效应。我们若要了解一个在变迁中的社会，对于第二类的价值观念必然更有兴趣。"② 费先生的这段话指出了以下几点。人总是要适应环境

---

① "中和位育"是儒家的核心思想之一，是修养功夫之极致，"中和"是目的，不偏不倚，谐调适度；"位育"是手段，各守其分，适应处境。《礼记·中庸》："喜怒哀乐之未发，谓之中；发而皆中节，谓之和。中也者，天下之大本也；和也者，天下之达道也。致中和，天地位焉、万物育焉。"费孝通《中国社会变迁中的文化结症》云："一个团体的生活方式是这团体对它处境的位育（在孔庙的大成殿前有一个匾写着'中和位育'。潘光旦先生就用这儒家的中心思想'位育'两字翻译英文的 adaptation，普通也翻作'适应'。意思是人和自然的相互迁就以达到生活的目的。"（参见费孝通《乡土中国》，上海人民出版社 2006 年版，第 115 页。）

② 费孝通：《中国社会变迁中的文化结症》，《乡土中国》，上海人民出版社 2006 年版，第 115—116 页。

而生存，适应即"位育"。为适应环境作出的各种手段就是文化。"位育"和文化都是为了生活，也即上文笔者所说的"开花结籽"。文化分两类，一类适合人类集体生活，具有普世价值和永恒意义；而另一类只适用于某地某时，具有区域性、暂时性。研究一个地方的社会变迁，第二类因地、因时而"制宜"的文化研究更有价值和意义。需要补充的是，这两类文化的区分具有相对性。就中国社会而言，大一统的主流文化和各地的区域文化是相对的，如果将研究的视野扩展到全人类，那么中国的主流文化就退为第二类，更宽泛、更具代表性的人类生活的"位育"要求，就成为第一位。往小处说，相对于家庭或个人而言，某一地域的文化属于第一类文化，而家庭或个人性文化行为则成为第二类文化。

对于传统文化，自然可以这样区分以便于认识和了解，但事实上，在具体的实际生活中是无法作此明确界别的。首先，传统文化是个内涵非常丰富的概念，伦理道德、礼仪习俗都可纳入其中。其次，生活是由多种习惯、行为等因素构成的集合体，不是某一种理论、规范、主义或观念所能给予全面指导的，更多的则如费孝通所言，是"位育"，为生存而"适应"（adaptation），而相互迁就。很多时候，这些生存技能属于什么文化、什么宗教是无法确定的，它只是一种偶然性存在，或者是百姓日用而不知的生活常识。大的传统文化是一个框架，框架下的实际生存要根据生活本身的需要而择取，所以才会出现"十里不同风，百里不同俗"的生活现象。文化是从生活中总结出来的，生活才是根本，而"生活的根本在意欲而文化不过是生活之样法"。[①] 所有的文化，最根本的还在于人性自身，是人来自本性的自身力量使得外在的一切因素在民众生活中起作用。对小城小说的文化分析，也应该从生活入手才不至于本末倒置。

文学是人学，是对人类生命形态和生存状况的反映。文学对人类生活的反映，既有对代表着普遍性价值观念的主流文化的阐释，也有对不同地域文化的考察，还有对生物学意义上的人之本真生命状态的观照。与社会学、历

---

① 梁漱溟：《东西文化及其哲学》，商务印书馆1987年版，第54页。

史学、考古学的科学性、实证性研究不同，小城小说以文学特有的直观性、生动性和现场感，能更为生动、细腻地还原小城生活与文化的独特性、丰富性和对人性透视的深刻性。自五四新文化运动以来，鲁迅以其惯有的开创精神做了小城小说的引领者，"鲁镇"系列展示了"老中国"儿女的精神面貌和生活状况。在他的引领下，众多作家纷纷投入各地小城生活和小城文化的书写之中。这些作家大多出生于小城，生长于小城，对家乡的生活习俗、乡邻的生存状况与人生向往非常熟稔，或许创作的初衷各不相同，有的为了启蒙，有的为了革命，有的只是用诗性之笔发抒自己对故乡的眷恋之情，可一旦笔触涉及故园乡土，过去的记忆、现在的景象、对道德的反思、对未来的想象和忧虑一并呈现，即便是极其理性的作家也会表现出本真性情的一面。所以师陀说："我不喜欢我的家乡，可是怀念着那广大的原野。"① 许钦文说："我实反对种种不合理的习俗，但也为着不能安慰以不合理的习俗期望我的觉得悲哀。"② 动情、用心的文学呈现，让小城小说成为最有意味的生命阐释。不同地域文化影响下色彩纷呈的小城小说构成了中国现代文学史上特色鲜明、内涵丰厚的卓越篇章。

乡村，意味着本土、传统、习惯；城市，意味着西方、现代、新潮。在现代作家笔下，城与乡的对立并非他们认真思考后理性反思的结果，乡土情感更多的是一种城市的异己感、冷漠感给于自己精神打击后内心的温情依靠。现代作家写到城乡或许并没有过多的思考，他们对乡村的赞美正如回到童年，不是因为童年真的那么美好，而是因为对现实不满，拿记忆中童年生活的纯净与现实社会的复杂来比较，童年就被净化、美化成一种理想、一种寄托。大多数现代作家之于城乡的态度和心理，应该与此相似。诸如美好的乡村、温情的家园、淳朴的民风、厚道的乡民，也许只是存在于记忆之中，若真的再回去看看，一切已然不复记忆中的模样了。这正如王德威所言："乡土作家

---

① 师陀：《里门拾记·巨人》，《师陀全集》（1），河南大学出版社2004年版，第127页。
② 许钦文：《鼻涕阿二·前记》，《许钦文文集》，华夏出版社2000年版，第101页。

写出的,不论好坏,恰是他们在现实生活中所不再能体验的。"① 正因如此,当鲁迅"冒了严寒,回到相隔二千余里,别了二十余年的故乡"时,便有了如下感受:

> 时候既然是深冬;渐近故乡时,天气又阴晦了,冷风吹进船舱中,呜呜的响,从篷隙向外一望,苍黄的天底下,远近横着几个萧索的荒村,没有一些活气。我的心禁不住悲凉起来了。
>
> 阿!这不是我二十年来时时记得的故乡?
>
> 我所记得的故乡全不如此。我的故乡好得多了。但要我记起他的美丽,说出他的佳处来,却又没有影像,没有言辞了。仿佛也就如此。于是我自己解释说:故乡本也如此,——虽然没有进步,也未必有如我所感的悲凉,这只是我自己心情的改变罢了,因为我这次回乡,本没有什么好心绪。②

> 老屋离我愈远了;故乡的山水也都渐渐远离了我,但我却并不感到怎样的留恋。我只觉得我四面有看不见的高墙,将我隔成孤身,使我非常气闷;那西瓜地上的银项圈的小英雄的影像,我本来十分清楚,现在却忽地模糊了,又使我非常的悲哀。③

"阴晦""苍黄""萧索""悲凉""气闷""模糊""悲哀",通过这些皆附丽着感情色彩的词语,我们不难体会到鲁迅回故乡的复杂感受。故乡之于鲁迅,既有美好的童年记忆,也有与现实比照所产生的悲凉情感,还有一丝将要"永别了熟识的老屋,而且远离了熟识的故乡,搬家到我在谋食的异地去"时的惆怅与留恋④(虽然他说"并不感到怎样的留恋"),更隐含着一种

---

① 王德威:《写实主义小说的虚构:茅盾、老舍、沈从文》,复旦大学出版社2011年版,第273页。
② 鲁迅:《故乡》,《鲁迅全集》(1),人民文学出版社2005年版,第501页。
③ 同上书,第510页。
④ 鲁迅:《故乡》,《鲁迅全集》(1),人民文学出版社2005年版,第501页。

深深的悲天悯人的情怀。

弗洛伊德曾指出："在所谓的最早童年记忆中，我们所保留的并不是真正的记忆痕迹而是后来对它的修改。这种修改后来可能受到了各种心理力量的影响。因此，个人的'童年记忆'一般获得了'掩蔽性记忆'的意义。"① 人总是有着美好的童年记忆，但这种记忆只是一种时间性的存在，并不位于空间之中，当一个已经"受到各种心理力量的影响"的成年人再回到记忆中的空间时，其感受是绝对不一样的。鲁迅曾说："我有一时，曾经屡次忆起儿时在故乡所吃的蔬果：菱角、罗汉豆、茭白、香瓜。凡这些，都是极其鲜美可口的；都曾是使我思乡的蛊惑。后来，我在久别之后尝到了，也不过如此；惟独在记忆上，还有旧来的意味留存。他们也许要哄骗我一生，使我时时反顾。"② 的确，"旧来的意味"只是儿时美好生活的诗性记忆，而当下的现实已绝非从前的"味道"。这就如同"我们徒然回到我们曾经喜爱的地方；我们绝不可能重睹它们，因为它们不是位于空间之中，而是处于时间里。因为重游旧地的人不再是那个曾以自己的热情装点那个地方的儿童或少年"。"这个追寻只能在人们视为'真实'的那个世界里进行。其实这个世界是不真实的，至少是不可认识的。因为我们看到的世界永远受到我们自身情欲的歪曲。"③

文学本来就是感性的，尤其是大多数乡土小说和小城小说，都是对于故乡的记忆回放，过去的一切都被灌注以充沛的情感。在这些作品中，作家在对故乡过去与现在自然环境和人文景观的发展变化、故乡人的生活理想和生存状况等的回忆性描述与现实性摹写中，投入了自己复杂而丰富的情感，并由此引发读者的多种感慨和多方思考。

另外，在中国现代史上，城乡关系并非那么泾渭分明，新与旧、传统与

---

① ［奥］弗洛伊德：《日常生活的精神病理学》，彭丽新等译，国际文化出版公司2000年版，第105页。
② 鲁迅：《朝花夕拾·小引》，《鲁迅全集》（2），人民文学出版社2005年版，第236页。
③ ［法］安德烈·莫罗亚：《〈追忆似水年华〉序》，［法］M.普鲁斯特《追忆似水年华》，李恒基等译，译林出版社1994年版。

现代、先进与落后、文明与愚昧、本土文化与西方文化之间有着太多的交叉，现代作家对城乡不同的态度背后有着复杂的心理原因。小城处于都市与乡村的中间地带，是连接二者的纽带和桥梁，其多方面因素的错综交叉也更为突出。反映在小城作家身上，是情感与理性的纠结；表现在小城作品中，就是对乡土的批判与眷恋。文学不是靠讲理服人，而是以情感动人。虽然理性看来，社会的发展、历史的进步和现代化进程的推进是不可避免的，也是无法阻挡的，可是正因为我们时时处在新与旧的交织更替中，才会对昨天眷恋，对过往不舍，才会有各种各样的怀旧情绪。不是因为过去的一切都好，而是过去的一切黏附了我们太多的生命经历和情感投入。人的一生似乎一直前行，但时时回头捡拾闪光的记忆碎片，抚慰因各种挫折所受的精神创伤，以便能更好地前行，也是人们的一种精神和心理需求。纯粹以是非对错来评判这些感性呈现的做法，似乎更符合关于现代性内容的思考，但这样做却在有意无意中忽视了人之生命需求的初衷。人类到底想要什么？新潮的、现代的、文明的、进步的生活就是我们想要的吗？如果把一段时间内的先进与落后、文明与愚昧的价值判断放置于更长的人类历史中予以观察、探究，是否会有另一种解读呢？所以，"在弗雷泽的《金枝》和列维·斯特的《野性的思维》中，就明确地用人类学的研究来打破进化论观念的垄断，而肯定原始文化的价值。用启蒙文化观——建立在传统/现代、落后/进步的二元对立线性基础上的理论话语——来观照民族文化，和用文化人类学的面型思维在一个原始/现代共时的历史平面上观照民俗生活，将人类学意识和民间意识交融而成的文化观，这是两种不同的话语选择，一个是启蒙/批判的，一个是理解—认同/审美—鉴赏的，前者指向现代文明生活的重建，后者指向对一种艺术的生活方式的构建。文化人类学的审美性话语缓解或缓冲了启蒙型话语咄咄逼人的气势，而更多传统回归性，创造了一种'温情脉脉'的乡村田园风味，未必不是作为审美的文学的一种选择"①。

需要注意的是，在中国现代文学中，乡土小说创作是极其重要且比重较

---

① 王嘉良：《现代中国文学思潮史论》，中国社会科学出版社2008年版，第146页。

大的一宗，无论是从作品研究还是从作家研究来看，小城小说都被视为乡土小说的一部分，也没有纯粹的小城小说家。很多乡土文学作家，其创作涉及乡村、城镇和都市，如萧红、沈从文、师陀、骆宾基、李劼人、沙汀、废名等，也包括乡土小说的开创者鲁迅。在大多数作家那里，城市和乡村是作为对立的两种文化体系出现的，城市是他们生存的当下，虽然有诸多不满，但还是不会轻易离开的，毕竟这是他们曾经向往而且历经千辛万苦终于落脚的地方。都市生活的种种坎坷、不满，让他们在孤独、困厄中只能依靠精神返乡来慰藉、安顿无枝可依的灵魂。但过往的、故乡的一切固然美好，可当下往往是回不去也不想回去了，因为淳朴、温馨、美好的乡情固然令人眷恋，而当初离开故土就是因为它的沉闷、落后、压抑。理性告诉这些身居都市的"乡下人"①，他们既是城市的异己者，而家乡也没有了他们的归宿地。流落在异地的游子，总是幻想着温暖、安全的故乡的怀抱会时时刻刻无私地等待着他们，"这时候，或是等到你的生活潦倒不堪，所有的人都背弃了你，甚至当你辛苦的走尽了长长的生命旅途，当临危的一瞬间，你会觉得你和它——那曾经消磨过你一生中最可宝贵的时光的地方——你和它中间有一条永远割不断的线；它无论什么时候都大量的笑着，温和的等待着你——一个浪子"。但实际情况却远不是想象的那样，"自然的，事前我们早已料到，除了甜甜的带着苦味的回忆而外，在那里，在那单调的平原中间的村庄里，丝毫都没有值得怀恋的地方。我们已经不是那里的人，我们在外面住的太久了，我们的房屋也许没有了，我们所认识的人也许都不在世上了"②。但毕竟是故土难忘，

---

① 许多现代中国作家都是从乡土文化的意义上为自己的创作定位。沈从文自称是"对政治无信仰对生命极关心的乡下人"（沈从文：《七色魇集·水云》，《沈从文全集》（12），北岳文艺出版社2002年版，第127页），且一生执拗地坚持这一"乡下人"身份。师陀说："我是从乡下来的人，说来可怜，除却一点泥土气息，带到身边的真亦可谓空空如也。"（师陀：《黄花苔·序》，《师陀全集》第3卷（上），河南大学出版社2004年版）赵树理给人的印象是"恂恂如农村老夫子"（陈荒煤等著，中国赵树理研究会编：《赵树理研究文集》上卷，中国文联出版公司1996年版，第28页），从生活方式到思维方式都是一个地道的农民。这种"乡下人"的身份，甚至影响到他们对生活的感受和评价。虽然他们常常以现代理性批判自己所熟悉的乡土生活，但乡情土性本身却是他们创作中真正的源泉和归宿。

② 师陀：《看人集·铁匠》，《师陀全集》（5），河南大学出版社2004年版，第131页。

拴在游子身上的那条来自故乡的丝线是扯不断的，所以"极其偶然的，连我们自己也不知道为了什么，我们仍旧回去了一趟。这也许是最后的一趟。这时什么是我们最不放心的呢？岂不是我们小时候曾和我们的童伴们在那里嬉戏过的地方吗？"① 但这偶然的回归，也怅然若失，加剧了作家对现实中故乡的失望之情：

> 这也许是我们回到家乡去的最后一次，它已经不是先前的样子，它已经不能使我们怀恋，那里的家屋和田园已经荒弃，那里的高尚的值得尊敬的人为了免得饿死已经不得不抛开他们的正当职业。只有一个印象是我们不能忘的，我们于是开始深深的感到时光的流逝和生命的寂寞。②

记忆中的故乡是那么温馨、美好，而回故乡之路又是那么艰难，所以漂泊的游子只能在作品中进行着一次次的精神返乡，如沈从文的《边城》《腊八粥》，萧红的《呼兰河传》《牛车上》，他们以此来抚慰、安顿疲惫的身心、无依的灵魂。那是身处异地的灵魂需要、情感寄托，那是他们基于童年美好记忆自造的梦境，这梦境与现实中的故乡已相去甚远，自然是"回不去"也不想回去的。

"近乡情更怯，不敢问来人。"（宋之问《渡汉江》）因为对与自己身心相连的故土过于在意，才会如此小心、担心。当鲁迅回到故乡绍兴时，心情是相当复杂的，一方面是有着儿时美好记忆的故乡，还有儿时的玩伴闰土；另一方面"这次是专为了别他而来的"，是要离开故乡到异地谋食。临近故乡，从乌篷船中远远望去，"苍黄的天底下，远近横着几个萧索的荒村，没有一些活气"。当以一个外来者的眼光远远看取自己又爱又恨、血脉相连的故乡时，故乡是如此简陋、寂寥！这让鲁迅感到悲凉，"我所记得的故乡全不如此。我的故乡好得多了。但要我记起他的美丽，说出他的佳处来，却又没有影像，

---

① 师陀：《看人集·铁匠》，《师陀全集》(5)，河南大学出版社2004年版，第131页。
② 同上书，第134页。

没有言辞了。仿佛也就如此"。这才是故乡魅力的关键，不是故乡有多好，有多么与众不同，只是因为当事者以童年的纯真美好之心感受这个世界时，在过去的成长过程中赋予这段岁月、这个地方过多的理想和梦境，才让一个平凡的地方生动、丰富起来——这全是情感和记忆在欺骗作者，"故乡本也如此"①。鲁迅《故乡》所传达的丰富、复杂的人生况味，已不是一个单一的"启蒙"主题所能概括的。世界不管多么丰富多彩，落到实处也是极其平常的；人生可以因经历的复杂而丰富生动，但若就事论事，也不过如此而已。人生的美好就在于"本也如此"的自然和人为所赋予的情感和幻想之中，然而，所有的幻想还是基于眼前的或曾经的现实。沈从文可以在其文学世界里搭建一座小庙供奉他所崇尚的人性，以田园牧歌式的诗性之笔经营一个人类永远的"边城"之梦，以对抗正在变化或已然变化了的现实世界。而另一个小城作家师陀则善于寓激情于反讽，"善于在任何场合保持镇定的入微观察而不易受一时潮流的摆布"，其叙事散文"往往写得有小说醇味，而在散文化小说里往往有诗情诗意"②。与沈从文在"边城"中作诗做梦不同，师陀则在故乡小城中写真写实。从《里门拾记》到《果园城记》，叙写了在共同的乡土背景下构成的小社会。生活在这里的人们，具有共同的文化传统和风俗习惯，有着相近的思想意识和思维方式。师陀"有意识地刻画出了一幅幅人物素描并有机地结构为一整套'生活样式'的'浮世绘'，遂使自己的乡村叙事最终成为对自成一体的乡土中国社会之更具整体性的观照和更富穿透力的透视，所以读者透过他的观照所看到的也就不只是乡土中国的这一点或那一面，而是一幅相当完整和本色的乡土中国社会生态画卷。……能够有分析也有同情地理解乡土中国的种种生活样式及其社会生态整体：体会到那一切也是渊源有自的人类活动、自成一体的人类社会"③。通过这些"浮世绘"，既可以以

---

① 上引皆见鲁迅《故乡》，《鲁迅全集》（1），人民文学出版社2005年版，第501页。
② 卞之琳：《话旧成独白：追念师陀》，《卞之琳文集》中卷，安徽教育出版社2002年版，第265页。
③ 解志熙：《现代中国"生活样式"的浮世绘——师陀小说叙论》，《清华大学学报》2007年第3期。

小见大，了解更为广阔的社会生态整体，也可以烛幽探微，借助小城探索人性人情的真与深。

第一节 小城作家的书写立场及小城小说的观照对象

一 小城作家的书写立场

在20世纪的中国文学创作中，政治始终是一个推不开、绕不过的存在，借文学的形式传某种"思想"成为很大一部分作家创作的动机。或许是家国现实的深重灾难让文学创作者入世情怀太深，直面现实、直抒胸臆的强烈冲动让他们难以顾及文学温柔敦厚、含蓄内敛、迂回曲折、托譬寄寓等艺术宗旨，启蒙、革命、救亡等成为五四新文化运动以来中国文学最主要的表现主题。考察一下现代小城小说创作的时间，大部分是在20世纪30年代前后，正是民族危亡、家国动荡时期。面对现实，反思自我，反省传统，思索"从来如此"这一社会命题的对与错、是与否，是每一个小城作家所无法回避、必须直面的，因此，启蒙、革命、救亡等主题也就不可能不在他们的文学文本中留下痕迹。

从"五四"开始的思想启蒙文学，其理论基础是社会启蒙文化观，启蒙主义者运用建立在传统与现代、落后与进步的二元对立线性发展基础上的理论话语来观照民族文化。相比于启蒙文学，以小城镇为表现对象的风俗文化型现实主义文学是从更宽泛的意义上审视人类文化的，这可以弥补仅从思想上审视社会文化的某些不足，有其独特价值。"从考古学家和文化人类学家的角度看，人们就有可能把自己的社会看作仅是数百万年人类历史中的一段插曲，仅是现在或过去曾存在过的许多不同社会中既不好也不坏的一个。"[①] 利用启蒙文化观来观照小城生活，和利用文化人类学的面型思维在一个原始与

---

① ［美］拉尔雯·比尔斯等：《文化人类学》，骆继光等译，河北教育出版社1993年版，第19页。

现代共时的历史平面上观照小城的民俗生活，将人类学意识和民间意识交融而形成的文化观，是两种不同的话语选择，一个是启蒙、批判的，一个是理解、鉴赏的，前者指向现代文明生活的塑造，后者指向对一种更接近生命原态的艺术生活方式的构建。

在中国几千年的文学创作中，基本秉承"文以载道"的创作主旨。虽然所载之"道"有多种阐释，但无论哪种阐释都是外在于己的各种伦理道德要求。《毛诗序》云："正得失，动天地，感鬼神，莫近于诗。先王以是经夫妇，成孝敬，厚人伦，美教化，移风俗。"这样的外在"诗教"思想，即使表达自我的诗言志，所言之志也是修齐治平外在标准的内化，基本是从社会人、文化人的角度对人的行为思想的类型化表现。中国现代文学从一开始就反对"文以载道"的原则。胡适在《文学改良刍议》这篇文学革命的"宣言"中要求文学须言之有物，但他特别指出："吾所谓'物'非古人所谓'文以载道'之说。"陈独秀在《文学革命论》中也强调"文学本非为载道而设"。刘半农在《我之文学改良观》中也声明，古人以为文当载道，其实"不知道是道，文是文，二者万难并作一谈"。1918年，周作人的《人的文学》一文，明确而又系统地阐释了文学与"人"的关系。"五四"开启的新文学由对"道"的传播，转向对"人"的关注，以人为中心展开新文学的追求，颠覆了传统文学的载道观。对"人的发现"，关注"人的意识"，成为中国现代文学与传统文化、传统文学区分的鲜明标志。从某种意义上说，对"人"的关注，成了现代中国各种纷纭复杂文学思潮的一个最根本的问题。对这一问题的不同回答，则构成了现代文学各种思潮社会价值与文学价值最内在的尺度。"怎样看人、写人、为人"和"是否注意人"，一直是中国现代文学和文学思潮要解决的重大问题（"五四"时期是"个人"，20世纪30年代是"阶级"，20世纪40年代是"民族"），它也直接影响了中国当代文学和思潮的发展。

需要注意的是，五四新文化运动开启的新文学所关注的"人"，是指从社会等级伦理坐标中解放出来，除去外在于己的各种社会文化约束，回归自由，解放个性的个体人。但随着外在环境的改变，这个被解放的"个体人"的个性特征很快便被纳入群体的类型化思想和行为之中。20世纪30年代的"阶级"文学，40年代的"民族"文学，创作者秉承知识分子精英使命传统，以笔为工具致力于救国救民的伟大事业，解放了的个体自由人的思想意识又被各种时代需要格式化了，站在被压迫的阶级、被侵略的民族立场上，曾被启蒙的个体很快又被纳入各种群体，其思想和行为也逐渐表现出各种类型化的特征。就文学创作而言，在这样的背景下还能保持自我独立思考、自由写作的只能是少数人。但也不可否认，即便在追逐社会大潮的某些作家的少数作品中，或者在作品中的某些部分还存留着逸出时代主流思想的人性纯真的一面，比如沈从文的"湘西系列"作品中就描写了淳朴的人性和厚道的灵魂。

启蒙，首先是启蒙者对民众精神愚昧的一种预设——广大民众处于需要被启蒙、被开化的精神和生活状态中。文学创作者假如能抛开这种居高临下的启蒙姿态，作为民众一员走进他们的生活，会发现每个人有每个人的努力和无奈，任何非正常现象背后都有可以理解的人之常情，导致其目前生存状况的是多种因素的综合作用。普通民众的"愚昧"表现，可能就是对自我、对社会真的认识不清，但要摆脱愚昧、认清自我和社会，则绝非一个长期靠种地做工为生、不看书报、不与外界交流的农民或工人所能达到的。阿Q虽然没有固定职业，只能给人家做短工，但那也是"割麦便割麦，春米便春米，撑船便撑船"（鲁迅《阿Q正传》），他也在可能的情况下做着自己的生存努力，以自己的方式寻找快乐，维持自尊。但他没有毅力坚持做事养活自己，急了就去偷；没有能力维持自尊，只能靠精神胜利维持所谓的"面子"；也没有理性控制自己的感情和欲望，因对吴妈的不当追求而导致被打，被赶出门，无事可做，从而被周围人厌恶。阿Q身上的问题的确很多来自传统文化的戕害，比如等级观念、男尊女卑等，但更多的问题还在于他自身的条件和处境。他不是不明白（若说不明白那也是他没有能力明白），是他不够聪明，没有能力，又缺少意志力，导致得过且过地生存着，一再被打击、被嘲弄，无法维护自己的尊严，成为在无聊中追求一点精神胜利的可怜之人。这些天然的弱点和人性的缺点不是仅仅依靠启蒙就能解决的。阿Q看似只是个例，实际上有类似境况的人是非常普遍的，小城之中活跃着的人物很大一部分就是阿Q的近亲。他们即使清楚自我处境，若想改变现状、摆脱困境，也要看自己是否有能力跳出泥潭，是否有毅力拒绝诱惑、顶住压力，还要看在无人支持的情况下是否能够坚持，这就使得他们想要靠自身改变处境变得非常困难。即使是那些有见识、有激情，也有能力改变自我，并试图影响周围环境的人，如魏连殳（《酒楼上》）、葛天民（《果园城记》）、"傲骨"（《果园城记》）等，又能怎样呢？最后也只能向世俗投降，做个俗人。启蒙当然没错，但正如鲁迅所言，这是需要几代人努力也不一定会有成效的工程。普通人的生存或许极易受到因袭观念的影响，比如各种迷信思想、对传统伦理不明就里地循规蹈矩等，这些确实需要现代理性精神的烛照、开启，但就生存的智慧而言，则不能不承认其实际、合理之处，其中甚至不乏人性的光彩。当作家站在他们的角度，"作为老百姓写作"（莫言语），就会发现他们的生存智慧和生命韧性，他们有值得尊敬的爱心，也不乏纯洁高尚的灵魂。他们虽然没有多少能力，意志力也不够坚强，但他们在遇到困难时，能刻苦自己，想方设法，甚至以自我牺牲的方式去承受苦难、完成自己力所能及甚至力不能及的责任。茅盾在为萧红的《呼兰河传》所作的序中这样评价小说中的人物：

> 也许你要说《呼兰河传》没有一个人物是积极性的。都是些甘愿做传统思想的奴隶而又自怨自艾的可怜虫，而作者对于他们的态度也不是单纯的。她不留情地鞭笞他们，可是她又同情他们：她给我们看，这些屈服于传统的人多么愚蠢而顽固——有时甚至于残忍，然而他们的本质是良善的，他们不欺诈，不虚伪，他们也不好吃懒做，他们极容易满足。有二伯，老厨子，老胡家的一家子，漏粉的那一群，都是这样的人物。他们都像最低级的植物似的，只要极少的水分，土壤，阳光——甚至没有阳光，就能够生存了，磨官冯歪嘴子是他们中间生命力最强的一个——强得使人不禁想赞美他。然而在冯歪嘴子身上也找不出什么特别

的东西，除了生命力特别顽强，而这是原始性的顽强。①

每个人都在自己的位置上尽着自己的责任，即使这个责任只是简单地活下去，或者仅仅是养活大自己的孩子，也值得我们尊敬。一个泥土里求生存的农民，期望他们有明晰的思想、理智的情感、坚强的意志是不现实的。

考察中国现代作家及其创作，会发现大多数作家思想和艺术前后表现的不同。比如巴金青年时期创作的《家》《春》《秋》热情激进，而到中年以后创作的《寒夜》《憩园》则内敛沉稳。也有的作家一开始就走向思想、艺术的制高点，后期虽有思想观念和艺术观念上的某些改变，但总的来说变化不大，比如鲁迅、张爱玲。还有一部分作家在成长过程中思想观念和艺术观念会有这样那样的不断修正，但其基本的思想内核始终不变，比如萧红对爱与自由的追求，沈从文对生命和人性的执着表现，等等。这种基本思想内核的始终如一，不仅表现在其文学作品中，还会存在于其生命形态中，成为其人其作品的特色。在萧红的成长过程中，虽然她的父亲"常常为着贪婪而失掉了人性。他对待仆人，对待自己的儿女，以及对待我的祖父都是同样的吝啬而疏远，甚至于无情"②；"可是从祖父那里，知道了人生除掉了冰冷和憎恶而外，还有温暖和爱"③。她对这"温暖"和"爱"怀着永远的憧憬和追求，并因此成就了其一生为人为文的单纯与深刻。沈从文在文学创作和文物研究的不同领域，皆致力于对生命与美的追求和发掘，这让他成为一个执着追求真善美之人生和人性的理想主义者。这种内在的执着让他能在云谲波诡的时代风云变幻中不改初心，始终敬畏生命，反思时代，寻找、探索一种不违背人性的生存形式。当新文化运动的众多先驱从理性的生命思考中关注人、关注人性时，也有许多作家以多元的文学表达方式突出着个体的生命意义。沈从文以其基于成长经历、地域文化、生存境遇等多种因素对生命形态的独特理解，选择了"乡下人"的视角，以湘西为主要表现对象，以生命探寻为切

---

① 茅盾：《〈呼兰河传〉序》，《茅盾全集》第24卷，人民文学出版社1996年版，第349页。
② 萧红：《永久的憧憬和追求》，《萧红全集》（4），黑龙江大学出版社2011年版，第165页。
③ 同上书，第166页。

入点，以"力"与"美"的挖掘为落脚点，对个体的生命价值和意义予以了独具特色的文学呈现。在他的文学"小庙"里，以其对生命的敬畏供奉着他所理解的人性，既为现实人性的扭曲忧虑，也为人类的远景凝眸，成为五四以来"人的文学"最为虔诚的信奉者、实践者。其他如萧红、师陀、李劼人、沙汀等也以各自不同境遇下的人生体味，在其小城小说中阐释着自己对生命的多元思考。

二 小城小说观照对象的三种形态

"文化的本质在于适应，人们对自然和社会的不断适应，积累起来则形成民族的传统文化体系，新的适应又进一步带来文化的变迁。"① 小城镇的生存方式和生存状态与各地的自然环境和传统习俗有着重要关系。在现代作家笔下，小城镇主要表现为三种形态：一是封闭、保守、落后的内陆小城镇；二是相对开放的江南小城镇；三是关外边陲与化外之地的小城镇。这几类小城小说所呈现出来的各地生存景观有同有异，当然这里所说的"同"和"异"都是相对而言的。

（一）形态之一：封闭、保守的内陆小城镇

中国传统建筑讲究藏与守，典型的民居是四合院，大家院落讲究几进几重的层次结构。这样的房居结构密闭、严实，给居住者设置一个安全、放松、自由、安逸的空间，不管外面的红尘滚滚、喧嚣嘈杂，关起门来就可以做自家的皇帝，自得其乐。这种藏与守的思维也具体表现在小城人的生活细节和日常习俗中。师陀笔下的果园城，位处中原大地，人们的生存观念和生命方式基本受传统主流文化——儒家思想观念的影响和支配，长幼有序，男女有别，伦常纲纪，等级森严，每个人都在社会制度和礼教文化的影响下压抑地生存。小城人虽然痛苦于这种压抑的生活，但似乎还可以接受，不仅接受，还内化为精神的自我要求，甚至很严格地以此要求下一代，要求周围的人，

---

① 徐平：《羌村社会》，社会科学文献出版社1993年版，第223页。

倘若谁有悖于这些伦理规范，周围人马上就会指指点点、冷嘲热讽。更为悖谬的是，被讽刺对象的想法和行为往往也是讽刺者自己心向往之的。中国，似乎是越落后、越偏僻、越封闭的小城镇越在乎面子，而这种面子某种意义上就是尊严。对面子的追求，往往并不在乎自身的感觉如何，只在乎别人的评价，而这种评价的标准就是传统的伦常礼教加上当地的习常评判。

　　这种传统而正统的力量是强大的，也是可怕的，个体的力量根本无法与之对抗。所以鲁迅感慨道："可惜中国太难改变了，即使搬动一张桌子，改装一个火炉，几乎也要血；而且即使有了血，也未必一定能搬动，能改装。"① 传统思想文化是如此稳固而强大，任何一点不符合常规常态的思想和行为都会受到指责和迫害，或被无声无形又时时存在的习俗扼杀于无声无形之中。葛天民（《果园城记·葛天民》）从省农业学校毕业后选择回到家乡，回到果园城，创建了一个农林试验场，想干一些事，为改造小城出点力。但过了一段时间之后，葛天民的雄心壮志慢慢消失殆尽，其心态也宛如一个地道的小城人，"人是生活在小城里，一种自然而然的规则，一种散漫的单调生活使人们慢慢的变成懒散，人们也渐渐习惯于不用思索"②。在这样的环境中，葛天民终于变成了一个对什么都满意、都不用心思的人。贺文龙（《果园城记·贺文龙》）有志成为一个作家，但为了生活他只能把自己安放在果园城一个小学教师的位置上。在这个位置上，他尽心竭力，日夜操劳，为了家，为了他的学生，他只能把理想推迟、搁置。他为自己的无奈望空叹息："纵然真的有一个上天，上天看着他也只有皱眉。并不是他不挣扎；他的挣扎无用，恶运像石头一般不断向他投下来，它注定他要从希望中一步一步落下去了。"③ 看着被儿子涂抹的文稿，想着数年前写文稿时的情景，"希望、聪明、忍耐、意志，一切人类的美德无疑的全比罪恶更难成长，它们却比罪恶容易销蚀，容易腐烂，容易埋没。……一阵惆怅于是忽然占领了他，他感到人生草草，岁

---

① 鲁迅：《娜拉走后怎样》，《鲁迅全集》（1），人民文学出版社2005年版，第171页。
② 师陀：《果园城记·葛天民》，《师陀全集》（2），河南大学出版社2004年版，第466页。
③ 同上。

月匆忙，一转眼便都成过去。将来有一天他也许会跟许多悔恨他们少年行径的老年人一样，他会从新想起他的文稿，很可能以为只是当初一种妄想，一时的血气冲动。不过还有一个更大的可能，他也许——自今而后也许永不会想到它了。"① 每个人都有自己的人生理想，或大或小或高或低，但每个人都要生存，为自己，为家人，为工作，最后所有的个人理想都败给了令人无可奈何的现实社会。或许这已不仅仅是对小城固有传统和习俗的审视和批判，更多的是对生存环境和生命状态的反思。对照每一个人的生命之路，又有几人能逃得出这个怪圈。师陀直面现实、抒发内心感触之作，充满人生况味。

在果园城这样一个安静、沉闷的内陆小城，传统礼教的力量是强大的，它不仅规范、限制人的行为，更为严重的是它扼杀、戕害了一代又一代人的生命活力。素姑（《果园城记·桃红》）自从十二岁学会了女红，用了一年、两年、五年、十年……的时间为自己绣满两大口箱子的嫁妆，那两只大箱没能打扮出一个如花新娘，却锁住了一个嫁不出去的老姑娘的青春，这个空茫的等待让一个如花少女在空闺里憔悴下去，或许一辈子只是一个等待，或者嫁入新门，侍奉公婆，传宗接代。对她来说，爱情只是一个传说，与现实生活无关。男人一生下来就接受修齐治平、光宗耀祖、出人头地的教育，这样的人生是父辈家族强加给自己的不可推卸的责任和义务，与自己的理想可能没有多大的关系，大多数人肩负着这样的使命像走程序一样碌碌无为地过完一生。所以，这里的生活多年来一仍其旧，毫无起色。如此景况，让故地重游者兼叙述者马叔敖感慨不已：

在墙外面，当我们讲着话的时候有一个小贩吆喝。还有什么是比这种喊声更亲切更值得回忆的呢，当我们长久的离开某处地方，我们忽然听见仍旧没有改变，以前我们就在这样静寂的小巷里听惯了的声调。我们从此感到要改变一个小城市有多么困难，假使我们看见的不仅仅是表面，我们若不看见出生和死亡，我们会相信，十年、二十年，以至五十

---

① 师陀：《果园城记·贺文龙》，《师陀全集》（2），河南大学出版社2004年版，第500页。

年，它似乎永远停留在一点上没有变动。①

我们继读［续］坐在葡萄棚下面。四围是静寂的，空中保持着一种和谐，一种乡村所有的平静气息。这城里的生活是仍旧按着它的古老规律，从容的一天一天进行着，人们还一点都不感到紧张。太阳已经转到西面去了，我们可以想象到太阳每天在这时候都这样的转到西面去了。②

在马叔敖眼中，果园城多年后和多年前一样，物是人也是，"这城里的生活是仍旧按着它的古老规律，从容的一天一天进行着"，就像日出日落一样。

但也有充满野心、兴兴头头的生存者，这就是果园城的幕后真正主人、"一个在暗中统治果园城的巨绅"朱魁爷（《果园城记·城主》），这个看起来达观悠闲的乡绅用各种手段实际操控着果园城，为达到这个目的，他寝食不安地费神尽力，目的还是出人头地，光宗耀祖，权利欲、占有欲让这个小城主人一手遮天。"他和'有司'勾搭"，"官吏们从他手里得到了好处，他也从果园城的居民身上得到了好处"。他为人处世非常狡猾、小心，在官府中"始终不担任任何职务"，但他"在果园城全境布置了势力，布置下帮助庄稼人到他这里寻觅'法理'的使者，就像他下了一面神秘的网"。同时，他又把自己"最得力的走狗"（各种各样的无赖、痞棍、地主）安插进各种机关，"因此他也就不受任何政治变动的影响，始终维持着超然地位：一个无形的果园城主人"。③ 这样一个朱魁爷，也有他的软肋，四姨太太的背叛夺去了他最在乎的尊严，人一下子就委顿下去了。在处理完"变节"的四姨太太后（逼其上吊自尽），朱魁爷"这个暗中将果园城支配十五年的大人物永远成为闷哑的了"。果园城恢复了它的平静，"恢复不了的只有魁爷的尊荣。并不是他没有出山的机会，而是一种受了伤的自尊心，他永远把自己深藏起来了。他把

---

① 师陀：《果园城记·葛天民》，《师陀全集》(2)，河南大学出版社2004年版，第470页。
② 同上。
③ 师陀：《果园城记·城主》，《师陀全集》(2)，河南大学出版社2004年版，第474页。

家产的一部分分给他的两个儿子,然后他卖掉他的骡子,最后他遣散他的仆人"。① 从此以后,"没有人知道魁爷在他的大而空寂的老宅里作什么事,只有间或难得看见他的人出来说,他不见客人,并且不大讲话;又过一年,又有人说他瘦得跟干姜一样;再过一年,另外的人说看起来他老多了,头发和胡子都斑白了",曾经不可一世的果园城主魁爷现在也被人们称作了"鬼爷"或"龟爷"②。那么精明强悍的魁爷,原来和普通人一样容易受伤,而且一蹶不振。生命是个过程,也是个循环,无论强弱,"好的时候总归要过去的,有那一天也就有这一天"③。能干的魁爷也一样逃不出果园城的命运循环。

(二)形态之二:外来工业文明熏染下的江南小城镇

师陀笔下的中原小城的生活是压抑、沉闷的,没有生命自由生长的空间,只有规范和约束的坐标体系,人只能在此坐标中按部就班,循规蹈矩,孤独郁闷地终老是乡。但像"果园城"这样的中原小城的居民还有着传统的朴实和厚道,而柔石、王鲁彦、许钦文等笔下的浙东小城镇则是另一种生存形态。随着 20 世纪的西风东渐,浙东小城镇的生活渐渐吹入了商业气息,传统的生产和生存方式被点点侵蚀,靠手工、信用维持的家庭作坊逐渐被现代机器所排挤,人们的生存观念和生存方式渐次发生了转变,人与人之间原本浇薄的人情变得更为炎凉,金钱逐渐成为衡量人际关系的主要标准。在王鲁彦笔下,无论是土财主、小老板,还是一般民众,也无论是男人女人、大人小孩,都对金钱怀有特殊的感情。当阿卓拥有 12 万的遗产的时候,"镇上的人见了他都行弯腰式点头礼,'叔''哥''先生'的称呼不绝"。但当阿卓的遗产败光后,他又成了任人打骂、欺骗、侮辱、捉弄的对象(《阿卓呆子》)。没钱可以使一个本来聪明能干的"阿长"变成"小偷"(《阿长贼骨头》),金钱也可以改变"李妈"善良、勤劳、诚实的品性,变得脾气暴躁,会撒泼耍赖,刁

---

① 师陀:《果园城记·城主》,《师陀全集》(2),河南大学出版社 2004 年版,第 481 页。
② 同上书,第 482 页。
③ 同上。

钻揩油，从一个诚实的"乡下人"变成一个油滑的"老上海"(《李妈》)。工业文明对沿海乡村从外到内进行了影响、渗透，也破坏了昔日他们宁静的生活。为守住财富，土财主王阿虞整日提心吊胆，焦虑忧心（《许是不至于罢》）；因为有钱，钱庄老板赵道生被屡次敲诈（《银变》）；由于没钱，如史伯伯屡遭冷落诽谤，挤兑勒索（《黄金》）；为了攒钱，本德婆婆甚至逼跑了媳妇（《屋顶下》）……一个"钱"字，操纵着大大小小的人物的命运，上演着一幕幕悲喜剧。在这些丰富、复杂的人物形象中，王鲁彦对"乡村小资产阶级"的苦乐忧惧、言行处世表现得尤为真切细腻，以此写出了工业文明冲击下乡民思想的变化。正如茅盾所言："王鲁彦小说里最可爱的人物，在我看来，是一些乡村的小资产阶级，例如《黄金》里的主人公，和《许是不至于罢》里的王阿虞财主。我总觉得他们和鲁迅作品里的人物有些差别：后者是本色的老中国的儿女，而前者却是多少已经感受着外来工业文明的波动。或者这正是我的偏见，但是我总觉得两者的色味有点不同；有一些本色中国人的天经地义的人生观念，曾是强烈的表现在鲁迅的乡村生活描写里的，我们在王鲁彦的作品里就看见已经褪落了。原始的悲哀，和 Humble 生活着而仍又是极泰然自得的鲁迅的人物，为我们所热忱地同情而又忍痛地憎恨着的，在王鲁彦的作品里是没有的；他的是成了危疑扰乱的被物质欲支配着的人物，（虽然也只是浅淡的痕迹，）似乎正是工业文明打碎了乡村经济时应有的人们的心理状况。"① 王鲁彦《黄金》的发生地陈四桥，虽然"偏僻冷静"，交通不便，但消息却异常灵通，"每一家人家却是设着无线电话的，关于村中和附近地方的消息，无论大小，他们立刻就会知道，而且，这样的详细，这样的清楚，仿佛是他们自己做的一般"。谁说老中国的民众是隔膜的？陈四桥的人对别人家的事情就充满着无限的兴趣，只是兴趣不在同情，更不在帮衬。陈四桥人是精明的，通过一个信封、一种表情，他们就能猜出主人的境况、心情，再试着套问一下，加上自己丰富、合理的联想、推测，对其情况就估计

---

① 茅盾：《王鲁彦论》，茅盾等《作家论》，上海书店 1984 年 7 月据生活书店 1936 年 4 月版影印，第 214—215 页。

个八九不离十，然后再予以传播，继而决定自己的态度，嫌贫爱富，趋利避害，落井下石，也或者是妒富欺贫，幸灾乐祸，寻找着心理的平衡，感受着自己的优越。在这样的人际环境中，人一旦陷于困境会出现怎样的状况呢？主人公如史伯伯有一个"十几亩田""几间新屋""一切应用的东西都有"的小康之家，只因年老辞去职务，靠儿子养家，儿子没有按时寄钱回家，家庭生活暂时处于困境，这就引来乡邻的冷落、嘲讽、挤兑、敲诈等一系列的欺侮：如史伯母去阿彩婶家串门，平日对她最热情也"最谈得来"的阿彩婶远远看见就躲开，不得已时才"很慢很慢的转过头来，说：'啊，原来是如史伯母，你坐一坐，我到里间去去就来。'说着就进去了"，她是怕如史伯母借钱；裕生木行办喜事，一向德高望重的如史伯伯不仅因着衣服的由头受到嘲弄，还被迫坐在酒席的下位，这在好体面、重面子的陈四桥人眼中是极大的不敬，甚至是侮辱；十五岁的小女儿也因为家里没钱，受到老师同学的轻视，自己写的文章也被认为是抄的，还挨了打；如史伯伯家"比人还可爱"、还懂事、还通人情的爱犬也因着主人没钱被屠夫阿灰砍了一刀死去；做羹饭明明多花了钱还受到本家阿黑的讥讽；讨饭的阿水也敢来敲诈式地要钱；遭遇了小偷也不敢声张……陈四桥人的势利嘴脸于此过程中刻画得淋漓尽致。拥有小康之家的如史伯伯，只因暂时的经济拮据，别人的态度就由尊敬变为轻蔑，由阿谀变为诽谤，有人捧场，无人救急，从男到女，从大人到孩子，从有钱的到没钱的都是一样的势利，其态度完全取决于你的贫富，即使这种贫富并不影响到他人。"在这样的世界上，最好是不要活着"，诚如如史伯伯的女儿所言，"你有钱了，他们都来了，对神似的恭敬你；你穷了，他们转过背去，冷笑你，诽谤你，尽力的欺侮你，没有一点人心"。在这里，人与人之间的关系被金钱物质所控制，农业文明下人的淳朴、善良逐渐瓦解，而人性中固有的自私、圆滑却在金钱的冲击下日益凸显。《黄金》不仅真实、细致地刻画了小城镇小有产者趋向破产和没落的心理状态，更难得的是它入木三分地写出了小资产阶级的产业观念以及周围人对别人贫穷的幸灾乐祸甚至落井下石。

为了让别人看得起，无论男人女人都挖空心思赚钱，精打细算过日子，尤其是江南小城镇的女性，精明能干，勤劳而有韧劲。六十多岁的"李老奶"（王鲁彦《李老奶》）失去了丈夫和两个儿子，将一切痛苦埋在心里，镇定地对待一切生活冲击。"以前，她原是极善于感动，神经易受刺激的，现在竟变成了一副铁石心肠了。"她劝儿媳妇："别怕，我还年轻呢，再帮你十年二十年……啊，你老是伤心，伤心有什么用！倒不如爱惜身体，好好把孩子养大，怎见得不是先苦后甜呵……"面对各种生活的艰难，李老奶"好像愈加年轻了，她依然紧握着船舵，在暴风雨中行驶。她一天到晚忙碌着，仿佛她的精力怎样也消耗不完似的，虽然她一天比一天老了瘦了"。这个老人"为了后代！她要以耗尽最后的精力为代价，用自己的手从密云中为子孙们拨出一个青天来"。①乡邻这样评价她："看看榜样吧，年轻人！个个都像她，就天不怕地不怕，什么都担当得起了！"

江南小镇，开放的商业经济，也冲击着传统的思想习俗。但如中原小城镇一样，在新旧两种思想的交锋中，新的思想、观念和生活方式往往处于弱势地位。王鲁彦《一个危险的人物》就描写了这样一个悲剧，大学生林子平外出读书八年后归来，其思想、行为等都与乡村古老的规矩不合，一张同学合影被作为他有"十几个老婆"的见证，一件衣服的穿着也被认为"越轨"败俗，最后被叔父告发为"共产党"，在全村人通力合作下被抓获拷打致死。惨剧就发生在这些普通乡民的手上，他们并非都是心狠手辣之人，可做出的事情却令人毛骨悚然。本来，小城镇所起的风波都是茶杯里的风波，可就在这样的茶杯风波中也会衍生出扼杀生命的悲剧。平静的小城里，生活并不如表面看到的那么祥和安宁。

（三）形态之三：闭塞、自足、落后的边远之地的小城镇

萧红《呼兰河传》第五章这样写道：

> 呼兰河这地方，到底是太闭塞，文化是不大有的。虽然当地的官、

---

① 范伯群、曾华鹏：《王鲁彦论》，上海文艺出版社1980年版，第110页。

绅，认为已经满意了，而且请了一位满清的翰林，作了一首歌，歌曰：

溯呼兰天然森林，自古多奇材。

……

这首歌还配上了从东洋流来的乐谱，使当地的小学都唱着。这歌不止这两句这么短，不过只唱这两句就已经够好的了。所好的是使人能够引起一种自负的感情来，尤其当清明植树节的时候，几个小学堂的学生都排起队来在大街上游行，并唱着这首歌，使老百姓听了，也觉得呼兰河是个了不起的地方，一开口说话就"我们呼兰河"；那在街道上捡粪蛋的孩子，手里提着粪耙子，他还说"我们呼兰河！"可不知道呼兰河给了他什么好处，也许那粪耙子就是呼兰河给了他的。

呼兰河这地方，尽管奇才很多，但到底太闭塞，竟不会办一张报纸，以至于把当地的奇闻妙事都没有记载，任其风散了。①

这段噙着悲凉泪水的揶揄，表现了萧红对故乡的复杂情绪，也显示了一个受过现代文明洗礼的作家以文化批判的眼光远距离观照故乡的闭塞、落后与愚昧时的理性思考。故乡不仅有给她带来童年乐趣的后花园及花园里的蜂子、蝴蝶、蜻蜓、蚂蚱、小黄瓜、大倭瓜、樱桃树、李子树……也不仅有跳大神、唱秧歌、放河灯、野台子戏、四月十八娘娘庙大会等精神上的"盛举"，还有令她反复思考、痛心疾首的从"泥坑福利"、团圆媳妇之死、冯歪嘴得而复失的男女情事等故事中所反映出来的呼兰河人愚昧、病态的心理，以及他们习焉不察的封闭、落后的文化困境。

小说第一章便描述了呼兰河这个边远小城东二道街上的一个深达五六尺的大泥坑。这里经常淹死马，陷住马车，闷死狗、猫、鸡、鸭、猪，夺去不幸的小孩的生命，甚至连想用翅膀点水的小燕子也有被粘住的危险。但对这个给当地人带来极大不便和危险的烂泥坑，却从来没有人想着去整治它，"一年之中抬车抬马，在这泥坑子上不知抬了多少次，可没有一个人说把泥坑子

---

① 萧红：《呼兰河传》，《萧红全集》(3)，黑龙江大学出版社2011年版，第101—102页。

用土填起来不就好了吗？没有一个"，大家反而心安理得地享受着泥坑带来的"福利"："第一条：常常抬车抬马，淹鸡淹鸭，闹得非常热闹，可使居民说长道短，得以消遣。第二条就是这猪肉问题了，若没有这泥坑子，可怎么吃瘟猪肉呢？吃是可以吃的，但是可怎么说法呢？真正说是吃的瘟猪肉，岂不太不讲卫生了吗？有这泥坑子可就好办，可以使瘟猪变成淹猪，居民们买起肉来，第一经济，第二也不算什么不卫生。"萧红这让人忍俊不禁的揶揄背后的隐喻是非常明显的，它告诉人们，呼兰河就是一个烂泥坑，传统的习俗、落后的观念与历史文化的惰性桎梏着人们的精神与思想，生活在其中的人们就像陷在"大泥坑"中的动物一样，"它们自己挣扎，挣扎到没有力量的时候，就很自然的沉下去了，其实也或者越挣扎越沉下去的快"。在呼兰河，"除了大泥坑子这番盛举之外，再就没有什么了。……一年四季，春暖花开、秋雨、冬雪，也不过是随着季节穿起棉衣来，脱下单衣去地过着。生老病死也都是一声不响地默默地办理"。生与死是萧红一向关注的问题，也是其小说一个经常性的主题。与《生死场》中"糊糊涂涂地生殖，乱七八糟地死亡"的热闹与悲凉相比，《呼兰河传》中生与死则是在平静中自然而然地发生的，且发生了就好像没发生一样：

> 他们这种生活，似乎也很苦的。但是一天一天的，也就糊里糊涂地过去了，也就过着春夏秋冬，脱下单衣去，穿起棉衣来地过去了。
>
> 生、老、病、死，都没有什么表示。生了就任其自然的长去；长大就长大，长不大也就算了。
>
> 老，老了也没有什么关系。眼花了，就不看；耳聋了，就不听；牙掉了，就整吞；走不动了，就瘫着。这有什么办法，谁老谁活该。
>
> 病，人吃五谷杂粮，谁不生病呢？
>
> 死，这回可是悲哀的事情了，父亲死了儿子哭；儿子死了母亲哭；哥哥死了一家哭；嫂子死了，她的娘家人来哭。
>
> 哭了一朝或是三日，就总得到城外去，挖一个坑把这人埋起来。
>
> 埋了之后，那活着的仍旧得回家照旧地过着日子。该吃饭，吃饭；

该睡觉,睡觉。……他们心中的悲哀,也不过是随着当地的风俗的大流逢年过节的到坟上去观望一回。……

回到城中的家里,又得照旧的过着日子,一年柴米油盐,浆洗缝补。从早晨到晚上忙了个不休。夜里疲乏之极,躺在炕上就睡了。在夜梦中并梦不到什么悲哀的或是欣喜的景况,只不过咬着牙、打着哼,一夜一夜地就都这样地过去了。

假若有人问他们,人生是为了什么?他们并不会茫然无所对答的,他们会直截了当地不假思索地说了出来:"人活着是为了吃饭穿衣。"

再问他,人死了呢?他们会说:"人死了就完了。"①

在这些灵魂枯死、精神麻木的人群中,生与死已经没有了界限,没有过去,没有未来,现在的苟活也只是生命的机械循环。这是比"生死场"更可怕的死寂、孤独,生死的社会意义已经不复存在了。萧红就是通过呼兰河人对生死的漠然写出了"几乎无事的悲剧"②。

由于中国的社会现实,20世纪30年代的农村题材小说创作侧重于描写农民阶级意识的觉醒,"五四"时期由鲁迅开创的"改造国民性"的文学主题在这一时期有所减弱,"救亡"几乎成了压倒一切的历史文化主题。虽然有些作品涉及民族文化心理,但更多的是从阶级启蒙角度描写人物的思想性格。萧红曾说:"作家是属于人类的,现在或是过去,作家写作的出发点是对着人类的愚昧。"③ 从这一点来说,她继承并坚持了鲁迅的思想文化方向,对从农人身上体现出的对生命价值的漠视及苟活的生活态度采取了"揭出病苦"的创作态度,从而体现出对人类、民族生存状态的忧患意识。但她与鲁迅又有所不同,"萧红也写人们的精神麻木,但是她没有重复鲁迅的发现,也没有重

---

① 萧红:《呼兰河传》,《萧红全集》(3),黑龙江大学出版社2011年版,第18—19页。
② 鲁迅在《几乎无事的悲剧》一文中这样评价果戈里的小说:"这些极平常的,或者简直近于没有事情的悲剧,正如无声的言语一样,非由诗人画出它的形象来,是很不容易觉察的。然而人们灭亡于英雄的特别的悲剧者少,消磨于极平常的,或者简直近于没有事情的悲剧者却多。"(《且介亭杂文二集·几乎无事的悲剧》,《鲁迅全集》(6),人民文学出版社1981年版,第371页。)
③ 《现时文艺活动与〈七月〉——座谈会纪要》,《七月》1938年第15期。

复鲁迅的手法和角度。鲁迅所写的精神麻木是结合特定时代的要求和时代使命来说话，比如他写阿Q的精神麻木是从遭遇革命、糟蹋革命最后被革命所糟蹋的革命角度来表现"的。但萧红写精神麻木的角度更加根本，她"是从一般的日常生活或者说是从生存本身的意义上来写人的精神麻木、灵魂麻木的。鲁迅作品处理的是人与人、人与社会（阶级、国家、政府）的关系，萧红作品处理的则是人与存在的关系甚至包括人之外的其他生命与存在的关系"①。这是鲁迅小说所没有自觉涉及的，是萧红在鲁迅影响下对人之精神麻木的进一步揭示和批判，她所表现的是人的更本原、更永恒的生命苦难。

在东北、四川等边远地区的小城小说中，《呼兰河传》具有典型性，颇能代表这类小说所表达的基本的主题和内容。这些小城镇小说所描写或表达的重点往往不是人物、故事，而是小城的文化氛围和精神状貌，人物是类型化的，故事也不具备复杂、曲折的情节。在不同地域的小城小说中，这些小城人物有着各自不同的生活方式，但他们身上体现出一个共同的特点，即缺乏自主的个性和独立的思想。中原小城受传统文化影响，人物身上的劣根性根深蒂固自不待言，而沿海小城的商业意识带来的是对物质金钱的一致性追逐，人物也不具备独立的个性和思想。四川作家李劼人笔下天回镇的女性看起来是泼辣自主的，但她们在乎的是个体的自足、自由、享乐，而且这种享乐依靠的是男人的供奉，她们也没有任何独立的思想和行为。沈从文笔下的湘西小城，强调一种生命力的泼野张扬，但那只是生命力强旺的表现，与独立的思想无关，萧萧、三三等都只是跳跃于山间林中的美丽符号。

第二节　小城作家的故园情怀

福克纳曾回忆1925年舍伍德·安德森在新奥尔良对陷入写作迷途中的自己予以教诲时所说的话：

---

① 摩罗：《〈生死场〉的文本断裂及萧红的文学贡献》，《社会科学论坛》2003年第10期。

要做一名文学家，一个人首先要做好自己，明白自己生来是谁；要做一个美国人、一个作家，没有必要在口头上讲什么老生常谈的美国形象……你只要记住你自己是谁。他告诉我："你必须从某个地方开始，然后你就开始学会写作了。"这究竟是个什么地方倒无关紧要，你只要记住它，不嫌弃它就行了。因为你从一个地方开始和另一个地方开始同样重要。你是一个乡下孩子；你所了解的就是你家乡密西西比北部的那一小块地方。但是那也很好嘛。那也是美国。①

福克纳的回忆至少给我们这样的启示：要做一名文学家，一是要回到当下的自我，二是要回到自己所熟悉的生活中。在具体的文学表现中，无论是个体、国家、民族，都不应该仅仅是概念、理论意义上的存在，而应该是实实在在的生命和生活的展示。作为作家，回到自我生活中的感觉和思考，是进入生命，呈现地域、民族、人类生活的最直接的方式。福克纳正是因为安德森这样的教诲，找到了自己最准确的文学定位——把全部心思和整个创作转向了自己真正了解的家乡以及有关家乡的记忆、想象。就文学创作而言，写什么题材、写哪个地方往往并不重要，重要的是你对这个地方是否熟悉、是否有感情、是否能深入其中，并通过对该地风俗习惯及生活样态的述写，观照其生存状况和生命形态。

考察中国现代小城小说，会发现小城小说作家大多以自己的故乡为观照和书写对象，饱含深情地回忆自己所熟悉的那片热土上的各种场景和日常琐屑生活。

师陀笔下的"果园城"虽说是一个想象中的小城，但在作家自己看来，"这是我的果园城。其中的人物是我习知的人物，事件是我习知的事件，可又不尽是某人的写照或某事的拓本"②。师陀在民国三十五年（1946）五月四日

---

① 转引自孙宏《中美两国文学中的地域主题研究》，外语教学与研究出版社2007年版，第242页。

② 师陀：《果园城记·序》，《师陀全集》（2），河南大学出版社2004年版，第453页。

在上海为《果园城记》作序云:"民国二十七年九月间,我在一间像棺材的小屋里写下本书第一篇《果园城》。"① 书的主人公是一个想象中的小城,"我有意把这小城写成中国一切小城的代表,它在我心目中有生命、有性格、有思想、有见解、有情感、有寿命,像一个活的人。我从它的寿命中切取我顶熟悉的一段:从前清末年到民国二十五年,凡我能了解的合乎它的材料,我全放进去。这些材料不见得同是小城的出产:它们有乡下来的,也有都市来的,要之在乎它们是否跟一个小城的性格适合。我自知太不量力,但我说过,我只写我了解的一部分。现在我还没有将能写的写完,我但愿能写完,即使终我的一生。"② 因为一切都是"习知"的,即便有的材料不是小城"出产"的,也是适合小城"性格"的,因此"果园城"就成了师陀笔下亲切、有生命的主人公。师陀也因为回归自己、回到故乡而将"果园城"写成了"中国一切小城的代表"。

1940年春,萧红由重庆去往香港。此时的萧红,身患当时尚属绝症的肺结核,加上索居一隅,生活与心情都是寂寞的。寂寞则多思,其思想的触角由南国都市伸向了遥远的东北小城——故乡呼兰河,关于这个北国偏僻小城的童年记忆在饱经世事沧桑后忽然又那么明晰地浮现在她的眼前,在一种对于故乡既怀恋又感到悲抑的复杂情绪的驱使下,她于1940年12月20日完成了长篇小说《呼兰河传》。从地理意义上看,她是以身在都市回望故土的姿态描写了呼兰河小城的风土人情;而从心理意义上讲,她是以成人的思想、用儿童的口吻描摹了深藏内心的种种记忆,字里行间浸透了人们在回首故乡、回忆童年时那种特有的温馨与眷恋,然而温馨眷恋的背后却又深埋着作家在经历了世事变迁之后的那种难以表达的寂寞与悲凉。小说的"尾声"中写道:"以上我所写的并没有什么优美的故事,只因他们充满我幼年的记忆,忘却不了,难以忘却,就记在这里了。"③ 故乡呼兰河不仅有给她带来童年乐趣的后

---

① 师陀:《果园城记·序》,《师陀全集》(2),河南大学出版社2004年版,第452页。
② 同上书,第453页。
③ 萧红:《呼兰河传·尾声》,《萧红全集》(3),黑龙江大学出版社2011年版,第152页。

花园及花园里的蜂子、蝴蝶、蜻蜓、蚂蚱、小黄瓜、大倭瓜、樱桃树、李子树，也不仅有跳大神、唱秧歌、放河灯、野台子戏、四月十八娘娘庙大会等精神上的"盛举"，还有令她反复思考、痛心疾首的从"泥坑福利"、团圆媳妇之死、冯歪嘴得而复失的男女情事等故事中所反映出来的呼兰河人愚昧、病态的心理以及他们习焉不察的封闭、落后的文化困境。身处南国都市，回望故乡小城，萧红的情感是复杂的，既有对儿时生活的温情回忆，也显示了一个受过现代文明洗礼的作家以文化批判的眼光远距离观照故乡的闭塞、落后与愚昧时的理性思考。

毫无疑问，《边城》是沈从文最为完美的故园梦境，生命在牧歌般恬淡、悠然的自然美、人性美、人情美中焕发着庄严的神性。他曾明确表示过自己创作《边城》的初衷："我要表现的本是一种'人生的形式'，一种'优美、健康、自然，而又不悖乎人性的人生形式'。我主意不在领导读者去桃源旅行，却想借重桃源上行七百里路酉水流域一个小城小市中几个愚夫俗子，被一件普通人事牵连在一处时，各人应有的一分哀乐，为人类'爱'字作一度恰如其分的说明。"[①] 但"人生的形式"并非总是"优美、健康、自然"的，在所谓的"现代文明"的逼迫下，湘西"边城"乡民原有的素朴人性不见了。他之所以创作《长河》这部小说，就是为了"把最近二十年来当地农民性格灵魂被时代大力压扁曲屈失去了原有的素朴所表现的式样，加以解剖与描绘"，因此，"用辰河流域一个小小的水码头作背景，就我所熟悉的人事作题材，来写写这个地方一些平凡人物生活上的'常'与'变'，以及在两相乘除中所有的哀乐。问题在分析现实，所以忠忠实实和问题接触时，心中不免痛苦，唯恐作品和读者对面，给读者也只是一个痛苦印象，还特意加上一点牧歌的谐趣，取得人事上的调和"。作家已经深深感到一个美丽的梦行将逝去，故乡的现实让他痛苦哀伤，可他还想努力在小说中营造"人事调和"的基调，"特意加上一点牧歌的谐趣"，但是，"人事上的对立，人事上的相左，更仿佛无不各有它宿命的结局"，小说"前一部分所能见到的，除了自然景物

---

① 沈从文：《习作选集代序》，《沈从文全集》（9），北岳文艺出版社2002年版，第5页。

的明朗，和生长于这个环境中几个小儿女性情上的天真纯粹还可见出一点希望，其余笔下所涉及的人和事，自然便不免黯淡无光。尤其是叙述到地方特权者时，一支笔即再残忍也不能写下去，有意作成的乡村幽默，终无从中和那点沉痛感慨"。①《边城》中那愁绪缥缈而又人事融融、自然和谐的氛围不见了，人的正直和热情已经成为过去，那"优美、健康、自然，而又不悖乎人性的人生形式"没有了，田园牧歌也不再那么优美动听，外来的现代都市文明正一步步侵入湘西那带有神性的宁静幽美的自然山水，正一点点吞噬着湘西人那正直素朴的美好人性。在《长河》中，原本优美的田园牧歌已然变调，充满忧郁与悲凉，并渐次喑哑。

沙汀是我国现代文学史上一位"一生专注地描写中国宗法乡镇社会，并以此为自己全部艺术生命的作家"②。他笔下的川西北荒僻乡镇，与王鲁彦等所描写的受到外来资本主义冲击的江南小镇不同。沙汀笔下的乡镇更多的是与乡坝相互区别又相互联结的，"它稍稍脱开了田垅，产生了最初一批离开土地的镇民，乡镇成为赶场的集市、手工作坊的集中地、乡村头面人物争夺执掌权力的角斗场"③。写于1935年的《某镇纪事》几可概括沙汀笔下乡镇的特点：全镇只有两家面食店，三家小客栈，一家官店，五六爿茶馆，一条鹅卵石铺就的正街。街上不时有母猪拖着臃肿发赤的肚皮经过。狗们依旧在街面上正大光明地交尾，或者四脚长伸地伏在街心打盹。镇上一所两级小学，校长是一个病病歪歪、神经兮兮的留洋学生。除了上茶馆、"打围鼓"、"讲圣谕"、闹土匪、听传闻，也没有什么值得谈的了。镇上的人"平常间大都显出一副一致的神气：既不是快乐，也不是忧愁。说是安静吧，也不对。因为大家都像在无声无息忍受着什么哩。不过，不管怎样，外表上总可以说是很安静的。各人都按照老规矩一早起床，于是一路扣着钮扣上茶馆去"④。这就是

---

① 沈从文：《〈长河〉题记》，《沈从文全集》(10)，北岳文艺出版社2002年版，第3—7页。
② 吴福辉：《乡镇小说·序》，沙汀《乡镇小说》，上海文艺出版社1992年版，第1页。
③ 同上书，第2—3页。
④ 沙汀：《某镇纪事》，《乡镇小说》，上海文艺出版社1992年版，第12页。

沙汀笔下川西北荒僻乡镇的真实状貌,"我们这镇上的生活,也真有点闷人呢"①。沙汀的这些关乎乡镇宗法社会的小说,总是在不露声色、略带揶揄的叙述中表明自己的创作态度。

大致说来,一个作家相对稳定的创作主题、表现风格及其价值取向,在他还没有成为作家时就已经形成了。这些东西的形成当然与其所接受的文化教育和外在思想植入有关,但更重要的是其成长过程中的生命经历所给予的方方面面的感受与体悟。《孟子·万章下》云:"颂其诗,读其书,不知其人,可乎?是以论其世也。"孟子这几句话的意思是,诵诗读书,不能不了解作者其人,而要想了解作者其人,就必须研究作者所处的社会与时代。西方学者也认为:"一部文学作品的最明显的起因,就是它的创造者,即作者。因此,从作者的个性和生平方面来解释作品,是一种最古老和最有基础的文学研究方法。"② 从文学研究的视角来看,这种借助作家的个性和生平研究来阐释文本确切内涵和意义的做法是十分可靠的。那么,究竟是什么东西或力量推动作家进行创作呢?概括而言,作家的创作就是从其本身的感觉、认知出发,自觉不自觉地调动他的心理准备、心理积累而对现实世界的超越性把握。外在的学习,对创作主体而言只是起到培养艺术素质和综合能力的作用。在此基础上,创作主体潜在的动能被激活,从而在自己所熟悉的生活领域或自身的经历中找到创作素材并予以文学呈现。沙汀得心应手于川西北小镇生活的描写,萧红在生命的最后时光梦回呼兰河,李劼人耽心于成都、天回镇"回水沱"式人生的批判,鲁迅时时顾望的是其爱恨交织的"鲁镇""未庄",其他如沈从文之于湘西"边城",师陀之于"果园城"……只有回到生于斯、长于斯的故乡,他们的创作灵感才被不断激活,汩汩滔滔而不能自已。这种状态、这种背景下的创作,每一句话都质实而有力,每一件事都踏实而郑重。他们能从既有的条条框框中解脱出来,进入更为自由灵活的文学世

---

① 沙汀:《某镇纪事》,《乡镇小说》,上海文艺出版社1992年版,第19页。
② [美]雷·韦勒克、[美]奥·沃伦:《文学理论》,刘象愚等译,生活·读书·新知三联书店1984年版,第68页。

界。或许他们在世俗生活中未必游刃有余，但对社会历史、人情人性的清晰把握让他们在对人之生存方式和生命价值的关注方面走得更远，发掘得更深。

一 童年记忆与故园回望

从审美心理的发生视角来看，"表现艺术所传达的深刻体验，主要来自它对遥远的、记不得的童年时代的某些经验的触动。我嗅到一朵玫瑰花的香味，这种香味会突然给我造成一种异样的亲切感受，引起一种似曾相见的情绪体验。这种莫名其妙的深切体验，乃是儿童时期经历过一连串情感体验的再次萌发"①。作为一种审美体验，童年记忆与经历对作家的艺术创作有着深刻的影响。歌德在《诗与真》中曾指出，过去的记忆与现在的感觉是融为一体的，而且这种精神状态"对诗歌的写作大有裨益"：

> 有一种形式上十分奇怪的感觉，完全控制了我，那就是过去与现在融为一体的感觉。这种感觉把某种虚幻的东西带进了现在。它在我的大大小小的许多作品中都有表现，对诗歌的写作大有裨益，尽管它在生活本身中直接表现出来的那一瞬间，显得有点儿古怪、不可思议，甚至令人不快。
>
> 科隆这地方恰恰就是这样，古老的建筑风格给我一种难以名状的印象。教堂的断垣残壁（因为一些没有完工的建筑物，也同样遭到破坏）在我心中唤起了自斯特拉斯堡时代起就习惯了的那种感觉。②

任何人的记忆中都有一个无法忘却的"科隆"，也就是一个唤起作家创作感觉和冲动的故地。童年的记忆，故乡的成长经历，"在某种程度上已经决定了你的人生格调以及对幸福的直接体验。或许这些小城镇不足以成为先进或

---

① 滕守尧：《审美心理描述》，中国社会科学出版社1985年版，第163页。
② 转引自［苏］巴赫金《教育小说及其在现实主义历史中的意义》，《巴赫金全集》第三卷，白春仁、晓河译，河北教育出版社2009年版，第243页。

落后的典型，但正是因为他的平凡，具有了典型意义。这里是世界的边缘、新闻的盲点。生活在这里的一代代人，他们的生命从不被人注意，他们像草木一样见证四季，又似屋檐飘雨，小径风霜，自生自灭。尽管这些人也会被迫卷入时代风潮，然而他们又是无名氏，具体到每一个人的命运，幸与不幸、恩恩怨怨却也总是孤零零的，仿佛与世界无关。他们从不曾在自己所处的时代里呼风唤雨，即使是那彻夜欢笑与啼哭，也难被外人听见"[1]。小城作家愿意把养育自己的熟悉的小城当作观察时代兴衰与人生浮沉的窗口，透过这个窗口，切实地理解时代以及深藏其中的土生土长的力量。小城可以见证大时代，小人物也可以反映大时代、大运命。故乡是养育你的村庄、小镇、城市，但故乡又不局限于此，它是基于那个具体时空的丰富意象，可以是一个偶然浮现于脑海的熟悉的人，一个忘不掉的故事，一条门前小河，甚至天上飘浮的一片熟悉的云，地上跑的与记忆有关的一条具有灵性的狗，是能引发你各种温暖亲切与人生况味的诸多感触的那个与自己多少年声气相通的一切共同体。

沈从文、萧红、师陀、沙汀等现代作家，因为对外面世界的自由和文明的向往，离开家乡，终于历尽辛苦在城市有了暂时的立足之地，但蓦然回首，却发现灵魂永远留在了故乡。这种浓郁的故园情怀就展现在他们回忆故乡的小城小说中。沈从文笔下的"边城"，每一个人都有一个简单厚道的灵魂，每一处风景都与天地自然妥帖和谐，每一份情感都质朴醇厚。这里有像麋鹿一样纯洁聪灵的三三，有像豹子一样强壮的大老二老，有慈祥善良的爷爷，有赤诚稳重的舵总，人人重义轻利，个个宅心仁厚，这是一个被故园情结温情化了的世界。萧红笔下的呼兰小城虽然没有什么优美的故事，但它充满了幼年的记忆，"忘却不了，难以忘却"[2]。师陀笔下的果园城，"这里的一切全对我怀着情意"，"每一粒沙都留着我的童年，我的青春，我的生命"[3]。这些小

---

[1] 熊培云：《一个村庄里的中国》，新星出版社2011年版，第3页。
[2] 萧红：《呼兰河传·尾声》，《萧红全集》(3)，黑龙江大学出版社2011年版，第152页。
[3] 师陀：《果园城记》，《师陀全集》(2)，河南大学出版社2004年版，第455页。

城作家笔下的船夫、水手、长工、小工匠等小城子民，不善狡诈，拙于温柔，大多有着一份感动人心的平和、厚道和热情。在这里，即便是简单的街道、苍白的风景、荒凉的鸡毛店等都因作家的故园情怀而变得温馨有意味。而潜藏于这些简单景致中的"小城故事"和小城世态人情，只有曾经生长于此的小城之子方能体悟得到。因为他们在此生活过，有着深刻的童年记忆，是与小城融为一体的，是小城的亲近者、寄生者，而不像那些外来的参与者、调查者、评论者只是按图索骥、浮光掠影地去考察、求证小城的历史与现状。小城作家对小城故事与小城人情体贴入微的回望、关心，不只是一种理性思考，还是一种关乎心灵的感性认知。

故乡或者山清水秀，和美融融；也或者贫寒粗陋，千疮百孔。小城镇，在20世纪二三十年代生产力不发达、经济落后、战乱频仍的时期，某种意义上更代表着一种封闭的生活状态，一种生存的艰难处境，但作家总能引领我们在小城镇生活中找到一些真实或者美好的事物让我们为此心怀感念，或者在别一种人生中，给我们在高速度、高强度的压力生活中已日渐麻木的神经和委顿的生命以敏悟和启迪。有人说过这样的话，"没有故乡的人寻找天堂，有故乡的人寻找故乡"①。故乡让人心灵安适，也让人心存敬畏。故乡是一段永远无法割舍的亲情，一段永远无法忘却的因缘，小城作家充满温情的回忆、叙述，让小城小说充满魅力。

或曰"熟悉的地方没有风景"，或曰"月是故乡明"，这大概是游子对家乡普遍性的矛盾感觉。熟悉的风景是无法让人觉察其独特之美的，对于故乡也是如此。作家们对于故乡深入肌理的熟悉会让故乡的每一点不足都更为清晰，也被无限放大了，"故乡本也如此"②，"除了甜甜的带着苦味的回忆而外，在那里，在那单调的平原中间的村庄里，丝毫都没有值得怀恋的地方"③。但另一方面，所谓故乡，则是那一方切身切己的圣地，那里的一草一木、一

---

① 熊培云：《一个村庄里的中国》，新星出版社2011年版，第505页。
② 鲁迅：《故乡》，《鲁迅全集》（1），人民文学出版社2005年版，第501页。
③ 师陀：《看人集·铁匠》，《师陀全集》（5），河南大学出版社2004年版，第131页。

山一水都留有自己纯真的童年记忆，是养育自己的母亲的温暖怀抱，子不嫌母丑，哪有厌恶故乡的情理？这种剪不断理还乱的矛盾感觉，让出于小城之子故乡记忆的小城小说有了耐人咀嚼的丰厚意味。一方面，在传统文化视阈下，小城寄托着每个人的家园之梦，小城小说成为中华民族心理的空间呈现和中国知识分子精神家园的艺术投射。比如沈从文的《边城》描写了人类永远的梦；萧红的《呼兰河传》写了一个女孩对家的回忆及牵念；沙汀的《堪察加小景》呈现了川边小城"罪"与"罚"中的一点善念、一丝温情；师陀的《果园城记》叙述了中原小镇活在昨天的平静……小城不仅是小城之子笔下的"家园"，也是普通民众心向往之的理想的生存之地。另一方面，在现代文明的烛照下，小城则是凝滞的"废园"，是生命无价值轮回的"生死场"。在小城小说中，无论是对家乡"风景"的眷恋，还是对故乡"痼疾"的厌恶，都体现在对普通人日常生活的描述中。

没有动机的文学创作是不可思议的。就文学创作的动机而言，它包括作家创作时的显动机与潜动机。"显动机又称有意识动机，是指被主体意识到的需要和目的。坚持以显动机解释人类行为的理论实际上认为人是理智的动物，人的行为是由理智控制的，因而动机也总是被理智地意识到的。相反，潜动机又称无意识动机，是指那些未被主体意识到的，处于潜意识领域的动机。这一观点的主要倡导者弗洛伊德学派认为：人的行为主要是由无意识操纵的，行为的真正理由是深藏的本能倾向，是以复杂而迂迴的方式表现出来的，这也就是说，一个人的选择和行动不常是对后果深思熟虑的产物。与显意识动机相比，潜意识动机的作用更大，更值得加以深入的研究"。① 回顾已有的现代文学创作，那些"为……而写作"的作品，不管是传统的"载道""言志"，还是五四新文化运动以后的"启蒙""革命""救亡"，都属于"从事创作的直接心理驱力"的显动机。而潜动机是指"艺术家从事创作时内心的某种无意识驱动力量"。无论是潜意识还是显意识驱动下的文学创作，根源性因素还在于一个人包括天赋、经历等综合性主体要素的状况。"主体因素指的是

---

① 童庆炳：《文学理论要略》，人民文学出版社1995年版，第117页。

作家在创作以前的所有心理体验的积累，它对客观刺激因素有积极选择和反应，因此创作动机的产生往往关系到作家的整个心理的积淀以及由积淀而形成的文化心理结构。"①

英国美学家阿诺·里德曾说："究竟是什么东西推动艺术家进行创作呢？从某种意义上说是所有的一切。艺术家进行创作的原因，这包括了他过去所有的生活状况，他在创作时的身心状况、意识和气质，包括所有能引起灵感现象的一切情况。这些情况严格说来可以包括艺术家所描写的那件事情为止以前全部宇宙的历史。"② 这是一个人源自各种"机缘巧合"的种种先天和后天的经历和机遇，形成了其独有的兴趣和敏感，形成其阅人观物的独特方式，决定了其别具只眼的视角和别有会心的思想。这些独特之处也表现为个人感兴趣的表现对象、感兴趣的视角和感兴趣的表现方式与手段。于是，同样的事物在有的人那里有感觉，在有的人那里就没感觉。同样有感觉的重要事物，在不同的作家那里，关注点又不一样。在很多时候，创作者本身也不清楚自己为什么写这些和为什么这样写，很多情况下是跟着感觉、身不由己的。或许，这正是文学创作的魅力所在。作家常常比喻自己的作品是自己的孩子，而不是自己设计制作的产品，或许原因正在于此。孩子可以预期，但不由设计，因此失望或惊喜在所难免。但产品设计和制作，似乎只是走个程序，没有意外，没有创作的惊喜，只有技巧的呈现，那是不能动心的。正因如此，作家尤凤伟说："我写小说一向没有什么章法。题材与写法都随心所欲，今日南山，明日北海，兴之所至。不像有些作家那样胸有成竹，制定出五年、十年甚至一生的创作规划，然后在自己的'开拓区'里一口一口地打深井。我没有这种雄心壮志，也没有这种耐性。我似乎还有另一种偏见：世间诸事唯文学不可按规划刻板实施，那便多了匠气，失却了活鲜，失却了色彩，失却了灵气。……我只是散散懒懒，顺其自然，我只听命于心灵与情感的牵引，

---

① 童庆炳：《文学理论要略》，人民文学出版社1995年版，第118页。
② [英]阿诺·里德：《艺术作品》，《美学译文》第一辑，中国社会科学出版社1980年版，第90页。

觉得可以成篇，便命笔写下。"① 相反，一旦创作的目的、动机过于明确，强烈的功利目的会遏制直觉、无意识的正常发挥。所以，美国作家查尔斯·布列斯基曾说："一旦我知道我为什么写作，那么，肯定地讲，我就再也无力写下去了。"②

就中国现代小城小说写作的显在动机来看，或出于功利性写作，如启蒙大众、批判落后传统等；或倡导革命，反抗等级压迫；或呼吁大家联合起来救亡图存。这种功利性创作主要包括政治功利（对当下政治的批判和反思）和道德功利（对道德的颂扬或批判）两方面。而那些或因忆旧怀旧，或偏于趣味、愉悦，或源于成长经历中的各种创伤记忆而对某些方面特别关注或别有思考的个性写作，往往是潜意识层面在起作用。对于以写作为生的作家而言，或许会有自己的个性，但就其显在创作动机而言，一般会符合社会、时代的主流意识。但就潜在意识而言，则怀抱各有不同。作品的水平高下、意义价值或许正是在这个意义上区分开来的。如果只是以启蒙的标准去衡量《呼兰河传》，那么其在描写日常生活方面的"史诗"价值必然会被遮蔽。如果只是将《边城》看成对传统美德的赞美，那么其现代性反思和人性凝眸的意义必然被格式掉。如果只把师陀的《果园城记》看成对落后的中原小城的批判，那么小城的寓言性及其现代中国生活样式的"浮世绘"价值也将被弱化。如果认为许钦文、王鲁彦的《屋檐下》《王老妈》《黄金》等只是描写了西方商业文化冲击下浙东小镇世风日下、生存艰难的状况，那就忽视了作者对家乡子民理性务实的生存态度与坚忍不拔的生命意志的赞美之意。其他如李劼人的《死水微澜》、沙汀的《某镇纪事》、萧红的《小城三月》等众多优秀的小城小说，都有着也许作者也未必意识到的丰富内涵。它们不会固定于几个简单的类型化主题，也不会僵死于一种叙述模式，它们还原的是生活，书写的是生命。如果简单地以某些类型化思想或叙事理论予以解读，就会只

---

① 尤凤伟：《军营追忆——关于〈旷野〉》，《尤凤伟文集》第三卷，山东文艺出版社1997年版，第529页。

② 堵军主编：《世界百位作家谈写作》，中国新闻联合出版社2004年版，第32页。

看到其显在的主题和表现技巧，而忽视了其内在的真实用意和细密心思。这些回忆故乡的小城小说，其丰富多元的人生体味和生命感悟是得益于原来的家乡生活和回望时的故园情怀。《呼兰河传》简单故事中所蕴含的丰沛情感和内容，也只有萧红这个从小生活在呼兰河，其血肉和灵魂都经由这个小城所孕育的人，才能对其有如此丰富多元又细致入微的感觉。正如人总是眷恋着母亲的怀抱，向往母胎中的安宁一样，萧红与呼兰河之间的密切关系，使得她在叙述、描写之际，字里行间不可抑止地流淌着深沉的怀旧之情。虽然她不时在回忆往事中感受着故乡人的愚昧、自私、麻木，对此有着很深的痛与厌，不时插入带有嘲讽的议论，但依然不能遮掩住这种刻骨铭心的情感。读着作品中所描写的点点滴滴，我们能感受到当年萧红对呼兰河的那种深情和忧伤。这些回到家乡或回望故乡的作品，虽然观照的视角不同，表现的内容有异，但无论是批判还是赞美，却毫无例外地倾注着一个小城之子满满的故园情怀。

二　倾情投入与理性俯瞰

从创作动机上看，小城作家的创作如大多数作家的创作一样，可大致归为这样三种：一是把文学当作事业经营，其中既有将全副身心贡献于文学者，也不乏把文学当作晋身之阶者；二是把文学作为抒情达意的工具，文学创作只是其生活兴趣、爱好之一，偶尔为之，休闲为之；三是视文学为不能已于言的生命书写，心有所感，不吐不快。就第一类作家而言，文学既然是其毕生追求的事业，或者在某段时间内曾倾心倾力而为之，则其对文学的创作理论、技术规范及经典文本等自然有一种系统、规范、认真的学习，在掌握这些基本规范和技术的基础上紧跟时代前进的步伐，以弘扬社会主旋律为己任，抒写自己在时代大潮中的理想、怀抱。第二类作家，写作不为稻粱谋，主要以表现个人的思想情趣为主，文笔手法也往往遵循传统经典一路。第三类作家，文学就是表达自我的一种手段，如何能精准而自如地传达自我是其根本的创作目的。这类写作往往并不在意文学的固有规范和传统的各种条条框框，写我、传我、达我才是其创作的最终目的。在这些作家要表现的文学世界里，尊重客观事物和客观规律，真诚面对自我的感觉与思考是最为重要的。无论是文学的艺术感染力，还是最终要达到的思想启迪的目的，文学表达的前提都是真诚。莫言虽然曾不止一次地强调饥饿和孤独是其创作的源泉，而其"真正的写作动机"是因为"心里有话要说；是想用小说的方式，表达我内心深处对社会对人生的真实想法"。① 值得注意的是，最有代表性的小城之作几乎都是第三类作家以表现自我为目的故乡书写。

考察整个中国现代文学创作，几乎可以这样说，乡土小说创作是其最为重要的组成部分，乡土故事是中国现代文学最基本的表现主题，中国绵长久远的发展历史、发达的农耕文明和相对稳定的社会结构是所以如此的文化凭借。从《诗经》一直到中华人民共和国成立之前，文学世界充满着"土气息"和"泥滋味"。虽然自晚清以来，中国传统思想文化受到外来思想与文明的不断冲击，从器物层面到制度层面再到思想观念层面都发生了很大变化，但人们的思维方式、思想观念、处世心态等却以集体无意识的方式深潜于生命深处，以密码形式顽强地存在。比如人与人之间精神的相互隔膜与情感上、事务上缺少分寸的极为热络；生活中对亲友无原则的付出与对他人情感、生活的绑架；使命感、责任感的强化与个人价值依附他人或他物的实现，自我意识的缺失；遇到问题容易归咎他人和外因，解决问题求助周围，缺少个人担当的英雄气质，等等。仔细分析一下小城小说中的人物思维及行为，以及当下人的日常表现，就知道时尚的生活、表层化的现代观念依然掩盖不了灵魂深处的"传统"。或许这才是真正的"乡土"，也是小城小说的"灵魂"，也是自五四运动以来的都市小说虽然风光旖旎却始终让人觉得缺少"灵魂"的基本原因。

几乎所有的小城镇小说所表达的内在精神，作者都是以亲历者或参与者的身份与小城中的人和事平等交往、相互交流、共同活动着。这种回到故

---

① 莫言：《我的文学历程——2006年9月第十七届亚洲文化大奖福冈市民论坛的讲演》，《莫言演讲新篇》，文化艺术出版社2010年版，第68页。

乡记忆生活的倾情投入,让悠然淡定的小镇有了一些世俗的烟火气。但同时,几乎所有的作者,他们还有不同于小城子民的隐匿于生活身后的另一种身份与态度,那就是跳出自我身份的阈限,以一个旁观者的身份理性地俯瞰小城众生及其生活。

(一) 感性的倾情投入

法国人文主义思想家蒙田在他的最后一篇随笔《论经验》中对人作了这样的总结:"善于忠实享受自己的生命,这是神一般的尽善尽美。我们寻觅别的条件,是因为我们不会利用自身的条件;我们脱离自身走出去,是因为我们不明白自身的状况如何。我们踩高跷不过是白费力气,因为在高跷上也得靠自己的腿来走路;坐上世界最高的宝座也只能靠自己的屁股。在我看来,最美好的人生是向合情合理的普通标准看齐的人生,这样的人生没有奇迹,也不荒唐。"① 的确,从大的社会历史问题,到小的个体生存、发展,在分析问题的出现及寻求解决的方法时,我们的习惯性思维都是首先认定人作为社会人、文化人的身份,在由社会人、文化人定位所形成的类型化问题中,寻找问题的原因及解决的方法,于是,反抗、推翻、进步成了推动社会历史前进的基本路径。如果将人还原为自然人,从每一个体自身去发现、接受、改善自我的生命状态,认可一种普通人的标准和追求,对大多数人而言,这或许才是生命的正常状态。

1."普通人的一天胜过所有哲学"

小城的日常生活是平静、安逸的。鲁迅《风波》的开头这样描写傍晚时分的生活场景:

> 临河的土场上,太阳渐渐的收了他通黄的光线了。场边靠河的乌桕树叶,干巴巴的才喘过气来,几个花脚蚊子在下面哼着飞舞。面河的农家的烟突里,逐渐减少了炊烟,女人孩子们都在自己门口的土场上泼些

---

① [英] 阿伦·布洛克:《西方人文主义传统》,董乐山译,群言出版社2012年版,第47页。

水,放下小桌子和矮凳;人知道,这已经是晚饭的时候了。

老人男人坐在矮凳上,摇着大芭蕉扇闲谈,孩子飞也似的跑,或者蹲在乌桕树下赌玩石子。女人端出乌黑的蒸干菜和松花黄的米饭,热蓬蓬冒烟。

老人、男人、孩子、女人或闲谈或娱乐或做事,各司其职,自得其乐,一派恬淡自在、安静祥和的气氛。难怪河里驶过文人的酒船,文豪见了,会大发诗兴,由衷感叹:"无思无虑,这真是田家乐呵!"普通文人远远观赏这样一幅农家乐,看到的是生命之恬淡和谐,"无思无虑"的"田家乐"是文人对眼见的生活现象,根据自己的主观臆断而生发的诗意感慨。然而,近距离看去会发现,这样的生活其实并无多少诗意:九斤老太在骂六斤吃炒豆子,感喟着"一代不如一代";六斤则骂九斤老太"这老不死的";七斤嫂在嚷骂着七斤回来太晚;邻村茂源酒店的主人赵七爷的到来引来了更大的吵嚷和嬉闹:村人们看客下菜,势利巴结的客套,赵七爷的卖弄和煽动(唯恐天下不乱),九斤老太的打岔和埋怨,七斤嫂的诉苦,七斤、七斤嫂、八一嫂的吵架,七斤因六斤打破碗打了六斤一个耳光……村人们七嘴八舌嗡嗡乱嚷,简直是永远拆解不开的一团乱麻,一通吵嚷之后,便各自回家睡觉。——这才是实实在在的生活,有快乐,但都是简单的快乐,没有城府;有风波,但都是茶杯里的风波,没多大风浪。每个人都在认真生活,虽然每个人都有牢骚,但他们一直在努力;其努力虽不一定得法,但都在寻求一种尊严感,至少是在努力获得一种存在感。

升斗小民过的是普通烦琐的日子,是文人墨客将这种平常的日子赋予了这样那样的情趣和意义。倘若将自己视为一介平民,深入寻常生活的肌理,就会发现简单生活所内蕴的深意。日出而作,日落而息,一日三餐,家长里短,平头百姓最平凡的生活中蕴含着最简单、最直接的道理:"普通人的一天胜过所有哲学。"[①] 这既是说简单普通是生活的底子,也指安稳平淡的日常生

[①] 刘克敌:《困窘的潇洒:民国文人的日常生活》,广西师范大学出版社2013年版,第1页。

活中沉潜着最基本的人生哲学。这种最基本的人生哲学因为是从生活中抽象出来的，深刻而接地气。以这种脚踏实地的态度走进小城，结识小城人，体会小城生活，会发现这是一个处处有意味的所在，其中的日常生活的点点滴滴无不体现出历史的厚重感和现实的亲切感。正如沈从文在《湘行书简》中所体会到的，我们平时所读的历史书，只是告诉我们另一时代最笨的人相互砍杀，"真的历史却是一条河。从那日夜长流千古不变的水里石头和沙子，腐了的草木，破烂的船板，使我触着平时我们所疏忽了若干年代若干人类的哀乐"。那些辛苦劳作的农人渔夫，"不需我们来可怜，我们应当来尊敬来爱。他们那么庄严忠实的生，却在自然上各担负自己那分命运，为自己，为儿女而活下去。不管怎么样活，却从不逃避为了活而应有的一切努力。他们在他们那分习惯生活里、命运里，也依然是哭、笑、吃、喝，对于寒暑的来临，更感觉到这四时交递的严重"。① 这些看起来平凡、卑微的小人物，都在庄严忠实地担负着自己的那份命运，不仅不需我们来可怜，甚至值得我们尊敬与爱。萧红笔下那些"比我高"的众多人物②，沈从文以文学为供奉人性所搭建的"小庙"，师陀那"有生命、有性格、有思想、有见解、有情感、有寿命"的果园城，沙汀勾画川西北荒僻乡镇面影的小镇系列小说，等等，正是这样的历史书写。当代作家王安忆就认为，"历史的面目不是由若干重大事件构成的，历史是日复一日、点点滴滴的生活演变"，而"小说这种艺术形式就应该表现日常生活"，"无论多么大的问题，到小说中都应该是真实、具体的日常生活"。③ 所以，有人才如此感慨："中国文化太强大了，它就像一股宛如大河般的暗流，表面看不见任何波浪，其力量却无人能够阻挡。如果说，

---

① 沈从文：《湘行书简·历史是一条河》，《沈从文全集》（11），北岳文艺出版社2002年版，第188页。

② 在与聂绀弩的一次对话中，萧红曾谈及自己与鲁迅是如何对待各自小说中的人物的："鲁迅以一个自觉的知识分子，从高处去悲悯他的人物。……我开始也悲悯我的人物，他们都是自然奴隶，一切主子的奴隶。但写来写去，我的感觉变了。我觉得我不配悲悯他们，恐怕他们倒应该悲悯我咧！悲悯只能从上到下，不能从下到上，也不能施之于同辈之间。我的人物比我高。这似乎说明鲁迅真有高处，而我没有或有的也很少。一下就完了。这是我和鲁迅不同处。"（聂绀弩：《回忆我和萧红的一次谈话——序〈萧红选集〉》，《新文学史料》1981年第1期）

③ 徐春萍：《我眼中的历史是日常的——与王安忆谈〈长恨歌〉》，《文学报》2000年10月26日。

这条大河中,漂流着许多漂亮的东西,诸如贝壳、珊瑚等,它们是经过提炼的精品,是你一眼可以看见的,这些是哲学家、思想家、文学家们的著作;而大河的主体,即河水的那一部分,则是民间的力量,一般人不说它有多漂亮,没有意识到它的作用,也不拿它来做研究,但是事实上,它却是传承文化中最重要的东西。"① 这才是中国文化核心构成要素,正是千千万万个平凡人物的平常生活才筑就了民族文化厚重的历史,挖掘、了解并表现这种由日常生活构成的历史,正是小说这种艺术形式所擅之胜场。

2. 日常生活的丰富胜过所有传奇

在沈从文的《长河》中,"现代"还没有到来之前,滕长顺一家人的日常生活是那样丰富、安详、有序,诸如观音生日、财神生日、药王生日等神佛生日皆敬香、吃斋。其他如惊蛰吃荞粑,寒食清明上坟,端午裹粽子、喝雄黄酒、看赛船,中元节作盂兰盆会,八月敬月亮,九月重阳登高,腊八日煮腊八粥、做腊八豆……"总之凡事从俗,并遵照书上所有办理,毫不苟且"②。

在一个个这样的家庭单元所组成的湘西边城,男人都遵从一个秩序,发挥他的力与美、爱与宽容;女人也不需要那些新式的文化教育,她们"需要的不是认识几百字来讨论妇女问题,倒是与日常生活有关系的常识和信仰,如种牛痘,治疟疾,以及与家事有关收成有关的种种……一切生活都混合经验与迷信,因此单独凭经验可望得到的进步,无迷信掺杂其间,便不容易接受"③。本来人们一直过着平静简单的生活,但传闻政府要推行的"新生活运动"却搅乱了这潭生活静水。由于不知什么是所谓的"新生活","妇人"担心会拉人杀人,便到处打听,待到她"把话问够后,简单的心断定'新生活'当真又要上来了,不免惶恐之至。她想起家中床下砖地中埋藏的那二十四块现洋钱,异常不安,认为情形实在不妥,还得趁早想办法,于是背起猪笼,

---

① 王娟:《民间节日与文化传承》,《在北大听讲座》,新世界出版社2006年版,第200页。
② 沈从文:《长河》,《沈从文全集》(10),北岳文艺出版社2002年版,第45页。
③ 同上书,第21页。

忙匆匆的赶路去了。两只小猪大约也间接受了'新生活'的惊恐，一路上尖起声音叫下坳去"。① 实际上，所谓的"新生活"与兵荒马乱没有什么直接的关系，可小镇乡民却基于以往的生活经验断定"新生活"一来，"到处村子又是乱乱的，人呀马呀的挤在一处，要派夫派粮草，家家有份。每天有人敲锣通知三点钟村子里开会，男男女女都要去，好开群众大会，好枪毙人！大家都要大喊大叫，打倒土豪，消灭反动分子。这批人马刚走，另外一群就来了，又是派夫派粮草，家家有份。又是开会，杀人"。经验告诉小镇的人们，外部世界的任何变动，都意味着他们会被屠杀、被劫掠。后来镇上橘子园主人滕长顺点破"新生活"无非是走路要靠左，衣扣要扣好，上街不许赤脚赤臂膊，凡事要快，要清洁……这对乡下人来说是平添了麻烦，行不通。这才使大家安下心来。"新生活"没来，可驻扎在镇上的保安队却是小镇生活的真正威胁者。那位姓宗的保安队长不仅强迫滕长顺家贱卖一船橘子，还对滕长顺漂亮活泼的三女儿夭夭虎视眈眈。小说结尾已露出悲剧端倪，但夭夭仰望满天晚霞，很乐观又天真地说："好看的都应当长远保存。"这句孩子气十足的话，可看作作家对于湘西牧歌式的生存形态能够永远保存、持续的一个美好愿景。

对日常生活的倾情投入，不是为了审美，而是因为它是生命中最主要的内容。生命是神奇的，它渴求自由、新、奇、变，而日常生活却让一切变得烦琐无趣。每个人都生活在具体的时空中，由于时间的无限延展和空间的无穷扩大，生命更显示了其有限和微不足道。就在有限的生命中，大部分还是在年年岁岁、日日时时的循环往复中无聊度过。为摆脱平庸无聊，人们尽可能抓住日常生活中的诗意瞬间和幸福场景及梦中的理想，以文学艺术等方式记录下来。在现代化进程中，科技迅猛发展，信息和速度为人类提供了极大便利的同时，地球村也泯灭了大部分差异和个性。于是，认识自我，寻找精神家园，过让灵魂安适的真正生活，成了每个现代人的追求。小城文学给予读者的就是这样平凡而又丰富的小城人、小城生活及其所传达的意义。

---

① 沈从文：《长河》，《沈从文全集》（10），北岳文艺出版社2002年版，第27页。

张爱玲在20世纪40年代回应傅雷对其作品的评析时写了《自己的文章》，清楚地表达了她对人生及创作中关于"飞扬"与"安稳"的看法。她说："我发现弄文学的人向来是注重人生飞扬的一面，而忽视人生安稳的一面。其实，后者正是前者的底子。又如，他们多是注重人生的斗争，而忽略和谐的一面，人是为了要求和谐的一面才斗争的。"① 她认为，好的作品是以人生的安稳做底子来写人生的飞扬的。她曾以自己的作品为例说道："我的小说里，除了《金锁记》里的曹七巧，全是些不彻底的人物。他们不是英雄，他们可是这时代的广大的负荷者。因为他们虽然不彻底，但究竟是认真的。他们没有悲壮，只有苍凉。悲壮是一种完成，而苍凉则是一种启示。"② "他们虽然不过是软弱的凡人，不及英雄有力，但正是这些凡人比英雄更能代表这时代的总量。"③ 对于这些以安稳为底色的平常人、平凡事，张爱玲深入体察，给予了足够的理解同情和尊重包容。她特别欣赏《论语·子张》中"如得其情，则哀矜而勿喜"这句话，并阐释说："最可怜的人，如果你细加研究，结果总发现他不过是个可怜人。"④ 张爱玲似乎在创作时情感过于冷静，其实这只是表面现象，她对于自己笔下的一切都是尊重、同情的，从来不嘲笑、不轻慢，细腻体贴人情物理，面对伧俗的世界，始终报以人世的贞亲，这也就是张爱玲能真切地贴近所表现的对象、能细腻地表现出人物的复杂存在状态的主要原因。季红真在论及阿城的创作时说："由入世近俗而达到深刻的认同，作者对普通人的平凡人生际遇，既不是居高临下的怜悯，更不是自命高雅的苛责，而是深切的体察与积极的内省。"⑤ 其实，这也是大多数小城作家在面对小城人生时的基本态度。这种态度接续了五四启蒙运动中"人的发现""人的文学"所张扬的对普通人以理解、同情的态度予以观察、体贴的人道主义精神。早在五四新文化运动开始时，周作人在奠定新文化思想和文

---

① 张爱玲：《自己的文章》，《流言》，北京十月文艺出版社2009年版，第185页。
② 同上书，第186页。
③ 同上书，第187页。
④ 宋以朗：《张爱玲私语录》，皇冠出版社（香港）有限公司2010年版，第106页。
⑤ 季红真：《宇宙·自然·生命·人——阿城笔下的"故事"》，《读书》1986年第1期。

学基础的《平民的文学》中就曾谈道:"平民文学应以普通的文体,记普遍的思想与事实。我们不必记英雄豪杰的事业,才子佳人的幸福,只应记载世间普通男女的悲欢成败。因为英雄豪杰才子佳人,是世上不常见的人。普通男女是大多数,我们也便是其中的一人,所以其事更为普遍,也更为切己。"①正是因为这些日常凡俗的生活"更为普遍""更为切己"而具有了生命的本质意义。

(二) 理性的人生俯瞰

那些对小城生活倾情投入的作家,他们是普通人,但又与普通人不一样,他们既能入乎其中,又能出乎其外,既能倾情投入所表现的对象中,又能随时摆脱情感的羁縻,以一个旁观者的姿态,与所表现的对象拉开距离,俯瞰自己及周围的一切,从而对人性、对生活、对世界、对古往今来予以理性思考,将自己的感悟附着于小城故事、小城人生或者小城庸常的生活之上,以文学为载体呈现给读者。这样的文学文本因为内蕴着作者自己的感悟、思考而与一般的客观叙述有了意义上的深浅之别。这些凭借文学文本而对小城故事、小城生活、小城人生和小城人性的考察、还原与思考,比社会学、历史学的学理性研究更直观、更生动、更细微,也更丰富。透过文学了解那段历史、那个场景、那种景观、那些远去的人和事,也就更为真切感人。这也是文学的意义之一。

作为一个正常的社会人,其生存需要满足外在物质和内在精神两个基本条件。不同的物质条件、生存环境给人的感觉是不一样的。人的感觉有时是很神奇的,并不是美好的东西就一定能令人满足。从某个角度来看,缺憾、苦恼和痛楚等更能令人咀嚼、回味而受益匪浅,这就如同喝辣酒、吃苦茶比饮甜酒、品香茗更有滋味,更耐得咂摸。从这个意义上说,并不是科技越发达越先进,物质文明程度越高,就越能满足人的精神方面的需求。人类对生

---

① 周作人:《平民文学》,《中国新文学大系·建设理论集》(影印本),上海文艺出版社2003年版,第211页。

存环境和生活条件的选择也是如此。小城在规模、设施、环境等方面与孤寂、闭塞的农村和拥挤、喧嚣的都市相比，更适合人类居住。尤其是那些有着深厚的历史和文化积淀、环境幽静且生活较为便利的小城镇，更是人人向往的宜居之地。生存环境在某种程度上决定着生于斯长于斯的人的性情、观念和处世行为，于是小城人就有了独特的小城意识和小城观念。小城，存在数百年甚至更久远，小城的文学发现，让偏远僻静的小城被外界所知晓，各地的小城生活方式，通过文学的形式得到了一定程度的交流，使大家知道了不同地域的小城镇有着姿态各异的生存方式和生命观念。各地不同的生命形态构成了葳蕤丛生的大千世界，各地小城可能在房舍建筑、风俗习惯、信仰追求等方面有所不同，但追求安逸舒适、祥和美好生活的终极目的是一致的。小城文学是小城故事、小城生活和小城人生的文本载体。在小城文学文本中往往潜伏着一个精神幽灵，这就是小城文学作家，他在对故乡倾情投入时，也忘不了以一个外来者、旁观者的身份和姿态冷静、理性地俯瞰、谛视自己热恋的故乡，在赞颂小城美好生活的同时，对小城人生的缺憾和不足也予以细微观照，让我们从中认识到小城文化和小城生活的另一个侧面，从而对其有了更为全面、更为整体的认识。

"20 世纪以来哲学研究的一个重大变化，就是理性向生活世界的回归，就是对日常生活的关注"。日常生活之所以值得关注，"不仅仅是因为它潜藏有审美的种子和诗意的空间，更是因为它就是构成现实人生不可或缺的重要部分，因为它对世人精神情感世界的影响无时无处不在"。[①] 日常生活是我们摒除遮蔽而还原历史、反思现实的活生生的材料和证据。现代法国哲学家列斐伏尔指出，日常生活"是真假参半、本真与异化同在的、内涵丰富而矛盾的文化沃土区，而不仅仅是相对于上层建筑而言的基础或高山之边的平原。日常生活既不是外在于历史而反过来评价历史的永恒本真世界，也不纯是一个应当被超越与消除的边缘、异化、残余的世界，而是一个充满矛盾的活力

[①] 刘克敌：《困窘的潇洒》，广西师范大学出版社 2013 年版，第 3 页。

与惰性的、痛苦与希望同在的世界"①。他还特别强调："'日常'是每个人的事，不是某个人、某个社会学家或哲学家研究的专题。哲学家总是把日常生活拒之于门外：始终认为生活是非哲学的、平庸的、没有意义的，只有摆脱掉生活，才能更好地进行思考。我则与此相反，努力把日常生活纳入哲学的研究范畴，使它成为哲学思考的对象。"②列斐伏尔这种所谓的"日常生活批判""是通过创造一种日常生活中异化形式的现象学，通过对这些异化形式作精巧、丰富的描写来进行的，即通过对诸如家庭、婚姻、两性关系、劳动场所、文化娱乐活动、消费方式、社会交往等问题的研究，对日常生活领域中的异化现象进行批判而进行的"③。他以日常生活为哲学思考的对象，目的是从中发现日常生活领域的异化现象并对其予以批判；小城作家对小城文化、小城生活与小城人生的理性俯瞰，其目的和路径与此大致相同。

　　小城文学是作家描述自己所熟悉的过去生活的艺术载体，小城是作家回忆童年及少年成长生活的物质载体，因为对这里的一草一木、一山一水怀有深厚的感情而将其作为观照对象并予以艺术呈现。但是，作为受过现代城市文明熏染的小城作家在回望故乡时，看到的不仅仅是美好的一面，也有令人痛心疾首的东西。于是我们看到，在这些小城文学中，鲁迅一面赞扬着浙东乡民理性务实的生存态度和坚忍不拔的生命意志，但同时也看到了故乡的闭塞和乡民的愚昧，才会"哀其不幸，怒其不争"；沈从文一面唱着"边城"的田园牧歌，"为人生远景而凝眸"，认为"不管是故事还是人生，一切都应当美一些！丑的东西虽不全是罪恶，总不能使人愉快，也无从令人由痛苦见出生命的庄严，产生那个高尚情操"。④但现实却远非如此，他在《长河》"题记"中记录了1934年冬回故乡时的感受："去乡已经十八年，一入辰河流

---

①　刘怀玉：《现代性的平庸与神奇：列斐伏尔日常生活批判哲学的文本学解读》，中央编译出版社2006年版，第29页。

②　陈学明、吴松、远东：《让日常生活成为艺术品——列菲伏尔、赫勒论日常生活》，云南人民出版社1998年版，第35页。

③　同上书，第37页。

④　沈从文：《〈看虹摘星录〉后记》，《沈从文全集》（16），北岳文艺出版社2002年版，第342页。

域，什么都不同了。表面上看来，事事物物自然都有了极大进步，试仔细注意注意，便见出在变化中那点堕落趋势。最明显的事，即农村社会所保有那点正直素朴人情美，几乎快要消失无余，代替而来的却是近二十年实际社会培养成功的一种唯实唯利庸俗人生观。敬鬼神畏天命的迷信固然已经被常识所摧毁，然而做人时的义利取舍是非辨别也随同泯没了。"① 原始的神性没有了，美好的人性也堕落了，正直素朴的人情美被唯实唯利的庸俗人生观取代了。这就是小城文学，它不是单一性的作家情感的投入和抒发，而是沉潜着作家冷静理性的人生俯瞰。作家虽然在描绘一个个生活场景，讲述一件件生活琐事，塑造一个个人物形象，但通过这个以贯穿始终的情感连接起来的凌乱场景和琐碎人事的系列组合体，我们就能感受到作家附着于其上的人生思考。其中既有日常生活的审美性表现，也有人生意义的哲学性开掘。

第三节　生命观照与现代中国"浮世绘"

一棵树长成什么样子，取决于种子，也就是其遗传基因，但这棵树的长势如何却取决于方方面面的外在因素，比如土壤、气候、温度、湿度等；一个人的成长如同一棵树一样，遗传基因固然起着决定性作用，但外在的环境、习俗、文化等对一个人的成长同样有着重要影响。德国当代哲学家哈贝马斯说过："我们越过作家不同的自我层面越多，就越能清楚地认识到，很多这些层面并不属于作家个人，而是属于集体文化、历史时代或类的深层积淀。"② 每一个小城都有自己内涵丰富、历史绵长的前生今世，因地域不同、遭际有异而表现出不一样的存在状态。钱穆认为："各地文化精神之不同，究其根源，最先还是由于自然环境有分别，而影响其生活方式，再由生活方式影响

---

① 沈从文：《〈长河〉题记》，《沈从文全集》（10），北岳文艺出版社2002年版，第3页。
② ［德］哈贝马斯：《后形而上学思想》，曹卫东等译，译林出版社2001年版，第228页。

到文化精神。"① 自然条件的不同是造成一切差别的基础。一方水土养一方人，生长于某一地域的"一方人"，因共享"一方水土"，会有一些共同性特点。因之，聚居一方，分布于东西南北的小城呈现着各各不同的风貌。小城各具特色的魅力所在正是大自然所赐予的形态各异的天然丰姿，以及在此基础上所形成的特色各异的人文景观。正如千万个不一样的生命构成了自然的大千世界，分布于中国版图上东西南北中各个方位不一样的小城构成了中国人的生存全景。同时，每一座小城又都是一个微缩的中国，或者说每一座小城中都有一个中国，"有一个被时代影响又被时代忽略了的国度"②。小城虽小，却有着它的个性风采，有其自足性和完备性，而不同的小城各具色彩的表象背后又有其共通性。

一 小城风貌

师陀在《果园城记·序》中曾表示把"果园城"写成"有生命、有性格、有思想、有见解、有情感、有寿命，像一个活的人"的"中国一切小城的代表"③。这样的写作意图似乎也适合萧红笔下的《呼兰河传》，呼兰小城也是一个有生命、有性格的存在，像一个活的人，在某种意义上可以作为旧中国一切小城的代表。

"果园城"和"呼兰小城"既然都像一个"活"的人，那么它有什么性格，为什么能成为旧中国一切小城的代表？

《果园城记》第一篇《果园城》，马叔敖引领读者领略了名副其实的"果园"城风景："正和这城的命名一样，这城里最多的还是果园。"这里的居民特别喜欢那种被称为沙果或花红的小苹果。"立到高处一望，但见属于亚乔木的果树从长了青草的城脚起一直伸展过去，直到接近市屋。在中国的任何城市中，只看见水果一担一担从乡间来，这里的却是它自己的出产。假使你恰

---

① 钱穆：《中国文化史导论》，商务印书馆1996年版，第2页。
② 熊培云：《一个村庄里的中国》，新星出版社2011年版，第1页。
③ 师陀：《果园城记·序》，《师陀全集》（2），河南大学出版社2004年版，第452页。

恰在秋天来到这座城里,你很远很远就闻到那种香气,葡萄酒的香气。累累的果实映了肥厚的绿油油的叶子,耀眼的像无数小小的粉脸,向阳的一部分看起来比擦了胭脂还要娇艳"。收获的季节,果园城到处可以听见忙碌的呼唤和笑语。"果园正像云和湖一样展开,装饰了这座古老的小城。"若有空闲可以散步去拜访那年老的园丁,他会告诉你那座塔的故事,还有已经死去的人的故事。这里的人,"那些人类中最善良的果园城人"永不相信科学,他们有丰富的掌故知识,用像亲眼看过的言辞证明传说的可靠。也可以找葛天民这样"为人淡泊而又与世无争"的朋友,可以去看看外表摆设多少年一成不变又似乎变了很多的孟林太太家(《果园城记·果园城》)。果园城很美,似乎也祥和太平。

《呼兰河传》第一章,写小城的冷,"小刀子"一样厉害的天气把地冻裂了,水缸冻裂了,井被冻住了,人的手都被冻裂了。这样残酷的严冬也会形成风景:到了严冬季节,天空是灰色的,好像刮了大风之后,呈着一种混沌沌的气象,而且整天飞着清雪。"人们走起路来是快的,嘴里边的呼吸,一遇到了严寒好像冒着烟似的。七匹马拉着一辆大车,在旷野上成串的一辆挨着一辆的跑,打着灯笼,甩着大鞭子,天空挂着三星。跑了二里路之后,马就冒汗了。再跑下去,这一批人马在冰天雪地里边竟热气腾腾的了。"(《呼兰河传·第一章》)这真是东北边城的豪迈景观!

卖馒头的老头背着木箱子,脚下是冰,人滑倒箱子跌翻了,馒头跑出来,路人捡着趁热吃着,老头起来一数不对:"好冷的天,地皮冻裂了,吞了我的馒头了。"行路人听了这话都笑了。小城东二道街上有个大泥坑,陷车陷马,淹死猪,粘住鸡,给人带来不便,也带来快活,可以看景、谈论,还可以体面地吃瘟猪瘟鸡(谎称是淹死的)。这里有跳大神、扭秧歌、放河灯、看野台子戏、娘娘庙会的精神盛举,还有半园菜半园花、花儿长得随意开得恣意的后花园。这里的人们也不相信科学,认为孩子"一上了学堂就天地人鬼神不分了"。他们都是"天黑了就睡觉,天亮了就起来工作。一年四季,春暖花开,秋雨,冬雪,也不过是随着季节穿起棉衣来,脱下单衣去的过着。生老病死也都是一声不响的默默办理"。故乡在记忆中是美好的，特别是故乡的景致，总是让人魂牵梦萦，但深入其中近距离了解故乡的人事后，就不再觉得那么美好了。所以，师陀由衷地感慨："在那里，永远计算着小钱度日，被一条无形的锁链纠缠住，人是苦恼的。要发泄化不开的积郁，于是互相殴打，父与子，夫与妻，同兄弟，同邻舍，同不相干的人；脑袋流了血，掩创口上一把烟丝：这是我的家乡。我不喜欢我的家乡，可是怀念着那广大的原野。"①对此，刘西渭在《读〈里门拾记〉》中概括评价道："一切只是一种不谐和的拼凑：自然的美好，人事的丑陋。"②——这或许可以部分地概括小城的特点。

小城"像一个活的人"，比较一下呼兰小城和果园城，会发现它们极其相似。它们虽然地理位置、自然景色和人文景观皆不相同，但小城的人事都让人感到愚昧、麻木、自满、落后。这是呼兰小城与果园城的性格，也是中国一切小城的特点。

在各地小城写作中，师陀的《果园城记》就其"浮世绘"式的生活记录而言，的确是写成了"中国一切小城的代表"。《果园城记》包含18篇短文，分别从小城的人物、传说、景致、故事等不同的角度阐释、演绎着中原小城的生活，构成了一个短篇系列组合。在这18篇短文中，排在第一的《果园城》可以看成是对18个短篇的概括。在师陀的小城书写中，不乏有光彩有个性的人物，但没有主角，即便是果园城主朱魁爷，也只是一类人物的代表，不是果园城的主人公，《果园城》的主人公是果园城本身。小说也没有主要的故事，同样的一个人物，站在不同人的角度讲述，相关故事就会不一样。果园城的传说和景致与其他地方一样，有些神秘，但并不神奇。看起来似乎一切平平，其实也不是。果真如作者所言，这个有着"假想的亚细亚式的名字"的地方，是"一切这种中国小城的代表"，其透过现实的世俗日常，通过对人类历史的穿透性认识，会发现《果园城记》具有很好的概括性和寓言性。

或许为了叙述的方便，师陀假托的小城讲述者马叔敖并不是果园城人。

---

① 师陀：《里门拾记·巨人》，《师陀全集》（1），河南大学出版社2004年版，第127页。
② 刘西渭：《读〈里门拾记〉》，《文学杂志》1937年6月第1卷第2期。

对马叔敖而言，果园城虽然不是他的故乡，但这儿有他的童年。"我缓缓向前，这里的一切全对我怀着情义。久违了呵！曾经走过无数人的这河岸上的泥土，曾经被一代又一代人的脚踩过，在我的脚下叹息似的沙沙的发出响声，一草一木全现出笑容向我点头。你也许要说，所有的泥土都走过一代又一代的人；而这里的黄中微微闪着金星的对于我却大不相同，这里的每一粒沙都留着我的童年，我的青春，我的生命。"① 果园城有无数娇艳的花红果树，满城飘着花红果香，果园正像云和湖一样展开，装饰了这座古老的小城。

"我"熟悉这城里的每一口井，每一条街巷，每一棵树木；对果园城的一切传说、掌故了如指掌；记着果园城好多人的音容笑貌，了解他们的特点、趣味、追求。马叔敖回到果园城如鱼得水而又胆战心惊：如鱼得水是因为对这里的一草一木都熟悉、亲切；胆战心惊是因为对这里的人太在乎。熟悉、亲切是小城作家对自己生于斯长于斯的共同感觉，不管曾经多么决绝地想离开，到底对家乡是爱着的。小城故事的讲述者有一个共同性特点，就是在讲述时随时因为所见所感而联想、延展，因此简单的小城故事就还原成为过去富有质感、绵密细致的生活。正如赵园对沈从文的评价："世相是他的'人物'，所写是无论哪一个灰黯的萧索的日子。依着时间写下去，时间本身却是非特定的。世相因人生而不同，笔墨则随处流转。凭着经验和想象，就着一点时间和空间，他把想象纵横地铺开去。想象在任何一点上都可以生发，一切可能的场景、过程一一叙到，使诸形诸色都呈现其上，因而'过程'不但破碎而且不重要。这里是散点透视，没有贯穿线，却一端引出一端，环环相扣，节节呼应，'自由'中仍然见出'组织'。欲以一篇文章穷尽一类世相，这种不见结构的结构，倒是出于巧思呢。"② 或许师陀在创作《果园城记》时在结构叙述上曾花了心思，但真正打动读者的却是叙事人动心动情的情感灌注。正是这份对故土小城的深厚感情，让萧红、沙汀、沈从文、李劼人笔下

---

① 师陀：《果园城记·果园城》，《师陀全集》（2），河南大学出版社2004年版，第455页。
② 赵园：《论萧红小说兼及中国现代小说的散文特征》，方锡德、高远东、李今等编《问学求实录——庆贺严家炎教授八十华诞论文集》，北京大学出版社2013年版，第58页。

的小城小说不会集中于讲一个故事，时间、空间、人物也都没有局限，笔墨随情感流转，凭着经验和想象，眼前的任何一点都可以生发出附着记忆的多个画面、多种场景，小城由此丰富、立体起来，具有了生命，有了性格，散发出了无限魅力。

果园城的"任何一条街没有二里半长，在任何一条街岸上你总能看见狗正卧着打鼾，它们是决不会叫唤的，即使用脚去踢也不；你总能看见猪横过马路，即使在衙门前面也决不会例外，它们低了头，哼哼唧唧地吟哦着，悠然摇动尾巴。在每一家人家门口——此外你还看见——坐着女人，头发用刨花抿得光光亮亮，梳成圆髻。她们正亲密的同自己的邻人谈话，一个夏天又一个夏天，一年接着一年，永没有谈完，她们因此不得不从下午谈到黄昏"①，孩子喊饿了也不在意，直到还没有丢开耕作的丈夫赶了牲口，驶着拖车，从城外的田野回来。邮差和邮务员集于一身的老人会裁各种花样，"他认识这城里的每一个人，并非因为他是邮差，而是他在这里生活了数十年的结果。他也许不知道你的名字，甚至你的家，但是他相信你决不会不把钱送来。"②"这里还有一家中学，两家小学，一个诗社，三个善堂，两个也许是四个豆腐作房（坊），一家漕房（槽坊）；它没有电灯，没有工厂，没有一家像样的店铺，所有的生意都被隔着河的坐落在十里外的车站吸收去了。因此它永远繁荣不起来，不管世界怎样变动，它总是像那城头上的塔样保持着自己的平静，猪仍旧可以蹒跚途上，女人仍可以坐在门前谈天，孩子仍可以在大路上玩土，狗仍可以在岸上打鼾。"③ 一到了晚上，全城都黑下来，所有的门都关上。于是天主教堂的钟声响起，它是安息的钟声，可是和谁都没有关系，它响它自己的，到此，这一天的时光就完了。

吴福辉曾说沙汀的乡镇小说"就像人类学家、民族学家们经由现代遗留的原始部落来研究人类，从昨天来研究今天、明天一样，沙汀的乡镇小说可

---

① 师陀：《果园城记·果园城》，《师陀全集》（2），河南大学出版社2004年版，第456—457页。
② 同上书，第457—458页。
③ 同上书，第458页。

以称为这块无垠土地已逝年代的活化石"①。对于萧红的《呼兰河传》、师陀的《果园城记》，我们也有类似的感觉。透过这些小城小说的描写，我们仿佛进行了一次时光穿越，回到了旧中国时期的小城，小城中的一切历历在目。

二 小城人家

马叔敖的亲戚——孟林先生一家是普通而又典型的果园城人家。孟林先生是个严厉的人，曾在这里做过小官，后来买了点财产就永久住下来了。孟林太太没有生儿子，只有一个女儿，所以孟先生待她并不好。但"我"永远没有听见她说过她丈夫的坏话，她敬重他，她只说他的脾气并不和善。"这位太太是在威焰之下战战兢兢过生活的，她因此厌恶任何暴力。"②孟林太太带有"一种尼姑的奇癖"，特别喜欢清洁、清静，"她的庭院里永远看不见一根干草，一堆鸡粪，没有铺过砖的地面总是扫得像水洗过一样"。③ 七年之后，房子里仍旧和七年前"我"离开时一般清洁，几乎可以说完全没有变动。但孟林太太变老了，当"我"去孟家拜谒时，"孟林太太正坐在雕花的几乎占去半间房子的红木大床上，靠了上面摆着衣橱的装（妆）台，结着斑白的小发髻的头同下陷的嘴唇轻轻的不住动弹。他（她）并没有瘦的绉（皱）折起来，反而更加肥胖起来了。可是一眼就能看出，她失去一样东西，一种生活着的人所必不可缺少的精神。她的锐利的目光到那里去了？她的我最后一次看见她时还保持着的端肃、严正、灵敏又到那里去了？可敬的孟林太太，你是怎样变了啊？"④更让"我"感到吃惊的是孟林太太的女儿素姑的变化，七年前，二十二岁的素姑是"一个像春天一样温柔，长长的像一根杨枝，而端庄又像她的母亲的女子，她会裁各样衣服，她绣一手出色的花，她看见了人或说话的时候总是笑着，却从来不发出声音"⑤。而七年后的素姑，"长长的

---

① 吴福辉：《乡镇小说·序》，沙汀《乡镇小说》，上海文艺出版社1992年版，第3—4页。
② 师陀：《果园城记·果园城》，《师陀全集》（2），河南大学出版社2004年版，第455页。
③ 同上书，第461页。
④ 同上书，第462页。
⑤ 同上书，第461页。

仍旧像一根杨枝,仍旧走着习惯的细步,但她的全身是呆板的,再也看不出先前的韵致;她的头发已经没有先前茂密,也没有先前黑;她的鹅卵形的没有修饰的脸蛋更加长了,更加瘦了;她的眼杪(梢)已经显出浅浅的皱纹;她的眼睛再也闪不出神密(秘)的动人的光。假使人真可以比作花,那她便是插在明窑花瓶里的月季,已经枯干,已经憔悴,现在纵然修饰,她还遮掩得住她的二十九岁吗?我的惊讶是不消说的。可爱的素姑小姐,你也怎样变了啊!"①

在孟林太太家里,"我"、孟林太太和素姑小姐很不自然地坐着,在往日为我们留下的惆怅中想着我们在过去数年中断绝了的联系。"孟林太太家原来并不这样冷清,我很快的想起我们曾怎样亲自动手做点心,素姑怎样送我精工刺绣的钱装(袋),我们怎样提了竹篮到果园城去买花红——唉,七年!在我们不知中时间并不曾饶恕我们,似乎凡是好的事情全过去了。"②憔悴在时间里的小城,寂寥落寞的人家,鲜花一样慢慢枯萎的姑娘,年年岁岁,岁岁年年,小城就这样慢慢消化了一代代生命,但小城没变,小城人家似乎也没有变。小城以自己的不变静静消解着一切外来的冲击,磨灭着代代生命的活力,而小城依然活在昨天、前天。任何鲜活的生命,最后都会消失在永恒的时空中。这已不仅仅是小城的落后、压抑所能解释的,也许在这个意义上,小城小说对小城的文学构建超越了简单的愚昧与文明二元对立的主题,拥有了更为丰富深刻的内涵。

果园城中比果园更加出名的是小城的城主朱魁爷。这个"高大丰满"的朱魁武先生,已五十多岁,是"一个在暗中统治果园城的巨绅",每任县官在上任后第一件事就是拜望魁爷。魁爷的家世一般(魁爷的父亲顶多只能算个讼棍、一个恶霸),不一般的是他的手段和能力。他不仅用与他父亲逞强斗狠截然不同的亲善安抚的方式化解了父亲留下的怨恨,而且让果园城有名的家族胡左马刘的风光永远成为过去。

---

① 师陀:《果园城记·果园城》,《师陀全集》(2),河南大学出版社2004年版,第463页。
② 同上。

朱魁爷用各种方法拉拢一切人,"跟所有过去和他的父亲龃龉过的人家恢复旧好,他连一个流氓甚至一个屠夫都不轻易得罪。自然,他不会忘记他的尊贵门阀,同时果园城的人们当然也不敢忘记对于他的尊敬了"①。魁爷要捞钱,他和"有司"勾搭,等有一天终于把路铺平,官吏们从魁爷手里得到了好处,魁爷也从果园城的居民身上得到好处。他在果园城全境布置了势力,他把乡下各种无赖、地痞、二流绅士安插进各种机关,魁爷自己始终不担任任何职务,但处处都能行得通,帮助庄稼人寻觅"法理",从中发财。因为魁爷不担任职务,始终超然于任何社会、政治方面的变动,自己的地位和事业一点不受影响。

魁爷走出门去把一团和气像一团阳光似的带到果园城的街上,所到之处,男人见了尊敬,女人见了欢喜。他在大门外面比顶和善的还要和善,可是他在家里却成为专制中最专制的。他具有一切我们能够想象得到的中世纪封建主子们的最坏的特性,有着使人难以置信的残酷。魁爷有四位太太,两个儿子,他有一条严厉的家规,在他的院子里,四位太太住的地方禁止十二岁的男童进入,包括自己的儿子。"他的四位太太每人有一所房屋,他每人给她们一个丫环,一个女仆,另外在她们房子里给她们预备一把鞭子。当她们犯了错误,只有上天也许会怜惜她们,他把她们剥得赤条条的,把她们吊起来,用专门为她们设备的鞭子抽打。"②

魁爷把果园城当作采邑,支配了大约十五年,民国十六年初,强盗洗劫了魁爷神秘的住宅,散财这不算最大的不幸,给魁爷致命打击的是丢面子。他的第四个太太,唱戏的小女人中意了魁爷的年轻车夫,而且在一条僻巷找房子同居了。"反动"时期过去后,魁爷回果园城第一件事是将车夫关牢八年。失节的太太,接回家,给她一条麻绳,然后在房门上落了锁。从此以后,魁爷便永远闷哑了。或许魁爷依然有机会出山发财掌权,继续风光下去,但四太太出轨的事情让魁爷受伤了的自尊心再难恢复,"他永远把自己深藏起来

---

① 师陀:《果园城记·城主》,《师陀全集》(2),河南大学出版社2004年版,第473—474页。
② 同上书,第476—477页。

了。他把家产的一部分分给他的两个儿子,然后他卖掉他的骡子,最后他遣散他的仆人"①。当年的魁爷,也成了人们口中的"鬼爷"或是"龟爷"。没有人知道魁爷在他的大而空的老宅里做什么,间或有看见他的人说他不见客人,不大讲话。又过一年,说魁爷瘦得跟干姜一样;再过一年,说他的头发和胡须都斑白了。

小城城主朱魁爷,文韬武略,八面玲珑,治家、管城面面俱到,细致周密,一切看起来固若金汤。人是靠精神活着的,这精神可能是尊严、欲望或者面子,为了这个精神他可以挖空心思、不顾一切,甚至能创造奇迹。一旦这个精神被抽走了,人就垮了。《果园城记·城主》的主体看起来是写朱魁爷的心机、能干,对果园城人的巧取豪夺,对自家妻儿的冷酷。其实,小说结尾中四太太背叛魁爷这个说起来并不大的事情让城主永远闷哑才是值得读者思考的。朱魁爷武装到牙齿的强势,其实有着自己的软肋,那就是面子,尤其是男人的面子。中国人好面子,尤其在小城这样的熟人社会里,人们更在乎自己在乡邻面前的面子。丢了面子的魁爷,"从此以后,这个在暗中将果园城支配十五年的大人物永远成为闷哑的了。果园城恢复了它的平静:猪照样安闲的横过街道,狗照样在街岸上晒暖,妇女们照样在门口闲谈,每天下午它的主要的大街仍旧静静的躺在阳光下面;到了秋天,果园里的花红仍旧红得像搽过胭脂,恢复不了的只有魁爷的尊荣。"②

三 小城生活规则与生存状态

在《果园城记·葛天民》中,对于葛天民满足于安稳日子的天伦之乐,作者感慨道:"你知道我们是生在中国,我们的人生哲学是——一个有才能的年青人,在十年之后他已经自以为老了,他说话总喜欢用'我们那时候'开始;一个热心改革的好人,他将被蛆虫们踩在脚下蹂躏,自以为没有才能反而是一种幸福;反过来,假使在最初的十年中,他一走进社会就作下累累的,

---

① 师陀:《果园城记·城主》,《师陀全集》(2),河南大学出版社2004年版,第481页。
② 同上。

每一件都够得上枪毙或二十年徒刑的大事,人们也许要在背后骂他,但是直到现在,被尊敬着被颂扬着的岂不正是他们吗?"① 想为改变小城做点事情,热心改革的人处处受挫,被蛆虫们踩在脚下,而无所作为、安分守己倒能活得安宁幸福。小城人尊敬颂扬、念念不忘的竟是那些胆大包天做下累累罪行的人。这是一种多么荒唐的逻辑,而小城人竟然就这样实践着这种逻辑。

"葛天民"这个名字,应该是师陀有意托譬,意为"葛天氏之民"②,是众多生活在民风淳朴社会中善良、满足的老百姓的代表。这个胖胖的脸上总是浮着对于一切都满意的微笑的农场场长葛天民,看起来他的生活的确没有什么不满意的。"人是生活在小城里,一种自然而然的规则,一种散漫的单调生活使人们慢慢的变成懒散,人们也渐渐习惯于不用思索。因此许多小事情也正像某年曾到河上洗澡某日曾到城外散步,这种类似的事件人们很容易的就忘记了。"③ 在这样的小城规则中,也极容易培养这样的"葛天氏之民"。众多"葛天民"维持着小城的"昨天"风貌。毕竟小城已进入20世纪,外面的世界翻天覆地,小城还是会因为外来因素的冲击和内在的各种欲求而发生一些变化。但果园城"不管世界怎样变动,它总是像那城头上的塔样保持着自己的平静,女人仍旧可以坐在门前谈天,孩子仍可以在大路上玩土,狗仍旧可以在街上打鼾"。《果园城记》的主角是果园城本身,"尽管那些改革者、土匪、官员,来了又去,去了又来,小城本身依然是我行我素,依然是'活在昨天'里的小城"④。但仍旧活在昨天的小城,还是有些变化的,往日的淳朴部分丢失,旧的回不去了,新的又夹生变形,师陀由此生发感慨:"我们只能说中国为什么不再文明点;或者退转去,为什么不更原始点?"⑤

朱光潜曾说师陀的创作风格"始终是沉着","是要读者费一番挣扎才能

---

① 师陀:《果园城记·城主》,《师陀全集》(2),河南大学出版社2004年版,第466—467页。
② 葛天氏,一为传说中远古帝号。在伏羲之前。其治不言而自信,不化而自行,古人认为理想中的自然、淳朴之世。二为葛天氏时代的老百姓,表示生活在民风淳朴的理想社会里。
③ 师陀:《果园城记·葛天民》,《师陀全集》(2),河南大学出版社2004年版,第466页。
④ 师陀:《果园城记·颜料盒》,《师陀全集》(2),河南大学出版社2004年版,第505页。
⑤ 转引自尹雪曼《师陀与他的〈果园城记〉》,刘增杰编《师陀研究资料》,北京出版社1984年版,第259页。

察觉到的"①。与师陀以理性的态度关注人的命运和生活态度不同，萧红是感性的，同时她有透过感性生活洞察人性世情的深刻，所以萧红是以感性的态度关注故乡小城子民的生存状态与生命价值。

萧红的《呼兰河传》与师陀的《果园城记》堪称中国现代小城小说的"双璧"。两部小城小说既有相似也有不同，共同演绎着小城小说的特点与风采。

《呼兰河传》全篇共七章，第一、二章概括介绍了呼兰河的大致轮廓、精神风貌，具体描写了跳大神、唱秧歌、放河灯、唱野台戏等精神"盛举"。呼兰河地处东北偏僻之地，"这小城并不怎样繁华，只有两条大街，一条从南到北，一条从东到西，而最有名的算是十字街了。十字街口集中了全城的繁华"。"除了十字街之外，还有两条街，一条叫做东二道街，一条叫做西二道街。这两条街是从南到北的，大概五六里长。这两条街上没有什么好记载的，有几座庙，有几家烧饼铺，有几家粮栈。"第三章叙述"我"和祖父的生活场面。第四章描写了几家"房户"——养猪的、漏粉的、拉磨的、赶车的，突出了人们在为生活奔忙。第五章到第七章依次描写了三个平常的人物：小团圆媳妇、有二伯、磨倌冯歪嘴子，讲述了他们平凡的故事，最后加一个充满抒情色彩的尾声。

在这样一个简单、偏僻的小城里，人们过着卑琐、平凡的日子，天黑了就睡觉，天亮了就起来干活，一年四季，春暖花开，秋雨冬雪，人们随着季节变化穿起棉衣来、脱下冬衣去，一切似乎听天由命，逆来顺受。其实，其间也有每个人的生存努力，也有男人女人简单的快乐，不仅有日常看病祛灾的跳大神，还有放河灯、野台子戏、四月十八娘娘庙会等另外的精神"盛举"。这些精神"盛举"多与鬼神有关，反映出呼兰小城人们的愚昧迷信，但从中也可见到他们善良、朴素的愿望。

《呼兰河传》没有主体的故事，只是片段生活的回忆记录，生活也是最平

---

① 朱光潜：《〈谷〉和〈落日光〉》，《朱光潜全集》第八卷，安徽教育出版社1993年版，第562页。

常的家长里短，衣食住行，时代社会的宏大主流都被远远地推为背景。当立志于启蒙、革命、救亡的大多数作家站在某一制高点上，抨击时代洪流中被裹挟的小人物的蒙昧、落后等痼疾时，萧红却站在与他笔下人物一样甚至更低的高度近距离观察小人物草芥般的人生，体味磨倌、厨子、有二伯等卑微者局促的尊严，他们在各自本分上的生存努力。萧红在"草木"的世界里看到了下层生存者的节制、努力、安宁、神圣，所以她会由衷地说"我的人物比我高"①。因为有这样一种对生命的虔诚，萧红笔下的呼兰河，一草一木，一汤一饭，快乐悲凉，生与死都不是简单的记录，一字一句中都透着对生命的饱满激情。细腻的文笔和入心入骨的体贴背后是理解的同情，琐碎的小城叙事质实而又空灵。文学作品能写得如镜花水月般空灵与诗意，需要的不仅仅是审美的技巧，更是对生活的点滴体贴和对生命的了然彻悟。这样的人生记录和生命感喟具化为一个个生活场景，一个个或写意或工笔的人物，在一种共同性时空中弥漫着安静、恬然又沉闷、压抑的小城氛围。小城成为当然的主角，既为写实记录，又具有象征的意味。它表现的是一城，也是多城，是现代中国人的生存状态和生命追求。

  萧红的《呼兰河传》与师陀的《果园城记》，就其生存表现及生命追求和史诗性的系列组合结构来说，可以代表小城小说的主要写作特点和创作目的。与萧红、师陀充满个性及地域文化特色的小城书写类似的，还有沈从文的湘西（《边城》），沙汀的川西北"小镇纪事"（《某镇纪事》），李劼人笔下投入世俗的成都"天回镇"（《死水微澜》），王鲁彦、许钦文笔下的沿海小城（如王鲁彦《陈四桥的故事》《屋顶下》和许钦文《王老妈》），等等。

---

① 聂绀弩：《回忆我和萧红的一次谈话——序〈萧红选集〉》，《新文学史料》1981 年第 1 期。

第二章　小城人的生存信仰和生命哲学

第一节　民间信仰

考察中国人的鬼神信仰，或者因为恐惧，或者出于利用。这种对神灵的信与迷与真正上升至精神层面的宗教信仰完全不同，所以英国传教士麦高温在《中国人生活的明与暗》中这样评价中国人的信仰：

> 中国人对信仰绝对缺乏崇敬，缺乏感情或者叫做奉献精神。对他们而言，之所以产生信仰，要么出于害怕，要么出于商业事务，但主要是出于后者。如果某家人染上了瘟疫，人们不会从卫生差，或者别的方面去找原因，而会把这一切归因于妖魔的出现，因此，人们就会到离得最近的一家寺院去求神拜佛驱赶妖魔。人们认为，一桩买卖开业前，有必要赢得神的认可，如果一个神说这件事不能成功，他们还会去求别的神，如果得到了认同，这个观点马上就被奉为圣旨，哪怕是尝试失败了，他们也不会责备这个曾作出错误预测的神，而只是怪罪自己品性不纯洁，生得晦气，或者说是天生就不幸。所以，他干每一件事时，注定要失败。
>
> 中国人从来没有朝思暮想过他们自己的神，这一点不像我们，他们对神表现出钟爱之情，即便是对祈求他们怜悯的任何一个神，他们也不报以亲切感或人类的情感。当你问中国人，神是否爱他们时，观看他们

的表情是最令人捧腹的。快活的表情立即闪现出来,眼睛奕奕发光,接着是咧嘴大笑,继而就是发自内心的最富于幽默感的、最放肆的大笑。①

无论怎么理解信仰,每个人都在其生命中寻找一条属于自己的"回家"之路。一般而言,中国人若非遇到什么难关,受到什么挫折磨难,通常不会去信什么宗教。进庙上香祈福、求子还愿、祛病救灾,那种对观音、佛祖的"求"和"信",与信仰已经没有什么关系,那只是香客信徒为解决眼前危机所行的一种精神贿赂,佛教本身也缩略为大慈大悲、救苦救难的观世音菩萨这样简单的形象,甚至在很多人那里,已经简化为一个护身符。市民大都是常人,真正的圣徒极少,他们的信仰,或为解除眼前灾难,或为死后能进天堂,或者为来生祈福添运,都是出于这样一个简单原始的目的。中国人常说"病急乱投医""临急抱佛脚",对于这些生存艰难、疾病战乱连续不断的苦命人来说,神灵首先是一种偏方,然后才是信仰。作为信仰,也多是出于精神或情感的需要,尤其对于老人和妇女而言,孤独和无助让他们需要一种时时眷顾的精神安慰做支撑,所以信奉基督教、佛教的以老年人和妇女居多。每个礼拜一起祈祷的聚会,不仅给这些孤独寂寞的人带来非亲缘性的脉脉温情,而且在一定程度上弥补了其日常生活中的空虚无聊。学者熊培云曾写过这样一个乡村礼拜的场景:

> 虽然过去了很多天,我依然清晰地记得那日下午村民们做礼拜时的场景。当时阳光正好,堂屋亮堂堂地敞着大门,几位妇女围坐在高低不一的小板凳、长条凳或椅子上,专心地维持着她们神圣的仪式。负责讲道与领唱的是一对母女,虽然只读到了初中,女儿对《圣经》中有关爱的解释足以让我惊叹她有做乡村牧师的天赋。回想整个场面,我印象最深的是这些女人站在一起,手捧《圣经》齐唱赞美诗。尽管其间有妇女俯身去安慰摇篮里啼哭的婴孩,为他倒水把尿,而且不时有各家的母鸡、

---

① [英]麦高温:《中国人生活的明与暗》,朱涛、倪静译,时事出版社1998年版,第152页。

小猫、小狗、小孩穿梭其中，一派繁杂景象，然而这里的气氛又是这般宽容和谐与融洽，没有谁会觉得他人或者这些猫猫狗狗破坏了礼拜的秩序。我不是基督徒，但当我看到这些生活在荒僻山庄的妇女为了一个古老的信念聚在一起，共同领悟人心向善，在这不为人知的山坳上，过一种超越凡俗的精神生活时，还是感动不已。①

其实，一个人即使不去信那种制度上或仪式化的宗教，只要心境明澈，心存善良，灵魂就能安宁，无论出家在家，用心做事待人都是修行。《维摩经》有名句云"直心是道场"，意为纯正、无虚假之心，步步是道场，处处可修行。这样的直心行为，似乎并不以任何外在功利为目的，沉浸于自我的感觉、体悟、思考中，但客观效果上往往是教化之意不求自得。

在我国台湾纪录片《无米乐》中，自称"末代稻农"的昆滨老伯以一生的辛苦劳作总结出了人生哲理。他在谈自己的种田感受时说：

> 种田是一种修养，别人需要去修禅，而农人不需要修禅，农人甘心受苦，种田不只是粗重，还要晒大太阳，风吹日晒，有时候台风造成农作物损害，那是无法反抗的，大自然怎么抵抗也没有用。禅，就是不让你抵抗，你甘心忍受。农人都是如此忍受的，就像和尚修禅，情愿这样坐，这样修，不需要形式上的修禅，种田就是默默的修禅，一种修行，就是农人们上辈子没有修够，这辈子只好再继续补修禅。②

对于绝大多数中国人来说又何尝不是如此？他们虽然没有严格意义上的宗教信仰，却时时在日常的生活和劳作中践行着宗教性的修行——在耕田种地中修行，在柴米油盐的琐碎生活中修行，在日复一日、年复一年的秋收冬藏中修行，就如同老僧面壁，心无旁骛，坚忍不拔！

张爱玲在其散文《公寓生活记趣》里曾感慨道："长的是磨难，短的是人

---

① 熊培云：《一个村庄里的中国》，新星出版社2011年版，第434页。
② 石屹：《纪录片解读》，复旦大学出版社2012年版，第338页。

生。"① 就个体而言，生命是个漫长的过程。在这个过程中，生老病死，天灾人祸，无可把握也无法逃避，更兼衣食住行的物质需要，爱恨情仇的情感纠葛，都在加剧着生活艰难。生存需要面对自然、现实的种种挫折，需要对抗自我内心的各种欲求，凡此种种，个体常常会在无法把握的命运面前感到无能、无助，十分渴望得到外力尤其是外在精神的支撑。表面看来，人人都在为衣食奔波，尤其在物质匮乏时期，但走近个体生命便会发现，物质毕竟是生存的外在需要，真正支撑一个人走下去的是精神。越是生活卑微、单调的人，因为生活经历的简单，生存条件的落后，其精神自我调控的能力越差，他们对外在于己的精神支撑力量越发渴望。美国著名社会心理学家马斯洛将人的生存需求分为生理需求、安全需求、爱和归属需求、尊重需求和自我实现需求五个层次。这五个层次的需求依次由较低层次到较高层次排列，其中，生理需求和安全需求是人最基本的需求，爱与归属、尊重和自我实现才是生存的目的和生命的意义。就一般百姓而言，由于个体能力、意志力及客观条件的限制，他们往往只能满足生存最基本的物质需要。爱和归属、尊重和自我实现经常处于不同程度的匮乏状态。他们需要有一种力量能支撑自己在艰难的生活中走下去，这就是信仰。

先民时代，生产力水平极为低下，农耕文明决定了人们对天地自然的直接依赖。他们认为上天主宰世界，地上万物有灵。祖祖辈辈生活智慧的言传身教，代代承传，也让他们真诚地相信先辈的灵魂会时刻保佑后代，于是形成了本土泛神敬先的原始宗教。钟敬文先生认为，民间信仰"是在长期的历史发展过程中，在民众中自发产生的一套神灵崇拜观念、行为习惯和相应的仪式制度"②。因为民间信仰产生于不同地方的山水万物、神鬼传说，所以它具有明显的地域特色和民族特色，是一种复杂的宗教形态。严格地说，民间信仰与民间宗教不能等同。民间宗教是相对于官方宗教和世界宗教而言的，既然是宗教，它就具备宗教信仰的条件以及宗教传承、传播的事实。比如东

---

① 张爱玲：《公寓生活记趣》，《流言》，北京十月文艺出版社2009年版，第28页。
② 钟敬文：《民俗学概论》，上海文艺出版社1998年版，第87页。

北的萨满教、湖南的傩神教。民间信仰包含着各地不同的民俗、习惯等因素，比如祖先崇拜、生育信仰。

虽然各地民间信仰表现不同，并形成了以信仰为核心的种种民俗文化，表现为各地不同的行为习惯和表现仪式，但考察民间信仰的起源和信奉的目的，会发现其本质上的一致性。民间信仰产生于对自然无从解释的神秘敬畏，对人为宗教在民间的渗透和万物有灵的普遍俗信，目的是驱灾避祸，得到活下去的精神支撑。因此，民间信仰总体的特点表现为复杂而随意。复杂的是天地万物无不神灵，而神灵又无处不在。只要对人的生存有影响，各路神灵都开罪不得。民间的各种礼俗、仪式就是针对各种神灵的许愿和还愿。仪式各地不同，但实用目的是一致的。随意的是既然神灵无时无处不在，信与不信的观念及信奉的具体表现就较为随意，可以体现于民间生活的方方面面，比如岁时节日的虔敬表达，生老病死的程序仪式等，甚至在日常的衣食住行中也不忘"举头三尺有神明"，在观念上、行为中处处体现出一份虔敬。无论仪式如何隆重或随意，人们真正关注的是神灵给自己的世俗生活带来的好处和利益。因此民间的信仰相对而言少有严格的体系性、严密的制度性。既然万物有灵，信奉是为了功利，那天地万物只要灵验就有香火。天神、地神、祖先甚至老树、旧屋等，灵异无处不在，这就构成了民间信仰的热闹和神秘。种种神灵让善男信女真诚地相信遇到任何事情都可求助诸神，于是在今生艰难的日子中不仅可以求助诸神驱灾避祸、逢凶化吉，还可以祈祷子孙多福或为自己来生祈福。民间信仰成为百姓日常文化的主要组成部分，支配影响着生活中大大小小的各种观念、行为——这也是小城文学主要的表现内容之一。

在萧红笔下，呼兰小城中有病有灾都离不开大神二神。跳大神就成为民间解决各种问题的主要渠道。呼兰小城跳大神、放河灯、四月十八娘娘庙会三大精神"盛举"都与民间信仰有关。

跳大神，即"萨满舞"，它是在漫长的时期里东北民间形成的一种最古老、最有影响力的宗教——萨满教的表现形态。宗教学者普遍认为，西伯利亚和中国东北不仅是萨满教的发祥地，而且是萨满教表现得最为典型和完整的地区。萨满教是东北诸民族文化和民俗形态的母源，红红火火的东北大秧歌、泼泼辣辣的东北二人转等，都源于萨满跳神。萧红在《呼兰河传》中对跳大神有生动的描写："那神一下来，可就威风不同，好像有万马千军让她领导似的，她全身是劲，她站起来乱跳。"① 而看的人也极其投入，小说写道："跳大神，大半是天黑跳起，只要一打起鼓来，就男女老幼，都往这跳神的人家跑，若是夏天，就屋里屋外都挤满了人。"② 大神跳得认真，看热闹的看得投入，"跳到半夜时分，要送神归山了，那时候，那鼓打得分外的响，大神唱得也分外的好听，邻居左右，十家二十家的人家都听得到，诗人听了起着一种悲凉的情绪……满天星光，满屋月亮，人生何似，为什么这么悲凉。……若赶上一个下雨的夜，就特别凄凉，寡妇可以落泪，鳏夫就要起来彷徨"③。

七月十五盂兰会，呼兰河上放河灯。"七月十五是个鬼节，死了的冤魂怨鬼，不得托生，缠绵在地狱里边是非常苦的，想托生，又找不着路。这一天若是每个鬼托着一个河灯，就可得以托生。大概从阴间到阳间的这一条路，非常之黑，若没有灯是看不见路的。所以放河灯这件事情是件善举。可见活着的正人君子们，对着那些已死的冤魂冤鬼还没有完全忘记。"④ 四月十八娘娘庙大会，也是为着神鬼的。庙会的土名叫"逛庙"，不分男女老幼都去逛，其中女子居多，去娘娘庙烧香磕头，求子求孙。

在呼兰小城，就连治病也离不开鬼迷神道的参与。为给团圆媳妇治病，婆婆请来了一个法号云游真人的道士，此道士自诩"一提云游真人，远近皆知。不管什么病痛或是吉凶，若一抽了他的帖儿，则生死存亡就算定了。他说他的帖法，是张天师所传"。他的帖儿并不多，只有四个，"帖下也没有字，也没有影。里面只包着一包药面，一包红，一包绿，一包蓝，一包黄。抽着黄的就是就是黄金富贵，抽着红的就是红颜不老。抽着绿的就不大好了，绿

---

① 萧红：《呼兰河传》，《萧红全集》（3），黑龙江大学出版社2011年版，第27页。
② 同上书，第28页。
③ 同上书，第28—29页。
④ 同上书，第30页。

色的是鬼火。抽到蓝的也不大好，蓝的就是铁脸蓝青，张天师说过，铁脸蓝青，不死也得见阎王"。① 可倒霉的是，婆婆偏偏抽到了绿帖和蓝帖，于是道士又变着花样谎说了一个"化散"之法，然后拿着团圆媳妇给的五十吊钱乐乐呵呵走了。张天师的帖法自然没有疗效，于是"东家说，看个香火，西家说吃个偏方。偏方，野药，大神，赶鬼，看香，扶乩，样样都已经试过。钱也不知花了多少，但是都不怎样见效"②。最后又用了烧"替身"的治病法子，这是"正式的赶鬼的方法，到扎彩铺去，扎了一个纸人，而后给纸人缝起布衣裳来穿上，——穿布衣裳为的是绝对的像真人——擦脂抹粉，手里提着花手巾，很是好看。穿了满身华洋布的衣裳，打扮成一个十七八岁的大姑娘。用人抬着，抬到南河沿旁边那大土坑去烧了。这叫做烧'替身'，据说把这'替身'一烧了，她可以替代真人，真人就可以不死"③。可最终那个黑乎乎的、笑呵呵的小团圆媳妇还是死了。与其说小团圆媳妇是死于疾病，倒不如说是被花样繁多的迷信给折腾死的。尽管萧红描写这些迷信的场面时是持否定态度的，是将其与愚昧、落后、不觉悟、不文明联系在一起，但也从一个侧面写出了小城人认真、虔敬的生活态度与生命形态。

在人类的文化心理中，自然是强大的，而且神秘莫测，奥妙无穷。无限的时间和空间给予任何事物以力量和神秘，年深日久，这些事物都可以凝聚自然之灵气成精成怪，所以在人们的生活中，老树、老屋、老动物都可以成为自然崇拜物；自古尊老敬老的传统所演化的孝悌文化形成的祖先崇拜，在漫长的历史发展中变成一种集体无意识根植于每个人的内心深处，形成祖先崇拜的文化心理。这种万物有灵的民间信仰和祖先崇拜的宗教化，既维护着小城的道德秩序，也凝聚着大家的向善精神；另外，在小城社会的民间信仰中，也存在被世俗化了的各种宗教信仰。佛教、道教、基督教（天主教）、伊斯兰教等教派在中国各地小城都有信徒。各种宗教在民间的传播中被中国化、

---

① 萧红：《呼兰河传》，《萧红全集》（3），黑龙江大学出版社2011年版，第91页。
② 同上书，第100页。
③ 同上书，第106页。

世俗化、民间化了。"宗教文化是平民文化中最突出和显著的，平民意识对宗教的选择和精神偶像寄托或信仰的程度，完全反映出该地方的文化特色。"①同时，基督教和天主教作为有殖民色彩的异质文化，在中国长时间的传播过程中也参与了小城文化的改造。小城人在接受西方宗教的同时，也部分地接受了西方的现代文化，推进了中国的现代化进程。

第二节 宿命认知

《词源》解释"宿命"云："佛教语。前世的生命，对今生、今世而言。佛家认为，人们前世都有生命，或为天或为人，或为饿鬼、畜生，流转不息，升沉不定，今生的命运是由前世所为善恶决定的。"②《辞海》对"宿命论"解释为："认为历史的发展由一种不可避免的力量（即命运）所决定的宗教和唯心主义学说。否认人的一切能动创造作用，要人服从命运的支配，不作任何改变现实的积极努力，认为即使努力也是徒劳无益的。中国儒家的'畏天命'，道家的'委天知命'之说，以及古希腊罗马的斯多葛派'顺应自然'、'服从命运'的主张，都是宿命论的观点。"③从以上对"宿命"和"宿命论"的这两个解释看，无论是就生命个体而言，还是从历史发展的角度讲，都强调命运或天命的决定作用，人对此无能为力。这种认识在中外、古今非常普遍。对于宿命的认知，无论是宗教的解释，还是儒家、道家、斯多葛派等各家观点，都是从一种理论学说的角度去阐释界定的。在大多数人的观念中，它更多地体现为一种生命观念和生存态度。当强者处于无可奈何的困境，感到无助的时候，往往会归为"天命如此"；弱者长期处于艰难困苦之中又看不到希望的时候，也往往只能"认命"。

---

① 王恬主编：《古村落的沉思：中国古村落保护（西塘）国际峰会论坛文集》，上海辞书出版社2007年版，第51页。
② 《词源》（修订本）（二），商务印书馆1980年修订版，第848页。
③ 《辞海》（缩印本），上海辞书出版社1980年版，第1026页。

说起来，"天命"和"宿命"还不完全相同。有学者认为："长期以来，学术界多把'天命'和'命'两个概念混为一谈，事实上二者在以孔孟为代表的儒家思想中有着不同的含义和地位。所谓'天命'，即'天之所命'，代表至上神——天的意志，是道德的最后根据，具有赏善罚恶的特征。'命'则总是造成承受者无可奈何、不可抗拒的结局，具有无意志、无目的、无规律、无善恶的特征，是人的有限性的反映。"① 就此而言，对大多数处于迷惘困境中的人来说，只能认可"宿命"，接受命运的安排，认可自己的无能为力。也有少数人按照"天命"的本分，忠实地在自己的本位上活下去。对前者来说，宿命是无可奈何的命运承受，它既是对迷惘前景的一种解释，也是对沮丧无奈心灵的一种安慰，宿命感弥漫在现实生存中。对后者而言，是对"天命"的一种主动承担，对命运的接受没有违和感，也愿意在自己的职分上尽心尽力。文学是对生活的反映，在文学作品中，宿命感无处不在，"天命"也在某种程度上支配和约束着人的生存。

小城小说的主人公是小城，在大多数小城小说中，小城人没有独立的意义，他们是和小城连在一起的。小城有着强大的力量，它对内能消弭各种与之不和谐的音符，让每个企图挣扎的人最后都逃不出被小城吞噬的命运；对外它能销蚀掉一切外来的各种潮流、运动的影响，它正如"果园城"中的那座高塔，风雨不动。小城中的人，无论是接受命中注定混天熬日的，还是企图挣扎反抗最终屈服于命运的，抑或是在"天命"的本分里勤恳努力的，都某种程度地认可了小城生活的"宿命"。

关于《果园城记》，师陀说时间是从清末到民国二十五年，虽然有个具体的时间段，但更像是亘古以来的果园城生活。从《果园城记》的18篇小说来看，作者并无意于强调"感时""忧国"的伦理叙事，他更倾向于对人物生活态度和生命形态的描摹与揭示，时代背景被远远推开，其间蕴含了作者注重个体生命感受的现代性思考。师陀曾自言"我并不着意写典型人物"②，

---

① 陈代波：《儒家命运观是消极宿命论吗？》，《上海交通大学学报》2004年第2期。
② 刘增杰：《师陀研究资料》，北京出版社1984年版，第127页。

《果园城记》就没有典型人物,葛天民、素姑、油三妹、贺文龙这些人物就如同家乡邻里,作者是因为家乡而记住了他们,他们是和家乡连在一起的,其个人形象并没有多么清晰,他们只不过因为是果园城人而被写入小说中,给人们留下深刻印象的还是果园城。"果园城"似乎是实指,但作者"有意把这小城写成中国一切小城的代表",也就带有很大程度的象征性。时间、空间、人物的不确定性,反映了小城生活及文化人格的普遍性和重复性,小城人人如此,代代如斯。这是小城人的命运,也是中国人的命运。正是在这个意义上,《果园城记》可以作为旧中国一切小城的代表,也是现代中国人生活样式的"浮世绘"。

一部分小城人是接受"天命"的,他们在自己的职分上安享生命,日子过得恬静、满足。果园城的宁静安详,正是得益于这些人的存在,源于这样的小城心态。习惯于安静的孟林太太,喜欢用仅仅能够听得见的声音低声说话,并提醒别人把声音"放低些……只要能让别人听懂就行了,别哇哇啦啦的"①。在果园城里,"任何一条街岸上你总能看见狗正卧着打鼾,它们是决不会叫唤的,即使用脚去踢也不;你总能看见猪横过马路,即使在衙门前面也决不会例外,它们低了头,哼哼唧唧地吟哦着,悠然摇动尾巴。在每一家人家门口——此外你还看见——坐着女人,头发用刨花抿得光光亮亮,梳成圆髻。她们正亲密的同自己的邻人谈话,一个夏天又一个夏天,一年接着一年,永没有谈完,她们因此不得不从下午谈到黄昏。"② 集邮差和邮务员于一身的老人认识这城里的每一个人,他无数次义务地听着小城老人对于爱子的怨言,心里充满善意。写信的人不全认识他,甚至没有一个会想起他,但这没有关系,他知道他们,他们每换一次地方他都知道。他一家一家送着信,"小城的阳光照在他的花白头顶上,他的模样既尊贵又从容,并有一种特别风韵,看见他你会当他是趁便出来散步。"③ 邮差先生一路上跟爱开玩笑的小子

---

① 师陀:《果园城记·果园城》,《师陀全集》(2),河南大学出版社2004年版,第454页。
② 同上书,第457页。
③ 师陀:《邮差先生》,《师陀全集》(2),河南大学出版社2004年版,第541页。

开着善意的玩笑,"顺了街道走下去,没有一辆车子阻碍他,没有一种声音教他分心。阳光充足的照到街岸上,屋脊上同墙壁上,整个小城都在寂静的光耀中。他身上要出汗,他心里——假使不为尊重自己的一把年纪跟好胡子,他真想大声哼唱小曲。为此他深深赞叹:这个小城的天气多好!"① 果园城的宁静安详让马叔敖在果园里"想独自睡一觉,一直睡到黄昏,睡到一睁眼从红了第一片的叶缝中看见晚霞"②。在外来的客人眼里,这里是"幸福的人们! 和平的城"③。小城中的这些子民接受了上天给自己安排的命运,对一切都是甘心的,也是满意的,所以他们忠实工作,努力生活,从容地享受着果园城的安静和美好。

沈从文《边城》中的老船夫,"活了七十年,从二十岁起便守在这小溪边,五十年来不知把船来去渡了若干人。年纪虽那么老了,骨头硬硬的,本来应当休息了,但天不许他休息,他仿佛便不能够同这一分生活离开。他从不思索自己职务对于本人的意义,只是静静的很忠实的在那里活下去。代替了天,使他在日头升起时,感到生活的力量,当日头落下时,又不至于思量与日头同时死去的,是那个伴在他身旁的女孩子。他唯一的朋友是一只渡船和一只黄狗,唯一的亲人便只那个女孩子"④。老船夫撑船50年,70岁了还听从"天命",继续忠实地在"自己职务"上过活,这已成为他生命的一部分,也是他的"宿命",但他没有迷惘无奈,也不思索职务对于自己的意义,只是静静地、忠实地在那里活下去。给他生活力量的是与他相依相伴的外孙女翠翠,还有给予他人生价值和情感温暖的渡船和狗。老船夫的生活是辛苦的,但也是安适快乐的,上天不安排他休息他就只能听从上天的安排,这是积极的生存。从老船夫、总舵、杨马兵到天宝、傩送、翠翠,都是这样满意地、努力地在自己的职分上生活的一群人。他们认命,而且乐享天命。"这些可爱的人物,各自有一个厚道而简单的灵魂,生息在田野晨阳的空气。他们

---

① 师陀:《邮差先生》,《师陀全集》(2),河南大学出版社2004年版,第541页。
② 师陀:《果园城记·果园城》,《师陀全集》(2),河南大学出版社2004年版,第460页。
③ 同上书,第457页。
④ 沈从文:《边城》,《沈从文全集》(8),北岳文艺出版社2002年版,第63页。

心口相应，行为思想一致。他们是壮实的，冲动的，然而有的是向上的情感，挣扎而且克服了私欲的情感。对于生活没有过分的奢望，他们的心力全用在别人身上：成人之美。"①"他们那么忠实庄严的生活，担负了自己那份命运，为自己，为儿女，继续在这世界中活下去。不问所过的是如何贫贱艰难的日子，却从不逃避为了求生而应有的一切努力。在他们生活爱憎得失里，也依然摊派了哭，笑，吃，喝。对于寒暑的来临，他们便更比其他世界上人感到四时交替的严肃。"②《边城》虽然有着难以拂去的忧郁，但是那善良、素朴、美好的人性，和谐融洽的人际关系，牧歌式的优美环境，让一切都拥有了神性的异彩；因为一切都有着爱的附丽，悲剧的因素反而成了牧歌中最耐人咀嚼回味的部分。

《果园城记》中的《葛天民》，应该是师陀有意托譬的代表性篇目。葛天民是众多生活在民风淳朴的果园城中的善良、满足的小城人的代表。这个胖胖的脸上总是浮着对于一切都满意的微笑的农场场长，看起来他的生活的确没有什么不满意的。他有一个温馨的院落，通过马叔敖的眼睛看去，"屋门前有一个葡萄棚。葡萄棚下面放着一个矮小的小桌，右边有一把旧式的圈椅，另一边是一只小凳。桌子上展开着一本书。在我们对面，靠左的墙角上有一棵合欢，院子中间放着鱼缸，沿墙是美人蕉、剪秋罗和各种还没有开的菊花……肥大的葡萄在空中悬着，已经烂熟，变成紫色的了"③。他还有一个满意的家庭，这让"他的显出和善的皱纹的脸上——他的心里自然也一样的——表示着无所欲求的满足，在许多乡下人，在许多中等地主的脸上我们常常看见这种表情。他们还需要什么呢？他们的儿子已经快要成人；他们的第二个孩子，正如大部分有福的中国人所希望的一样，是一个很好的女孩，她从小就没有显出坏的倾向；他们最小的孩子也很结实；他们自己也还没有到四十岁，他们还年青，还有许多日子供他们享受，观赏，生活。生为一个

---

① 刘西渭：《〈边城〉——沈从文先生作》，《咀华集》，花城出版社1984年版，第56—57页。
② 沈从文：《湘行散记·一九三四年一月十八》，《沈从文全集》（11），北岳文艺出版社2002年版，第253页。
③ 师陀：《果园城记·葛天民》，《师陀全集》（2），河南大学出版社2004年版，第465页。

中国人，他有财产，有儿女，有好的岁数，他便等于有了一切；他不再想望什么了，不再为自己找苦头吃了。人们已经看出，似乎所有的人都已经看出，他们将在他们的和平空气里活过一生，并且比一切人都要长寿"①。他对自己的工作也很满意，按部就班地管理着他的农场，"每天早晨，他在他的破旧的，大得吓人的老宅里吃早饭；然后他接见一个从乡下来的佃户；接着是一些照例发生在一个家庭里的私事。到了下午，葛天民出城去了，葛天民到农场去了。他在那里并没有什么事情；他走过每一种苗区，看一看工作是否顺手，工人们有没有按照他的规定去做。他在那里留到五点钟，有时候稍微迟些，他留到六点。"②葛天民曾经在本省农业学校毕业，回到果园城，想为果园城做点什么，创立了一个农林试验场，似乎在果园城活得如鱼得水，家庭、工作一切都合乎他的希望。当初，刚刚回到小城的葛天民，也曾想为小城做点什么，但随着时间的推移，在宁静安逸的小城生活中，他慢慢便失去了初来乍到时的锐气。"人是生活在小城里，一种自然而然的规则，一种散漫的单调生活使人们慢慢的变成懒散，人们也渐渐习惯于不用思索。因此许多小事情也正像某年曾到河上洗澡某日曾到城外散步，这种类似的事件人们很容易的就忘记了。"③他已经完全适应了小城似乎永远停留在一点上没有变动的生活，对于东奔西走的"我"（马叔敖），他满含同情。"人们何以必须生活得匆忙，葛天民先生自然不会明白；他是别人的父亲，别人的丈夫，一个住在小城市里的地主。他大约将活到八十五岁，然后大约是安静的死在这小城里，即使在八十五岁寿庆的时候，他大约还不会以为人们为了生活有四处奔波的必要。"④小城的平静祥和，应该感谢的就是葛天民一类的小城人。果园城里的葛天民，真的就如同上古帝王"葛天氏之民"，有这样的子民，确实可以期望不言而信，不化而行。

可是这个安宁平静的小城并非全是美好的，也并没有让人感到那么理想，

---

① 师陀：《果园城记·葛天民》，《师陀全集》（2），河南大学出版社2004年版，第468—469页。
② 同上书，第467页。
③ 同上书，第466页。
④ 同上书，第471页。

"改革者、共产党人及国民党官员来的来了，去的去了，可是城镇本身却我行我素，继续着它懒惰、懦弱和残酷的行径"①。在果园城的"这种平静空气中"，素姑从12岁就学会了各种女红；到29岁时，她已经给自己绣满了两大箱子嫁妆，这些嫁妆足够她用到成为白发苍苍的祖母。这些衣物逐年都有不同的式样，"从这些不同的式样你可以想到一个少女曾经做过怎样的梦，你可以看出一个少女所经历的长长岁月"。可是，她依然和母亲孟林太太过着凄清、孤寂的生活。偶尔有个送水的，提醒着时间的行进；偶尔有个卖绒线的，提醒着她准备了多少年绣品的青春。当年兴冲冲地买线买绢，带着憧憬、做着好梦地刺绣，如今她已绣满两大箱嫁衣，也为与自己同时以及比自己晚一代的少女裁过嫁衣，为母亲缝了寿衣，她还能做什么呢？她还能期待什么？"忽然间，仅仅是忽然间，当她想到这些东西该配到什么地方最合适，一种失意、一种悲哀，正是谁也没有料到，但是早已潜伏着的悲哀。"满载着她的希望和美梦的两只大箱子，"整整锁着她的无数的岁月，锁着一个嫁不出去的老女的青春"。"一个中国的在空闺里憔悴了的少女"，好像插在花瓶里的月季花已经枯干了（《果园城记·桃红》）。师范毕业后在果园城当小学教师的油三妹，快乐勇敢，善于言辞，喜欢热闹。可是小城里"没有一处娱乐场所，没有一个正当集会，甚至连比较新一点的书都买不到"。她和同事们一同到城外散步，一同打球，一同到车站看戏，却招来了流言蜚语。油三妹吃醉酒失身，快乐的油三妹变成了哀愁的油三妹，最后吃藤黄自尽，她才23岁。油三妹"是应该幸福的，因为她有那么多的笑，她的心地又那么善良，虽然她时常跟男人们吵架。然而运命早已为她安排下不幸，有时候你会觉得奇怪，你会忽然想起她的天性里为什么不再多一点女性成分，她为什么不看见自己是一个女人，并且她为什么有那么多的快乐"（《果园城记·颜料盒》）。与素姑、油三妹在小城的世俗中悲哀地沉坠不同，小学教师贺文龙一直不甘于被俗务、家事泯灭理想，幻想着有一天会成为一个作家。这个理想一直在心中没有泯灭，可是现实的无奈让他不得不将写文稿的事推到明天，明天又推到后天。

---

① 夏志清：《中国现代小说史》，复旦大学出版社2005年版，第295页。

他得为着生计做完一个小学教员的工作,这份工作就累得他"白沫喷出,嗓子破哑"。谁能帮助他呢?"希望、聪明、忍耐、意志,一切人类的美德无疑的全比罪恶更难成长,它们却比罪恶更容易销蚀,容易腐烂,容易埋没……将来有一天他也许会跟许多悔恨他们少年行径的老年人一样,他会从新想起他的文稿,很可能以为只是当初一种妄想,一时的血气冲动。不过还有一个更大的可能,他也许——自今而后也许永不会想到它了。"(《果园城记·贺文龙的文稿》)

果园城中一直不屈从于命运摆布的真正强有力者是愤世嫉俗的"傲骨"。"傲骨"的父亲"一生中从不曾浪费一文钱,正如他活着从来不敢放肆"。对于果园城第一个考上师范学校的儿子,父亲欢喜地等着有一天"挽起来胡子喝蜜"。可他没想到儿子和他想的完全不一样。"傲骨"读了很多书,拥有了丰富的知识,应聘到一个县立中学。他看不惯同事们把"王莽"念成"王奔"的无知,看不惯他们拍马、吃酒、打牌、吊膀、欺骗的作为。他的正直、博学得到学生们的拥护,却被小城人送进监狱半年。他清正的思想、善良正直的行为、自负的态度与果园城人格格不入。"果园城的人显然不十分看得起他,他们崇拜的是'机关里的','带徽章的',甚至于胡左马刘的后裔,因为他们怕这些流氓、痞棍、海洛因和雅(鸦)片大瘾"。因此,"傲骨"更加傲慢,更多牢骚,常常"一个人——抱着肩膀坐在椅子上,仿佛准备跟全世界决个胜负"。他什么都不爱,他的生命里只有憎恨,"因为他有一块正直和自负造成的傲骨,这傲骨并且越长越大"(《果园城记·傲骨》)。在小城世界里,敢于和整个传统、整个世界对抗的"傲骨"不多,大多数是或主动或被动地接受了小城生活的宿命。他们开始也曾经为自己的快乐、理想而努力,就像素姑、油三妹、贺文龙那样,而挣扎的结果却是疲惫不堪,遍体鳞伤,到最后,"一代又一代的故人的灵柩从大路上走过","平安的到土里去了"(《果园城记·果园城》)。果园城人的命运并不掌握在自己手中,他们无论甘心与否,最后只能接受命运的安排。

我国台湾作家柏杨在其《丑陋的中国人》中指出,"任何一个民族的文化,都像长江大河,滔滔不绝地流下去,但因为时间久了,长江大河里的许多污秽肮脏的东西,像死鱼、死猫、死耗子,开始沉淀,使这个水不能流动,变成一潭死水,愈沉愈多,愈久愈腐,就成了一个酱缸,一个污泥坑,发酸发臭"。他认为中国的传统文化就是这样的酱缸文化,"中国人在这个酱缸里酱得太久,我们的思想和判断,以及视野,都受酱缸的污染,跳不出酱缸的范围。年代久远下来,使我们多数人丧失了分辨是非的能力,缺乏道德的勇气,一切事情只凭情绪和直觉反应,而再不能思考。一切行为价值,都以酱缸里的道德标准和政治标准为标准。因此,没有是非曲直,没有对错黑白。在这样的环境里,对事物的认识,很少去进一步地了解分析",并且还会"产生一种苟且心理,一面是自大炫耀,另一面又是自卑自私"。① 如果说中国传统文化是一个大的"酱缸",那么果园城就是一个小的"酱缸",是当时中国社会基本状况的一个缩影。果园城如此摆布着小城人的命运,但果园城人对自己生活的小城却是满意的。在他们看来,果园城虽然没有什么景致,但他们认为这里什么都不缺,所以住在小城里的人越来越习惯于这种安逸平静的生活,而离开小城的人却常害思乡病。说来说去,"它毕竟是中国的土地,毕竟住着许多痛苦但又极善良的人",所以作者特地借一位朋友"家乡的果园来把它装饰得美点,特地请渔夫的儿子和水鬼阿嚏来给它增加点生气"。② 或许这种故土情结才是小城人绕不开的宿命。小城,怎一个爱、恨了得!所以师陀感叹:"中国为什么不再文明点,或者退转去,为什么不更原始点?"③ 师陀笔下的小城子民,或者如邮差、葛天民们,安时处顺,乐天知命;或者如贺文龙们,挣扎一番后也只得顺从于命;或者如"傲骨"始终不肯屈从,但终须遭受命运的折磨。无论是何种选择,最后他们都或主动或被动地遵从了小城给予的命运安排。

萧红笔下的小城人也有着这样几类人物,或乐天知命,或挣扎一番顺从

---

① 柏杨:《丑陋的中国人》,人民文学出版社2015年版,第41、44、46页。
② 师陀:《果园城记·新版后记》,刘增杰《师陀研究资料》,北京出版社1984年版,第99页。
③ 师陀:《果园城记·颜料盒》,《师陀全集》(2),河南大学出版社2004年版,第505页。

天命，或反抗却失败，最终被命运摆布，他们最后也是或主动或被动地遵从了小城给予的命运安排。呼兰河那些卖馒头的、漏粉的、赶车的、跳大神的小城民众，一天到晚忙忙碌碌，勤勤恳恳。偶尔开个玩笑，凑个热闹，看看傍晚天上的火烧云，听听家乡的野台子戏，也安安稳稳，快快活活。他们说不上乐天知命，但也能安分守己，一天一天就那么过着，就那么春去秋来、按部就班地听从命运的安排。也有沉睡的灵魂偶然被某种外力激活，蓦然发现了自己生活的不足，开始了对命运的质疑。在《后花园》中，磨倌冯二成子只知道拉磨，邻家女儿的笑声唤醒了他沉睡的世界，他活了，不仅听到了笑声，还有邻家刷锅、劈柴发火的声音，件件样样都听得清清晰晰。他开始思考，躺在床上心中感到十分悲哀，想自己两年的磨倌生活总是老样子，好像没有活过一样。那个周身发光，带着吸力的邻家姑娘，让他感到院子里边"升腾着一种看不见的欢喜，流荡着一种听不见的笑声"，"可怜的冯二成子害了相思病，脸色灰白，眼圈发紫，茶叶不想吃，饭也咽不下，他一心一意的想着那邻家姑娘。"① 可是面对激活了他的姑娘，他却越发感到了自己的卑微："世界上竟有这样谦卑的人，他爱了她，他又怕自己的身份太低，怕毁坏了她。他偷着对她寄托一种心思，好像他在信仰一种宗教一样。邻家女儿根本不晓得有这么一回事。"② 后来，邻家女儿出嫁了；不久，她的母亲赵老太太也搬到女儿家去了。送走了能跟自己攀谈得来的赵老太太，冯二成子心底空落落的，"他不知为什么这次送赵老太太，比送自己的亲娘还更难过"。于是，这个麻木的人开始有了各种"天问"："人活着为什么要分别？既然永远分别，当初又何必认识！人与人之间又是谁给造了这个机会？既然造了机会，又是谁把机会给取消了！"③ "这样广茫茫的人间，让他走到那方面去呢？是谁让人如此，把人生下来，并不领给他一条路子，就不管他了。"④ 他失魂落魄地走着，看到赶车的、拉马的、割高粱的，"他不能明白这都是在做什么；他不

---

① 萧红：《后花园》，《萧红全集》（4），黑龙江大学出版社2011年版，第85页。
② 同上书，第86页。
③ 同上书，第87页。
④ 同上书，第88—89页。

明白这都是为着什么。他想：你们那些手拿着的，脚踏着的，到了终归，你们是什么也没有的。你们没有了母亲，你们的父亲早早死了，你们该娶的时候，娶不到你们所想的；你们到老的时候，看不到你们的子女成人，你们就先累死了。"① 路上又遇到推手车的、挑担的，"他都用了奇怪的眼光看了他们一下：你们什么也不知道，你们只知道为你们的老婆孩子当一辈子牛马，你们都白活了，你们自己还不知道。你们要吃的吃不到嘴，要穿的穿不上身，你们为了什么活着，活得那么起劲！"② 看到卖豆腐脑的因为一点酱油跟顾客争吵，他用斜眼看着那卖豆腐脑的，训斥道："你这个小气人，你为什么那么苛刻，你都是为了老婆孩子。你要白白活这一辈子，你省吃俭用，到头你还不是个穷鬼！"③ 冯二成子不甘心刚刚感到幸福就突然又被推入冰冷境地的命运，他努力想回到原来的样子，但是已然做不到，他好像丢了什么，又好像是被抢走了什么似的。靠缝衣裳过活的王寡妇对他说的一席话道出了几乎是所有人的命运："人活着就是这么的，有孩子的为孩子忙，有老婆的为老婆忙，反正做一辈子牛马。年青的时候，谁还不是像一棵小树似的，盼着自己往大了长，好像有多少黄金在前面等着。可是没有几年，体力也消耗完了，头发黑的黑，白的白……"④ 冯二成子心里念着邻家赵姑娘，却跟王寡妇结婚了，互相安慰，相依为命。冯二成子有了孩子，过了两年，孩子的妈妈死了，不久那孩子也死了。后花园几经繁华凋零后被拍卖了，磨坊也换了主人，冯二成子仍旧在那磨坊里平平静静地活着，继续打他的筛罗，摇他的风车，接受着上天给予他的那份命运。

《小城三月》是萧红在生命最后的日子里写的一个女孩子不肯屈从命运的故事。主人公没有激烈的斗争，甚至心里的委屈到死都没有说出口，但她对不从心意的事情却表现出了最坚决的拒绝。《小城三月》表面上是写一个爱情故事，是一个有情人没能成为眷属的悲剧。仔细咀嚼，萧红传达的意思远非

---

① 萧红：《后花园》，《萧红全集》（4），黑龙江大学出版社2011年版，第87页。
② 同上书，第88页。
③ 同上。
④ 萧红：《后花园》，《萧红全集》（4），黑龙江大学出版社2011年版，第90页。

爱情这么单纯。"我有一个姨,和我的堂哥哥大概是恋爱了",但接下去并没有两情相悦的花前月下,悲欢离合,而是专注写翠姨与众不同的心思讲究。翠姨"生得并不是十分漂亮,但是她长得窈窕,走起路来沉静而且漂亮,讲起话来清楚的带有一种平静的感情。她伸手拿樱桃吃的时候,好像她的手指尖对那樱桃十分可怜的样子,她怕把它触坏了似的轻轻地捏着"。这样一个沉静内敛、秀外慧中的女孩子在"我"家相对自由宽松的环境中爱上了"我"那个"漂亮而出色"的堂哥哥。但她是订过婚的人,又是一个再嫁寡妇的女儿,这让翠姨含蓄而又矜持,自卑而又自怜,心事埋在心底,"她的恋爱的秘密就是这样子的,她似乎要把它带到坟墓里去,一直不要说出口,好像天底下没有一个人值得听她的告诉。"翠姨病了,她的母亲嘘寒问暖,什么都问到了,就是问不到翠姨真正的心事,翠姨摇着头不说什么。堂哥哥第三次去看她,终于见到了她。哥哥伸手试一下翠姨的前额是否发热,"他刚一伸出手,翠姨就突然地拉住了他的手,而且大声地哭起来了,好像一颗心也哭出来了似的"。"哥哥后来提起翠姨常常落泪,他不知道翠姨为什么死,大家也都心中纳闷"。就在翠姨抓住哥哥的手时,哥哥"很害怕,不知道说什么、做什么。他不知道现在就该是保护翠姨的地位,还是保护自己的地位"。这是多么残忍的真实,一个人为另一个人死了,而这个人却并不知晓。

因为"不愿意",别人所有的好都没有了意义;因为不"从心",没有什么不可以抛弃,包括生命。既然不能得到幸福,有那一点爱的念想也就能心里"安静",因为那是自己想要的。有了这一点念想,病、死都不以为苦,为保住那一点念想的纯洁,但求速死。在《小城三月》中,萧红通过一个温婉柔情的女子演绎着情感追求的执着和烈性,某种意义上,与那个被想念的对象已没有多少关系。

翠姨走了,在生命的最后见到了恋人,如抓住救命稻草一样要将一腔心思倾诉,但她终于控制了自己,只是委婉地、客气地表白了自己的心,平静地等待死亡。多情、心细的翠姨想了那么多,也做了那么多,又好像什么也没说,什么也没做,似乎是自觉地一步步走向死亡,没有一点儿实质性的抗拒。春天来了，姑娘们依然忙着选衣料，换春装，却不见翠姨的马车来，生命就这样无声无息逝去，没有凶手，没有坏人，甚至也没有强迫，就在小城温情平静、伦常有序、年节有时的生活中一个鲜活的生命消失了，谁也不再记起这个凄美的女子，一切照旧，似乎亘古如斯，闭塞安静的小城也不记得包容了多少这样的故事。翠姨在生命的最后说："我心里很安静，而且我求的我都得到了。"最坚决的命运抗拒却如此平静地放手，这是对命运不顺从的顺从，她知道抗不过强大的世俗，更抗不过"命"，不能从心地生，但可以选择从心地死。她宁可生病糟蹋自己的身体，也不愿委屈自己的心。

《呼兰河传》中的有二伯为表白自己的功劳常常骂骂咧咧，为此招致父亲的打骂；小团圆媳妇"不堪造就"直至被折磨死去；卖豆芽菜的王寡妇因为儿子淹死而疯了，但即便疯了，她到底还晓得卖豆芽，还是静静地活着。不管是谁，小城人愿意不愿意、反抗不反抗都得随从命运。最典型的当属冯歪嘴子在老婆生下小儿子难产死后，他对命运的承担。不管自己有没有这份能力，别人这样做，他也应该这样做。于是他照常活在世界上，负着他那份责任。喂着小的，带着大的，该担水担水，该拉磨拉磨。没有悲悲切切，怨天尤人，而是老实地接受命运的安排。他不知道别人都用悲观绝望的眼光看他，他没有想过。他也有悲哀，但一看见孩子大了，他就含着眼泪笑了。他尽其所能照顾着孩子，虽然小儿子在别人看来越长越瘦越小，七八个月了，只会拍巴掌，但冯歪嘴子却欢喜得不得了："这小东西会哄人了"，"这小东西懂事了"，"这孩子眼看着就大了"。他看着自己的孩子一天天长大，"大的孩子会拉着小驴到井边饮水了。小的会笑了，会拍手了，会摇头了。给他东西吃，他会伸手来拿。而且小牙也长出来了"（《呼兰河传·第七章》）。在不堪的命运中尽着自己的那份责任，在艰难的生活中品尝着苦涩的幸福，这就是小城下层子民的宿命。

湘西边城属于边缘的化外之地，与主流文化相远离，与自然天地更为接近，沈从文的"边城"子民，相比而言感受更多的是命运的无常，接受命运的安排也更为自然，大部分人都能顺天从命。

关于湖南地理环境对湖南文化的影响，钱基博认为："湖南之为省，北阻大江，南薄五岭，西接黔蜀，群苗所萃，盖四塞之国。其地水少而山多，重山迭岭，滩河峻激，而舟车不易为交通。顽石赭土，地质刚坚，而民性多流于倔强，以故风气锢塞，常不为中原人所沾被。抑亦风气自创，能别于中原人物以独立，人杰地灵，大儒迭起，前不见古人，后不见来者，宏识孤怀，涵今茹古，罔不有独立自由之思想，有坚强不磨之志节。湛深古学而能自辟蹊径，不为故乡所囿。义以淑群，行必厉己，以开一代风气，盖地理使之然也。"① 这段论述既概括了湖南地形多样、多民族杂居的特点，也揭示了湘人虽然封闭却并不保守的性格。其生存环境是艰苦闭塞的，思想行为却是开放自由的，而且具有独立开创之精神。面对静谧美丽的自然，封闭却不保守、倔强而又浪漫的楚人对天地万物产生了无限的遐想。丹纳在论希腊人的审美观时就阐述过"自然界的结构留在民族精神上的印记"。他指出，"希腊境内没有一样巨大的东西；外界的事物绝对没有比例不称、压倒一切的体积……一切都大小适中，恰如其分，简单明了"，所以希腊人"没有对于他世界的茫茫然的恐惧，太多的幻想，不安的猜测"。② 而湘西那奇山异峰、清涧湍流、绿树芳草的幽美灵异之地，正是巫鬼文化的温床。生于斯长于斯的湘人，在神性氤氲的自然山水中吸纳天地之灵气，泛神思想充溢心中。他们认为，强大美丽的自然中，一切无不为神，诸神无不法力无边，年成的丰歉旱涝、个体的生老病死、群体的安危祸福，一切无不受制于天地诸神。而天地诸神又无不具有人性，虽然有时也可怕，但更可敬可亲，连接人神的神之子——巫、觋，更是魅力无穷。人与自然，人与神，息息相关，和谐共一。湘人把一切交由神做主，听凭命运安排，顺其自然，成为自然之子，并由此产生了深深的命运感。在沈从文的老家湘西凤凰，"在宗教仪式上，这个地方有很多特别处，宗教情绪（好鬼信巫的情绪），因社会环境特殊，热烈专诚到不可想象"③。"处处

---

① 钱基博：《近百年湖南学风》，岳麓书社1985年版，第1页。
② [法] 丹纳：《艺术哲学》，傅雷译，人民文学出版社1983年版，第256页。
③ 沈从文：《湘西·凤凰》，《沈从文全集》（11），北岳文艺出版社2002年版，第393—394页。

尽人事而处处信天命"①,这就是湘人对待生活的态度,"人在地面上生根的,将肉体生命寄托在田园生产上,精神寄托在各式各样神明禁忌上,幻想寄托在水面上,忍劳耐苦把日子过下去"②:水手在险滩就与激流搏斗,到码头就爬到桅杆上唱歌,上岸就去找吊脚楼女人快活;女子平时忙于喂猪养鸭、挑水种菜、绩麻纺纱、推磨碾米,在谢神还愿的戏文中接受着烈士佳人的情感教育,听爱怜自己的男子为自己唱绵绵情歌;老人守船、摆摊、喝酒;孩子游水、斗武、划船。他们不想过去,也不问将来,只是随意地接受着自然安排给每个人的任务,听从自然神的召唤,简单地把一大堆日子打发过去。

湘人的泛神思想导致了他们对自然的迷信、崇拜。沈从文曾这样谈及自己对于"自然的皈依":

墙壁上一方黄色阳光,庭院里一点草,蓝天中一粒星子,人人都有机会看见的事事物物,多用平常感情去接近它,对于我,却因为常常和某一个偶然某一时的生命同时嵌入我印象中,它们的光辉和色泽,就都若有了神性,成为一种神迹了。不仅这些与偶然同时浸入我生命中的东西,各有其神性,即对于一切自然景物的素朴,到我单独默会它们本身的存在和宇宙彼此生命微妙关系时,也无一不感觉到生命的庄严。花木为防卫侵犯生长的小刺,为诱惑关心而具有的甜香,我似乎都因此领悟到它的因果。一种由生物的美与爱有所启示,在沉静中生长的宗教情绪,无可归纳,因之一部分生命,竟完全消失在对于一些自然的皈依中。③

这种对自然的崇拜、皈依,表现在创作上就出现了沈从文乡土小说中无处不在的由自然、风俗、人事融合而成的一种温馨和谐的氛围。正是这种氛围的存在,"边城"成为人们永远的梦境。但是,神性是单纯的,人心却是曲

---

① 沈从文:《巧秀和冬生》,《沈从文全集》(10),北岳文艺出版社2002年版,第422页。
② 沈从文:《长河》,《沈从文全集》(10),北岳文艺出版社2002年版,第12—13页。
③ 沈从文:《七色魇集·水云》,《沈从文全集》(12),北岳文艺出版社2002年版,第120页。

折的，湘人原始的泛神思想并不能应对现实中的一切，当他们面对错综复杂的社会现实便常常感到迷茫困惑。正如沈从文所言："我想这一个泛神倾向用之与自然对面，很可给我对现世光色声味有更多理解机会，若用之于和人事对面，或不免即成为我一种被征服的弱点。"① 这种"弱点"，加之对自然的过分崇拜，湘人的泛神论有时就走向了不可知的宿命论，产生了神秘的命运感。他们"仿佛同'自然'已相融合，很从容的各在那里尽其性命之理，与其他无生命物质一样，惟在日月升降寒暑交替中放射，分解"②。

《初八那日》写一个即将娶亲的乡下小伙子，被突然刮起的大风吹塌的积木压毙；《阿黑小史》写强悍、多情的五明，莫名其妙地就疯了；《旅店》写不久前还与老板娘黑猫云雨欢娱的健壮的贩纸客突然暴病而亡；《石子船》写一个深谙水性的水手下河摸鱼时，手被石缝卡住，活活憋死……像这样的例子在沈从文的乡土小说中俯拾即是。如《菜园》《三三》《七个野人和最后一个迎春节》《牛》《媚金，豹子与那羊》等，都是写人物在温馨幸福的情感氛围中被突然推入灾难深渊的悲剧命运。不可预料的灾变宣告着人的生命是如此脆弱，命运又是被多少偶然性所支配，"一切真有个定数，勉强不来"，"一切都是命，半点不由人"（《贵生》）。沈从文自己曾说："我们生命中到处是'偶然'，生命中还有比理性更具势力的'情感'，一个人的一生可说即由偶然和情感乘除而来。你虽不迷信命运，新的偶然和情感，可将形成你明天的命运，还决定后天的命运。"③ 在面对自然和人事的偶然性时，他经常感到"好像一个对生命有计划有理性有信心的我，被另一个宿命论不可知论的我居然战败了"④。的确，沈从文小说中的悲剧好像总是由某种偶然的因素造成的，在《山鬼》中，沈从文曾感慨道："命运这东西，有时作弄一个人，更残酷无情的把戏也会玩得出。平空使你家中无风兴浪出一些怪事，这是可能的，常有的。一个忠厚老实人，一个纯粹乡下做田汉子，忽然碰官事，为官派人抓

---

① 沈从文：《七色魇集·水云》，《沈从文全集》（12），北岳文艺出版社2002年版，第109页。
② 沈从文：《湘行散记·箱子岩》，《沈从文全集》（11），北岳文艺出版社2002年版，第280页。
③ 沈从文：《七色魇集·水云》，《沈从文全集》（12），北岳文艺出版社2002年版，第95页。
④ 同上书，第101页。

去强说是与山上强盗有来往,要罚钱,要杀头,这比霄神来得还威风,还无端,大坳人认这是命运。命运不太坏,去了钱,救了人,算罢了,否则更坏也只是命运,没办法。"① 无端的祸患,不论是自然的原因,还是人事的因素,统统被归结为不可预知、无法把握的命运。在《边城》中,悲剧的酿成也是因为无常命运在作祟。在那个淳朴、美丽、宁静的边城,爷爷、翠翠、顺顺父子健康、快乐地生活着,但翠翠与傩送纯洁的爱情因大老对翠翠同样属意而生出枝杈,爷爷因不了解翠翠的心意而帮倒忙,因不明朗二老的心意反被误解。能干、稳重的大老因情感失意,伤心渡船出走,竟落水而亡;暴雨之夜,象征坚定、纯洁的白塔突然倒了,健壮的爷爷心碎离去;二老走了,翠翠什么都没有了,只有孤独地等待,但等待她的能是什么呢?即使二老回来,她还能幸福如昨吗?"在这些人性皆善、性自天然的人群中,辨不清社会的制度和文明的梗阻。它充满着原始人类阴差阳错的神秘感和命运感,自然安排了人的命运,人无怨无艾地顺乎自然,融乎自然,组成一种化外之境的生命形式。"② 没有凶手却酿成了如此的悲剧,教人如何不相信命运!正如沈从文在《传奇不奇》中所说:"人有千算天有一算,一切合理建筑起来的楼阁,到天那一算出现时,就会一齐塌圮成为一堆碎雪破冰,随同这个小溪流的溶雪水,泛过石坝,钻过桥梁,带入大河终于完事。"③

如果说对自然的过分崇拜、过多神秘的偶然性使湘人从主观意识上走向命运感,那么面对生活中过多的无奈,则使湘人在客观上不得已而认同了命运感。湘人除了对这种神秘的无常泰然接受外,在对命运的认同下,对可以预料的自然的艰险、人为的祸患有着惊人的承受力。他们能处生死而不惊,临杀头而不避,如同接受生命、接受快乐和健康一样接受灾难和痛苦。《夜》叙写了执行公务的"我",因赶夜路到很远的营地,在荒野中迷失了方向,摸到一户孤零零的人家暂歇,与同伴讲故事等候天亮。后来"我"与同伴请房

---

① 沈从文:《山鬼》,《沈从文全集》第3卷,北岳文艺出版社2002年版,第342—343页。
② 杨义:《中国现代小说史》(中),人民出版社1998年版,第626页。
③ 沈从文:《传奇不奇》,《沈从文全集》(10),北岳文艺出版社2002年版,第437页。

东主人——一位看起来高深莫测、饱经世故、像有无数心事的老人——讲一个故事。老人再三推脱不过，叫叙述人随他进到屋里，看到床上躺着一个老妇人的尸体。原来这是主人相依为命的妻子，夜间刚刚死去。老人刚失去妻子，却依然平静地接待了陌生人，而且耐心地听完他们大半夜的故事。在《知识》里又出现了一位类似的老人。文中的"知识者"途经一个村庄，见到一青年男子在树下闲坐，而老人反而在田间辛苦劳作。他感到不平就问老人，老人告诉他树下是自己的儿子，刚被毒蛇咬死了，并请他路过自己的家门口时顺便告诉家人此事，送饭时少送一份。两位老人面对刚刚死去的妻子和儿子，其平静和淡然令人吃惊、骇然。如果这些都不算什么，还有什么不能承受？这就是人的一生，多少痛苦、灾难等生命不可承受之重，都化为平静的隐忍。《一只船》写船上五个拉纤的水手听说另一只船当天失事，三个纤夫在急滩上因不愿丢缆子，滚到乱岩中拖死了，"大致船伙死去的乱石间，这一船上五个拉船人就同样的也从那里爬过去"。乍听到死人的消息，开始有一点小小的骚动，稍后也就觉得无所谓，"他们决不至于想到几点钟以前滩上所发生的是什么事。并且在船上生活，照例眼前所见也不至于留在心上多久，这事当然也只当一种笑谈说说也就过去了"。"他们还不曾学会为别人事而引起自己烦恼的习惯，就仍然聚成一团，蹲在舱板上用三颗骰子赌博，掷老侯，为一块钱以内的数目消磨这长夜。"① 水手们面对就在身边眼前的生生死死照样笑谈赌博，一切好像与他们无关，或许他们觉得生活就是这样，生命也是如此，人总得活下去，而活下去只有这一条路，于是在这条路上也就乐天安命。"这些人不需要我们来可怜"，"他们那么忠实庄严的生，却在自然上各担负自己那分命运，为自己，为儿女而活下去。不管怎么样活，却从不逃避为了活而应有的一切努力。他们在他们那分习惯生活里、命运里，也依然是哭、笑、吃、喝"。② 多少自然和人为的灾难都被这种愚钝的豁达与乐观所化解。

---

① 沈从文：《一只船》，《沈从文全集》（4），北岳文艺出版社2002年版，第272—273页。
② 沈从文：《湘行书简·历史是一条河》，《沈从文全集》（11），北岳文艺出版社2002年版，第188页。

即使杀人场面，无论在被杀者、看客还是刽子手看来，都简单而平常，刽子手钢刀举起，被杀者人头落地而已，只有被杀者有点"特别"表现，如招供爽快，临刑镇定，或痴痴呆呆、死后不倒等才会引起看客的兴奋和议论。一天就杀到成百上千的人，还有什么奇怪的？这些人成批地生，又成批地被杀。在清乡中，一个十二三岁的小孩，挑着两个人头，这人头就是这小孩的父亲或叔伯。即使从被杀者看来，也并无多少痛苦。沈从文在《我的教育》中，这样描写被杀的犯人："这人被杀大概也不什么很痛苦，因为他们全似乎相信命运。是的，我们也应该极相信命运。"这些"看破红尘"的人，自然地认同命运，不逃避也不抗争，屈服于各种压迫、肆虐。正如湘人善良、仁爱的修养，不是出自教育，而是如同自然所赐一样，他们面对各种命运的那份从容也是得自天然。因为贫穷、屠杀和劫掠就像门前流水一样平常，也就练就了流水一样平常的心态。沈从文曾经在坐船回乡经过辰河最凶险的青浪滩时，船舱进水，难以前进，危急中只得停下来休息一下，继续与激流搏斗。在水手们若无其事的烤火说笑中，沈从文感叹："我现在方明白住在湘西上游的人，出门回家家中人敬神的理由。从那么一大堆滩里上行，所依赖的固然是船夫，船夫的一切，可真靠天了。"① 人力不及，只能靠天。沈从文在《长河》中说出了命运感产生的必然心理："乡下人照例凡事到不能解决无可奈何时，差不多都那么用'气运'来抵抗它，增加一点忍耐，一点对不公平待遇和不幸来临的适应性，并在万一中留下点希望。"② 艰难、无奈的人生也的确需要一点心理的平衡和安慰。另外，湘人源自山水、源自先民的率真浪漫的激情，使他们面对人事时有着太多感性的冲动，缺少应有的理性和韧性，一旦遭遇挫折或处于逆境，便极易流于失望，从而从另一渠道走向命运感。沈从文曾说："我这人原来就是悲剧性格的人物，近人情时极近人情，天真时透顶天真，糊涂时无可救药的糊涂，悲观时莫名其妙的悲观。"③ 这种感性和易

---

① 沈从文：《湘行书简·滩上挣扎》，《沈从文全集》（11），北岳文艺出版社2002年版，第169页。
② 沈从文：《长河》，《沈从文全集》（10），北岳文艺出版社2002年版，第45—46页。
③ 沈虎雏：《从文家书：从文兆和书信选》，上海远东出版社1996年版，第82—83页。

变正是因为湘人与自然朝夕相处，沾染了太多率性天真的自然属性，少有社会人事的牵绊与历练，所以将一切喜怒哀乐都归于自然意志，归于命运。

难怪沈从文感叹："一切充满了善，充满了完美高尚的希望，然而到处是不凑巧。既然是不凑巧，因之素朴的良善与单纯的希望终难免产生悲剧。"①命运无常，人事难料，小城人的具体境遇难以预测，但每个小城人最后都得服从小城的命运安排却是可以预见的。小城是安静的，但拥有强大的同化力量，它让每个人都逃不出小城的命运。它对内能消弭各种与它不和谐的音符，让每个企图挣扎的人都逃不出被小城改变的命运，而一切外来的波动冲击都被它慢慢地无声地吞噬、消化，它正如果园城中那座高塔，风雨不动。

第三节　柔弱者的生命哲学

在中国现代文学史上，从五四启蒙运动开始，到二三十年代文学革命与革命文学的提倡，到40年代的抗日救亡，我们的文学很大程度上被意识形态所左右，是为国家、民族而进行的文学活动。五四运动开启的对"人"的关注，并未成为后续文学创作的主旨，主流文学从来都不是为个人的文学。小城小说是小城之子描写故乡之作，大多采用回忆的方式展现了在时代局限下故乡难以把握的个体命运及人们生活的境况。它们能够关怀普通人的日常生活，关怀弱者的生存和尊严，写出小人物的真实生活境况，能体贴普通人生活的不易，具有悲悯包容的胸怀。从某种意义上说，这正是小城小说之价值所在。

（一）

英国学者阿伦·布洛克在谈到人和宇宙之间的关系时做了如下概括："一般说来，西方思想分三种不同模式看待人和宇宙。第一种模式是超越自然的，

---

① 沈从文：《七色魇集·水云》，《沈从文全集》（12），北岳文艺出版社2002年版，第111页。

即超越宇宙的模式。集焦点于上帝，把人看成是神的创造的一部分。第二种模式是自然的，即科学的模式，集焦点于自然，把人看成是自然秩序的一部分，像其他有机体一样。第三种模式是人文主义的模式，集焦点于人，以人的经验作为人对自己，对上帝，对自然了解的出发点。"① 童庆炳先生将阿伦·布洛克对人文主义的看法概括为三个特点："第一，人文主义集中的焦点在人身上，一切从人的经验开始。人可以作为根据的唯一的东西就是人的经验。第二，人的价值就是人的尊严，一切价值的根源和人权的根源都是人的尊严。人之尊严的基础就是人具有潜在的能力以及创造和交往的能力。第三，对于人的思想的重视，人能够通过对历史文化背景和周围环境的理解形成一定的思想。思想既不完全是独立的，也不完全是派生的。"② 由童先生的概括可以看出，人文主义观点聚焦的是人本身，而不是其他外物，人的价值核心正是人的尊严，而对于人的思想的重视，正是重视人的尊严的体现。

  尊严是一个人立世的根本，无论尊卑贵贱，对尊严的追求是一致的，这也是评价一个人的重要标准。越过纷繁的生命形态，透过人与人之间复杂多样的关系，究其核心就会发现，每个人的努力都是为了证明自己，都是为尊严而活着。无赖如阿Q，他与小D比咬虱子，看谁咬得更响；他摸小尼姑的头，引来大家的哄笑，都是为了证明自己"强"，希望被别人看重，自己有尊严，尽管这种证明有些胡闹和变态（《阿Q正传》）。愚蠢如麻面婆，六月天在草垛翻腾找羊，也是要向别人证明，她并不愚笨，关键时候也能显示出她的聪明，虽然这只能更加证明她的确愚蠢（《生死场》）。有二伯喜欢人们称他"有二爷"，不喜欢人们称他"有子"。他骂鸡骂狗骂笤帚骂砖头，都是为了引起别人的重视，让人注意到他从前是有功劳的，现在不算白吃饭（《呼兰河传》）。邢么吵吵的"吵吵"，无非是要证明他的尊严和地位不容被忽视（《在其香居茶馆里》）。精明强势的果园城主忽然喑哑颓废了，因为妻子的出

---

  ① ［英］阿伦·布洛克：《西方人文主义传统》，董乐山译，生活·读书·新知三联书店1997年版，第12页。
  ② 童庆炳：《维纳斯的腰带——创作美学》，《童庆炳文集》（5），北京师范大学出版社2016年版，第447—448页。

轨极大地伤害了他的自尊（《果园城记·城主》）。那个做军官的丈夫之所以要残忍地将妻子活活钉进棺材，也无非是为了挽回因妻子出轨给自己丢失的颜面（《在祠堂里》）……无论是何种想法和行为，归根结底都是为了面子，都是为了自我的尊严。《后花园》中的冯二成子先前的生命是沉睡的，有一天被邻家赵姑娘的笑声唤醒后，开始思考自己的生命。他自卑了，觉得想想邻家姑娘都是对人家的亵渎。其实，反过来讲，这份自卑也是对自我尊严的看重。尊严是每个人活下去的支撑，再弱小卑微的人物也会因被重视、被欣赏而焕发光彩神力。正如叔本华所言："只要有别人赞赏他，即使恶运当头，幸福的希望渺茫，他们可以安之若素；反过来，当一个人的感情和自尊心受到自然、地位或是环境的伤害，当他被冷淡、轻视和忽略时，每个人都难免要感觉苦恼甚至极为痛苦。"①

小城小说中，有各式各样的人，卖麻花的、赶车的、跳大神的、邮差、牙医、磨倌、说书人，等等；也有各式各样的故事，厨子与有二伯之间斗嘴，牙医维持不下生意改行，磨倌死了老婆，团圆媳妇被打，油三妹自杀，游娟被抓，等等。这些小城人的努力有各种各样的动机，他们的悲伤也有各种各样的原因，但仔细体味他们的心思，最基本的便是对个体尊严的维护和追求。在日常认知中，我们往往觉得尊严属于有能力、有体面的人，在艰苦的岁月里和不安定的环境中，普通人活着都是问题，面子几乎是一种奢侈，从而忽视了小人物对尊严的要求。当代作家毕淑敏曾说："不要以为普通的小人物就没有尊严。不要以为女人追求生命的一种自足和圆满尊严感天生就薄弱于男人或人类的平均值。不要以为曾经失去尊严的人就一定不再珍惜尊严。"② 越是卑微的生命，或者是曾经丧失过尊严的人，因为尊重的难得，因为曾经失去尊重的痛苦，他们对尊严要比一般人更加渴望。具有人文情怀的作家往往注目于小人物的生存，在日常生活的叙事中关心着小人物的尊严、情感。方方就说过这样的话："走多见多之后，你会觉得，很多宏观大事比方说全球化

---

① ［德］叔本华：《叔本华人生哲学》，李成铭等译，九州出版社2003年版，第312页。
② 毕淑敏：《将心比心》，《倾诉》，群众出版社1996年版，第24页。

之类，并不是我所要关心的。我要做的是关注每一个个体的生命，关注他们的爱恨情仇，生离死别，关注他们存在于这个社会的方式，以及他们感受这个世界的方式。他们拉着你的手跟你絮絮叨叨时，让我觉得我理解的文学、我热爱的小说，是能够照顾到人心的，它是一种有情怀的东西。现实主义小说最本质的就是这点：它和弱者心息相通。"① 真正的文学体现的是一种人文情怀，其最终的落脚点还是每一个个体的日常生活。在萧红眼中，战争可以这样表现："譬如我们房东的姨娘，听见警报响，就骇得发抖，担心她的儿子，这不就是战时生活的现象吗？"② 表现战争的方式很多，既可以写正面战场的攻战厮杀，也可以写普通人的战争感受，而后者可能更具普遍意义。小城小说关注的就是这些普通小人物的生活感受，每一个小人物都在努力维持着某种尊严，个人的喜怒哀乐都与尊严有着紧密的联系。虽然他们对尊严的理解和获取尊严的方法各有不同，但在为尊严而活这一点上是一致的。

萧红的小说很多是以儿童视角为叙事角度的，儿童的眼光看似单纯，却自有其敏感、细腻甚至直见心性之处。《呼兰河传》第六章写有二伯性情古怪，有东西，你若不给他吃，他就骂："有猫吃的，有蟑螂、耗子吃的，他妈的就是没有人吃的。"若给他送去，他就说："你二伯不吃这个，你们拿去吃吧！"有二伯不是要吃的，是要别人对他的一份尊重。有二伯满腹牢骚，夏天乘凉时问他的蝇甩子是马鬃的还是马尾的，引来他的牢骚："啥人玩啥鸟，武大郎玩鸭子……马鬃，那是贵东西，那是穿绸穿缎的人拿着，腕上带着藤萝镯，指上带着大攀指。什么人玩什么物。穷人，野鬼，不要自不量力，让人家笑话。"③ 问他天上的大卯星是个什么，他发牢骚："穷人不观天象。狗咬耗子，猫看家，多管闲事。"问他大卯星是龙王爷的灯笼吗，他又发牢骚："你二伯虽然长了眼睛，但是一辈子没看见什么。你二伯虽然也长了耳朵，但

---

① 方方：《文学是照顾人心的》，沈国明、刘世军主编《文学与我们的生活》，上海人民出版社2015年版，第22页。
② 《抗战以后的文艺活动动态和展望——座谈会纪录》，《萧红全集》（4），黑龙江大学出版社2011年版，第439页。
③ 萧红：《呼兰河传》，《萧红全集》（3），黑龙江大学出版社2011年版，第112页。

是一辈子也没听见什么。你二伯是又聋又瞎,这话可怎么说呢?比方那亮堂堂的大瓦房吧,你二伯也有看见了,可是看见了怎么样,是人家的,看见了也是白看。听也是一样,听见了,又怎样,与你不相干……你二伯活着是个不相干……星星,月亮,刮风,下雨,那是老天爷的事情,你二伯不知道。"①无论跟他谈起什么,他都会说那是有钱人的事,别人的事,与他这个穷人无关。不是他真的以为这些事情与他无关,是他对社会不公,对有钱人高高在上的一种变相的反抗,他本心是希望能与有钱人一样有尊严。

他喜欢人家叫他"有二掌柜的""有二东家""有二爷""有二伯",很忌讳人家叫他的乳名"有二子""大有子""小有子"。厨子和有二爷吵架时说:"我看你这个'二爷'一丢了,就剩下个'有'字了。"②他俩就骂起来,有时甚至打起来。两人好的时候,老厨子一高兴就说:"有二爷,我看你的头上去了个'有'字,不就只剩了'二爷'吗?"③有二伯就笑逐颜开。两人骂架,骂什么都行,就是不能骂他"绝后",有二伯一听这两个字,比"见阎王"更坏。死后连个上坟添土、打灵头幡的人也没有,一辈子是个白活,有二伯觉得没有尊严了。

"有一次父亲打了有二伯,父亲三十多岁,有二伯快六十岁了。他站起来就被父亲打倒下去,他再站起来,又被父亲打倒下去,最后他起不来了,他躺在院子里边了,而他的鼻子也许是嘴还流了一些血。"④ 就是这个夜里,他先是骂着,后是哭着,到后来也不哭也不骂了。有二爷上吊了,但我们找到他时,只看见房梢上挂了绳子,有二伯在墙根好好地坐着。他也没有哭也没有骂。有二伯又跳井了,我们发现他在离井五十步之外的柴堆上安安稳稳地坐着,还拿着小烟袋抽烟,看到人们都来了,他站起来往井边上跑,被许多人抓住了。以后有二伯再"跳井""上吊"也都没人看了。

有二伯被父亲打,他没有能力也没有勇气反抗,但打倒再站起来,一直

---

① 萧红:《呼兰河传》,《萧红全集》(3),黑龙江大学出版社2011年版,第113页。
② 同上书,第117页。
③ 同上。
④ 萧红:《呼兰河传》,《萧红全集》(3),黑龙江大学出版社2011年版,第126—127页。

到站不起来，这种行为本身就在诠释着有二伯对自己尊严最无奈的维护。上吊、跳井只是以这种方式表示自己的不服、不甘。在一个孩子眼中有二伯的这些"古怪"行为，实际上表现了有二伯无限的寂寞、孤独与无助。虽然无能，可是他还奢侈地追求着一点面子和尊严："有二伯虽然被作弄成耍猴不像耍猴的，讨饭不像讨饭的，可是他一走起路来，却是端庄、沉静，两个脚跟非常有力，打得地面冬冬地响，而且是慢吞吞地前进，好像一位大将军似的。"① 即便人老年迈，有二伯也一直保持着一种不屈于人的精气神，"有二伯和后园里的老茄子一样，是灰白了，然而老茄子一天比一天静默下去，好像完全任凭了命运。可是有二伯从东墙骂到西墙，从扫地的扫帚骂到水桶……而后他骂着他自己的草帽。"② 命运、环境再怎么作弄，有二伯依然有着对自我尊严的追求，他还不完全甘心于命运的摆布。

沙汀有一篇反映川西北小镇的短篇小说《一个绅士的快乐》，写了一个小人物阿发维护做丈夫尊严的悲剧。阿发的家乡贫穷，在春荒来临时，他们便遣送自己的媳妇和女儿到城里去乞求帮佣的生活，于是与阿发圆房不久的童养媳在婆婆的允许下来到城里，很快在一个绅士家里找到了工作。这绅士是个退了职的军官，说话刻薄，喜欢女人。不到一个月，阿发媳妇就被绅士太太赶回家，身上带着抓痕，绅士太太说她无耻地勾搭上了她的老爷。于是临近的农人便给了她一个外号"乌花姐姐"。

半个月后，那个绅士找到了阿发的家，从此他便十分殷勤地到这鄙陋的村子里来找寻快乐了。绅士带着枪，以防暗算和土匪，乌花姐姐为此非常骄傲，而对阿发来说则极其残忍，但是随时都会被夺去性命的恐怖让他极力容忍着妻子的耍笑和绅士带给他的屈辱。

阿发觉得自己是一个男子汉，应该维护做丈夫的尊严，但武大郎一般的身躯，笨拙的舌头，使他都不能很好地表达他的责骂和气愤，反而引来进一步的嘲笑。每当这时候，他只能自我折磨，拿他的大头在木柜上磕撞，责骂

---

① 萧红：《呼兰河传》，《萧红全集》（3），黑龙江大学出版社2011年版，第120页。
② 萧红：《家族以外的人》，《萧红全集》（2），黑龙江大学出版社2011年版，第34页。

自己的愚蠢，声音嘶哑，眼泪横流。乌花姐姐有内疚，但她并不想放弃自己的快乐和满足。妈妈对媳妇的哀求更让阿发不敢面对，他只能走出家门，但能走到哪里呢？残冬的傍晚，只有河堰是清静的，"没有凌辱，没有作弄，他预备不被打搅地去治疗一下自己的心灵。一遇到难堪，他几乎时常这样，虽然有时在河堰边睡着了，那母亲会跑来打他的耳光，而牧牛童有时还会给他的手掌涂上点牛粪取乐，以抵消主人们给他们的打骂"①。

　　乌花姐姐的脾气越来越坏，动辄就将自己的不快发泄在仅有丈夫名义的可怜的阿发身上。绅士病了，许久没来，乌花姐姐便令阿发去打听消息。呆笨的阿发无意间将这个消息漏到绅士太太那里，于是她带着随从教训了乌花姐姐。没承想，绅士为此与乌花姐姐走得更近，而阿发是个可厌的障碍，于是乌花姐姐越发厉害地折磨阿发。一次，绅士和乌花姐姐在房间赶阿发不走，甚至于当着他的面恣意调笑。阿发无力与绅士对抗，只能在房间内转圈，在柜子上磕碰自己的头，以这种极端的方式表达着他的愤怒，维护着自己那点可怜的尊严。绅士因为没有痛快地满足兽欲而痛打阿发，愤怒的村民冲进房间，结果阿发死于绅士的枪口，绅士和乌花姐姐死于村民的枪口。

　　阿发的悲剧源于身体条件，更源于他对尊严的维护。作为儿子，他虽然无能，却拒绝了母亲的同情和照顾，执拗地离开家，独自一人来到河边自我平复所受的屈辱。他是一个身有残疾的弱者，本来是为躲避屈辱到邻家寻求安慰的，但当他明白这里带给他的是更大的屈辱时，他毅然走了，宁可回家去面对绅士和妻子给他的屈辱。阿发面对的屈辱有作为"丈夫"的尊严受到侵害，有本能的对异性、情感的占有欲望，还有对欺压的反抗，对嘲笑的反击。他的身体、语言、智力都差，但他作为丈夫、男人的自尊一点不弱，所以他痛苦、挣扎，以至搭上性命。他所表现出来的坚强后面是性格的软弱和内心的无助。毫无疑问，阿发的一生是悲剧，悲剧源于他有着不健康的躯体，愚笨的头脑，家境的贫穷，以及残酷的生存处境，而悲剧产生的根本原因是他还有作为一个丈夫的廉价的自尊。当不幸降临到他的头上时，他从村民那

---

　　① 沙汀：《一个绅士的快乐》，《沙汀文集》（1），上海文艺出版社1986年版，第235页。

里得到的却是这样的态度："大家都粗野地打趣他，用手指点着阿发的额头，说他早就应该让自己的裤带来结束他的耻辱了，或者撒一泡尿水淹死"。"人们正在凝视着他，并且喃喃地惋惜着他的不幸。但他并没有从他们得到一点慰藉，也不想要它，虽然这是他原早希望过的。……而为了对于旧时所谓命运的反省，他也早就放弃了这关于自身的一切希望了。……因为不幸已经作弄得他只好有意无意地装死了"。① 妻子的不贞与殴打、绅士的放肆、村民的嘲弄令这个卑微的名义上的丈夫的忍耐力到了极点，所以当妻子和绅士当着他的面无所顾忌地调笑时，"阿发立刻把那种顽固的执拗很快又点燃了"，与乌花姐姐扭打在一起，他"并不示弱紧紧跟在她的身后，嚷叫着，跺着他那短短的腿子。这情形在乌花姐姐的心上发生了不安，深知他一发作了很不容易收拾"。甚至当村民们涌进房间，绅士跑去取他的手枪时，"阿发翻起身，想拖住他的衣服，虽然他已经吃饱了那踢惯了人的脚头"②。因破坏了偷情者的兴致，直接导致了悲剧的发生。一个人的尊严是自己挣的，也是别人给的。一个卑微者如阿发可能平时是无所谓尊严的，天生的生理缺陷，不幸的家庭生活，艰难的生存环境，如此等等，是很难让一个人保有尊严的。但周围人嘲弄、侮辱的言行却很可能激起一个人本能的自尊心，从而导致不可预知的事情发生。小人物的人生悲剧，不仅仅是生存的艰难，还有为了脸面、自尊而屈辱地挣扎。

在《一个绅士的快乐》中，沙汀把阿发这个弱势生命的柔弱写到了极处。也许他当初的创作动机是表达对时局的不满、对社会的批判，但在写作的过程中，不自觉地加入了自我的同情、理解，唤起了自己的悲悯，也唤起了读者的悲悯。在这种悲悯的情怀下，超人、强者不再是他关怀的对象，而柔弱的、值得悲悯的人和事才是其注目之所在。其实，弱者的软弱也不是绝对的，为争取自己的权利，弱者也有"钢戟向晴空一挥"的时候③。阿发在乌花姐

---

① 沙汀：《一个绅士的快乐》，《沙汀文集》（1），上海文艺出版社1986年版，第238、239页。
② 同上书，第240、241页。
③ 参见胡风《〈生死场〉读后记》，《胡风评论集》（上），人民文学出版社1984年版。

姐和绅士面前的撞头自虐,被绅士踢打也不离开,都是他力所能及的反抗。沙汀能把其小说里随便闪现的一个人物都写得很精细,其潜隐心中的观念就是任何一个小人物都有生存繁衍的权利,每个人都要有尊严地活着。从某种意义上说,柔弱者更渴望得到这个世界的认可,更渴望被周围的人看得起。他们宁可忍受一切,甚至不惜伤害自己以换取一种存在感和尊严感。

小城小说对弱者生存状态的描述特别能表现出生命的悲哀,这不仅能引起读者一掬同情之泪,更能让读者意识到这也是大多数人的一种存在状态。文学作品就是通过对弱势群体困境的表达,让读者理解自身的困境,生命就是在对这种困境的理解、克服、接受中体现出生生不息的活力的。

(二)

弱者获得的不仅仅是同情,也会因为他们为捍卫自己的权利或情感所表现出的"钢戟向晴空一挥"① 般的生命力度而得到别人的敬重。其实,弱者真正的了不起在于对艰难生活的忍耐与坚守。

很多小城作家本身就是弱者,他们大多具有一颗柔弱之心、一种悲悯情怀,既多愁善感,又能冷眼旁观,通过文学表达他们身处弱者地位的丰富而细致的感受。当然,其中也有属于他们自己骨子里的那份坚强与执守。这些作家不管自我的个体生命是强是弱,他们都能理解弱者,并能对弱者产生同情之心。陈晓明曾说:"作为书写者,不管讴歌时代和历史,还是表达抗议,他们本身非常柔弱、非常无助。这是作家以柔弱存在的方式,所以文学是弱者的伟业,在这个意义上,他们通过文学表达对弱者的悲悯,显示出了他们精神、人格的一种伟大。"② 相比于有力者群体,作家本身的力量以及作品的影响力是柔弱的。鲁迅早就认识到了文学对于改变社会的有限性,他曾说:"一首诗吓不走孙传芳,一炮就把孙传芳轰走了。自然也有人以为文学于革命是有伟力的,但我个人总觉得怀疑,文学总是一种余裕的产物,可以表示一

---

① 参见胡风《〈生死场〉读后记》,《胡风评论集》(上),人民文学出版社1984年版。
② 陈晓明:《文学是弱者的伟业》,《福建日报》2015年8月11日。

民族的文化，倒是真的。"① 可是有很大一部分作家似乎总是站在一种强有力的位置上，要么是反抗，要么是批判，能够指出现实制度的不合理之处，甚至于给出一种乌托邦式的解决方案。在落后、动乱的现代中国，要"揭出病苦，引起疗救的注意"②，的确需要作家强有力的文学表现。但文学还需要通过对弱者的书写展开一种轻微的笔法，进入社会的深层纹理，深入人心。无论作家对自我怎么定位，实际上文学书写这种精神活动在强大的国家机器面前肯定是柔弱、无助的。文学创作者不仅要承担着启蒙、救亡的责任，还要通过对弱者的同情与悲悯，感同身受地理解他们的生存处境，揭橥他们卑微生命中所蕴藏的某种优秀的品质和伟大的人格。柔弱的是文学创作者的身份及其运用的创作手段，坚强的是作品及作品中人物的思想和灵魂。外在是柔弱的，但灵魂是不屈的。

需要注意的是，在我们的文化和文学中，对弱者的定位，往往取决于其社会地位和现实处境，类型化地归类为底层受压迫民众。其实，在具体的生活中，弱者的情况要复杂得多。弱者的"弱"往往很明显地体现为其社会地位及经济地位的低下，可是深入生活之中便会发现，在贫穷卑微的小人物中，依然有乐观坚强、积极向上者，这样的"弱"者往往得到的不是同情，而是尊敬。这样的人似乎也不属于一般意义上的弱者。考察现实生活和文学作品中的大多数人就会发现，弱者的"弱"往往源自人本身。人和人生来是不一样的，无论是得自遗传，还是变异，总会有人天生"有种"，天生"心大"，天生具有坚强的意志力和果敢的行动力。也有的人完全相反，而大多数人则介于二者之间。这既不是简单意义上的血统论，也不是基于尊卑贵贱的等级观念，这是有生理学、心理学等方面的学理依据的。同样一件事，在不同人那里的反应和结果会大不一样，区别在于不同生命个体在能力和精神方面的差别。鲁迅文学活动的目的是启蒙，不仅是文学，他所做的一切几乎都是为

---

① 鲁迅：《革命时代的文学——四月八日在黄埔军官学校讲》，《鲁迅全集》(3)，人民文学出版社 2005 年版，第 442 页。
② 鲁迅：《南腔北调集·我怎么做起小说来》，《鲁迅全集》(4)，人民文学出版社 2005 年版，第 526 页。

此目的，自知千难万难却为此付出一生，就是为了让每个人都获得人的地位，具有人的尊严。而一个人社会地位与自我尊严的获得，除了外在环境的影响，更多地需要个体的自立、自强与自尊。鲁迅之所以对以阿Q为代表的愚昧民众"哀其不幸，怒其不争"，是因为在他看来明明白白的事情，而当事人却糊里糊涂，愚钝不堪，虽多方"疗救"却依然故我。鲁迅的智慧和见识自不待言，但世上究竟多少人有鲁迅那样深刻的理性和坚执的意志力？弱者的"弱"首先表现在看不到摆脱自身困境的出路，找不到解决问题的方法，有时即便找到了出路和方法，也因自身缺乏应有的决断力、行动力和意志力而一事无成。这才是弱者之所以成为弱者的根本原因。当然，弱者也有像"钢戟向晴空一挥"的时候，这就是弱者的强，也是卑微者的光彩。

小城小说中就有大量的弱者形象，作家们不仅写出了这些弱者身上所体现出的"弱"之形态的普遍性、丰富性，还挖掘出了"弱"之生命状态下人性的复杂性和深刻性。

"说书人"（《果园城记·说书人》）到底给果园城人带来了多少梦想和快乐是不好说的，"在我们这些愚昧的心目中，一切曾使我们欢喜和曾使我们苦痛的全过去了，全随了岁月暗淡了，终至于消灭了，只有那些被吹嘘同根本不曾存在的人物，直到现在，等到我们稍微安闲下来，他们便在我们昏暗的记忆中出现——在我们的记忆中，他们永远顶生动顶有光辉。同这些人物一起，我们还想到在夜色模糊中玉墀四周的石栏，一直冲上去的殿角，在空中飞翔的蝙蝠。天下至大，难道还有比这些更使我们难忘，还有比最早种在我们心田上的种子更难拔去的吗？"① "我"（马叔敖）第一次看见说书人时，他穿蓝布长衫，是一个脸很黄很瘦的中年人。一把折扇，一块惊堂木，一个收钱的小簸箩，便是他表演用的全部家当。他说书时声音不高，并且时常咳嗽，但很清楚，有时候还学鲁智深大吼、喽啰们呐喊。他用折扇打、刺、砍、劈，说到关节处便用惊堂木一拍，听书的便每次给他一个或两个制钱。"渐渐的他比先前更黄更瘦；他的长衫变成了灰绿色；他咳嗽，并且唾血。间或他仍旧

---

① 师陀：《果园城记·说书人》，《师陀全集》（2），河南大学出版社2004年版，第534页。

吼,但是比先前更衰弱,他的嗓子塌了,暗哑子(了)。听书的也由每次一个或两个制钱给他增加到三个,后来五佣(个),再后来制钱绝迹,每次给他一个铜元。"① 再后来书场改作卖汤用,卖汤的说说书人正害病。再后来,说书人死了。七八天前他还在说书,说书人没有家。"我"(马叔敖)看着说书人下葬无限感慨:"当你还活着的时候,甚至当你支持着你的病体的时候,你可曾想到你感动过多少人,你给了人多少幻想,将人的心灵引得多么远吗?你也曾想到这一层,你向这个沉闷的世界吹进一股生气,在人类的平凡生活中,你另外创造一个世人永不可企及的,一个侠义勇敢的天地吗?……凡是在回忆中我们以为好的,全是容易过去的,一逝不再来的,这些事先前在我们感觉上全离我们多么近,现在又多么远,多么渺茫,多么空虚——"② 说书人没有家,也没有想发家,就是以说书糊口,由中年说到衰老,一直说到病死。一个身份和地位卑微的说书人,一生执着于自己那份卑微的工作,可能仅仅是为了糊口,但带给人的感动和梦想又是那么多,对人的心灵的引领又是那么远!

萧红写于1936年的短篇小说《手》,揭示了一个柔弱的女孩子的生命承担。王亚明是染房匠的女儿,一双手,"蓝的,黑的,又好像紫的;从指甲一直变色到手腕以上"。从入学那天起,她的手、她本人以及她的父亲、家庭就都成了被别人嘲笑的对象。上课点名时她迟钝的反应,英语课古怪的发音,都引来同学们的哄笑。父亲去看她时对她嚷嚷:"妈的,吃胖了,这里吃的比自家吃的好,是不是?好好干吧!三年下来,不成圣人吧!也总算明白明白人情大道理。"这番奚落更引来了同学们的哄笑和一星期内的模仿。她的那双手被同学视为"怪物",让女校长感到如同"黑色的已经死掉的鸟类似的"。但王亚明乐观、好学、善良、宽容,在这样的环境里依然认真读书。校长因她的手影响校容不让她上操,她戴上父亲的大手套上操,被参观者看见后引来校长更为严厉的责骂。那天,从来没被看到哭过的她,"背向着教室,也背

---

① 师陀:《果园城记·说书人》,《师陀全集》(2),河南大学出版社2004年版,第534页。
② 同上书,第536页。

向着我们，对着窗外的大风哭了。那是在那些参观的人走了以后的事情，她用她那已经开始在褪着色的青手捧着眼泪"。当贫穷不只表现为生活拮据，而是成为一种无法遮掩的丑陋标志刻在身上时，这贫穷就变成了深重的灾难，甚至成为难以原谅的罪恶。无论王亚明怎样委曲求全、刻苦努力，她只学了半年就失去了机会，校长甚至没有让她参加考试，只告诉她"不用考啦，不能及格的"。

"再来，把书回家好好读读再来"，这是她被迫离开学校时对自己说的。她渴望读书，因为把书读好后还要教两个妹妹，否则就对不起供她读书的贫困家庭："可是我也不知道我读得好不好，读不好连妹妹都对不起……染一匹布多不过三毛钱……一个月能有几匹布来染呢？衣裳每件一毛钱，又不论大小，送来染的都是大衣裳居多……去掉火柴钱，去掉染料钱……那不是吗！我的学费……把他们在家吃咸盐的钱都给我拿来啦……我那能不用心念书，我那能？"尽管她有着强烈的读书愿望，她还是要走了，没有人跟她告别，她却向每个人笑着。在父亲来接她前，她还在坚持"多学一点钟是一点钟"。"这最后的每一点钟都使她流着汗，在英文课上她忙着用小册子记下来黑板上所有的生字。同时读着，同时连教师随手写的已经是不必要的读过的熟字她也记了下来，在第二点钟'地理'课上她又费着气力模仿着黑板上教师画的地图，她在小册子上也画了起来……好像所有这最末一天经过她的思想都重要起来，都必得留下一个痕迹"。但"在下课的时间，我看了她的小册子，那完全记错了：英文字母，有的脱落一个，有的多加上一个……她的心情已经慌乱了"。①

"明白人情大道理"，更好地活下去，这个最朴素的人生愿望，被一个孩子的行为阐释得如此实在、高尚。有多少孩子和王亚明一样，在别人的耻笑中"争取她那不能满足的愿望"，力所能及地尽着自己小小的责任，这是弱者身上所体现出来的人性的高贵。《呼兰河传》中的小团圆媳妇无论遭到婆婆怎样的打骂，她总想着"要回家"，为此引来更加狠毒的打骂，但她还是不放弃

---

① 萧红：《手》，《萧红全集》（1），黑龙江大学出版社2011年版，第298—310页。

这个愿望。王亚明知道自己愚笨，但她想通过学习来明白事理，教导妹妹，不放弃那些力不能及的追求，尽心尽力做着在别人看来毫无意义的努力。萧红是自我的，她只关注她所看到的、所感受到的，而她的所见所感指向的是故乡众生的生存方式和生命形态。她笔下的有二伯、冯歪嘴子、小团圆媳妇等形象之所以能引起读者的同情，既源于他们对生存的执着，对尊严的维护，更源于他们本身的柔弱，这种柔弱具体到不同个体身上可能并非全都来自身体方面（如有二伯、冯歪嘴子），更多地源于恶劣的生存环境和他们不堪一击的生存能力。当代作家余华在《活着》韩文版自序中说："作为一个词语，'活着'在我们中国语言里充满了力量。它的力量不是来自于喊叫，也不是来自于进攻，而是忍受，去忍受生命赋予我们的责任，去忍受现实给予我们的幸福和苦难、无聊和平庸。"① 对中国广大的底层百姓而言，"活着"就是默默地承受生命的沉重，忍受生活的艰难。这种忍受或许表面看来是被动的、麻木的，但深入其生活内里、了解其情感精神就会发现，这种忍受中包含着积极主动的承担。普通百姓往往身份卑微，能力有限，因此他们承担并抵抗苦难的方式并不决绝、强烈，而是带有一种柔性色彩。

林语堂在《中国人》一书中说过这样的话："凡是到中国旅行过的人们，无不为中国劳苦大众低劣的生活水准所震惊，尤其使他们感到不可思议的是，中国人在这种条件下居然颇感快乐和满足。"② 这段话指出了底层民众的生存样态：生活虽然艰难，但他们并没有感到多少痛苦，反而能从中找到自己的快乐和满足。"以笑的方式哭，在死亡的伴随下活着"③，这也是很多小城人的生活方式。

《呼兰河传》中的冯歪嘴子在老婆去世后，在别人看来，他没有能力继续走下去。但冯歪嘴子不仅能走下去，好像活得还很有信心。他尽其所能照顾着孩子，虽然小儿子在别人看来越长越瘦越小，七八个月了，只会拍巴掌，

---

① 余华：《活着》，作家出版社2012年版，第5页。
② 林语堂：《中国人》，学林出版社1994年版，第75页。
③ 余华：《活着》（封底语），上海文艺出版社2004年版。

但冯歪嘴子却欢喜得不得了："这小东西会哄人了"，"这小东西懂事了"，"这孩子眼看着就大了"。他看着孩子一天比一天大，"大的孩子会拉着小驴到井边饮水了。小的会笑了，会拍手了，会摇头了。给他东西吃，他会伸手来拿。而且小牙也长出来了。微微的一咧嘴笑，那小白牙就露出来了"①。一个生活无比艰难的底层百姓，一个在别人眼中已难以维持生计的卑微之人，却满怀信心和希望地生活着。

有学者曾这样说过："在强调底层关怀的同时，如何表达底层生活或许是一个更重要的命题，因为它潜示了一个作家的全部情感和全部心智是否真正抵达了那些默默无闻的弱者，是否真切地融入到他们的精神内部，是否成功地唤醒了每一个生命的灵性，并让我们在复杂的审美体验中，受到了艺术启迪或灵魂的洗礼。"② 大多数小城小说做到了将自己的情感和心智与底层民众的苦难生活与精神内质相融合。他们以平民化的视角，真实地表现了小城人生活的苦辣酸甜——他们的淳朴、善良，他们的坚韧、执着，他们的虚荣、尊严，他们的喜怒哀乐，他们的琐屑生活，如此等等，具体而生动地还原了一个个小城真实的底层世界。

---

① 萧红：《呼兰河传》，《萧红全集》（3），黑龙江大学出版社2011年版，第151页。
② 洪治纲：《唤醒生命的灵性与艺术的智性——2006年短篇小说创作巡礼》，《文艺争鸣》2007年第2期。

第三章　现代文明背景下小城的"常"与"变"

《老子》第十六章云:"夫物芸芸,各复归其根。归根曰静,静曰复命。复命曰常,知常曰明。"在大千世界这一生态系统中,万千生命,姿态各异。但无论生命呈现出什么形态,其生死荣枯、循环往复是一定的。"道"为万物本原,道与物的关系是"道生一,一生二,二生三,三生万物"(《老子》第四十二章),宇宙万物是道的显现,大小、多少、荣衰、贵贱是其形态差别,就其本源来说并无分别。老子用"常"来表达道及事物在变动中的稳定性("常"的概念分见于《老子》第一章、第十六章、第五十五章)。《易传》中,"变",一为改变,又称为"易",指变化。在中国哲学中,"常"和"变"是相对相向、相依相持、相互转换又互为一体的。世界万物都在变化,没有什么永恒之物,变,贯穿于一切事物中。《易·系辞下》第八章谈到易道屡迁、变动不居时又说:"上下无常,刚柔相易,不可为典要,唯变所适。"天地变化无常,刚柔可以相互转换,宇宙的一切法则都是变动的,一切现象都在不断变化中,"常"是相对的,不可作为一定之规;"变"才是绝对的,才是一切事物永远的方向和恒久的状态。

晚清以来,中国经历了前所未有的时局大变动,外族侵略,社会动乱,内忧外患,生民多艰,普通人时时处于惶惶无所适从的境地。战争、动乱、自然灾害毁坏了一切,这不仅是国家、民族的生死关头,更是每一个个体生命实实在在的生存威胁。与此相关,"五四"以降,在启蒙、革命、救亡的各种时代思潮中,不仅有文化意识、阶级意识、民族意识、国家意识的觉醒,更有对个体生命存在的直接关注和思考。小城小说的创作也是如此,在主流意识被弘扬的同时,个体生命意识也被切切实实地推至文学图景的前沿。无论世界怎么"变",执着的生命意识和尊严追求是永远不变的。

第一节 小城日常生活中的崇拜与信仰

随着科学的不断进步,大自然的很多奥秘被一点点揭开,在人们的日常生活中似乎已没有科学解决不了的问题,于是对大自然的神秘敬畏之心在普通人的心目中逐渐淡化。生态观念强调对自然环境的保护,那也是基于人类以自我为中心的生存危机认识而对环境采取的措施,而不是发自内心地对天地众生敬和畏。就人类的心理需要而言,人们渴望强大,有能力征服自然、征服敌人,但同时也需要有令自己仰止的山、却步的水,由此对这世界留有一份虔诚的敬畏和崇拜。设若人类对周围的一切都没有了敬畏之心,那实在是不可想象的。

"生活"一词有着丰富厚重的内涵,任何一种生活样式都具有其自身的完整性,比如处理衣食住行、生老病死、劳累休闲、欢愉悲伤、与天地生灵万物的关系,等等,既有生活的技巧机趣,也有情感的虔敬赤诚,还有趋利避凶的多种祈求和忌讳。各种思想、情感、期望还辅之以不同的仪式、礼俗、风尚,如此,则简单平凡的日常生活就变得与天地古今相连,与众神、先祖有关,与万千生灵呼应,生活因此变得庄严起来。这一切,都是在漫长的生活中代代相传、代代完善起来的。一个村落、一座小城,其生活的韵味和魅力就孕育在这各种复杂因素混合在一起的氛围中。小城的魅力在于此,传统的魅力也在于此。"现代""新生活"等确实为古老的小城生活方式吹进了时尚之风,但"新生活"那种从物质到精神、从生活程序到人际关系霸道而彻底的改变,是大部分人所无法全部接受的,这也是以沈从文为代表的很多现代作家所一再拒绝的。

大自然神秘博大，对于很多自然现象先民们是无从解释的，于是就有了想象的神话。"女娲补天""精卫填海""羿射九日"等，不仅解决了对天地宇宙的迷惘疑惑，也附加了人类的精神意愿。以先民有限的认知和改造能力，人类在大自然面前渺小而无力，加之自身无法克服的各种人性弱点，"天灾""人祸"不断，因此对大多数人而言，信仰不仅具有实用性，更是其心灵的需要。大多数作家所关注的是小城子民贫穷的物质处境，其实，比物质匮乏更突出的问题是精神贫瘠。他们看不到前途，没有可以依靠的外在条件，自身也没有能力和强大的意志力来对抗随时会到来的各种冲击。就普通百姓来说，靠个人毅力和能力度过各种精神困境是艰难的，需要亲情、友情、爱情的辅助与支持，但每个人都面临自身及外在的各种问题，自顾尚且不暇，更无心无力帮助他人，因此依靠他人情感支持的需求不仅得不到满足，还会常常为此受到伤害。在人与人之间冰冷隔膜的世界中，他们需要一种可以随时给予自己引导、支持的力量。于是，先人、神仙、灵异之物就起到了这方面的作用，这就是民间的信仰。只有这些神灵不离不弃，随时关心着自己的生活，安慰着自己孤独无助的身心。或许在他们眼里，神灵已不是外在于己的高高在上的存在，而是实实在在可以诉说的对象，可以求助的朋友，可以依靠的保护伞，是一种无所不能、无时不在的神秘力量。一般认为，信仰主要对于有知识、有思想、有追求的精英阶层而言。其实越是普通百姓，越需要活下去的精神支撑，需要安顿灵魂的处所。精英阶层往往是有能力安排自己人生的人，他们有充裕的物质保障，有坚定的精神追求，有明确的生活目标，这些人的信仰往往是政治层面的。而普通百姓限于自身的能力、智慧、意志力，往往没有也不敢有什么大的目标，尤其对于那些被社会和生活边缘化的弱者而言，更需要支撑自己活下去的精神动力，他们的信仰往往是宗教层面的，大多数情况下带有明显的迷信色彩。

小城，是一个附丽着浓郁宗教迷信意味的所在。小城看起来简单有序的生活，其实保留了更多外人无从认识和体会的内涵。进得小城，深入小城人家，了解小城人的心思，会发现他们的众多习惯、忌讳、祈愿，他们日常生活中敬天畏地祭祖先的诸多仪式，他们赋予每一个楼头、歇山顶、墙角的传说，甚至一碗汤、一道菜、一种小吃都能牵出的一段历史故事，让小城充满了无限的神秘感。在小城走走、看看、听听，体会一下老树下、深巷中的原始与现代，会引发来自生命深处的诸多感慨与共鸣，然后在满怀幽情、怅然若失中离去，留下的是悠悠的记忆。小城的魅力还在于满足了喜欢中庸之美、中和之道的中国人的审美期待。每一座小城都展现了独属于自己的房屋建筑的布局，婚丧嫁娶的礼仪，四时八节的风俗，以及流布于小城每个角落的传说和故事。这一切组成了每座小城不同的味道，对于外来者来说，这种味道的直接体现就是普通人的日常生活。正如沈从文《长河》中所描写的在"现代"没有到来之前滕长顺一家的日常生活：

> 这一家人都俨然无宗教信仰，但观音生日，财神生日，药王生日，以及一切传说中的神佛生日，却从俗敬香或吃斋，出份子给当地办会首事人。一切附予农村社会的节会与禁忌，都遵守奉行，十分虔敬。正月里出行，必翻阅通书，选个良辰吉日。惊蛰节，必从俗做荞粑吃。寒食清明必上坟，煮腊肉社饭到野外去聚餐，端午必包裹粽子，门户上悬一束蒲艾，于五月五日午时造五毒八宝膏药，配六一散痧药，预备大六月天送人。全家喝过雄黄酒后，便换好了新衣服，上吕家坪去看赛船，为村中那条船呐喊助威。六月尝新，必吃鲤鱼，茄子，和田地里新得包谷新米。收获期必为常年帮工酿一大缸江米酒，好在工作之余，淘凉水解渴。七月中元节，作佛事有盂兰盆会，必为亡人祖宗远亲近戚焚烧纸钱，女孩儿家为此事将有好一阵忙，大家兴致很好的封包，用锡箔折金银锞子，俟黄昏时方抬到河岸边去焚化。且作荷花灯放到河中漂去，照亡魂升西天。八月敬月亮，必派人到镇上去买月饼，办节货，一家人团聚赏月。九月重阳登高，必用紫姜芽焖鸭子野餐，秋高气爽，又是一番风味。冬天冬蛰，在门限边用石灰撒成弓形，射杀百虫。腊八日煮腊八粥，做腊八豆……总之凡事从俗，并遵照书上所有办理，毫不苟且，从应有情

景中，一家人得到节日的解放欢乐和严肃心境。①

在小城普通人的日常生活中，因为充满了各种宗教、神话、万物有灵、祖先崇拜等种种"迷信"色彩而变得一粥一饭也都具有了浓郁的文化意味，或者这才是小城最具魅力之处——"一切生活都混合经验与迷信，因此单独凭经验可望得到的进步，无迷信搀杂其间，便不容易接受"②。传统小农社会，靠天吃饭，在层层压迫下，敬天畏地，与其他生命相生相克，共同生存。日子就是在勤俭节约、众神辅助、有板有眼的岁时节日中连缀起来的。这种经验与迷信混杂的生活模式对妇女尤其具有重要意义，"不论她们过的日子如何平凡而单纯，在生命中依然有一种幻异情感，或凭传说故事，引导到一个美丽而温柔仙境里去，或信天委命，来抵抗种种不幸。迷信另外一种形式，表现于行为，如敬神演戏，朝山拜佛，对于大多数女子，更可排泄她们蕴蓄被压抑的情感，转换一年到头的疲劳，尤其见得重要而必需。"③ 这样有虔敬有狂欢有节有时有忙有闲的生活才像是过日子，现代人天天像个陀螺被快节奏的"现代"裹挟，更像没有质感没有温度的机器。

第二节　在梦与醒之间

一　"纯粹的诗"，永远的梦

鸦片战争以来，中国是"被"现代化的，在现代文明的强力冲击下，传统中国固有的一切都在发生着深刻变化。在传统与现代、落后与文明二元对立的线性发展思维中，传统的伦理、价值体系及情感、审美表达方式都在被

---

① 沈从文：《长河·橘子园主人和一个老水手》，《沈从文全集》（10），北岳文艺出版社2002年版，第44—45页。
② 沈从文：《长河·人与地》，《沈从文全集》（10），北岳文艺出版社2002年版，第21页。
③ 同上。

"现代"改造之列。作家们在回忆过去生存的原初环境时，复杂多维的感觉不是历史理性的"落后"或"进步"这样的简单概念所能概括的。"时代是仓促的，已经在破坏中，还有更大的破坏要来。有一天我们的文明，不论是升华还是浮华，都要成为过去。"① 这种怅然若失及惘惘的威胁，这种一切都在丧失、一切都在改变的深刻生命体验，是中国现代作家所普遍经受的。在梦与醒之间，就文学的审美内涵而言，传统诗意的渐次消失酿成了现代作家笔下普遍具有的挽歌情调。

周作人曾说："文学不是实录，乃是一个梦；梦并不是醒生活的复写，然而离开了醒生活梦也就没有了材料，无论所做的是反应的或是满愿的梦。"② 文学不是现实生活的照搬，也不是闭门造车的杜撰，它是寄托着作家美好理想与愿望的一个梦，是理性的现实与浪漫的梦境的结合体，在梦与醒之间，作家完成了自己的创作，达成了自己的愿景。在现代文学史上，捡拾对故乡的回忆编织自己的文学梦想，是带有广泛性的创作倾向。小城作家的文学之梦有对故乡小城的特别留心和刻意强调的意向，他们笔下的小城镇都是自己成长的故乡，与自己的生命血脉相连，"它们事实上都已经先在地规定并模塑了作家们终生都难以彻改的心理文化基因和生命基质，成为世事沧桑中远行者的'乡魂'和精神家园。而这些小城镇，既无都市的浮华和喧嚣，也无未开化之地的粗野无文，它们处于都市与乡野之间，是近原生态的自然、丰饶的民俗传统与城镇型知识文化、价值观念建构互参共生的理想场域，也是亲和人文传统的知识者适宜的宁静安身之地，更是其构筑人文之梦的最佳选择。作为人文主义倾向的凭借，'小城镇'意象群落在文学想象中浮出，实在是一种意味深长的现象"③。

沈从文创作《边城》的动机是"创造一点纯粹的诗，与生活不相粘附的

---

① 张爱玲：《〈传奇〉再版的话》，《流言》，湖南文艺出版社2003年版，第192页。
② 周作人：《〈竹林的故事〉序》，《语丝》1925年第48期。
③ 孔范今：《中国现代新人文文学书系·总序》，《中国现代新人文文学书系》，山东文艺出版社2005年版，第179页。

诗"①。《边城》构思于 1933 年 2 月；9 月，沈从文与张兆和举行婚礼，蜜月中在新居开始写作《边城》；1934 年年初，《国闻周报》开始连载；其间沈从文回家探母中断约一个月，回京后续写《边城》。

《边城》是沈从文倾情构筑的一个世外桃源，这个名为"茶峒"的小山城及小城人家，作者的介绍是，"由四川过湖南，靠东有一条官路。这官路将近湘西边境到了一个地方名为'茶峒'的小山城时，有一小溪，溪边有座白色小塔，塔下住了一户单独的人家。这人家只有一个老人，一个女孩子，一只黄狗"。茶峒山城及发生在小山城的日常故事的地点、时间并不明确，这是一个被置于梦中的所在。这样一个所在，作者就有充分的自由去掉现实的黏滞和羁绊，实现他对人事情景的理想设计。边城的生活若用几个关键词概括，就是简单、自然、淳朴、美好。这样一个清新自然的所在，没有多少古往今来的历史文化所带来的沉重的精神负担，也没有远近前后四周交流所导致的生活的繁杂喧闹，生活极其简单，人人自觉，一切都靠习惯支配，四时八节自然交替。赛船唱歌，情趣盎然。老少男女，山水草木，一派恬静祥和。没有生存的压力，没有竞争的残酷，没有欺骗压榨，更没有钩心斗角、尔虞我诈，偶有的误会和不可预知的命运带来了一丝忧伤的调子，反而在生命的不完满中平添了小城牧歌的魅力。这不仅是沈从文的梦，也是人类永远的梦。

需要特别注意的是，沈从文在这个边城之梦中放置的是他实实在在的理想，这个理想是建立在具体的生命感受、生活体验之上的。1934 年 4 月沈从文作《〈边城〉题记》云：

  对于农人与兵士，怀了不可言说的温爱，这点感情在我一切作品中，随处都可以看出。我从不隐讳这点感情。我生长于作品中所写到的那类小乡城，我的祖父，父亲，以及兄弟，全列身军籍；死去的莫不在职务上死去，不死的也必然的将在职务上终其一生。就我所接触的世界一面，

---

① 沈从文：《水云》，《沈从文全集》(12)，北岳文艺出版社 2002 年版，第 110 页。

来叙述他们的爱憎与哀乐,即或这支笔如何笨拙,或尚不至于离题太远。因为他们是正直的,诚实的,生活有些方面极其伟大,有些方面又极为平凡,性情有些方面极其美丽,有些方面又极其琐碎,——我动手写他们时,为了使其更有人性,更近人情,自然便老老实实的写下去。①

就是这种基于个人及亲人的生命经历,形成了沈从文终其一生的价值观念和审美追求:关注平凡生命,老老实实地写出他们的平凡、琐碎和美丽、伟大。这种追求或许不被"博学"的批评家们所认可、理解,那也没关系,本来也不是为那些"不想明白这个民族真正的爱憎与哀乐"②的人而写的,他们是否能说明这个作品的得失自然也就不重要了。《边城》只预备给一些"本来已离开了学校,或始终就无从接近学校,还认识些中国文字,置身于文学理论,文学批评,以及说谎造谣消息所达不到的那种职务上,在那个社会生活里,而且极关心全个民族在空间与时间下所有的好处与坏处"的人去看的③。也就是说,《边城》不是给那些为学术而学术、为作品而作品的人看的,而是给那些真正热爱生活、关注人生、关心民族的人看的,而这样的人正是最广大的普通人。关注普通人,关注平凡的生活,就是关注大多数,关注我们民族的基础和前途。从这个意义上讲,这个"边城之梦"是理想的,也是现实的。

因为自己就生长于"作品中所写到的那类小城",那类小城的恬然安静、淳朴祥和正是沈从文留在心中的梦④。

二 梦醒后的忧虑

《边城》构思之初,是想"创造一点纯粹的诗",但在《边城》的创作期间沈从文回家探亲,一路所见让其无法将想象的世界与现实的湘西对接,所

---

① 沈从文:《〈边城〉题记》,《沈从文全集》(8),北岳文艺出版社2002年版,第57页。
② 同上书,第58页。
③ 同上书,第58—59页。
④ 《边城》是沈从文当时计划中的以沅水流域为背景的"十城记"之第一部,后因华北局势吃紧,编辑事务忙杂,加之抗日战争爆发,第二部《小砦》写至第一章就不得不终止了计划。

以他在给妻子的信中写道："这里一切使我感慨之至。一切皆变了，一切皆不同了，真是使我这出门过久的人很难过的事！"① 梦醒后的感慨或许正是形成《边城》忧伤调子的原因。在《〈边城〉题记》中沈从文对此感触进一步做了说明：

> 我并不即此而止，还预备给他们一种对照的机会，将在另外一个作品里，来提到二十年来的内战，使一些首当其冲的农民，性格灵魂被大力所压，失去了原来的朴质，勤俭，和平，正直的型范以后，成了一个什么样子的新东西。他们受横征暴敛以及鸦片烟的毒害，变成了如何穷困与懒惰！我将把这个民族为历史所带走向一个不可知的命运中前进时，一些小人物在变动中的忧患，与由于营养不足所产生的"活下去"以及"怎样活下去"的观念和欲望，来作朴素的叙述。我的读者应是有理性，而这点理性便基于对中国社会变动有所关心，认识这个民族的过去伟大处与目前堕落处，各在那里很寂寞的从事于民族复兴大业的人。②

乡民失去了原来正直的型范，湘西改变了原来的样子，我们民族正被带向一个不可知的命运，裹挟其中的小人物如何在各种变动中活下去，这是沈从文的纠结和忧虑。现实的湘西已不再是梦中的"边城"。与《边城》相对照的是酝酿于此时的《长河》，小说"用的是辰河地方作故事背景，写橘园生活的村民，如何活；如何活不下去，如何变；如何变成另外一种人"③。

《长河》第一卷完成于1938年，本打算写四卷，第一卷由于内容涉及湘西少数民族与国民党当局的矛盾，屡遭删减，后三卷也就难以为继了。在《〈长河〉题记》中沈从文概要地讲述了他看到湘西的"变"及对此"变"的痛心。

---

① 沈从文：《湘行书简·感慨之至》，《沈从文全集》（11），北岳文艺出版社2002年版，第204页。
② 沈从文：《〈边城〉题记》，《沈从文全集》（8），北岳文艺出版社2002年版，第59页。
③ 沈从文：《致张兆和（19380728）》，《沈从文全集》（18），北岳文艺出版社2002年版，第313页。

离乡多年再次回到湘西、凤凰,发现一切都不同了。"表面上看来,事事物物自然都有了极大进步,试仔细注意注意,便见出在变化中那点堕落趋势。最明显的事,即农村社会所保有那点正直朴素人情美,几乎要消失无余,代替而来的却是近二十年实际社会培养成功的一种唯实唯利庸俗人生观。敬鬼神畏天命的迷信固然已经被常识所摧毁,然而做人时的义利取舍是非辨别也随同泯没了。'现代'二字已到了湘西,可是具体的东西,不过是点缀都市文明的奢侈品。"① 再回湘西的沈从文满怀忧虑。近二十年不见的湘西,发生了很大变化,表面似乎一切都有了进步,但对于一个对家乡一切极其谙熟的游子而言,任何内在的细微变化都极为清晰,甚至被放大。就大多数人而言,《边城》中所表现的正直素朴的人性美,变成了唯实唯利的庸俗人生观。人们对自然、神灵的虔诚敬畏为常识所去除,做人的义利取舍是非辨别也不再是以前的标准。年老者或许还保留了一些治事作人的优美、崇高的风度,时髦的年轻人就只学会了物质时尚的外在追逐,他们都对现状不满,但"对国家社会问题何在,进步的实现必需如何努力,照例全不明白"②。即便这样,沈从文还是相信,"《边城》中人物的正直和热情,虽然已经成为过去了,应当还保留些本质在年青人的血里或梦里,相宜环境中,即可重新燃起年青人的自尊心和自信心"③。所以,沈从文"用辰河流域一个小小水码头作背景,就我所熟悉的人事作题材,来写写这个地方一些平凡人物生活上的'常'与'变',以及在两相乘除中所有的哀乐"④。

《长河》"起始写到的,即是习惯下的种种存在,事事都受习惯控制,所以货币和物产,这一片小小地方活动流转时所形成的各种生活式样与生活理想,都若在一个无可避免的情形中发展。人事上的对立,人事上的相左,更仿佛无不各有它宿命的结局。作品设计注重在将常与变错综,写出'过去''当前'与那个发展中的'未来',因此前一部分所能见到的,除了自然景物

---

① 沈从文:《〈长河〉题记》,《沈从文全集》(10),北岳文艺出版社2002年版,第3页。
② 同上书,第4页。
③ 同上书,第5页。
④ 同上书,第6页。

的明朗，和生长于这个环境中几个小儿女性情上的天真纯粹还可见出一点希望，其余笔下所涉及的人和事，自然便不免黯淡无光。尤其是叙述到地方特权者时，一支笔即再残忍也不能写下去，有意作成的乡村幽默，终无从中和那点沉痛感慨。然而就我所想到的看来，一个有良心的读者，是会承认这个作品不失其为庄严与认真的。虽然这只是湘西一隅的事情，说不定它正和西南好些地方差不多"①。其实，这不只是湘西或中国西南地区的情况，当时整个中国正处在一个"常"与"变"错综、"过去""当前"与"未来"交集的大变局之中。

沈从文以自己的一腔痴情投入生命书写，心心念念于故土的美好，一直执着于民族精神的重建，但在各种战乱变动中，一切似乎都难以为继，美丽的梦想行将化为泡影。但沈从文不忘初心，不改痴心，外界无论有多大的变化、冲击，他依然相信，"一个人对于人类前途的热忱，和工作的虔敬态度，是应当永远存在，且必然能给后来者以极大鼓励的"②。

"现代"来了，从物质到精神一切都在变化。传统的伦理孝道，因父子之间文化、见识的差距而有了不可思议的改变：谁家的孩子考到省城读书，"待到暑假中，儿子穿了白色制服，带了一网篮书报，回到乡下来时，一家大小必对之充满敬畏之忱。母亲每天必为儿子煮两个荷包蛋当早点，培补元气，父亲在儿子面前，话也不敢乱说"③。传统的父父子子这样的纲常伦理，因儿子在"现代"社会获得了新的知识和见识而面目全非。

《长河》中辰河流域的女人，以往的情形是，"喂猪养鸭，挑水种菜，绩麻纺纱，推磨碾米，无事不能，亦无事不作。日晒雨淋，同各种劳役，使每个人都强健而耐劳。身体既发育得很好，橘子又吃得多，眼目光明，血气充足，因之兼善生男育女"④。她们的两性情感及伦理教育也就来自老年人说《二度梅》《天雨花》等才子佳人弹词故事或七仙女下凡等神话传说。年纪到

---

① 沈从文：《〈长河〉题记》，《沈从文全集》（10），北岳文艺出版社2002年版，第7页。
② 同上书，第9页。
③ 同上书，第15页。
④ 同上书，第16页。

了十四五岁,容易为唱歌的男孩子引诱,可大凡有了主子的,就遵循戏文"忠臣不事二主,烈女不嫁二夫"的训导,幻想虽多,却依然本本分分过日子。一旦出了不合规矩的事,或自杀,或被"沉潭"。"现代"之后的女子,有的到省城里读了几年书,回家要爱情婚姻自主。即便那些已许过婚的,"回家不久必即向长辈开谈判,主张'自由',需要离婚。说是爱情神圣,家中不能包办终身大事。生活出路是到县里的小学校去做教员,婚姻出路是嫁给在京沪私立大学读过两年书的公务员,或县党部委员,学校同事"①。也有"抱独身主义"的,也有的读书之后出去再不会回来的。"现代"的教育在这个地方可见的事实,大致如此。"现代"带给了湘西什么,在沈从文笔下,那是亲眼目睹、亲身经历的具体生活变化。

　　《湘行散记》《长河》和《边城》,一个是回湘西途中"一切见闻巨细不遗"的记录②,一个写故乡橘园的人如何因活不下去而改变,一个是"与生活不相粘附的诗"③。都是写故乡湘西,但三者所表现的主题和所抒发的情感是大不相同的。"边城"是沈从文构筑的一个世外桃源,坐落在湘西的"长河"中。"边城"是静止的,是"常",是梦境,是可以时时回顾的精神栖息地;"长河"是流动的,是"变",是过去、现在、将来都无法回避的现实。《长河》写的是"辰河中部吕家坪水码头及其附近小村萝卜溪的人与事,时间是在一九三六年秋天。从二十世纪初到这个时间,中国社会的巨大变动辐射到这偏僻之地,居住在湘西辰河两岸的人的哀乐与悲欢,就和一个更大世界的变动联系在一起,不可能是封闭的时间和空间里的哀乐和悲欢了。从《边城》这个自足世界的时间和空间,到《长河》风吹草动都与外界息息相关的时间和空间,其性质已经显示出非常不同的特征"④。梦境是虚幻的、美好的,而现实是厚重的、复杂的,因此黄永玉在沈从文去世后感慨:"写《长河》的时候,从文表叔是四十岁上下的年纪吧!为什么浅尝辄止了呢?它该是《战

---

① 沈从文:《〈长河〉题记》,《沈从文全集》(10),北岳文艺出版社2002年版,第20页。
② 沈从文:《〈湘行散记〉序》,《沈从文全集》(16),北岳文艺出版社2002年版,第389页。
③ 沈从文:《水云》,《沈从文全集》(12),北岳文艺出版社2002年版,第110页。
④ 张新颖:《沈从文精读·上》,北岳文艺出版社2014年版,第209页。

争与和平》那么厚的一部东西的啊！照湘西人本分的看法，这是一本最像湘西人的书，可惜太短。"①《湘行散记》所表现的主题和所抒发的情感与《长河》颇相一致，"这个小册子表面上虽只像是涉笔成趣不加剪裁的一般性游记，其实每个篇章都于谐趣中有深一层感慨和寓意，一个细心的读者，当很容易理会到。内中写的尽管只是沅水流域各个水码头及一只小船上纤夫水手等等琐细平凡人事得失哀乐，其实对于他们的过去和当前，都怀着不易形诸笔墨的沉痛和隐忧，预感到他们明天的命运——即这么一种平凡卑微生活，也不容易维持下去，终将受一种来自外部另一方面的巨大势能所摧毁。生命似异实同，结束于无可奈何情形中。"② 一切都不是恒常不便的，外来的力量终究还是给梦一样的边城涂上了别样的色彩。

小城在"乡土中国"的总体生存格局中占有一种独特的地位，堪称传统中国的象征③。沈从文的边城、萧红的呼兰城、师陀的果园城一起，代表着中国的小城，讲述着老中国在新旧转型时"常"与"变"的故事，这些小城小说也定格了传统中国在文化及人类学意义上的生命形态和生存处境。

三 "常"与"变"状态下永恒的人性

在中国传统文化中，天人合一是最具有"代表性的宇宙观、人生观和自然观，是各个不同思想流派较为认同的一种观念，与古代西方、中世纪哲学思想流派相比较，也是很独到的一种观念"④。不仅中国学界普遍肯定这种将自然与人事予以绾合一体的思想，不少外国学者也对此表示认同。比如英国历史学家汤恩比与日本佛学理论家池田大作就认为，中国普遍存有这样一种观念，即"人的目的不是狂妄地支配自己以外的自然，而是有一种必须和自然保持协调而生存的信念"⑤。对中国人来说，人和自然是密不可分的，人是

---

① 黄永玉：《这一些忧郁的碎屑》，孙冰《沈从文印象》，学林出版社1997年版，第203页。
② 沈从文：《〈湘行散记〉序》，《沈从文全集》（16），北岳文艺出版社2002年版，第390页。
③ 栾梅健：《小城镇意识与中国新文学作家》，《中国现代文学研究丛刊》1997年第4期。
④ 瞿林东：《天地生民》，浙江人民出版社1994年版，第51页。
⑤ ［日］池田大作，［英］阿·汤恩比：《展望二十一世纪——汤因比与池田大作对话录》，荀春生等译，国际文化出版公司1985年版，第287页。

自然的一部分。"人靠自然界生活。这就是说，自然界是人为了不致死亡而必须与之不断交往的人的身体。所谓人的肉体生活和精神生活同自然界相联系，也就等于说自然界同自身相联系，因为人是自然界的一部分。"① "过于富饶的自然'使人离不开自然的手，就像小孩子离不开引带一样'。它不能使人自身的发展成为一种自然必然性。"② 人是离不开自然之母的，这就像古希腊神话中大地女神盖亚和海神波塞冬的儿子安泰俄斯，只要他保持和大地母亲的接触，就会从中吸收到无穷的力量，他就是不可战胜的；而一旦脱离了大地根基，他也就失去了力量的源泉。人类只有与自然和谐共一，才能代代繁衍，生生不息。中国传统的天人合一观念，首先表现为人与天地万物声气相通、和光共尘，是一体的。自然界既是人类活动的广阔天地，又为人类供给各种物质资源。人类的进步发展，正是依赖于对自然的适应、改造和利用。尤为重要的是，人与自然四时共享，和谐相处。人类的各种生命活动与大自然的生息运作存在天然的一致性。孟子的"亲亲而仁民，仁民而爱物"（《孟子·尽心上》），从情感上说明由敬爱家人推及他人，由对同类之敬爱推及天地万物。人与他人、与自然、与一切动植物平等和谐，共生共荣。宋代理学家张载对天地物我之关系作过如此描述："乾称父，坤称母；予兹藐焉，乃浑然中处。故天地之塞，吾其体；天地之帅，吾其性。民吾同胞，物吾与也。"③ 天地为万物之父母本源，渺小的我在浑然中孕育生长。天地万物生成我形体，孕育我性德。他人是我同胞，他物与我虽不同类，但因共同生成于天地，都是朋友。这种"民胞物与"的思想，一是指出了人与自然万物关系的和谐一致性；二是说明万物的自然状态和顺其自然本性的生命态度是自然原则，也是道德旨归。在这样的观念下，靠天吃饭的中国百姓，对家园尤为看重，安土重迁的观念极强，即使因为战乱、灾荒不得已在外漂泊，晚年也要千方百计叶落归根。回到家，才能心安。一个人的安宁感、安全感，来自对周围环

---

① ［德］马克思、［德］恩格斯：《马克思恩格斯全集》第42卷，人民出版社1979年版，第95页。
② ［德］马克思、［德］恩格斯：《马克思恩格斯全集》第23卷，人民出版社1972年版，第561页。
③ 张载：《西铭》，《张载集》，中华书局1978年版，第62页。

境的熟悉，对生存境况的把握，对自我及周围文化及习俗的掌控。

文化，是指一个团体为了"位育"处境所形成的一套生活方式。"团体中个人行为的一致性出于他们接受相同的价值观念。人类行为是被所接受的价值观念所推动的。在任何处境中，个人可能采取的行为很多，但是他所属的团体却准备下一套是非观念、价值观念，限制了个人行为上的选择。大体上说，人类行为是被团体文化所决定的，在统一文化中育成的个人，在行为上有着一致性。"① 就某一地域的文化而言，有些文化的价值观念是恒定的，有些文化的价值观念则是适应当地环境而产生的。小城文化的构成也是如此，它既有延续久远的传统文化，也有适应当地环境位育而成的地域性文化。

费孝通先生在《乡土中国》中认为，中国传统处境的特性之一是"匮乏经济"，这种经济结构的本质，"不但是生活程度低，而且没有发展的机会，物质基础被限制了"②。"匮乏经济"下人们的生活态度是"知足"，知足是欲望的自限。物质生活的享受是一种引诱，为此争斗的结果是社会的混乱。历代的史实、教训及其对此的领悟，使国人凝成一种基本的生活态度——知足安分。这是儒家思想核心内容之一，这种思想"所企图的是在规划出一个社会结构，在这结构中有着各种身份（君臣父子之类），每个人在某种身份中应当怎样想，怎样做。社会结构本是人造的，人造的东西就可以是一种艺术，社会也可以是一种艺术，身份安排定当，大家安分地生活下去，人生的兴趣就在其中——'吾兴点也'"③。"知足、安分、克己这一套价值观念是和传统的匮乏经济相配合的，共同维持着这个技术停顿、社会静止的局面。"④ 在这种差序格局中的自满心态，一方面可以使大家的生活看起来其乐融融，形成田园牧歌的内在心理基础；另一方面形成了千百年故步自封、怯懦守旧的心态。中国传统文化中的"礼"将每个人从公共时空中，从精神感觉中，从思

---

① 费孝通：《乡土中国》，上海人民出版社2006年版，第115页。
② 同上书，第116页。
③ 费孝通：《乡土中国》，上海人民出版社2006年版，第118页。按，此引文中的"吾兴点也"当为"吾与点也"（出自《论语·先进》）之误，繁体字"興"与"與"字形接近。
④ 同上书，第119页。

想到行为固定化、模式化，每个人都在自己所处的时空及精神有形无形的坐标点上安分守己，安贫乐道，由一种内心愿景成为一种行为思想的约束。

农耕文明下一切都靠天吃饭，靠经验生产、生活，无论是技术还是工具世世承接、代代相传。世代相知的熟人社会，也让人与人之间的关系温馨祥和。在自己的土地上，做着自己从小就熟悉的事情，随四季耕种收获，不疾不徐，这种传统的农耕文明自有一份安宁温馨，耕作者也能淡定从容。小城的幽静安逸，缘于小城人的安分守礼；而小城的落后凝滞，也是因为小城人的安分守礼。这种"不知有汉，无论魏晋"的生活方式，让小城拥有了一份"活在昨天"的宁静。

如果从审美的角度看，小城古老的房屋、破旧的街道、安静的人物及弥漫其中的略带历史沧桑感的气氛，很容易引发诸多人生况味。小城的凝滞沉闷，是因为其中的生活年复一年、日复一日地机械性重复，亘古如斯，鲜有变化；而小城偶有的喧哗躁动，也是因为小城"活在昨天"的生活模式和思想意识受到了外来因素的冲击，引发缘事缘情的觉醒，以及觉醒之后左冲右突、处处碰壁、无路可走的迷茫。或许这正是小城镇小说的核心所在，启蒙所引发的对"人"的关注，时代动荡、民族危机所引发的家国意识，新旧两种思想观念的冲突引发的对个体、群体的生存方式、生命价值的思考等，都凝聚于小城"活在昨天"与"觉醒于当下"的矛盾纠结中。小城小说，或者倾心于表现朴素、祥和的原初风貌，或者注目于小城人生活的落后与单调，或者集中笔力于小城在外来因素冲击下的大事小情、是是非非，关注点或有不同，也各有怀抱，但都离不开小城的静与动、常与变、活在昨天与面对今天并关注明天的思考。

不大的小城，是人人相识的熟人社会，虽有法律，但秩序更多靠习惯维持，如果没有外来运动、思想的冲击，除了生老病死也没有什么大事，所以小城人的生活就在平静、沉闷中重复、循环，看起来生活就这样亘古不变。小城外的山河依旧："十年前村中的山，山下的小河，而今依旧十年前，河水静静的在流，山坡随着季节而更换衣裳；大片的村庄生死轮着和十年前一样。屋顶的麻雀仍是那样繁多。太阳也照样暖和。山下有牧童在唱童谣,那是十年前的旧调:'秋夜长,秋风凉,谁家的孩儿没有娘,谁家的孩儿没有娘,……月亮满西窗。'"① 小城内的人生不变:"生、老、病、死,都没有什么表示。生了就任其自然长去;长大就长大,长不大也就算了。老,老了也没有什么关系,眼花了,就不看;耳聋了,就不听;牙掉了,就整吞;走不动了,就躺着。这有什么办法,谁老谁活该。病,人吃五谷杂粮,谁不生病呢?死,这回可是悲哀的事情了,父亲死了儿子哭;儿子死了母亲哭;哥哥死了一家全哭;嫂子死了,她的娘家人来哭。哭了一朝或是三日,就总得到城外去,挖一个坑把这人埋起来。埋了之后,那活着的仍旧得回家照旧地过着日子。"② 呼兰河人遵循季节劳作,安守天命地生活。而果园城里永恒的景观也是如此,"不管世界怎样变动,它总是像那城头上的塔样保持着自己的平静,女人仍旧可以坐在门前谈天,孩子仍可以在大路上玩土,狗仍旧可以在街上打盹。"(《果园城记·果园城》)果园城人遵循的也是传统的生活态度,重复着一成不变的生活方式,任何具有现代意义的新事物、新变革都会被习惯的惰性力量销蚀于无声。这个"原先在我们心目中是怎样雄伟,现在又如何鄙陋;先前我们以为神圣的现在又如何可怜"(《果园城记·说书人》)的小城,"尽管那些改革者、土匪、官员,来了又去,去了又来,小城本身依然是我行我素,依然是'活在昨天'里的小城"。③

　　从某种意义上说,小城与农村、都市的本质是一样的,新与旧的矛盾与交战是永恒的主题。旧有的、熟悉的、亲切的温馨,拖住了合理的、尊重生命个性的步伐。软刀子、硬刀子都在杀戮着所有不守规矩的心,仇新仇富,安于现状,让众人对新同仇敌忾,哪怕确知这新对自己有利,也懒得全方位地改创。因为搬动桌子就得搬动椅子,就得重放匾额,等等。懒于改变现状,怕出头、怕孤独、怕招风的心理让小城永远停滞在昨天。小城之子你拖着我,

---

① 萧红:《生死场》,《萧红全集》(1),黑龙江大学出版社2011年版,第99页。
② 萧红:《呼兰河传》,《萧红全集》(3),黑龙江大学出版社2011年版,第17页。
③ 尹雪曼:《师陀与他的〈果园城记〉》,刘增杰编《师陀研究资料》,北京出版社1984年版,第258页。

我绊住你，偶尔有个希望冲破这密闭而沉重的生活氛围，打算换一种思维，寻找一种新的活法的人，也会被众数无情扼杀。所以对大多数小城人来说，痛苦多是肉体的，大多人没有精神层面的新与旧的纠结，因为大家都愿意"活在昨天"。"常"与"变"过渡时期的走板走样，让一切陷入无序："中国为什么不再文明点；或者退转去，为什么不更原始点。"① 既无法回到从前，也无法与现代文明同步；或者换句话说，既失去了乡村的原始、淳朴，也没有都市的文明、进步，现代中国的小城正处于一种难以确切定位的尴尬状态。

但世界上没有象牙塔，小城的堡垒无法与外面的世界完全隔绝，外面世界动荡的余波会延及小城，"暴风雨前"的"死水微澜"一旦风水相激，也会形成汹涌的"大波"（李劼人"大河系列"小说：《死水微澜》《暴风雨前》《大波》）。

小城作家选择了对家乡日常生活予以艺术呈现，看起来散漫无序，其实都指向表现人生和揭橥人性。鲁迅、沈从文、萧红、李劼人、沙汀、师陀、王鲁彦、徐钦文、骆宾基等小城作家对人性、人生的表现各有侧重，异彩纷呈。由于作家的出身、经历、情趣、心境等不同，所持的书写立场、关注的焦点各异，因此表达各自思考结果所采取的叙述策略也就不一样。

同样是以世俗生活为表现内容的为人生写作，有人通过人生来揭示人性，有人则通过揭示人性来关心人生。沈从文直言，他的文学创作的目的就是通过文学创建供奉人性的小庙，抓住人性之纲，展开生命表现中或健康朴野，或猥琐鄙陋的不同人生。而师陀、萧红、沙汀等作家则通过对不同人生的细腻表现，直逼潜隐在现象背后的人性之真。

在沈从文看来，都市中人"都俨然为一切名分而生存，为一切名词的迎拒取舍而生存。禁律益多，社会益复杂，禁律益严，人性即因之丧失净尽。许多所谓场面上人，事实上说来，不过如花园中的盆景，被人事强制曲折成为各种小巧而丑恶的形式罢了。一切所为所成就，无一不表示对于'自然'

---

① 师陀：《果园城记·颜料盒》，《师陀全集》（2），河南大学出版社2004年版，第505页。

之违反，见出社会的拙象和人的愚心"①。而在湘西边地小城，爷爷、翠翠、天保兄弟等"这些可爱的人物，各自有一个厚道而简单的灵魂，生息在田野晨阳的空气。他们心口相应，行为思想一致。他们是壮实的、冲动的，然而有的是向上的情感，挣扎而且克服了私欲的情感。对于生活没有奢望，他们的心力全用在别人身上：成人之美"②。——"边城"是一个净化、美化、理想化的所在。沈从文反对"为一切名分而生存"的都市人生，笃定乡野间健康朴实的人性才是最理想的人生之美，而湘西"边城"就是理想的人生模式和人性之美的聚集、展现之地。沈从文笔下"各自有一个厚道而简单的灵魂"的人物群落，正是其自然自在的理想人生模式的形象图解，所以他努力经营着文学这座供奉人性的小庙，极力美化、净化、纯化"边城"的一切，至于船上的水手们和吊脚楼中的女人们的苦闷、困惑、艰难，作者是不会也不愿强调和暴露的，甚至有时还会刻意回避。

相比而言，萧红却更能从具体的生存点滴入手，直面现实，揭示无法跨越的人性困境，在人性困境中不时展现人性之光。如备受生活煎熬的王婆，有着面对一切困苦的韧性（《生死场》）；一无所知且一无所能的女孩子王亚明，自然地承担起力不能及的责任，而且并没有觉得生命中有不可承受之重（《手》）。萧红笔下的人物都是弱者，有些人物的智力和能力都在一般乡民之下，但萧红却能深入他们的内心，写出其简单、麻木的思维背后丰富的情感和执着的毅力。如冯歪嘴子的爱与承担（《呼兰河传》），冯二成子对于邻家姑娘那细微、隐晦的情感（《后花园》），王亚明在学习上的努力和生活中的坚强（《手》），等等。这些小人物都是生活中的卑微者，或为了生存，或为了情感，或为了责任担当，他们都在做着力所能及甚至力所不能及的努力，尽着自己的那份责任，虽然他们思想简单、生命平凡，但就是在这简单、平凡中却蕴藏着人性的光辉。

沈从文对都市中人虚伪的情感、自私的人性充满反感，对家乡纯真朴野

---

① 沈从文：《烛虚》，《沈从文全集》（12），北岳文艺出版社2002年版，第14页。
② 刘西渭：《〈边城〉——沈从文先生作》，《咀华集》，花城出版社1984年版，第56—57页。

的人性满怀赞赏，对"乡下人"身上真善美的品质表达了极强的认同感，而对被文明异化的都市人之假恶丑则极力拒斥。这里有对现实人生的客观描述，但更多地带有强烈的个人情感色彩和审美倾向，无论是湘西边城优美的人生，还是都市异化的人生，都是创作主体理想化人生模式的或正或反的表达。而萧红《呼兰河传》中的个人情感化尤其是情绪化的东西就淡得多。她怀着一颗悲悯之心，冷静地、包容地数点着故乡人事的零零碎碎、点点滴滴，丑与美都没有多少夸大，没有崇仰赞美的人事，也没有义愤填膺的情感，一双天真的眸子关注着周围的一切，洞察着人性的善恶美丑，同情卑微者的生存处境，理解其生活的无奈，所写对象的大或小在这里并没有什么本质区别。但在艰难、无奈中，萧红并不悲观，对爱与温暖的执着向往让她在一切看透之后依然保留着自己的梦——自由之梦，情感之梦，事业理想之梦。在这一点上，她与张爱玲是有很大区别的。张爱玲对世事看透之后用冷静刻薄之笔，解构了人间一切亲情、爱情、友情之梦，世事表面的善与恶没有明显的是非界限，也少有灵与肉的激烈冲突，有的是为自我、为安全的算计较量，人生露出最赤裸的食色本性。每个人都企图抓住一点东西来对抗现实的虚无和人生的无助，在时代变动来临之前的不安全感是张爱玲笔下所有人事变异、扭曲的根本原因。萧红笔下的人物，无论生存境况如何，他们或许麻木无知，但心是笃定的，所以她的笔下有贫穷、艰难的日子，但没有焦虑的灵魂。如同亘古如斯的山水，十年前这样，十年后仍然没有区别。人也是如此，这是一群灵魂沉睡者，生命只表现为生存的基本程序和简单的喜怒哀乐。这既是萧红笔下人物的实际生存环境和生命形态，也与作者所采用的儿童视角的叙述方式有关。

中 编
生态文化视阈下现代小城小说研究

第一章 生态文化视阈下的小城

第一节 得自天然的小城风情

萧红在《呼兰河传》"尾声"中写道：

呼兰河这小城里边，以前住着我的祖父，现在埋着我的祖父。

我生的时候，祖父已经六十多岁了，我长到四五岁，祖父就快七十了。我还没有长到二十岁，祖父就八十岁了。祖父一过了八十，祖父就死了。

从前那后花园的主人，而今不见了。老主人死了，小主人逃荒去了。

那园里的蝴蝶，蚂蚱，蜻蜓，也许还是年年仍旧，也许现在完全荒凉了。

小黄瓜，大倭瓜，也许还是年年的种着，也许现在根本没有了。

那早晨的露珠是不是还落在花盆架上。那午间的太阳是不是还照着那大向日葵。那黄昏时候的红霞是不是还会一会工夫变出来一匹马来，一会工夫会变出一匹狗来，那么变着。

这一些不能想象了。

听说有二伯死了。

老厨子就是活着年纪也不小了。

东邻西舍也都不知怎么样了。

至于那磨房里的磨倌,至今究竟如何,则完全不晓得了。

以上我所写的并没有什么优美的故事,只因他们充满我幼年的记忆,忘却不了,难以忘却。就记在这里了。①

"尾声"是《呼兰河传》的小结。回望呼兰小城,留在萧红记忆中的是祖父、后花园、有二伯、老厨子、磨倌、东邻西舍。有关他们的记忆或听闻,也就是祖父老了,死了;后花园的老主人死了,小主人逃荒去了;园里的蝴蝶、蚂蚱、蜻蜓、小黄瓜、大倭瓜,早晨的露珠、午间的太阳、黄昏的红霞是否依然;有二伯死了、老厨子老了等等琐碎的事情。《呼兰河传》完成于1940年12月,仅隔约一年(1942年1月22日)萧红就病逝于香港。《呼兰河传》是萧红漂泊异乡、沉疴病榻时,在孤独寂寞中对生命的检视、反省。除却一切浮华泡沫,生命显示出最本然、最纯真的东西。一向真诚的萧红以赤子之心、天籁之音对生命、对文学作出了最本质的诠释。虽然萧红只有三十一年的生命历程,但其对生命的彻悟正如其《呼兰河传》的写作一样,是一个天真无邪的孩子对生活本质、生命真谛的谶语式表达。回望故乡,反思生命,由"尾声"倒推《呼兰河传》,可以有如下解读:一是世界就呼兰小城这么大;二是呼兰小城与自己有关的就这么几个平凡的人,那么一些平常的事;三是呼兰小城在萧红的成长记忆中没有什么优美的"故事",只有充满记忆的琐碎的往事。这是萧红在孤独寂寞中自我心眼相视的生命对话,是回望故乡、检视内心、不拘文学规范、生命无有遮蔽的生态书写。这就是生活,这才是生活。生命的飞扬固然重要,生存的安稳才是生活的底色。

一 世界就小城这么大

当代作家迟子建在散文《我的梦开始的地方》中曾这样说道:

---

① 萧红:《呼兰河传·尾声》,《萧红全集》(3),黑龙江大学出版社2011年版,第152页。

我对文学和人生的思考，与我的故乡、与我的童年、与我所热爱的大自然是紧密相连的。对这些所知所识的事物的认识，有的时候是忧伤的，有的时候则是快乐的。我希望能够从一些简单的事物中看出深刻来，同时又能够把一些貌似深刻的事物给看破。这样的话，无论是生活还是文学，我都能够保持一股率真之气、自由之气。

　　当我童年在故乡北极村生活的时候，因为不知道"山外有山、天外有天"，我认定世界就北极村这么大。当我成年以后到过了许多地方，见到了更多的人和更绚丽的风景之后，我回过头来一想，世界其实还是那么大，它只是一个小小的北极村。①

迟子建童年时只看到北极村这么大的地方，小小北极村就是她的全部世界。长大以后去过很多地方，经历了很多事情后发现，沉淀于心底的还是小小北极村那些熟悉的人和事。她的人生观、审美观、价值观的形成，很大程度上就是源自小小北极村人的生命启迪。成年阅尽沧桑、看透世情后，更加感受到来自北极村的人情温暖和精神鼓舞，这里是她永远的精神家园。这是作家和着生命认知的经验之谈。在作家的心目中，无论外边山有多高，天有多阔，世界就是一个小小的北极村，自己的文学创作和人生思考都与此紧密相关——人的精神之旅，起点往往也是终点。

对于大多数人而言，忘不掉的是成长记忆，某种意义上说，这段生活形成了一个人一生阅人观物的方式。以后的岁月会有各种各样的经历，这些经历也会留下或深或浅的烙印，职业、文化、特殊训练会对一个人产生不同层面的影响，甚至会令一个人发生脱胎换骨的变化；但仔细走进这个人的精神世界，对其思想、精神和行为做细致探究和梳理就会发现，改变的只是表象和浅层次的思想（或者是较深层次的思维方式有某种程度的改变、修补），一个人思想观念的内核以及在此基础上形成的阅人观物的方式是不会改变的。

---

① 迟子建：《我的梦开始的地方》，《年画与蟋蟀：迟子建散文》，浙江文艺出版社2014年版，第158—159页。

沈从文就是沈从文，文学家的沈从文和考古学家的沈从文都走出了跟别的同行不一样的沈从文的路子，那是用细微的生命现象垒砌的力与美的生命大厦，里面供奉的人性充满温情和爱意。当沈从文以一颗柔软的爱心凝视万物，以一种悲悯情怀理解生命，世界就在宏阔的天地与细微的草木中呈现出生命的不同律动，随着这律动，沈从文以一颗关爱众生的无差别心对着近处的生命睇视，也"常常为人生远景而凝眸"①，关注生命的自由健康，关注与生命息息相关的家园，关注天地间各各如其所是又和光同尘的生命存在与联系。关于生态美学或生态哲学的理论阐述可谓多矣，而沈从文的生命书写也许是最有说服力、最具感染力的"生态"审美体现。其小说作品那种无任何刻意做作的语言，水行云起的自然结构，充盈于这种语言、结构之中的形形色色的自由生命，是一种最天然的"生态书写"。与沈从文一样始终感兴趣于生命书写，保持自我观念，忠于自己感觉，深情于故园家乡，走出自我的小城书写之路的作家还有萧红、师陀、李劼人、废名、骆宾基等。他们书写着自己的家乡和家乡中的人事，虽然也有可能为时代形势所裹挟，免不了有"为……而写作"的创作目的，但在具体的写作过程中，一旦回到或回望家乡，重温童年记忆，一切皆变得那么自然、自在，天地人心、风云草木都一起垒然而至，跃然笔下。

　　同大多数人一样，小城作家对世界的认识是从童年、家乡起步的。在此后的成长经历中，因各种外在的引导与诱惑，其眼光、兴趣会有多向的辐射，甚至有中途的偏离、修正，其知识、阅历、识见也在成长中不断丰富。但归结一下就会发现，后续的生命历程中所获得的知识和增长的识见，只是一个人最初思想、精神的完善、补充和丰富，初心是不会改变的。对真正的作家而言，这个初心就是青少年时期在吃喝拉撒、生老病死、晨起晚睡、春种秋收的日常劳作与生活中形成的。生活的底色就是普通生命的庸常日月，所有的瞬时"飞扬"最后都要沉积于永久的"安稳"之中。这种"安稳"是基本

----

① 沈从文：《从文自传·我读一本小书同时又读一本大书》，《沈从文全集》（13），北岳文艺出版社2002年版，第253页。

的生活，也是生命的常态。

"世上没有'大'事情，只有大手笔。"① 这些对家乡、对生命感于心、动于情的小城作家就在对故园日常生活的"生态"书写中走出了属于自己的文学之路。

萧红也有类似于迟子建的故园感怀。当缠绵病榻时，萧红回顾自己不长的生命经历，虽然坎坎坷坷，但真正留在心中挥之不去的就是呼兰城。她仿佛经历了一个人生轮回，又回到了童年时期，眼中的世界就呼兰小城那么大，在有关呼兰小城的记忆中也就那么几个人，那么一些事。世界那么大，历史那么悠久，人生如此复杂，可到头来让我们记忆深刻、影响我们一生的就是那么几个简单的地方、少数的几个人和平常的一些事。萧红五岁的时候祖母去世，家里来了很多人，包括孩子。萧红有了小伙伴，第一次跟着小伙伴离开家，来到街上，眼光一下就亮了，"不料除了后园之外，还有更大的地方，我站在街上，不是看什么热闹，不是看那街上的行人车马，而是心里边想：是不是我将来一个人也可以走得很远"②。果然，她在自己还未能有独立生活能力时就离家出走了，走得很远，莽莽撞撞，颠沛流离。在生命的最后时刻，她的灵魂又回到了呼兰小城，这里才是她的家，她的精神家园，其他一切不过都是经历而已，这里才是生命的原点和终点。她在这里生长，她的生命锻造于此，不管是爱是恨，总是血脉相连。成年之后萧红的思维方式、审美趣味、阅人观物的方式，包括她的文学选择及表现方式等，都与呼兰小城有着千丝万缕的联系，是呼兰小城滋养了女孩张乃莹，也是呼兰小城造就了作家萧红。

生活有时很复杂，仿佛千头万绪都与自己有关，大事小情时时牵动着自己的心思。但生活有时又极其简单，无论世界多么精彩，历史多么厚重，现实多么复杂，真正与自己发生关系、留存于心、产生影响的也就那么几个人，

---

① ［美］乔伊斯·卡洛尔·奥茨：《短篇小说的性质》，［美］狄克森、司麦斯合编，朱纯深译《短篇小说写作指南》，辽宁教育出版社1998年版，第9页。
② 萧红：《呼兰河传》，《萧红全集》（3），黑龙江大学出版社2011年版，第60页。

以及与这几个人有关的那么几件事。令萧红魂牵梦萦的呼兰小城，与她有关的也就那么几个人，那么几件事。留在萧红心中的是祖父的衰老、去世，后花园的盛衰荣枯，有二伯、老厨子、磨倌、东邻西舍的生老病死，等等。萧红十几岁时因为逃婚，决绝地离家出走，一直在外漂泊。《呼兰河传》完成于1940年12月，1941年萧红在香港因肺结核住院，1942年1月22日病逝。从小说完成到作者病逝，仅仅相隔一年多的时间。可以想象，作者是怀着怎样一种心情来创作这部小说的。《呼兰河传》是一个情感、事业、生活屡受磨折、颠沛流离、有家难回的女孩子别样的回家方式。在这部传记式小说中，她认真而仔细地回忆着呼兰小城的点点滴滴，对小城的气候、地理、民俗、精神都作了细致入微的描述。尤其是后花园和祖父给她的温暖和爱，让她对人生"怀着永久的憧憬和追求"①。研究者的解读，可以赋予《呼兰河传》种种主题和思想，但其最直接的创作动机就是一个想家而无法回家的孩子以文学的形式对自我精神还乡的殷殷表达。家乡未必有什么精彩的故事，对游子而言，本也不在乎故事是否精彩，只要是有自己成长记忆的一切"故"事就都是亲切的、有感觉的、有温度的。"我所写的并没有什么优美的故事，只因他们充满我幼年的记忆，忘却不了，难以忘却。就记在这里了。"② 这种自在与自然状态下的生命书写纯然是一种生态美学意义上的文学活动，它不受意识形态、时尚流风的影响，忠于生活实际，跟着生命感觉，将充满记忆的呼兰小城的点点滴滴、琐琐碎碎，不经提炼，也未加剪辑，就这样在记忆与情感的推动下絮絮道来，信笔而走。

二 这就是生活，这才是生活

鲁迅去世前，一反他一贯的严肃不苟、深刻犀利，在《"这也是生活"……》中表达了对日常生活的爱与渴望。鲁迅病重后有了转机的夜里，喊醒了许广平：

---

① 萧红：《永久的憧憬和追求》，《萧红全集》（4），黑龙江大学出版社2011年版，第166页。
② 萧红：《呼兰河传·尾声》，《萧红全集》（3），黑龙江大学出版社2011年版，第152页。

"给我喝一点水。并且去开开电灯,给我看来看去的看一下。"

"为什么?……"她的声音有些惊慌,大约是以为我在讲昏话。

"因为我要过活。你懂得么?这也是生活呀。我要看来看去地看一下。"

"哦……"她走起来,给我喝了几口茶,徘徊了一下,又轻轻的躺下了,不去开电灯。

我知道她没有懂得我的话。

街灯的光穿窗而入,屋子里显出微明,我大略一看,熟识的墙壁,壁端的棱线,熟识的书堆,堆边的未订的画集,外面的进行着的夜,无穷的远方,无数的人们,都和我有关。我存在着,我在生活,我将生活下去,我开始觉得自己更切实了,我有动作的欲望——但不久我又坠入了睡眠。

第二天早晨在日光中一看,果然,熟识的墙壁,熟识的书堆……这些,在平时,我也时常看它们的,其实是算作一种休息。但我们一向轻视这等事,纵使也是生活中的一片,却排在喝茶搔痒之下,或者简直不算一回事。我们所注意的是特别的精华,毫不在枝叶。给名人作传的人,也大抵一味铺张其特点,李白怎样做诗,怎样耍颠,拿破仑怎样打仗,怎样不睡觉,却不说他们怎样不耍颠,要睡觉。其实,一生中专门耍颠或不睡觉,是一定活不下去的,人之有时能耍颠和不睡觉,就因为倒是有时不耍颠和也睡觉的缘故。然而人们以为这些平凡的都是生活的渣滓,一看也不看。

于是所见的人或事,就如盲人摸象,摸着了脚,即以为象的样子像柱子。中国古人,常欲得其"全",就是制妇女用的"乌鸡白凤丸",也将全鸡连毛血都收在丸药里,方法固然可笑,主意却是不错的。

删夷枝叶的人,决定得不到花果。①

---

① 鲁迅:《"这也是生活"……》,《鲁迅全集》(6),人民文学出版社2005年版,第623—624页。

寂静的夜里，重病之中偶尔的清醒，让一生都是战士的鲁迅深刻体会到了自己的生命需要，这时的需要不是战斗，不是启蒙，而是感觉自己存在、活着，想"看来看去"地体验日常生活。"这也是生活"，更确切地说，这才是生活，因为正是这平凡无奇的生活才是人生最素朴、最真实的底子。萧红的小说有人生的飞扬呈现，更多地写出了生活素朴的底子，这是萧红与同时代其他作家的创作相比所呈现出的最大的特点。她的小说固然也反映启蒙、革命和时代变迁，但这都是次要的，反映的最普遍的也最重要的是平时的饮食起居。这正如鲁迅所说："其实，战士的日常生活，是并不全部可歌可泣的，然而又无不和可歌可泣之部相关联，这才是实际上的战士。"① 战士如此，那么生活在社会底层的卑微者更是如此。反映普通人甚至卑微者在日常生活中所展示的生存状态和生命形态，才是萧红小说创作的主要动机和所要表现的主要内容。

《呼兰河传》写作与完成之时，正是家国沦陷、救亡图存的非常时期，大多数作家写革命、写战斗，萧红却在写着呼兰小城几个凡夫俗子普通烦琐的生活小事，诸如写小团圆媳妇无辜的死，写月英凄惨的死，写金枝活着的艰难屈辱，写怀孕生产的女人之痛苦无奈，写乱坟岗子毫无价值的死，凡此种种，与战场上轰轰烈烈的壮死相比，皆是普通生命没有价值没有尊严草木猪狗一样的生生死死。这不是一个理性作家的文学书写，而是一个善良敏锐的女性生命之精神烛照与激情燃烧，她以其细腻聪慧、感同身受之心，捕捉着被时代大潮、响亮口号所遮蔽、忽略的各种生命的无奈，将那些细小却持久的部分呈现于光亮处，让生命在琐碎的日常生活中得到一种整体而真实的展现。正如《生死场》中，男人们虽然有生存压迫，但也在抗战中获得了男人的尊严，可是金枝呢？受了日本鬼子的屈辱，进城做洗衣妇，又被要求缝裤子的中国男人强辱，还有让她害怕的自家男人成业，这不是为推动小说情节所做的苦难叠加，而是萧红曾经真实感受到的生存现实。她对此有切身体会。萧军在国破家亡时有收复失地、打回老家的豪情壮志，也有带萧红赶集、吃

---

① 鲁迅：《"这也是生活"……》，《鲁迅全集》(6)，人民文学出版社2005年版，第626页。

肉的生活乐趣，而萧红却有更为复杂的忧伤情绪。作为离家出走的女儿，她早已被父亲开除了族籍；作为女人，她也有被男人欺压、摆布的命运；作为民族一员，她也有国破家亡的痛楚。她的内心深处有着多重忧虑和纠结，每一种忧虑和纠结都让她不能如萧军那么决绝、快意。这就是萧红对世界与生命的感知，女人被男人与生育所折磨的悲惨，愚夫愚妇物化的麻木生死，人与人的隔膜与冷酷不可能随着抗战胜利而消亡。《呼兰河传》写作的背景是东北沦陷、举国愤慨之际，当此时，似乎每个人都在以各自的方式表达着对祖国、对家乡的关切与保护之情。除却表面化、类型化、简单化的时代主题外，萧红的不同在于她忠于自己的感觉与思考，无论是《生死场》《呼兰河传》还是《小城三月》，她所表现的不是战争期间一时一刻的家乡，而是十年前和十年后没有什么变化的家乡。也许在萧红心目中，故乡人依然面容清晰、个性分明，但刻画人物不是她的目的，她要表现的是糊涂的生与糊涂的死、混沌的生命与混沌的世界，以及在这个混沌的世界中、在生生死死的轮回中所潜藏的平凡而韧性十足的生命之力。

萧红笔下的日常生活直观生动，《呼兰河传》没有主角，没有起伏跌宕、扣人心弦的故事情节，甚至根本就没有故事，不具备常识意义上的小说特点，而只是以萧红的眼光选择、过滤的一帧帧图片，但其中的确又潜含深意。无论写人写物，她都不曾着力渲染自己的情感，但深情却寸寸浸入其文字肌理。别人的写作是抛洒文采、炫耀技巧、传达思想，萧红的写作则是在燃烧生命，对于心中笔下的一切，她倾情投入，全心全意，用最普通、最简单的手法把最平凡的事物写得生机勃勃，丰富多彩。比如《纪念鲁迅先生》，在那么多纪念鲁迅的文字中唯有她的平实鲜活，能走到读者的心里。别人眼中的鲁迅是思想家、文学家、导师、战士，萧红却写出了鲁迅作为丈夫、父亲、朋友、男人、老人等多面立体的形象，可亲可敬的鲁迅就在这些生活琐事的堆叠中丰满起来。

《呼兰河传》是萧红饱含深情的故乡回望，以萧红的真诚与明慧，那绝不会是简单的故乡赞美诗，也不会是单一的对故乡落后愚昧的批判。呼兰河是她成长的摇篮,是灵魂的归宿,她借此审视自我,观照万物,思考生老病死和世代轮回,淡化传统,推远背景,回到呼兰小城的日常生活状态,一切从自己的生命感觉出发,倾情于每一个细小的存在。既专注于自我丝丝缕缕的细微感觉,又能超越个体情感经历而忘我忘情;既用心于每个细节,又能看到整体,越过现象透视本质,因此《呼兰河传》既辽远、空灵,又丰富、质实,明净澄澈,不黏不滞。小说中的"后花园"是作者精心设置的一个童话世界,但谁又能说它不是成年人的梦境!后花园中平凡的一切被萧红写得任心随意,自由飞扬:

> 这花园里蜂子、蝴蝶、蜻蜓、蚂蚱,样样都有。蝴蝶有白蝴蝶、黄蝴蝶。这种蝴蝶极小,不太好看。好看的是大红蝴蝶,满身带着金粉。
>
> 蜻蜓是金的,蚂蚱是绿的,蜂子则嗡嗡地飞着,满身绒毛,落到一朵花上,胖圆圆地就和一个小毛球似的不动了。
>
> 花园里边明晃晃的,红的红,绿的绿,新鲜漂亮。①
>
> 花开了,就像花睡醒了似的。鸟飞了,就像鸟上了天似的。虫子叫了,就像虫子在说话似的。一切都活了。都有无限的本领,要做什么,就做什么,要怎么样,就怎么样。都是自由的。倭瓜愿意爬上架就爬上架,愿意爬上房就爬上房。黄瓜愿意开一个谎花,就开一个谎花,愿意结一个黄瓜,就结一个黄瓜,若都不愿意,就是一个黄瓜也不结,一朵花也不开,也没有人问它。玉米愿意长多高就长多高,他若愿意长上天去,也没有人管。蝴蝶随意的飞,一会从墙头上飞来一对黄蝴蝶,一会从墙头上飞走了一个白蝴蝶。它们是从谁家来的,又飞到谁家去?太阳也不知道这个。
>
> 只是天空蓝悠悠的,又高又远。
>
> 可是白云一来了的时候,那大团的白云,好像翻了花的白银似的,

---

① 萧红:《呼兰河传》,《萧红全集》(3),黑龙江大学出版社2011年版,第45页。

从祖父的头上经过,好像要压到了祖父的草帽那么低。

我玩累了,就在房子底下找个阴凉的地方睡着了。不用枕头,不用席子,就把草帽扣在脸上就睡了。①

黄瓜的小丝蔓,细得像银丝似的,太阳一出来的时候,那小细蔓闪眼湛亮,那蔓梢干净得好像用黄蜡抽成的丝子,一棵黄瓜秧上伸出来无数的这样的丝子。丝蔓的尖顶每棵都是掉转头来向回卷曲着,好像是说它们虽然勇敢,大树、野草、墙头、窗棂,到处的乱爬,但到底它们也怀着恐惧的心理。

太阳一出来了,那些在夜里冷清清的丝蔓,一变而为温暖了。于是它们向前发展的速率更快了,好像眼看着那丝蔓就长了,就向前跑去了。因为种在磨房窗根下的黄瓜秧,一天爬上了窗台,两天爬上了窗棂,等到第三天就在窗棂上开花了。

再过几天,一不留心,那黄瓜梗经过了磨房的窗子,爬上房顶去了。

后来那黄瓜秧就像它们彼此招呼着似的,成群结队地就都一齐把那磨房的窗给蒙住了。

……

还有一棵倭瓜秧,也顺着磨房的窗子爬到房顶去了,就在房檐上结了一个大倭瓜。那倭瓜不像是从秧子上长出来的,好像是由人搬着坐在那屋瓦上晒太阳似的。②

生命的平常与欣悦,顽强与执着,就在这一草一瓦中尽现。儿童视角与女性话语是直观的、感性的,也是自由的、无所顾忌的,但更容易贴近心灵,更容易将事物的原生质态展现出来。萧红对充满灵性的自然世界的感受与表述,让我们感到既陌生又亲切,因为那就是我们也曾有过的感受,只是我们

---

① 萧红:《呼兰河传》,《萧红全集》(3),黑龙江大学出版社2011年版,第47页。
② 同上书,第131—132页。

不知道竟然可以这样说、这样写。类似的感受与描写还出现在萧红的《后花园》中：

在朝露里那样嫩弱的须蔓的梢头，好像淡绿色的玻璃抽成的，不敢去触，一触非断不可的样子。同时一边结着果子，一边攀着窗棂往高处伸张，好像它们彼此学着样，一个跟一个都爬上窗子来了。到六月窗子就被封满了，而且就在窗棂上挂着滴滴都都的大黄瓜，小黄瓜，瘦黄瓜，胖黄瓜，还有最小的小黄瓜妞儿，头顶上还正在顶着一朵黄花还没有落呢。①

六月里后花园更热闹起来，蝴蝶飞，蜻蜓飞，螳螂跳，蚂蚱跳。大红的外国柿子都红了，茄子青的青、紫的紫，溜明湛亮，又肥又胖，每一棵茄秧上结着三四个、四五个。玉蜀黍的缨子刚刚才萌芽，就各色不同，好比女人绣花的丝线夹子打开了，红的绿的，深的浅的，干净得过分了，简直不知道它为什么那样干净，不知怎样它才那样干净的，不知怎样才做到那样的，或者说它是刚刚用水洗过，或者说它是用膏油涂过。但是又都不像，那简直是干净得连手都没有上过。②

萧红那注满"生命感"的笔下寻常至极的一点一滴，都散发着生命意识，一草一木都自由、自然，生机四溢。这一切生灵都是那么纤净而生机勃勃，可爱得让人心疼，可爱得让人羡慕和嫉妒。大自然在萧红的笔下或者说在儿童的眼里，都灵化了。花鸟藤蔓都有了灵魂和自由意志，人与天地融为一体，互相交流融洽而默契："拍一拍连大树都会发响的，叫一叫就是站在对面的土墙都会回答似的。"③

一双怎样的眼睛、一颗怎样的心灵才能感受到这样自然的灵动和生命的

---

① 萧红：《后花园》，《萧红全集》(4)，黑龙江大学出版社2011年版，第77页。
② 同上书，第77—78页。
③ 萧红：《呼兰河传》，《萧红全集》(3)，黑龙江大学出版社2011年版，第47页。

欢愉、飞扬！这颗玲珑剔透之心不仅感受到了人与自然的唇齿相依、灵犀相通，甚至还感受到了万物之间的美好多情：

> 说也奇怪，我家里的东西都是成对的，成双的。没有单个的。
>
> 砖头晒太阳，就有泥土来陪着。有破坛子，就有破大缸。有猪槽子就有铁犁头。像是它们都配了对，结了婚。而且各自都有新生命送到世界上来。比方缸子里的似鱼非鱼，大缸下边的潮虫，猪槽子上的蘑菇等等。①

萧红以自然生态的眼光看待人和物，在她的生命记忆里，祖父和后花园的一切就是她的天地世界，没有人、物之分，蚂蚱、倭瓜都是她的亲人朋友，她用对熟悉亲人的方式体味花草虫蝶的感觉、愿望，又用对待花草虫蝶的方式写人类的朴素情感。在她笔下，景与色，动物与植物，都不是一般文学表现中的背景、铺垫或点缀，而是表现对象，甚至是寓言性主体（比如《呼兰河传》中的大泥坑、后花园）。回望故乡，回到童年的萧红，赋予笔下一切事物以充沛的感情，无论是铭心的爱、刻骨的依恋还是浓重的忧伤，都出之以点点滴滴的细碎景色情物，没有典型人物，没有激烈的情节，就是一个女孩子在后花园嬉戏，看蝶飞花开；在院子里奔跑，听鸟鸣狗吠；在熟人中穿梭，咂摸世态人情；在街道上迷茫，怅惘于大千世界。读者跟随萧红一点点沉下心来，变小变弱，变聪变敏，并在她的引领下去领略那我们熟悉而又陌生的世界。事物都是熟悉的，普通而平常，但它们却因萧红的眼睛、萧红的体味、萧红的点染而具有了新鲜而清晰的意义：小团圆媳妇因被调教而生病，为治病用滚开的水洗澡终至死去而变成东大桥下的"大白兔"；磨倌与王大姑娘结婚，孩子生在磨坊里，寒冷的冬天孩子如鸟在"草窠"里，一呼吸就冒白气；院墙上红艳又凄凉的红花……

可生活并非都是"后花园"，人人都免不了生老病死。"跳大神"是呼兰

---

① 萧红：《呼兰河传》，《萧红全集》(3)，黑龙江大学出版社2011年版，第67—68页。

城的一个"盛举",届时男女老幼一起奔向跳神的人家,对过着卑琐平凡日子的小城人来说,这不啻是一个狂欢的节日。可面对这样一个"盛举",萧红却悲从中来,请神是为了治病,可请神人家的病人就一定能好吗?"满天星光,满屋月亮,人生为何,如此凄凉!"①萧红终究是女人,终究是传统影响下的文人,伤感处处弥漫,感性与理想,眷恋与审视,担待与讽刺,诸种情绪杂沓而至。《呼兰河传》就是这样一个情与理、天与人、过去与现在、现实与梦幻浑然而一的整体,在这种浑然一体的叙事结构中又有属于萧红的明敏透彻,那是对古往今来的贯通、融会,是对生命的透析、珍视。

像萧红一样以一颗赤子之心感应天地生灵的还有沈从文。在沈从文笔下,"边城"是自然的点缀,就搭配或消融在山水中:"茶峒地方凭水依山建筑,近山一面,城墙俨然如一条长蛇,缘山爬去。临水一面则在城外河边留出余地设码头,湾泊小小篷船。……贯穿各个码头有一条河街,人家房子多一半着陆,一半在水,因为余地有限,那些房子莫不设有吊脚楼。"②河两岸多高山,山中多可以造纸的细竹。"近水人家多在桃杏花里,春天时只需注意,凡有桃花处必有人家,凡有人家处必可沽酒。夏天则晒晾在日光下耀目的紫花布衣裤,可以作为人家所在的旗帜。秋冬来时,人家房屋在悬崖上的,滨水的,无不朗然入目。黄泥的墙,乌黑的瓦,位置却永远那么妥帖,且与四周环境极其调和,使人迎面得到的印象,实在非常愉快。一个对于诗歌图画稍有兴味的旅客,在这小河中,蜷伏于一只小船上,作三十天的旅行,必不至于感到厌烦。正因为处处有奇迹可以发现,自然的大胆处与精巧处,无一地无一时不使人神往倾心。"③

依附于自然山水中的小城,民风淳朴。这里人人心地善良,待人热情。这些简单、纯净的灵魂,不是得自教化,而是天地使然。老船夫已摆渡五十年,天不让他休息,他便不离开职位,不论晴雨,必守在船头,并不思索自

---

① 萧红:《呼兰河传》,《萧红全集》(3),黑龙江大学出版社2011年版,第29页。
② 沈从文:《边城》,《沈从文文集》(8),北岳文艺出版社2002年版,第66页。
③ 同上书,第67页。

己职务对于本人的意义,只是静静地很忠实地在那里活下去。他从不肯收客人一分钱,因为渡头为公家所有,他有三斗米、七百钱就足够了。间或有人非得留钱,老人便把这些钱托人到茶峒去买茶叶和草烟奉赠渡船的客人。"白日里,老船夫正在渡船上,同个卖皮纸的过渡人有所争持。一个不能接受所给的钱,一个却非把钱送给老人不可。正似乎因为那个过渡人送钱气派有些强横,使老船夫受了点压迫,这撑渡船人就俨然生气似的,迫着那人把钱收回,使这人不得不把钱捏在手里。但到船拢岸时,那人跳上了码头,一手铜钱向船舱里一撒,却笑眯眯的匆匆忙忙走了。老船夫手还得拉着船让别人上岸,无法去追赶那个人,就喊小山头的孙女:'翠翠,翠翠,帮我拉着那个卖皮纸的小伙子,不许他走!'"还了那商人的钱,"并且搭了一大束草烟到那商人的担子上去",老船夫还气咻咻地对翠翠说:"嗨,他送我好些钱,我才不要这些钱!告他不要钱,他还同我吵,不讲道理!"① 老船工这种认真、厚道和倔强的性格,围绕在他身边的温馨、素朴的人际关系,应该是人类的想望和初衷。孙女翠翠,"在风日里长养着,故把皮肤变得黑黑的,触目为青山绿水,故眸子清明如水晶。自然既长养她且教育她,为人天真活泼,处处俨然如一只小兽物。人又那么乖,如山头黄麂一样,从不想到残忍事情,从不发愁,从不动气。平时在渡船上遇陌生人对她有所注意时,便把光光的眼睛瞅着那陌生人,作成随时皆可举步逃入深山的神气,但明白了面前的人无机心后,就又从从容容的在水边玩耍了"②。

自然养育了小城,也给小城带来灾难,而小城人也坦然地面对并接受了上天给予的一切。河中时常涨水,住在吊脚楼的人家,就带了包袱、铺盖、米缸进城里去,水退方回。若水来得特别猛,沿河的吊脚楼也会有一处两处为大水冲去,"大家皆在城头上呆望。受损失的也同样呆望着,对于所受的损失仿佛无话可说,与在自然安排下,眼见其他无可挽救的不幸来时相似"。在水势较缓的地方会有人驾了小舢板救人救物。"这些勇敢的人,也爱利,也仗

---

① 沈从文:《边城》,《沈从文文集》(8),北岳文艺出版社2002年版,第85—86页。
② 同上书,第64页。

义,同一般当地人相似。不拘救人救物,却同样在一种愉快冒险行为中,做得十分敏捷勇敢,使人见及不能不为之喝彩。"① 山城虽然驻扎着一营戍兵,但"除了号兵每天上城吹号玩,使人知道这里还驻有军队以外,兵士皆仿佛并不存在"②。大多时候,小城像一幅风俗画:"冬天的白日里,到城里去,便只见各处人家门前皆晾晒有衣服同青菜。红薯多带藤悬挂在屋檐下。用棕衣作成的口袋,装满了栗子、榛子和其他硬壳果,多也悬挂在檐口下。屋角隅各处有大小鸡叫着玩着。间或有什么男子,占据在自己屋前门限上锯木,或用斧头劈树,把劈好的柴堆到敞坪里去如一座一座宝塔。又或可以见到几个中年妇人,穿了浆洗得极硬的蓝布衣裳,胸前挂有白布扣花围裙,躬着腰在日光下一面说话一面做事。一切总永远那么寂静,所有人民每个日子皆在这种不可形容的单纯寂寞里过去。一份安静增加了人对于'人事'的思索力,增加了梦。在这小城中生活的,各人自然也一定各在分定一份日子里,怀了对于人事爱憎必然的期待"。在风俗画一样的小城里,不可形容的单纯寂寞成就了小城人的思索和梦。简单的小城也有它的热闹,城外河街上"有商人落脚的客店,坐镇不动的理发馆。此外饭店、杂货铺、油行、盐栈、花衣庄,莫不各有一种地位,装点了这条河街"③。在边城淳朴的民风中,即便做妓女,也永远那么爽快,做生意遇不熟的主顾得先交钱,数目弄清楚后,再关门撒野。人既相熟后,钱便在可有可无之间了。这些关于一个女人身体上的交易,由于民风淳朴,身当其事的不觉得下流可耻,旁观者也不加以指摘轻视。"这些人既重义轻利,又能守信自约,即便是娼妓,也常常较之知羞耻的城市中人还更可信任。"④ 平日里,河街上的小酒馆,吃酒的男人和擦了白粉的老板娘可以调侃取乐。端午、中秋和过年是最热闹的日子,尤其是端午节盛会,几乎是倾城参加。鼓声如雷鸣,加上两岸人呐喊助威,整个小城都沸腾了。赛船后下水追赶鸭子,水面上各处是鸭子,同时各处有追赶鸭子的人。"船与

---

① 沈从文:《边城》,《沈从文文集》(8),北岳文艺出版社2002年版,第66页。
② 同上书,第67—68页。
③ 同上书,第68页。
④ 同上书,第71页。

船的竞赛，人与鸭子的竞赛，直到天晚方能完事。"①

众多论者认为，《边城》是沈从文精心构建的一个关于湘西世界的神话。在这个"神话"里，不确定时间，地点也具有一定的象征性，作者要表现的就是一种淳朴的民风、民性。但这个"神话"是有它的物质基础和创作者的生活经验基础的。这个凭水依山的小城，这个民风古朴、山清水秀有些化外氛围的环境，是沈从文成长经历中所十分熟悉的。对于《边城》的创作，沈从文自己说过：

> 我生长于作品所写到的那类小乡城，我的祖父，父亲，以及兄弟，全列身军籍；死去的莫不皆在职务上死去，不死的也必然的将在职务上终其一生。就我所接触的世界一面，来叙述他们的爱憎与哀乐，即或这支笔如何笨拙，或尚不至于离题太远。因为他们是正直的，诚实的，生活有些方面极其伟大，有些方面又极其平凡，性情有些方面极其美丽，有些方面又极其琐碎，——我动手写他们时，为了使其更有人性，更近人情，自然便老老实实写下去。②

在神性氤氲的湘西，沈从文在人与自然的和谐之中挖掘着生命的神性，发现着生命的真善素朴所焕发的光彩。他把文学作为表现这种美与生命的得心应手的工具，构造着一个个神话和梦境，用以阐释他在思想的、审美的世界中的所思所得，也希望别人能从他极具个人化倾向的文学世界中去体味、认识另外一种人生，从而引起和加深对生命、对人性的理解和领悟。

与萧红和沈从文以一颗赤子之心感应天地不同，师陀和沙汀是理性、冷静的。

在《果园城记》中，师陀以一个老于世故的成年人的视角，依托马叔敖故地重游的经历，来表现过去和现在交互叠加印证、比较对照的果园城。他创作《果园城记》的目的很明确，就是要把果园城写成一个"有生命、有性

---

① 沈从文：《边城》，《沈从文文集》（8），北岳文艺出版社2002年版，第74页。
② 同上书，第57页。

格、有思想、有见解、有情感、有寿命，像一个活的人"的"中国一切小城的代表"①。构成《果园城记》的18篇小说各有不同，但整体而言，小城给予读者的深刻印象是：狗在街岸上正卧着打鼾，猪悠然横过大路，妇女们在家门口持续着没完没了的闲谈。这里流传着白塔的传说、古怪老人和水鬼阿嚏的故事，而大片的果园更增添了小城古朴的平静与安详。在这里，时间是凝滞的或者说是缺席的，空间是自足、封闭的。置身其中，觉得一切都亲切、安稳，也沉闷、凝滞。无论遇到内在的反抗还是外在的冲击，小城本身有能力让一切不和谐的音符都在传统的主旋律中销蚀掉。

吴福辉先生曾概括指出："就像人类学家、民族学家们经由现代遗留的原始部落来研究人类，从昨天来研究今天、明天一样，沙汀的乡镇小说可以称为这块无垠土地已逝年代的活化石。"② 创作于1935年的《某镇纪事》几可概括沙汀笔下乡镇的特点：全镇只有两家面食店，三家小客栈，一家官店，五六爿茶馆，一条鹅卵石铺就的正街。街上不时有母猪拖着臃肿发赤的肚皮经过。狗们依旧在街面上正大光明地交尾，或者四脚长伸地伏在街心打盹。市民们在门口晾衣服……一个两级小学，校长是一个病病歪歪、神经兮兮的留洋学生，除了上茶馆、"打围鼓"、"讲圣谕"、闹土匪、听传闻，也没有什么值得谈的了。"平常间大家都显出一副一致的神气：既不是快乐，也不是忧愁。说是安静吧，也不对。因为大家都像在无声无息忍受着什么哩。""我们这镇上的生活，也真有点闷人呢。"沙汀对川西北小镇的世态描写穷形尽相，入木三分。他"写出了一个'原始'的实力社会和由野蛮统治权力促成的人间悲喜剧，他的全部乡镇小说向今人传诉了刚刚逝去的中国社会究竟是什么，就显得更其真切。再看乡镇在中国传统文化结构中的地位，它是一切封建正统文化积淀的底层，举凡等级家长制度、宗法观念、闭关自守、盲目排外、男尊女卑、人身依附、以权代法等，都在这里通行无阻，长久保存（沙汀乡亲们的辫子是在辛亥很久之后，由把守城门的团丁、警察手执成衣匠使用的

---

① 师陀：《果园城记·序》，《师陀全集》（2），河南大学出版社2004年版，第453页。
② 吴福辉：《乡镇小说·序》，沙汀《乡镇小说》，上海文艺出版社1992年版，第3—4页。

大剪刀强迫剪去的)。另一方面，乡间具有活力的民间文化又将乡镇作为献演的第一块广场。民间的质朴、重义、豁达、平均、坚韧、自强的精神，经过乡镇文化消费的恩物——四川茶馆，运用民间艺术、娱乐、节假、商市各种形式，与统治阶级的主流文化相抵触、相渗透，潜移默化地铸就乡镇人的性情脾胃，爱好习俗，铸就乡镇人的特殊风貌"①。沙汀对"每一个乡民的社会地位，处于何种社会网络结点的准确无误的把握"②，使其小说中活跃着各式各样的恶人——"滥恶人""善恶人"，他们心灵贫乏，但极富于行动，行为的恶已经不自知到习以为常的程度。沙汀入木三分地刻画了他们在外乡人看来类似传奇的四川乡镇生活和行为方式，描摹出四川乡镇的人情世态。与师陀的小城小说相比，沙汀乡镇小说的批判色彩更为浓郁。

第二节　熟悉的氛围——小城的流言与喧嚣

一　小城的流言

流言是什么，似乎无法界定其内涵，因为它几乎是无所不包的，只能说它是一种信息的传播形式。这是一种民间的、自发的、自由的、不负责任的言论，包括对他人的随意评判、对各种消息的随意传播等。一般说来，狭义的流言是指对当事人一些错误的不道德或不体面的行为的公开谈论传播；而广义的流言则指日常生活中所有的闲聊闲话。因为任何人都有言说自我、宣泄情绪、捕捉信息、评价他人、关心时事、点评是非的欲望，所以任何人都有可能是流言的制造者和传播者，或是流言的中伤者和受害者。在一个人口有一定密度，人与人之间关系密切的熟人社会，流言的传播会更加广泛、迅速，流言的影响会更大，甚至会成为主要的舆论形式。

---

① 吴福辉：《乡镇小说·序》，沙汀《乡镇小说》，上海文艺出版社1992年版，第4—5页。
② 同上书，第5页。

流言有其悖论性。在传统文化和地域习俗影响下，每个人生下来就被固定在一定的文化伦理坐标内，严格遵守着各种律例规范。如果是社会精英人士，由于长期受到修齐治平、君臣父子一类的思想教育，让每个人都无法敞开心扉宣泄自己的欲望和压力，于是流言、闲话就成为最为自由、方便的渠道，平衡着严肃、压抑的生活。而身为普通百姓，受卑微身份的制约，没有机会凭借权力话语做公开的言说，因此平日里自由随意、不负责任的流言发泄和传播就成为他们平衡自我心理的方式。悖论的是，因为道德伦理的各种限制，人们正襟危坐的严正生活需要流言闲话的自由调节，这种自由，超出了惯常严遵的道德标准，但流言闲话的产生与传播正是按照人们所惯常严遵的道德标准来对某人某事某种形势加以评判的。可见，流言的形式看似随意，但其中蕴含的道德伦理意识并不宽容，有时是出于各种复杂的心理，甚至要比庙堂之上的评判更为严格、严酷。一般说来，普通百姓因为身份的边缘、自由，能够在无目的、无意识的状态下，更为恣意地以流言的形式宣泄他们的压力、情感和欲望。总之，流言制造者或传播者在传播他人短长时会不自觉地将各自的主观情绪掺杂其中，夸张、讹传者有之，挤兑、诋毁者有之，艳羡、妒忌者有之，流言呈现出多面性与复杂性的特点。也正因为流言的日常性、随意性，它才能不限于传播者的身份、年龄，不限于传播的场所、渠道，成为大小城市群体乃至整个人类社会的重要言说方式；又因为流言大多时候是普通人对日常生活的有感而发，又从一个更为切近生活的角度反映了大小城市中人群的生命形态与生存现状。

　　师陀在《马兰·小引》中曾说，中国的城市可以归为两类，一类是"居民的老家"，一类是"大旅馆"。① 旅馆中，人与人之间是陌生的、偶然的、临时的接触关系，"老家"却是本土的、长久的、熟悉的密切关系。费孝通先生认为，"乡土社会的一个特点就是这种社会的人是在熟人里长大的"②。"乡

---

① 刘增杰编：《师陀研究资料》，北京出版社1984年版，第75—76页。
② 费孝通：《乡土中国　生育制度》，北京大学出版社1998年版，第14页。

村文化是城市文化的根柢。"①虽然费孝通当时所指的是乡村，但在乡村的基础上发展起来的小城，因为人口较乡村更为集中，熟人之间相互交流的事情更多，小城更具有熟人社会的特色。在这样的熟人社会，一般靠习惯维持生活秩序，"作为习惯法的道德伦理具有法律的作用，社区舆论和大众的道德评价具有很大的威力"②。"如果说乡村的熟人社会主要以宗族或家族等血缘关系为纽带，那么小城的熟人社会则主要以街坊、行会、庙社等地缘业缘关系为纽带。"③小城是安静的，但并非如乡村那样自给自足，很少往来。在小城中，"每一家以自己的地位为中心，周围画出一个圈子，这个圈子是'街坊'"④。街坊邻里因婚丧嫁娶、生老病死等而相互走动较多。小城中的茶楼、酒馆、店铺、作坊、胡同、巷子较多，是闲人集中的地方，也是人们业余消闲的场所。在这里，从国家时事到春种秋收，从东家长到西家短的各种飞短流长都在悄悄而肆意地传播。

小城镇某种意义上就是大一点的村庄，邻里之间彼此了解，知根知底，因为熟悉而互相关注、信任，也因为熟悉而互相攀比、倾轧。小城中真正彻底的好人或彻底的坏人不多，大多是不彻底的人物。他们安于自我懒散守拙的生活，不思进取开创，也不希望别人因为行出于众而打破这种和谐，于是互相窥视、算计，也不是坏，就是不希望别人比自己好。喜欢窥探别人的生活、打听别人的隐私，更喜欢添油加醋地传播。在普通的小城镇，流言闲话是人们主要的信息交流方式，也是道德约束的方式和打发无聊时光的方式。鲁迅笔下的"鲁镇"，沈从文笔下的"边城"，萧红的"呼兰城"，师陀的"果园城"……从某种意义上说，这些小城就是在这样的闲话、流言中延续着亘古如斯的生活模式，小城子民除了结婚、生子、盖房几乎没有什么重要场合给自己表达自我、评判他人的机会。所以，他们自我的满意、不满意和对他人的满意、不满意，就只能在闲话和流言中表达、传播。

---

① 王钧林：《近代乡村文化的衰落》，《学术月刊》1995年第10期。
② 熊家良：《现代中国的小城文化与小城文学》，中国社会科学出版社2007年版，第87—88页。
③ 同上书，第87页。
④ 费孝通：《乡土中国　生育制度》，北京大学出版社1998年版，第27页。

沙汀的《艺术干事》就写了乡镇中的一对小夫妻被流言嘲讽、攻击的故事。小夫妻平时各干各的工作，星期天夫妻俩一道各处游玩，这让小镇人看不惯。就因为夫妻上班总是一道走，丈夫的同事们开始对丈夫冷淡。妻子很喜欢打扮，行为也极为勇敢，"仿佛故意要破坏这山城里的风俗一样，她每天都要收拾一番，挽了那和她一样短小，但却肥壮的丈夫的胳膊，逛街，转田坝。有一次，甚至挟了军用毯子，在黄昏时候去公园内的山坡上卧游。这卧游以后，市民们对她的印象全改观了。以前他们不过鄙视地说：'这个土摩登！'或者：'这也叫太太呢！'现在他们简直拿她当土娼看了。'又出来找野吃了。'他们说"①。

夫妻本是平常的俗人、穷人，妻子"小时候是个孤女，受人诱拐的丫头，随后便又在一处小城市里做着某种买卖，但终于为正经人所驱逐，变成官太太了"。他们有好的愿望，比如在开始同居的时候，干事也曾想教会她读书，妻子也决心成为全新的人，但不到一个月，教的和学的都没有毅力，不了了之。他们的住处黑暗、狭小，是发着霉气的洞窟，所以他们礼拜天经常到衙门口一座小茶馆写信或坐坐。微薄的薪水喂不饱两人的肚子，有时丈夫拿饭菜回来吃，匀出一份给妻子，但这是惹人讨厌的，便是伙夫，也早说起闲话来了。即使这样，他们对生活也是很满意的，"比起她所遭遇的不幸，虐待和糟蹋，这已经好多了。因为过去两年她所交接的无非是些流氓、兵痞之类的角色，很少拿她当人看待。干事则一直感到孤单、屈辱，祖父是冷酷的，同事们因为他的憨厚和不识世故，对他不瞅不睬，而在和她同居这半年来，他可确实感觉到生活是多么温暖"②。一个陈腐、自卑、多愁善感的青年，得到一个受尽苦楚、有些放纵的女子惊异的崇拜，成就了这一对男女的勇敢和幸福。

当他们手挽着手亲昵地走在大街上，照例有人挤眉弄眼，而且从鼻孔里轻轻哼道："这也叫太太呢！"对此，夫妻是见惯了的，有时还疑心那是一种

---

① 沙汀：《艺术干事》，《乡镇小说》，上海文艺出版社1992年版，第99页。
② 同上书，第101—102页。

羡慕呢。"一个胡须浓黑的瘦长老人，说得确切一点，一个专门以讲野话博得名声的怪物，他动着左眼睑，十分严肃而忧愁地长叹息了。'这些年轻人真不知天有好高，地有好厚啊！'"为借锅灶引来邻居太婆的唠叨、笑话，"'不过我倒才第一次看见这样漂亮的官太太呢，——真羞死人！'接着院子里掀起一阵快意的哄笑"。①尽管夫妇二人只能借锅灶做饭，睡潮湿的地铺，被别人冷眼、嘲笑，但他们依旧高高兴兴地吃饭，恩恩爱爱地睡觉，去大河边上游玩、打水仗，并不满有些人发国难财，希望到前线为抗战出力。黄昏来临，他们眼中"所有的物象都似乎是多情而柔和的，便是那些木然不动的岩石也像有了感觉一样。河流的歌唱使人陷入忘我的境地。艺术干事夫妇是被身外的和自我的幻景所融化了。他们偎倚着，互相倾诉着他们对于生命的希冀，乃至忘掉了时间"②。一顿晚饭费尽周折，多蒙羞辱，但太太不伤心，小摊上吃不起菜被堂倌耻笑，她赌气地喊："我们没有发国难财！"而这话一旦说出口，"她的一肚皮闷气也就立刻消了。原是一个心直口快的人，从来又没有一般太太小姐那种与生俱来的娇气。所以不但很快忘记了她这一晚上的不快，接着她还兴冲冲地跑去监视那掌锅的厨师，一面同他谈天。而且十分神奇，那厨子不久便也精神勃勃的了"。③原本他们对别人的态度并不怎么在意，嘲笑他们的也都是老老实实、循规蹈矩过日子的人，夫妻俩与周围的人并没有什么矛盾，只是小镇人看不惯他们不老老实实为日子筹划算计，还浪漫不知愁苦而已。这样说来，小镇人、小镇人的嘲笑也就没有那么可恶了。回去晚了，被关在大门外，只好在石墩子上过夜，"对于那些年轻力壮，心地单纯的人，是没有什么叫做狼狈的"。在石墩子上他们也可以快快活活打发夜晚。"他们偎倚着，互相倾吐着他们的热情，以及对于生活的种种浪漫蒂克幻想"。④

在《艺术干事》中，沙汀是别具只眼的。在大多数反映对抗落后世俗的小说中，一般主人公是接受了新思想的文明青年，在与落后世俗的对抗中或

---

① 沙汀：《艺术干事》，《乡镇小说》，上海文艺出版社1992年版，第104—106页。
② 同上书，第109页。
③ 同上书，第112页。
④ 同上书，第112、113页。

遍体鳞伤，如魏连殳（鲁迅《孤独者》）；或被扼杀、吞没，如王鲁彦笔下那个回乡的大学生（王鲁彦《一个危险的人物》）；或落荒而逃，如萧涧秋（柔石《二月》）。沙汀笔下对抗世俗的主人公就是世俗中人，而且比一般的世俗中人更为不幸，就是因为种种不幸的经历，让他们倍加珍惜眼前的生活。也因为经历过种种更为严酷的炎凉世态和冷暖人情，他们才能不把小镇人对他们的非议放在心上。就小夫妻而言，这已不是在一个落后、愚昧的环境中对文明思想、行为的坚守、传播，而是在艰难的生存中对健康、快乐的追寻。对小镇人来说，已不是单纯的新与旧对抗中的愤怒，更有"你不配"的鄙视，见不得别人快乐的仇视。同为受苦人，有时候引发的不是同病相怜的理解和同情，而是一同下水，谁也别想快乐的阴暗心理。困境中人死活没人关心，但稍微快乐一点就有好些看不惯、接受不了的流言蜚语，甚至直接说到脸上。这让沙汀的创作意旨超越了简单的新与旧、文明与落后的二元对立，进入人性揭示的层面。"这一对男女青年健康的公开的欢爱，丝毫不显出可笑，却反衬出乡镇舆论的愚昧和乡镇环境的恶俗不堪状态。这是作者少有的不把讽刺的火烧向统治人物，而是烧向乡镇俗民的一篇东西，表明他对鲁迅批判传统的真正心领神会。"① 小说的结尾这样写道，这一切对于"那些思想单纯，对于生活充满信心的青年人，又有什么大关系呢"②?!

　　像艺术干事夫妇这样能无视他人流言，坚持自我还不失快乐的人毕竟很少，大多数小城人感受到的是人言可畏。萧涧秋（柔石《二月》）一到芙蓉镇就被闲话包围，他想摆脱困境，结果越发烦恼；他想救助文嫂，却害得文嫂因惧怕流言蜚语而自杀。在芙蓉镇这个"死气沉沉而交头接耳的旧社会"③，萧涧秋是悲哀的，最后只能无奈地离去。油三妹（师陀《果园城记·颜料盒》）活泼、聪明，有一双大而闪光的眼睛，一副黄莺般响亮的嗓子，她愉快地工作，大方地交往，凡是热闹的事她都感兴趣。但就是这样一个健康、

---

① 吴福辉：《乡镇小说·序》，沙汀《乡镇小说》，上海文艺出版社1992年版，第7页。
② 沙汀：《艺术干事》，《乡镇小说》，上海文艺出版社1992年版，第113页。
③ 鲁迅：《柔石作〈二月〉小引》，《鲁迅全集》（4），人民文学出版社2005年版，第153页。

快乐的姑娘，在守旧、沉闷的果园城，却始终被流言包围着。"在她求学期间果园城就有许多谣言，人们说她和三个男人同时讲（谈）着恋爱：一个是她的先生；一个是一家高级中学的学生，一个学生会的委员；另一个是军队里的，据说是个少校。这些谣言的来源是稍微清楚一点的人都会明白，她并不十分在意。"① 油三妹师范学校毕业后在果园城谋得一份小学教员的工作，她快乐地工作、开心地大笑，然而"自然是常常喜欢嫉妒的，不幸就接着来了"②。小城的其他小学教师每天无聊地打发日子很正常，油三妹想生活积极一些、快乐一些就会被认识她的街坊们议论，以至她在去学校的路上也不得不走得飞快，"比她以前当学生时候走的更快，她生怕街坊上认识她的人议论"③。有一个晚上，油三妹跟男同事喝醉酒后没有回家，结果第二天醒来后就由快乐的油三妹变成了哀愁的油三妹——看起来活泼大胆的油三妹，不敢面对世俗的种种流言与冷眼，她吃了藤黄，再也没有醒来。

老胡家的团圆媳妇（《呼兰河传·第五章》）头发又黑又长，梳着很大的辫子，脸长得黑乎乎的，笑呵呵的。看过她的人，都觉得没有什么不满意的地方，但是都说"太大方了，不像个团圆媳妇了"。

周三奶奶说：

"见人一点也不知道羞。"

隔院的杨老太太说：

"那才不怕羞呢！头一天来到婆家，吃饭就吃三碗。"

周三奶奶说：

"哟哟！我可没见过，别说还是一个团圆媳妇，就说一进门就姓了人家的姓，也得头两天看看人家的脸色。哟哟！那么大的姑娘。她今年十几啦？"

"听说十四岁么！"

---

① 师陀：《果园城记·颜料盒》，《师陀全集》(2)，河南大学出版社2004年版，第503页。
② 同上。
③ 师陀：《果园城记·颜料盒》，《师陀全集》(2)，河南大学出版社2004年版，第505页。

"十四岁会长得那么高,一定是瞒岁数。"

"可别说呀!也有早长的。"

"可是他们家可怎么睡呢?"

"可不是,老少三辈,就三铺小炕……"

这是杨老太太扒在墙头上和周三奶奶讲的。

至于我家里,母亲也说那团圆媳妇不像个团圆媳妇。

老厨子说:

"没见过,大模大样的,两个眼睛骨碌骨碌的转。"

有二伯说:

"介(这)年头是啥年头呢,团圆媳妇也不像团圆媳妇了。"

只是祖父什么也不说,我问祖父:

"那团圆媳妇好不好?"

祖父说:

"怪好的。"

于是我也觉得怪好的。

她天天牵马到井边上去饮水,我看见她好几回。中间没有什么人介绍,她看看我就笑了,我看看她也笑了。我问她十几岁?她说:

"十二岁。"

我说不对。

"你十四岁的,人家都说你十四岁。"

她说:

"他们看我长得高,说十二岁怕人家笑话,让我说十四岁的。"

我不大知道,为什么长得高还让人家笑话。我问她:

"你到我们草棵子里去玩好吧!"

她说:

"我不去,他们不让。"①

---

① 萧红:《呼兰河传》,《萧红全集》(3),黑龙江大学出版社2011年版,第82—83页。

这就是小城的善男信女们对一个没什么不满意的刚过门的团圆媳妇的评价。就因为她被定位为"团圆媳妇",她的健康、快乐,甚至于长得比同岁数的孩子高都不对,所以婆婆就该"规矩"她,让她像个团圆媳妇的样子。在小城人的印象里,团圆媳妇就该是低眉顺眼、胆战心惊地看别人脸色行事。于是,没过几天老胡家就开始教训起团圆媳妇来,而且"打得特别厉害,那叫声无管多远都可以听得见"。而左右邻居不仅不劝阻,连一点同情心都没有,而且"因此又都议论起来,说早就该打的,哪有那样的团圆媳妇一点也不害羞,坐到那儿坐得笔直,走起路来,走得风快"(《呼兰河传》第五章)。接下来又用各种迷信手段为团圆媳妇治病,最后终于将一个健康活泼的女孩子折磨致死。团圆媳妇与其说是死于狠心婆婆的毒打、用迷信手段的折磨,倒不如说是死于左邻右舍的添油加醋、别有用心的闲言碎语。

看起来安静、祥和的小城,在市民的眼神和口水中藏着如刀剑般冷酷的精神裁判,裁判的标准自己未必认可,但规范起他人来却一点都不含糊,甚至添油加醋、捕风捉影,调动起自己所知道的对于一个绅士、一个淑女全部的标准来指责流言对象的不该或不对,以此为渠道发泄着生活中积郁的各种不满,或者释放着内心不愿承认的各种阴暗。流言,让一个人的一切瞬间暴露在光天化日之下,油三妹害怕面对这样的流言,一个年轻快乐的生命先是抑郁,继而自杀,以此逃避街坊的议论和指点;小团圆媳妇就因为健康快乐,不像一个低眉顺眼的团圆媳妇的样子而遭到众人的闲话指责,被婆婆毒打致病,又在众人的"建议"中被婆婆折磨致死。

这就是被流言笼罩的小城,"在我们四周,广野、堤岸、树林、阳光,这些景物仍旧和我们许多年前看见的时候一样,它们似乎是永恒的,不变的,然而也就是它们加倍的衬托出了生命的无常。……从树林那边,船场上送来的锤声是不变的、痛苦的,沉重的响着,好像在钉一个棺盖。"①

---

① 师陀:《果园城记·颜料盒》,《师陀全集》(2),河南大学出版社2004年版,第506页。

二　小城的喧嚣

宗法制下的小城镇居民，在各种伦理习俗下，每个人都生活得不那么自由。加上生活资料严重匮乏，人人执着于自己难以满足的欲望，于是小镇上每时每刻都在上演着大大小小的明争暗斗，近距离观察小城镇生活，就会发现处处都充满了喧嚣。

远远看去，小城生活是这样的："老人男人坐在矮凳上，摇着大芭蕉扇闲谈，孩子飞也似的跑，或者蹲在乌桕树下赌玩石子。女人端出乌黑的蒸干菜和松花黄的米饭，热蓬蓬冒烟。"老人、男人、孩子、女人或闲谈或娱乐或做事，各司其职、自得其乐，一派活泼自由、安静祥和的气氛。难怪河里驶过文人的酒船，文豪见了，会大发诗兴，由衷感叹："无思无虑，这真是田家乐阿！"的确，普通文人远远观赏这样一幅农家乐，看到的是生活之恬淡安逸，"无思无虑"的"田家乐"是文人根据自己的主观臆想而生发的文人之慨。而近距离看去则会发现，这样的生活并无多少诗意：九斤老太在骂六斤，感叹"一代不如一代"；六斤则骂九斤老太"这老不死的"；七斤嫂嫌七斤回来太晚；邻村茂源酒店的主人赵七爷在众人面前卖弄自己的见多识广，村人的客套、巴结（鲁迅《风波》）……一家之内是这样，街坊邻里之间也莫不如此，小镇处处都是这样的计较争斗，如鲁迅笔下"鲁镇"镇民的种种牢骚、嘲讽；许钦文《疯妇》、王鲁彦《屋顶下》中婆媳之间的争吵；王鲁彦《黄金》《许是不至于吧》中邻里间的互相攀比，如此等等，这不仅是一个"死气沉沉而交头接耳的旧社会"[①]，还时不时上演争争吵吵、打打闹闹。似乎这才是老中国生活的常态。

相比江浙小城普通百姓明里暗里的计较攀比，四川小镇的争斗更为率性、大胆、赤裸。在那些四川小镇中，时时上演着军阀袍哥、地方官僚杂役、提劲撒野的权势强梁和城狐社鼠等一干人员为了各自的利益、面子所进行的力量的比拼和心智的较量。在这块偏远的西僻之地几乎是天天热闹，处处喧嚣。

---

① 鲁迅：《柔石作〈二月〉小引》，《鲁迅全集》（4），人民文学出版社2005年版，第153页。

沙汀"从童年时期跟随舅父'跑滩'便早熟地明了乡镇社会的一切内幕，他简直是乡镇掌故的一个天才，而先进的政治文学观念赋予他现代的批判精神，写出了一个'原始'的实力社会和由野蛮统治权力促成的人间悲喜剧"①。在沙汀笔下，塑造得最成功的便是一些国民党下层官吏与土豪劣绅，诸如县长、代理县长、联保主任、乡长、袍哥大爷、地主粮户、团总、商会会长等。他们是一群社会的恶人，然而又是那个社会所谓的"头面人物"。这些"头面人物"能争善斗、气焰嚣张，正是他们的存在、表演，川西北的中国充满喧嚣、吵闹。沙汀的长篇"三记"（《淘金记》《困兽记》《还乡记》）则是综合暴露整个川西北乡镇群丑的舞台，那些大大小小的各种势力和各色人等在这个舞台上有着集中而淋漓尽致的表演。"三记"中最为精彩的当为《淘金记》②，故事发生于1939年冬川西北的北斗镇。

　　地主何寡妇为人迷信、刻薄而又专横。传闻何家的筲箕背坟岗盛产黄金，于是北斗镇的各种权势人物如在野派的袍哥头子林幺长子和既是破落绅士又是袍哥大爷的白酱丹等各怀鬼胎，乘何寡妇下乡收租之机，笼络其懦弱无能的儿子何人种答应和他们以及商人地主彭胖合伙开发筲箕背，但遭到了何寡妇的断然拒绝。林幺长子和白酱丹强行开掘筲箕背，为此何寡妇托人情花费了一千元钱才摆平这场风波。贪婪算计的何寡妇为了找补这项损失，向联保办事处索取政府退回的两千元"国难公债"，结果触犯了侵吞公债的袍哥首领、在北斗镇具有"无上权威"的联保主任龙哥。他不仅把白酱丹安置在"平民戒烟分所"，让他向何寡妇、何人种等"瘾民"勒索高额戒烟费，还支持白酱丹以"开发资源，抗战建国"的名号，组织"利国公司"，强行开采筲箕背金矿。小说的结局耐人寻味：由于粮价猛涨，开矿花费过大，龙哥等股东转而投资烟土生意；白酱丹费尽心机得来了金矿开采权，最终却只得放弃，转而囤积粮食。小说并没有对北斗镇的上层和下层的矛盾作全景式的观照，而是单刀直入地解剖了北斗镇上流社会权势和凶顽、贪鄙和守旧之间的

---

① 吴福辉：《乡镇小说·序》，沙汀《乡镇小说》，上海文艺出版社1992年版，第4页。
② 文化生活出版社1943年版。

野兽一般的扭斗。对此,作家曾这样告白自己的创作苦心:"为了情节的紧凑,单纯明了,我把原想插进去的金厂工人的生活割掉了。我只集中在这一点写:为了满足陡涨的私欲,在一批恶棍中展开着怎样一种斗争。"① 这种切入生活的角度,可以更为集中地反映古老而闭塞的中国内地乡镇社会盘根错节、积重难返的恶痛痼疾。而这种病态的乡镇上流社会结构所产生的一种特殊功能,就是使抗战时期的各种国策政令通通化为争夺权势、弱肉强食、中饱私囊的工具和幌子。

卞之琳称这部小说"给了我们以一片真切的人生",它"像X光似的照出了我们皮肉底下的牛鬼蛇神,牛鬼蛇神底下的人性"。② 李长之则认为,读者"仿佛是被带入果戈理的世界了,虽然在幽默以及故意刻画上(那是果戈理的特色)还略觉不似。可是也许因此,他比果戈理的写实精神更纯粹些呢"。他把这部长篇称为"乡土文学中最上乘的收获",重要原因之一在于人物描写"全然精彩"。③《淘金记》突出的特点就在于作者细针密线又入木三分地刻画了联保主任、袍哥、烂绅、失势的名门富孀一类"土著"人物,表现了这些人物之间的名利争抢以及争抢背后的种种伎俩。"这些人物具有活鲜鲜的个性和乡土情调,他们是从生活深处走出来的,衣衫上仿佛还挟带着北斗镇茶馆、烟馆和酒馆的味道。"④ 白酱丹是集野蛮、诡诈、残忍、无耻于一身的典型代表。作家对这个人物绰号曾作如下注解:白酱丹,旧时中医外科使用的一种丹药,用之得当,可治恶疮;用之不当,扩大疮伤的范围,好肉也会溃烂,江湖医生则常用来骗人钱财。这是一个颇有活动能力,口蜜腹剑,老谋深算,阴险毒辣的人物,具有充分的"烂药"性能,看准一个伤口,就能溃烂一片好肉,但表面则"斯文""和蔼可亲",作品还多次写到他对十一岁的女儿的温情和"娇纵",并因女儿的天真而"感到温暖"。因为他的复杂和精明,被联保主任龙哥视为"智囊"和"神经"。正是因为他的诡计多端,

---

① 沙汀:《沙汀致以群》,《文坛》1942年第5期。
② 卞之琳:《读沙汀〈淘金记〉》,《文哨》1945年第1卷第2期。
③ 李长之:《〈淘金记〉、〈奇异的旅程〉》,《时与潮艺术》1945年第4卷第2期。
④ 杨义:《中国现代小说史》(中),人民出版社1998年版,第471页。

抢夺筲箕背金矿的争斗才变得如此纷纭复杂，波谲云诡。蜀人的滑黠和无法无天在他身上得到了充分的体现。经过他的计谋，当局严肃的政令也可以化为巴结上司的手段。比如，政府于国难期间，禁止一切年节娱乐活动，而骄纵自大的龙哥却非要玩狮子龙灯不可。白酱丹就能把狮子改成麒麟，玩起"麒麟张口吞太阳"的把戏。麒麟既是国宝，太阳又是日本的象征，不仅满足了龙哥玩狮子龙灯的欲望，还把年节娱乐变成了"宣传抗战"的盛举。这种严肃的政令都可以翻云覆雨，一般对手对他而言自是不在话下。所以一旦有谁得罪或者妨碍了他，那他的报复简直是防不胜防，不仅躲不掉，甚至不知祸从何来。比如，在何寡妇拒绝合伙开发筲箕背之后，他劝阻彭胖，不要招回派去雇工匠、买工具的人员，故意造成木已成舟的局面，再以何人种曾经允诺合伙开发为理由，逼使何寡妇托了人情，破费了一千元钱方才暂时平息这场风波。值得注意的另一形象是何寡妇，她虽属女流之辈，但在这场争斗中绝不软弱。她是一个"身材瘦小、肤色白净的中年女人。因为很会保养，样子看来只有三十五六；虽然已经四十几了。她喜欢整洁，随时都摆出一副深识大体的太太模样。她的生父是城里的拔贡，所以多少读过点书。但因此也就更加自负，自觉非常尊贵"。作为城里拔贡的女儿和北斗镇第一个举人老爷家族的后代媳妇，虽然到她这里家族政治上已经失势，然而其富不减，所以何寡妇有着与北斗镇头面人物那粗鄙俚俗的生活方式截然不同的做派，她的生活方式讲究而奢侈，其生活用具绝不许别人触摸。其出身、文化教养、祖上的余威和显赫的财富使她看不起破落地主白酱丹，也瞧不起土匪出身的联保主任龙哥，土财主彭胖以及失势的袍哥头子林幺长子更不能入她法眼。她的清高并不妨碍她的精明狠毒。她时常外出巡视自己的田产和收成情况，一旦农民稍有宽余就立即加租，她的苛刻和残忍讲究策略，惮于其阴狠的手段，"便连那个她自认为难于对付，异常调皮的张二，也都破例地服服帖帖地履行了他的全部义务"。对待北斗镇的头面人物，她有另一套手段令敌手有所忌惮。如小说第七章写到，何寡妇巡视回家，发现白酱丹等在家做客本已狐疑，对方有点不安的神气更令她意识到潜在的危机。对此她心怀戒备却不动声色地热情张罗应酬,不仅"措辞异常得体,不让白酱丹他们感到难为情",而且在似乎不经意间很快弄清事情的原委。对待意外的情况她能沉着冷静,不动声色,一旦弄清原委,既能泼辣强硬,直截了当地达到目的;也能委婉圆通,迂回曲折地化解危险。她自信再危险的情况也不过是"多花几个钱就抵住了"。她精明、冷静、富于心计,即使奸诈如白酱丹,蛮横如龙哥,也尽量避免和她正面交锋,想开发筲箕背只能在她无能的儿子身上做文章。小说中一个细节可以见出何寡妇的厉害:诡诈残忍的白酱丹在城里宴席上突然看到赶来的何寡妇,手足无措,"正像一个白痴一样",在"忙乱""吃惊"中连说话也结巴起来。虽说主要是因为白酱丹心里有鬼,但何寡妇的手段和气势于此也可见一斑。另外,小说中其他人物形象也塑造得血肉饱满。林幺长子是一个失势的袍哥头子,虽然他对筲箕背金矿也垂涎已久,但因为政治上失势,难以施展政治手腕,只能在他开办的涌泉茶馆里张牙舞爪,想捞得利益也只能见机行事、趁火打劫而已,捞一把算一把。"皮糖性格"的彭胖,做油酒之类的囤压生意。他阴柔滑头,以吝啬出名,是一个猥琐自私的土财主,虽然腰缠万贯,但家中点的菜油灯只用一根灯草,只有贵客临门才拨成两根,还经常装穷诉苦。在开发筲箕背金矿的事情上,他虽然表面上消极被动,实际上权衡得失,精于算计,想大捞一把又不肯冒险。那个北斗镇大权在握的龙哥,以其举足轻重的地位不用自己动手,只要点头默许就可坐地分肥。还有季熨斗,这个善于为人们调解纠纷的角色不仅能说会道,而且善解人意,精于世故,不管你有多么别扭不痛快的事情,他都能如熨斗之于衣服一样使你熨帖舒服。他因为眼睛干燥,怕变成火巴眼,在茶馆中倚着柱子,仰起下巴,把茶叶糊在眼睛上这个细节,也能使你感到蜀人的滑黠与精明。

　　沙汀以客观、冷静的笔触对这些地方强势人物蛮横无赖、奸诈狡猾以及无视一切法律政策、没有道德约束的言行进行了典型而生动的展示。这些强势人物从低到高,从民到军,从政治到经济,充斥于社会各个领域,他们整日忙于享乐、忙于敛财、忙于作恶,信奉着、实践着"现在的事你管那么多做什么哇""拿得到手的就拿"①的原则,对百姓毫无顾忌地施虐施暴。他们站在一切规矩之外,把持着巴蜀大大小小的舞台,争权夺利,为所欲为,肆无忌惮。在这块偏远的西僻之地的喧嚣,显示的是别一种生命力的挥霍和张扬。但换个角度看,正是由于较少受到北方政治文化,尤其是礼法文化的影响,才使巴蜀子民的生命存在更具自然的本真形态。而这一点正是深受传统主流文化——礼法文化影响的大部分中国人所最缺乏的。周作人的《新希腊与中国》一文,在全面比较了中国文化与希腊文化后,就谈到中国人缺少一种"热烈的求生的欲望",而"希腊人对于生活是取易卜生的所谓'全或无'的态度,抱着热烈的要求","不是只求苟延残喘的活命,乃是希求美的健全的充实的生活"。"中国人实在太缺少求生的意志,由缺少而几乎至于全无。"②而巴蜀的"蛮夷"之风却由于地域因缘而较好地保留了先民"热烈的求生的欲望"的特定人生形态,是一种特定区域文化的体现。能够热烈地、强有力地活着,是巴蜀各生命阶层共有的追求。为了这个目标,他们可以不惜一切代价,付诸一切努力,有时甚至会不择手段。从地方官僚到袍哥、土匪、兵痞到热辣辣的川妹子,每一个人都在自己所处的阶层、地位尽可能地拓展着自己的生存空间,争取着自主、热烈的生活。所以,在四川文学中,无论是创作主体还是作品人物形象,都少有自杀的弱者,也少有思想矛盾复杂的苦恼人,他们大多着眼于形而下的现实层面的关注,缺少道德的约束,更缺少对灵魂的深层拷问和对生命价值的终极关怀。即使在以思想深刻、思虑精深见称的哲学领域,较之其他地区,巴蜀先哲们也较少思想矛盾,而是极力张扬一种活泼向上的生命意识,这种生命意识及其影响下的生存态度与生活方式在四川小镇小说中得到了淋漓尽致的展现。

"川峡之民好讼"③,这是巴蜀民风的又一大特点。因为无所事事,又好去烟馆、茶馆、饭馆聚集,必然会引起从政事国事到家事俗事的计较、口角

---

① 沙汀:《在其香居茶馆里》,《乡镇小说》,上海文艺出版社1992年版,第80页。
② 周作人:《谈虎集》,河北教育出版社2002年版,第312—313页。
③ 徐松:《宋会要辑稿》,刘琳、刁忠民、舒大刚、尹波等校点,上海古籍出版社2014年版,第8419页。

以至争斗。争斗的解决方式绝不考虑事理的公平、公正与否，而是看谁的势力大，谁的拳头硬，靠的是武力。而吵架、打架正是作为公众的"看客"所希望的。他们对吵架的因由、是非曲直并不感兴趣，感兴趣的是吵架本身，如果双方至于动拳头，甚至不止一个人而是一群人动拳头就更好，像联保主任方治国与地痞邢幺吵吵大打出手，"整个市镇几乎全给翻了转来。吵架打架本来就值得看，一对有面子的人物弄来动手动脚，自然也就更可观了！因而大家的情绪比看戏还要热烈"①。这些看客并非都是歹毒之人，但在崇尚武力、实力的巴蜀社会，他们总是自觉不自觉地站在有"面子"的一边，助纣为虐，合力欺压着弱者。在四川现代乡土小说世界里，总是充满了大大小小的吵吵嚷嚷、明争暗斗。从军阀之间势力范围的争夺，到一个地方官吏的任免，甚至到一项会议的决议都需要经过一番争斗、较量才能最终解决。争斗的形式多种多样，可以是规模化的战争，也可以是群体性的械斗，还可以是个体的决斗、暗杀，等等。无论是何种形式的争斗，实际上都是"窝里斗"，结果只能是给巴蜀大地带来日甚一日的"内耗"，也由此形成了巴蜀子民"洄水沱"式的人生。②

在小城镇中，除了日常的争斗外，节日的狂欢更为其喧嚣增加了一些热闹的气氛。

生命是短暂的，而人生是漫长的。这漫长的几十年，基本上是在日复一日的机械性重复中度过的。这种重复的日子让人因为能够自我掌控而感到亲切、安逸，同时日日如此的单调循环，也会让生命之花日渐枯萎。为了调节

---

① 沙汀：《在其香居茶馆里》，《乡镇小说》，上海文艺出版社1992年版，第95页。
② "洄水沱"是四川人特有的称谓，他们把江河中水流回旋形成的区域称为"洄水沱"（即"漩涡"）。在这里，江水涌入洄水的巨大冲击力和江水从洄水中流走的离散力，共同生成了洄水底部巨大无形的力的漩涡，因而以"沱"名之。这种水域从表面看水流平稳，近于凝滞，而水底深处却激流回旋，暗涛汹涌。因水流在此处回旋，携带的泥沙污物等汇集于此，成为藏污纳垢、自我腐化与霉化之所；同时，又因水流底部的螺旋性迅速流动而危机四伏，随时可能吞噬任何身陷于此的挣扎者，所以它又成为自我损耗、自我毁灭的"窝里斗"的象征。在四川现代乡土小说中，'洄水沱'可以说是一组意象的集合，其中包括了社会文化的停滞，生活模式的单调，以及个人理想的浑浊"（李怡：《现代四川文学的巴蜀文化阐释》，湖南教育出版社1995年版，第37页），典型地反映了川人的生态环境及其生命形态。

生活，也为了表达感恩崇拜之情，适应季节时空的冷暖忙闲，在岁时农闲时节，都会选择那么几天，根据天象、根据传说把它们设定为各种节日，赋予每个节日特定的内涵。在不同的节日，通过人们不一样的饮食、服饰及不同行为构成的仪式感庆鬼娱神，也自娱自乐，让平凡枯燥的生活，因节日的调节和不同习俗的点缀变得丰富起来，生命因有了值得记忆的节点而充满光彩。

从另一方面来说，自然的时间是流动不居的，无始无终。为了便于认识，人们根据日出日落、冷暖风雨的变换，把时间切割为天、月、年，设置相对的始终，于是有了日、月、年的时间认知，有了晨起、月初、年尾的标志性仪式，于是就产生了民间传统的节日。英文中节日为"time out of time"，意谓时间以外的时间，这说明节日的节点被赋予与平时的时间不一样的含义。这些节日的价值，正在于把人们因为兴趣和需要而形成的各种文化引进生活，与自然的时间之流区别开来。日日循环的生活之流，固化了人们的思想和行为，一切成为机械的流转，这样的人生是人们不愿接受的。于是，在一些特殊的日子，借娱鬼庆神等种种目的，表达情感，释放激情，找回纯真的生命自我，就成了人们盼望节日的主要动因。这在西方的节日狂欢中体现得更为明显。比如，在一些节日里，人们可以把自己从日常的身份、地位中解放出来，完全抛开地位、身份、性别、婚姻、家庭的限制，甚至可以不考虑日常的伦理道德的约束，戴上面具就成了隐去一切外在约束的自由人，由社会人、文化人还原为自然人，可以说发自内心的话，可以交往自己喜欢的人，可以做平时不可以做的事，不受责任义务的约束。于是节日狂欢让所有的人心向往之。

中国的节日要隆重严肃得多，但四月赶会、七月乞巧、端午龙舟、元宵观灯等都为青年男女提供了自由交往的机会。沈从文笔下节日中男女对歌定情，李劼人笔下赶会成欢让一般青年人心神活跃，老人也因节日的喜庆而唤回年少轻狂，孩子也因大人的放恣而解除诸多规矩，疯闹狂欢。辛苦一年的人们，苦守苦做，需要喘口气、提提神，做一下缓冲，进入下一轮的生存辛劳。这正如小学生偶尔逃课，得到身心的彻底放松，甚至体会到放诞、不受约束的快乐,但只能偶尔为之,常态还是好孩子。

　　沈从文笔下的"边城"是安静的,这里的一切事务既不因战争而停顿,也不至于为土匪所影响,一切极有秩序,人民也安分乐生。他们除了家中死了牛,翻了船,或发生别的死亡大变不幸伤心外,中国其他地方正在如何不幸挣扎的情形,小城人皆不曾感觉到。一切永远那么静寂,每个日子皆在这种不可形容的单纯、寂寞里过去。边城一年中最热闹的日子,是端午、中秋、过年。尤其是端午节,它让整个小城兴奋、激动。端午节这天家家吃鱼吃肉,妇女、小孩子穿新衣,额上用雄黄酒画个"王"字。吃过午饭家家出城去河边看划船,码头上、吊脚楼上都是看划船的人。这一天,军官、税官和当地有身份的人都到比赛地点看热闹。划船比赛的双方事先都有准备,各选出若干身体结实手脚伶俐的小伙子,分组分帮,在潭水中练习。赛船两头高高翘起,船身绘着朱红颜色长线。"每只船可坐十二个到十八个桨手,一个带头的,一个鼓手,一个锣手。桨手每人持一支短桨,随了鼓声缓促为节拍,把船向前划去。带头的坐在船头,头上缠裹着红布包头,手上拿两枝小令旗,左右挥动,指挥船只的进退。擂鼓打锣的,多坐在船只的中部,船一划动便即刻蓬蓬铛铛把锣鼓很单纯的敲起来,为划桨水手调理下桨节拍。一船快慢即不得不靠鼓声,故每当两船竞赛到剧烈时,鼓声如雷鸣,加上两岸人呐喊助威,便使人想起小说故事上梁红玉老鹳河时水战擂鼓。牛皋水擒杨么时也是水战擂鼓。"① 赢者到终点税关前领奖。好事的军人为庆祝胜利放500响鞭炮。赛后城中戍军长官为与民同乐,增添愉快,将长颈大雄鸭颈脖上缚了红布条放入水中,谁捉到算谁的。水面各处是鸭子,各处都是追赶鸭子的人。船与船的竞赛,人与鸭子的竞赛,一直热闹到天晚。

　　呼兰城的日常生活是琐屑平凡的,"可又不是没有音响和色彩的。大街小巷,每一茅舍内,每一篱笆后边,充满了唠叨,争吵,哭笑,乃至梦呓。一年四季,依着那些走马灯似的挨次到来的隆重热闹的节日,在灰黯的日

---

① 沈从文:《边城》,《沈从文全集》(8),北岳文艺出版社2002年版,第74页。

常生活的背景前，呈显了粗线条的大红大绿的带有原始性的色彩"①。这里有不少精神"盛举"，如跳大神、唱秧歌、放河灯、野台子戏、四月十八娘娘庙大会等。尤其是跳大神，这是只有东北地区才有的精神盛举。请大神，一般为祛病消灾。《呼兰河传》第二章对跳大神的情景有较为细致的描写：

> 大神是会治病的，她穿着奇怪的衣裳，那衣裳平常的人不穿。红的，是一张裙子，那裙子一围在她的腰上，她的人就变样了。开初，她并不打鼓，只是一围起那红花裙子就哆嗦。从头到脚，无处不哆嗦，哆嗦了一阵之后，又开始打颤。她闭着眼睛，嘴里边卟卟的。每一打颤，就装出来要倒的样子。把四边的人都吓得一跳，可是她又坐住了。
>
> ……
>
> 那女大神多半在香点了一半的时候神就下来了。那神一下来，可就威风不同，好像有万马千军让她领导似的，她全身是劲，她站起来乱跳。
>
> 大神的旁边，还有一个二神，当二神的都是男人。他并不昏乱，他是清晰如常的，他赶快把一张圆鼓交到大神手里，大神拿了这鼓，站起来就乱跳，先诉说那附在她身上的神灵的下山的经历，是乘着云，是随着风，或者是驾雾而来，说得非常之雄壮。二神站在一边，大神问他什么，他回答什么。
>
> ……
>
> 跳大神，大半是天黑跳起，只要一打起鼓来，就男女老幼，都往这跳神的人家跑，若是夏天，就屋里屋外都挤满了人。还有些女人，拉着孩子，抱着孩子，哭天叫地的从墙头上跳过来，跳过来看跳神的。
>
> 跳到半夜时分，要送神归山了，那时候，那鼓打得分外的响，大神唱得也分外的好听，邻居左右，十家二十家的人家都听得到，使人听了起着一种悲凉的情绪。

---

① 茅盾：《〈呼兰河传〉序》，《茅盾全集》第24卷，人民文学出版社1996年版，第346页。

在单调无聊的日子里，跳大神给呼兰小城带来了神奇的快乐。请神的人家是为了治病，不管那家的病人是否好了，大神还是带来了安康的希望。跳大神可以治病，跳大神更成为呼兰小城人主要的精神生活之一。十天半月后，又是跳神的鼓点响起，人们又着了慌，"爬墙的爬墙，登门的登门，看看这一家的大神，显的是什么本领，穿的是什么衣裳。听听她唱的是什么腔调，看看她的衣裳漂亮不漂亮。跳到了夜静时分，又是送神回山。送神回山的鼓，个个都打得漂亮"。

老胡家为给小团圆媳妇治病，"又跳神赶鬼、看香、扶乩，老胡家闹得非常热闹。传为一时之盛。若有不去看跳神赶鬼的，竟被指为落伍。因为老胡家跳神跳得花样翻新，是自古也没有这样跳的，打破跳神的纪录了，给跳神开了一个新纪元。若不去看看，耳目因此是会闭塞了的。当地没有报纸，不能记录这桩盛事。若是患了半身不遂的人，患了瘫病的人，或是大病卧床不起的人，那真是一生的不幸，大家也都为他惋惜，怕是他此生也要孤陋寡闻，因为这样隆重的盛举，他究竟不能够参加"（《呼兰河传》第五章）。看跳大神的人们都是东邻西舍善良的人，他们图个新奇热闹，在无聊的日子里增添一些欢乐。但礼教、习俗、迷信让他们迷失了心性，蒙蔽了善良，就像小团圆媳妇的婆婆、叔公太太、奶奶们，传统的礼教迷信使他们变得愚蠢而顽固，有的甚至于残忍，小团圆媳妇也终至被愚昧地"规矩"而死。

流言与喧嚣，以及在流言喧嚣背后的愚昧黑暗和温馨诗意构成了小城多样的氛围。正如沙汀《堪察加小景》（后改名为《一个秋天的晚上》）中那个被关在乡公所的流娼筱桂芬，她本性善良、温和，卖身受辱只为全家的生活，这让看守的班长感动，本想借机糟蹋她的想法竟在与之叙谈交流中被同情、温暖所取代，将一个欺辱下等妓女的故事演化成善良人性的发现，其间充溢着一丝幽默温情。"这种情境的气味仿佛在小说里打着漩涡，被压缩得紧紧的，又无处不在。全篇从一个侧面写黑暗与光明的人性交战，冷峻的记事，却处处着眼于对普通人之间的那点温情的诗意把握。"① 《在祠堂里》则写了一个哑剧般无声地虐杀了一个女子的故事。一个连长太太因为喜欢另一位青年，被连长活活钉死在棺木中。故事很简单，沙汀既没有强调女子因家境贫寒而委身于连长的可悲，也没有突出连长对女子的欺压，而是突出了女子对自我人格与追求的执着。女子虽然嫁给一个大老粗连长，却依然保持着读书的习惯，依然喜欢读书的学生，事情败露，即使被钉死在棺木里也没有任何悔过求饶。"全文传达出一种黑暗无边的氛围，情景融合无间，诗情浓烈。"② 《艺术干事》写一对青年夫妻正常的亲昵欢爱，却被小镇人指指点点，"另眼相看"。在小镇"流言"中小夫妻坦然磊落的行为"反衬出乡镇舆论的愚昧和乡镇环境的恶俗不堪状态"③。这是沙汀笔下少有的讽刺乡镇民俗的小镇书写。《艺术干事》《和合乡的第一场电影》《一个秋天的晚上》等小说，"都显出不同的亮色，使他的暴露变得色彩丰富"④。

各各不同的小城，小城中各各不一的故事，或寂静落寞，或充斥流言喧嚣，传达的是老中国暖老温贫的氛围。

第三节 自家的故事——小城的人事风波

小城小说绝大部分是故乡回忆之作，是经过自我感觉过滤的熟悉的人和事。虽然都是日常小事，却因情感的浸润，给平凡的故事赋予了意义。翻开萧红的作品，完全感觉不到文学的固有路数，而是生活的散乱别致，笔调的率真、深情。"呼兰河这小城里边，以前住着我的祖父，现在埋着我的祖父。我生的时候，祖父已经六十多岁了，我长到四五岁，祖父就快七十了。我还没有长到二十岁，祖父就八十岁了。祖父一过了八十，祖父就死了。"(《呼兰

---

① 吴福辉：《带着枷锁的笑》，浙江文艺出版社1991年版，第56页。
② 同上。
③ 吴福辉：《乡镇小说·序》，沙汀《乡镇小说》，上海文艺出版社1992年版，第7页。
④ 同上书，第9页。

河传·尾声》）这就是典型的萧红的笔法，平平道来，好像没有任何感情，其实在这过滤了情感的纯净的语言背后，是历经沧桑以后的更为深沉、厚重之情。就《呼兰河传》的写法来说，是原生态的书写——自己定义的生态笔法：不是按照文学的固有规范，而是按照自己的思维流动予以感性记录。鲁迅的"一棵是枣树，另一棵也是枣树"（《秋夜》）还别有深意，萧红似乎没有什么"别有用心"。在萧红的记忆中，自己就是伴着爷爷的老去长大的，爷爷就是她出生成长的最清晰的生命镌刻。对于萧红的这类忠于自我感觉，忠于生命本然的生态笔法，不以为然者在此，欣赏玩味者也在此。毕竟，萧红的"越轨"的思维和笔致刺激了大多数"循规蹈矩"的文学创作者和文学研究者，所以，萧红几乎是从写作以来就受到各种各样的批评，或批评其远离主流意识的琐屑杂乱，缺少清晰的思维和宏大的气魄；或批评其小说没有章法，小说、散文界限不清。甚至连她身边最熟悉的萧军和端木蕻良都持有类似的看法。① 面对这些误解和轻视，萧红倔强地宣称："有一种小说学，小说有一定的写法，一定要具备几种东西，一定写得像巴尔扎克或契诃夫的作品那样。我不相信这一套。有各式各样的生活，有各式各样的作家，就有各式各样的小说。"② 倔强的萧红用"我不相信这一套"这种有些任性幼稚的说法道出了她不一样的文学观念，小说的写法取决于作者，作者的不同取决于其不同的生活，"有各式各样的生活，有各式各样的作家，就有各式各样的小说"。在萧红那里，人生与文学是一致的。《呼兰河传》是萧红写的她最熟悉的家乡人事，甚至感觉不到虚构，也看不出在人物、情节、叙事上有什么刻意安排，

---

① 《大地的女儿》和《动乱时代》是萧红看重的两本书，前者是美国女作家艾格尼丝·史沫特莱的自传体小说，后者是德国女作家丽洛琳克据自己的成长经历写的小说。当萧红借来了这两本书（要想重新翻一翻），"被他们（萧军及其朋友——本书作者注）看见了。用么么苗细的手指彼此传过去，而后又怎样把它放在地板上：'这就是你们女人的书吗？看一看，它在什么地方！'"听说说这《大地的女儿》写得好，他们"立刻笑着，叫着，并且用脚跺着地板，好像这样的喜事从前没有被他遇到过……另一个也发狂啦！他的很细的指尖在指点着书封面：'这就是吗？《动乱时代》……这位女作家就是两匹马吗？'当然是笑得不亦乐乎，'《大地的女儿》就这样？不穿衣裳，看唉！看唉！'"（萧红：《〈大地的女儿〉与〈动乱时代〉》，《萧红全集》（4），黑龙江大学出版社2011年版，第187页）朋友甚至夫妻之间这种看起来无关紧要的戏谑背后是因为不懂，更因为不屑表现出来的男人如此夸张的优越感，可以想见萧红的心是怎样被深深地刺痛。

② 聂绀弩：《回忆我和萧红的一次谈话——序〈萧红选集〉》，《新文学史料》1981年第1期。

就如同邻家女孩在絮絮叨叨地说着亲人及邻家眼前的人、远去的事。茅盾在《呼兰河传·序》中曾谈到，萧红写的都是幼年单调的生活和简单到无聊的"自家故事"：

> 一位解事颇早的小女孩每天的生活多么单调呵！年年种着小黄瓜，大倭瓜，年年春秋佳日有些蝴蝶、蚂蚱、蜻蜓的后花园，堆满了破旧东西，黑暗而尘封的后房，是她消遣的地方；慈祥而犹有童心的老祖父是她唯一的伴侣；清早在床上学舌似的念老祖父口授的唐诗，白天嬲着老祖父讲那些实在已经听厌了的故事，或者看看那左邻右舍的千年如一日的刻板生活，——如果这样死水似的生活中有什么突然冒起来的浪花，那也无非是老胡家的小团圆媳妇病了，老胡家又在跳神了，小团圆媳妇终于死了；那也无非是磨倌冯歪嘴子忽然有了老婆，有了孩子，而后来，老婆又忽然死了，剩下刚出世的第二个孩子。①

茅盾的评价意在说明萧红笔下《呼兰河传》所表现的寂寞，我们从中也看到小说中这些说不上故事的故事不过是作者童年所熟悉的家常旧事。

过着如此寂寞而平常日子的还有沈从文《边城》中的翠翠。在青山绿水中长大的翠翠，陪伴她的只有山上翠色逼人的篁竹、摆渡船的爷爷、黄狗和偶尔摆渡的客人。渡船上来个盛装的待嫁姑娘她都会盯着看半天，心里有说不出的羡慕。天宝、傩送的爱，他们唱的情歌也给翠翠单调的生活送来快乐和遐想，但这是短暂的，天宝落水了，爷爷也去世了，傩送驾船去了辰州，只剩下翠翠迷惘地等待那个也许永远不回来、也许"明天"回来的人。一方面是安静快乐，另一方面是极其孤独寂寞，只是沈从文不强调这些。撇开翠翠的寂寞不谈，沈从文在《边城》中一如萧红在《呼兰河传》中，讲的都是自己熟悉、亲切的"自家故事"。边城的布局、建筑，边城的风习、氛围，边城的山水，边城的人，那都是镌刻在心中的，是其创作的灵感、源泉，也是

---

① 茅盾：《〈呼兰河传〉序》，《茅盾全集》第24卷，人民文学出版社1996年版，第345—346页。

其精神的寄托。

　　沙汀对故乡川西北荒僻乡镇的描摹刻画是穷形尽相、入木三分的。小说叙述的不仅是自己的故事，那绝对是川西北小镇才有的人、事、情境和氛围。得力于从小跟随舅父"跑滩"，沙汀明了乡镇社会的一切内幕。沙汀最成熟的小说都是乡镇小说，而其中活跃着的人物就是他所熟悉的乡镇大小土劣。沙汀"嘲讽这些恶人的心态，有左翼作家和乡里乡亲这两重身份，他于是出离了愤怒，超越了愤怒，与批判对象拉开适当距离，让冷静中内藏机锋，结果使他的乡镇小说取得了极高的喜剧质地"①。正是"乡里乡亲"的身份，让沙汀的小说或压抑浓重如《在祠堂里》，在夜间寂静、幽凄的氛围中渲染了杀人的残忍；或轻松调笑如《和合乡的第一场电影》，不仅有用破电影机欺骗乡民的把戏，还有愿意一遍遍上当的乡镇观众，而且从中感到了趣味。这些描述都让读者有身临其境的感觉，从而使其暴露小说变得色彩丰富，耐人寻味。

　　师陀的《果园城记》假托外地人马叔敖对果园城故地重游的所见所闻来叙事。这个马叔敖因为在这里长大，他对果园城的亲切、熟悉和深情不亚于任何一个"土著"。小说通过马叔敖的游历，对果园城的过去与现在予以叠加映现，从果园城中随意撷取的生活片段和人物影像中，我们可以体会到这个中原小城身上所附着的师陀对于社会、对于人生的多元思考。

　　李劼人对家乡风俗的热爱、投入，对家乡人喜欢吃、喜欢玩、好热闹、爱摆龙门阵历数不倦，早就写了《中国人的衣食住行》。《死水微澜》中的天回镇乡俗热闹的故事，那绝对是令人津津乐道的。

　　小城作家笔下的自家故事，既是他们曾经经历过的家中常事，也是他们忠于自我感觉、忠于独立思考的文学创作。鲁迅就认为萧红的《生死场》"叙事和写景，胜于人物的描写"，而"女性作者的细致的观察和越轨的笔致，又增加了不少明丽和新鲜"②。其实，萧红"越轨"的不仅是艺术手法，也包括

---

① 吴福辉：《乡镇小说·序》，沙汀《乡镇小说》，上海文艺出版社1992年版，第6页。
② 鲁迅：《萧红作〈生死场〉序》，《鲁迅全集》（6），人民文学出版社2005年版，第422页。

她对人生、对文学的认识。作为女性作家,萧红的大胆、粗粝、豪爽是不太合乎传统女性的"教养"的。当时被目为左翼作家的萧红,其《生死场》更多地被解读为反抗压迫、反抗侵略的范本。作为左翼写作,已是非主流文本的另类解析;作为女性写作,也不合传统女性的"教养"。有研究者这样认为:"仔细去想,萧红的写作跟'教养'二字完全不沾边——有教养的女人是温婉和柔和的,是有规矩的,可是萧红完全不是,她的色彩是硬的,是横冲直撞的,是浓烈的而不是素雅的。有教养的女作家是什么样子的?是像早期冰心那样的,如果她想到自己的书写会导致别人怪异的目光和奇怪的流言便会羞怯地停下笔。可是萧红没有,她绝不因为自己天生是女人就要躲闪什么;相反,她像个接生婆一样注视女人的分娩,看着那作为负累的女人身体撑大、变形、毁灭。"[①]

聂绀弩曾在与萧红的对话中谈到对《生死场》的看法。萧红认为鲁迅从高处悲悯他笔下的人物,她却不能,她说:"我开始也悲悯我的人物,他们都是自然奴隶,一切主子的奴隶。但写来写去,我的感觉变了。我觉得我不配悲悯他们,恐怕他们倒应该悲悯我咧!悲悯只能从上到下,不能从下到上,也不能施之于同辈之间。我的人物比我高。"聂绀弩认为萧红说得很好,但漏掉了关键问题:

> 你所写的那些人物,当他们是个体时,正如你所说,都是自然的奴隶。但当他们一成为集体时,由于他们的处境同别的条件,由量变到质变,便成为一个集体英雄了,人民英雄,民族英雄。用你的话说,就不是你所能悲悯的了。但他们由于个体的缺陷,也还只是初步的、自发的、带盲目性的集体英雄。这正是你写的、你所要写的,正为这才写的;你的人物,你的小说学,向你要求写成这样。而这是你最初所未想到的。它们把你带到一个你所未经历的境界,把作者、作品、人物都抬高了。

---

① 张莉:《刹那即永远——纪念萧红百年》,《魅力所在——中国当代文学片论》,北京大学出版社2013年版,第306页。

......

> 你的作品,有集体的英雄,没有个体的英雄。《水浒》相反,鲁智深、林冲、杨志、武松,都是个体的英雄,但一走进集体,就被集体湮没,寂寂无闻了。《三国演义》里的英雄,有许多是终身英雄,在集体里也很出色,可是就在集体当中,他也是个体英雄。没有使集体变为英雄。其实《三国》里的英雄都不算英雄,不过是精通武艺的常人或精通兵法的智士。关键在他们与人民无关,与反统治无关,或反而是反人民的,统治人民的。他们所争的是对人民的统治权,不过把民国初期的军阀混战推上去千年多,而又被写得仪表不俗罢了。法捷耶夫的《毁灭》不同,基本上是个人也是英雄,集体也是英雄,毁灭了更是英雄。但它缺少不自觉的个体英雄到集体这一从量到质的改变。比《生死场》还差点儿。①

之所以引了聂绀弩这么长的一段话,是因为他与萧红的这一段对谈对理解萧红的思想观念与文学观点有重要启发意义。萧红写《生死场》时"不过一个学生式的二十二三的小姑娘",自然谈不上什么成熟的人生观与小说观,但她是有自我的,而且文学与人生在她那里从来就是一致的。甚至说,文学就是她书写人生、表达自我的方式,因此她一向忠于自己的思想观念和艺术感觉,不因任何外在诱导失去自我的认识与判断。她对时代、社会、人生要表达什么样的认识,要写出什么样的小说呢?聂绀弩试图从不同的英雄、英雄的转变及塑造英雄的方式几个方面将《生死场》与《水浒传》《三国演义》甚至《毁灭》加以区分说明。《水浒传》《三国演义》都是精彩的人物伴随着精彩的故事,是否英雄另说,总之无论是个体还是群体都是些不同寻常的人物。出自萧红笔下的,无论是早期的《商市街》《生死场》,还是后期的《呼兰河传》《牛车上》《手》《小城三月》,都是些极为平常的人,与他们有关的也是不值一提的琐屑小事。法捷耶夫的《毁灭》,毁灭的也是英雄,至少是具有英雄品质的普通人。

---

① 聂绀弩:《回忆我和萧红的一次谈话——序〈萧红选集〉》,《新文学史料》1981年第1期。

在"五四"精神以及鲁迅的影响下,萧红的写作最初也是以知识者的优越感走在启蒙的路上。萧红曾经说过这样的话:"作家不是属于某个阶级的,作家是属于人类的。现在或者过去,作家们写作的出发点是对着人类的愚昧!"① 在这样的话语背后,我们看到的是一个与鲁迅极其接近的启蒙者萧红——居高临下地悲悯自己的人物。但随着萧红人生阅历的增加,尤其是战乱、爱情、写作给她带来的种种不幸和困厄,使她倍感生存的压力之大,她觉得自己不配悲悯笔下的人物,倒是自己时常处于被同情的地位。面对笔下人物,她不仅不能施之以从上到下的悲悯,反而感受到了这些平平常常甚至猥琐不堪地生活在故土的乡邻们身上所具有的力量、尊严和爱等种种美德。因此,她开始从与鲁迅不同的视角来观察和表现他们的生活、描绘他们的形象、揭示他们的精神世界。作为启蒙者,鲁迅与其笔下被启蒙者的关系是,"那些人物,多是自在性的,甚至可说是动物性的,没有人的自觉,他们不自觉地在那里受罪,而鲁迅却自觉地和他们一起受罪。"② 而萧红却在写作中与笔下人物感同身受,启蒙的理念在"写来写去"的过程中"感觉"就变了,她真正走入了笔下人物的生活,体会到了他们的喜乐哀愁,看到了他们在卑微的生活中对活着的努力,对尊严的维护,从偶尔的达观幽默中还能看到他们对爱与快乐的追求,萧红真正感受到了生活于社会底层的乡民身上所具有的坚忍执着的生命活力,真诚地感觉到"我的人物比我高"。

萧红也许并无意于塑造英雄人物,她的写作具有强烈的抒情性倾向。除了要表达贫富差别、人间不公、阶级压迫、周围人极度的愚昧、人与人之间的冷漠外,"《呼兰河传》的优美之处是那些传统风俗的描写,是关于王大姐死后她那不起眼的丈夫磨倌冯歪嘴子突然坚强地担起抚养两个孩子责任的描写,让其中闪出人性力量的光辉来"③。吴福辉曾谈起沙汀赞赏萧红小说的抒情性时说:"沙汀生前曾有一次与我谈起他自己的小说《凶手》,也是写枪杀

---

① 萧红:《萧红全集》(4),黑龙江大学出版社2011年版,第460页。
② 聂绀弩:《回忆我和萧红的一次谈话——序〈萧红选集〉》,《新文学史料》1981年第1期。
③ 吴福辉:《萧红:〈呼兰河传·小城三月〉》,《石斋语痕》,河南大学出版社2014年版,第238页。

逃兵的,他由衷赞美萧红的《牛车上》,劝我务必找来读读,说,同样是枪毙逃兵,可以写的像我似的剑拔弩张(哥哥被迫去执行枪决弟弟),可以写得凄美无比,充满抒情气息,却更扯动人的心灵。"①萧红的强烈抒情性,让她超越了有关文学规范的界限和理念,以文学的直觉带来生活现场的充分还原。她要表现生命毛茸茸的质感,她要写出一种时时冲撞她心胸的力量,一种原始的生气,丰沛的情感,勃郁的生命。这种原始、自然的生命之力就存在于故乡的每一寸土地、每一个生命身上,就潜隐在看起来沉闷、凝滞、粗陋的日常生活中,也闪亮在自然万物之上。

其他小城作家,如沙汀的川西北小镇刻画,沈从文的边城之梦,师陀的代表所有中国小城的果园城等各有不同的梦想,但有一点是共通的,那就是都忠于自我的感觉与思考。在这些忠于自我的平凡故事中既有粗糙的爱、顽强的生命力量和局促的尊严,也有不肯苟且的心愿追求。

一 粗糙而无奈的爱

萧红从出生起就因为是女孩而不为父母所珍爱。随着年龄的增长,又因其热心、任性、倔强而被自私、冷酷的父亲所嫌恶。好在她有一个性情达观、体贴人情、爱花惜草的爷爷。爷爷的怜惜,祖孙的相得,让萧红拥有了一个还算幸福的童年。但作为女性被歧视、被冷落甚至被打骂的记忆并未因此消泯,而成长和长成后的痛苦经历又让她倍感作为女性的无助、无奈。这种根深蒂固的隐痛反映在她的文学创作中,就是让读者痛彻感受到在两性关系中男人的优越与冷酷,女性的低贱与悲哀。男女之间除了欲望,几乎看不到爱。对女人来说,生育不是价值的体现,而是一种刑罚。男人在家庭中有着绝对的权威,不独穷人家如此,富人家也一样。萧红的成长过程让她感受到了作为一家之主的父亲的权威:父亲对"我"没有好面孔,对仆人没有好面孔,就连对祖父也没有好面孔。"因为仆人是穷人,祖父老了,我是个小孩子,所

---

① 吴福辉:《萧红:〈呼兰河传·小城三月〉》,《石斋语痕》,河南大学出版社2014年版,第238页。

以我们这些完全没有保障的人就落到他的手里。后来我看到新娶来的母亲也落到他手里,他喜欢她的时候,便同她说笑,他恼怒时便骂她,母亲渐渐也怕起父亲来。母亲不是穷人,也不是老人,也不是孩子,怎么也怕起父亲来呢?"不但自己的家庭是这种状况,"我到邻家去看看,邻家的女人也是怕男人。我到舅家去,舅母也是怕舅父"。① 到娘娘庙去看看,庙里的娘娘塑得很温顺,但老爷庙的老爷却很凶猛,求子的人对老爷磕头很虔诚,对娘娘就没有什么尊敬的意思,觉得她"也不过是个普通的女子而已,只是她的孩子多了一些。所以男人打老婆的时候便说:'娘娘还得怕老爷打呢?何况你一个长舌妇!'可见男人打女人是天理应该,神鬼齐一。怪不得那娘娘庙里的娘娘特别温顺,原来是常常挨打的缘故。可见温顺也不是怎么优良的天性,而是被打的结果。甚或是招打的原由"②。

缘于这样的人生经历和生活认知,萧红笔下几乎没有描写或表达什么纯净的爱。金枝所生的女儿不满月即被丈夫摔死;金枝娘会因为怀孕的金枝摘了没熟的柿子而用脚踢她;老王婆把麦粒看得比孩子还重要;二里半视山羊比自己的生命更宝贵……就连母爱也变得如同严冬一样冷酷无情:"冬天,对于村中的孩子们,和对于花果同样暴虐。他们每人的耳朵春天要脓胀起来,手或是脚都裂开条口,乡村的母亲们对于孩子们永远和对敌人一般。当孩子把爹爹的棉帽偷着戴起跑出去的时候,妈妈追在后面打骂着夺回来,妈妈们摧残孩子永久疯狂着。"(《生死场·四》)当王婆的孩子平儿偷穿了父亲的大毡毛靴子时,"王婆宛如一阵风落到平儿的身上,那样好像山间的野兽要猎食小兽一般凶暴。终于王婆提了靴子,平儿赤着脚回家,使平儿走在雪上,好像使他走在火上一般不能停留"(《生死场·四》)。"母亲一向是这样,很爱护女儿,可是当女儿败坏了菜棵,母亲便去爱护菜棵了。农家无论是菜棵,或是一株茅草,也要超过人的价值"(《生死场·二》)。夫妻之间只有男人的折磨与女人的害怕,妻子只是生育的工具,而女人的生产与动物的生殖没有

---

① 萧红:《祖父死了的时候》,《萧红全集》(4),黑龙江大学出版社2011年版,第157页。
② 萧红:《呼兰河传》,《萧红全集》(3),黑龙江大学出版社2011年版,第42页。

什么区别，盲目而泛滥，人类的生命与动物的生命是没有界线的。在这里，"生存并不是乐趣、感受生命并热爱生命，或有所希冀，生命只是存在。生育并不是为了'广子孙'的天伦之乐或生产劳动力的现实之需，生育甚至不是为了种族延续——后代们可以被随意摔死。生命——不是一两个人的生命而是这片乡村中的群体生命——失去了任何意义，即便是其最初的、最原始的目的，也已然失落或退化"①。生存纯粹变成了一种自然的形式，而被抽空了应有的社会内容，"死人死了，活人计算着怎样活下去。冬天女人们预备夏季的衣裳；男人们计虑着怎样开始明年的播种"（《生死场·四》）。

在萧红笔下，没有高尚而纯净的爱，却有普通而略显粗糙的爱，这是让人心酸不已的爱。《呼兰河传》中磨房里住着的冯歪嘴子，似乎一无所长，只知道老实安守磨倌本分，一天天机械地过着日月。他三十多岁时幸运地有了老婆王大姐，有了一个儿子。一个安静的夜里，女人在第二个儿子产后死去，扔下了两个孩子，一个四五岁，一个刚生下来。邻居们都以为冯歪嘴子很难挺过这一关，有些好事者甚至已经"准备着看冯歪嘴子的热闹"。

> 可是冯歪嘴子自己，并不像旁观者眼中的那样地绝望，好像他活着还很有把握的样子似的，他不但没有感到绝望已经洞穿了他，因为他看见了他的两个孩子，他反而镇定下来。
>
> 他觉得在这世界上，他一定要生根的。要长得牢牢的。他不管他自己有这份能力没有，他看看别人也都是这样做的，他觉得他也应该这样做。
>
> 于是他照常地活在世界上，他照常地负着他那份责任。
>
> 于是他自己动手喂他那刚出生的孩子，他用筷子喂他，他不吃，他用调匙喂他。
>
> 喂着小的，带着大的，他该担水，担水，该拉磨，拉磨。②

---

① 孟悦、戴锦华：《浮出历史地表——现代妇女文学研究》，中国人民大学出版社2004年版，第179页。

② 萧红：《呼兰河传》，《萧红全集》（3），黑龙江大学出版社2011年版，第149—150页。

面对突如其来的灾难，老实无能的磨倌没感到绝望，也没有颓唐，而是默默地承受着生活的不幸，"照常地负着他那份责任"，一如既往地做着应该做的事情——养育孩子，担水拉磨。磨倌冯歪嘴子对儿子那份执着的责任意识源自对儿子最为原始、质朴的爱，可这份爱是伴着令人心酸的泪水的。

《呼兰河传》第五章写团圆媳妇之死。团圆媳妇是老胡家的童养媳，十二岁，梳着很大的辫子，"脸长得黑忽忽的，笑呵呵的"，只因能吃饭、不害羞、坐得笔直、走得风快而被认定为不像个团圆媳妇，婆婆、叔公就给了她一个"下马威"，将她暴打一个月，打得她魂飞魄散，神不守舍。于是说她着魔见鬼，便看香扶乩，跳大神驱鬼，又给她用滚烫的热水当众洗澡以除邪气，结果团圆媳妇被活活折磨而死。而她的婆婆的辩解却振振有词：

  她来到我家，我没给她气受，哪家的团圆媳妇不受气，一天打八顿，骂三场。可是我也打过她，那是我要给她一个下马威。我只打了她一个多月，虽然说我打得狠了一点，可是不狠哪能够规矩出一个好人来。我也是不愿意狠打她的，打得连喊带叫的，我是为她着想，不打得狠一点，她是不能够中用的。有几回，我是把她吊在大梁上，让她叔公公用皮鞭子狠狠地抽了她几回，打得是着点狠了，打昏过去了。可是只昏了一袋烟的工夫，就用冷水把她浇过来了。是打狠了一点，全身也都打青了，也还出了点血。可是立刻就打了鸡蛋青子给她擦上了。也没有肿得怎样高，也就是十天半月地就好了。①

在婆婆眼里，之所以打媳妇"是为她着想"，是为了"规矩出一个好人来"，说到底是对她好，是爱护她。也许婆婆的心思就是如她所说，可这粗糙的爱换来的却是团圆媳妇的非正常死亡。

在《后花园》中，磨倌冯二成子只知道拉磨，邻家女儿的笑声唤醒了他沉睡的内心世界，他活了，不仅听到了笑声，还有邻家刷锅、劈柴发火的声

---

① 萧红：《呼兰河传》，《萧红全集》(3)，黑龙江大学出版社2011年版，第90页。

音，件件样样都听得清清晰晰。他躺在床上开始思考，心中感到十分悲哀，想自己两年来的磨倌生活总是老样子，好像没有活过一样。那个周身发光，带着吸力的邻家姑娘，让他感到院子里边"升腾着一种看不见的欢喜，流荡着一种听不见的笑声"。可是，当面对激活了其情感世界的邻家女儿时，他却越发感到了自己的卑微：

> 世界上竟有这样谦卑的人，他爱了她，他又怕自己的身份太低，怕毁坏了她。他偷着对她寄托一种心思，好像他在信仰一种宗教一样。邻家女儿根本不晓得有这么一回事。①

邻家女儿出嫁了，这个麻木的人开始有了各种简单的"天问"："他想：人活着为什么要分别？既然永远分别，当初又何必认识！人与人之间又是谁给造了这个机会？既然造了机会，又是谁把机会给取消了？"② "这样广茫茫的人间，让他走到哪方面去呢？是谁让人如此，把人生下来，并不领给他一条路子，就不管他了。"③ 他想回到原来的样子，但是已做不到，他好像丢了什么，又好像是被抢走了什么似的。

没有爱是悲哀的，可一旦爱了，对于那些无能、无助的小人物来说就更加悲哀。爱，让磨倌活了，对一切有了感觉，有了欢乐，同时也体会到了悲哀。这种无望的爱把磨倌激活，后又将他推入更加凄冷、孤单的境地。磨倌说不出的感觉，萧红都捕捉到了。任何可笑可悲的现象背后，都有可以理解的人之常情。鲁迅以强者的姿态指出了其可悲可笑，萧红则以自己的感同身受道出了其中的人之常情，细腻体贴地阐释了底层人物潜沉于内心的无力的爱。这种爱是粗陋的、朴素的，但又是深沉的，是人之本性的一种反应，没有刻意，没有造作。在萧红笔下，这种爱不仅及于人，甚至及于畜，及于物。

在《生死场》第三章《老马走进屠场》中，王婆秋天送自家的老马下汤

---

① 萧红：《后花园》，《萧红全集》(4)，黑龙江大学出版社2011年版，第86页。
② 同上书，第87页。
③ 同上书，第88—89页。

锅,感觉就像自己赴刑场一样。路上碰见二里半,看着即将被送进屠场的老马,"二里半感到非常悲痛。他痉挛着了。过了一个时刻转过身来,他赶上去说:'下汤锅是下不得的,……下汤锅是下不得……'但是怎么办呢?二里半连半句语言也没有了!他扭歪着身子跨到前面,用手摸一摸马儿的鬃发。老马立刻响着鼻子了!它的眼睛哭着一般,湿润而模糊。悲伤立刻掠过王婆的心孔。哑着嗓子,王婆说:'算了吧!算了吧!不下汤锅,还不是等着饿死吗?'"对于农民而言,牲畜不仅仅是劳动工具,同时也是他们重要的家庭成员,对待它们的情感不比对待自己的孩子差多少,但又能怎么样呢?老马饮水去了,它在水沟旁倒卧下了,它慢慢呼吸着。王婆用低缓、慈和的音调呼唤着:"起来吧!走进城去吧,有什么法子呢?"送老马进了屠宰场,王婆"哭着回家,两只袖子完全湿透。那好像是送葬归来一般"。在这里,我们自然可以将其解读为描写了农民的贫穷,生活资料匮乏,对牲畜的珍惜。仅此,也就不会具有如此震撼人心的力量。二里半对老马的态度只能说是爱,而且是近乎与自己一样平等的爱。孤单无助的农人,在他们眼中自己本就是草木之身,一切都是与自己一样的生命。老马不是二里半的,但老马是他们中的一员,不管是谁家的。老马是工具,是劳作的助手,也是他们的成员,是熟悉的朋友。王婆与二里半对老马的不舍与不忍是对财产的爱,也是对生命的爱,虽然自己生存下去都是问题,但农人对天地牲畜、一草一木本就拥有天然的情感,越是艰难的生存,越能体会得这种爱的深沉,只是这种爱常常让位于更实际的过日子而已。在强大的生存压力下,最朴素的感情也只能以极端的形式来表达,萧红的笔下"没有太多温情脉脉的东西,她所展示的乃是人生最为残酷也最为真实的一面,而在这里蕴涵的情感则是人类的大爱、大恨和大痛"[①]。最简单、最粗糙的感情,往往也是最深沉的。

二 执着顽强的生命韧劲

20世纪30年代的东北作家,是一个特殊的群体,他们的生命存在本身就

[①] 陈思和:《启蒙视角下的民间悲剧:〈生死场〉》,王光东主编《中国现当代乡土文学研究》(下卷),东方出版中心2011年版,第43页。

代表着一种生命强力:萧军的豪爽、大气甚至带有"胡子"气自不必说;端木蕻良纤弱的躯体蕴蓄着黑土地赠予的博大胸怀和饱满激情;骆宾基冷静沉稳的外表下有着一颗执着之心;萧红也是一个丈夫气十足的女作家,有"非女性的雄迈的胸境"①。不仅自身如此,他们还找到了借以传达这种生命强力的途径——这就是萨满教熏染的豪爽、雄健的乡民和广袤洪荒的黑土地,以及黑土地上的山川河流,一草一木。所有这些,都展露出非同寻常的生命意识和一种强大的生命之美。重情重义、人情敦厚的关东人,是一群有"血性"的男女,这种"血性"的本质其实就是一种英雄气概,一种更为强大的生命力量的凸显。关东大地孕育了这种"血性"的生命强力,而广袤的黑土地为这种生命强力的尽情宣泄提供了广阔的空间。正是因为个体的生命强力与博大严酷的自然环境具有同样的"力度",所以黑土地上坚强的子民更因环境的严酷越发焕发出阳刚之美,越发傲然而充满英雄气概,而黑土地也因这群悍勇男女的存在而充满灵性和诗性的生命强度和韧度。这是一群自然之子,代表着生命的雄壮。

鲁迅曾这样评价萧红的《生死场》:"叙事和写景,胜于人物的描写,然而北方人民的对于生的坚强,对于死的挣扎,却往往已经力透纸背;女性作者的细致的观察和越轨的笔致,又增加了不少明丽和新鲜。"②"对于生的坚强,对于死的挣扎",正是萧红生命认知与文学表达的核心;"叙事和写景,胜于人物的描写",则概括了萧红的文学追求。她不是要刻画一个人物,讲述一个故事,而是要写出一方水土、一群人的生存与生命,"生死场""呼兰河"就是她透析民间与生命的基点;"力透纸背"则是她基于自我深刻的生命感受和生存体验后对笔下人事刻画之深刻;"女性作者的细致的观察和越轨的笔致"则表明了萧红作为女性作家独到的观察视野和别具一格的表现风格,她善于在庸常的生活中发现平凡的人物身上所展现出的执着顽强的生命活力。

翻开萧红的作品,你会发现这里活动着的是一群老实巴交、没有见识的

---

① 胡风:《〈生死场〉读后记》,《胡风评论集》(上),人民文学出版社1984年版,第398页。
② 鲁迅:《萧红作〈生死场〉序》,《鲁迅全集》(6),人民文学出版社2005年版,第422页。

男人女人，没有大勇，也不明大义，知识、人情都似乎是一种奢侈，更别说文明、理性，他们所做的一切努力似乎只是为了活着。但仔细阅读萧红的文字，会发现在这些麻木、软弱、无助的人群中，没有因苦恼而放弃责任的，没有因羸弱而舍弃生命的，也没有因失望而泯灭爱的。在这里，一株草一棵菜都在做着力所能及和力所不能及的努力。你会震撼于这样一个群体的顽强生命和不屈精神，这才是我们的民族生生不息的最坚实的基石和支撑。无论遇到什么样的冲击，都能不倒、不绝、不灭，或者说倒了能再爬起来，绝了还能再繁衍，灭了也能死灰复燃。其顽强的生命力正如《后花园》中的大菽茨花：

> 它自己的种子，今年落在地上没有人去拾它，明年它就出来了；明年落了子，又没有人去采它，它就又自己出来了。
>
> 这样年年代代，这花园无处不长着大花。墙根上，花架边，人行道的两旁，有的竟长在倭瓜或黄瓜一块去了。那讨厌的倭瓜的丝蔓竟缠绕在它的身上，缠得多了，把它拉倒了。
>
> 可是它就倒在地上仍旧开着花。
>
> 铲地的人一遇到它，总是把它拔了，可是越拉它越生得快，那第一班开过的花子落下，落在地上，不久它就生出新的来。所以铲也铲不尽，拔也拔不尽，简直成了一种讨厌的东西了。还有那些被倭瓜缠住了的，若想拔它，把倭瓜也拔掉了，所以只得让它横躺竖卧的在地上，也不能不开花。①

这种生命韧性是大多数呼兰城乡民所共有的，萧红的伟大恰恰就在于她揭出了被大多数人视为无力、无能甚至落后、不争的民间力量。谁也不注意，构成社会群体的每个个体也没有意识到，就是为了"活着"这样一个简单的信念，并为这个简单的信念而执着努力，就会产生无尽的力量，这力量韧劲

---

① 萧红：《后花园》，《萧红全集》（4），黑龙江大学出版社2011年版，第78页。

十足,强大无比。为了物质而执着努力,这是一切力量最为基本的源泉。在呼兰河城,在东北乡村,生活于底层的卑微者"蚁子似地生活着,糊糊涂涂地生殖,乱七八糟地死亡,用自己的血汗、自己的生命肥沃了大地,种出粮食,养出畜类,勤勤苦苦地蠕动在自然的暴君和两只脚的暴君底威力下面"①。萧红创作的初衷或许是揭示故乡的闭塞和乡民的蒙昧,但客观上却刻画了一群执着于生存的身份卑微的强者。在他们为生存而执着努力的过程中,展示出了惊人的韧性和承受力。

"在乡村,人和动物一起忙着生,忙着死。"暖和的初夏,五姑姑的姐姐、金枝、二里半的婆子、李二婶子都在受刑罚般地生育;"四月里,鸟雀们也孵雏了","房后的草堆上,狗在那里生产","窗外墙根下,不知谁家的猪也正在生小猪"……然而,"生"的热闹尚不及展开,"死"的阴霾已不期而至:五姑姑姐姐的孩子因落产而死,李二婶子的孩子也死于小产,金枝所生的女儿不满月即被丈夫摔死……(《生死场·六》)生活就在这生生死死中次第展开、结束,他们不是没有悲伤,而是来不及悲伤,生活的压力逼迫着他们为了生存而继续挣扎着向前。

对于在"生死场"(《生死场》)、"烂泥坑"(《呼兰河传》)中麻木生存的故乡人,萧红的体验与感觉是别样的,他们已不再具有人之为人的社会属性,而是与动物一样自然繁殖、自然生活、自然消亡。"生死场"上的人们,住的是"好比鸡笼"的土房,其"窗子、门,望去那和洞一样",像"神龛"或"地下的窑子"。生活在其中的麻面婆"眼睛大得那样可怕,比起牛的眼睛来更大","让麻面婆说话,就像让猪说话一样,也许她喉咙组织法和猪相同,她总是发着猪声"。她取柴做饭,茅草在手中,一半拖在地面,另一半在围裙下,她摇晃着走进厨房,就如同"母熊带着草类进洞"。她的丈夫二里半"面孔和马脸一样长",喝水时"水在喉中有声,像是马在喝",他唤羊的声音"像是一条牛"。老王婆的脸纹发绿,眼睛发青,说话时牙齿"常常切得发响",喉咙里"发着嘎而没有曲折的直声",像只可怕的猫头鹰(《生死场·

---

① 胡风:《〈生死场〉读后记》,《胡风评论集》(上),人民文学出版社 1984 年版,第 396 页。

一》)。"在乡村，永久不晓得，永久体验不到灵魂，只有物质来充实她们"（《生死场·四》)，生命的意义和价值就仿佛只是千方百计地填饱肚子。这是最原始的生存方式，唯其原始，才具有无比强大的生存能力。对生活于社会底层的普通民众而言，生存永远是第一要义，为此而激发的生命意志和求生能力是无与伦比的。

三　局促的尊严

鲁迅对"国民劣根性"的批判一以贯之，这种劣根性的表现之一就是没有尊严感，在深入人心的等级观念中，中国人缺少尊重别人与尊重自己的意识。对此，鲁迅首先抨击的是占国民主体的底层民众："奴才做了主人，是决不肯废去'老爷'的称呼的，他的摆架子，恐怕比他的主人还十足，还可笑。"① 阿Q一旦"革命"成功，未庄一切的优越都要搬到土谷祠去为他所享用。在这种取而代之的权利循环中，压迫者和被压迫者都没有尊重与被尊重的尊严感，但这种尊严感又是每个人都渴望的。油滑流浪的阿Q不允许别人嘲笑他头上的癞疮疤；迂腐的读书人孔乙己辩白"窃书不算偷"；善良能干的祥林嫂，为赎清再嫁犯下的罪过愿意拿所有的积蓄去捐门槛……但是，阿Q周围的人偏偏爱拿他头上的癞疮疤耍笑他；孔乙己还是因为偷书被打折了腿；祥林嫂捐门槛后鲁四老爷依然不让她帮忙年祭……在鲁迅笔下，中国人是没有尊严感的，只能靠精神胜利法维持面子，弱小者的尊严追求就更是奢望。

而萧红则以一颗脆弱敏感之心，一直在关注并理解、同情着弱小者对尊严的渴望。萧红一生备尝坎壈，饱受欺辱，伤痕累累，"对于'人'的尊严，有着一种近乎神经质的敏感，那怕是最微小的无心的贬抑和伤害，都会引起她心灵的颤栗，无尽的哀怨。她不无恐怖地发现：在中国普通百姓中，'人'不是'人'，已经成了生活的常态、常规、常理，而'人'要成为'人'，却十分自然地（用不着谁下命令!）被视为大逆不道，这已经成为一种病态的社

---

① 鲁迅：《上海文艺之一瞥》，《鲁迅全集》(4)，人民文学出版社2005年版，第309页。

会心理与习惯。"① 在无论是一棵菜还是一株草都要超过人的价值的生存环境中，似乎所有人的生存都是野蛮的，但是再低贱的生命也都有对尊严的渴望。

或许是愈加严苛的环境，愈能唤起无穷的生命活力。即使这份生命活力出自一种原始的本能，还是使人不禁想赞美它。安守本分，老实忠诚，只要有一点阳光与水分，就能活下去。只要还能活下去，就顺从地接受命运的安排。这是一种麻木，也像一种达观。太多的苦难承受，自然会使人麻木；面对无力对抗的自然与社会，不看开又能如何？但其实他们也是有情有义的，只是大多时候生存都难以维系，情与义几乎成为一种精神奢侈品。但恰恰是在艰难的生存环境中，这种偶尔表现出的情义就越发能触动人的心弦。萧红的这种生存观不仅体现于其笔下的人物，连动物也具有了安守本分、体贴人情、善解人意的灵性，甚至还有那么一点点尊严。

萧红《花狗》中李寡妇家的大花狗，"是一条虎狗，头是大的，嘴是方的，走起路来很威严，全身是黄毛带着白花"。李寡妇养了它十几年，李老头子活着的时候和她吵架，她一生气便坐在椅子上一动不动哭半天，这时大花狗就蹲在她的脚尖旁陪着她。她生病的时候，大花狗也不出屋，就在她旁边转着。她和邻居骂架时，大花狗就上去撕人家衣服。她夜里失眠时，大花狗就摇着尾巴一直陪她到天明。

所以她爱这狗胜过一切，冬天给它做一张小棉被，夏天给它铺一张小凉席。李寡妇的儿子随军，她几次听到前线上恶劣的消息，拜佛求神，甚至一天烧三遍香，保佑她儿子平安回来，她已顾不得她的大花狗。但那大花狗仍然照着它平常的习惯，一看到主人出街，就跟上去，李寡妇一边骂着就走远了，留下大花狗自己在芭蕉叶下蹲着。时间一长，大花狗"那原来的姿态完全不对了，眼睛没有一点光亮，全身的毛好像要脱落似的在它的身上漂浮着。而最可笑的是它的脚掌很稳的抬起来，端得平平的再放下去，正好像希特勒的在操演的军队的脚掌似的"。这条花狗被主人彻底冷落了，但它依然不离不弃。

---

① 钱理群：《"改造民族灵魂"的文学——纪念鲁迅诞辰一百周年与萧红诞辰七十周年》，《十月》1982 年第 1 期。

大花狗也实在惹人怜爱，卷着尾巴，虎头虎脑的，虽然它忧愁了。寂寞了，眼睛无光了，但这更显得它柔顺，显得它温和。所以每当晚饭以后，它挨着家是凡里院外院的人家，它都用嘴推开门进去拜访一次，有剩饭的给它，它就吃了，无有剩饭，它就在人家屋里绕了一个圈就静静地出来了。这狗流浪了半个月了，它到主人旁边，主人也不打它，也不骂它，只是什么也不表示，冷静的接待了它，而并不是按着一定的时候给东西吃，想起来就给它，忘记了也就算了。

大花狗落雨也在外边，刮风也在外边，李寡妇整天锁着门到东城门外的佛堂去。①

后来大花狗在街上被别的狗咬了，满院子寻食；再后来，大花狗一直在外院的门口躺了两三天。"凡是经过的人都说这狗老死了，或是被咬死了。其实不是，它是被冷落死了。"② 大花狗忠诚地关心着主人，只希望能得到主人的关爱，甚至不图一口吃的，但主人已顾不得它，它被"冷落死了"。一条忠诚温顺的狗向我们阐释了活着除了吃穿外，还有情感、精神的需要，而且这种需要有时是活着的灵魂。这就是萧红的悲悯情怀，她将这种情怀不仅施之于人，还施之于物，赋予动物以人的情感和尊严。

人莫不有尊严，即便卑贱者也要面子，也需要别人的尊重。《呼兰河传》中的有二伯性情古怪，有吃的若不给他，他就骂，给他，他就说："你二伯不吃这个，你们拿去吃吧。"有二伯不馋，他要的是别人的尊重。有二伯不懒，他的行李破旧，居无定所，三天两天的就动手缝补露馅的枕头和流棉花的被子。他每天都要找地方睡，但他总是给人说去赶集，要的也就是个面子。他虽然老弱、贫穷，却喜欢别人叫他"有二爷""有二掌柜"，为的也是个脸面。他"虽然做弄成一个要猴不像要猴的，讨饭不像讨饭的，可是他一走起路来，却是端庄，沉静，两个脚跟非常有力，打得地面冬冬的响，而且慢吞

---

① 萧红：《花狗》，《萧红全集》（4），黑龙江大学出版社2011年版，第73页。
② 同上书，第74页。

吞的前进，好像一位大将军似的"①。命运再怎么作弄，有二伯依然生活得颇有尊严。但他并不完全甘心于命运的摆布，时常因为不平而发发牢骚："有二伯和后园里的老茄子一样，是灰白了，然而老茄子一天比一天静默下去，好像完全任凭了命运。可是有二伯从东墙骂到西墙，从扫地的扫帚骂到水桶……而后他骂着他自己的草帽……'……王八蛋……这是什么东西……去你的吧……没有人心！夏不遮凉冬不抗寒……'"②他谁都不敢骂，只能骂骂笤帚、水桶和草帽，而之所以这么做也不过是让主人知道自己曾经的功劳，不是在这白吃饭，挽回一点在这个家中的地位和面子。而乱骂一气的结果却招致了少主人的一顿毒打。《家族以外的人》写有二伯被萧红的父亲暴打，当他被打倒后，他挣扎着爬起来，"跑过去，又倒下来了。父亲好像什么也没做，只在有二伯的头上拍了一下。照这样做了好几次，有二伯只是和一条卷虫似的滚着"。他也不吵，也不骂，"有二伯什么声音也没有。倒了的时候，他想法子爬起来，爬起来，他就向前走着，走到父亲的地方，他又倒了下来"③。有二伯一次次被打倒，又一次次爬起来，默默地走到萧红父亲跟前，又一次次被打倒在地。他之所以这么做，要的就是一个在主人家辛辛苦苦劳做了几十年的下人也该有的尊严和脸面！

《生死场》中二里半的女人麻面婆，是一个低能的女人，"听说羊丢，她去扬翻柴堆，她记得有一次羊是钻过柴堆。但，那是冬天，羊为着取暖。她没有想一想，六月天气，只有和她一样傻的羊才要钻柴堆取暖。她翻着，她没有想。全头发洒着一些细草，她丈夫想止住她，问她什么理由，她始终不说。她为着要做出一点奇迹，为着从这奇迹，今后要人看重她。表明她不傻，表明她的智慧是在必要的时节出现，于是像狗在柴堆上耍得疲乏了！手在扒着发间的草杆，她坐下来。她意外的感到自己的聪明不够用，她意外的向自己失望"④。这样一个傻笨的女人，生性不会抱怨，遇到丈夫责骂，或与邻人拌嘴，或小孩子烦

---

① 萧红：《呼兰河传》，《萧红全集》（3），黑龙江大学出版社2011年版，第120页。
② 萧红：《家族以外的人》，《小城三月》，长江文艺出版社2009年版，第174页。
③ 萧红：《家族以外的人》，《萧红全集》（2），黑龙江大学出版社2011年版，第35页。
④ 萧红：《生死场》，《萧红全集》（1），黑龙江大学出版社2011年版，第45页。

扰时，她就像"一摊蜡消融下来"，"她的心像永远贮藏着悲哀似的"。然而对于她在柴堆中找羊的可笑行为，萧红却以严肃的态度，认真体贴地写出了麻面婆简单、细微的心思，她要找到羊，她要好好做，"要做出一点奇迹"，只为证明自己有用，让丈夫和周围人的看得起她。

四 压抑的情感追求

小城作家笔下老中国的人物极为实际，辛苦、欢笑都附着于具体的生活行为。为了吃饱、穿暖、带大孩子，一代一代重复着他们有规律的生活。"他们照着几千年传下来的习惯而思索，而生活，他们有时也许显得麻木，但实在他们也颇敏感而琐细，芝麻大的事情他们会议论或者争吵三天三夜而不休。他们有时也许显得愚昧而蛮横，但实在他们并没有害人或自害的意思，他们只是按照他们认为最合理的方法，'该怎么办就怎么办'"①。这些头脑简单到甚至不做梦的人，其实也是一直在思索的，不过这种思索只是在某些特殊情况下才偶尔灵光闪现，而且不知怎么表达；他们也有自己敏感、细腻的情感追求，希望过上从心如愿的生活，只是在小城这个相对闭塞、落后的环境中，人的情感追求是压抑的、谨慎的，他们无法也不敢明确表达自己的情感，一任珍贵的爱情就这样悄悄从身边溜走，留下的是无尽的伤心悲痛，甚至付出了生命的代价。

《后花园》中的磨倌冯二成子，一天到晚在磨房，他的生命是沉睡的，情感是僵死的，可忽然有一天邻家女儿的笑声唤醒了其沉睡的世界。邻家女儿那"向日葵花似的大眼睛，似笑非笑的样子"引发了他"无缘无故的心跳"。他活了，不仅听到了笑声，还有"刷锅，劈柴发火的声音，件件样样都听得清清晰晰"。他睡不着，"躺在那里心中十分悲哀"，开始想自己两年来的磨倌生活，"一切都习惯了，一切都照着老样子。他想来想去什么也没有变，什么也没有多，什么也没有少。这两年是怎样生活的呢？他自己也不知道，好像他没有活过一样"。那个看了一眼几乎让他昏倒的嘴是红的、眼睛是黑的、周身发着光辉、带着吸力的邻家姑娘，让他感到院子里边"升腾着一种看不见

---

① 茅盾：《〈呼兰河传〉序》，《茅盾全集》第 24 卷，人民文学出版社 1996 年版，第 346 页。

的欢喜，流荡着一种听不见的笑声"。可是面对激活了他的姑娘，他越发感到了自己的卑微，"怕自己的身份太低，怕毁坏了她。他偷着对她寄托一种心思，好像他在信仰一种宗教一样。邻家女儿根本不晓得有这么一回事"。邻家女儿出嫁了，他不知为什么要送邻家老太太搬去女儿家，"比送他自己的亲娘更难过"。他想："人活着为什么要分别？既然永远分别，当初又何必认识！人与人之间又是谁给造了这个机会？既然造了机会，又是谁把机会给取消了！"在回磨坊的路上，他的脚步越来越沉重，心也越来越空虚，就在一个有树荫的地方坐下来向四方左右望一望。他所看到的，"都是在劳动着的，都是在活着的，赶车的赶车，拉马的拉马。割高粱的人，流着满头大汗。还有的手被高粱杆扎破了，或是脚被扎破了，还浸浸的沁着血，而仍是不停的在割。他看了一看，他都不能明白这都是在做什么；他不明白这都是为什么。他想：你们那些手拿着的，脚踏着的，到了终归，你们是什么也没有的。你们没有了母亲，你们的父亲早早死了，你们该娶的时候，娶不到你们所想的；你们到老的时候，看不到你们的子女成人，你们就先累死了"。就因为对邻家姑娘的暗恋和失败，磨倌的生活和思想发生了巨大的变化，他开始有了思维，有了感觉，开始对自己、对大家的生活和追求有了质疑：每个人都在尽着自己的职分，可到头来还是两手空空，什么都不是自己的。大多数人在努力的过程中，失去了父母的疼爱，得不到自己所爱的人，看不到子女成人就累死了。但大家都还是在重复着这样的劳动，重复着这样的生活，赶车的赶车，拉马的拉马，割高粱的割高粱……"他都不能明白这都是在做什么；他不明白这都是为什么。"可到底谁又能明白这是为什么呢？萧红借一个磨倌之口提出的是所有人都有的疑问。我们总是试图在人生的每个阶段，为自己的各种生存努力赋予一定的意义，可意义又是什么呢？个体生命是卑微的，维系每一个生命的可能是不由自主的爱，是无可预测的命运，是无从意识的因果，是各种无可奈何的责任，是得自遗传基因的欲望，唯有"意义"是外在的附加，是被刻意虚构出来的追求。

一个生活于社会底层的磨倌，缘于一场压抑的、无法实现的爱情梦想而对人生、对世界展开了思索:"这样广茫茫的人间,让他走到哪方面去呢?是谁让人如此,把人生下来,并不领给他一条路子,就不管他了。"一场无疾而终的爱情,让冯二成子"好像失了魂魄的样子","好想丢了什么似的,好像是被人家抢去了什么似的",连重新生活、劳动的精神也没有了。

《小城三月》也是写了一个有情人未能成为眷属的悲剧爱情故事。沉静内敛、秀外慧中的翠姨在"我"家相对自由宽松的环境中爱上了"我"那个"漂亮而出色"的堂哥哥。但她是订过婚的人,又是一个再嫁寡妇的女儿,这让翠姨含蓄而又矜持,自卑而又自怜,心事埋在心底,"她的恋爱的秘密就是这样子的,她似乎要把它带到坟墓里去,一直不要说出口,好像天底下没有一个人值得听她的告诉"。翠姨病了,她的母亲嘘寒问暖,什么都问到了,就是问不到翠姨真正的心事,翠姨摇着头不说什么。"哥哥后来提起翠姨常常落泪,他不知道翠姨为什么死,大家也都心中纳闷"。这是多么残忍的事情,一个人为另一个人死了,而这个人却并不知晓。翠姨一直在暗恋着"我"的堂哥,也一直在默默地追求着自己的爱情,可源于自我性格及周围环境,她一直在压抑着自己的情感,将之隐藏在内心深处,她曾痛心地对"我"的堂哥说:"我现在也不知道为什么,心里只想死得快一点就好,多活一天也是多余的……人家也许以为我是任性……其实是不对的。不知为什么,那家(按,指已经跟她订婚的人家)对我也会是很好的,但是我不愿意。我小时候,就不好,我的脾气总是,不从心的事,我不愿意……这个脾气把我折磨到今天了……可是我怎能从心呢……真是笑话……"这是一个对爱情、生活已然失去信心的弱女子、病女子的痛断肝肠的绝望之言。萧红在生命的最后岁月写的《小城三月》,并不是要写一个简单的恋爱故事,而是要写一个追求爱与自由的姑娘永远不可能"从心"的悲剧。萧红写了太多的"忙着生""忙着死"的无谓生命的轮回,她不愿沉入这样的流俗,不愿不能"从心"地苟活。可是在情感方面历经坎坷的萧红,始终没有找到理想的白马王子,因此她发出了"理想的白马骑不得,梦中的爱人爱不得"的感叹。[①] 在寻找、追求爱情

[①] 萧红:《沙粒》,《萧红全集》(4),黑龙江大学出版社2011年版,第262页。

的道路上,她一直处于一种迷茫的状态:"我本一无所恋,但又觉得到处皆有所恋。这烦乱的情绪呀!我咒诅着你,好像咒诅着恶魔那么咒诅。"①《小城三月》中翠姨压抑的爱情悲剧何尝不是现实生活中萧红的爱情悲剧呢?

  以萧红、沈从文、师陀等为代表的小城作家的小城写作,也许其创作初衷无法超越时代的局限,正如柯灵所言:"中国新文学运动从来都和政治浪潮配合在一起,因果难分。五四时代的文学革命——反帝反封建;三十年代的革命义学——阶级斗争;抗战时期——同仇敌忾,抗日救亡,理所当然是主流。除此之外,就都看作是离谱,旁门左道,既为正统所不容,也引不起读者的注意。"②可是,一旦回到或回望故乡,回到日常生活,回到自我内心,他们便自觉不自觉地搁置下意识形态的目标引领,重新经历或体味故乡生活,将自身与大地、与众生融为一体,"在对自身存在与普通人命运之间深刻的认同意识中,确立了个体人生存在的真实位置与价值。'我'是一个衔接着无数平凡人生的普通人。于是,在时代的限制里,在无法选择的命运中,有了一份正对现实人生的勇气,任何一个微小的现实机遇都使他表现出普通人诚实的作为"③。对于故乡世俗的生活,他们既能"同流合污",也能予以理性认知,这使得他们对普通人的平凡人生遭际,既不是居高临下地怜悯,也没有自命不凡地苛责,而是深切地体察与积极地内省。他们"从一己的感觉入手,忠实地记叙时代限制中人生际遇的真相,同时,又不沉溺于个体的苦乐之中,始终保持着对广大现象世界的丰富兴趣。……入世近俗,不耻于言饮食男女,在这些人类基本的生命活动中,体察芸芸众生的甘苦,探索历史沉实的脉搏,也汲取着普遍人生的营养。即使在困苦劳顿中怅惘迷失,也终于在博大的现象世界的启悟中,获得豁达的胸襟。正是这样的人生态度,使作者在普通人平凡的生活主题中'寂然凝虚,思接千载',完成了一次又一次对个体人生存在的超越"④。

---

  ① 萧红:《沙粒》,《萧红全集》(4),黑龙江大学出版社2011年版,第265页。
  ② 柯灵:《遥寄张爱玲》,《文心雕虫》,百花文艺出版社1990年版,第84页。
  ③ 季红真:《宇宙·自然·生命·人——阿城笔下的"故事"》,《读书》1986年第1期。
  ④ 同上。

第二章　生态文化视阈下的小城小说

作为人类整体，为了得到一种清明的理性和明确的规范，我们总是试图去给自然立法，为社会立法，建构起家国意识和民族意识，直至人类所追求的各种意义也都被建构起来。"不管历史如何成为历史，不管知识系统如何发达，也不管人的睿智如何高屋建瓴，对于一个具体的人，一只井底之蛙，世界都是若隐若现、虚无缥缈的——只有白痴或某种强暴的知识观念的奴隶，才能产生一种乌托邦的错觉，感觉到世界透明如镜，一目了然。对于明智的怀疑论者或深知个人的局限性的智者而言，不可知的世界通常只能显现为表象，而不显现出本质。本质属于知识论的判断问题，它的可靠性永远值得怀疑。因为不可能有一种本质论能契合世界，到达真实，就像没有一棵拔地而起的蓬松大树能表达大地的存在，也没有哪一群栖居的鸟儿能证明大树的诗意。"① 这样的观点或许过于偏激，但世界首先或者只能显现为一种表象，无法勘定其本质，这应该是没有问题的。这种表象首先就是一种客观的物象呈现，其次是人的表面性行为显现。某些一再重复的物象呈现，显示着事物类型化的特点。因此，我们对事物的了解不得不通过其表象来获得，进而力所能及地探究其表象下面的本质属性。对不同地域的小城文化的了解，我们也首先是通过小城作家的小说文本得以实现的。

---

① 李森：《"到灯塔去"到底有多远?》，云南大学人文学院中文系编《文化与文学》，云南人民出版社2003年版，第399页。

第一节　自然纯朴的小城物事

一　别有寓意的客观物象

萧红的《呼兰河传》，没有什么故事，就是一些生活片段，人物也都是"卖豆腐的""赶车的""漏粉的""卖麻花的""跳大神的"等身份卑微的劳动者。诸如大泥坑的麻烦，后花园的明艳，磨面、生孩子、漏粉、卖豆腐以及跳大神、扭秧歌、放河灯、赶庙会等，不管是人物、事件还是行为，都是以物象的形式出现的。萧红似乎无意于深究人与人之间的是非对错，也无意于揭示每个人的情感与思想纠结，小城与小城人的自然存在本身才是其用心着力所在。师陀也强调《果园城记》中精心描写的是能够代表"中国一切小城"的果园城，以小城为小说的主人公，并试图写出它"生命""性格""思想""见地""情感"和"寿命"，写出它"像一个活的人"一样的生命历史。① 在《边城》中，沈从文也一样不注重人物形象的刻画和故事情节的安排，在小说中人与物没有轻重之别，那青山翠竹、白塔、黄狗、河流、渡船都是一样的，写景也是写人，物与人同为自然的一部分，甚至没有主次之分。《边城》开篇就写道："由四川过湖南，靠东有一条官路。这官路将近湘西边境到了一个地方名为'茶峒'的小山城时，有一小溪，溪边有座白色小塔，塔下住了一户单独的人家。这人家只有一个老人，一个女孩子，一只黄狗。"在沈从文笔下，老人、女孩子、黄狗是可以并列的家庭成员。李劼人《死水微澜》中对天回镇的介绍，在指出进川来镇的道路之后，也是突出描写了天回镇的风貌：

就在成都与新都之间，刚好二十里处，在锦田绣错的旷野中，位置

---

① 师陀：《果园城记·序》，《师陀全集》（2），河南大学出版社2004年版，第453页。

了一个不算大也不算小的镇市。你从大路的尘幕中，远远便可望见在一些黑魆魆的大树荫下，像岩石一样，伏着一堆灰黑色的瓦屋；从头一家起，直到末一家止，全是紧紧接着，没些儿空隙。在灰黑瓦屋丛中，也像大海里涛峰似的，高高凸起几处雄壮的建筑物，虽然只看得见一些黄琉璃碧琉璃的瓦面，可是你一定猜得准这必是关帝庙、火神庙，或是什么官、什么观的大殿与戏台了。

镇上的街面，自然是石板铺的，自然是遭叽咕车的独轮碾压了很多深槽，以显示交通频繁的成绩，更无论乎驼畜的粪，与行人所丢的甘蔗渣子。镇的两头，不能例外地没有极脏极陋的穷人草房，没有将土地与石板盖满的秽草猪粪，狗矢人便。而臭气必然扑鼻，而褴褛的孩子们必然在这里嬉戏，而穷人妇女必然设出一些摊子，售卖水果与便宜的糕饼，自家便安坐在摊后，共邻居们谈天、做活。

不过镇街上也有一些较为可观的铺子，与镇外情形全然不同。即如火神庙侧那家云集栈，虽非官寓，而气派并不亚于官寓。门口是一片连五开间的饭铺，进去是一片空坝，全铺的大石板，两边是很大的马房。再进去，一片广大的轿厅，可以架上十几乘大轿。穿过轿厅，东厢六大间客房，西厢六大间客房，上面是五开间的上官房。上官房后面，一个小院坝，一道短墙与更后面的别院隔断；而短墙的白石灰面上，是彩画的福禄寿三星图，虽然与全部房舍同样地陈旧暗淡，表白出它的年事已高，幸而青春余痕，尚未泯灭干净。①

与《边城》风貌的淡雅、淳朴相比，李劼人笔下成都郊外的天回镇仅从其外在物象来看就充满浓郁的世俗烟火味。而同为四川作家的沙汀，其川西北小镇记事则没有天回镇的热闹、活络，这里表现出更为简陋、落后的原始风貌：《某镇纪事》中全镇只有两家面食店，三家小客栈，一家官店，五六爿茶馆，一条鹅卵石铺就的正街。街上不时有母猪拖着臃肿发赤的肚皮经过。

---

① 李劼人：《死水微澜》，人民文学出版社1955年版，第20—21页。

狗们依旧在街面上正大光明地交尾，或者四脚长伸地伏在街心打盹。镇里有一个两级小学，校长是一个病病歪歪、神经兮兮的留洋学生。在小镇上，除了上茶馆、"打围鼓"、"讲圣谕"、闹土匪、听传闻，也没有什么值得谈的了。"平常间大家都显出一副一致的神气：既不是快乐，也不是忧愁。说是安静吧，也不对。因为大家都像在无声无息忍受着什么哩。""这镇上的生活，也真有点闷人呢。"沙汀的乡镇小说"就像人类学家、民族学家们经由现代遗留的原始部落来研究人类，从昨天来研究今天、明天一样，沙汀的乡镇小说可以称为这块无垠土地已逝年代的活化石"[①]。

小城小说除了这些普通的物象之外，还有一些物象是别有寓意的，它们附载着作者的批判意识和人文情怀。

比如《呼兰河传》中的"大泥坑"。小说第一章便描述了呼兰河这个边远小城东二道街上的一个深达五六尺的大泥坑。不下雨时，这个大泥坑的泥浆好像粥一样，下了雨，就变成河了，泥浆就冲到附近人家的院子里。等坑水一落下去，太阳一晒，乱哄哄的蚊子便飞到人家院子里。同时，泥坑的水分被蒸发掉，"那里面的泥，又黏又黑，比粥锅潋糊，比浆糊还黏。好像炼胶的大锅似的，黑糊糊的，油亮亮的，那怕苍蝇蚊子从那里一飞也要黏住的"。这里经常淹死马，陷住马车，闷死狗、猫、鸡、鸭、猪，夺去不幸的小孩的生命，甚至连想用翅膀点水的小燕子也有被粘住的危险。但对这个给当地人带来极大不便和危险的烂泥坑，却从来没有人想着去整治它，"一年之中抬车抬马，在这泥坑子上不知抬了多少次，可没有一个人说把泥坑子用土填起来不就好了吗？没有一个"。但大家并不是不关心大泥坑的事，"在这大泥坑上翻车的事情不知有多少。一年除了被冬天冻住的季节之外，其余的时间，这大泥坑子像它被赋给生命了似的，它是活的。水涨了，水落了，过些日子大了，过些日子又小了。大家对它都起着无限的关切"。可为什么关切呢？原来他们是为了享受大泥坑所带来的"福利"：

[①] 吴福辉：《乡镇小说·序》，沙汀《乡镇小说》，上海文艺出版社1992年版，第3—4页。

第一条：常常抬车抬马，淹鸡，淹鸭，闹得非常热闹，可使居民说长道短，得以消遣。第二条就是这猪肉问题了，若没有这泥坑子，可怎么吃瘟猪肉呢？吃是可以吃的，但是可怎么说法呢？真正说是吃的瘟猪肉，岂不太不讲卫生了吗？有这泥坑子可就好办，可以使瘟猪变成淹猪，居民们买起肉来，第一经济，第二也不算什么不卫生。

烂泥坑带来的危害与不便反倒成了居民说长道短的"谈资"，还可以故意将瘟猪说成是泥坑淹死的猪而大快朵颐，"于是煎，炒，蒸，煮，家家吃起便宜猪肉来。虽然吃起来了，但就总觉得不太香，怕还是瘟猪肉。可是又一想，瘟猪肉怎么可以吃得，那么还是泥坑子淹死的吧！本来这泥坑子一年只淹死一两口猪，或两三口猪，有几年还连一个也没有淹死。至于居民们常吃淹死的猪，这可不知是怎么一回事，真是龙王爷晓得"。萧红这让人忍俊不禁的揶揄背后的隐喻是非常明显的，它告诉人们，呼兰河就是一个烂泥坑，传统的习俗、落后的观念与历史文化的惰性桎梏着人们的精神与思想，生活在其中的人们就像陷在"大泥坑"中的动物一样，"它们自己挣扎，挣扎到没有力量的时候，就很自然的沉下去了，其实也或者越挣扎越沉下去的快"。①

同样寓有命运之意的还有小城之"塔"。塔是中国古代寺庙园林等风景名胜中经常出现的建筑。塔起源于古代印度，最早是埋葬佛教高僧的僧骨之地，后来也用于供奉佛像佛经，是佛教中神佛的象征。塔，这种源于宗教的物质标志越来越世俗化，无论是边陲山城还是平原小镇，都可见到这种标志性建筑，它已经成为一种世俗化的宗教与文化意象，寄寓了人们丰富复杂的文化内涵、哲学思考及命运指向。

师陀的《果园城记》中《塔》单独成篇，它辉煌、骄傲、尊贵，"像一位守护神般庄严"地俯视着小城，永不倒塌。它又像是果园城的朋友，永远陪伴着这里的子民：

---

① 萧红：《呼兰河传》，《萧红全集》(3)，黑龙江大学出版社2011年版，第6—12页。

太阳正从天际从果园城外的平原上升起来；空气是温柔潮湿，无比的清新；露珠熠熠在散布着香气的草叶间闪烁；在上面，阳光照着果园城的雉堞和城头上的塔，把它们烘染得像金的一般在空中发光。

　　果园城每天从朦胧中一醒来就看见它，它也每天看着果园城。在许多年代中，它看见过无数痛苦的杀伐战争，但它们到底烟消云散了；许多青年人在它脚下在它的观望下面死了；许多老年人和世界告别了。一代又一代的故人的灵柩从大路上走过，他们生前全曾用疑惧或安慰的目光望过它，终于被抬上荒野，平安的到土里去了——这就是它。这个曾经看过以上种种变动的塔，现在正站在高处，像过去的无数日子，望着太阳从天际从果园城外的平原上升起来。①

　　塔是小城最有代表性的风物，果园城的人们也怀着敬畏之心仰视着这座白塔，聆听着关于塔的传说——是从一个经过果园城上空的神仙的袍袖里落下来的。他们真诚地认为塔如此重要，它是果园城的标志，也是果园城的象征。"假使没有它，据说人们将不认识果园城，将立刻发生恐慌，以为像飞来峰一样，夜里被一阵不幸的怪风吹到爪哇国了。"② "当他们——果园城人发现他们的城头上有一座塔，他们以为自己非常重要，以为上天看见了他们，特地送一座塔镇住他们的城脚，使它不至于连他们自己被从河上奔来的洪水冲入大海。"③尽管人们对塔寄托着如此美好的愿望，塔也在岁月的侵蚀中傲然屹立，但它并没能给果园城人带来福祉。宝塔在葛天民的解说中是这样的：仙人赴西王母宴会，喝醉后回转，口渴想摘果园城的几个水果，可他立刻被眼前的景象惊呆了——"在下面衙门里，一个绅士正和县官策划怎样将一个应该判处死刑的人释放，另外拿一个完全无辜的人抵罪。然后以衙门作中心，虽然已是深夜，周围还在活动：在一个屋子下面有一个父亲正和一个流氓商议卖他的女儿；在另外一个屋子下面，一个地主为着遗产在想方法谋杀他兄

---

① 师陀：《果园城记·塔》，《师陀全集》（2），河南大学出版社2004年版，第519页。
② 同上书，第520—521页。
③ 同上书，第522—523页。

弟的儿子；在第三个屋子下面，一个老实人将别人的驴子吊起来，不让它吃草；在第四个屋子下面，一个赌徒在鞭打他的老婆，她三天没有给他弄来钱，没有接到一个嫖客；一个酒商正往酒缸里兑水；一个粮商在将他发霉的粮食擦光；一个宰牛的念着咒语；在不远的地方，一个少女正在哭泣，预备将头伸进她结在梁下的绳套……"神仙惊诧不已："这难道真是它，真是人们以廉耻道德天下乐土自诩的那个出名的城吗？"① 神仙偷水果的手不由自主地垂下来，宝塔就从袍袖里落下来了。人人都可以根据自己的内心需要来构想关于宝塔的历史与传说，于是，这座来历有多种说法的神秘古塔，有时被看作仙人用来镇城脚的宝塔，有时则成为小城人犯错误与罪恶时的托词，小城人在这古塔里寻找着生存的精神慰藉、罪恶与死亡的精神解脱。

塔也是《果园城记》重要的文学意象。在小城人的视阈中，塔被赋予各种传说和希冀，承载着人们人化、神化、魔幻的多种想象，它成为一种世俗化的宗教，满足着人们的各种精神、心理需求，同时也接受着人们的不满和怨怼。它"见证着小城中各式各样的灵魂挣扎和生老病死，作为小城乡人寻求慰藉的对象，塔被人在传说中神化，同时被赋予了神秘超人的力量。而神化后的古塔，也慢慢变得鬼魅，成了小城人的遮羞布，默默承受着各种吃人杀人的罪名"②。在《果园城记》中，师陀赋予了宝塔这一物象丰富的文化内涵，使其成为一个具有象征意义的意象。在这里，宝塔之于果园城，就如同师陀之于果园城一样，既有冷静的谛视，也有温情的观照。但这种谛视与观照只存在于客观叙事中，作者并没有明确的主观性态度。正如师陀的《果园城记》是在马叔敖的带领下对果园城所做的一番巡视，虽时有感叹，但并没有类型化的主义和观点指涉。"我们读着，会觉得是真的跟着师陀先生跨进孟林太太的门，跟葛天民先生谈天，到魁爷府上去观光，看素姑小姐捡绒线，碰到做'巡阅使'的小刘爷，听贺文龙念他的'被毁伤的鹰啊……'，讲油

---

① 师陀：《果园城记·塔》，《师陀全集》（2），河南大学出版社2004年版，第521—522页。
② 李春红：《汉语传播新视域：理论探微及词汇认知与习得》，世界图书出版广东有限公司2013年版，第146页。

三妹与马瑶英的故事，想那块傲骨怎样与命运作战，跟小渔夫谈阿嚏，或者真的与贺文龙谈塔的传说，看说书人的尸首抬过，听卖油的敲梆与邮差先生的自言自语，真的惊诧于孟季卿的死，大刘姐的好运与那三个小人物的变化。我最爱孟安卿的《狩猎》，我觉得亲切，仿佛自己还是在那个朦胧的还乡梦里，这梦是五年前我做过的，以后又实现了。我有几个朋友，一个是自学了七年之久的，遭遇到了徐立刚的结局，我常常碰到他们的母亲，我不敢用一盆冷水熄灭了他们心里的希望，我因之常在他们面前局促又尴尬。那《期待》使我多感动啊。"①

"白塔"在沈从文的《边城》中也是一个重要物象。小说开始介绍小城人家时即交代说"溪边有座白色小塔，塔下住了一户单独的人家"。但在一个雷雨之夜后，一切不复存在了："翠翠看看屋前悬崖并不崩坍，故当时还不注意渡船的失去。但再过一阵，她上下搜索不到这东西，无意中回头一看，屋后白塔已不见了。一惊非同小可，赶忙向屋后跑去，才知道白塔业已坍倒，大堆砖石极凌乱的摊在那儿。翠翠吓慌得不知所措，只锐声叫她的祖父。祖父不起身，也不答应，就赶回家里去，到得祖父床边摇了祖父许久，祖父还不作声。原来这个老年人在雷雨将息时已死去了。"② 白塔倒了，渡船被冲走了，爷爷也随着白塔的圮坍而去世了，只剩下翠翠一个人。一切是那么凑巧，好像是冥冥中注定，让人陡然生出一种悲凉的宿命感。而边城人也相信，"碧溪岨的白塔，与茶峒风水有关系，白塔坍了，不重新作一个自然不成"。于是捐款重建，"为了这塔成就并不是给谁一个人的好处，应尽每一个人来积德造福，尽每一个人皆有捐钱的机会"。"到了冬天，那个圮坍了的白塔，又重新修好了"。③ 在此，沈从文赋予白塔的意义应该不仅仅是风水与民俗，还有边城中人深深的命运感，有一种宿命的东西在里面，还多少带有淡淡的挽歌情调。正如爷爷终将离开上天给予他的职分一样，白塔的轰然倒掉也是一种偶

---

① 唐迪文：《〈果园城记〉》，《二十世纪中国小说理论资料》第4卷，北京大学出版社1997年版，第368页。
② 沈从文：《边城》，《沈从文全集》(8)，北岳文艺出版社2002年版，第146页。
③ 同上书，第151—152页。

然中的必然。《圣经》里的巴别塔是人们能够和乐、幸福的乌托邦，《边城》里乌托邦般的生活的消逝，就是伴随着白塔的倒掉。正如沈从文在《传奇不奇》中所说："人有千算天有一算，一切合理建筑起来的楼阁，到天那一算出现时，就会一齐塌圮成为一堆碎雪破冰，随同这个小溪流的溶雪水，泛过石坝，钻过桥梁，带入大河终于完事。"① 但师陀在《果园城记》中传出的信息却是，即使宝塔没有倒掉，果园城的人似乎也没有得到多少庇佑，依然是一代代被"平安"到土里去了。

二　琐碎民俗事象的人文精神和文化意义

何谓民俗？有学者如此定义："自有人类以来，人们按照一定的方式满足着自身和社会的需求，按照一定的方式传宗接代，按照一定的方式形成、延续、发展着相同或不同的物质生产和精神生产，按照一定的方式形成和延续、发展着大大小小的或独立、或交叉、或融合的文化圈……这就是'传宗接代'的人类文化传承。这种人类普遍的文化传承，无论从历史的纵的发展来看，还是从共时的横的流布来看，它都呈现为一种相应稳定成'型'的定势，或曰惯势，因而我们称之为'民俗'。"② 民俗是一个群体概念，它是由特定的群体共同创造传承的世俗文化，群体中每一个人都与之息息相关，是体现和传承这种民俗文化的一分子，越是在比较落后的时代，在比较封闭落后的区域，这种情形就越发明显。民俗的显现有物质和精神两个方面，二者相互联系，时常黏合在一起。精神民俗是通过具体的物事体现的，尤其是日常生活的敬神畏天、循规蹈矩。周作人一向对民俗有着浓厚的兴趣，也有全面而深入的研究，他就是通过物质民俗的题材来表现民俗心理的。他"在林林总总的物质民俗事象中，偏重于写与人生活息息相关的衣食住行的民俗。他认为一个民族或地方真正的文化精神正消融于大多数最普通、最稳定的日常生活中。首先，'衣食住三者是生活中最重要的那部分'；其次，衣食住所构成的

---

① 沈从文：《传奇不奇》，《沈从文全集》(10)，北岳文艺出版社2002年版，第437页。
② 曲全良：《民俗美学发生论》，《文艺研究》1989年第2期。

生活方式是最难改变的，也是最具有稳定性的。就像他的好友刘半农所说：'吃饭穿衣等事是全人类所共有的，所以要研究各民族特有的文明，要彻底了解各民族的真际，非求之于吃饭穿衣等事之外不可。'他们都表现出一种平民化的立场和关注全人类的眼光"①。小城小说的作家们正是以这种立场和眼光在选择熟悉的民俗进入创作领域时将注意力锁定在他们最熟悉、印象最深的生老病死、衣食住行的民俗事象上。

在沈从文的《长河》中，滕长顺一家的日常生活是湘西日常民俗的充分体现：

> 这一家人都俨然无宗教信仰，但观音生日，财神生日，药王生日，以及一切传说中的神佛生日，却从俗敬香或吃斋，出份子给当地办会首事人。一切附予农村社会的节会与禁忌，都遵守奉行，十分虔敬。正月里出行，必翻阅通书，选个良辰吉日。惊蛰节，必从俗做荞粑吃。寒食清明必上坟，煮腊肉社饭到野外去聚餐。端午必包裹粽子，门户上悬一束蒲艾，于五月五日午时造五毒八宝膏药，配六一散痧药，预备大六月天送人。全家喝过雄黄酒后，便换好了新衣服，上吕家坪去看赛船，为村中那条船呐喊助威。六月尝新，必吃鲤鱼，茄子，和田地里新得包谷新米。收获期必为长年帮工酿一大缸江米酒，好在工作之余，淘凉水解渴。七月中元节，作佛事有盂兰盆会，必为亡人祖宗远亲近戚焚烧纸钱，女孩儿家为此事将有好一阵忙，大家兴致很好的封包，用锡箔折金银锞子，俟黄昏时方抬到河岸边去焚化。且作荷花灯放到河中漂去，照亡魂升西天。八月敬月亮，必派人到镇上去买月饼，办节货，一家人团聚赏月。九月重阳登高，必用紫姜芽焖鸭子野餐，秋高气爽，又是一番风味。冬天冬蛰，在门限边用石灰撒成弓形，射杀百虫。腊八日煮腊八粥，做腊八豆……总之凡事从俗，并遵照书上所有办理，毫不苟且，从应有情

---

① 薛晓蓉、段友文：《周氏兄弟文学创作的民俗意识比较》，《鲁迅研究月刊》2010年第12期。

景中，一家人得到节日的解放欢乐和严肃心境。①

汪曾祺曾说："我认为，民俗，不论是自然形成的，还是包含一定的人为的成分（如自上而下的推行），都反映了一个民族对生活的挚爱，对'活着'所感到的欢悦。它们把生活中的诗情用一定的外部形式固定下来，并且互相交流，融为一体。风俗中保留一个民族的常绿的童心，并对这种童心加以圣化。风俗使一个民族永不衰老。风俗是民族感情的重要的组成部分。"② 滕长顺一家的生活正是民族童心的"圣化"，对琐屑的日常生活怀有一种敬畏之心，一切照章办理，毫不苟且，生活是严肃的，也是欢乐的，这正是沈从文对湘西生活眷恋不舍的原因所在。

呼兰河小城有着各种习俗，诸如跳大神、扭秧歌、放河灯、赶庙会等是年年例行、居民们乐此不疲的代表性精神盛举。除此之外，小城人的日常生活可以说就是由各种习俗连缀而成的，如生老病死、春夏秋冬，甚至吃饭穿衣、晨起晚睡等都附之以各种习俗。扎彩铺是呼兰河生死礼俗比较典型的体现。在呼兰河小城充斥着众多的死亡，动物的死，成人的死，还有充满生命力的孩子们的死。或许是生命的价值虚无，或者是死亡太多太滥，人们对于生命的消失是漠视的，但对死后的丧葬却是认真、热心甚至是铺张的。呼兰河城中的扎彩铺为死人预备的物什样样俱全，"大至喷钱兽，聚宝盆，大金山，大银山，小至丫环使女，厨房里的厨子，喂猪的猪倌，再小至花盆，茶壶茶杯，鸡鸭鹅犬，以至窗前的鹦鹉"③。还有大院子，院墙上是金色的琉璃瓦，院子里有小车子、大骡子……凡是在"阳间"没有享受的或无法享受的，虚拟的"阴间"却一应俱全，难怪"看热闹的人，人人说好，个个称赞。穷人们看了这个竟觉得活着还没有死了好"④。"阴间是完全和阳间一样，一模一样的。只不过没有东二道街上那大泥坑子就是了。是凡好的一律都有，坏的不必有。"⑤

---

① 沈从文：《长河》，《沈从文全集》（10），北岳文艺出版社2002年版，第44—45页。
② 汪曾祺：《谈谈风俗画》，《汪曾祺文集·文论卷》，江苏文艺出版社1993年版，第61页。
③ 萧红：《呼兰河传》，《萧红全集》（3），黑龙江大学出版社2011年版，第14页。
④ 同上书，第15页。
⑤ 同上书，第16—17页。

沈从文笔下滕长顺一家的日常生活充满了各种习俗，平常的日子因为附着了各种宗教、神话、万物有灵、祖先崇拜等种种习俗信仰而变得一粥一饭也郑重用心，日子在神灵庇佑下也就有了期盼和充实，寸寸光阴也都有了意思。与沈从文对小城习俗的欣赏眷恋不同，萧红对家乡习俗的态度更为理性，她不再是简单的眷恋踌躇，或否定批判，而是以仔细的观察和冷静的谛视将民俗事象予以独具魅力的客观呈现，留给读者更为复杂的人生思考。呼兰小城的生活是寂寞的，年年岁岁、日日月月也就是生老病死的循环往复，只有跳大神、扎彩人、放河灯、赶庙会等民俗事项，才显示一些热闹和活力。可是这里跳大神、唱夜戏、放河灯、赶娘娘庙会等热闹的活动都是为鬼、为神而不是为人，这是一个多么深刻的生存悖论啊！人世与鬼界、神界的生活价值被彻底颠倒。对现实的、此岸的世界的冷漠、麻木和不思进取，与对虚幻的、彼岸的世界的积极投入与热情关注，反映了呼兰河人生命活力的退化、萎缩。"阴间"色彩的绚烂，与"阳间"的暗淡沉闷、单调乏味，构成了"呼兰河"这个寓言意味深长的两个方面。在《呼兰河传》中，作者从儿童天真的视角像讲述一个寓言故事一样平静地叙述着愚昧的人们的俭省吝啬、虐人又自虐、可怜又可恶。呼兰河，是一个寓意深刻的象征符号，它就像小说中的那个"大泥坑"，在大家习以为常中吞噬了众多无辜的生命。

小城小说因为回到熟悉亲切、礼俗伦常的故乡，所以它们"大都表现出对民间礼俗文化的极大的亲和力，它们对民间的敬神仪式、节庆、庙会、集市、放河灯、野台子戏乃至婚丧嫁娶都有着特别的关注和出色的描绘。而一旦作家们游笔至此，便立即使人感受到一种充盈于字里行间的生命内在张力、会通幽冥古今的心灵的悸动和人际间现世的温情及欢悦"。对于民俗，尤其是对其具体呈现的各种仪式，"在唯'新'派看来可能是陈旧的，在唯'实利'派看来可能是虚饰，在唯'科学'派看来可能是愚妄，但其作为人文之维、审美之维的价值，是绝对不能忽视的"。[①] 毫无疑问，"仪式庆典中固有的程

[①] 孔范今：《论中国现代人文主义视阈中的文学生成与发展》，《重构对话》，山东大学出版社2009年版，第217页。

式化为人类在其整个历史中体验艺术提供了重要的契机,而这些艺术本身是重要的集体信仰和真理不可或缺的包含情绪的强化刺激。在把这些当作太烦琐或太过时的东西抛弃之时,我们也就失去了艺术对生活的中心地位。于是,我们也就取消了古老的、自然形成的和经过时间检验的那些理解人类生存的方式。在整个人类历史中,艺术就是作为塑造和美化我们生活中重要而严肃的事件标示出来的过度的和超常的手段,我们放弃的与其说是我们的虚伪,还不如说是我们的人性。"① 小城小说中这些已经被历史遗落的民俗记录,作为一种人文主义生命关怀,对于人类的现实生存和历史整体性的发展有着不可或缺的价值。

第二节 小城伦理的自然生态

所谓伦理,简单来说就是人伦道德之理,指人与人相处的各种道德准则。中国人的亲属关系,好像把一块石头丢在水里所发生的一圈圈推出去的波纹,自己就是这个中心,波纹的远近是由生育和婚姻所结成的关系的远近所决定的,这个波纹可以一直推出去,包括过去的、现在的和未来的无数的人。儒家最考究的是人伦关系,费孝通先生对此的解释是:"从自己推出去的和自己发生社会关系的那一群人里所发生的一轮轮波纹的差序。"② 在中国传统社会中,封建伦理道德把人与人之间的关系规范为君臣、父子、夫妇、兄弟、朋友五种,即五伦,认为这种尊卑、长幼的关系是不可改变的常道,故称伦常。在人类群体居住的漫长历史中,人与人之间关系的和谐与否成为一个群体、一方区域安宁、文明与否甚至富足与否的重要标志。人类个体之间的关系,一方面受利益驱使,一方面服从于道德规范,二者并行不悖,互有交叉,所

---

① [美]埃伦·迪萨纳亚克:《审美的人——艺术来自何处及原因何在》,户晓辉译,商务印书馆2004年版,第371页。

② 费孝通:《乡土中国》,上海人民出版社2006年版,第23页。

以古人说"君子爱财，取之有道"。费孝通先生从差序格局中分析出儒家道德系统中"私"的问题，认为"中国传统社会里一个人为了自己可以牺牲家，为了家可以牺牲党，为了党可以牺牲国，为了国可以牺牲天下"①。这种思想相通于《大学》中的"古之欲明明德于天下者，先治其国，欲治其国者，先齐其家，欲齐其家者，先修其身……身修而后家齐，家齐而后国治，国治而后天下平"。在这种差序格局形成的远近关系中，公与私是相对的，每一个层面的"私"都有其相对的"公"，牺牲族的利益是为了家，牺牲更大的团体甚至国家的利益是为了族。所以，中国人在行"私"欲时并不惭愧，甚至觉得自己是在奉献或牺牲。这种伦理道德在维持一种井然秩序的同时，也造成了人的自私、虚伪甚至恶毒——在各种为"公"名义下为满足自己的私欲而行残忍之事。

有学者在论述20世纪20年代小说发生历史转化时指出：

> 在中国现代文学史上，小说的每一次革新几乎都与社会思潮的嬗变息息相关：从"五四"感时忧国的启蒙传统，到二十年代后期革命小说的政治诉求，中国现代小说所发生的历史流变，莫不折射出时代风尚和社会变迁对于文学的深刻影响。所谓"文变染乎世情，兴废系乎时序"一说，庶几可解释现代小说的这种话语转型。然而，倘若论及1920年代五四小说向革命小说转换的深层原因时，却不可不提及萦绕于五四作家心目中的伦理关怀意识。正是他们对于自身伦理记忆和道德责任的念兹在兹，才造就了五四小说反抗传统伦理、追求自由伦理的伦理叙事；反过来，这种伦理叙事又深刻影响了二十年代后期革命小说的书写方式——那种革命加恋爱的叙述模式，不过是革命作家力求遗忘和无法遗忘五四时期伦理记忆的结果。这意味着在五四小说转向革命小说的历史进程中，除却"救亡压倒启蒙"的社会思潮影响之外，亦隐含着一条与伦理叙事相关的逻辑线索。有鉴于此，若能澄清五四小说的伦理叙事问

---

① 费孝通：《乡土中国》，上海人民出版社2006年版，第24页。

题，当有望在文学社会学的阐释思路之外，寻绎出五四小说在1920年代发生历史转化的深层原因。①

所谓伦理叙事即小说叙事中所表现出来的伦理观念。"五四"小说中表现出来的普遍性伦理观是父与子的代际冲突模式，青年一代追求个性解放，他们在婚恋和工作前途方面与父辈观念的冲突是问题小说、乡土小说中经常表现的伦理主题。20世纪三四十年代，在一些作家的家族小说（如《家》《四世同堂》《科尔沁旗草原》《财主底儿女们》）中延续了这种代际冲突的伦理模式。显然，这种伦理叙事是以反抗传统伦理为旨归的。反抗是手段，在个性解放思想指引下关注自我伦理处境的道德意识才是目的。与20年代后期具有明确政治意识的革命小说相比，这类家族小说某种意义上继承了"五四"小说的伦理叙事特点，它们在反抗传统伦理的大背景下，也在思考人物个性解放后的出路，表现出对伦理道德关怀的反思、内省。小城镇小说写的虽不是一家一族，也是自己熟悉的那一片土地家园，小城如同大的家族，居住的空间几乎不变，人与人之间源于地缘与血缘的关系而亲近、熟悉，传统伦理思想因年深日久的浸淫而根深蒂固，父与子两代观念的冲突在所难免。从另一方面讲，小城大多处于偏僻之地，还某种程度地保持着得自天然的朴野之风，主流伦理的流风所及已然淡远，伦理观念并非那么严格，对生命本身的关注反倒多些。当然，这里所说的对生命的关注不是从哲学的意义上说的，而是就生存层面而言。小城小说往往表现为冲淡的伦理叙事——在看起来温馨、平静的小城镇生活中，矛盾也是复杂甚至尖锐的，只是因为时间和空间的原因，新与旧，传统与现代，父辈与子女之间的冲突都是以缓慢、潜在、长期的形式而存在的，父与子的冲突如"五四"小说中离家出走式的强烈表现不多，但压抑与被压抑、反抗与对垒还是时时发生的，而且结果一般是"涛声依旧"，小城经过一个个年轻的灵魂与肉体挣扎后，又回归常态或彻底泯灭的故事也几乎在天天上演，如萧红《小城三月》中"翠姨"的挣扎、反

---

① 叶立文：《五四小说的伦理叙事》，《小说评论》2010年第1期。

抗与香消玉殒,《果园城》中离去又回归的新思想承载者的无所作为,都在诉说着传统、习惯的强大与无处不在,想走出这个无边的大幕,几乎是不可能的。但小城小说与具有自觉政治意识的革命小说之不同即在于代际冲突只是其叙事之伦理一维,展现在小城小说中的有更为自然、更为丰富的主题。小城小说作家常常抛开传统的伦理道德,表现生命本身的自然伦理,体现出"天地大德曰生"的自然观念。这种自然观念让小城小说作者有意无意地规避了社会主流意识形态的影响,更为注重个体的生命感受和自由的价值追求。

一 小城小说的自然伦理叙事

小说,说到底就是讲故事,只是故事的内容和讲故事的方式有所不同而已。有的故事被结构成鸿篇巨制,俨然一座美轮美奂的艺术大厦;而有的故事讲述的则是身边日常发生的琐碎事情,宛若小桥流水,朴素而清新。前者如列夫·托尔斯泰的《战争与和平》、茅盾的《子夜》、老舍的《四世同堂》等,后者如村上春树的《挪威的森林》、鲁迅的《风波》、萧红的《呼兰河传》、师陀的《果园城记》。这无关乎篇幅的长短,但与取材用意有紧密联系。前者一般是反映时代思潮的宏大叙事,后者往往是对人生人性的个人感性书写。文学源于生活又高于生活,这里所谓的"高",与其说是指作家对生活的虚构、概括,不如说是指他们对生活的感知、发现与表现。世界是客观的,但对人类而言却充满意义:自然季节的变换,人类的生老病死,物体的大小、颜色、声音、冷热等都会给我们带来不同的生理和心理感受。然而,所有这些状况却不一定有人能注意到,或者彼此的关注点不同,有的东西就被忽略了,变得边缘、不重要甚至还会被有意或无意地遮蔽、湮灭。文学家的作用就在于用他们自己的感觉把那些可能被普通人忽略的部分呈现出来,引起人们的重新审视,并在这审视里重新认识自我和人生,启迪思考,敏锐感觉。作家们笔下的生活世界将因为他们各自不同的感觉、不同的审美视角和兴趣习惯而有不一样的发现与表达,于是,世界就在作家们多样化的感觉中逐次展开。

与西方文化注重逻辑，注重主客体的二元对立，善于以概念、推理将认识理论化、系统化不同，中国传统文化注重人间现世，注重主客体的统一，擅长以直觉、感悟来感受世界、认识事物。五四新文化运动以来，西方思想文化对中国传统文化带来了巨大冲击，但中国传统的认知习惯作为一种根深蒂固的隐形密码还是顽强地存在于几乎每一个生于斯、长于斯的个体之中，尤其是处于边缘化，不受各种主旨与思潮支配，拥有相对自由思想空间的人，能更真实地表现出这种自然随性的特点。在这种传统认知习惯下，他们对世界的认识是生活的、日常的、真实的。他们注重感性与直观，看到的事物是分散的、偶然的、不完整的，留有很多想象的空白。我们不是世界的主宰，不是全知全能的神，对世界只是参与式认知，对生活的表现也是感觉的、具体的、局部的、呈现式的。所以中国作家的感觉意识相对比较发达，对世界人生的认识也偏于感性直觉。在中国作家中，书写小城生活的作者，因为回到自己成长经历的地方，很自然地就找回了过去细腻的感觉，并在表现这些丰富的感觉时又以其清明的理性传达出自己不为传统所遮蔽、不为时尚所裹挟的独立认识与思考。

英国女作家弗吉尼亚·伍尔夫在其小说《到灯塔去》中这样描写女主人公的感觉：

> 现在她不必再顾忌任何人了。她能够恢复她的自我，不为他人所左右了。正是在现在这样的时刻，她经常感到需要——思索；嗯，甚至还不是思索，是寂静；是孤独。所有那些向外扩展、闪闪发光、音响杂然的存在和活动，都已烟消云散；现在，带着一种严肃的感觉，她退缩返回她的自我——一个楔形的黑暗的内核，某种他人所看不见的东西。虽然她正襟危坐，继续编织，正是在这种状态中，她感到了她的自我；而这个摆脱了羁绊的自我，是自由自在的，可以经历最奇特的冒险。当生命沉淀到心灵深处的瞬间，经验的领域似乎是广袤无垠的。她猜想，对每个人来说，总是存在着这种无限丰富的内心感觉；人人都是如此，她自己，莉丽，奥古斯都，卡迈克尔，都必定会感觉到：我们的幻影，这

个你们借以认识我们的外表,简直是幼稚可笑的。在这外表之下,是一片黑暗,它蔓延伸展,深不可测;但是,我们经常升浮到表面,正是通过那外表,你们看到了我们。她内心的领域似乎是广阔无边的。有许多她从未见识过的地方;其中有印度的平原;她觉得她正在掀开罗马一所教堂厚厚的皮革门帘。这个黑暗的内核可以到任何地方去,她非常高兴地想,因为它无影无踪,没人看得见它,谁也阻挡不了它。在个人独处之时,就有自由,有和平,还有那最受人欢迎的把自我的各部分聚集在一起,在一个稳固的圣坛上休息的感觉。一个人并不是经常找到休息的机会,根据她的经验(这时她用钢针织出某种纤巧的花样),只有作为人的自我,作为一个楔形的内核,才能获得休息。抛弃了外表的个性,你就抛弃了那些烦恼、匆忙、骚动;当一切都集中到这种和平、安宁、永恒的境界之中,于是某种战胜了生活的凯旋的欢呼,就升腾到她的唇边。①

主人公拉姆齐妇人此时是"忘我"的,虽然她在"正襟危坐,继续编织",但这些表面性行为只是一种机械显现,在她的思维意识中是没有的,她已经沉入自己思想的"黑暗的内核",在无限蔓延的思想领域,其思绪是杂乱无章、无可捉摸的,也是异常自由、平和的,只有抛弃了自我,抛弃了外部世界所带来的烦恼、匆忙、骚动,让心灵归于和平、安宁、永恒的境界,才能生发对生活、对人生的哲学层面的思考。正如拉姆齐妇人所猜想的:"对每个人来说,总是存在着这种无限丰富的内心感觉;人人都是如此。"而那个我们互相之间借以认识的外表往往是不真实的。

文学创作的过程与拉姆齐妇人的感觉是相通的,"黑暗的内核"无处不在,它引导作者进入一种孤独的思考状态,隔绝外部世界的喧嚣、骚动,让心灵归于宁静、平和的境地,一任思绪飞扬,万事万物纷至沓来、坌集笔端。在这方面,萧红的创作很具典型性。她以其惯有的细腻、体贴,对笔下的人

---

① [英]弗吉尼亚·伍尔夫:《到灯塔去》,瞿世镜译,上海译文出版社2011年版,第60—61页。

物满怀理解的同情,感叹他们物质生存的艰难,更理解他们精神的迷惘、无助。在现实生活中,每个人显现的大多是物质生存的状态,而大多数人对于灵魂的孤独、思绪的纷繁是没有能力厘清,也没有办法说出的。这也是萧红自己最大的苦恼。任何一个对生活认真体味的人,必定有很多的感触、思考、疑问,哪怕是愚夫愚妇,在为柴米油盐操持的生存背后,也有情感思绪的无限欢愉与惆怅。所以,作家要反映真实立体的人物,既需要设身处地、感同身受地投入情感,还需要对写作素材做深入的思考。在一次座谈会中萧红曾谈到,要写出好的作品需要有思索的时间和冷静的处境。"像雷马克,打了仗,回到了家乡以后,朋友没有了,职业没有了,寂寞孤独了起来,于是回忆到从前的生活,《西线无战事》也就写成了。"[①] 这种创作体会也是萧红自身的经历,她的《呼兰河传》就是这样写成的,在其执着于"物"的具体描绘中,萦绕着对生命的思索,发出各种疑问。从这个意义上说,一个人的孤独、寂寞是其深入生活、沉入生命的重要契机。可是很多作家不能单独生活、写作,他们总是需要走进一个团体,融入一个环境,唯恐被群体冷落或者被甩出体制轨道,所以他们的写作或许可以热火朝天,激情满怀,但往往缺少冷静、客观、独到的东西。"从前是和孤独来斗争,而现在是体验着这孤独,一样的孤独,两样的滋味。"[②] 萧红孤独、寂寞的生命体味,成就了她细腻的爱心,深刻的洞见,悲悯的情怀,使她能够掀开来自各种文化、制度、习俗、时尚等的种种遮蔽,用心地观察着眼前、周围的一切,同情着值得同情的生命,赞叹着值得赞叹的点滴,絮絮叨叨地诉说着自己的生命感喟,也不掩饰自己的欢愉和绝望:

> 七月里长起来的野菜,
> 八月里开花了;
> 我伤感它们的命运,

[①] 萧红:《抗战以后的文艺活动动态和展望——座谈会记录》,《萧红全集》(4),黑龙江大学出版社2011年版,第166页。

[②] 萧红:《沙粒》,《萧红全集》(4),黑龙江大学出版社2011年版,第258页。

我赞叹它们的勇敢。①

她以一颗对万物无差别的爱心,关爱、敬重着一切卑微、努力的生命。

世界那么广大!
我却把自己的天地布置得这样狭小!②

心的自由原本不需要大的空间,但四周局促的压抑毕竟让生命不得展颜,尤其是还有生命的太多负累。1936年鲁迅的去世给了远在日本的萧红以沉重的打击,与萧军情感的波折也让她在痛苦中难以自拔,身处异地的孤独、寂寞更让萧红敏感的心时时浸淫在痛苦之中,种种无奈、无助让萧红在沮丧中沉沦,也给了她对自我、对他人、对处境更为旷达、洒脱的认识:

本也想静静的生活,
本也想静静的工作,
但被寂寞燃烧得发狂的时候,
烟,吃吧!
酒,喝吧!
谁人没有心胸过于狭小的时候!③

我的胸中积满了砂石,
因此我所想望着的:
只是旷野,高天和飞鸟。④

从这里,读者看到了稚拙、天真的萧红的另一面真实,那是黑土地孕育的粗犷、率性和洒脱、悲苦。

---

① 萧红:《沙粒》,《萧红全集》(4),黑龙江大学出版社2011年版,第257页。
② 同上书,第258页。
③ 同上书,第259页。
④ 同上书,第260页。

可厌的人群，

固然接近不得，

但可爱的人们又正在这可厌的人群之中；

若永远躲避着脏污，

则又永远得不到纯洁。①

只要那是真诚的，

那怕就带点罪恶，

我也接受了。②

我本一无所恋，

但又觉得到处皆有所恋，

这烦乱的情绪呀！

我咒诅着你，

好像咒诅着恶魔那么咒诅。③

一切的纠结，归根结底是因为她对世界是爱着的。爱情也好，人群也好，生活也罢，这一切之所以成为萧红躲不开的魔咒，就因为她相信并给予着纯洁、真诚的爱，也渴望得到纯洁、真诚的爱，因此觉得生活"到处皆有所恋"。彭晓风这样评价萧红的散文："萧红散文最终能在中国现代散文中占据一席之地，也许就是因为她的稚拙与朴素。读这些散文，通常引发的不是心有灵犀的惊赞和自愧不如的折服，而是一种对人生亲切而又世俗的了解。萧红在她的散文中，从不刻意追求什么，她只是让自己的心声汩汩流出，笔到意出，浑然无饰，这里人格和文字似乎有一种对应关系，萧红是在用她的散

---

① 萧红：《沙粒》，《萧红全集》（4），黑龙江大学出版社2011年版，第263页。
② 同上书，第265页。
③ 同上。

文向读者袒露她的思想与情感。我相信，这是认识萧红的最佳途径，和其他风景相比，这里少了些曲水奇石，却更为单纯，更为真切。"① 在萧红笔下，单纯、真切的不仅是散文，我们上面列举的诗歌更是直抒胸臆的产物，从中可以看到她的本真性情，这是抛开道德伦理、去掉清规戒律的生命洞察和反省。在萧红的创作中，散文和小说一向没有严格的界分，所以她的散文的风格也是其小说的特点，那种以"稚拙与朴素""浑然无饰"的笔法向读者"袒露她的思想与情感"的情况也反映在《呼兰河传》中。在这部小说中，萧红用大量的笔墨写意呼兰河愚夫愚妇简单、机械的生存劳作，但不时地工笔点染，看似无意实则有心，揭示了人的精神困惑和生存迷惘。

　　优秀的文艺作品，必定是思想性和艺术性兼备。思想性，指作品中蕴含着作家对世界与人生独立的认知与思考；艺术性，指作品所显示的作家敏锐独特的艺术感觉及其准确的把握与精到的表达。能创造出这样作品的作家，往往具有自我独立的精神机制，拥有自我的一整套认知、感觉、思维体系，并能坚持自我的感觉与思考。拥有独立精神机制的作家，往往主动置自我精神于边缘地位，既不会与主流意识合作共谋，也无意对主流意识予以刻意的反对与抵抗，对各种外来思想也能理性地接受与吸收。拥有这种独立精神的作家，在创作时未必有明确的意识拒绝时代主流精神的裹挟，但当他在写作时真正回到自己的内心，回到自己的感觉与思考时，不知不觉、自然而然就会在作品中灌注并表现出独立的思想与个性。这种回到生活、回到内心的感觉与思考，去掉传统和时代的种种遮蔽，反而能通达而敏锐地感知、把握客观世界，由对世界观察的真达到对人生识见的深。

　　《边城》是沈从文笔下的一个桃源之梦，虽然梦中有着牧歌的忧伤，但那种人情人性的淳朴、厚道，自然的美好，风习的魅力，引发了代代人的向往。边城中的一切美好，不是得自文化的教化，也不是得自制度管理的谨严，一切出于天性自然。在边城，每个人天生都有一个厚道的灵魂，人人心地善良，个个淳朴勇敢；人与人之间的关系和谐温暖；边城中的一切事务都靠习惯支

---

① 彭晓风、刘云：《萧红散文全编·前言》，浙江文艺出版社1994年版，第10页。

配，这里有着人类童年时期的自然道德。

边城中的女孩子翠翠，是一切美好的化身。她的美好似乎不在于有多么乖巧、懂事，作者也没有强调她的孝顺、能干，而在于得自天然的纯真、善良、质朴、活泼。翠翠"在风日里长养着，故把皮肤变得黑黑的，触目为青山绿水，故眸子清明如水晶。自然既长养她且教育她，为人天真活泼，处处俨然如一只小兽物。人又那么乖，如山头黄麂一样，从不想到残忍事情，从不发愁，从不动气"①。

翠翠身边的人，爷爷、大老、二老、杨马兵等也都守着自然的规矩，他们对翠翠的爱护是真诚自然的，但也说不上无微不至。翠翠已经长大了，她已经有能力帮助爷爷守船，靠自己的劳动生活。守船摆渡是爷爷和翠翠生存的手段，更是他们的生活方式。这是天命，所以老人不觉得辛苦，女孩也不觉得无聊，他们享受着这样一种单纯的快乐。

与翠翠有关的故事也顺乎自然而始终。船总的儿子大老、二老都喜欢翠翠，一个想走车路，上门提亲；一个喜欢走马路，月下唱歌。翠翠喜欢听歌，于是会唱歌的二老为公平起见，一个人代表哥俩唱歌。哥哥不肯在此事上让弟弟代替，驾船下河不幸掉到滩下漩水里淹死了，伤心的二老坐船下桃源去了。在一个雨夜里，翠翠的爷爷去世了，屋后白塔也倒掉了，老马兵代替爷爷照顾翠翠，翠翠明白了许多原先不知道的事情。到了冬天，白塔重新修好了，只是"那个在月下唱歌，使翠翠在睡梦里为歌声把灵魂轻轻浮起的青年人还不曾回到茶峒来"②。

小说中的一切人事，作者只是按自然之理和人之常情去叙述，没有拿任何道德伦理的标准去作评判。小城中人都是好人，好人的好也没有牺牲、奉献之类的舍身忘我，所有言行都出自天性的淳朴、厚道。小城的悲剧、忧伤也不是哪一个人有意所为，而是一切出自天命，一切都遵循着自然伦理。小城之中虽然有一些不成文的习惯，但没有种种必须遵守的规矩，人与人之间

---

① 沈从文：《边城》，《沈从文全集》（8），北岳文艺出版社2002年版，第64页。
② 同上书，第152页。

按照各种习惯而生活，即便偶尔为情为爱所困，做父母的也不会苛责。当年翠翠的母亲喜欢唱歌，爱上了唱歌好的茶峒军人，背着忠厚的父亲，两人有了小孩。军人想带她向下游逃去，一个不肯离开孤独的父亲，一个也不愿违悖了军人的责任，不能同生愿同死，军人首先服了毒。做船夫的父亲知道后，"却不加上一个有分量的字眼儿，只作为并不听到过这事情一样，仍然把日子很平静的过下去"。怀了羞惭和怜悯的女儿，待生下翠翠后，到溪边故意喝冷水死去了。因为认识了那个兵，到末了丢开老的小的陪那个兵死了，若按传统的伦理道德看，这是不贞、不孝的行为，可是"这些事从老船夫说来谁也无罪过，只应'天'去负责。翠翠的祖父口中不怨天，心中却不能完全同意这种不幸的安排"。① 幸与不幸归咎于天，却也因为真诚的爱，爱是无可遏制的，所以老人并未责怪女儿。待翠翠长成，看到她跟母亲类似的神气、性情却为她担心，担心她会有和母亲一样的命运。无论是对待女儿还是对待外孙女，只要她们不受委屈就好。在边城中，的确人人都是在为"爱"字做一注脚。

《边城》中的人物，几乎都是象征化的，因为作者意欲塑造摹写的是小城，而不是其中哪一个人物。这样一个化外之地，自然不受传统伦理规矩的约束。某种意义上，"边城"生活只是沈从文描绘的桃源梦境。作者并未深入剖析每个人物内心的细微感觉与思绪，这些象征化的小城人物只是为了建构人性皆善、人情皆真、环境皆美的桃源之梦而服务的。从这个意义上说，《边城》人物在避开传统伦理的模式化言行的同时，进入了作者预设的另一种传声模式。如果进入每个人物的内心世界，就会发现再简单的生活也有丰富、复杂的人之常情、事之常理。别人眼中纯真、美好的翠翠，她自己又有怎样的感觉呢？沈从文似乎无意于揭示人物更为深层、内在的东西，正如他在湘西世界中对吊脚楼女人和水手的爱，只渲染其健康、泼野而不强调其粗陋、无奈一样。在山水风日里长养的翠翠是健康的，也是自由的，没有人给她规矩约束，一切顺乎自然天性，爷爷以及周围的人都

---

① 沈从文：《边城》，《沈从文全集》（8），北岳文艺出版社2002年版，第9页。

给予她尽可能的爱与呵护。但整天仅有爷爷和黄狗做伴的翠翠是寂寞的，尤其是见到傩送有了心事之后。一个十五岁的女孩子渴望交流，说说心中懵懂的喜悦和甜蜜的烦恼；渴望爱，包括亲人的爱，朋友的爱，情人的爱；翠翠也渴望有伙伴一起做年轻快活的事。边城中的翠翠和不在边城的十四五岁的女孩子一样有着自己的欲求，只是因为她生在边城，上天让她成了"翠翠"——如一道淳朴、自然的美好风景。这让人想到卞之琳的短诗《断章》："你站在桥上看风景，看风景的人在楼上看你。明月装饰了你的窗子，你装饰了别人的梦。"装饰别人梦的翠翠见过傩送后，自己也不知不觉就有了心事，开始关注摆渡的新嫁娘，关注其他一些女孩子。无人过渡时，就反复温习这些女孩子的神气。她不知道她已开始与别的女孩子攀比，开始爱美，开始有了伤感，羡慕有母亲陪伴呵护的女孩，开始有了嫉妒……这些心事没人知道，她也不知道同谁说，该怎样说。只是在摆渡空闲时无所谓地唱着："白鸡关出老虎咬人，不咬别人，团总的小姐排第一……大姐戴副金簪子，二姐戴副银钏子，只有我三妹莫得什么戴，耳朵上长年戴条豆芽菜。"① 翠翠因为爱开始嫉妒了，当然她不知道这是因为嫉妒在咒人。她也模糊地感觉到自己的伤感、无奈，从小说中这些信息看，作者并非没考虑翠翠的各种苦恼，只是他不刻意强调这些而已。

　　大致说来，人的感觉和欲望基本是一样的，只是由于客观环境和传统习俗不同才造就了不同地方的人具有各自不同的特点。也许在外人看来是纯净、朴素的生活，而当事人则可能觉得这种生活是非常单调、无聊的。生命没有假如，生活无从选择，要紧的是每个人都在自己的职分上不断努力，尽着自己的各种责任，争取着能够有尊严地健康地生活。这是生命的核心追求，不会因哪一种生存伦理、哪一种生命模式而有所改变。萧红的"呼兰河"，师陀的"果园城"，沈从文的"边城"，不一样的是生活环境、生活方式及心愿追求的外在物质表现，但每个人都在努力证明自己，追求自我的尊严和幸福，这一点是共通的。

---

① 沈从文：《边城》，《沈从文全集》（8），北岳文艺出版社2002年版，第96页。

师陀有意把果园城写成中国一切小城的代表,其实大多数小城小说,虽然基于各地自然与人文的不同,但在某种意义上都可以代表老中国的主要特点,并可以由此揭示中国人的生存与追求。在"率土之滨,莫非王臣"的大一统中国,在"缓慢的历史演进中,封建思想封建文化封建道德衍化成为乡约族规家法民俗,渗透到每一个乡社每一个村庄每一个家族,渗透进一代又一代平民的血液,形成一方地域上的人的特有文化心理结构"①。传统伦理在代代承传的日常生活中深入每家每户每个人,形成了小城的基本伦理规约。但毕竟小城地处僻远,相比于政治文化的中心腹地,传统伦理的约束相对薄弱一些,各各不同的地域习俗对当地的小城生活产生了更为基础、更为根本的影响。当然,传统伦理与地域文化很多时候交叉共谋,一同影响着小城生活,这是不言而喻的。因之,小城伦理有其严酷、压抑的一面,更有其宽松、自由的一面,反映在小说中,那就是或隐或显的小城叙事伦理,这或者是一个个伦理故事,或者是在故事的叙述中传达着作者的某种伦理思想和价值判断。小城因其"边缘"地位,其伦理表现少了一份社会属性而多了一份自然属性。

二 "将道德的眼光抛开"

大多数批评家认为,李劼人的创作是受法国左拉为代表的自然主义的影响,他在法国多年的生活经历及其作品中对女性生命欲望放恣大胆的描写,就是有理有据、合情合理的证明。李劼人自己是否这样认为呢?他在发表于1922年5月的一篇长文《法兰西自然主义以后的小说及其作家》中谈到了自然主义文学的产生、消亡、特点,以及自然主义与其他形式的文学创作的区别。在他看来,"自然主义"只是一个时代文学趋势的抽象总名词,其名下分写实派、理想派、印象派三大派。其中以写实派最有力量,最富于特殊色彩。左拉、莫泊桑即为此派,影响很大。其长处是"能利用实验科学的方法,不顾阅者的心理,不怕社会的非难,敢于把那黑暗的底面,赤裸裸地揭示出

---

① 陈忠实:《寻找属于自己的句子》,《小说评论》2007年第4期。

来。……但是末流所及就未免太枯燥冷酷，太不引人的同情"①。从他对自然主义文学的分析看，他并不怎样推崇，反倒是对波兰的显克微支等法国以外的写实派作家评价极高，认为"他们都能把个人的心灵寄予在所著的书中，对于世界上万事万物靡不表露其浓郁的爱情，怜悯的心理；即是对于客观事物的描写，也多半是心理的、诗情的、慈悲的。他们从社会的机轮上，从心理的现象上，看出人类中很难有十分纯洁的人，都一样的微贱，一样的卑鄙，对于芸芸众生，咸具有一种热烈的同情。并且在他们作品上都能给予读者一种根本的解答，一种正面的需要。绝不像左拉学派把社会写得完全是一个可恶的，一个无可救药的，一个善恶分明的社会。所以外国影响一入了法国，遂使得一般烦闷的文人都知道生命是当爱的，实质的痛苦是当尊重的，心灵的安慰是当需要的，慈悲人道的责任是当担负的。他们不必要击鼓其镗来抨击左拉学派，而左拉学派的冷酷、粗疏，就因此反证而自然一落不可复振"②。从李劼人这段分析可以看出，他非常认同显克微支等法国以外的写实作家的观点、态度。与他们一样，李劼人对人类的态度是一种理解的包容，不是站在某一立场或某种道德制高点的愤世嫉俗。他不会简单地站在好人的立场去批判坏人，既然"人类中很难有十分纯洁的人，都一样的微贱，一样的卑鄙"，那么就不该自我过于清高，也不该对社会他人过于挑剔，对于芸芸众生，能有一种热烈的同情，让大多数人"都知道生命是当爱的，实质的痛苦是当尊重的，心灵的安慰是当需要的，慈悲人道的责任是当担负的"，这是一种慈悲和包容。也正是在这个意义上，李劼人和以左拉为代表的自然主义区别开来。自然主义以自然科学式的观察与解剖，将人的心理、情欲等种种恶的行为以及社会的种种黑暗暴露出来，批判已在其中；而李劼人对人世抱有更多的同情、理解，他对社会也给予了更多的肯定，而且不以道德的眼光轻断正误善恶，能站在人物本身的角度去感受思考，并给予充分的同情。W. C.

---

① 李劼人：《法兰西自然主义以后的小说及其作家》，《李劼人全集》（9），四川文艺出版社2011年版，第145页。

② 同上书，第147—148页。

布思在《小说修辞学》中谈道："如果要对主人公保持同情，那就用主人公本人作为叙述者，即使是用第三人称，也报道'他/她自己'的经验；而内心观察则可以为甚至最邪恶的人制造同情。"① 李劼人正是采取了这种策略，无论是《死水微澜》对蔡大嫂的心理剖白，还是《暴风雨前》对黄太太的行为叙述，都是站在人物本身的立场上，在满含理解和同情的叙述中予以客观呈现，不做道德评价。当然，李劼人对笔下女性的观念与立场，除了受法国自然主义和显克微支等写实主义影响外，更重要的是受源远流长的巴蜀文化的浸润。

在广大中原地区，传统的"三从四德""三纲五常"沉重地规范着一代代女性的生命形态，严酷的宗法文化更造就着她们唯命是从的奴性，吞噬着她们旺盛的生命肌体，削弱着她们本真的生命活力。而地处西僻之地的巴蜀，由于长期处于封建主流文化的边缘，较之齐鲁与江浙地区，无论其道德约束还是宗法限制都宽松得多。多次的大规模移民对巴蜀宗族文化观念也进一步消解，与湖湘、吴越、齐鲁等地区更多的大家族对女性尤其是年轻女性的种种严苛限制不同，巴蜀小家庭为女性提供了更多的自由与自主，使其在精神、人格等方面得到了较大程度的独立与张扬。面对实实在在的衣食住行，她们的生活、理想更世俗化，主体意识也更强。不同于祥林嫂、邹四嫂、"为奴隶的母亲"等把自己的喜怒哀乐几乎完全依附于别人、依附于环境，几乎丧失了自我的主体意识，巴蜀女性虽然也是苦难的承受者，却更是自我思想、自我欲望的表达者和大胆甚至放肆的追求者；也不同于江浙女性把怨言、痛苦埋藏在内心深处，以至精神麻木、灵性枯萎，巴蜀女性不仅直率地说，而且大胆地做，她们挣扎、呐喊、反抗，张扬的生命甚至使男性惧怕，令当权者敛手。巴蜀女性的这种纯粹自然的生命欲望，正是蓬勃生命强力的表现。

中国传统礼教文化影响、桎梏下的女性，无论其个体精神、生活的每个层面，还是与家庭、社会的种种关系，其思想和行为都应该是消极、被动的，一旦有了自己的追求，即使是极正当的、极微小的，也被视为非荡即泼，至

---

① ［美］W. C. 布思：《小说修辞学》，华明、胡晓苏、周宪译，北京大学出版社1987年版，第274页。

少也是不怎么讨人喜欢的；而女性的自然欲望更是应严加禁锢的，稍有流露，便为家庭、社会所不容。这种无形的性别规范削弱着女性作为人的丰富性与复杂性，也扼杀着她们的生动和活力，使她们除了闺房自矜，就是唯命是从，少有生命的灿烂与张扬。不同的是，四川作家笔下的女性却展示了另一番景象。她们与男性一样有着自己的情爱追求，有着自己世俗享乐的欲望，也有着同男性一样的主宰自己、把握生活、实现生命价值的人生理想。无论是川西坝子的李劼人，还是川西北边镇的沙汀，都在其巴蜀女性描写中向我们展示着其生命的世俗化与丰富性。

在李劼人的"大河小说"人物形象系列中，写得最出色的是女性形象如蔡大嫂、黄太太、伍大嫂，她们那种大胆泼辣、真切率直的世俗情爱追求和在世俗情爱中抛开道德束缚的人性表现，典型地展现了巴蜀文化中独立、自由、张扬、享乐的世俗情怀。在这些女性形象中最为出色的当是蔡大嫂，即使在整个中国现代文学史上，像她那样独特、复杂、丰满的女性形象也屈指可数。

《死水微澜》中的邓幺姑（蔡大嫂），或被认为是敢于对抗传统封建礼教的大胆反叛者，或者被认为是被资本主义思想和生活方式引向罪恶深渊的生活堕落者。这样的归类，如果站在某种立场上，或以某种标准来看，也许有一定的道理，但都失之于把蔡大嫂类型化、概念化，没有真正从"这一个"，从人的自然性、社会性和地域性去把握人物形象，从而遮蔽了该形象的丰富性和复杂性。从某些方面或某种角度看，蔡大嫂并没有多么与众不同，她只是一个普通的女人，有着一般女人都有的世俗、虚荣、享乐的愿望，只是比一般女人心性高些，有些姿色。如果说有些不同，那是因为她是巴蜀女人，从小受巴蜀世俗文化影响，因而有巴蜀女性共有的自由、大胆、任性、不安分的性情。《死水微澜》中邓幺姑一出场给人的感觉是"谁也料不到猪能产象。务农人家的姑娘，竟不像一个村姑，而像一个城里人"。而那双伶俐的小脚和出众的人才更是让天回镇的少年心神荡漾。那双伶俐的小脚是她十二岁上缠好的，小的时候母亲发现她因缠脚痛得半夜里不能睡，抱着双脚呻吟着哭，劝她把裹脚布松松，劝多了，她反而生气地说："妈也是呀！你管得我的！为啥子乡下人的脚就不该缠小？我偏要缠，偏要缠，偏要缠！痛死了是我嘛！"为了不比城里人差，宁愿受罪，小小年纪就不接受乡下人比城里人差的命运，表现出一种独立和不安分。这种倾向还表现在她自从听了村中首富韩家从城中娶来的二奶奶谈论成都一般大户人家的阔气生活以及妇女争奇斗艳的打扮之后的思想和举动。虽然母亲邓大娘嘴里的成都与之完全两样，但她宁愿相信好的，"总想将来得到成都去住，并在大户人家去住，尝尝韩二奶奶所描画的滋味，也算不枉生一世"。她要和城里的太太小姐们一样享乐和风光，从此她便自恃有几分姿色，不想成为一般的农家妇女，为了能够过上繁华富贵的大城市生活，即使当姨太太也未尝不可。她嫁给蔡兴顺，虽然是父母做主，但她自己从壁子后面听见，也觉得是个好去处，毕竟蔡兴顺的杂货店在天回镇是数一数二的，虽然不能嫁到成都，但总比嫁给一个老头子做小受气好些。做了杂货店的老板娘，虽然有了安逸富裕的生活，但长相丑陋又反应迟钝的蔡兴顺"只会受气，会吃闷饭，睡闷觉"，这样的婚姻让她体会不到一点家庭生活的乐趣，虽然有了孩子，但在情与欲上还是荒漠。经常来的罗歪嘴虽然"说话举动，都分外粗鲁，乃至粗鲁到骇人，分明是一句好话，而必用骂的声口，凶喊出来；但是在若干次后，竟自可以分辨得出粗鲁之中，居然也有很细腻的言谈，不惟不觉骇人，转而感觉比那斯斯文文的更来得热，更来得劲"。而自己的丈夫在大家高谈阔论时，"总是半闭着眼睛，仰坐在那里，憨不憨，痴不痴的，而众人也不瞅他。倒是罗歪嘴对于他始终是一个样子，吃烟叶子时，总要递一支给他，于不要紧的话时，总要找他搭几句白"。敏感、细腻、心气高的蔡大嫂面对蔡兴顺这样的丈夫，眼前又有罗歪嘴这样的男人作为比照，蔡大嫂的心理可以想见。况且随着蔡大嫂和罗歪嘴的交往，双方心仪之处也越来越多。小说中有一段二人的谈话，罗歪嘴谈起一件人人都在提说的案子，案子涉及洋人、教民、官府，本来是袍哥打抱不平，结果因为传言对方信洋教，袍哥、官府都只得灰溜溜撒手。蔡大嫂自是不服气，当得知那洋人虽有枪炮，但在成都不过十来个人时，"便站了起来，提高了声音:'那你们就太不行了!你们常常夸口:全省码头有好多好多,你们哥弟伙有好多好多。天不怕,地不怕!为啥子连十来个洋人就无计奈何!就说他们炮火凶,到底才十来个人,我们就拼一百人,也可以杀尽他呀!'罗歪嘴看她说得脸都红了,一双大眼,光闪闪的,简直象著名的小旦安安唱劫营时的样子。心中不觉很为诧异:'这女人倒看不出来。还有这样的气概!并且这样爱问,真不大象乡坝里的婆娘们!'"从这里我们看到的就不仅仅是一般的不安分,还看到了蔡大嫂的正义、勇敢和血性。难怪罗歪嘴由此对她另眼相看。

蔡大嫂与罗歪嘴的遇合看似偶然,其实隐含着一种必然,虽然不合礼俗,但也说不上堕落。罗歪嘴虽然经手过很多女人,但从他与邓幺姑的关系发展看,他们都不是随意苟合,而是有着感情的吸引和性情的投合。邓幺姑在感情方面的浪漫幻想,在那个蠢如木头、毫无男子汉气质的杂货店老板那里是不可能实现的,所以她才会觉得妓女刘三金都比自己强,因为她毕竟走了些地方,见了些世面,虽说是人不合意,但总算快活过,总也得到过别一些人的情爱。罗歪嘴的江湖义气,他的豪放不羁、敢作敢为的气度,特别是蔑视官府和洋人的胆识和行为,让心气高傲、精明能干的蔡大嫂深深折服,觉得他才是真正的男子汉,在他那里可以找到情感的慰藉和生活的依靠。而罗歪嘴对女人的看法是:女人本身就是拿来耍的,只要新鲜有趣,出了钱也值得这样,所以他不想安家,把家看成枷锁,宁可花钱买快乐。但对漂亮、泼野、又情趣相投的蔡大嫂则是个例外,他由开始的尊重,到逐渐地被她由外表到精神所深深吸引。由此不仅可以看出两人某些共通的思想基础和相投的志趣,也充分刻画了罗歪嘴复杂细腻的心理活动。蔡大嫂的款款真情、不同寻常的识见,使得罗歪嘴这个常常自夸的"无情汉"动了真情,真正爱上了她。值得注意的是,罗歪嘴似乎处于被动地位,有点不知所措,常常努力掩饰自己激动的心情。若不是刘三金的从中撮合,这个无所畏惧的袍哥甚至不能勇敢面对这份感情。这或许是由于传统观念的桎梏(蔡大嫂毕竟是有夫之妇,且罗歪嘴与蔡兴顺是表亲关系),也或许是出于其他种种顾虑,但更可能的情况是因为他太珍视蔡大嫂，反而使这个所谓的情场老手下不了决心，不敢轻易接受，更不敢贸然表达对蔡大嫂的这份情感——以往那种以玩弄女性为能事的"登徒子"面貌在面对蔡大嫂时荡然无存。

蔡大嫂也只有在剽悍豪侠、跑流跳滩的光棍罗歪嘴身上才能品味到爱情的醇味。值得注意的是，从小说中看他们两人的遇合说不上谁主动，既谈不上霸占也不能说是勾引，似乎是有情有意的两人经过刘三金一点拨，就自然地走到一起，两情相悦，互相满足。罗歪嘴给蔡大嫂好吃的、好穿的、好玩的和"来劲"的生活，让她体验到了男人的宠爱和照顾，"蔡大嫂自懂事以来，凡所羡慕的，在半年之中，可以说差不多都尝味了一些"。"她只向罗歪嘴说了一句'花露水的香，真比麝香还好！'不到三天，罗歪嘴就从省里给她买了一瓶来，还格外带了一只怀表回来送她"。并且"时时听见他说自己硬是个城市中也难寻找的美人"。蔡大嫂则报之以自己的美貌和火热的温存，共同感受着男女欢爱的乐趣，"罗歪嘴之能体贴，之能缠绵，更是她有生以来简直不知的"。于是"她从心底下对他发生了一种感激，因而也拿出一派从未孳生过的又温婉，又热烈，又真挚，又猛勇的爱情来报答他，烘炙他"。其热烈的情欲甚至走向了疯狂，蔡大嫂曾对着镜子，看着自己惨白微瘦的脸颊和青泡的眼喃喃自语："还是不能太任性，太胡闹了！这样下去，不到一个月，不死，也不成人样了！死了倒好，不成人样，他们还能像目前这样热我吗？不见得罢？那才苦哩！"并且认为："人生一辈子，这样狂荡欢喜下子，死了也值得！"罗歪嘴也认为人生能有几个三十几岁？以前已是恍恍惚惚的把好时光辜负了，如今既然懂得消受，彼此又有同样的想头，为啥子还要作假？为啥子不老实吃一个饱？并且宣称："人为情死！鸟为食亡！""他们如此的醇！醇到彼此都发了狂！本不是甚么正经夫妇，而竟能毫无顾忌的在人跟前亲热。……还要风魔了，好像洪醉以后，全然没有理知的相扑，相打，狂咬，狂笑，狂喊！"两个人的情感是如此炽热和放肆，以至毫不顾忌世人的眼光，他们一道逛青羊宫、赶庙会，恣意说笑享乐，以她的美貌、风流和不安分的个性，把那些娇娇滴滴的太太小姐们和那些装腔作势的阔女人们统统比了下去。蔡大嫂在与罗歪嘴的遇合中,不仅得到了情欲享乐的满足,还充分满足了其虚荣、张扬的个性。但是从这里也可以看出,不管蔡大嫂心性多高,多么要强,她无论在物质上还是精神上都是典型的依赖男人的女人,她的一切风光、幸福全赖于袍哥罗歪嘴的欣赏和宠爱。当然,在这里罗歪嘴也绝不是欺压女人的男人,反而对蔡大嫂唯命是从,而且乐此不疲。此前的罗歪嘴虽久经情场,但不过是逢场作戏,并无专一的情爱。他所自负的是不论怎样"好看的、娇媚的,到手总有几十,但要过就是,顶多三个月,一脚踢开,说不要就不要,自己从未沉迷过,也从未与人争过风、吃过醋"。但是在外貌迷人、"气魄"不凡、情感炽热的蔡大嫂面前,他这个"大江大海都搅过来的人",却"在阴沟里翻了船"。他常常夸口对女人不着迷,玩了就丢开,而对蔡大嫂"岂但着了迷,连别人多看她一眼","他就嫉妒起来",爱得那样痴迷,那样"酽",以至官兵来捕抓他时,还是那样痛不欲生,不忍逃走,与刚出场时的罗歪嘴判若两人。他们这种疯狂而真挚的爱情行为,无论对罗歪嘴还是对蔡大嫂而言都只是动于中、形于外的本真情感宣泄。蔡大嫂爱罗歪嘴,只因为他"是个男子汉,有出息的人"。正如刘三金对罗歪嘴转述的那样,"她并不图你啥子,她只爱你这个人"。她对罗歪嘴的爱是诚挚的,除了罗歪嘴,别人并不能打动她,陆茂林的殷勤纠缠遭到了拒绝,后来嫁给顾天成则纯粹是从现实的情势需要考虑。无论怎样无所顾忌,都不能说是放荡堕落,就是一种对自由自然的本真生活和情爱的追求和享受,既不是什么叛逆,也说不上什么罪恶,其所作所为就是一个健康、漂亮的女性对情爱与享乐的合乎情理的自然选择。

如果说蔡大嫂与罗歪嘴的遇合彰显了她张扬、享乐和不安分的性格,那么在罗歪嘴逃走后她毅然嫁给顾天成则显示了她立足现实、追求实际的生活态度。其实,她的这种虽然心气高,但能够立足现实、不钻牛角尖的性格在她从邓幺姑成为蔡大嫂时就显示出来。邓幺姑本来在邻居韩二奶奶的影响下,是希望能成为成都大户人家的阔妇人,但随着韩二奶奶的死,她逐渐地面对现实:"以自己的身份,未见得能嫁到成都大户人家,与其耽搁下去,倒不如规规矩矩地在乡镇上作一个掌柜娘好!"可见,邓幺姑从小虽然任性、心气高,但能不沉溺幻想,立足现实,体现了大胆追求但灵活善变的态度,并且在这种转变的过程中,虽有不得已的苦衷,但并没有思想情感的过度痛苦纠结。这个一直在依靠男人,但又绝不是遇事就悲观消沉、顾影自怜的小女人,无论在顺境还是在逆境中都表现出开朗、泼辣、独立好强的个性。改嫁顾天成,正是她这种性格的集中体现。随着外来势力的强行闯入和清政府的无能,教民得势,袍哥势力受到冲击,罗歪嘴被已经信了洋教的顾天成诬陷,被迫逃亡,蔡大嫂夫妇受牵连,杂货店被砸封,蔡兴顺被抓,自己也受重伤。面对自己年迈的父母、幼小的孩子和尚在狱中的丈夫蔡兴顺,她果断地接受了仇人顾天成的殷勤追求,毕竟这是眼前一条最好的求生之路。蔡大嫂改嫁顾天成,虽然干脆,却并不鲁莽,她是有自己的算盘的,这既是一种无奈的退守,也是一种积极的进攻,既为自己也为亲人,既为眼前也为将来,既显示了可敬的牺牲精神,也表现出她"慕浮华,美虚荣"的心性。正如她对父母的回答:"难道你们愿意眼睁睁地看着蔡傻子遭官刑拷打死吗?难道愿意你们的女儿受穷受困,拖衣落魄吗?难道愿意你们的外孙儿一辈子当放牛娃当长吗?放着一个大粮户,又是吃洋教的,有钱有势的人,为啥子不嫁?""能够着罗歪嘴提了毛子,能够着刘三金迷惑,能够听陆茂林的教唆,能够因为报仇去吃洋教,……能够在这时节看上我,只要我肯嫁跟他,连什么都答应,连什么都甘愿写纸画押的人,谅他也不敢翻悔!……我也不怕他翻悔!就是翻悔了,我也并不吃亏!"这是一桩立足现实的婚姻,蔡大嫂对顾天成,对当前的形势认得清、吃得住、想得全。当然,这也是不得已的交易,她给顾天成提出的近乎苛刻的条件更具体表现了她的周到细密和理性善良以及有情有义的牺牲精神。顾天成什么都答应了,"立刻就去找曾师母转求洋人赶快向官府说,把蔡兴顺放了,没有他的事,并求洋人严行向官府清查惩处掳抢兴顺号以及出手殴打蔡大嫂的凶横丙丁;出三百两银子给蔡兴顺,作为帮助他重整门面的本钱。蔡兴顺本人与她认为义兄妹,要时时来往,他不许对她不好;还要出二百两银子给她父母,作为明年讨媳妇的使用;金娃子不改姓,大了要送他读书，如其以后不生男育女，金娃子要兼祧蔡顾两姓，要继承他的产业；他现刻的产业要一齐交给她执管；她要随时回来看父母；随时进城走人户，要他一路才一路，不要时，不许一路；他的亲戚家，她喜欢认才认，喜欢往来才往来；设若案子松了，罗德生回来，第一，不许他再记仇，第二，还是与蔡兴顺一样要时时往来；他以前有勾扯的女人，要丢干净，以后不许嫖，不许赌，更不许胡闹；更重要的是她不奉洋教！"而蔡大嫂却仅仅答应了一件事——在蔡兴顺出来后就嫁给顾天成，但还有附带的条件："仍然要六礼三聘，花红酒果，象娶黄花闺女一样，坐花轿，拜堂，撒帐，吃交杯，一句话说完，要办得热热闹闹的！"从蔡大嫂对顾天成提出的条件中，清晰地表明了她对父母、孩子的照顾，对蔡兴顺作为丈夫虽然她并不满意，但对他的挂念、关爱却情真意切。在新的婚姻中不仅约束了对方的不良行为，保持了自己的自由、独立和自尊、体面，而且还争得了与可能回来的罗歪嘴时时往来的自由。背叛中包含着忠贞，获得中首先是牺牲，在力所能及的情况下不仅保全了家人，还给了自己现在和可能的将来的自由。这是一个重情重义，讲究实际，有责任感，有主见的女人。当然，这一切的成功源于顾天成对蔡大嫂的迷恋，从中也看出蔡大嫂苛刻中的厚道、精明中的诚挚和重情而理性的性格。她坚韧不拔的个性和适应环境的能力不得不让人感叹巴蜀女性强大的生命活力。如果说蔡大嫂与罗歪嘴的交合是出于情与欲的追求，那么她改嫁顾天成和当初嫁给蔡兴顺一样都是出于改变眼前生存境况的实用心理，是为了达到某种目的（也可以说是自己的某种理想）的不得已妥协。需要强调的是，无论蔡大嫂多么独立、张扬、不安分和具有责任意识与牺牲精神，她从来没有想到要靠自己的努力去生活，她的一切愿望的实现、对现实的改变都是依仗着身边的男人：靠蔡兴顺她得到了富裕和安逸，靠罗歪嘴她拥有了浓烈的情与爱，靠顾天成她不仅改变了当前艰难的处境，而且拥有了富贵和地位。在这些获得中自然有委屈、放弃甚至牺牲，但都是在实际考量之后无怨无悔的选择。这个乡坝子的女人一直过着张扬、享乐和自由的生活，而这些都源于男人的供养和支持。她不仅有世俗、虚荣、享乐的愿望，甚至有出风头、支配男人的愿望。即便这样，邓幺姑还是一个一般的女人，只是她比一般的女人多些姿色，多些倔强，有点野心，心思更细密，更会穿着打扮，当然也就更会讨异性欢心，因而生活中总是多一些机会，遇到难处总是能够左右逢源。对于她的率性而为，社会并没有对她过于谴责，她自己也没有思想包袱。

总之，在《死水微澜》中，我们看不到蔡大嫂有丝毫的独立自主、追求个性解放的愿望。因为她不必独立，靠男人供养不仅可以自主，而且可以驾驭甚至改造男人（十年后，在《大波》中蔡大嫂再次出现，不过这时的蔡大嫂已经对"顾三奶奶"的生活方式习以为常了，顾天成在三部曲中变得越来越好，不能说没有邓幺姑的功劳）；她也不需要解放，因为她已经是自由甚至在常人看来是放纵的了。她就是个一般的女人，看不出有任何新思想，当然也就说不上新女性。但她又不是个一般的女人，因为她是受巴蜀世俗文化熏陶的女人，她自由、大胆甚至放纵，既没有礼教约束，也不存在什么道德信仰，一切根据自己的好恶标准和情义轻重来权衡选择。更重要的是她比一般的女人更有魅力，也善于施展这种女性魅力，所以就无形中拥有了更多的机会。总之，如果从思想意识的角度看，从蔡大嫂身上看不出任何新女性的影子；但如果从文化的角度看，她却是复杂、丰富的女人，无论是其强烈的生命欲望，还是其活泼、自由、自然的生存状态，无不体现着巴蜀历史长河中形成的各种社会关系、风俗人情、生活规范对她潜移默化的熏陶和感染，在她身上有着独特而浓郁的巴蜀文化意蕴。

在四川现代文学史上，李劼人也许是最为地道的巴蜀作家。这不仅因为他一生中除了随父宦游江西和留法学习的几年外，几乎都是在四川度过的，而且其创作几乎都关联着巴蜀的故事与风情。作为在现代文学史上占有重要地位的作家，其乡土小说创作中所展现的传统与现代、主流与边缘、乡土与世界的融合与纠葛在巴蜀作家群中具有代表意义。正如杨义所言："李劼人的成功，正在于把外国近代的小说意识，不着痕迹地融解在东方文学的趣味和手法之中，从而形成一种开放性的，而又具有民族特色的创作个性。"① 其小

---

① 杨义：《中国现代小说史》第2卷，人民文学出版社2001年版，第435页。

说中女性形象身上所体现出来的情爱观念、婚恋模式和生活态度，很容易使人想到作家是受了法国文学（特别是法国自然主义小说）的影响，这是毫无疑问的。李劼人从1921年到1943年共翻译了法国长中短篇小说近20篇，其中大部分都以女性生活特别是情爱生活为题材。他刊登于1922年《小说月报》第13卷第12期上的《〈斜阳人语〉译后附识》一文介绍鲁意士的小说，"他只是写古代传述以来男女两性自然的生活，努力的排斥因袭上的束缚，及社会的箝制"，比如《波梭王的异事》"说波梭王有三百六十妻，夜御一妻，然而波梭王最爱的只是一个娇小的公主，公主幽闭于深宫中，不能入王宫见诸妃，以免传染恶习，然而公主乃与一心爱的卫士偕逃。如此种种，表明人性自有善恶嗜好，不是纯粹可以用礼法环境改变得了的。所以非难鲁意士的虽多，而鲁意士在文坛上的身价却不受丝毫影响。……我们读鲁意士的书尚须将道德的眼光抛开，方看得见他毕生努力的地方究在哪里"。卜勒浮斯特的小说多以女性自述形式写作，内中主要涉及男女情爱，如女仆和男主人通奸，有夫之妇并纳几个情夫以满足不同需要等情事。李劼人在1924年《小说月报》第15卷"法兰西文学研究专号"中发表《〈斯摩伦的日记〉译者附言》一文认为："读了他的作品，心中必要发生——'这是一个妇人的罪恶，抑是一般妇人的罪恶？是妇人内心发生的罪恶，抑是环境酿成的罪恶？堕在黑暗中妇人是可恨还是可怜？是一往堕落下去，还是有迁善的机会？她们总有善的一方，在何处'——几个问题。"从这些评论可以看出，李劼人是从人性的视角对这些女性的命运进行了思考的，其中隐含着对"罪恶"女性的深深的同情和潜在的辩护。这样看来，李劼人小说中蔡大嫂等女性形象的塑造显然有着这些"罪恶"女性的影子，也就是说，李劼人的小说创作是受了法国文学的影响的，特别是在女性形象的塑造方面。须提出的是，我们在解读、研究、欣赏这些女性形象时，应该像李劼人所说的那样，"须将道德的眼光抛开"。

沈从文笔下的湘西，人们的言行都是率性、真诚的，一切都靠自然与习惯支配，人们头脑中并没有多少清规戒律的约束。尽管外面的世界已经进入民国时代，湘西很多的地方都还处于原始状态的封闭社会，封建宗法关系并未在这里生根，现代文明当然也不可能对这里产生影响。所以，《阿黑小史》中写道，那些使人顽固的"假的礼教与虚空的教育，这两者都不曾在阿黑的爹脑中有影响"，尽管"阿黑的爹有点知道五明与阿黑的关系了，然而心中却并不像城里的做父亲的偏狭"。在这样的社会环境中，人性未曾受到任何污染，一切都极单纯、自然、简单："人既在一块长大，懂了事，互相欢喜中意，非变成一个不行，做父亲的似乎也无取缔理由。"（《阿黑小史》）在这里，一切由"自然"和"爱"做主，男男女女表现了情感的真挚和生命的纯朴自由、率性朴野。《旅店》中独自经营一家路边小客店的黑猫，"乌婆族妇女的风流娇俏，在这妇人身上并不缺少，花脚族妇女的热情，她也秉赋很多，同时她有那彝族妇女的自尊与精明"。这个年青寡妇，三年没见过一个动心的男子，"白耳族男子的相貌在她身边失了诱人的功效，巴义族男子的歌声也没有攻克得这妇人心上的城堡。土司的富贵并不是她所要的东西，烟土客的挥霍她只觉得好笑"。可是，终于有一天，她努力维持的矜持和正经被经常光顾小店的四个纸客给粉碎了，"一种突起的不端方的欲望，在心上长大，黑猫开始来在这四个客人身上思索那可以光身的人了。她要的是一种力，一种圆满健全的、而带有顽固的攻击，一种蠢的变动，一种暴风暴雨后的休息。……她觉得应当抓定其中一个，不拘是谁，来完成自己的愿心，在她身边作一阵那顶撒野的行为"。她主动发出了性爱的信息，终于与那个和她心有灵犀的大鼻子客人神不知鬼不觉地在挑一担水的时间里成就了好事。《野店》的故事和《旅店》相似，写一家路边小客店的宿客与老板娘的"一夜情"。展转难寐的宿客偷偷摸到老板娘床前，发现她也醒着，虽然表面上装作不情愿，但当宿客担心老板会回来时，她赶忙申明："莫是莫是，我老板上贵州去了，代狗（按：指孩子）进城去三五天还不能归来，我——"事后宿客问她以前是否有情人，她的回答让人忍俊不禁："老板恶的很，莫敢。"宿客又问她是否喜欢他这个情人，她干脆、坦率地回答："喜。"无论是"旅店"黑猫还是"野店"老板娘，与他人一拍即合地交媾，反映了边地人的性开放态度，是一种真实的生存形态，即使是本不相识的路人，当欲望需要满足时，也会毫不犹豫地投入，不需要繁文缛节，也没有什么禁忌，看似有违人伦，实际上却合乎自然人性。"满天星子，满院子虫声，冷冷的风吹来使人明白今天的天气晴朗是一定。虫声像为露水以湿，星光也像湿的，天气是太美了。这时节，不知正有多少女人轻轻地唱着歌送她的情人出门越过竹林！不知有多少男子这时听到鸡叫，把那与他玩嬉过一夜的女人从山洞中送转家去！又不知道有多少人在那分别时流泪赌咒！"(《旅店》)"露水的夫妇，是正因为那露水的易消易灭，对这固持的生着那莫可奈何的恋恋难于舍弃的私心，自然的事啊！"在这个时节，如果"再要把爱情关闭在心中，也不是神所许可的事！"(《连长》)湘西的历史与风情，为沈从文的小说创作提供了丰厚的土壤。《凤子》中的镇筸女子，是"用爱情装饰她的身体，用诗歌装饰她的人格"的，美丽而热情。总爷鼓励外乡来的工程师去大胆寻找爱情："你不妨去冒一次险，遇到什么好看的脸庞同好看的手臂时，大胆一点，同她说说话，你将可以听到她好听的声音。只要莫忘了这地方规矩，在女人面前不能说谎；她问到你时，你得照到她要明白的意思一一答应，你使她知道了一切以后，就让她同时也知道了你对于她的美丽所有的尊敬。一切后事尽天去铺排好了。"湘西女子那诚实、热烈的情感虽然原始淳朴，却充溢着尚未被现代文明所异化的生命的自由和活力。

《边城》中，翠翠的母亲"某一时节原同翠翠一个样子，眉毛长，眼睛大，皮肤红红的，也乖得使人怜爱——也懂在一些小处，起眼动眉毛，机伶懂事，使家中长辈快乐。也仿佛永远不会同家中这一个分开。但一点不幸来了，她认识了那个兵。到末了丢开老的和小的，却陪了那个兵死了。这些事从老船夫说来谁也无罪过，只应'天'去负责。翠翠的祖父口中不怨天，心中却不能完全同意这种不幸的安排。到底还像年青人，说是放下了，也正是不能放下的莫可奈何容忍到的一件事"①。老船夫当年失去了乖巧的女儿，但他并不认为女儿与那个兵好了有什么不合适，也不认为随那个兵永远地离去有什么罪过，只是心中不舍、不忍。抛开道德的眼光，回到人情人性本身去

---

① 沈从文：《边城》，《沈从文全集》(8)，北岳文艺出版社 2002 年版，第 90 页。

看待小城生活中发生的一切，或许不合传统伦理，作者也没有拿伦理的标准去规范笔下的人物、生活，这种听其自然，任由天性的生活方式，正是小城小说的生态伦理叙事。

第三节 小城多元的生命形态

　　一个作家的精神成长，一方面得益于其深刻的生命体验，另一方面受益于对自我、他人、环境的观察认识及不断反省。深刻的生命体验源自作家对生活的热爱，正是对于生活的热爱才会对自身及周围的人、事、物、情有一份天然的敏锐和兴趣，才能发现平凡生活中的异样光彩，才能感受到日常现象中的非凡和不同。20世纪初期的中国正处于时代的新旧交替、文化的中西冲突中，处在这个历史演进时期的小城之子，因为对文明的渴望而进入城市，城市生活一方面为他们提供了物质的丰足和便利，另一方面也给他们带来了精神的压力和困境。身处现代化城市而又有难以融入的异己感及无根的漂泊生涯，给小城作家带来了种种不适应、不满足；而回望家乡，既是一种精神逃避，也有借熟悉的感觉和记忆寄托时代所赋予的社会责任和抒写自我抱负之意。这些小城作家或者以精英姿态致力于启蒙书写，呼应时代需要的以革命、反抗为目的的"为老百姓写作"；或投入民间，回到过去，回到小城中，与小城人物声气相通，和光同尘，"作为老百姓写作"。无论哪一种写作，都需要充分调动起儿时及成长中小城经历给予的深刻生命体验，在回顾这些体验时进行积极的反省思考。对小城的感觉、体验、同情、理解，让小城之子对小城有一种深度介入之后的懂，因为懂，对待小城凝滞的节奏、无常的是非、小城人虚荣的面子和局促的尊严，作者自然多了一份理解的担待。这种懂和愿意懂的情怀，让小城之子在表达同样的主题（或启蒙，或革命）时，就多了一份人道主义情怀。小城作家书写着家乡远去的人事，情感自然流注笔端，小城的草木点滴都得到有意味的呈现。经过现代文明洗礼的理性眼光，又让这些作家对熟悉的事物有一种客观理性的审视与思考，小城小说因此而具有独特的形态和独特的意义。

如此，则小城回忆就不会只是结构一个简单的故事，表达一个简单的主题，抒发一种简单的情感，而是包括家长里短、是是非非、小城名胜、邻里情怀等诸多琐碎内容，小城小说也因此而呈现出系列组合式叙事结构。创作小城小说的出发点或许是对"启蒙"或"革命"的承续，但因为回到家乡，找到记忆中熟悉、亲切的故园，对传统、守旧的批判中不自觉地融入了记忆的温馨，主题就变得模糊、复杂起来。萧红笔下呼兰小城求神祛病的跳大神，是一种应该批判的愚昧落后行为，但作为一种民俗，作为一种表演，作为呼兰小城难得的娱乐，大人孩子、生病的健康的都喜欢去看，它在某种意义上活泼了小城，丰富了小城居民单调的日子，也温馨了作者的记忆。文学是对生活的反映，是传情达意的良好工具，这些挥之不去的感觉、记忆，即使在现代理性烛照之下，依然会时时汇聚到作者笔端，这是小城作者不能自已的。也因之，小城小说一如小城本身，无论偏僻与否、落后与否，都有一种隽永的意味，别有一种文学的魅力。

小城镇小说的价值，不仅在于其充满烟火气息的民间魅力，还在于它在某种宏旨下因为对生活真情实感的投入，对笔下人物沦肌浃髓的体味，从而呈现出了多样的思绪、怀抱，或许这才是小城小说最有价值的地方。小城故事（叙事）多写普通人的日常生活，题材、结构都不甚讲究，其魅力来自流贯其中的真情、生趣。作者着笔的人物、事件，只是一个切入点，主要是表达自我对人生的感觉、认识与思考。李健吾曾对沈从文的小说有如下精到的评述：

> 沈从文先生便是这样一个渐渐走向自觉的艺术的小说家。有些人的作品叫我们看，想，了解；然而沈从文先生一类的小说，是叫我们感觉，想，回味；想是不可避免的步骤。废名先生的小说似乎可以归入后者，然而他根本上就和沈从文先生不一样。废名先生仿佛一个修士，一切是向内的，他追求一种超脱的意境，意境的本身，一种交织在文字上的思

维者的美化的境界,而不是美丽自身。沈从文先生不是一个修士。他热情地崇拜美。在他艺术的制作里,他表现一段具体的生命,而这生命是美化了的,经过他的热情再现的。大多数人可以欣赏他的作品,因为他所涵有的理想,是人人可以接受,融化在各自的生命里的。……

沈从文先生从来不分析,一个认真的热情人,有了过多的同情给他所要创造的人物是难以冷眼观世的。他晓得怎样揶揄,犹如在《边城》里,他揶揄那赤子之心的老船夫,或者在《八骏图》里,他揶揄他的主人公达士先生:在这里,揶揄不是一种智慧的游戏,而是一种造化小儿的不意的转变(命运)。……沈从文先生是热情的,然而他不说教;是抒情的,然而更是诗的。(沈从文先生文章的情趣和细致不管写到怎样粗野的生活,能够有力量叫你信服他那玲珑无比的灵魂!)《边城》是一首诗,是二佬唱给翠翠的情歌。《八骏图》是一首绝句,犹如那女教员留在沙滩上神秘的绝句。然而与其说是诗人,作者才更是艺术家,因为说实话,在他制作之中,艺术家的自觉心是那真正的统治者。诗意来自材料或者作者的本质,而调理材料的,不是诗人,却是艺术家!①

这就是诗人小说家沈从文,我们读他的湘西小说,就如同进入一幅幅自然清新的画面,在读一首首清丽婉约的诗歌,在面对一个个鲜活的生命。他用心、用情、用诗笔去对待他的小说创作,用他自己的话来说就是"用故事抒情作诗罢了"②。诗人的笔致是含蓄的,是意味深长的,"这一切,作者全叫读者自己去感觉。他不破口道出,却无微不入地写出。他连读者也放在作品所需要的一种空气里,在这里读者不仅用眼睛,而且五官一齐用——灵魂微微一颤,好像水面粼粼一动,于是读者打进作品,成为一团无间隔的谐和,或者,随便你,一种吸引作用"③。沈从文的小说就像一个个传奇故事,人物单纯,气氛浑然,但传奇性的故事只是"一个必要的叙事骨架或者说线索,

---

① 刘西渭:《〈边城〉——沈从文先生作》,《咀华集》,花城出版社1984年版,第54—56页。
② 沈从文:《水云》,《沈从文全集》(12),北岳文艺出版社2002年版,第111页。
③ 刘西渭:《〈边城〉——沈从文先生作》,《咀华集》,花城出版社1984年版,第58页。

而作者用抒情的笔墨去精心点染、烘托和织绘的,则是美的自然与美的民俗、善良的民性和美好的情愫,它们以细节、背景、氛围、情调和意境的形态,赋予作品以丰富而且富于风韵的肌质,如此一来,叙事性的骨架与抒情性的肌质之相生相长,使作品成为骨肉停匀、诗意丰沛的艺术肌体"①。

沙汀是一位"一生专注地描写中国宗法乡镇社会,并以此为自己全部艺术的作家"②。其笔下那些已逝年代活化石一般的小镇,是一切封建正统文化沉淀的底层,也是乡间具有活力的民间文化演练场。在这里活跃着乡镇大小土豪劣绅,各种"滥恶人""善恶人",沙汀写了《在其香居茶馆里》《丁跛公》《龚老法团》等嘲讽这些恶人的小说,冷静中藏有机锋。也有《一个秋天的晚上》《艺术干事》《在祠堂里》《和合乡的第一场电影》等意旨更为复杂、开放的创作,使他的小说"显示出不同的亮色,使他的暴露变得色彩丰富"③,在一贯性的揭露黑暗、反抗压迫主题中给读者带来了更多的体味与思考。

《堪察加小景》(改名为"一个秋天的晚上")讲的是一个流娼来到镇上,因为误会被打、被柞上脚柞示众,后被关押。看守她的"班长"本想乘机奸污她,但几次都被一起看守的所丁无意中打断。后来流娼对自己苦难家事的诉说勾起他自己的心事,引发他的善良和同情,从而打消了邪念。在这个典型的欺凌与被欺凌的事件中,沙汀给故事一个温情的结局:流娼筱桂芬几经折腾,一番诉说后疲惫不堪:

她打盹起来,但她立刻又惊醒了,注意到了自己身上单薄的衣着。

"皱得来像腌菜了!"她懊丧地说,"提包也不还我!……""提包她会还你的!"所丁说。"快好好睡一觉吧!"

"哎呀!今天幸亏碰到你们……"她呵欠着说。

---

① 解志熙:《从苦闷的"自叙传"到抒情的"爱欲传奇":沈从文二三十年代创作的"变"与"转"》,《文学史的"诗与真":中国现代文学文献校读论集》,北京大学出版社2013年版,第35页。
② 吴福辉:《乡镇小说·序》,沙汀《乡镇小说》,上海文艺出版社1992年版,第1页。
③ 同上书,第9页。

她试想笑一笑来表示她的感激，但是还没有笑成功，她的脑袋已经落在膝头上了。

　　"请你们让我多睡下吧。"她梦呓一般地哀求说，随即起了鼾声。

　　那两个乡下人不约而同地相视一笑，接着就又叹了口气。

　　"担心会着凉呵！"所丁发愁地说。

　　"这么大一堆火啦！"班长反应地说，口气有点厌烦。

　　这厌烦，并不是因为他不满意所丁的关切，从筱桂芬的谈话，他想起自己来了。他也出了好几次钱，但他现在还被逼起来当班长！他的父亲也不健康，母亲、老婆做不了多少事，目前正在种小春，老头子真活该受罪了。①

故事平平淡淡，没有紧张和纠结，也没有挑逗与刺激，但能感觉到在作者平淡的叙述中包含的温情，能够体会到其悲天悯人的情怀。尤其是故事的结尾，没有了身份、职责、处境之别，就是一种同病相怜、相濡以沫的温暖。读了之后竟会为自己、为作者、为作品中的人物而深深感动。

《在祠堂里》借一个简单的事件暴露了各色人等复杂、阴暗的内心。一个连长太太因为喜欢另一位青年，被连长活活钉死在棺木中。连长并不很坏，他"是一个黝黑而又粗壮的人，浓眉大眼，说话好像吵架一样；但对人却极和气。他很喜欢同孩子们玩，时常一只手把他们举得高高的，还给他们糖吃"。但他是一个行伍出身的粗人，拼过多少次命才升迁至现在的军阶，为了一个卖柴的老头儿算错了账冤枉了他，他差点用凳子砸断人家的脚杆。妻子是个女学生，平时看不上他是个粗人，对他冷淡也就罢了，可是她竟然喜欢了另外一个青年，这让他感觉极其委屈："我十五岁就在外面'跑烂滩'，没有人敢这样欺负我！"偏偏老婆不肯认错，不肯服软，任他怎样打骂、咆哮，就是嘴硬。当初，若没有连长的救助，洗衣婆和她的女儿这对母女早就在那种难堪的贫困里完蛋了，在连长看来，那个倔强的女人应该把他看成衣食父

---

　　① 沙汀：《一个秋天晚上》，《乡镇小说》，上海文艺出版社1992年版，第153—154页。

母、救命恩人。而女人的"忘恩负义"让他极其委屈、愤怒,义正词严地教训她,差点把她扼死。为了帮他出气,一起共事的军官得意兴奋地建议:"连上叫两个兵把盘子给她划了就是了!打发给告化儿去。再不然,让那几个夫子拖她到城外去,点她的牌牌红!"

这篇小说的深刻之处在于,它不仅揭示了军匪把人活活钉进棺材的暴行,更揭示了这种暴行在民众社会心理中的病态反映:被请来救驾的军官反怂恿连长划破太太的脸,配给叫花子,或拖到城外让士兵轮奸。而彻夜守候看热闹的左邻右舍都在嘲笑这个女人"贱皮子":"要吃有吃,要穿有穿,换个别的人么,恐怕屁股也是喜欢的哩!"偏偏她不知好歹。于是各人鬼鬼祟祟、饶有兴致地观赏着这幕灭绝人性的惨剧。在神圣的祠堂里,祖宗(道德)、军官、看客共同虐杀了追求正常爱情的女人,还堂而皇之地"论证"了她的罪有应得。

小说尤其值得一提的是连长太太。故事中沙汀既没有渲染女子因家境贫寒而委身于连长的悲哀,也没有突出连长平时对女子的欺压,而是突出了在女子的"丑事"暴露后,在连长的淫威下,在其他女人的嫉妒、幸灾乐祸中,在其他军官的刻毒猥亵的建议里所表现的不屈、不服的骄傲。这个女人虽然出身低微,但她作为连长太太宽裕的生活和身份,让周围的女人嫉妒。更让她们生气的是她天生跟她们不一样,而且还不屑和她们一样,正如她不屑和她丈夫为伍一样。她"生着一副倔强的、短俏的鼻子",她的装束以及她的神气都让她们不舒服,"她又骄傲又冷淡,随时都架了腿,坐在自己的堂屋门边看书。嘟着张嘴,挺直腰杆,仿佛这个庸俗的环境屈辱了她似的。她见了谁也不理睬,就是对待自己的丈夫也很冷淡"。当然,只有对和她相好的那个已经逃跑了的青年人例外。

这些活在"庸俗"环境里的女人在平常的日子里或许感到乏味,但还是平静自足的,一旦有另外的女人以完全不同的生活方式和日常姿态让她们相形见绌时,羡慕、自尊、嫉妒、仇视等复杂的心理便深深触动了她们;一旦看到平时高高在上的女人倒霉,她们便感到快意,内心无法说出的怨恨终于有了发泄的机会。所以听见连长打老婆,半夜不睡也要看,还要说,以此来平衡她们阴暗的心理。这些普通的乡邻,也说不上坏,就是不希望别人比自己好。张爱玲在《我看苏青》中说过这样的话,有的人"就坏也坏得鬼鬼祟祟。有的也不是坏,就是没出息,不干净,不愉快。我书里多的这等人,因为他们最能够代表社会的空气,同时也比较容易写"①。

连长太太是小说中的弱者、受害者,但在沙汀的整个描写中,透露出的是女子对自我人格与追求的执着。女子虽然嫁给一个大老粗连长,她偶尔为这不如意的婚姻抱怨母亲,但依然保持读书的习惯,依然喜欢读书的学生。偷情败露后,在连长的"咆哮和拳头"下很少声张,只在紧要处凑上一句:"我是喜欢他!——你丑不了我!"依旧"嘴硬"。即使被钉死在棺材里也没有悔过求饶。在黑暗无边的氛围中连长太太的纯洁不屈,不肯沦入只为衣食满足的庸常生活,坚持自己纯洁的追求,让小说"诗情浓烈"。②

在沙汀笔下黑暗、原始的川西北小镇中,大多数人生活是麻木、冷酷的,如《在祠堂里》众多的看客一样。像连长太太这样洁身自好、出淤泥而不染的实在是凤毛麟角。在呼兰小城中的大多数人,也是"照着几千年传下来的习惯而思索,而生活;他们有时也许显得麻木,但实在他们也颇敏感而琐细,芝麻大的事情他们会议论或者争吵三天三夜而不休。他们有时也许显得愚昧而蛮横,但是在他们并没有害人或自害的意思,他们只是按照他们认为最合理的方法,'该怎么办就怎么办'"③。但在小城里平淡庸常的世俗生活中,也有坚持自己的纯洁追求,牺牲生命也在所不惜的人。《在祠堂里》连长太太以骄傲、刚烈坚守着自己纯洁的追求,萧红《小城三月》中的翠姨则以柔婉、温和的性情和内敛、平静的心态执着于自我的爱恋。

《小城三月》表面上是一个爱情故事,萧红在一个爱情故事的架构中蕴藏了她对人生梦想的执着追求。翠姨是个灵慧的女子,喜欢上了"我"漂亮而

---

① 张爱玲:《我看苏青》,《流言》,十月文艺出版社2009年版,第236页。
② 吴福辉:《带着枷锁的笑》,浙江文艺出版社1991年版,第56页。
③ 茅盾:《〈呼兰河传〉序》,《茅盾全集》第24卷,人民文学出版社1996年版,第346页。

出色的堂哥哥。但她是订过婚的人,又是一个再嫁寡妇的女儿,这让翠姨含蓄而又矜持,自卑而又自怜,心事埋在心底,"她的恋爱的秘密就是这样子的,她似乎要把它带到坟墓里去,一直不要说出口,好像天底下没有一个人值得听她的告诉"。翠姨曾对前来探病的"我"的堂哥说:"不从心的事,我不愿意……"她不愿意像那些"忙着生""忙着死"的女人一样进行着无谓的生命轮回,但在这样一个亘古如斯的环境习俗中,每个人都得按照各种合理与不合理的规矩生活下去,怎么可能从心呢?不能从心地生,但可以选择从心地死去,翠姨在生命的最后说:"我心里很安静,而且我求的我都得到了。"① 这也许正是作者萧红的人生态度:"可厌的人群,固然接近不得,但可爱的人们又正在这可厌的人群之中;若永远躲避着脏污,则又永远得不到纯洁。"② 既然得不到现实中的"纯洁",宁愿放弃生命,在最平静的生命放手中对命运做最坚决的抗拒。

《在祠堂里》的连长太太、《小城三月》中的翠姨,是为世上那些有骨气、有才情、有品性的女子所作的传记,她们不愿如众多"愚夫愚妇"一样忙着没有意义的生死。萧红是在生命的最后阶段写的《小城三月》,此时,启蒙、革命、救亡等都如外边的世界,离自己越来越远,回首过去,反观自我,《呼兰河传》写了一个渴望回家的女孩子对家的思念,《小城三月》则写了一个走向生命终结的女孩子无法诉说的满怀心事和满腹委屈。或许如研究者所言,在《小城三月》中,萧红"是在自追自悼,自悲自慰。也许她意识到自己活在世上的时日已经不多,因而借助翠姨之事,为自己也为世上心高命薄的女子们编织了这样一个花圈"③。

小城人是众多的,小城人生是多样的,或精美,或粗糙,或卑弱,或强壮……不同的人、多样的人生共同汇成了丰富多彩的小城生活。大多数人随着春夏秋冬、白天黑夜按部就班地活着,并不去思量活着的目的和意义,但

---

① 熊家良:《现代中国的小城文化与小城文学》,中国社会科学出版社2007年版,第218页。
② 萧红:《沙粒》,《萧红全集》(4),黑龙江大学出版社2011年版,第263页。
③ 熊家良:《现代中国的小城文化与小城文学》,中国社会科学出版社2007年版,第219—220页。

生活的契机却在刹那间启迪了一个人麻木的灵魂，让一般的"愚夫愚妇"也会有生命的顿悟，开始思考生命的意义。

骆宾基写于1942年的《红玻璃的故事》①（是对萧红逝世前口述故事的追记，或许这也是萧红在生命的最后对自己一生坎坷追求的"悟"）就写了一个普通妇女对生活的惊悟。王大妈开朗、能干，爱说爱笑，充溢着生命活力。十五年前丈夫去黑河淘金音信全无，五年前女婿去黑河挖金依然没有音信，她独自撑持着这个贫寒之家。九月初三这天是王大妈外孙女小达儿七岁生日，王大妈一路有说有笑地赶去为外孙女送红包袱。吃完生日面，王大妈便与女儿幸福愉快地谈起家常，外孙女则尽自玩着心爱的红玻璃花筒。当王大妈接过外孙女的红玻璃花筒"闭一只眼向里观望时，突然她拿开它，在这一瞬间，她的脸色如对命运有所悟"：

> 想起自己的童年时代，也曾玩过这红玻璃的花筒，那时她是一个天真的愉快而幸福的孩子；想起小达儿她娘的孩子时代，同样曾玩儿过这红玻璃花筒，同样走上她作母亲的寂寞而无欢乐的道路。现在小达儿是第三代了，又玩儿着这红玻璃花筒。王大妈觉得她还是逃不出这条可怕的命运安排的道路吗？——出嫁，丈夫到黑河去挖金子，留下她来过这孤独的一生？谁知道什么时候，丈夫挖到金子，谁知道什么时候作老婆的能不守空房？
>
> 这些是王大妈从来没有仔细想的，现在想起来，开始觉得她是这样孤独，她过的生活是这样可怕，她奇怪自己是怎么度过这许多年月的呢！而没有为了柴米愁死，没有为了孤独忧郁死。②

---

① 骆宾基：《红玻璃的故事》，《骆宾基短篇小说选》，人民文学出版社1980年版。此小说末尾，骆宾基补记云："1943年冬。为1942年1月22日萧红逝世一周年忌日追撰。是稿，乃萧红逝前避居香港思豪大酒店之某夜，为余口述者，适英日隔海炮战极烈，然口述者如独处一境，听者亦如身在炮火之外，惜未毕，而六楼中弹焉，轰然之声如身碎骨裂，触鼻皆硫磺气，起避底楼，口述者因而中断，故余追忆止此而已。"

② 骆宾基：《红玻璃的故事》，《骆宾基短篇小说选》，人民文学出版社1980年版，第56—57页。

原本生活得津津有味、快活开朗的王大妈只因偶然看了一眼万花筒，便突然像是大梦初醒，看透了人生。从此，人们再也"听不见她的话声了，再也望不见她那充满生命力的眼睛和笑容了"。她对一切突然间失去了兴趣，不久就犯了病，又咳嗽，又哮喘。她自己知道生命将要终结，便劝说儿子也去黑河挖金子。这年冬天，王大妈就去世了，儿子也挖金去了。一只小小的红玻璃花筒，竟然奇迹般地改变了人物的全部性格和命运，这是多么荒诞的传奇！显然，这种描写带有某种超现实性或神秘性，这是一个生存的寓言故事。它借红玻璃花筒这个象征物，表达了对于生命的一种感悟、一种预示、一种不可逆转的宿命性。

这是骆宾基在萧红逝世一周年忌日，对萧红逝前口述故事的追忆，依然是萧红淡然的叙事风格。小说中王大妈的"悟"，或许也是萧红在生命的最后时刻对自己一生坎坷追求的"悟"。人生到底是为了什么？是《后花园》中靠缝衣裳过活的王寡妇所说："人活着就是这么的，有孩子的为孩子忙，有老婆的为老婆忙，反正做一辈子牛马。年青的时候，谁还不是像一棵小树似的，盼着自己往大了长，好像有多少黄金在前面等着。可是没有几年，体力也消耗完了，头发黑的黑，白的白……"① 还是如冯歪嘴子生命觉醒后的一系列无解的天问："人活着为什么要分别？既然永远分别，当初又何必认识！人与人之间又是谁给造了这个机会？既然造了机会，又是谁把机会给取消了！"② "这样广茫茫的人间，让他走到哪方面去呢？是谁让人如此，把人生下来，并不领给他一条路子，就不管他了。"③ 这真是个无法回避却也无法回答，更无法解决的问题！

萧红写于1936年的短篇小说《手》④，写了一个女孩子的生活责任和对人生价值的追求。王亚明是染房匠的女儿，一双手从入学那天起就被别人嘲笑，被同学视为"怪物"，校长因她的手影响校容不让她上操。当贫穷不只表现为

---

① 萧红：《后花园》，《萧红全集》（4），黑龙江大学出版社2011年版，第90页。
② 同上书，第87页。
③ 同上书，第88—89页。
④ 萧红：《手》，《萧红全集》（1），黑龙江大学出版社2011年版，第298—310页。

生活的拮据，而成为一种无法遮掩的标志刻在身上，这贫穷就变成了深重的灾难，甚至成为难以原谅的罪恶。无论王亚明怎样委曲求全、刻苦努力，她只学了半年就不再有机会，校长甚至没有让她参加考试便让她退学。"再来，把书回家好好读读再来。"这是她对自己说的。她渴望读书，因为她读好书还要教两个妹妹，"可是我也不知道我读得好不好，读不好连妹妹都对不起……染一匹布多不过三毛钱……一个月能有几匹布来染呢？衣裳每件一毛钱，又不论大小，送来染的都是大衣裳居多……去掉火柴钱，去掉染料钱……那不是吗！我的学费……把他们在家吃咸盐的钱都给我拿来啦……我那能不用心念书，我那能？"尽管她有着强烈的读书愿望，但她还是要走了，没有人和她告别说再见，她却向每个人笑着。"我的父亲还没有来，多学一点钟是一点钟……"在父亲来接她回家之前的一点时间，她还在努力学习：

> 这最后的每一点钟都使她流着汗，在英文课上她忙着用小册子记下来黑板上所有的生字。同时读着，同时连教师随手写的已经是不必要的读过的熟字她也记了下来，在第二点钟"地理"课上她又费着气力模仿着黑板上教师画的地图，她在小册子上也画了起来……好像所有这最末一天经过她的思想都重要起来，都必得留下一个痕迹。
>
> 在下课的时间，我看了她的小册子，那完全记错了：英文字母，有的脱落一个，有的多加上一个……她的心情已经慌乱了。①

"明白人情大道理"，更好地活下去，这个最朴素的人生理想，被一个孩子阐释得如此实在，如此高尚。王亚明在用那双被人耻笑的手"争取她那不能满足的愿望"，她知道自己愚笨，但她想明白事理，教导妹妹，不放弃那些力不能及的追求，尽心尽力做着别人看来毫无意义的努力。就像压在石下的小草，只要有一线生机，它就会努力挣扎着存活下去。

《果园城记》中的《阿嚏》，情境幽美，文笔洗练，故事空灵，充满民间

---

① 萧红：《手》，《萧红全集》（1），黑龙江大学出版社 2011 年版，第 309 页。

趣味。在果园城优美、静寂的黄昏,"我"坐上渔夫儿子划的小船,没有目的地在水上荡着。果园城有这么个传说,一位果园城的先生有一天死了,死后被带到阴曹审讯时,这个好人认真回想一生后发现,"他一生中最值得怀念并且最有价值的只是一次不慎,他在生前曾于偶然间有一次荒唐"①。"我"不想如这位好人一般,死后再嘲笑自己。怀着一颗恬淡之心,也是世俗之心,享受随波逐流的乐趣:

> 棹是用一种甜蜜的声调刷拉刷拉在响;水是镜一样平油一样深绿;种着蓖麻的两岸看上去是施过魔术的不固定的,被夕阳照得像黄金的一样灿烂;云——决不会落雨的云的银山正慢慢从天际生长起来。而在这一切之上,河岸,广野,棹声和我们自己之上,正遮着镶绲的无限广阔的——世间还有什么地方比在果园城外黄昏之前的天空下泛舟更能使人入迷,更能洗去熏染着我们肺腑的尘念,难道我们真是像果园城的先生和太太们,当我们刚刚用方法弄到一点钱,刚刚买来一亩地就希望它明天早晨变成十亩,永远不能满足的吗?②

被世俗名利遮蔽太久的心,如小渔夫暂时放过的那一匹促织,可以"撒一天欢",允许自己有一次没有目的的荒唐,这是多么美好有趣的人生体验!人生为什么非要那么循规蹈矩、追名逐利,然后负重不堪,没有快乐呢?小渔夫讲了"阿嚏"的故事。阿嚏是一个水鬼,化身一个小孩,睡在渔夫船头,还打着鼾。渔夫生气,恶意地将他踢下水。阿嚏鼻孔灌进许多水,潜水到对岸沙滩上打起嚏喷,骂道:"你凶些什么,老鬼!""顶多你儿子也不过是个举人,你有什么值得这样厉害!"渔夫听了,狂喜,不再打鱼,将儿子送到"子曰店"读书。无奈儿子根本不是读书的料,终是与举人无缘。水鬼阿嚏为报复渔夫恶意一脚的谎言,让渔夫疯了。这个故事在果园城很流行,大概出于那些天真、乐观、心境总是很好的果园城的蠢汉口中。阿嚏跟果园城还开过

---

① 师陀:《果园城记·阿嚏》,《师陀全集》(2),河南大学出版社2004年版,第514页。
② 同上书,第514—515页。

许多类似的玩笑,比如变成西瓜滚来滚去捉弄瓜贩,变成美女诱惑塾师。不过,现在阿嚏不捣乱了,他常常带着一个女人在码头上。"'他在那里可是做生意吗?'我笑着问。小渔夫对于我的意见颇不以为然。'他并不一定——为什么他一定要做生意呢?请不要开玩笑,先生。你应该知道阿嚏一直住在这里,老是住在这种地方,他会觉得气闷。人们老是住在一个地方都要气闷,阿嚏有时候自然也想到外面游逛。'"① 贪玩、有趣、爱自由、偶尔促狭的阿嚏是果园城的生气。阿嚏的天真、自然、自由自在荡涤着蒙蔽于每个人心中的尘念。果园城的每个人都在努力生活,希望明天比今天更为富有,地位更高,恰恰忽略掉了偶尔放逐一下自我的"荒唐"所能带来的生命的愉悦。阿嚏在一个地方住久了,想到外面去逛逛。小城人在小城住久了,想到外面去看看,在外住久了又想回来小城看看,这是我们不能安静的原因。生活中的趣味、荒唐、快乐、忧伤,包括偶尔的"不慎"正是平常日子的丰满充实:

> 我们只有在闲着的时候才会想到往昔的种种,才会天真的想到我们曾经在一个树林里散步,在一个荒僻地方栽过一株小树,在另一个荒僻地方曾经睡觉,在一个不知姓名者的坟上曾经读书。我们正是这样不住的找着这种旧梦,破碎的冷落的同时又是甜蜜的旧梦,在我们心里,每一个回想都是一朵花,一种香味,云和阳光织成的短歌。我们自然早已猜到昔日的楼阁业已成一片残砖碎瓦,坟墓业已平掉,树林业已伐去,我们栽的小树业已饱山羊的饿肠,到处都是惆怅、悲哀和各种空虚,但是我们仍旧忍不住要到处寻找……②

生活没有那么严肃,人生也并非都是正经的,偶尔不合规矩的荒唐、"不慎",才是生活的真趣。可惜,我们太多的光阴都浪费在"正事"上,顾不得体会情感,忽视了自己的本心,过着没有滋味的日子。水鬼阿嚏孩子一样的自由放诞让果园城人听听都觉得快乐,所以这个故事经久流传。慵倦无争的

---

① 师陀:《果园城记·阿嚏》,《师陀全集》(2),河南大学出版社2004年版,第517页。
② 同上书,第518页。

小城过于沉闷，可"它毕竟是中国的土地，毕竟住着许多痛苦但又极善良的人"，于是，作者"特地借那位怪朋友家乡的果园来把它装饰得美点，特地请渔夫的儿子和水鬼阿嚏来给它增加点生气"。①

说不完的小城故事，在抒发着小城和小城作者的各种体味、感慨和省悟。小城平常的故事并不无聊，一是因为人和事都在情绪中风情化了，二是因为各有怀抱的生命叩问。

大多数文学创作者，对艺术感觉和语言文字有天生的敏锐。在平常人身上一般的生命经历，经过文学家的思考、挖掘、联想、想象，就会成为丰满感人的故事。这种敏锐将自身的感觉细胞及生命触角最大限度地伸张开来，呼吸着生命中的点点感受，生活因之丰富多彩。生命感悟是指由一事一景一情所引发的生命启悟和对世事的明晰而系统的思考，以及是由此及彼的通透。张爱玲看一幅塞尚的画《破屋》，那屋顶上往下裂开一条大缝，觉得房子像在那里笑，一震一震，笑得要倒了。听一首交响乐感觉到像一场阴谋……这是通透的生命之思，不仅仅是细致敏锐的艺术感觉，更是在艺术感觉的基础上对天地古今的通透之思。

沈从文看到河中的石子，想到人类的历史；萧红在十年前后不变的山水中看到蒙昧生命的亘古如斯；骆宾基由一只万花筒玩具想到代代如此的女性悲剧……有些人可以越过某些传播媒介的专业知识和认识理路，由现象（生活的现象、文学艺术所表现的现象）直抵生命之悟。这样的作家不谈理论，不在意规范，在意的是自己的感觉、顿悟。文学书写就外在表现而言或许顺应甚至开创了"文学为……"的目的，比如鲁迅开启的启蒙书写，20世纪30年代的革命文学、左翼文学等，但本质是在写我、传我、达我，这个"我"不是局限于个人的忧患悲喜，如鲁迅评价废名的作品"只见其有意低徊，顾影自怜之态"（《〈中国新文学大系·小说二集〉导言》），而是借助个人的生命体验，关注个体的人及由个体的人组成的人类。正因为基于个人深刻的生命体验，能对同样有此感受的他人抱以同情的理解，或"因为懂得，所以慈

---

① 师陀：《〈果园城记〉新版后记》，刘增杰《师陀研究资料》，北京出版社1984年版，第99页。

悲"（张爱玲语），或"哀其不幸，怒其不争"（鲁迅语），或感觉"我的人物比我高"（萧红语），总之，都是自己本心的真实流露。这样的文学表现，虽然犀利、冷酷，却是为了揭出病苦，是为了疗救，背后是一颗悲悯之心，是对生活、对人类的大爱。这样的写作，因为对生命的无差别关怀（此处所谓的无差别心，是指作家与笔下书写的人物，虽然身份处境不一，但人格上是平等的，没有自我人格、地位上的任何优越感），也因为对生活不是高高在上地指点，而是用心倾情地投入，他们看到了尘埃里的花，也彰显了泥淖里的亮光。"生命像一袭华美的袍子，爬满了虱子"①，虽然老中国又脏又乱，但依然爱着它的"暖老温贫"。家乡"没有什么优美的故事，只因他们充满了我幼年的记忆，忘却不了，难以忘却。就记在这里了"②。愿意"自己背着因袭的重担，肩住了黑暗的闸门，放他们到宽阔光明的地方去"③，这正是对生活、对生命、对未来的爱心和无差别的希望。在这些心存仁厚，对生活又洞若观火的智者那里，没有丝毫的虚假，他们"疾虚妄"，切齿于虚伪。直心是道场，率性、真诚的背后是对生活、生命的爱，也是对自我的尊重和珍视：忠于自己的感觉、思维、发现，将自我感受到、认识到的一切以最平常、最通俗的形式呈现出来，警醒世人，于是出现了鲁迅随意的杂文，张爱玲的《流言》《传奇》，萧红对呼兰河随意选取的记录……既无主题内容的主次，也没有一定的表现章法，一切都对着人类的愚昧或光辉。这种小城书写，自然不会凝结于一个主题，也不会僵死于一种模式。这样百花齐放的精神生态构成了小城，构成了民间，形成了我们民族生生不息的基础力量，也是核心精神。或许时代的、制度的、思潮的东西会不同程度地影响小城子民的生活，物质的丰富、生活的便利、习俗的改变，会让小城子民生命状态上有不同程度的改变，但小城子民的生命执着，以及为此付出的种种努力都体现着一个民族的根性，这也是乡土中国普通百姓的生存哲学，这种认识和追求是不会改变的。

---

① 张爱玲：《天才梦》，《张爱玲全集》（1），海南国际新闻出版中心1995年版，第137页。
② 萧红：《呼兰河传·尾声》，《萧红全集》（3），黑龙江大学出版社2011年版，第152页。
③ 鲁迅：《我们现在怎样做父亲》，《鲁迅全集》（1），人民文学出版社2005年版，第135页。

第三章　生态文化视阈下的小城作家

第一节　"素人"写作

萧红在《呼兰河传》的"尾声"中对其生活、记忆中的小城做了概要性梳理，所记的都是忘不了也没什么稀奇的平常事，是说不上故事的杂记。对萧红来说，创作动机或许有启蒙或救亡之意，但一旦进入家乡小城，写到亲人，回到当年的生活现场，概念意义上的文学创作就成为对具体生活的咀嚼体味，身不由己地投入一种亲情、家园、乡邻的自然情感与思维中，回到生活，回到生命近乎原生态的现场去经历故事。她的思想情感没有被传统所教化，被现实需要所格式化、简单化、神圣化，就那么自由地书写着她眼中所见、心中所思、感觉体味中的呼兰河小城。或许当年写作《呼兰河传》的萧红未必去刻意思考这是一种怎样的写作，但她确实要写出她自己感觉中的世界，记下与自己情感思绪一直牵牵连连的小城人事。她曾经说过："有一种小说学，小说有一定的写法，一定要具备几种东西，一定写得像巴尔扎克或契诃夫的作品那样。我不相信这一套。有各式各样的生活，有各式各样的作家，就有各式各样的小说。"① 这样的宣称，在大多数人看来并不具备小说学的理论价值，它更像一个任性的小女孩对自我想法、做法的坚持，对小说到底应

---

① 聂绀弩：《回忆我和萧红的一次谈话——序〈萧红选集〉》，《新文学史料》1981年第1期。

该怎样写并没有清晰的界定。虽然萧红没有清晰地界定理论、概念意义上的小说学,但并不等于萧红没有追求,她对自我、对生活、对文学的定位与追求远比同时代的大多数作家要清晰与坚定得多。

作为一个文学写作者,萧红从未把自己放置于一种道德、派别立场去"为……而写作"①。无论是作为生活中的人还是文学书写者,她始终把自己当成普通人甚至弱小者中的一员,认为"我的人物比我高"。没有任何外在身份定位的约束和压力,这对写作者而言既是一种对传统、时尚、习俗的祛蔽,也是对自我身份、知识、性情带来的约束的解放,她因此而得以用最真诚的眼光去看待他人和世界,又可以彻底释放自己的天性,以本心真情与世界万物对话交流。这样的作家可以称为"素人"② 作家。

一 小城小说之"素人"作家

在一次访谈中,莫言曾经这样给自己定位:"作家有两种,一种是学者型,还有一种,像(我国)台湾说的,叫素人作家。我更多地还应该是素人作家,靠灵性、直觉、感性和生活写作,不是靠理论、知识写作。"③ 而且认为:"有很多好的小说实际是'素人作家'写出来的,'素'就是朴素的

---

① 因为《生死场》的写作,尤其是《生死场》作为"奴隶丛书"出版,萧红被视为左翼作家,这应该不是她写作的初衷。

② "素人"一词最早见于《中文大辞典》,意为"平凡无奇之人"。《汉语大词典》中解释为"平常的人"。还有一种意为"门外汉、外行",来源于日语,它与"玄人"相对,起源于日本古代的艺妓界。早在平安时代,京城的艺妓中,凡不会舞蹈和唱歌的人,脸上要涂抹"白粉",称为"白人"。与此相反,那些能歌善舞的艺妓,则被称为"黑人"("黑人"并不涂抹"黑粉",只是与"白人"相对而言)。到了江户时代,"黑""白"用来评价戏剧界演员演技的优劣,"黑吉"为优,"白吉"为劣。可能由于称黑白不雅,后来"白人"写成"素人","黑人"写成"玄人",分别指外行、内行之意(参见王秀文《现代日中常用汉字对比词典》,北京出版社1996年版,第995页)。莫言曾谈到"素人"作家:"这是一帮(我国)台湾的批评家发明的一个称呼,他们称没有受过多少学校教育的、没有读过多少书的作家为'素人'作家,没有受过文学理论方面的训练,凭着一种直觉、凭着他自己的生活经验,凭着他对文学的非常粗浅的理解,就拿起笔来写作品。"莫言还称自己就是一个"素人"作家(参见莫言《先锋 民间 底层——与杨庆祥对谈》,《作为老百姓写作——访谈对话集》,海天出版社2007年版,第411页)。本书所谓的"素人"概念有两个内涵:一是"素人"作家,概念的内涵与莫言所说一致;二是小说中的"素人"形象,取《中文大辞典》与《汉语大词典》所定义,即"平凡无奇之人""平常的人"。

③ 莫言:《用自己的情感同化生活——与〈文艺报〉记者刘颋对谈》,《作为老百姓写作——访谈对话集》,海天出版社2007年版,第90页。

'素'，是跟一个评论家学来的。中国大陆有很多素人作家，他们没有受太多学院式教学，没有受过规范的理论训练，他们就是从他们的直感甚至生理性的感触出发。"①

首先，"素人"本是一个中性词，甚至含有"外行"的贬义。这种状态或者说经历却成就了作家萧红，她没有任何先入为主的各种文学标准、观念，不戴有色眼镜看待周围的人和事，一切都以自己的感觉体会为准。在成长经历中，社会、家庭生活和仅有几年的学校经历，使她看惯了周围人活下去的不易，他们麻木、猥琐的生存状态，以及为生存所作的种种努力、挣扎，这样的生存状态背后惊人的力量，和他们简单的开心快乐，这一切萧红用她诚挚体贴之笔以近乎原生态的写作，揭示出比同时代作家更为深重的生存意义和生命内涵。

其次，作为普通人的一员，萧红看到的、关心的也都是普通的人事。祖父、后花园、有二伯、老厨子、磨倌、东邻西舍。有关他们的事情，也就是祖父老了，死了；后花园的老主人死了，小主人逃荒去了；园里的蝴蝶、蚂蚱、蜻蜓，小黄瓜、大倭瓜，早晨的露珠、午间的太阳、黄昏的红霞是否依然；有二伯、老厨子也老了、死了，等等。这些普通人演绎的平常的事自然没有可能惊天动地（虽然在当事者本人看来生老病死、春种秋收就是大事），萧红也无意去大加渲染，她就是真诚地记录下这些真实的生命。萧红的慧心只眼在于她看到了被大多数人忽略的小人物的思想情感、爱恨悲欢，而且将这些小小的悲欢认真严肃地表达出来，让读者注意到它们，感受到其"安稳"地生存下去的朴素追求，而且让读者意识到这种朴素追求有着与"飞扬"的人生一样的价值。

最后，文学是反映人的情感和思想的，是作者传达自我对世界、他人的认知以及自我表情达意的工具。不同的作家，由于各自的出身、经历及个性等的不同，其关注点及情感、思想表达的方式也大相径庭。因此，萧红才认

---

① 张清华、曹霞：《看莫言：朋友、专家、同行眼中的诺奖得主》，华中科技大学出版社 2013 年版，第 132 页。

为"有各式各样的生活,有各式各样的作家,就有各式各样的小说"。在她那里,文学是个人的,一切从自我的感觉、认知出发,从个体的情感、心愿出发,"'为了恋爱,而忘掉了人民,女人的性格啊!自私啊!'从前,我也这样想,可是现在我不了,因为我看见男子为了并不值得爱的女子,不但忘了人民,而且忘了性命。何况我还没有忘了性命,就是忘了性命也是值得呀!在人生的路上,总算有一个时期在我的脚迹旁边,也踏着他的脚迹"①。普通而具体、真实的生命表现要比一味宣扬宏大而虚空的主义、理想更有意义。张爱玲乐于写男女爱情,因为在她看来人在恋爱的时候比在革命的时候更放恣,更能展现出真实的人性。在萧红看来,恋爱值得写,是因为它能影响人的心思,甚至左右人的性命,对一个人如此重要的事情自然应该书写。

萧红的行文中未曾渲染一句自己的深切思念,思念却如影随形,浸淫于文字的肌理。她对生活的种种洞见遍布在天真的叙述中,以天真的面目隐藏慧心(也许她自己意识不到);不同于张爱玲以诡谲老辣的面目将其素朴纯真与善良软弱(也许她自己也意识不到)加以掩饰。这就是她俩与常人不同的地方。在许多作家那里,做人和写文章是分得很清的,在作品中不妨高调宣讲,冲锋陷阵,在生活中却为一己的生存名利用心经营。而萧红与张爱玲则不同,在她们那里,写作与生活是一体的。看起来张爱玲相比萧红有更为精明的自我生活设计,比如生活中对金钱的算计(与姑姑都如此),比如对以作家为职业养活自己的打算及出名的急切愿望,等等。但仔细思考张爱玲一生的生活、职业及爱好的选择就会看到,她既不在乎名利,也不在乎金钱,这从她与父母家庭的关系,对自己爱情的选择及以后的工作生活都可以看出来。她在乎的是精神的理解、享受。首先要找到自我,在胡兰成那里,这个封闭、沉闷、孤独的张爱玲才能找到自我,其生命才得以放恣,"从尘埃里开出花来"。她的算计只限于能维持其基本的生存需要,在她那里,名利是生活的手段,绝不是目的。萧红似乎比张爱玲更为单纯,她连自己最基本的生活都经营不好,为了那在任何人看来都幼稚荒唐的自我追求而四处碰壁、坎坎坷坷,

---

① 萧红:《致萧军·第四十信》,《萧红全集》(4),黑龙江大学出版社2011年版,第388页。

为追求所谓的爱与自由，不惜饮鸩止渴，以致半生漂泊，一身疾病。若不以世俗的眼光看，萧红是坚强的，也是纯洁的，更是智慧的。她的坚强恰恰就在于她的不精明。当别人都在以名利享乐为标准计较各自的生活收支时，当各自将自我的天资和努力予以利益最大化经营时，萧红走的却是另一条路。在她那里，作为标准的不是名利，是她自己也不十分清楚的自由与爱——生活的自由、精神的自由、思想的自由及爷爷的爱、朋友的爱、恋人的爱和她对人类的爱。萧红"从不刻意追求什么，她只是让自己的心声汩汩流出，笔到意出，浑然无饰，这里人格和文字似乎有一种对应关系，萧红是在用她的散文向读者袒露她的思想与情感"①。为了心中这个执着的念想，她历经苦难而痴心不改。她不长的一生一直为自己活着，在别人看来这就是导致其人生悲剧的原因所在，但从另一方面看，这恰恰是萧红该引以为豪的，她始终为自己的心愿活着，而且活出了自己的样子。而大多数人选择了世俗生活的某一种模式，在不断自我修正中走向所谓的成功。萧红与张爱玲各有其真率、敏感与聪慧，但在具体生活中却一个幼稚单纯，一个笨拙木讷。在她们那里，世俗的精明不是看不到，是从未想到如此去经营自己的人生，也不是不屑，是压根就没有想到或是害怕想到这些。

在萧红那里，文学是自我的，又是世界的。她说："作家不是属于某个阶级的，作家是属于人类的。现在或是过去，作家们写作的出发点是对着人类的愚昧！"② 作家起笔是熟悉的、有感觉的家人家事，但落脚却在对人类的关心，对世界的探讨，对古往今来的思考。从这个意义上说，文学是属于人类的，而且是对着人类的愚昧。由自我真诚感受到的故事，引发对万事万物的思索，没有主义、派别以及各种意义的附加，由自己毛茸茸的感觉到葳蕤丛生的各种思维，到眼前似乎不加选择的大千世界，这或许就是一种"原生态"书写。采取此类书写态度的还有沈从文、写川西北小镇的沙汀和写《果园城

---

① 彭晓风、刘云：《萧红散文全编·前言》，浙江文艺出版社1994年版，第10页。
② 萧红：《现时文艺活动与〈七月〉——座谈会记录》，《萧红全集》（4），黑龙江大学出版社2011年版，第460页。

记》的师陀等。

二 小城小说之"生态"环境

"生态学"（ecology）①一词最早是由德国博物学家恩斯特·海克尔于1866年在《普通有机体形态学》一书中提出的，指研究生物体之间以及生物与其周围环境之间关系的学科。英文"ecology"同时具有"生态"的含义，即指地球上一切生物的生存状态以及生物之间、生物与其周围环境之间的关系。就生态的相互关系而言，生态批评家格罗特费尔蒂谈道："从环境和生态这两个词的意味看，'环境'是一个人类中心和二元论的术语，它暗示着我们人类位于中心"，"'生态'则意味着相互依存的共同体、整体化的系统和系统内各部分之间的密切关系"。②无论生物的生存状态，还是生物之间及生物与环境的关系，"生态"的核心都是生命的自然本色、自由的发展状态。这种本色及状态或许杂草丛生，也或许藏污纳垢，那都是浑然天成的，而不是去除原态与植入新生后的美化、净化。"研究生态学的最终目的就是要促进多样生命的和谐共生、持续发展。敬畏生命、尊重生命、热爱生命是生态研究的题中固有之义。但我们同时也要注意到，一个生命的存在依赖于它的家园（栖息地、住所），依赖于它与其他生命体之间的相互关系；失去了家园、住所，离开了与其他生命体的关联，这种生命体是不可能存在的。如果说'生命'是生态概念的灵魂，'家园'是生态概念的基底，'相互关系'则可以看作使生态概念各因素相互贯通、相互渗透的血脉，三者相互依存、共同构成生态概念的意义整体。如果是一个人具有生态观念、生态意识，就意味着他是关心栖居家园，关心生命存在，关心关系整体而不是主客分离、人类中心主义。"③经典的"审美"概念基于一种认识论对象化的思维模式，强调审美

---

① "eco"源自希腊字（oikos），意为家或生活场所，19世纪中叶生物学家借用它来表示"生物与环境的关系"；"logy"源自希腊字（logos），意为学问。
② Cheryll Glotfelty & Harold Fromm eds，*The Ecocititicism Reader*：*Landmarks In Literary Ecology*，Athens and Londn：Georgia University Press，1996，p. xx.
③ 赵奎英：《论自然生态审美的三大观念转变》，《文学评论》2016年第1期。

主体在审美活动中的主导地位，对审美客体主要关注其外在形式特征，而对对象本身的生命感觉和自由意志是不怎么关心的。具有生态观念的审美在对待自然的态度上主要表现为："从关心自然的形式到关心自然的存在，从把自然当作对象到把自然当作家园，从把自我当作观光者到把自我当作栖居者的三大观念转变。"① 由自然延及社会及人的精神领域，会发现在以往的审美活动，包括对自然的审美，对他人的审美，对社会的审美，对万事万物的审美，都是建立在以主体的感官、知觉基础上对客体外在形式和表象的欣赏、考量。至于客体的主观感觉和自由意志是不关心的。

比如，女性主义审美生态，就将人与自然的态度延及男人与女人的关系。在中国几千年的文化中，尤其是"罢黜百家，独尊儒术"以来，无论家国，就男女两性的关系而言，都是以男性为主体的，女性被男性视为关爱照顾的对象、审美对象、欲望对象和私有财产。其间或许有个别的女性、个别的男性或个别的男女关系逸出了这种普遍的范式，但就大多数男女关系而言，双方是不平等的。这种不平等，与其说是一种压迫，不如说是男性的一种差别心在起作用。在这种差别心支配下，男性从未把女性当作与自己一样有理想抱负、有欲望和志趣的同类，并以此差别心制定出种种差别条例分散在伦理道德的大文化范畴内。一旦有女性敢于僭越，就被冠以"牝鸡司晨，惟家之索"（《尚书·牧誓》）的罪名。于是，每个女性从生下来那天起就被"女人"的各种标准、规范予以引导教化，收起本心，约束感觉，处处以被要求、被规范的面目、行为出现。就生命的健康、自由而言，这是与生态观完全相反的，或许这正是女性主义生态观念的重要一维。不"生态"的不仅是女性，还延及儿童以及众多的男性，从某种意义上说，这种违背生命本然的社会文化要求，波及方方面面，广泛而深入。在我们的文化、习俗中，每个人一生下来，都被固定在一定的文化秩序坐标中，男性"修齐治平"，女性"相夫教子"。在这个大前提下，无论男女，其身份、地位、职责、追求都几乎被预先设计好了。新生儿发展的无限可能被格式化限定，新生儿的健康机体、旺盛

---

① 赵奎英：《论自然生态审美的三大观念转变》，《文学评论》2016 年第 1 期。

精神也被格式化约束。种种限定和约束的背后，依然是因性别、年龄、地位、身份而生的差别心。在这种差别心支配下，所有对生命的压抑都成为理所当然，为官就是一方子民的"父母"，而父母对子女有绝对的权威，即使父母对子女慈爱、关心甚至奉献身心，那父母也是以他们认可的方式而非子女的愿望欲求来爱护子女的。生命就在被视为重重爱惜、保护的感恩戴德中甘心情愿或者委曲求全地被约束，被压抑，被扭曲。长期如此，约束、压抑、扭曲对很多人而言成为一种不自觉的自觉行为，再来影响下一代，人类社会如同被开发过的自然，有井然的秩序，再无健康的生态。

任何事情都具有两面性。文明，某种意义上就是一种秩序，秩序都是被建构起来的，秩序能够在多大程度上给人的身心以自由、健康的正常发展，是生态审美探讨的核心。一味强调自由、自然的生态原本，无异于回到洪荒，这自然不是人类的追求，但过度追求物质的丰富、科学技术的先进、现代化的速度和效率也不是文明的初衷。无论文学艺术还是科学、社会学、法律、建筑等其他任何人类所从事的门类研究，最终的目的都是健康地生存和自由地发展。秩序与自由同样必不可少，如何将二者调节到一种合适的平衡状态，应该是所有研究的最终目的，文学自然也不例外。小城镇小说，作者大多为小城之子，他们书写的是故乡记忆。故乡，是一个人回到童年、回到自由、回到生活、回到自我的最好所在。所以小城镇小说的写作，无论作者出于什么初衷（比如启蒙、革命），相比于其他题材的创作，更多地表现了自然、社会、人类的"生态"。这种表现"生态"的结果和"生态"表现的方式，写作者本身或许毫无意识，但这不妨碍研究者以这样的眼光、标准去赏析这一类的创作。以自然生态审美的眼光去看待小城镇小说创作，就会发现小城镇以往没有被注意到的内涵，从而为人类的生命形态、生存方式、理想追求打开一个不一样的天地。

广义上的生态除了自然生态，还包括社会生态和精神生态两个方面。无论哪个方面，"生态"的核心都是万事万物的和谐共生，自由发展。找到自我、进入生态写作的素人萧红、沈从文等，无论是在文学选材、人物塑造、主题表达方面，还是在叙事方式、篇章结构、语言运用方面，都进入了无拘无束的生态写作状态之中。其创作听凭感悟，抒写怀抱，陶冶情性，一派天籁！

三 小城小说之"素人"作家的"生态"写作

萧红身为女孩，又因为从小个性较强不够乖巧而为父母、祖母所不喜，跟随爷爷，与磨倌、厨子等为伴，在后花园的自然环境中成长。虽然缺少父母关爱，但在爷爷那里没有约束，与花草虫蝶相亲，与天地自然交流，这种单调自由的生活使萧红相比于其他作家，头脑中少有各种思想和规矩的条框与约束，这形成了她长于观察、敏于感觉、心灵开放、思想自由等得天独厚的"素人"作家的本色。同时，被冷落、被歧视的切身体会和周围人被冷落、被歧视的感同身受，也让她对于内在情感与外部世界的点点滴滴异常敏感，也成就了她非凡的观察能力和想象能力。社会、历史的变迁，现实的风潮、运动，在萧红那里既不是纵向重大事件的历史梳理，也不是横向重大事件的分析解剖，而是以一个"素人"作家的敏锐感觉对愚夫愚妇自然生态的描写、对愚夫愚妇生命状况的歌哭。萧红在单调枯燥的生活中对自然物象的细致观察，对世情人伦的反复体味，对感觉想象的浸淫咀嚼，让她达到了对生活认知的真和深——那是超越"反映现实"层面的感觉之真、心理感受之真，对人性欲望和人生困境的认识之深。

作家首先是热爱生活的人，因为对生活有着强烈的兴趣与热切的关心，才能发现大千世界各种各样的情趣和故事；同时又是有着纯真浪漫想象的人，因为这份纯真浪漫将平凡的一切人事赋予了情感和审美，于是在一般人眼中枯燥平淡的日常一切，在作家眼中不仅活了起来，而且被赋予了意义。此外，作家还是一个明心见性怀有悲悯情怀的人，有了这份体贴，才能给予笔下一切非正常、不合理的现象以同情的理解与关怀。萧红身上就集中了这些作为一个优秀作家所应具备的诸多素质。她以一颗聪敏的慧心感受生活、观察社会、体味人生，以一份真诚将观察到的、体验到的诉诸笔端，没有夸张的激情,也看不出过分的伤感,始终保持着一种冷静的、内敛的书写态度。这种书写态度看似与时代、社会与政治有所疏离,实际上却透过浮华世相抓住了生活的本质。

表面上看,萧红一直关注的是世俗生活的琐碎点滴,但其真正在意的是个人及他人的生命感受,是对人的本质属性的积极思考。故乡人是这样愚昧,日子是如此艰难,但他们却总能在恶劣的生存环境中生生不息。

> 十年前村中的山,山下的小河,而今依旧十年前。河水静静的在流,山坡随着季节而更换衣裳;大片的村庄生死轮回着和十年前一样。
>
> 屋顶的麻雀仍是那样繁多。太阳也照样暖和。山下有牧童在唱童谣,那是十年前的旧调:"秋夜长,秋风凉,谁家的孩儿没有娘,谁家的孩儿没有娘,……月亮满西窗。"
>
> 什么都和十年前一样,王婆也似没有改变,只是平儿长大了!平儿和罗圈腿都是大人了!
>
> 王婆被凉风飞着头发,在篱墙外远听从山坡传来的童谣。①

这几句话是《生死场》中的一章,题目是"十年",简单至极,这是读萧红的文字常常有的一种感觉,但其中所蕴含的复杂的情感却令我们感慨不已。

文学作品是对着人类的,是表现人类生存意志、生命形态和生活方式的。由于个人禀赋、性情及阅历的不同,作家观察生活、了解生活的视角也各不相同:或者站在制高点上居高临下地俯瞰,或者站在稍高一点的地方可以随时进入与走出,或者挤在人群中体会其温度和热闹,也可以如一个孩子般站在比众人低一点的位置看他们手心的汗,脚上的土,颤抖的腿,胳膊上暴起的青筋,然后再顺着人体往上看他们脸上的喜悦、愁苦、汗珠、风霜。对于大多数作家而言,他们是站在可以随意进入走出的、比众人稍高一点的位置

---

① 萧红:《生死场》,《萧红全集》(1),黑龙江大学出版社2011年版,第99页。

去关注那些热闹的人群,表现他们的矛盾、纠结、呼喊、行动。战争、运动、革命、反抗等人生的"飞扬"就产生在这类作家笔下的这些人群中。毫无疑问,鲁迅是在站在制高点俯瞰众生的,无论是对人类还是对文学,他都有开阔的视野,深厚的背景。他以自身"从小康人家坠入困顿"的深刻生命体验,自然也能了解、体会到众生的苦与乐,这也是他一再表现的内容。无论写什么,鲁迅始终都是"精英"定位,写大写小,都是居高临下的姿态。萧红则似乎永远不会站在某一道德高地或者其他什么高地上义正词严而又不近人情地对他人指责批判。鲁迅赞赏陀思妥耶夫斯基对自我灵魂的拷问,萧红从未将自己置于任何高地,也没有考虑自我道德的完善、提升。她没想当圣人,没想当超人,只是关心着人,关心着所有人的生存迷惘和衣食住行所内蕴的生命意义。萧红是洒脱的,更是超越的,其实是悲悯善良的。

张爱玲说男人具有超人性——超人总渴望自己能解决问题、拯救世界;而女人具有神性、地母性,对世界、人类持一种理解、同情、包容的态度,是对被男人争斗得千疮百孔的江山的缝缝补补:"'超人'这名词,自经尼采提出,常常有人引用,在尼采之前,古代寓言中也可以发现同类的理想。说也奇怪,我们想象中的超人永远是个男人。为什么?大约是因为超人的文明是较我们的文明更进一步的造就,而我们的文明是男子的文明。还有一层:超人是纯粹理想的结晶……男子偏于某一方面的发展,而女人是最普遍的,基本的,代表四季循环,土地,生老病死,饮食繁殖。女人把人类飞越太空的灵智拴在踏实的根柱上……超人是男性的,神却带有女性的成分,超人与神不同。超人是进取的,是一种生存的目标。神是广大的同情,慈悲,了解,安息。像大部分所谓知识分子一样。我也是很愿意相信宗教而不能够相信,如果有这么一天我获得了信仰,大约信的就是奥涅尔《大神勃朗》一剧中的地母娘娘。"① 莫言对此也曾说过这样的话:"我的作品里经常是女性很伟大,男人反而有些窝窝囊囊的。我一直觉得,男人负责打江山,而女人负责收拾江山,关键时刻,女人比男人更坚韧,更给力。家,国,是靠女人的缝缝补

---

① 张爱玲:《谈女人》,《流言》,北京十月文艺出版社2009年版,第66—67页。

补而得到延续的。"① 其实，这就是萧红的特点，她也站在一个高点，看到大千世界的世道轮回、季节更替，看到芸芸众生的生生死死、来来往往、争争斗斗，她无意于去解决什么问题来证明自己，或者奉献自己。在她看来，生活中有各种各样的问题，既然解决不了，也就没有必要去解决，她只能以一颗悲悯之心望着他们，给弱小者以同情，给受伤者以安慰，看着家乡亘古如斯，绵绵不绝。她时时以一个小女孩的眼光，真诚善良地关注、透析着每个人、每件事中的细小点滴，但她不会永远将目光停留于一个人、一件事，她是地母，最终关注的是人类，是大千世界的古往今来。她是用人类学的眼光来看待眼前的生生死死的，所以萧红笔下少有激情洋溢的热血争斗，也不强调烟火热络的是是非非，其笔下俗世日常生活描述中传达的是淡远的忧伤，能进入骨髓，沉入心底。

十年的岁月，山、水、人似乎都没有变，还是那种存在，那样活着。从启蒙的角度看这是落后、凝滞的村庄，需要激活、改变，使之焕发生机。但简单、落后、素朴的日子之所以能长久不变，就在于其中潜沉着一种韧性十足的生命力量，一切借此而死死生生，轮回不息。

在这恒久不变的山水中，人的生死如四季轮回般自然。生与死的欢乐与悲痛都被淡化了，人们如接受夏雨冬雪般木然、坦然地接受着上天赐予的一切。

> 生、老、病、死，都没有什么表示。生了就任其自然长去；长大就长大，长不大也就算了。
>
> 老，老了也没有什么关系，眼花了，就不看；耳聋了，就不听；牙掉了，就整吞；走不动了，就瘫着。这有什么办法，谁老谁活该。
>
> 病，人吃五谷杂粮，谁不生病呢？
>
> 死，这回可是悲哀的事情了，父亲死了，儿子哭。儿子死了母亲哭。哥哥死了一家全哭。嫂子死了，她的娘家人来哭。

---

① 莫言：《我们的荆轲》，作家出版社2012年版，第191页。

哭了一朝或是三日，就总得到城外去，挖一个坑把这人埋起来。

埋了之后，那活着的仍旧得回家照旧的过着日子，该吃饭，吃饭。该睡觉，睡觉。外人绝对看不出来是他家已经没有了父亲或是失掉了哥哥，就连他们自己也不是关起门来，每天哭上一场。他们心中的悲哀，也不过是随着当地的风俗的大流逢年过节的到坟上去观望一回。①

生老病死都没有什么表示，"哭"是难过的唯一表达方式。匍匐在自然和贫穷威力下的弱势人群，没有能力把握自己的生活，只能听凭命运的安排，自生自灭。他们也在努力着，冯歪嘴子没有能力养活他的两个孩子，但他努力在做，而且没有觉得那么令人绝望，人家那样做，他也那样做，孩子用筷子不吃，他就用调匙喂，带着大的扯着小的一步步前行。这种努力有时追求的不仅是活着，还要活着的纯洁和意义，并为此而绝不肯去凑合。《小城三月》中的翠姨，宁可抑郁而死，也不肯委屈地活着，也不要那种在别人看来富裕、自由的生活。就连《红玻璃的故事》中的一个长期劳作的妇女，也在忽然之间意识到了生命的意义。

无论作家选择什么样的表现内容，如果没有超越的立场，一切封闭在阶级、民族、国家的圈子里，就很难有对生活的深入了解和深刻认识。当作者居于主流意识中心，以宏大叙事对时代的各种主义、思潮进行类型化传播时，他便自觉不自觉地就站在了一种居高临下的位置，有了一种居高临下的姿态。而任何形式、任何方面如政治、道德、思想、文化、艺术等的"居高临下"，都不可能拉近与读者的距离，当然也就不可能有同感共鸣。大部分小城作家在写作中不让自己凌驾于所写的人物之上，更不让自己凌驾于所写的生活之上。在萧红那里或许这点与她作为女性所特有的谦卑、温和、悲悯有联系，她受够了居高临下者的目光审视和行为支配，因此她能够自觉不自觉地避开居高临下的观察模式，因此才有那种对于生活的原生态的直觉和表现，而不是颐指气使地指指画画。沈从文、师陀等"素人"作家，无论生活还是写作，

---

① 萧红：《呼兰河传》，《萧红全集》（3），黑龙江大学出版社2011年版，第17—18页。

始终处于边缘位置，这也让他们能以真诚、平等的心态看待笔下的生活和人物。小城小说的魅力，恰恰就在于他们不是居高临下地书写，而是身在其中地述说。"我的人物比我高"①，这是萧红塑造人物的理念，她从未把自己凌驾于自己的小说人物之上。可能正是缘于这种处世心态与创作理念，才使她的悲悯那样温暖，没有咄咄逼人的救世主的姿态。

生活是丰富复杂的，每个人的人生阅历与生活处境等诸般条件不同，对生活自然会有不同的感受与体会。张爱玲曾有过这样的比喻："现实这样东西是没有系统的，像七八个话匣子同时开唱，各唱各的，打成一片混沌。在那不可解的喧嚣中偶然也有清澄的，使人心酸眼亮的一刹那，听得出音乐的调子，但立刻又被重重黑暗拥上来，淹没了那点了解。画家、文人、作曲家将零星的、凑巧发现的和谐联系起来，造成艺术上的完整性。"② 每个人都有自己对现实的看法与印象，许多作家笔下所谓的现实主义作品，在别人看来或许就有某种程度的片面和虚假，而与现实不符。由于每个人的生活层面不同，对生活的关注点也会有差异，因此，即使对相同的事物也因为观察的角度和侧面不同而拥有完全不一样的理解与印象。实际上，每个人都有各自的现实观念和历史认识，不可能完全地、客观地再现现实、还原历史。所以，无论是反映现实，还是还原历史，只能是"用我的思维方式去讲述"③。小城作家们执着于以自己所熟悉的故园小城为叙事对象，其中难免因认知的角度、深度不同及个人情感的强力介入而失之片面或真实，但其中深蕴着每个创作者诚实的态度和厚道的灵魂，这是不言而喻的。沈从文的《边城》是以"酉水流域一个小城小市中几个愚夫俗子，被一件普通人事牵连在一处时，各人应有的一分哀乐，为人类'爱'字作一度恰如其分的说明"④。《长河》则有意"用辰河流域一个小小的水码头作背景，就我所熟悉的人事作题材，来写写这

---

① 聂绀弩：《回忆我和萧红的一次谈话——序〈萧红选集〉》，《新文学史料》1981年第1期。
② 张爱玲：《烬余录》，《流言》，北京十月文艺出版社2009年版，第48页。
③ 高晓春：《有理想就有疼痛》，安徽人民出版社2013年版，第83页。
④ 沈从文：《习作选集代序》，《沈从文全集》（9），北岳文艺出版社2002年版，第5页。

个地方一些平凡人物生活上的'常'与'变',以及两相乘除中所有的哀乐"①。沙汀是我国现代文学史上一位"一生专注地描写中国宗法乡镇社会,并以此为自己全部艺术生命的作家"②。对师陀而言,虽说其笔下的"果园城"是一个想象中的小城,但"这是我的果园城,其中的人物是我习知的人物,事件是我习知的事件"③。萧红1940年12月20日在香港写完《呼兰河传》,在"尾声"中写道:"以上我所写的并没有什么优美的故事,只因他们充满我幼年的记忆,忘却不了,难以忘却。就记在这里了。"④他们选取对于故乡最为熟悉的日常生活作为表现对象,作为情感载体,以自由的叙事方式表达着各自对于故乡的印象,对于生命的感觉,对于人生的思考。

第二节 摹写"素人"

从摹写人物、描述身边日常琐事入手来表现小城风貌、小城生活及小城人生,是小城小说创作的宗旨;而从自己的生命体验出发,始终忠于自己的感觉、判断,率性、真诚、自我的表达方式成就了小城小说的独特价值。

小城之子的小城书写,大多都是童年或者少年的小城生活记忆。其间明心亮眼的"飞扬"生活自然是有的,但更多的是平凡的日子所构成的生命"底色"。在这种生活"底色"上活跃的人物,因为处于社会底层,没有外在身份对自我思想言行的约束。同时因为地处僻远,在政治、社会、道德、思想等方面皆居于时代边缘位置,小城人物相对而言更大程度上表现出"素人"的自然本色。以日常生活为"底色",让形形色色的小人物展现其"素人"本色,正是大多数小城小说所欲极力表现的——写出小城普通生活、庸常人物中所蕴含的爱与美,描摹平凡生命的生存努力,揭示任何一种"畸形"生

---

① 沈从文:《〈长河〉题记》,《沈从文全集》(10),北岳文艺出版社2002年版,第6页。
② 吴福辉:《乡镇小说·序》,沙汀《乡镇小说》,上海文艺出版社1992年版,第1页。
③ 师陀:《果园城记·序》,《师陀全集》(2),河南大学出版社2004年版,第453页。
④ 萧红:《呼兰河传》,《萧红全集》(3),黑龙江大学出版社2011年版,第152页。

存现象背后的人之常情。某种意义上，小城之子对家乡"素人"的文学表现，正是对其各自人生书写的缩小版、现实版、日常版或者理想版。虽然他们的内心一直住着那永远的"鲁镇""呼兰河""果园城""边城"，但书写小城本身并不是他们的目的。故乡小城，是地理概念、社会概念，也是文化概念、文学概念，更是生命活动的舞台，人性演练的试验场。在这里，可以看到原始的生存欲望，隐秘的文化积淀，芜杂的生存表象，纷繁的生命形态和多样的人生追求。小城作者以"素人"的姿态，从记忆中熟悉的生活切入，掀开种种加之于自我及小城人身上的外在传统、习俗及时尚、潮流的遮蔽，对小城的人、事、情加以细致的审视、剖析，从一个个素色生命和生态现象的写意描摹中，对生活和生命有更为切近而深入的认识。小城作为一个文化或文学意象，它既是现实的，又是寓言性的；小城是某一地域的小城，也是老中国甚至是人类的生存缩影，它对着人类的愚昧，也对着生命的精彩。

一 小城，并不"边缘"

所谓边缘性，是一个相对概念。就文学创作者而言，其作品内容是否边缘，主要取决于写作者的视点，当写作者立足于僻远的小城，繁华的都市就是边缘的、偏僻的。就小城作家而言，立足家乡小城对熟悉的人事予以观察及文学呈现，其所写所感都是中心。既为中心，哪怕是家庭日常琐事都是重要的，因为这是小城人家每天都必须面对的最简单也是最主要的事情，日复一日，年复一年，循环往复，没有止息。对大多数小城人而言，因为世世代代生存于此，他们并不知晓也不关心外面的世界有多么广阔，多么精彩，小城在他们心目中自然就是中心，而且无论小城怎样，他们从来没有什么不满意。萧红在《呼兰河传》中就写道："呼兰河这地方，到底是太闭塞，文化是不大有的。虽然当地的官、绅，认为已经满意了，而且请了一位满清翰林，做了一首歌，歌曰：溯呼兰天然森林，自古多奇材。……这歌不止这两句这么短，不过只唱这两句就已经够好的了。所好的是使人听了能够引起一种自负的感情来，尤其当清明植树节的时候，几个小学堂的学生都排起队来在大街上游行,并唱着这首歌。使老百姓听了,也觉得呼兰河是个了不起的地方,一开口说话就'我们呼兰河',那在街道上捡粪蛋的孩子,手里提着粪耙子,他还说'我们呼兰河!'可不知道呼兰河给了他什么好处。也许那粪耙子就是呼兰河给了他的。"① 呼兰小城人一句"我们呼兰河"说出了他们对家乡的满意和骄傲,就连捡粪蛋的孩子都觉得自己的家乡好,这是那种把生于斯长于斯的家乡当成世界的中心甚至是全部世界的感觉,所以萧红才会有"可不知道呼兰河给了他什么好处。也许那粪耙子就是呼兰河给了他的"这种无奈的揶揄。萧红自己也说过:"家乡多么好呀,土地是宽阔的,粮食是充足的。有顶黄的金子,有顶亮的煤。鸽子在门楼上飞,鸡在柳树下啼着,马群越着原野而来,黄豆像潮水似地在铁道上翻涌。"② 这是萧红在《给流亡异地的东北同胞书》中的话。因为流亡异地,因为失去家园,越发觉得家园的重要和家园的美好。一种是坐井观天,天就井口那么大;另一种是翱翔世界,留恋自己的栖息地,这已是两种不同的感情和态度。不管怎样,谁能不说自己的家乡好!果园城虽然交通不便,没有先进的医疗技术,一到天黑所有的门都关上,全城都黑下来,落后、闭塞,而且给人的感觉好像永远也繁荣不起来,"却是谁也没有感到不便"③。这里有头发用刨花抿得光光亮亮,坐在门前同邻人亲密聊天的女人;有身兼数职悠然自得的邮差先生;有为人淡泊、与世无争的葛天民……他们在果园城活得踏实悠然。

一个前代的诗人——请不要忘记,一个果园城的诗人!他说普天下没有一个地方比秋天的果园城更美更惹人留连。它正像果园城老员外的第三个女儿,一个常常被人以"憔悴"形容的美人,一个薄命闺秀,洒脱中含着深思,深思中含着笑容,笑容之中又带几分愁意。

果园城并没有什么名山,除去很费力的从远方运来的碑石——它们

---

① 萧红:《呼兰河传》,《萧红全集》(3),黑龙江大学出版社2011年版,第101—102页。
② 萧红:《给流亡异地的东北同胞书》,叶君主编《我们生命中的"九一八"》,北方文艺出版社2015年版,第90页。
③ 师陀:《果园城记·果园城》,《师陀全集》(2),河南大学出版社2004年版,第458页。

被小心的安放在坟墓前面——此外就连块比较大的石头都找不到,更不必说什么楼台湖沼之胜;它有的,说真的只不过是在褐色平原上点染几座小林,另外再加上个陂陀。但是仅仅这一点已足够使果园城人认为什么都不缺少,他们甚至会说世界上只有"一个"——没有第二个果园城!因此在外边做客的果园城人呢,自然而然便常常害怀乡病了。①

这就是果园城人,"你不能不惊异他们具有这种良好德性:他们是多会用夸大和天赋的想象力来满足他们自己呵"②,可是在他们自己却并不觉得这是夸张,他们的确认为果园城就是世界上最好的所在。小城人居住在小城,这是他们安居的地方,自有一份恬然安适,更不要说沈从文笔下"边城"那样处处淳朴美好的世外桃源了。在沙汀笔下闭塞、落后、黑暗的川西北小镇,抗战蠹虫用破电影机欺骗乡民,乡民一遍一遍看不到电影,在失望中也没有觉得多么不好,反而在上当的谣言、争吵中感到了乐趣,放电影的骗局"对于和合乡一般居民,尤其是老太婆们,影响也不算小。但又并非由于票价的损失,也不是因为没有开成眼界,最感兴趣的是,他们觉得太子菩萨太灵验了。而且以为如果煤油桶子(按:放电影的骗子)预先知道规矩,事情不一定会失败。自然,煤油桶子最后也算敬过神了,但那怎么会灵验呢"③!没看成电影的小镇男女自然有触动,但他们不在乎票钱损失,也不在意没看成电影,竟是感兴趣于太子菩萨显灵的骗局。这些上当受骗的人,还在替骗子找理由开脱,丝毫也没感到失望。

以色列作家阿摩司·奥兹有这样一句话:"你身在哪里,哪里就是世界中心。"④ 大多数小城子民就有着这种心态,他们所居住的小城就是世界的中心,就是最好、最重要的地方。在作者方面,当其立足于小城进行文学书写时,深入小城,进入每个小城人的日常生活,小城也是当然的中心。迟子建在散

---

① 师陀:《果园城记·塔》,《师陀全集》(2),河南大学出版社2004年版,第524—525页。
② 同上书,第525页。
③ 沙汀:《和合乡的第一场电影》,沙汀《乡镇小说》,上海文艺出版社1992年版,第137页。
④ [以]阿摩司·奥兹:《咏叹生死》,钟志清译,浙江文艺出版社2010年版,第126页。

文《我的梦开始的地方》中也说过:"当我童年在故乡北极村生活的时候,因为不知道'山外有山、天外有天',我认定世界就北极村这么大。当我成年以后到过了许多地方,见到了更多的人和更绚丽的风景之后,我回过头来一想,世界其实还是那么大,它只是一个小小的北极村。"① 自然,阿摩司·奥兹和迟子建的意思各有不同。"你身在哪里,哪里就是世界中心",意为世界的中心与偏远是由自己的立足点决定的,不存在绝对的中心区域与边缘地带。迟子建的"世界就北极村这么大",意为决定一个人一生习惯、思想、情感、审美等特点的还是年幼时的故乡经历。但这两者有一个共同的意旨,就是深入其中的立足点非常重要,它决定了中心与边缘的定位,从而有了当事者对事物主次轻重的评判。小城作家之笔游走在故乡的小城小镇,就找回了成长中的感觉记忆,就回到了生活现场。呼兰河、果园城、川西北小镇、天回镇、边城、鲁镇……就是他们眼中的世界,或者是微缩的世界,当然也就是世界的中心。小城人从来没觉得自己处在世界的边缘,小城作家也是把自己的家乡当成生活的中心来表现的,那么生活在这里的小人物、发生在这里的小事情、泛起在这里的小风波等都不可以"小"目之,它们甚至与外面世界的风云变幻有着本质上相同的意义。

正如小城空间的中心与边缘取决于当事者的立足点一样,小城表现内容的重要与否,也不是取决于事情本身的大小轻重,而在于作者书写的主次。他写什么,什么就是最重要的事情。这些看似琐屑的小事不仅反映出人情的冷暖和人性的真伪,而且可以折射出大千世界的五光十色,投射出历史的风云变幻和世事的沧桑变迁。既然所写事情无所谓大小,也就无所谓主流与边缘,只要是出于切身的生命体验、真诚的思考、敏锐的感觉,一己之感之情之思也就具有了普遍性。从这个意义上说,区域的也就是中心的,民族的也就是世界的,个人的也就是人类的。边缘和中心,正如他乡和故乡,关键是自我定位带来的身份感的认同与确立。无论边缘还是中心,人的生活都是现

---

① 迟子建:《我的梦开始的地方》,《年画与蟋蟀:迟子建散文》,浙江文艺出版社2014年版,第159页。

实与梦想的结合，现实与梦想的差别、失衡带来的困扰，正是生命的复杂与精彩，依靠心灵的力量，最终会达到一种平衡。

大多数小城子民一生都活动在封闭的小城中，少有与外界的交流，对于小城与外部世界的生活条件、生存环境等方面的差距所知甚少，自然也就对小城没有什么不满意的。那些对小城有所不满、希望小城有所改变的，是那些走出小城受过新文化洗礼的小城之子，当他们再回望或回到小城时，对于小城的感觉便发生了变化。比如《果园城记》中总是东奔西走的马叔敖，读了很多书的"傲骨"。还有一些小城的外来者，面对小城时也有类似的感觉与思考，比如柔石《二月》中的萧涧秋。在两种文化冲突中方能发现以往的"从来如此"是不是有问题，是什么问题，原因所在，有没有解决问题的可能和办法。即使处处碰壁，最后只得离去，也总是会左冲右撞地做一番挣扎，再回到安于现状的过去是不可能的。正如《二月》中萧涧秋在芙蓉镇的一系列遭遇和思考。毕竟，这些异质因素的进入，某种意义动摇了小城以往的封闭状态和小城子民的固有观念，在打破了小城安宁、和谐的同时，也在一定意义上给了小城一个可以期望的明天。

与时代风云激荡的外部世界相比，小城是相对边缘化的安静故土，正是由于身处故乡，人才能回到自我，与周围融合无间，与自身心眼相对，找回人性的本真，也找回文学的初心。小城各地不一样的特点形成了差异，差异性是一种美，每一种异质经验都弥足珍贵。人的差异性、社会的差异性、地域的差异性，才构成了这个世界的多元、丰富与活力，而小城作家在这种差异性基础上对生于斯长于斯的故土的回望与反观，则更容易发掘小城文化与生活的独特之处，这也恰恰是小城文化与文学价值之所在。沈从文的文学创作开始于北京，但形成其文学特色的内在质素却是其湘西成长经历。就其创作心态而言，他从来没有走出过湘西，是湘西的山水给了他创作灵感和艺术滋养，更厚植了他的人生观、价值观和审美取向，让他有意无意地抵拒政治、社会、文化等方面的主流意识的诱惑与困扰，在边缘写作中找到了属于自己的文学世界。萧红半生漂泊，也只有让记忆的翅膀飞回呼兰河才能找到生命临终时的灵魂安息之地。师陀的"果园城"也是他的精神归宿之所。家乡，是游子安顿心灵的港湾；怀旧，是为了追逐精神的去处；在路上，特别是在没有目标的路上，是人生永远的悖论。在游子的精神世界中，小城永远是"中心"而非"边缘"！

二 小城"畸人"不"畸"

舍伍德·安德森是20世纪早期美国著名的小说家，他的写作技法和风格深刻影响了福克纳、海明威、菲茨杰拉德等一大批现当代重要作家。问世于1919年的《小城畸人》（*Winesburg, Ohio*）（小说有个副标题："小镇的生活故事"——不是为了刻画人物，而是为了叙述生活故事）是他的代表作。在福克纳看来，安德森是一个单纯、啰唆、不谙世情的人，却在风格完美上有着极致的追求。他写每一篇东西都孜孜矻矻、不知疲倦地下功夫，"甚至不是为了不值一提的真理，而是为了完美，为了无与伦比的完美"①。安德森之所以对风格如此在意，是因为在他看来，"只要他竭力使这种风格纯粹、不走样、不变化与不受污染，它所包含的内涵就必定是第一流的。"②"这是一种纯而又纯的精确，或者说是一种精而又精的纯粹，随你怎么说都行……在他的作品里，他有时是一个滥情主义者（莎士比亚有时候也是如此），可他从来不是一个掺假的人。他从来不语焉不详，从来不庸俗化，从来不走捷径；从来都是怀着一种谦卑，甚至是一种宗教般虔诚的态度来对待写作，以一种几乎让人怜悯的至诚、忍耐、甘愿臣服和自我牺牲的态度来对待写作。"③这样一位以赤子之心虔诚于世间人事的作家，从最熟悉、最简单的生活感知直抵生命的本质认识。安德森曾经告诫福克纳："你有太多的才能。你可以轻而易举地写出东西来，而且用各种不同的方式。如果你不小心，你会什么也写不

---

① ［美］福克纳：《记舍伍德·安德森》，《福克纳读本》，李文俊等译，人民文学出版社2014年版，第391页。
② 同上。
③ ［美］福克纳：《记舍伍德·安德森》，《福克纳读本》，李文俊等译，人民文学出版社2014年版，第392页。

成的。"① 才华、技巧要服务于真诚的自我表达,没有灵魂的技巧反而有害于一个作家的发展。

福克纳从安德森那里明白了这样的道理:

> 作为一个作家,你首先必须做你自己,做你生下来就是那样的人;也就是说,做一个美国人和一个作家,你无须必得去口是心非地歌颂任何一种传统的美国形象,像安德森自己与德莱塞所独有的让人心疼的印第安纳、俄亥俄或衣阿华州的老玉米或是桑德堡的畜栏以及马克·吐温的青蛙。你只需记住你原来是怎么样的一个人。"你必须要有一个地方作为起点:然后你就可以开始学着写,"他告诉我,"是什么地方关系不大,只要你能记住它也不为这个地方感到羞愧就行了。因为,有一个地方作为起点是极端重要的。你是一个乡下小伙子;你所知道的一切也就是你开始自己事业的密西西比州的那一小块地方。不过这也可以了。它也是美国;把它抽出来,虽然它那么小,那么不为人知,你可以牵一发而动全身,就像拿掉一块砖整面墙会坍塌一样。"②

做你自己,写你自己熟悉的地方,有诚挚之情和爱心就够了。那样就可以走出自己,走出那个熟悉的小地方,反映世界,反映人类的普遍性问题。安德森对福克纳老老实实地道出了写作最便捷的路子。这种真诚做人,真诚做事,从自我做起,从眼前熟悉的事物做起的方法,也是做任何事情之所以成功的捷径。《小城畸人》作为安德森的代表作,受到中外批评家相当的重视。对于小说主题的"小城畸人"引发了批评家们多种看法。批评家们大都聚焦于"小城畸人"之"畸"的解读。大多批评家共识性的一点是:小城畸人展示了现代社会中人与人之间的相互隔膜和沟通困境。认为"畸人"是"狭隘、紧张、几乎患上幽闭恐惧症的人物……这些主人公精神不稳定,都生

---

① [美]福克纳:《记舍伍德·安德森》,《福克纳读本》,李文俊等译,人民文学出版社2014年版,第392页。
② 同上书,第393—394页。

活在社会的边缘，怀着最大的忍耐……发疯一样地寻求与人沟通。温士堡镇上的这些人物，真正的意义不是他们自己种种奇特的行为，而是代表了舍伍德竭力想要表达的那种对情感交流'不可名状的饥渴'"①。这种理解对小镇畸人的形成原因有其合理之处，也有助于理解小城畸人群像的象征意义。但这种理解内涵一个前提，就是小城中的这些人物确为"畸人"。

《小城畸人》所描写的人物，并非身有残疾，但在情感和行为上都有些不合常人常规常情常理之处。小镇有各式各样的畸人，有少女、牧师、教师、医生、女店员、农场主、老作家、电报员和流浪汉。这些人的某些行为的确怪异，如终日不发一言的老者，在雨中裸奔、向陌生人求欢的女店员，夜夜窥探陌生女性裸身的牧师，性情乖戾、驾驶马车在城内狂奔的母亲，等等。他们的创伤、变态、苦恼和悲欢构成了一幅小镇人物的生动心理图像。"畸人""疯子""狂人"是文学作品中经常出现的主人公，这些人物身上往往凝聚着作者自己的思想、感觉及体会。之所以被定位为"疯""狂""畸"，是因为他们的思想和行为不合主流及世俗，作家们对这些人物往往是理解和同情而非厌恶。《小城畸人》也是这样。这些"畸人"大都在某个时刻突然"顿悟"，做出某种超出常规常情的行为。《小城畸人》的25篇小说几乎都遵从着这个模式。有意思的是，安德森自己就有类似的经历：安德森某一天在办公室向秘书口授一封商业信函时，突然觉得再也无法忍受这种无聊刻板的生活，就此离职。此时他已年近不惑，而且事业蒸蒸日上。离职后，他抛家舍业，躲到克利夫兰写小说，加入芝加哥以卡尔·桑德堡为中心的文人圈子，追寻自己的文学梦想，直至离世，笔耕不辍，终生不悔。或许正是安德森自己的生命经历让他理解了小城"畸人"各不相同又共通一致的心路历程，他才写出了"小城畸人"貌似古怪的行为背后各自的隐衷。每一个小城畸人故事，看起来是散漫的叙述，但总能进入人物情感的幽微角落，最后进入核心内容，披露人物的内心隐秘，写出怪异行为背后的人之常情。这些畸人是值得理解同情的，甚至是可爱可敬的，他们正如《纸团》中提到的温士堡的

---

① Irving Howe, Sherwood Anderson, Willialll Sloane Associates, Inc., 1951, p.46.

"歪斜不圆整的小苹果":

> 这故事听起来是津津有味的,就像吃那生在温士堡果园里的歪斜不圆整的小苹果一样。秋天,人们在果园里散步,脚下的土地冻得发硬。树上的苹果被采果人摘去了。苹果装在大桶里运到城市里,苹果将在充满书籍、杂志、家具和人们的公寓里被吃掉。树上只剩下采果人不要的一些隆然有节的苹果,它们看上去像里菲医生的指关节。有人咬嚼那种苹果,苹果吃起来是津津有味的。苹果的全部甜味,都集中在旁边隆起的地方。人们跑遍冰冻的土地,一棵棵地找过去,摘取着隆然有节的、歪斜不整的苹果。只有少数人知道歪斜不整的苹果的甜味。①

这里表面是在写苹果,其实是在写人。《纸团》的主角里菲医生跟一个"歪斜不整"的苹果一样,其貌不扬,却极有见识和思想,是不被世人理解的"畸人"。只有他的妻子是他的知音。书中意味深长地写道,她自从嫁给里菲医生,"就像发现歪斜不整的苹果味道甜美的人一样,再也不能使自己的心爱上那城市公寓中所吃的圆整完美的水果了"②。从某种意义上说,温士堡的"畸人"其实都是皱苹果,每个人都有自己的个性、智慧和不同的经历,却并不为人理解,因为社会习俗希望把所有人都变成"圆整完美的水果"。而安德森对于他们的境遇和情感是抱有充分同情和理解的,并且通过叙述者把这一情绪充分传递出来。正如一位中国研究者所说:"从字里行间,我们能时时感受到叙述者流露出的一种情感上的同情,这同情似乎又向我们诉说和追问着:传统或反传统,只是文化的界定……个体的选择。世人有什么理由因此接受或拒斥他们?有什么理由干涉和规范他们作为个体存在的独特的生命渴求?"③似乎可以肯定,"畸人"这个标签,实际上是他们所处的那个保守、狭隘、粗暴的社会强加在他们身上的。

---

① [美]舍伍德·安德森:《小城畸人》,吴岩译,上海译文出版社2008年版,第12页。
② 同上书,第14页。
③ 马征:《〈小城畸人〉"性主题"的文化阐释》,《外国文学研究》2004年第1期。

安德森笔下美国的小城"畸人"其实不畸，是世人流于世俗的机械性评价而歪曲了这些各有隐衷的小城之子，当然也就不可能真正了解这些"皱苹果"的甜味。在中国的小城小说中，也活跃着不少"畸人"，其中一类是因为生活的各种磨难，身心处于非正常状态的真正畸人；还有一类则类似于安德森笔下被误会的小城之子。

　　萧红笔下《呼兰河传》中小城"畸人"很多。东二道街南头卖豆芽的王寡妇年复一年地卖着豆芽，忽然有一年夏天，她的独子到河里洗澡时淹死了。这事情似乎轰动一时，但大家很快就忘记了，可那王寡妇从此就疯了。"但她到底还晓得卖豆芽菜，她仍还是静静的活着，虽然偶尔她的疯性发了，在大街上或是在庙台上狂哭一场，但一哭过之后，她还是平平静静的活着。"① 邻人们或者过路人也就是偶尔动点恻隐之心，不幸还得不幸者自己撑着。

　　处于边缘地带的小城，小城中的边缘人，他们没有把握自己生存的能力，他们的生存也没人关心。在小城贫寒之家，一棵葱一株菜都要都超过一个人的价值。一个人的生、老、病、死皆没人关心，生了就任其长去，长大就长大，长不大就算了。正是这种任其自然的生与死，造成了孩子们从身体到精神的畸形：

> 那个乡，那个县，那个村都有些个不幸者，瘸子啦，瞎子啦，疯子或是傻子。
>
> 呼兰河这城里，就有许多这一类的人。人们关于他们都似乎听得多，看得多，也就不以为奇了。偶尔在庙台上或是大门洞里不幸遇到了一个，刚想多少加一点恻隐之心在那人身上，但是一转念，人间这样的人多着哩！于是转过眼睛去，三步两步的就走过去了。即或有人停下来，也不过是和那些没有记性的小孩子似的向那疯子投一个石子，或是做着把瞎子故意领到水沟里边去的事情。

---

① 萧红：《呼兰河传》，《萧红全集》(3)，黑龙江大学出版社2011年版，第13页。

一切不幸者，就都是叫化子，至少在呼兰河这城里边是这样。①

在《呼兰河传》中，有二伯就是一个"畸人"，他性情古怪，古怪得让人捉摸不透，有东西，你若不给他吃，他就骂："有猫吃的，有蟑螂、耗子吃的，他妈的就是没有人吃的。"若给他送去，他就说："你二伯不吃这个，你们拿去吃吧。"有二伯喜欢和天空的雀子说话，喜欢和大黄狗谈天，跟人在一起就一句话没有了，就是有话也很古怪；有二伯听到人家叫他"有二掌柜的""有二爷""有二东家"就笑逐颜开，听到叫"有二子""大有子""小有子"就跟人急；有二伯跟人骂架，骂什么都行，就是不能骂他"绝后"；有二伯装着上吊、跳井，可他还是好好地活着。有二伯渴望尊严，也渴望与人真诚地交流，可是他没有用，没有人看重他，也没有人愿意去懂他、去了解他。

呼兰小城的人看惯了自然状态下一切生命的生生死死，人生一世草生一秋，他们没有心思体味痛苦，也没有奢望改变生活，只能按照千百年传下来的习惯单调无聊地生活，为生存做着一些力所能及和力所不能及的努力。也会去祈求外力帮助，比如，向龙王爷求雨，向观音娘娘求子，请大神二神治病……这种无奈的人生导致了小城人众多的身体畸形和精神畸形，上演着一幕幕闹剧与悲剧。"这是一群畸形的生命，这是一个病态的社会。那个被作弄成'耍猴不像耍猴的，讨饭不像讨饭的'有二伯，那个难以走出磨道的、寂寞的冯二成子，还有那些赶车的、漏粉的、扎彩的、染布的、卖麻花的……，都是这生命荒原上半枯的草。"② 这里没有健康的生命，即便有个健康的生命也或被扼杀或沦为"畸形"。《呼兰河传》中那个健康活泼的小团圆媳妇，就因为她的健康、正常，不像个低眉顺眼的团圆媳妇而被婆婆虐杀，而婆婆及周围人残酷而不自知，"谁家的团圆媳妇不都是这样过来的"。对于在"生死场""烂泥坑"中麻木生存的故乡人，萧红的体验与感觉是别样的，他们已不

---

① 萧红：《呼兰河传》，《萧红全集》(3)，黑龙江大学出版社2011年版，第13页。
② 郭玉斌：《论萧红小说的"小城系列"：以〈呼兰河传〉、〈小城三月〉、〈后花园〉为中心》，《黑龙江社会科学》2010年第4期。

再具有人之为人的社会属性,而是与动物一样自然繁殖、自然生活、自然消亡。"生死场"上的人们,住的是"好比鸡笼"的土房,其"窗子,门,望去那和洞一样",像"神龛"或"地下的窑子"。生活在其中的麻面婆"眼睛大得那样可怕,比起牛的眼睛来更大","让麻面婆说话,就像让猪说话一样,也许她喉咙组织法和猪相同,她总是发着猪声"。她取柴到厨房做饭,就如同"母熊带着草类进洞"。她的丈夫二里半"面孔和马脸一样长",喝水时"水在喉中有声,像是马在喝",他唤羊的声音"像是一条牛"。老王婆的脸纹发绿,眼睛发青,说话时牙齿"常常切得发响",喉咙里"发着嘎而没有曲折的直声",像只可怕的猫头鹰(《生死场·一》)。"在乡村,永久不晓得,永久体验不到灵魂,只有物质来充实她们"(《生死场·四》),生命意义和价值就仿佛只是千方百计地填饱肚子。"呼兰河"畔、"生死场"中麻木、蒙昧的乡民,在历史惰性力量日复一日的"锻造"中已经动物化了,"他们的欢乐是动物性的,除肉体的欲望外没有欲望,他们的痛苦是动物性的,只有肉体的苦难而没有心灵的悲哀,他们的命运是动物性的,月英的病体成为小虫们的饷宴,而孩子们的病体成为野狗的美餐,他们的行为、思维、形态也近于动物,他们像老马般囿于习惯而不思不想,秋天追逐,夏天生育,病来待毙。这动物性的人众有头脑而没有思想,有欲望没有希望或绝望,有疼痛没有悲伤,有记忆而没有回忆,有家庭而没有亲情,有形体而无灵魂。"[①]

果园城中令人印象最为深刻的"畸人"应该是那个没完没了发牢骚的"傲骨"(《果园城记·傲骨》)——"这是一块可怕的包括正直与自负的傲骨"。他出身于一个中等地主家庭,"傲骨"的父亲,"一生中从不曾浪费一文钱,正如他活着从来不敢放肆。他谨慎的在豪绅与官吏的气焰下,在不安定的恶劣空气中活着,仿佛他只怕被别人注意,只怕被别人看见"。他自己什么都不缺,但他怕官吏和豪绅,小城流传的谣谚,就是"倾家知县,灭门地

---

① 孟悦、戴锦华:《浮出历史地表——现代妇女文学研究》,中国人民大学出版社2004年版,第181页。

方"。经验告诉他,小心驶得万年船。儿子在果园城第一个考上师范学校,父亲欢喜地等着有一天"挽起来胡子喝蜜"。可他没想到儿子和他想的完全不一样。他读了很多书,拥有了丰富的知识,应聘到一个县立中学。他看不惯同事们把"王莽"念成"王奔"的无知,看不惯他们拍马、吃酒、打牌、吊膀、欺骗的作为。他的正直、博学得到学生们的拥护,却被小城人送进监狱半年。他清正的思想、善良正直的行为、自负的态度与果园城人格格不入,"果园城的人显然不十分看得起他,他们崇拜的是'机关里的'、'带徽章的',甚至于胡左马刘的后裔,因为他们怕这些流氓、痞棍、海洛因和雅(鸦)片大瘾"。他更加傲慢,牢骚也越发多了起来,常常"一个人——抱着肩膀坐在椅子上,仿佛准备跟全世界决个胜负"。他什么都不爱,他的生命里只有憎恨,"因为他有一块正直和自负造成的傲骨,这傲骨并且越长越大"。

在果园城里,相比于大多数在门前聊天的女人,悠然自得的邮差,心满意足的葛天民们,"傲骨"是畸人,桀骜不驯,很难容于世俗。小城中不肯安守传统生活规矩的还有"贺文龙"(《果园城记·贺文龙的文稿》)、"说书人"(《果园城记·说书人》)、"油三妹"(《果园城记·颜料盒》)们。而沙汀笔下川西北小镇的"艺术干事"夫妻"出格"的行为(沙汀《艺术干事》)、连长妻子对待自己的丈夫的"不知好歹"(沙汀《在祠堂里》),也都被周围人看成怪人、畸人。

安德森笔下的小城"畸人",都存在精神上的某种"与众不同"。这些"畸人"在经历了各种遭遇或挫折之后,精神上受到了不同程度的创伤,从而变得狭隘、紧张、封闭、恐惧。他们渴望与人沟通,被人理解,但在现实生活中总是被周围人以各种态度予以拒绝,其性情在别人看来越发偏激、乖戾,甚至出现终日一言不发、雨中裸奔、向陌生人求欢等极端行为。实际上,"畸人""疯子""狂人"等称谓只是就其外在表现而言,而且是以所谓的世俗常态常规来衡量的,假如走近每一个小城畸人的生活,深入他们的灵魂,就会发现任何非正常的表象背后都有可以理解的人之常情。他们不仅是正常的,而且还有其在"畸"的表象遮蔽下别人看不见的善良和追求。正如《小城畸人·纸团》中的"歪斜不圆整"的小苹果，有特别的甜美味道。

在萧红、师陀、沙汀等的中国现代小城小说中，"畸人"也很多，有艰难生活造成的生理残疾，也有在孤独寂寞、被冷落、被歧视的环境中造成的精神扭曲。无论是卖豆芽的王寡妇，还是发牢骚的有二伯，都是痛苦的经历让他们变得疯疯癫癫而成为小城"畸人"。如果说小城"畸人"大都是在一种被动无奈中接受环境和命运给予的人生重创，那么"傲骨"对待人生则秉持的是一种清晰而理性的反抗精神，他反抗是非颠倒的环境，对抗扭曲变异的世俗。中外小城小说在此传达着共同的主题：畸形的不是人，而是环境，是社会。正如艾米莉·狄金森在《许多疯狂是非凡的见识》（*Much Madness is DivinestSense*）所写：

  许多疯狂是非凡的见识——
  在明辨是非的眼里——
  许多见识是十足的疯狂——
  多数在这里占优势——
  到处都一样——
  迎合——你就是头脑正常——
  异议——你就是危险人物——
  用一根锁链对付——①

第三节　真诚的生命关注

我们在前面提到，从创作动机上看，作家的创作大致分为三种，一是把文学当作事业经营；二是把文学作为业余爱好；三是把文学看作不能已于言的生命书写，心有所感，胸有块垒，不形诸文字则如骨鲠在喉，不吐不快。

---

① 飞白主编：《世界诗库》第7卷（北美·大洋洲），花城出版社1994年版，第97页。

第一、二类作家姑且不谈，对第三类作家而言，文学就是表达自我的一种手段，心里有话要说，用文学的形式表达内心深处对社会人生的真实想法。这类写作往往并不在意文学的固有规范和传统的各种条条框框，写我、传我、达我才是最终目的。在这样的写作中，作者会尽其所能，调动其一切感觉、认知、思维的触须，去体验、经历、感受生活里的每一份快乐和悲哀、遗憾和满足，并用最直接简洁的文字将这些表达出来，无论是快乐的家乡回顾，还是再一次经历精神炼狱之苦，都能以诚心直面。因此，在这些作家要表现的文学世界里，尊重客观事物和客观规律，真诚面对自我的感觉与思考就特别重要。无论是文字本身的艺术感染力，还是最终要达到的启迪思想、陶冶情操、抒发情志等创作目的，文学表达的前提是真诚。或许是因为回到家乡可以褪掉所有伪装，抛去一切羁绊，彻底放松身心，重新回到当初的赤子之态，最有代表性的小城之作几乎都是第三类表现自我的故乡书写。

一 《呼兰河传》：萧红的生命书写

作为作家，刻意经营自己作品的表述语言、故事情节和篇章结构等似乎是理所当然的，但是，一旦对这些形式因素的重视影响了主题的表达，那就本末倒置、得不偿失了。没有哪一种语言是绝对的好语言，正如没有哪一类结构是最好的结构一样。既然文学书写就是为了表达自我的想法、看法，那么能准确地传达出自己的心意是最重要的。因此，文学作品中真正的好语言是得体，最好的结构是天成。

萧红的小说大都没有主导的故事线索和围绕中心人物展开的故事情节，散文化倾向非常明显。鲁迅先生就认为萧红的《生死场》"叙事和写景，胜于人物的描写"，而"女性作者的细致的观察和越轨的笔致，又增加了不少明丽和新鲜"。① 以叙事、写景见长而不以人物描写为胜，显然是散文所擅之胜场，这大概就是鲁迅先生所谓的萧红"越轨的笔致"的内涵之一。对东北乡村民众生命形态和生存状态的"细致的观察"出之以极富创造性的"越轨的笔

---

① 鲁迅：《萧红作〈生死场〉序》，《鲁迅全集》（6），人民文学出版社2005年版，第422页。

致",正是萧红创作迥异于同时代其他作家的"明丽和新鲜"之处。萧红的小说不像小说,语言也有稚拙之处,但《呼兰河传》周身都透着得自天然的质朴、大气,又处处闪烁着智慧和空灵之光。她是一个"凭个人的天才和感觉在创作"的作家,"她的人物是从生活里提炼出来的,活的。不管是悲是喜都能使我们产生同鸣,好像我们都很熟习似的"。①

萧红笔下的呼兰河,既是儿童天真目光中的故乡,也是女性细腻感觉中的小城。《呼兰河传》完成于1940年12月,仅隔一年(1942年1月22日)萧红便病逝于香港。萧红在十几岁因为逃婚,决绝地离开父亲、离家出走,在外漂泊至31岁,终其一生,再也没有回到故乡。但有爷爷、有后花园、有邻居、有伙伴以及有童年温馨记忆的呼兰小城一直是她魂牵梦萦的故乡。颠沛流离,一路走来,已没了离家时的负气和决绝,此时萧红对家的感觉,有复杂的情感灌注其中,更有冷静的反思沉潜其里。在战乱中的香港,在被疾病的折磨中,或许给了萧红回到生命原初,以一颗赤子之心重新看待生命和世界的契机,时代、社会、政治背景反而被远远地推开。此时,萧红的故园回望绝对不仅仅是借故乡寻求情感的慰藉、精神的寄托,而是有着更为客观、理性、深层的生命思考。《呼兰河传》总体上是一个不谙世事的小姑娘引领读者去领略呼兰小城的世情人生,因为这个小姑娘天真未凿的视角,故乡便以纯粹的自然生态面貌呈现在读者面前。小说共七章,前两章介绍小城简单的自然风情和精神风貌。这两章的写法近于"地方志",重在介绍边地小城琐屑平凡的日常生活。需要注意的是,萧红的"呼兰小城"不像沈从文的《边城》,有意突出一个淡远优美且略带忧伤的梦,梦中充满异域风情和牧歌情调;也不像师陀那样既在意果园城的盛衰变化,也关注外来冲击给予果园城的深刻影响。萧红似乎无意于刻意描述家乡的风土人情,她就是以最实在的态度、最朴素的语言记录了呼兰小城那些一年四季"生了就任其自然地长去;长大就长大,长不大也就算了"的普通的生活。在这里,时间似乎是恒定的,恒定在春夏秋冬、白天黑夜的往复循环之中;生命也是恒定的,恒定在生老

---

① 胡风:《悼萧红(代序)》,王述《中国现代作家选集——萧红》,人民文学出版社1984年版。

病死的无尽轮回之中。人与时间都在机械地、麻木地完成着一个个永远也结束不了的程序。

"十年前村中的山,山下的小河,而今依旧十年前。河水静静的在流,山坡随着季节而更换衣裳;大片的村庄生死轮回着和十年前一样。"① 王大妈(《红玻璃的故事》)看到外孙女玩的万花筒,瞬间失神。她想起她自己的童年时代,也曾玩过这红玻璃的花筒,那时她是一个纯真的、愉快的孩子。出嫁后,丈夫去黑河挖金子再也没有回来,留下她过着孤独的一生;想起小达儿她娘,孩童时代同样玩过红玻璃花筒,出嫁后同样走上了寂寞、辛苦的道路;现在小达儿是第三代了,又在玩着红玻璃花筒,这让王大妈猛然惊悟:三代女人的命运是那么的一致,外孙女小达儿也极有可能还是逃不出这可怕的宿命:"出嫁,丈夫到黑河去挖金子,留下她来过着孤独的一生?"遭受宿命沉重打击的王大妈再也快乐不起来了,她在忧虑中走到了生命的尽头。

20世纪前期的中国,战乱频仍,运动迭起,社会一直处在剧烈变动之中。作家们敏锐地感知着、观望着政治的、社会的动向及变迁。沈从文的《边城》,是在一个并不确指的时间和地点营造的一个永远保持人性美好之常的桃源梦境。但在《长河》中,梦境破灭,沈从文强调的是"变"给湘西带来的破坏性改变。而在"常"和"变"的对抗与较量中,他更强调过去各种淳朴、厚道的"常"之美好及"变"所带来的社会风气的浇漓和人心的不古,所以他致力于美好人性"小庙"的想象与重构。师陀借"果园城"这个想象的空间,写出了小城的沉闷凝滞对生命的磨蚀、对活力的扼杀,也刻意描述了家族几代起伏盛衰的无常命运。"常"和"变"都没给小城带来些许亮色,只有果园城的花红果和绯红的桃花装饰着单调沉闷的果园,只有水鬼阿嚏孩子般的自由放诞让果园城人听听都觉得快乐。慵倦无争的小城过于沉闷,可它"它毕竟是中国的土地,毕竟住着许多痛苦但又极善良的人",所以作者"特地借那位怪朋友家乡的果园来把它装饰得美点,特地请渔夫的儿子和水鬼

---

① 萧红:《生死场》,《萧红全集》(1),黑龙江大学出版社2011年版,第99页。

阿嚏来给它增加点生气"。①

呼兰河城也有"常"有"变"，但萧红似乎并不强调其"变"带来了什么样的结果，而是在"常"中反思、内省。呼兰小城古朴、粗犷，生活在这里的人们似乎非常洒脱，卖馒头的、赶车的、漏粉的，既能踏踏实实地干活，也能轻轻松松地说笑。艰难的日子就在互相之间痛苦时的帮助、欢乐时的凑趣中变得有声有色。跳大神、放河灯、赶庙会、听野台子戏，说起来是"盛举"，这也只是漫长的艰难无聊的生活中有限的精神调节，常常是瞎子、瘸子、疯子或是傻子都争先恐后地去看跳大神的，热闹过后感觉"满天星光，满屋月亮，人生何似，为什么这么悲凉。……若赶上一个下雨的夜，就特别凄凉，寡妇可以落泪，鳏夫就要起来彷徨"②。七月十五盂兰会放河灯，"一到了黄昏，天还没有完全黑下来，奔着去看河灯的人就络绎不绝了。小街小巷，那怕终年不出门的人，也要随着人群奔到河沿去。先到了河沿的就蹲在那里。沿着河岸蹲满了人，可是从大街小巷往外出发的人仍是不绝，瞎子，瘸子都来看河灯（这里说错了，唯独瞎子是不来看河灯的），把街道跑得冒了烟了。姑娘，媳妇，三个一群，两个一伙，一出了大门，不用问，到那里去，就都是看河灯去"③。等到河里放灯时分，"灯一下来的时候，金忽忽的，亮通通的，又加上有千万人的观众，这举动实在是不小的。河灯之多，有数不过来的数目，大概是几千百只。两岸上的孩子们，拍手叫绝，跳脚欢迎。大人们则都看出了神了，一声不响，陶醉在灯光河水之中。灯光照得河水幽幽的发亮。水上跳跃着天空的月亮。真是人生何世，会有这样好的景况"④。可是，这种好的兴致很快便随着河灯的顺流漂去而变得黯淡索然了：

当这河灯，从上流的远处流来，人们是从心欢喜的，等流过了自己，也还没有什么，唯独到了最后，那河灯流到了极远的下流去的时候，使

---

① 师陀：《果园城记·新版后记》，刘增杰《师陀研究资料》，北京出版社1984年版，第99页。
② 萧红：《呼兰河传》，《萧红全集》（3），黑龙江大学出版社2011年版，第28—29页。
③ 同上书，第29页。
④ 同上书，第30页。

看河灯的人们，内心里无由的来了空虚。

"那河灯，到底是要漂到那里去呢？"

多半的人们，看到了这样的景况，就抬起身来离开了河沿回家去了。于是不但河里冷落，岸上也冷落了起来。

这时再往远处的下流看去，看着，看着，那灯就灭了一个。再看着看着，又灭了一个，还有两个一块灭的。于是就真像被鬼一个一个的托着走了。①

本要去看热闹，却无端生出许多伤感，还隐隐有一种神秘的宿命感掺杂在这莫名的伤感里。跳大神、放河灯、赶庙会实在也没多少热闹，但他们还能有什么精神调节呢？

在呼兰小城中，前半天过去了卖麻花的，后半天也许又来了卖凉粉的，然后是卖豆腐的，卖豆腐的一收市，一天也就过去了。呼兰河人就这样一天天地过活着，虽然贫穷、单调，倒也快乐自在："晚饭时节，吃了小葱蘸大酱就已经很可口了，若外加上一块豆腐，那真是锦上添花，一定要多浪费两碗苞米大芸豆粥的。一吃就吃多了，那是很自然的，豆腐加上点辣椒油，再拌上点大酱，那是多么可口的东西；用筷子触了一点点豆腐，就能够吃下去半碗饭，再到豆腐上去触一下，一碗饭就完了。因为豆腐而多吃两碗饭，并不算吃得多，没有吃过的人，不能够晓得其中的滋味的。"② "吃"的记忆是最保守、最顽固的，某一次强烈的记忆可能会左右人的一生。故乡是贫穷的，恰恰是因为贫穷，才容易满足，简单平常的豆腐、辣椒油、大酱都令人垂涎不已，也令在外的游子储存下对于故乡美食的永久记忆。贫穷的日子里，简单的粗食淡饭能给乡民们带来物质上的满足，而观看火烧云则给他们贫瘠的物质生活增添了精神上的愉悦：

家家户户都把晚饭吃过了。吃过了晚饭，看晚霞的看晚霞，不看晚

---

① 萧红：《呼兰河传》，《萧红全集》（3），黑龙江大学出版社2011年版，第31页。

② 同上书，第21—22页。

霞的躺倒炕上去睡觉的也有。

　　这地方的晚霞是很好看的,有一个土名,叫火烧云。说"晚霞"人们不懂,若一说"火烧云"就连三岁的孩子也会呀呀的往西天空里指给你看。

　　晚饭一过,火烧云就上来了。照得小孩子的脸是红的。把大白狗变成红色的狗了。红公鸡就变成金的了。黑母鸡变成紫檀色的了。喂猪的老头子,往墙根上靠,他笑盈盈的看着他的两匹小白猪,变成小金猪了。

　　……

　　天空的云,从西边一直烧到东边,红堂堂的,好像是天着了火。

　　这地方的火烧云变化极多,一会红堂堂的了,一会金洞洞的了,一会半紫半黄的,一会半黑半百合色。葡萄灰,大黄梨,紫茄子,这些颜色天空上边都有。还有些说也说不出来的,见也未曾见过的,诸多种的颜色。

　　五秒钟之内,天空里有一匹马,马头向南,马尾向西,那马是跪着的,像是在等着有人骑到它的背上,它才站起来。再过一秒钟,没有什么变化。再过两三秒钟,那匹马加大了,马腿也伸开了,马脖子也长了,但是一条马尾巴不见了。

　　……

　　一时恍恍惚惚,满天空里又像这个,又像那个,其实是什么也不像,什么也没有了。

　　必须是低下头去,把眼睛揉一揉,或者是沉静一会再来看。

　　可是天空偏偏又不常常等待着那些爱好它的孩子。一会工夫火烧云下去了。①

　　萧红以其空灵曼妙之笔,自如地勾画点染着呼兰河的生活,笔到意出,其中看似无意点缀的人生感喟,陡然增加了几多人生况味。

---

① 萧红:《呼兰河传》,《萧红全集》(3),黑龙江大学出版社2011年版,第22—24页。

《呼兰河传》第三章到第七章，在懵懵懂懂又解事颇早的女孩的引领下，接近了呼兰城人，爷爷、小团圆媳妇、有二伯、冯歪嘴子；也走近了漏粉的、赶车的、磨倌的家；领略了我家的"荒凉"和后花园的明艳；见识了父亲的自私、冷酷，也感受了爷爷的温煦、善良。

　　第五章写小团圆媳妇及小团圆媳妇一家的故事，这是《呼兰河传》中描写最为细致的部分。"我"以一个小女孩的眼睛、耳朵，看到的、听到的小团圆媳妇及周围众人的表现给懵懂的"我"诸多不解，也给了读者极大的震撼。或许这是萧红有意造成的童年与成人两种感觉认识的对比，或许这就是当年的萧红与现在的萧红身不由己的叙述对照。懵懂的小女孩别具只眼，别有会意，总能发现平常生活中的"不平常"，总能认识到大家都习以为常的道理中的毫无道理。

　　众人眼中老胡家的小团圆媳妇，高高的个子，笑呵呵的，头一天到婆家，吃饭就吃三大碗，见人不知道羞。婆婆觉得这不像个团圆媳妇，要规矩她，于是就打起来，打得特别厉害，多远都能听见小团圆媳妇的哭叫。左邻右舍也觉得该打，那女孩子坐得笔直，走得风快，哪有团圆媳妇的样子。后来越打越厉害，不分昼夜。小团圆媳妇被打坏了，婆婆便请来大神给她治病，众人也都跟着出主意，或是一个偏方，或是一个邪令，哪能见死不救呢？费了很多心思，尤其是花了很多钱给小团圆媳妇治病，可她就是不好，婆婆感到非常委屈：

　　　　她来到我家，我没给她气受，那家的团圆媳妇不受气，一天打八顿，骂三场。可是我也打过她，那是我要给她一个下马威。我只打了她一个多月，虽说我打得狠了一点，可是不狠那能规矩出一个好人来。我也是不愿意狠打她的，打得连喊带叫的，我是为她着想。不打得狠一点，她是不能够中用的。有几回，我是把她吊在大梁上，让她叔公公用皮鞭子狠狠的抽了她几回，打得是着点狠了，打昏过去了。可是只昏了一袋烟的工夫，就用冷水把她浇过来了。是打狠了一点，全身也都打青了，还出了点血。可是立刻就打了鸡蛋青子给她擦上了。也没有肿得怎样高，也就是十天半月的就好了。这孩子,嘴也是特别硬,我一打她,她就说她要回家。我就问她:"那儿是你的家?这儿不就是你的家吗?"她可就偏不这样说。她说回她的家。我一听就更生气。人在气头上还管得了这个那个,因此我也用烧红过的烙铁烙过她的脚心。谁知道来,也许是我把她打掉了魂啦?也许是我把她吓掉了魂啦,她一说她要回家,我不用打她,我就说看你回家,我用索练子把你锁起来。她就吓得直叫。①

小团圆媳妇的悲剧来自她的不肯就范,她的反抗是没有意识的,但她就是学不会忘掉她自己而按照婆婆的意愿、按照周围人的心思、按照惯常的规矩去做人行事,所以她被周围人看不惯。虽说她没什么毛病,就是活得不对,因为与她的身份不符,与固有的规矩观念不合,大家都不能接受这样一个"异端"。规矩是有权势的人制定的,但维护规矩的却是所有的人,有些人(比如团圆媳妇的婆婆)不一定懂得经书策传,但百姓间的代代承袭、口口相传让他们不知书但"达礼",这些"礼"在伤及自我时未必完全照办,但在规矩别人尤其是对待无能为力的弱者时,是一定要严格遵守的,以此显示自己的门风、家教、权威和尊严。

婆婆并非无理施虐,她就是要规矩出团圆媳妇低眉顺眼、看人脸色、唯命是从的奴性来,不能有自我的欲望和想法。民间老话,打顺的媳妇揉倒的面,任人打,任人揉。差别心让他们觉得欺压、虐待都是理所当然的,媳妇就是做饭洗衣给人管教的,小人物就是供大人物役使驱遣的,人与人之间有等级身份的差别,这是祖传的伦理、规矩、道德,不认可就是不懂规矩,就是犯上,就是翻天,就该被打骂管教,就该被关押囚禁。毋庸置疑,伦理规矩有其本身的合情合理之处,但人性有自私的一面,有的人或大多数人在有些时候会免不了借了这些名义来发泄自己内心的不满、阴暗和私欲。或许婆婆就是像团圆媳妇一样这么过来的,婆婆的婆婆也是这样对待她的,当事者和周围的人谁也没有认为有什么不对,习惯了痛苦才能不以为苦,人不受罪

---

① 萧红:《呼兰河传》,《萧红全集》(3),黑龙江大学出版社2011年版,第90页。

怎么能长大。这就是他们的规矩。

不用说团圆媳妇,在贫穷的日子中,就是自己的孩子也不比一只小鸡金贵。小团圆媳妇的婆婆也说过:"养鸡可比养小孩更娇贵,谁家的孩子还不就是扔在旁边他自己长大的,蚊子咬咬,臭虫咬咬,那怕什么的,那家的孩子的身上没有个疤拉疖子的。没有疤拉疖子的孩子都不好养活,都要短命的。"①她的儿子踏死了一只小鸡仔,她就打了儿子三天三夜。所以,打媳妇也就成了当婆婆的家常便饭:

> 若是那小团圆媳妇刚来的时候,那就非先抓过她来打一顿再说。做婆婆的打了一只饭碗,也抓过来把小团圆媳妇打一顿。她跌了一个筋斗,把单裤膝盖的地方跌了一个洞,她也抓过来把小团圆媳妇打一顿。总之,她一不顺心,她就觉得她的手就想要打人。她打谁呢!谁能够让她打呢?于是就轮到小团圆媳妇了。
>
> 有娘的,她不能够打。她自己的儿子也舍不得打。打猫,她怕把猫打丢了。打狗,她怕把狗打跑了。打猪,怕猪掉了斤两。打鸡,怕鸡不下蛋。
>
> 惟独打这小团圆媳妇是一点毛病没有,她又不能跑掉,她又不能丢了,她又不会下蛋。反正也不是猪,打掉了一些斤两也不要紧,反正也不过秤。
>
> 可是这小团圆媳妇,一打也就吃不下去饭。吃不下去饭不要紧,多喝一点饭米汤好啦,反正饭米汤剩下也是要喂猪的。②

萧红以儿童的眼光观察着周围一切看懂和看不懂的事情,不时又以成人的思维加以犀利而又有几分戏谑的心理点评,这就把人物及其行为置于伦理道德规范和人情人性之自然常态两种视角下加以对照,无须多少理论和逻辑的严密论证,直抵本质的行为描述与剖析,让一切道德规矩之悖谬、人性之

---

① 萧红:《呼兰河传》,《萧红全集》(3),黑龙江大学出版社2011年版,第93页。
② 同上书,第99页。

自私残忍昭然若揭。

婆婆规矩小团圆媳妇，打骂她时似乎义正词严，但内心也是不安的，因为她有她的私心，可这也是不得已啊，她也很不容易，想想又很委屈。对于小团圆媳妇带来的麻烦和破财，婆婆都觉得自己很倒霉：

> 她碰到了多少困难，她都克服了下去，她咬着牙根，她忍住眼泪，她要骂不能骂，她要打不能打。她要哭，她又止住了。无限的伤心，无限的悲哀，常常一齐会来到她的心中的。她想，也许是前生没有做了好事，此生找到她了。不然为什么一个团圆媳妇的命都没有。她想一想，她一生没有做过恶事，面软，心慈，凡事都是自己吃亏，让着别人。虽然没有吃斋念佛，但是初一十五的素口也自幼就吃着。虽然不怎样拜庙烧香，但四月十八的庙会，也没有拉下过。娘娘庙前一把香，老爷庙前三个头。那一年也都是烧香磕头的没有拉过"过场"。虽然是自小没有读过诗文，不认识字，但是"金刚经""灶王经"也会念上两套。虽然说不曾做过舍善的事情，没有补过路，没有修过桥，但是逢年过节，对那些讨饭的人，也常常给过他们剩汤剩饭的。虽然过日子不怎样俭省，但也没有多吃过一块豆腐。拍拍良心对天对得起，对地也对得住。那为什么老天爷明明白白的却把祸根种在她身上？①

这是一个好女人、好婆婆，甚至属于善男信女之类，她一辈子克勤克俭，谨小慎微，循规蹈矩，对得起天，对得起地，可老天爷怎么就不眷顾她，让她儿媳妇平安呢？婆婆认为自己打团圆媳妇，是为了她好，是为了让她懂规矩，别人也是这么对待儿媳妇的，自己没有做错。而周围的人听到团圆媳妇的哭声也有些不忍，但也不觉得怎样不对，或许换位思考，婆婆或者他人在小团圆媳妇的位置上，也不敢有多少抱怨，一辈辈不都是这么过来的吗？只是小团圆媳妇屡教不改，才一再招打，那的确是她自己的错。

---

① 萧红：《呼兰河传》，《萧红全集》(3)，黑龙江大学出版社2011年版，第100页。

可是小团圆媳妇不知道她错在哪里，越打她越想家。做梦的时候，梦到婆婆打她，或被吊在房梁上，或被烙铁烙脚心，或被婆婆用针刺手指尖，她大哭大叫，大腿上被拧得青一块紫一块的，她睡梦中会跳起来跑，力气大得拉不住。全家人都相信她身上有鬼，为驱鬼，要用大缸给小团圆媳妇洗澡，而且是当众洗。大缸里满是滚热的水。小团圆媳妇不肯脱衣服，不肯进缸里，挣扎哭叫，周围人帮忙把她的衣裳撕掉，抬进缸里，搅起热水往她头上浇，终于她不动不哭，昏倒在大缸里了。

这时候，看热闹的人们，一声狂喊，都以为小团圆媳妇是死了，大家都跑过去拯救她，竟有心慈的人，流下眼泪来。

小团圆媳妇还活着的时候，她像要逃命似的前一刻她还求救于人的时候，并没有一个人上前去帮忙她，把她从热水里解救出来。

现在她是什么也不知道了，什么也不要求了。可是一些人，偏要去救他。

把她从大缸里抬出来，给她浇一点冷水。这小团圆媳妇一昏过去，可把那些看热闹的人可怜得不得了，就是前一刻她还主张着"用热水浇哇！用热水浇哇"的人，现在也心痛起来。怎能够不心痛呢，活蹦乱跳的孩子，一会工夫就死了。

小团圆媳妇摆在炕上，浑身像火炭那般热，东家的婶子伸出一只手来，到她身上去摸一摸，西家大娘也伸出手来到她身上去摸一摸。

都说：

"哟哟，热得和火炭似的。"

有的说，水太热了一点。有的说，不应该往头上浇，大热的水，一浇那有不昏的。

大家正在谈说之间，她的婆婆过来，赶快拉了一张破棉袄给她盖上了，说：

"赤身裸体的羞不羞！"

小团圆媳妇怕羞不肯脱下衣裳来，她婆婆喊着号令给她撕下来了。

现在她什么也不知道了,她没有感觉了,婆婆反而替她着想了。①

呼兰河人有病请跳大神的来医治,是风俗,也是愚昧;婆婆非要小团圆媳妇像个团圆媳妇,是风俗,也是愚昧;可是,婆婆满心冤屈想打人发现谁也不敢打,什么也不能打,不舍得打,只能打团圆媳妇,因为她不敢反抗,打她没有危险,没有损失,也不心疼,难道这还是愚昧吗?在众人眼里,小团圆媳妇的死活不重要,让他们感到满足的是看了小团圆媳妇洗澡,看了跳大神,"到底是开了眼界,见了世面,总算是不无所得的"。在他们意兴阑珊准备回家睡觉时,听说小团圆媳妇洗澡必得三次,还有两次要洗,"于是人心大为振奋,困的也不困了,要回家睡觉的也精神了。这来看热闹的,不下三十人,个个眼睛发亮,人人精神百倍。看吧,洗一次就昏过去了,洗两次又该怎样呢?洗上三次,那可就不堪想象了。所有看热闹的人的心里,都满着秘密"。② 这些人一听到还有更进一步的悲剧、闹剧可以观看、欣赏,兴奋得眼睛发亮,精神百倍。这也不是简单用愚昧、落后就可以解释的,他们心里满着的秘密是每个人都可能会有的吧,大概这些秘密不会因为先进、富裕、文明就能去除掉,它会鬼魅般如影随形,永远附着于人类的内心深处。

在萧红笔下,呼兰小城是落后的,其中也有不少蠢笨之人,但他们并不傻,每个人都知道为自己争取着物质和精神两方面的最大利益,为了更好地活下去而不惜在虐他和自虐中相互制造着、欣赏着各种痛苦,为无聊的日子增添一些热闹。在萧红生命的最后日子里,她自然不会是以阶级的眼光看待苦难和压迫,甚至也不是以启蒙的眼光审视愚昧和落后,她是将家乡小城的每一个子民放在人情和人性的生命天平上做着检视、反思和内省。人性不可以考验,没有绝对的好人和坏人,每个人身上都有善良、向上的生命之光,也有虚荣、自私、冷酷的人性暗影。这才是生命的本相,也是黑暗

---

① 萧红:《呼兰河传》,《萧红全集》(3),黑龙江大学出版社2011年版,第104页。
② 同上书,第104—105页。

与光明同在的生活本相。所以,"呼兰小城"没有沈从文笔下的"边城"那么温暖,也不像沙汀笔下川西北小镇那么黑暗,甚至也不存在师陀笔下"果园城"人在新与旧、"常"与"变"的交集中的种种纠结,这里说不上黑暗,但也绝不光明,看不到什么美好生活的希望,但每个人的生活也都不绝望。

萧红以儿童的眼光目睹着小团圆媳妇的种种遭遇,又站在婆婆的立场上予以自白、申辩,她似乎没有立场,她只负责选择视点,突出细节,剖白心理,将婆婆、团圆媳妇、众人的行为背后的心思呈现出来,为读者掀开种种道德、传统、习俗的诸般蒙蔽,呈现出赤裸的人心,以生命道文学。

《呼兰河传》是一个情感、事业、生活屡受挫折、颠沛流离、有家不能回的女孩子回家的方式,也是有悲悯情怀和现代理性的游子对生命的谛视。后人的解读,可以赋予《呼兰河传》种种主题,但其最直接的创作动机就是一个远离故乡的游子以切身的生命体验对故乡人、故乡生活的思考和反省。家乡未必有什么精彩的故事,就游子而言,本也不在乎故事是否精彩,只要是有自己成长记忆的就都是亲切、有感觉和倍感温暖的。"我所写的并没有什么优美的故事,只因他们充满我幼年的记忆,忘却不了,难以忘却。就记在这里了。"[①] 无论故乡给了自己多少痛楚的记忆,对漂泊在外的游子而言,故乡还是最终的精神家园。

故乡是荒凉的,院子荒凉,人事荒凉,内心也是荒凉的。但小城人就是这样,"他们不知道光明在那里,可是他们实实在在地感到寒凉就在他们的身上,他们想击退了寒凉,因此而来了悲哀。他们被父母生下来,没有什么希望,只希望吃饱了,穿暖了。但也吃不饱,也穿不暖。逆来的,顺受了。顺来的事情,却一辈子也没有。"[②] 但是,即便在这样的生存处境中,乡民们也并不完全是被动地接受命运的摆布,也有苦中的乐,还有主动的努力挣扎以及对自我尊严的维护。小团圆媳妇最终被婆婆"规矩"死了,她本是个热爱

[①] 萧红:《呼兰河传》,《萧红全集》(3),黑龙江大学出版社2011年版,第152页。
[②] 同上书,第74页。

生活的快乐姑娘，即使在病中即将被"洗澡"驱鬼前，她童心依然，"躺在炕上，黑忽忽的，笑呵呵的，我给她一个玻璃球，又给她一片碗碟碴，她说这碗碴很好看，她拿在眼睛前照一照。她说这玻璃球也很好玩，她用手指甲弹着。她看一看她的婆婆不在旁边，她就起来了，她想要坐起来在炕上弹这玻璃球"①。有二伯、冯歪嘴子都在做着他们的生存努力，为自己，为家人，为衣食，也为尊严。充满萧红记忆的就是过去这些点点滴滴、琐琐碎碎的生活，不经提炼，也未加剪辑，就这样在记忆与情感的推动下絮絮道来，这种自由与自然的生命书写就是一种生态表现。这种生态审美的特点是不受意识形态、时尚流风的影响，跟着生活实际、跟着生命感觉信笔而走。"要点不在《呼兰河传》不像是一部严格意义的小说，而在它于这'不像'之外，还有些别的东西——一些比像一部小说更为'诱人'些的东西：它是一篇叙事诗，一幅多彩的风土画，一串凄婉的歌谣。"②

二 《边城》：为"爱"所作的说明

沈从文在其散文《美与爱》中谈道：

> 宇宙实在是个复杂的东西，大如太空列宿，小至蜉蝣蝼蚁，一切分裂与分解，一切繁殖与死亡，一切活动与变易，俨然都各有秩序，照固定计划向一个目的进行。然而这种目的却尚在活人思索观念边际以外，难于说明。人心复杂，似有过之而无不及。然而目的却显然明白，即求生命永生。永生意义，或为精子游离而成子嗣延续，或凭不同材料产生文学艺术。似相异，实相同，同源于"爱"。
>
> 一个人过于爱有生的一切，必因为在一切有生中发现了"美"，亦即发现了"神"。必觉得那点光与色，形与线，即足代表一种最高的德性，使人乐于受它的统治，受它的处治。……它或者是一个人，一件物，一

---

① 萧红：《呼兰河传》，《萧红全集》（3），黑龙江大学出版社2011年版，第102页。
② 茅盾：《论萧红的〈呼兰河传〉》，《文艺生活》1946年第10期。

种抽象符号的结集排比,令人都只能低首表示虔敬。正若因此一来,虽不会接近上帝,至少已接近上帝造物。

这种美或由上帝造物之手所产生,一片铜,一块石头,一把线,一组声音,其物虽小,亦可以见世界之大,并见世界之全;或即造物,最直接简便那个"人"。流星闪电于天空刹那而逝,从此烛示一种无可形容的美丽圣境,人亦相同,一微笑,一皱眉,无不同样可以显出那种圣境。①

在沈从文看来,宇宙和人同样复杂,同样是自然创造物,宇宙活动变易的目的无可推测,但人类生生不息却是为了爱,这是因为发现了美。自然的一切都是美的,代表了最高的德性,在大自然近乎神性的美面前,人只能低首表示虔敬,乐于受它的统治和处治。可是在现实生活中大多数人在"实在"上讨生活,在"意义"上求价值,在捕蚊捉蚤、玩牌下棋小小的得失中引发哀乐。更有缝衣匠、理发匠和高跟皮鞋、胭脂水粉的制造者,共同把女人的灵魂压扁扭曲,宗教、金钱、政治倾向,将多数男子的灵魂压扁扭曲,本性日渐消失,"人人都俨然为一切名分而生存得十分庄严,事实上任何一个人都从不曾仔细思索过这些名词的本来意义。许多'场面上'人物,只不过如花园中盆景,被所谓思想观念强制曲折成为各种小巧而丑恶的形式罢了。一切所为所成就,无不表现出对自然之违反,见出社会的拙象和人的愚心"②。少数人的霸道无知和多数人的迁就虚伪,造成对自然的戕害。政治、哲学、美术背后的"市侩"人生观带来"神的解体"。

沈从文在《从文自传》中谈道:"离开私塾转入新式小学时,我学的总是学校以外的,到我出外自食其力时,我又不曾在我职务上学好过什么。二十年后我'不安于当前事务,却倾心于现世光色,对于一切成例与观念皆十分怀疑,却常常为人生远景而凝眸',这分性格的形成,便应当溯源于小时在私

---

① 沈从文:《美与爱》,《沈从文全集》(17),北岳文艺出版社2002年版,第359—360页。
② 同上书,第361页。

塾中的逃学习惯。"① 可见，倾心现世、关注生命是沈从文一贯的人生取向，所以他才会以"对政治无信仰对生命极关心的乡下人"② 自居。"对生命极关心"，体现在他几乎所有的文学作品中。尤其是他的湘西乡土小说，无论是表现生命的神性和庄严，还是忧虑环境的变化带来的神性的淡化，抑或是悲悯神性的彻底消失，都在叙写着各种生命的存在状况，而爱与美一直是沈从文对理想生命的概括，也是生命神性的真谛。他在《从文自传》中写到部队驻防川东龙潭，他常独自去附近的一条小河，"独自坐在河岸高崖上，看船只上滩。那些船夫背了纤绳，身体贴在河滩石头下，那点颜色，那种声音，那派神气，总使我心跳。那光景实在美丽动人，永远使人同时得到快乐和忧愁。当那些船夫把船拉上滩后，各人伏身到河边去喝一口长流水，站起来再坐到一块石头上，把手拭去肩背各处的汗水时，照例总是很厉害的感动我"③。还写到他对河街的迷恋："我很满意那个街上，一上街触目皆十分新奇。我最喜欢的是河街，那里使人惊心动魄的是有无数小铺子，卖船缆，硬木琢成的活车，小鱼篓，小刀，火镰，烟嘴，满地都是有趣味的物件。我每次总去蹲到那里看一个半天，同个绅士守在古董旁边一样恋恋不舍。"④ 只有热爱生活的人，对生命有着敏感细腻的感受、对人类有着博大的爱与悲悯的人，才能如此"体贴人情"，发现平凡生活的美和趣，让心灵时时处于感动中。对沈从文来说，有趣的街，流动的水，健壮泼野的男女以及他们简单、辛劳而快乐的生活永远有着无穷的魅力。他喜欢乡间的那些凡夫俗子，既欣赏他们简单、原始的生命形态，更欣赏他们粗糙的灵魂、纯真的性情。"永远使人同时得到快乐和忧愁"，恐怕是沈从文对湘西生活感受的概括，那种纯真质朴和强悍激情是他永远欣赏和向往的，但是其中亘古如斯的落后愚昧又是他所忧虑的。因为爱，他的大多数作品剔除了其中的蒙昧和野蛮，只留下美与和谐。他曾

---

① 沈从文：《从文自传·我读一本小书同时又读一本大书》，《沈从文全集》（13），北岳文艺出版社2002年版，第253页。
② 沈从文：《七色魇集·水云》，《沈从文全集》（12），北岳文艺出版社2002年版，第127页。
③ 沈从文：《从文自传·一个大王》，《沈从文全集》（13），北岳文艺出版社2002年版，第345—345页。
④ 沈从文：《从文自传·辰州》，《沈从文全集》（13），北岳文艺出版社2002年版，第299页。

经在《看虹摘星录》后记中写道:"不管是故事还是人生,一切都应当美一些!丑的东西虽不全是罪恶,总不能使人愉快,也无从令人由痛苦见出生命的庄严,产生那个高尚情操。我们活到这个现代社会中,已经被官僚,政客,肚子大脑子小的富商巨贾,热中寻出路的三流学者,发明烫发的专家和提倡时髦的成衣师傅,共同弄得到处够丑陋!一切都若在个贪私沸腾的泥淖里辗转,不容许任何理想生根。这自然是不成的!人生应当还有个较高尚的标准,也能够达到那个标准,至少还容许在文学艺术上创造几个标准,希望能从更年青一代中去实现那个标准。因为不问别的如何,美就是善的一种形式,文化的向上也就是追求善或美一种象征。竞争生存固十分庄严,理解生存则触着生命本来的种种,可能更明白庄严的意义。"①从这段话中可以看出,沈从文致力于表现生活的美,并非认为没有丑,或无视丑。他之所以写湘西化外的百姓生活和生命形式,对湘西的生活和生命形式表现了太多的不拘粗陋的欣赏,是为了展示自由、健康、正直、善良的生命神性。正是基于这样的认识,沈从文创作了一切得自天然、自然的《边城》。

《边城》是一首诗,是一个梦,在边城里有秩序,无压迫,甚至没有任何冲突,就连大老和二老之间激烈的爱情争夺也能以公平、和平的方式解决。一切按照大自然给予的安排,虽然也按照春夏秋冬循环,但这是大自然神圣的安排,是永恒的美,不似中原果园城的凝滞、沉闷,也不同于东北呼兰小城的古老、落后,沈从文笔下的边城是自然的,是恬淡的,"一切是谐和,光与影的配置,什么样人生活在什么空气里,一件艺术作品,正要叫人看不出是艺术的。一切准乎自然,而我们明白,在这种自然的气势之下,藏着一个艺术家的心力。细致,然而绝不琐碎;真实,然而绝不教训;风韵,然而绝不弄姿;美丽,然而绝不做作。这不是一个大东西,然而这是一颗千古不磨的珠玉。"②刘西渭的评价,首先强调了《边城》的自然,在此基础上指出其

---

① 沈从文:《〈看虹摘星录〉后记》,《沈从文全集》(16),北岳文艺出版社2002年版,第342—343页。
② 刘西渭:《〈边城〉——沈从文先生作》,《咀华集》,花城出版社1984年版,第58页。

和谐、精致。沈从文自言,《边城》"这作品原本近于一个小房子的设计,用料少,占地少,希望它既经济而又不缺少空气和阳光。我要表现的本是一种'人生的形式',一种'优美,健康,自然,而又不悖乎人性的人生形式'。我主意不在领导读者去桃源旅行,却想借重桃源上行七百里路酉水流域一个小城小市中几个愚夫俗子,被一件人事牵连在一处时,各人应有的一分哀乐,为人类'爱'字作一度恰如其分的说明"①。希望会有人"从一个乡下人的作品中,发现一种燃烧的感情,对于人类智慧与美丽永远的倾心,康健诚实的赞颂,以及对愚蠢自私极端憎恶的感情"②。

《边城》发表时,一些批评家不懂也不愿意去懂作者真正的用心所在,这样一部自然人事之作当然不符合为主流意识形态传声的标准,所以,他们或者说"这是过去的世界,不是我们的世界,我们不要",或者说"这作品没有思想,我们不要"。③ 对此,沈从文明白地回答:"这种世界即或根本没有,也无碍于故事的真实。"④ 正是因为现实生活中太多的人性扭曲,沈从文才创造了一切不悖乎人性的自然生活世界。

沈从文做人为文的态度是诚恳、认真的,这首先体现在他的人生与文学的一致性。他老老实实的人生态度、他人性化的文学立场与其人生一样真切、实在,都有一颗赤子之心。在《若墨医生》中,他借医生之口说道:

> 我们生活若还有所谓美处可言,只是把生命如何应用到正确方向上去,不逃避一切人类向上的责任,组织的美,秩序的美,才是人生的美!生命可尊敬处同可赞赏处,全在它魄力的惊人;表现魄力是什么?一个诗人很严肃的选择他的文字,一个画家很严肃的配合他的颜色,一个音乐家很严肃的注意他的曲谱,一个思想家严肃去思索,一个政治家严肃的处理当前难题。一切伟大制作皆产生于不儿戏。一个较好的笑话,也

---

① 沈从文:《习作选集代序》,《沈从文全集》(9),北岳文艺出版社2002年版,第5页。
② 同上书,第6页。
③ 同上书,第5页。
④ 同上。

就似乎需要严肃一点才说得动人。一切高峰皆由于认真才能达到。①

大家都为这一只载了全个民族命运向前驶去的大船十分着急,却不能够尽任何力量把它从危险中救出。为什么原因?缺少认真做事的人,缺少认真思索的人,不只驾船的不行,坐船的也不行。②

一切都要严肃、认真,方能做出像样的事情,否则呼声再高,气魄再大,那也只是沙上建塔,水中筑楼,是没有根基的,而以诚挚认真的态度对待生活,对待写作,看起来似乎夸张的生活提炼,是有真实基础的。比如在沈从文那里,关于爱的梦、关于美的主题都凝聚在他笔下的人物和"边城"的和美环境中。他的湘西小说中大量的故事是书写男女之爱的。在《若墨医生》中,沈从文借医生之口说过,女人是一个永远没有定论的议题:"一个女人在你身边时折磨你的身体,离开你身边时又折磨你的灵魂。她是诗人想象中的上帝,是一个浪子官能中的上帝。"③沈从文之所以在其故事中执着于爱欲,是因为在他看来,两性之间健康的爱欲最能表现一个人的力与美。城市中人的人性扭曲也体现在其阉寺性爱欲表现,我们民族的道德重塑正需要注入这样的活力。这让人想起张爱玲的话:"女人一辈子讲的是男人,念的是男人,怨的是男人,永远永远。"④又说:"一般所说'时代的纪念碑'那样的作品,我是写不出来的,也不打算尝试,因为现在似乎还没有这样集中的客观题材。我甚至只是写些男女间的小事情,我的作品里没有战争,也没有革命。我以为人在恋爱的时候,是比在战争或革命的时候更素朴,也更放恣的。"⑤本来男女合一才是完整的世界,男人谈的是女人,女人谈的是男人,都属正常。文学若不以宣传、教化为目的,而是对着人类的愚昧和光彩,拿男女之间的情感作为考量人性健康与否的试金石,的确是有道理的。

---

① 沈从文:《若墨医生》,《沈从文全集》(9),北岳文艺出版社2002年版,第167—168页。
② 同上书,第170页。
③ 同上书,第175页。
④ 张爱玲:《有女同车》,《流言》,北京十月文艺出版社2009年版,第87页。
⑤ 张爱玲:《自己的文章》,《流言》,北京十月文艺出版社2009年版,第187—188页。

沈从文《月下小景》中男女主人公的对话，表达了恋爱中男女的心意：

"你不要牛，不要马，不要果园，不要田土，不要狐皮褂子同虎皮座褥吗？"

"有了你我什么也不要了。你是一切；是光，是热，是泉水，是果子，是宇宙的万有。为了同你接近，我应当同这个世界离开。"①

这种忘我执着的爱不仅发生在恋爱中的男女身上，即使在水手和吊脚楼妓女之间，也不失其热烈与真诚。在边城中，妓女也有厚道的灵魂。水手经过一个月的水上辛劳后和吊脚楼女人互相欢喜、安慰，共同制造温馨快乐，抛掉愁烦辛苦。这些船上的粗人，这些"平常时节只是吃酸菜南瓜臭牛肉以及说点下流话的口，可是到这时也粘粘糍糍，也能找出所蓄于心各样对女人的诌诙言语，献给面前的妇人，也能粗粗卤卤的把它放到女人的脸上去，脚上去，以及别的位置上去。他们把自己沉浸在这欢乐空气中，忘了世界，也忘了自己的过去与未来。女人则帮助这些可怜人，把一切穷苦一切期望从这些人心上挪去。放进的是类乎烟酒的兴奋与麻醉。在每一个妇人身上，一群水手同样作着那顶切实的顶勇敢的好梦，预备将这一月贮蓄的金钱和精力，全倾之于妇人身上，他们却不曾预备要人怜悯，也不知道可怜自己。他们的生活就是这样，若说还有使他们在另一时反省的机会，仍然是快乐的吧"②。

在沈从文的认识中，自然是"最高的德性"，在此德性下人们乐于接受它的统治。在《边城》中，沈从文就营造了一个这样的世界。边城人事虽然简单，但也有团总、船总、衙门、军营，但这些权势人物和权力机构，并没有给边城人形成压迫和侵犯，支配人们日常生活和公共秩序的是自然和习惯。"水面上各事原本极其简单，一切皆为一个习惯所支配，谁个船碰了头，谁个船妨害了别一个人别一只船的利益，皆照例有习惯方法来解决。"人与自然是和谐的，人与人之间也是和谐的。这里的每一个人，船总、老船夫、傩送兄

---

① 沈从文：《月下小景》，《沈从文全集》(9)，北岳文艺出版社2002年版，第229页。
② 沈从文：《柏子》，《沈从文全集》(9)，北岳文艺出版社2002年版，第42页。

弟、翠翠,他们并非没有任何烦恼,但是他们每个人都是温和、安静的,有问题也能温和解决,不过分地纠缠扭结,所以他们个人自我也是和谐的。每个人安守本分,乐享这份自然自得。二老曾问翠翠爷爷,都说本地风水好,为什么没出大人物,爷爷说:

  我以为,这种人不生在我们这个小地方也不碍事。我们有聪明、正直、勇敢、耐劳的年青人,就够了。像你们父子兄弟,为本地方增光彩已经很多很多!

二老也说:

  伯伯,你说得好,我也是这么想。地方不出坏人出好人,如伯伯那么样子,人虽老了,还硬朗得同棵楠木树一样,稳稳当当的活到这块地面,又正经,又大方,难得的咧。①

这绝非为了客气或某个目的的相互客套、吹捧,这里的人生就是这样的。这里有秩序,有权力等级,但是没有限制和压迫,人人是自由的,自由的人都由一个厚道的灵魂支配,"这些人既重义轻利,又能守信自约,即便是娼妓,也常常较之知羞耻的城市中人还更可信任。"② 在这个关系和谐,人心安宁,一切得之天然、自然的世界里,没有矫揉造作,没有虚伪奸诈,有的只是淳朴、善良、勤劳、能干,正如小说中巫师迎神歌所唱的那样:"你大仙,你大神,睁眼看看我们这里人!他们既诚实,又年青,又身无疾病。他们大人会喝酒,会作事,会睡觉;他们孩子能长大,能耐饥,能耐冷;他们牯牛肯耕田,山羊会生仔,鸡鸭肯孵卵;他们女人会养儿子,会唱歌,会找她心中欢喜的情人!"③

在湘西凤凰县城沱江下游听涛山上有沈从文的陵墓,蘑菇状的墓碑正面

---

  ① 沈从文:《边城》,《沈从文全集》(8),北岳文艺出版社2002年版,第100页。
  ② 同上书,第71页。
  ③ 同上书,第96页。

刻着"照我思索,能理解'我';照我思索,可认识'人'——沈从文"。墓碑的后面刻着"不折不从,亦慈亦让。星斗其文,赤子其人"。是沈从文的姨妹张充和所题,这也是知人知心之论。沈从文这个自称"乡下人"的作家,无论为文为人,无论在城在乡,永远保持了自己的赤子本色:"我实在是个乡下人,说乡下人我毫无骄傲,也不在自贬,乡下人照例有根深蒂固永远是乡巴老的性情,爱憎和哀乐自有它独特的式样,与城市中人截然不同!他保守,顽固,爱土地,也不缺少机警却不甚懂得诡诈。"①

三 《果园城记》:"像一个活的人"的果园城

就小城小说的文体形式而言,大多介于小说和散文之间,既有小说的一些基本特点,也具有散文真实自然、直抒胸臆、直见性命的叙事风格。师陀就说自己"写出来的短篇小说有点象散文,散文又往往像短篇小说"②。其实,就文体来说,是小说还是散文并不重要,重要的是直抒胸臆,传达自己真实的感觉和想法,抛开种种形式的和观念的束缚,回到纯然的人情人性予以考量。师陀在《鬼神戏与秦腔〈游西湖〉》一文中曾表达了这样的观点:"为什么寡妇不应该爱别的男人,和尚为什么不应该讨老婆呢?"③"天下没有一个娼妓是生来的淫妇,她们是被生活逼迫或者是早已被卖作奴隶,而官僚们的欲壑却是一个无底大坑,我们永远也不会把它填满。"④ 这种观念背后所折射出来的人文精神就是对他人设身处地的理解和同情。刘西渭说师陀:"诗是他的衣饰,讽刺是他的皮肉,而人类的同情者,这基本的基本,才是他的心。"⑤

师陀原名王继增,字长简,常用笔名芦焚(1946年前)、师陀(1946年后),出生于河南杞县一个破落地主家庭。家乡广袤、沉寂的原野,幽暗、古

---

① 沈从文:《习作选集代序》,《沈从文全集》(9),北岳文艺出版社2002年版,第3页。
② 师陀:《写作历程》,《师陀全集》(6),河南大学出版社2004年版,第563页。
③ 师陀:《鬼神戏与秦腔〈游西湖〉》,《师陀全集》(3),河南大学出版社2004年版,第546页。
④ 师陀:《八尺楼随笔(解放区文)》,《师陀全集》(3),河南大学出版社2004年版,第648页。
⑤ 刘西渭:《读〈里门拾记〉》,《文学杂志》1937年第1卷第2期。

老的氛围,家庭从小康陷于困顿的人生经历,都在师陀身上积淀了悲凉和落寞的精神特征。

与沈从文执着于表现一种"优美、健康、自然而又不悖乎人性的人生形式"不同,师陀对他笔下的乡土有更为冷静、理性的看取。他眼里的果园城,并非一个容纳美好人性的所在,而是人和物一切都在走向衰败的乡土。但他与大多左翼作家在时代潮流裹挟中对古老中国持一种一致性的批判态度不同,他似乎还迷恋大自然的诗意和故乡小城固有的宁静。有研究者曾将师陀和沈从文予以比较云:

> 芦焚身上最根本的气质,当是一种近似于颓废和倦怠的宁静温和。为了对此有个更确实的印象,我们可以拿他和沈从文相比较一下。他们同样都是从穷乡僻壤之处来到繁茂的京城寻找理想,他们都是通过自学来接近文学,并都常以一个"乡下人"自居。但我们可以看到,虽然沈从文也是一个宁静温和的人,但湘西奇异多姿的自然风貌,尤其是那条跌宕起伏的沅水,以及周围少数民族健旺以至于蛮野的生命力量,使得沈从文的宁静温和先天地带有一种朗朗向上的乐观意味。无论是那个力求搭建一个"希腊人性小庙"的沈从文,还是那个一边在干校劳动一边谈论"这里的荷花开得真好"的沈从文,这种宁静温和中的乐观向上,可谓是贯穿其一生。而芦焚则不然。他出生于类似中世纪的广袤与沉静的中原乡土,那些田庄村镇特有的"落寞的古老情调"影响了其终生。某种意义上,他是那个时代普通知识分子的典型。他们在早年受时代风潮的影响参与政治,对现实不满,希望社会有所改革,但终因缺乏从事政治的勇气和魄力,退而以写作为业,在纸上倾泻自己的牢骚和愤懑。他们软弱又富有正义感,但当正义感在现实面前受挫,那种宁静温和的性格又会反过来把他们拉向倦怠和沉默,虽然这种倦怠和沉默有时也是一种抗议。①

---

① 张定浩:《批评的准备》,北岳文艺出版社2015年版,第198—199页。

诚如论者所言，不同的生存环境（包括自然和社会、文化等）决定了师陀和沈从文这两个"乡下人"各自不同的气质。师陀也的确具有"近似于颓废和倦怠的宁静温和"这样的气质特征，正是这样一种宁静和倦怠，才会有对故乡生活理性的看取和反省。师陀在《里门拾记·巨人》中开篇就谈到自己对家乡的印象和感情：

在那里，永远计算着小钱度日，被一条无形的锁链纠缠住，人是苦恼的。要发泄化不开的积郁，于是互相殴打，父与子，夫与妻，同兄弟，同邻舍，同不相干的人；脑袋流了血，掩创口上一把烟丝：这是我的家乡。

我不喜欢我的家乡，可是怀念着那个广大的原野。①

刘西渭也曾这样评价师陀："他把情感给了景色，却把憎恨给了人物。"②师陀念念不忘故乡"落日光"的美，但对"文明过火"的世间人物充满诅咒和讽刺。家乡，那是一个会让人沉沦、麻木、变异的地方：贺文龙成了"被毁伤的鹰"，哀愁的油三妹 23 岁就结束了自己的生命，憔悴的素姑在一点点枯萎。也有快乐活泼的水鬼"阿嚏"，勇敢与世俗对抗的"傲骨"，保持自我本色的巨人"抓"，正是这些少数健康不屈的生命给果园城增添了一些活力和亮色。

《巨人》中的巨人"抓"是师陀家乡书写中少有的被肯定的对象之一。这个倔强的"抓"，像一颗燧石，饱经人情冷暖、世事沧桑，但没有被生活驯服，"一身的邪精力，充溢着野性的锋芒，好像连时光也怕他，不惹他，只好偷偷的避开从身边溜过"。他成为别人眼中的魔鬼的化身，旷野上的老狼。"抓"原本是个快活的孩子，颇有点野性。"夏天给牲口割草，瓜田里吓吓乌鸦；秋季燃起野火烧白薯；暮春则从老屋的墙洞里取出鸽雏、雀儿，养在笼里，打搅得斑鸠也休想安宁。终年搭进孩子伙里，打架，吹哨，唱路戏，冲

---

① 师陀：《里门拾记·巨人》，《师陀全集》（1），河南大学出版社 2004 年版，第 127 页。
② 刘西渭：《读〈里门拾记〉》，《文学杂志》1937 年第 1 卷第 2 期。

进远处的小河洗个野澡,一看见兔子便一片鼓噪,邪许声震惊原野:这样他平安的送走了童年"①。长大后,他爱上一个姑娘,鬼知道这姑娘竟然成了他的二嫂,他心情郁闷地离开家乡,在"下边"混了20年。有一天返回故乡。"抓"还留在充满生命和情爱的回忆中,世界却不曾停下脚步等他。再次回到故乡的"抓",似乎周围大人小孩都拒绝接纳他,他也乐得与狗和猫为伍,享受和平、亲昵,看世人为鸡零狗碎的事去拼命。他在与狗和猫的生活中,在大自然的怀抱里是开心欢愉的。猫是他的"姑娘",他要抚养、调教,也跟它开玩笑;狗也是他的孩子,亲昵、关心,也嗔骂、管教。躺在离村老远的白杨地里,"空气是芬芳的,充满野味。草地上开着金色的同粉红的小花。正和死一样,一切都沉浸在下午的安宁里,没有血,没有泪,没有哭泣,没有咒骂,没有疯狂,也没有人来。展开着自由的大的原野。总之,是和平的天地。望着流云,听着飞鸟,抓以为我睡熟了。他唱了一只'下边'的歌,简直破了天荒……"②"抓"60多岁时还风闻一点他恋爱的故事,他割起谷来,留下一股青烟。望着他的后相,我忽然醒悟:

"一个秘密的灵魂,然而是和平的灵魂。他需要单纯的生活!"

然而我的想法也许不对,抓怀着一心隐伤,驮满肩不幸,早忘记了说话的必要。

……

也许世人是对的,抓是一个魔鬼。因为他不颂扬节烈,不轻视淫奔,也不劝人做奴才。他没有拿礼教吓唬过年少的。他一生爱着自由,憎恶的是繁琐。生活却给他戴上了无形的镣铐。

他就戴着这镣铐立在流光的海里,人的海里。岁月逝去了。他孤立着,他永远年轻,让邻舍们为着鸡、猫、狗的事去争打。③

---

① 师陀:《里门拾记·巨人》,《师陀全集》(1),河南大学出版社2004年版,第128页。
② 同上书,第131页。
③ 同上书,第132—133页。

"抓"充满生命活力、健康、淳朴、自由、宽容,允满爱心,他是敢于和世俗对抗的"巨人"。可是就因为他不合家乡虚伪、计较、争斗等鄙俗的陋习,大家觉得他怪,是魔鬼的化身,是旷野上的老狼;也因为"他不颂扬节烈,不轻视淫奔,也不劝人做奴才。他没有拿礼教吓唬过年少的",也才不容于小城,不容于社会,才只好从人群中退出,躲进想象的莽原消磨日子。与猫狗为伍、与自然交融的日子是快乐的,没有争斗,没有吵闹。最主要的是,他乐享健康自由的生命,不受世俗规矩、社会道德的约束,虽然带着镣铐生活,但心却是自由的。他厌恶争吵,嘲讽计较,向往自由,摒弃各种道德条规的束缚而自由地生活。"果园城"某种意义上就是那个永远计算着小钱度日,永远计较、争吵、殴斗的故乡。"抓"能出淤泥而不染,敢于和整个家乡对抗,敢于和各种世俗对抗,的确是心理强大的"巨人"。

师陀在《我的风格》中曾说:"我认为简单明白的讲,是一个作家的写作方法。"① 简单明白地讲出自己的感受和思考,这样的作家虽然无意于创新,但信手拈来,吾手写吾口,势必与众不同,形成自己的独特风格。研究者当然可以对这样的作品从结构、叙事、语言、修辞、主题等方面解剖分析,但那只会成为一地零碎。生命之作是作者倾情投入的生命燃烧,可研究模仿,但永远无法复制。当一种写作流于观念的传声或者技术的演练时,传达的道德可能很高尚,建构的形式也可以很完美,但那是没有灵魂的,没有灵魂的技巧就失去了意义。文字可以表达作者繁富绵密的感觉和思想,但有时候成熟定型的文字也可能成为一种表情达意的桎梏。优秀的作家总能超越它的羁绊,摆脱常规的叙事和结构所带来的束缚,营造一种氛围,创造一种境界,让作者与读者都能倾情投入,从而在情感和思想上共鸣互动,引发对世界、对生命更为深入、辽远的思考。

小城作者也并非不在结构上用心,但这种用心只为更好地表情达意,绝不会"以辞害意",比如小城小说大都采用系列组合叙事结构,这既是源于对

---

① 师陀:《我的风格》,《师陀全集》(8),河南大学出版社2004年版,第338页。

小城全方位多角度描绘与叙述的需要，也是基于作者的审美理念。与沈从文与师陀强调小城的"常"或"变"不同，萧红的小城叙事不是将某种声音或思想强加给读者，而是请读者也参与其中，产生共鸣或者发出不同的复调式的对话。萧红感觉中的家乡更为古老，几乎没有什么外来新东西的冲击，呼兰小城的创新举动，也就是农业学校里，"到了秋天把蚕用油炒起来，教员们大吃几顿就是了"①，没有引起小城的任何变化。但沈从文"边城"那样的世外桃源逐渐成为变动中的"长河"。师陀的"果园城"中新与旧的交织还是明显的，小城人在新与旧之间的纠结出现在部分人身上。萧红笔下小城人的痛苦不是外来影响下的新与旧之间的纠结，而是亘古如斯的生存困境。论者曾这样评价萧红的散文："萧红散文最终能在中国现代散文中占据一席之地，也许就是因为她的稚拙与朴素。读这些散文，通常引发的不是心有灵犀的惊赞和自愧不如的折服，而是一种对人生亲切而又世俗的了解。萧红在她的散文中，从不刻意追求什么，她只是让自己的心声汩汩流出，笔到意出，浑然无饰，这里人格和文字似乎有一种对应关系，萧红是在用她的散文向读者袒露她的思想与情感。我相信，这是认识萧红的最佳途径，和其他风景相比，这里少了些曲水奇石，却更为单纯，更为真切。"② 萧红的小说一如其散文，向读者袒露的是她的思想与情感。师陀、沈从文、李劼人、沙汀等，其自由自然的创作与生命都有着很大程度的一致性，在他们笔下，现实生活与社会历史，都是从自我的生命感知中体现的。萧红笔下的呼兰小城，十年前和十年后没有什么变化，她记录下的故乡，保持着最原始的风貌人情；在沈从文笔下的现实就是眼前的长河，变动不居；在师陀笔下，生活就是那千年不变的古塔，庄严而非神圣，一切的变化和新生都被扼杀在刻板、沉寂的生活中；在沙汀笔下的川西北小镇，是化石一样各种新旧因素的沉淀、凝固。谭桂林指出，"在现代文学研究中，现代作家对生命的感受、现代文学对生命状态的展现，其深度和其意义还应得到更加深入的重视和发掘"，并进而提出了"生

---

① 萧红：《呼兰河传》，《萧红全集》（3），黑龙江大学出版社2011年版，第6页。
② 彭晓风、刘云：《萧红散文全编·前言》，浙江文艺出版社1994年版，第10页。

命感受与中国现代文学"的命题,认为此命题的意义在于它"不仅是对中国现代文学史一种不被重视的文学现象的发掘,也是对现代文学研究者自身生命状态的一种提醒,一种启示,同时也是一种挑战"。①

---

① 谭桂林:《生命体验与中国现代文学》,《首都师范大学学报》2005年第3期。

下 编
现代小城小说的叙事艺术

1937年1月，师陀的《里门拾记》由文化生活出版社出版，在小说的"序"中，师陀对书名和小说内容作了如下说明："关于书的名目，最初想定的是《乡党》，后来觉得不妥，改作《里门记》，但后来觉得还是不妥，终于决定'记'上面再'拾'一下，标明这里的不是专事颂扬的传略，也不是老牌的记事，而是随手从家里门前捡来的鸡零狗碎，编缀起来的货色。"① 随手从家里门前捡些琐碎的人事加以编辑、连缀起来，这就是小城小说最基本的内容和形式。我们在前文的分析中已谈过，小城小说的大部分内容是小城之子回望或回到故乡，捡拾记忆之作。因为回到故乡，进入成长记忆，虽然就当事者而言，每一点零碎的人事因为附着纯真的情感、美好的记忆成为非常珍贵的记忆碎片，但在读者看来，只是一些生活场景、片段或平凡的人物，需要读者跟着作者进入其有爱有生活的感觉与思考之中，方能体会到平凡中的真味。这样的零碎事情，当然无法也没有必要凑成一个长篇的完整的故事，于是顺着记忆中情感的流动，将这些碎片就那么自然地编缀起来，形成了小城小说颇有特色的结构形式。师陀的《果园城记》、萧红的《呼兰河传》是典型的这类连缀式结构。师陀的《里门拾记》里12篇小说分别描绘了中原乡村各种"生活样式"，这里的乡村田园没有牧歌诗意，更近于生活写真或者村落方志。与内容相适应，师陀采取了"系列小说"的叙述形式，连成了现代中国"生活样式"的"浮世绘"，这是师陀创作的真正起步。"在这部散文化的乡土小说集里，他终于找到了属于自己的题材、思路和相应的叙述形式、结构方式，只是在把握和运用上还不够成熟，叙述不免有些情绪化，作品的结构关系还不太谐和自然。"②《里门拾记》的创作开始于1935年，有了《里门拾记》的锻炼，创作于1938—1946年的《果园城记》，其题材、思路和叙述、结构方式显然是《里门拾记》的进一步发展和成熟。"令人感到用这样一种叙述形式来表现果园城这个'有生命、有性格、有思想、有见解、有情感、

---

① 师陀：《里门拾记·序》，《师陀全集》（1），河南大学出版社2004年版，第97页。
② 解志熙：《现代中国"生活样式"的浮世绘——师陀小说叙论》，《清华大学学报》2007年第3期。

有寿命,像一个活的人'的小城社会,真可谓天造地设、恰如其分,允称'有意味的形式'。"①

"从中外小说史来看,系列小说是有意识地把多个短篇结构成一个富有内在联系的系统整体,其内部的每个叙述单元虽然采取短篇小说的形式,但从整体上看系列小说并不是短篇小说的自然集合,而是一个互文共在的有机整体,这使它具有不亚于甚至大于长篇小说的容量,但在结构和叙述上又比长篇小说更为自由灵活。"② 所以这种由系列小说组合而成的叙事结构特别适合表现那些整体生活状态较为封闭,而内部又丰富复杂,具有多种生活样式的小城镇。

---

① 解志熙:《现代中国"生活样式"的浮世绘——师陀小说叙论》,《清华大学学报》2007年第3期。

② 同上。

第一章　小城小说的言说艺术

一个作家的言说内容与言说方式是很难分开的，言说方式不仅是形式、技术问题，更是作家心理、个性与创作动机的整体体现。萧红的《呼兰河传》、沈从文的《边城》、师陀的《果园城记》、沙汀的川西北小镇小说系列及王鲁彦、许钦文的江浙沿海小城小说系列之所以个性独具、耐人寻味，与其言说方式有密切关系。在这些小城小说的言说中，很重要的特点是对小城的叙述、描写是客观、理性的，而对自我情感、思想的抒发是节制、内敛的，但又能在日常生活的具体细节中渗透着温暖和诗意。这得益于小城小说作者明确的定位（书写小城）和节制的言说（展示小城风貌）。在这样一种客观、理性、节制的创作态度引导下所展示的小说文本，就呈现出不慌不忙的节奏、轻描淡写的悲伤和以日常生活书写来认知生命的意义等艺术特点，这也就是小城小说主要的言说方式。大多小城小说中虽然具有作家鲜明的自我色彩，但这个自我是作家通过自己独特的人生体验与敏锐的艺术感觉去观照社会人生、感知万物、认识世界的渠道和媒介，以此将个体与小城、与人类联系起来，去探测人类生存的处境。他们大多并不沉溺于个体曾经的人生经历，没有放纵和宣泄自己的情感，而是出之以理性的烛照和洞察，这就使得这些小城作家有了属于他们的高度和深度，小城小说也因此比一般的单一性故事叙述显得更为浑厚大气。

现代小说家在处理自我与创作的关系时，或者隐匿自我，小说便偏重于冷静、客观地叙述；或者是直接宣泄自我或表现自我，小说则有着浓郁的、热烈的主观抒情色彩；或者介于两者之间，其创作既有客观冷静的分析，也有主观情感的表达，有对自我的刻意隐匿，也有个体情绪的肆意宣泄。萧红的《呼兰河传》《牛车上》《家族以外的人》等，既有直面人生的客观写实，又有表现个人生命体验的主观抒情。而师陀冷静、深刻的思索借含蓄、节制的方式表达出来，化为他笔下对一个个人物命运的冷峻讲述。朱光潜曾说师陀的创作风格"始终是沉着"，"是要读者费一番挣扎才能察觉到的"。① 也有论者指出，师陀的文字是"千锤百炼，思索又思索，安安静静地一个个字按在本子上的，所以他是冲淡的，洗练的，深沉的"②。这样的评价可谓一语中的。

第一节 不慌不忙的节奏

翻开现代小城小说，会有一个普遍性感觉，小城没有特别主要的人，也没有特别重要的事，就是普通百姓的寻常日子。作者所选取的叙述方式，也几乎完全是按照时空及事件发生的先后顺序，一件事，一个人，一种场景，老老实实、按部就班地叙述。萧红的《呼兰河传》第一章，是对呼兰小城风貌的介绍。开篇叙述了呼兰小城的冷，接下去依次叙述呼兰小城的规模、特点、人物。小城最有名的要算十字街，十字街口集中了全城的精华，街上有金银首饰店、布庄、油盐店、茶庄、药店等各种店铺。城里除了十字街之外还有两条街，一条叫作东二道街，一条叫作西二道街。这两条街是从南到北的，大概五六里长。东二道街上有一家火磨、两家学堂。西二道街上只有一家学堂，是个清真学校。特别介绍了东二道街上的大泥坑及与大泥坑相关的故事。然后叙述东二道街上的人的生活，染房里的人事，扎彩铺、扎彩的人。

---

① 朱光潜：《〈谷〉和〈落日光〉》，《朱光潜全集》（8），安徽教育出版社1993年版，第562页。
② 唐迪文：《果园城记》（节录），刘增杰《师陀研究资料》，北京出版社1984年版，第248页。

呼兰小城除十字街、东二道街、西二道街外就是些小胡同了。小胡同中有卖麻花的、卖凉粉的、卖豆腐的，等到卖豆腐的一收了市，一天的事情就都完了。吃过晚饭，看晚霞的看晚霞，不看晚霞的躺到炕上去睡觉，一天就完了。春、夏、秋、冬，脱下单衣，换上棉衣，一年就完了。小城小说几乎没有什么重要事件的叙述，那些被写到的就像是从记忆中随意拣出的，作品叙述的节奏是舒缓的，不论是情节推进的节奏，还是叙述语言的节奏都是那么不慌不忙、不紧不慢的。为什么要不慌不忙？汪曾祺先生认为，"写小说就是要把一件平平淡淡的事说得很有情致"，而"要把一件事说得有滋有味，得要慢慢地说，不能着急，这样才能体察人情物理，审词定气，从而提神醒脑，引人入胜。急于要告诉人一件什么事，还想告诉人这件事当中包含的道理，面红耳赤，是不会使人留下印象的"。① 平凡的世间儿女的生活世界，只能用平常的情感去了解，用平常的方法去表现，这样的小说才会有"文气"，"这是比结构更精微、内在的一个概念。……就是内在的节奏"②。

三月的小城，春来柳绿，草长莺飞，一寸寸有意思的日子，就在萧红笔下依着不慌不忙的节奏逐次展开：

> 三月的原野已经绿了，像地衣那样绿，透出在这里，那里。郊原上的草，是必须转折了好几个弯儿才能钻出地面的，草儿头上还顶着那胀破了种粒的壳，发出一寸多高的芽子，欣幸的钻出了土皮。放牛的孩子，在掀起了墙脚片下面的瓦片时，找到了一片草芽了，孩子们到家里告诉妈妈，说："今天草芽出土了！"妈妈惊喜的说："那一定是向阳的地方！"抢根菜的白色的圆石似的籽儿在地上滚着，野孩子一升一斗地在拾。蒲公英发芽了，羊咩咩地叫，乌鸦绕着杨树林子飞。天气一天暖似一天，日子一寸一寸的都有意思。③

---

① 汪曾祺：《小说笔谈》，《岁朝清供》，生活·读书·新知三联书店2014年版，第312页。
② 汪曾祺：《小说创作随谈》，《汪曾祺全集》(3)，北京师范大学出版社1998年，第313页。
③ 萧红：《小城三月》，《萧红全集》(4)，黑龙江大学出版社2011年版，第112页。

小城里被杨花给装满了，在榆树还没有变黄之前，大街小巷到处飞着，像纷纷落下的雪块……

春天来了。人人像久久等待着一个大暴动，今天夜里就要举行，人人带着犯罪的心情，想参加到解放的尝试……春吹到每个人的心坎，带着呼唤，带着蛊惑……①

在湘西边城，"水陆商务既不至于受战争停顿，也不至于为土匪影响，一切莫不极有秩序，人民也莫不安分乐生。这些人，除了家中死了牛，翻了船，或发生别的死亡大变，为一种不幸所绊倒，觉得十分伤心外，中国其他地方正在如何不幸挣扎中的情形，似乎就还不曾为这边城人民所感到"②。这里的一切事情极为简单，皆为一个习惯所支配，遇到有什么问题也皆照例按照习惯方法来解决。"一切总永远那么静寂，所有的人每个日子都在这种不可形容的单纯寂寞里过去。一分安静增加了人对于'人事'的思索力，增加了梦。在这小城中生存的，各人自然也一定各在分定一份日子里，怀了对于人事爱憎必然的期待。"③ 沈从文把自己的思想、情感和理想融入了这个如诗如画的湘西世界，描绘着生命本真的存在形态及其庄严的意义——自由、淳朴与美：

风日晴和的天气，无人过渡，镇日长闲，祖父同翠翠便坐在门前大岩石上晒太阳；或把一段木头从高处向水中抛去，嗾使身边黄狗从岩石高处跃下，把木头衔回来；或翠翠与黄狗皆张着耳朵，听祖父说些城中多年以前的战争故事；或祖父同翠翠两人，各把小竹作成的竖笛，逗在嘴边吹着迎亲送女的曲子。过渡人来了，老船夫放下了竹管，独自跟到船边去横溪渡人。在岩上的一个，见船开动时，于是锐声喊着：

"爷爷，爷爷，你听我吹——你唱！"

爷爷到溪中央便很快乐的唱起来，哑哑的声音同竹管声，振荡在寂

---

① 萧红：《小城三月》，《萧红全集》（4），黑龙江大学出版社2011年版，第112—113页。
② 沈从文：《边城》，《沈从文全集》（8），北岳文艺出版社2002年版，第72页。
③ 同上书，第68页。

静空气里,溪中仿佛也热闹了些。实则歌声的来复,反而使一切更加寂静。

有时过渡的是从川东过茶峒的小牛,是羊群,是新娘子的花轿,翠翠必争着做渡船夫,站在船头,懒懒地攀引缆索,让船缓缓地过去。牛、羊、花轿上岸后,翠翠必跟着走,送队伍上山,站到小山头,目送这些东西走去很远了,方回转船上,把船牵靠近家的岸边;且独自低低地学小羊叫着,学母牛叫着,或采一把野花缚在头上,独自装扮新娘子。①

朴素的日常生活决定了简单、清楚的叙述方式,这种不慌不忙的叙事节奏,让生活在按部就班中显示出它清新的画面、醇厚的味道。

第二节 轻描淡写的悲伤

"语不惊人死不休"(杜甫《江上值水如海势聊短述》)似乎一直是从事文学创作的人所极力追求的目标,正如激烈、高潮、扣人心弦是大多从事小说创作的人所追求的一样。其实,就一个人的情绪表现来说,真正触动人心的往往不是极端的语言和行为,而是平静的外表下令人入骨入心的感受。因为面对人生的种种磨难,是否能够淡定、闲雅,与气质、修养和处境有关,遭受挫折、打击之后所表现出来的气定神闲、从容笃定,让人们看到了一种内在的强大和不可动摇。周作人1943年去苏州,看到苏州人的生活从容淡定,似与战争环境不相协调。而在周作人看来,这也没有什么错误,因为多数中国人并没有什么宗教心,凡事以生活为上,战争不能摧垮人们的意志,正说明复兴有望。他在散文《金鱼》中又说过这样的话:"人的脸上固然不可没有表情,但我想只要淡淡地表示就好,譬如微微一笑,或者在眼光中露出一种感情,——自然,恋爱与死等可以算是例外,无妨有较强烈的表示,但

---

① 沈从文:《边城》,《沈从文全集》(8),北岳文艺出版社2002年版,第65页。

也似乎不必那样掀起鼻子露出牙齿，仿佛是要咬人的样子。这种嘴脸只好放到影戏里去，反正与我没关系，因为二十年来我不曾看电影。"① 周作人的这些话，是就一个人的表情而言，以为表情应含蓄，不可过于夸张。这可看作其个人的审美趣味，与气质、修养、年龄和处境有关，不可强求一律。但他所说的关于"表情"的道理，也适合于文学表达。就文学作品而言，有时候激烈的情感用夸张的语言表现出来，效果不一定好，若能抑制奔突的情感，以平淡的语言低回往复地表达，使"喜怒不形于色"，看似轻描淡写，实则更能令人感动、引人共鸣。

萧红是轻描淡写的高手，在其作品中，她就如同邻家女孩般娓娓叙述着家常往事，引导着读者一步步深入小说文本，越读越沉重。如《呼兰河传》，小说没有贯穿全书的线索，故事和人物都是零碎的、片段的，其文体是小说但又不像小说，是自传但又不像自传，"有讽刺，也有幽默。开始读时有轻松之感，然而愈读下去心头就会一点一点沉重起来，可是，仍然有美，即使这美有点病态，也仍然不能不使你炫惑"。它就像"是一篇叙事诗，一幅多彩的风土画，一串凄婉的歌谣"②。

小说第一章写道，在呼兰小城东二道街的南头有一个卖豆芽菜的王寡妇，一直过着平静安详的日子。一年夏天，她的独子掉到河里淹死了。"这事情似乎轰动了一时，家传户晓，可是不久也就平静下去了。不但邻人，街坊，就是她的亲戚朋友也都把这回事情忘记了。"只有丧子的王寡妇疯了，隔三岔五"在大街上或是在庙台上狂哭一场，但一哭过了之后，她还是平平静静的活着"。而那些邻人街坊们，"看见了她在庙台上哭，也会引起一点恻隐之心来的，不过为时甚短罢了"。③ "亲戚或余悲，他人亦已歌"（陶渊明《拟挽歌辞》），可这时连亲戚朋友都已经把王寡妇儿子的死忘记了，只有疯了的王寡妇还忘不了自己的悲哀，时不时到大街上或庙台上痛哭一场，哭过之后，"仍

---

① 周作人：《金鱼》，钟叔河选编《周作人文选》（1930—1936），广州出版社 1995 年版，第 6 页。
② 茅盾：《论萧红的〈呼兰河传〉》，《文艺生活》1946 年 12 月号（第 10 期）。
③ 萧红：《呼兰河传》，《萧红全集》（3），黑龙江大学出版社 2011 年版，第 12—13 页。

是得回家去吃饭,睡觉,卖豆芽菜"①。在看似轻描淡写的叙述背后,一个失去儿子的寡妇的悲苦却让人唏嘘不已。

小说第七章还写到冯歪嘴子媳妇死后,"我"站在大门口看冯歪嘴子的儿子打着灵头幡为他母亲送葬的情景:

灵头幡在前,棺材在后,冯歪嘴子在最前边,他在最前边领着路向东大桥那边走去了。

那灵头幡是用白纸剪的,剪成络络网,剪成胡椒眼,剪成不少的轻飘飘的穗子,用一根杆子挑着,扛在那孩子的肩上。

那孩子也不哭,也不表示什么,只好像他扛不动那灵头幡,使他扛得非常吃力似的。

他往东边越走越远了。我在大门外看着,一直看着他走过了东大桥。几乎是看不见了,我还在那里看着。

乌鸦在头上呱呱的叫着。

过了一群,又一群,等我们回到了家里,那乌鸦还在天空里叫着。②

在一个不谙世事的孩童眼中,看到的只是送葬的仪式,且是一个异常冷清的送葬仪式,作者也只是客观描写,没有渲染悲哀的气氛,但其中的肃杀悲凉却仿佛就在目前。

《家族以外的人》描述了有二伯被萧红的父亲暴打的场景:

有二伯在一个清凉的早晨,和那捣衣裳的声音一道倒在院心了。

我们这些孩子们围绕着他,邻人们也围绕着他。但当他爬起来的时候,邻人们又都向他让开了路。

他跑过去,又倒下来了。父亲好像什么也没做,只在有二伯的头上拍了一下。

---

① 萧红:《呼兰河传》,《萧红全集》(3),黑龙江大学出版社2011年版,第13页。
② 同上书,第150页。

照这样做了好几次,有二伯只是和一条卷虫似的滚着。

父亲却和一部机器似的那么灵巧。他读书看报时的眼镜也还戴着,他叉着腿,有二伯来了的时候,我看见他的白绸衫的襟角很和谐的抖了一下。

"有二……你这小子混蛋……一天到晚,你骂什么……有吃有喝,你还要挣命……你个祖宗的!"

有二伯什么声音也没有。倒了的时候,他想法子爬起来,爬起来,他就向前走着,走到父亲的地方,他又倒了下来。

等他再倒了下来的时候,邻人们也不去围绕着他。母亲始终是站在台阶上。杨安在柴堆旁边,胸前立着竹帚……邻家的老祖母在板门外被风吹着她头上的蓝色的花。还有管事的……还有小哑巴……还有我不认识的人,他们都靠到墙根上去。

到后来有二伯枕着他自己的血,不再起来了,脚趾上扎着的那块麻绳脱落在旁边,烟荷包上的小圆葫芦,只留了一些片沫在他的左近。鸡叫着,但是跑得那么远……只有鸭子来啄食那地上的血液。

我看到一个绿头顶的鸭子和一个花脖子的。①

《呼兰河传》第六章也描述了父亲痛打有二伯的事,这时父亲30多岁,有二伯快60岁了,是一个青壮年对一个老年人的暴力行为。上面这段文字所描述的内容,是对有二伯被打和父亲打人的过程、看客们的表现、有二伯被打后的状况等一个场景、数段过程的客观再现。年轻主子(父亲对"我"是严苛的)暴打年老下人(有二伯对"我"是极好的),本是极为令人痛心的,而萧红却像一个无关痛痒的旁观者("我"确实是一个旁观者),面对这个有点血腥的场面却用淡淡的语词平平道来,好像没有任何的情感投入,但我们从中不难体会到作者那潜沉在叙述文本中的愤怒、悲哀与怜悯之情。

---

① 萧红:《家族以外的人》,《萧红全集》(2),黑龙江大学出版社2011年版,第34—35页。

萧红的《小城三月》写与"我"交好的翠姨的爱情悲剧。作者并没有直接描写翠姨的内心世界,而是采用了儿童视角的叙述方式,"我"不谙世事,因而体会不出翠姨在爱情道路上的痛苦和挣扎,叙述的语气自然是平平淡淡的,充满了孩子气。如小说末尾写翠姨死后,她的"坟头的草籽已经发芽了,一掀一掀的和土粘成了一片,坟头显出淡淡的青色,常常会有白色的山羊跑过。这时城里的街巷,又装满了春天。暖和的太阳,又转回来了"。"接着杨花飞起来了,榆钱飘满了一地"。这是儿童眼中热闹的春天,这个春天一点不比上一个春天减色,翠姨就是在这样的春天坐着马车来的。而现在,"年青的姑娘们,他们三两成双,坐着马车,去选择衣料去了,因为就要换春装了。她们热心的弄着剪刀,打着衣样。想装成自己心中想得出的那么好。她们白天黑夜的忙着,不久春装换起来了,只是不见载着翠姨的马车来"。热闹的"小城三月"转瞬即逝,"春天的命运就是这么短"①,翠姨如春天一样美好的生命也如春天一样短暂、迅速地消逝了。儿童眼中的春天是热闹的,而作者对热闹的春天的原生态式的平铺直叙背后,却隐隐透出一缕缕悲凉的情调。

> 呼兰河的人们就是这样,冬天来了就穿棉衣裳,夏天来了就穿单衣裳。就好像太阳出来了就起来,太阳落了就睡觉似的。②

> 春夏秋冬,一年四季来回循环的走,那是自古也就这样的了。风霜雨雪,受得住的就过去了,受不住的,就寻求着自然的结果。那自然的结果不大好,把一个人默默的一声不响的就拉着离开这人间的世界了。至于那还没有被拉去的,就风霜雨雪,仍旧在人间被吹打着。③

这简单平淡的文字里,饱含着多么沉重的无奈和透彻的见解。萧红叙事

---

① 萧红:《小城三月》,《萧红全集》(4),黑龙江大学出版社2011年版,第129—130页。
② 萧红:《呼兰河传》,《萧红全集》(3),黑龙江大学出版社2011年版,第26页。
③ 同上书,第27页。

风格的从容、细婉，源于她对情感与艺术把握的节制。无论多么痛切的感受，她总是能有距离、有分寸，甚至令读者感到过于冷静地予以叙述。这种分寸与距离的把握，使她的表达拥有了哀而不伤、怨而不怒的平静。在故事高潮或情感悲痛至极时宕开一笔，或前或后地缀之以周围自然事物的描写，看似无关紧要，让情感有了节制，但实际上却起到了一种反衬或烘托的效果，增加了情感的厚重。"此处无声胜有声"，那种喜与悲的感受一点点渗透到你的内心，那是一种沦肌浃髓的情感体味。

翻开萧红的《呼兰河传》，给人的感觉就像一个不谙世事的女童在絮絮叨叨地向人诉说着她亲眼目睹、亲身经历的边远小城的一些平凡人事。语言如清风流水，看不到一点刻意、一点造作。没有精彩的对话，也不见什么情节，就那么娓娓地讲着家乡的风俗和生活细节，回忆那些远去的人和事。萧红一生经历坎坷，颇有传奇色彩，这对大多数作家而言是最熟悉、最容易把握的创作素材，而她却没有将这些自身经历直接作为创作资本，而是将传奇阅历中获得的人生经验化为《商市街》中一篇篇描写生活困境中点点快乐和温暖的佳构，化为《生死场》中对家乡人的理解和悲悯，化为《呼兰河传》中对"家"的细致诠释。她用心谛听，慢慢回味，遵从自我的感觉和体会，在细腻琐碎的叙述中展现着对世事人情的洞悉和悲悯，体现了一个心思细密的女性作家对于生命、对于存在的深切关注，注重探求的是生命的意义和人生的价值。这些平凡的小城故事超越了一般的反映现实的层面，达到了文化批判的厚度和人生哲学的高度。

第三节　以细碎生活的描写认知生命形态

小城镇对于那些基于各自人生经历和创作境遇的小城之子来说，具有显见的象征意味，具有空间关系和自我定位方面的隐喻性。

首先，就空间关系而言，小城镇相对于中心文明城市，具有边缘性特征，这种边缘性体现在政治、地理及文化等诸多方面。比如沈从文的出生地湘西边城，这是湖南西部边远地区一个苗汉杂处的小山城，不仅地理位置偏远孤立，文化上亦单纯保守，"一切事保持一种纯朴习惯，遵从古礼"①。类似的还有萧红的呼兰河城、师陀的果园小城，还有处于渐变中的鲁迅笔下的"鲁镇"，许钦文、王鲁彦笔下的浙东小镇，沙汀笔下的川西北小城，等等，无论小城镇处于东西南北哪个方位，都是一种非中心化的空间存在形态。

从这种意义上讲，生长于小城镇的小城之子，无论是小城的表现者还是被表现者，其最初的人生境遇都具有非中心化的共同之处。如果说这种人生境遇的边缘性地位是客观原因使然，那么在文学表现中的边缘化地位却是小城之子的主观性选择和定位。

沈从文自谓"对政治无信仰对生命极关心"②，"对于一切成例与观念皆十分怀疑，却常常为人生远景而凝眸"③，只想用文学建立一座供奉"人性"的小庙。他既反对文学与商业结合的海派文学，也反感文学过多地陷入政治的圈套，认为文学一旦和商业、政治发生关系，作家的"天真"和"勇敢"则完全消失，将汲汲于功利计较和世故运用。作者如果要追求作品的壮大和深入，就必须从商场与官场中挣脱出来，远离流行观念，能够忠于自己，自甘寂寞。这几乎是所有小城作家在书写小城生活、小城人生与小城故事时所选取的共同立场：回到天真的初心，回到平凡的日常生活，回到人生和人性的本相，在生活的点滴和日常的细节中挖掘人情人性的真和深。他们这样做的原因，一是小镇是他们熟悉的故乡，这里有他们了如指掌的自然与人事，其中的一草一木中都寄托着他们的一份情感，能从中发现潜在的意义和价值；二是在大多数小城作家看来，人生的理想、志向固然重要，但这些精神的火花最终还是要通过点滴的日常生活来体现的，抓住日常，就抓住了根本。因

---

① 沈从文：《从文自传·我所生长的地方》，《沈从文全集》（13），北岳文艺出版社2002年版，第245页。
② 沈从文：《七色魇集·水云》，《沈从文全集》（12），北岳文艺出版社2002年版，第127页。
③ 沈从文：《从文自传·我读一本小书同时又读一本大书》，《沈从文全集》（13），北岳文艺出版社2002年版，第253页。

为"人生飞扬的一面,多少有点超人的气质。超人是生在一个时代里的。而人生安稳的一面则有着永恒的意味,虽然这种安稳常是不安全的,而且每隔多少时候就要破坏一次,但仍然是永恒的。它存在于一切时代。它是人的神性,也可以说是妇人性"①。时代最为广大、最为普通的负荷者,虽然不是时代的弄潮儿,也不是文学宏大叙事的主角,但他们平凡而恒常的生活恰恰构成了社会的底色,是文学最该予以关注的主体。所以,张爱玲曾不无自豪地宣称:"我的作品里没有战争,也没有革命。我以为人在恋爱的时候,是比在战争或革命的时候更素朴,也更放恣的。"② 在主流文坛都在为政治服务、为阶级服务、为战争宣传极力造势和传声的时候,当人性人情之本相被淹没于集体性声势和行为中的时候,也不要忘记,文学最终是写人的,是为了揭示人情人性的本质的。小城作家对小城的文学书写,因回到故土而找到了自我,回到了人性本身,回到了最朴素的日常生活。如萧红写故乡小城"没有什么优美的故事"的琐屑生活(《呼兰河传·尾声》),李劼人写中国人的"衣食住行"(《中国人的衣食住行》),师陀写长满花红果的"果园城"(《果园城记》),彭家煌写"茶杯里的风波"(《茶杯里的风波》),许钦文写"屋檐下"(《屋檐下》)、"毛线袜"(《毛线袜》)等琐事,都离不开对故乡日常生活的描写,而揭示的则是各自地域的生存状况和生命形态。

回到故乡、立足民间以观照熟悉平凡的生活和人生,这是大多数小城作家的立场,他们摹写着小城、小城人、小城的一草一木,讲述着各自的"小城故事",审视着各自小城的人生境况。小城就是他们对社会、对人生、对自我予以认知的对象物和参照系;小城就像是一个有着复杂而丰富的象征意义的符号,对它的认知,就是对现代中国生活样式的认知。正如师陀在《果园城记》"序"中所言,"我有意把这小城写成中国一切小城的代表,它在我心目中有生命、有性格、有思想、有见解、有情感、有寿命,像一个活的人。我从它的寿命中切取我顶熟悉的一段:从前清末年到民国二十五年,凡我能

---

① 张爱玲:《自己的文章》,《流言》,北京十月文艺出版社2009年版,第185页。
② 同上书,第188页。

了解的合乎它的材料,我全放进去。这些材料不见得同是小城的出产:它们有乡下来的,也有都市来的,要之在乎它们是否跟一个小城的性格适合。我自知不太量力,但我说过,我只写我了解的一部分。现在我还没有将能写的写完,我但愿能写完,即使终我的一生。"[1]

---

[1] 师陀:《果园城记·序》,《师陀全集》(2),河南大学出版社2004年版,第453页。

第二章　小城小说的叙事模式与叙事结构

第一节　文体错综相间的叙事模式

五四新文化运动开启的启蒙文学书写在20世纪30年代的复杂环境中出现了多元分化，一部分作家以自由主义、民主主义、人道主义的形式对启蒙思想进行着不同向度的继承，一部分思想激进的作家走在左翼文学创作的路上，也有远离政治的休闲写作、趣味写作。还有一部分作家经历过社会运动和时代思潮的洗礼后，将目光投向自己生长的家乡，站在民间的立场，作为普通一员，以民间的审美观念观照普通的民众社会，某种程度地远离启蒙、革命的宏大主题，探索民间世界的真相，了解他们的苦难承受、尊严维护及价值追求。萧红、师陀、沈从文、沙汀、李劼人、许钦文、王鲁彦等一大批作家就走在这条路上，且取得了不菲的实绩。他们以现代思想客观冷静地书写着自己的家乡小城小镇，在对故乡的温情眷恋中反思、内省，给读者带来清新的审美体验和更为广泛的意义启示。这类写作的代表性作品，大都是小城书写，有意味的是这些小城小说作家似乎是不约而同地选择了小城本身作为描写对象，而且运用了类似的叙事手段和结构体式。

师陀在《果园城记》的序言中就明确地说过，小说的主人公是他想象中的小城，"我有意把这小城写成中国一切小城的代表，它在我心目中有生命、有性格、有思想、有见解、有情感、有寿命,像一个活的人。"① 师陀小说的主人公不是哪一个人,也不是城主,是有思想,有情感,像一个活人的小城。对小城的塑造,是从小城建筑、民俗、人物、故事、传说、氛围、信仰、宗教等多个方面进行的。

沈从文介绍《边城》的写作时说:"我要表现的本是一种'人生的形式',一种'优美,健康,自然,而又不悖乎人性的人生形式'。我主意不在领导读者去桃源旅行,却想借重桃源上行七百里路酉水流域一个小城小市中几个愚夫俗子,被一件人事牵连在一处时,各人应有的一份哀乐,为人类'爱'字作一度恰如其分的说明。"② 沈从文的《边城》要表现的也不是哪个人哪件事,而是小城市中愚夫俗子各人应有的一分哀乐。他的"十城"计划应该都是这样的小城书写③。《湘行散记》有散文12篇,其前身为《湘行书简》,本为沈从文写给"三三的专利读物",也是有关湘西地区一致性主题和意境的不同发现而又相关联的故事系列。

萧红的《呼兰河传》本就是为呼兰河城所作的传记,作者在小说的"尾声"中写道:"以上我所写的并没有什么优美的故事,只因他们充满我幼年的记忆,忘却不了,难以忘却。就记在这里了。"④ 没有优美的故事,也没有特别值得记忆的人,就是那座小城,关于小城的各种忘不了的记忆,就记下了。

沙汀的《某镇纪事》,虽然没有特别说明小镇是主人公,但那确是典型的小镇世态风情记录。虽然风情不一样,但从结构叙事特点来看,某种意义上可以说,那是缩微的《果园城记》《呼兰河传》。沙汀的创作前后期有所不同,小说创作有长有短,就其短篇小说而言,看看吴福辉选编的沙汀《乡镇小说》,里面的12篇乡镇小说可以组成一个生动丰富的小镇小说系列,有着共同的空间和一致的氛围,里面活跃的也同是受巴蜀文化影响的率性、放达

---

① 师陀:《果园城记·新版后记》,《果园城记》,上海新文艺出版社1958年版,第421页。
② 沈从文:《习作选集代序》,《沈从文全集》(9),北岳文艺出版社2002年版,第5页。
③ 《边城》是沈从文当时计划中的以沅水流域为背景的"十城记"之第一部,后因华北局势吃紧,编辑事务忙杂,加之抗日战争爆发,第二部《小砦》写至第一章就不得不终止了计划。
④ 萧红:《呼兰河传》,《萧红全集》(3),黑龙江大学出版社2011年版,第152页。

的人物。

在这些以小城镇为主人公的小说中,有意味的是大多采用散文式的叙述方式,而且大多是自觉运用这种表达方式的。萧红对小说有她自己的认识,她宣称:"有一种小说学,小说有一定的写法,一定要具备几种东西,一定写得像巴尔扎克或契诃夫的作品那样。我不相信这一套。有各式各样的生活,有各式各样的作家,就有各式各样的小说。"① "有各式各样的生活,有各式各样的作家,就有各式各样的小说",这几句话给了小说创作以有限和无限的种种可能。有限的是无论什么样的小说创作都要执着于自我生活、自我感知的真实;无限的是在自我生活、自我感知真实的基础上,文学创作是自由的、畅达的、不受条条框框束缚与限制的。《生死场》《呼兰河传》都是萧红对故乡记忆的打捞,这些打捞的记忆碎片浸透了属于萧红的感觉和思考,融进了其独特的生命色彩,其不受约束的野性思维,始终忠于自我感觉的任性,表现于萧红"带着村姑式的单纯和乡野诗人的清新"② 文字中。她一方面老老实实地记录着故乡物质性的存在和隐含其中的精神追求。春夏秋冬,脱下棉衣换上单衣,生老病死,该哭的哭,该埋的埋,都默默处理,十年前后没有什么不同。另一方面在这亘古如斯的生存模式中,萧红以力透纸背的笔力,刀刻般清晰地留下了故乡原始风貌的记录,跳大神、放河灯等"精神盛举"中传达出透骨般的凄凉。萧红试图将自己记忆中混沌而又简单的故乡清晰地表达出来,在她的视野里,"自然、社会、谣俗,是交织在一起的。作者时常在混沌的画面,释放出灿烂的意象,并把精神从凡俗里解脱出来。……萧红以自己奇异的感知方式,弹奏起这多声部的旋律"③。萧红的文字越轨而别致,含义隽永又意味深长。散文的直抒胸臆和小说的想象、编织给了她自由无羁、得心应手的抒情达意的方式。"写作对于萧红而言,不是炫耀之舞,亦非智慧的探寻,对于一个永远在路上漂泊的她而言,那是一个温暖之家的寻觅,是

---

① 聂绀弩:《回忆我和萧红的一次谈话——序〈萧红选集〉》,《新文学史料》1981年第1期。
② 孙郁:《民国文学十五讲》,山西人民出版社2015年版,第267页。
③ 同上书,第272页。

自我的救赎。她发现了自己的可怜，发现了故土上的人们的可怜。大家都被一个个看不到的亡灵所缚，不能超度到明亮的彼岸。无论是写自己还是写他人，都被一种出离苦海的冲动所召唤。她把对象世界自我化的表达，其实完成了一次审美的跨越。"①

在萧红那里，散文、小说是没有什么严格的文体区分的，她无论写什么，似乎总在表现一种自我经历中的风土人情，或者只是"人情"，而不是专写人，或者专写故事。即使是在1936年纪念鲁迅先生去世所写的文章中，她也是写了一系列记忆中与鲁迅先生有关的生活片段，依然是零碎的人情记录。能够留在记忆中的生活片段自然是经心的，这样的片段所内涵的道理、感觉、思绪等绝不是逻辑严密的长篇大论所可比拟的。这种加入自己感受和理解所选择的片段能够在那么多纪念文字中胜出，就因为她笔下的鲁迅打动了大家。值得注意的是，萧红笔下的生活片段、细节、侧面等都是自己的切身感受。她的经历本身就是传奇，但她似乎从未想到以此为题材做成文章。在萧红那里，生活与写作、与生命是一致的，都是真诚的、认真的、执着的，都遵从自己的感觉和思考。同时，生活和写作又是分开的，她借助自我感觉去认识世界、认识他人，但从未沉浸于自我世界将自己封闭起来。所以，在萧红笔下琐屑平凡的一切，就有了不平凡，就有了广泛的意义指向，或是指向自我，或是对着全人类。萧红的作品不乏对故乡蒙昧、落后的嘲讽、揶揄，但她嘲讽别人时，从未洗脱自己。她的笔底才华挽救不了其无力感、失败感，她也从来不掩饰这些。萧红在写到家乡时直面人生的勇气、剖析自我的真诚和越轨的笔致都表现在其独特的文体叙事中。生活场景、片段的组合式结构，在萧红那里是她的思维和表达习惯，也是她的有意追求。从某种意义上说，萧红的所有写作，都是以故乡为表现对象、由系列生活片段组合而成的叙事和结构模式。

沈从文不止一次提到他有意识地将诗、小说、散文、游记合一的创作意图及写作努力。在《新废邮存底》中他这样说过："用屠格涅夫写《猎人日

---

① 孙郁：《民国文学十五讲》，山西人民出版社2015年版，第272页。

记》方法,糅游记散文和小说故事为一,使人事凸浮于西南特有明朗天时地理背景中。一切还带点'原料'意味,值得特别注意。十三年前我写《湘行散记》时,即有这种企图……这么写无疑将成为现代中国小说一格,且在这格式中还可能有些珠玉发现。"①他在《沈从文散文选》"题记"中这样说:"我的作品稍稍异于同时代作家处,在一开始写作时,取材的侧重在写我的家乡……想试试作综合处理,看是不是能产生点散文诗的效果。"②在《夫妇》的"后记"中,沈从文也提到这是用"抒情诗的笔调"写的小说。沈从文的创作中,小说与散文合二为一,而且诗意浓郁,其"叙事诗"般的经典作品都具有艺术开创性。沈从文描写湘西的主要文字,如《湘行散记》《边城》《月下小景》《三三》《神巫之爱》,基本上都兼有散文和小说的特点,还有抒情诗的韵味,可以说这些作品是一个地域空间的近亲系列,它们一同描绘着、记叙着这个地方的奇情异俗和无论穷富都健康、淳朴、善良且勇敢、仗义的乡民。

就文体而言,小城小说介于小说和散文之间,没有严格的文体界限,甚至还有抒情诗的意境和韵味,比如沈从文的边城小说。师陀在其小说集《石匠》"后记"中也简单交代了11篇作品的文体特征:"这些小文严格讲来不全是小说,至少我写《印象记》是当作散文写的,《公园记事》也属于这一类,《政治教师》仿佛中国式的传记,《石匠》则近乎特写;好在现在掌篇小说或墙头小说盛行,老实说我也搞不清楚散文和小说的严格区别,便都让它们挤进去完事,虽然自己明知是鱼目混珠。"③沙汀的小说也经常出现风习性生活百相,比如茶馆、烟馆等民俗风物,比如春节、元宵等民俗节日,采金、挖盐等民俗生产,采用的也是小说与散文交融的叙述方式。可以说,文体错综相间是现代小城小说共有的基本的叙事模式,或者说这是小城小说作家有意为之的一个叙事策略。他们以散文化的小说形式,真切地描写了自己对于故

---

① 沈从文:《新废邮存底》,《沈从文文集》(12),花城出版社1984年版,第68页。
② 沈从文:《沈从文散文选·题记》,《沈从文文集》(11),花城出版社1984年版,第80页。
③ 师陀:《石匠·后记》,《师陀全集》(2),河南大学出版社2004年版,第647页。

乡风物人情的真实感受。这些小城小说不仅清晰易懂，而且让读者看到了作者本人的心路历程。

第二节　短篇系列组合式叙事结构

既然是将小城本身作为表现对象，那自然不只是简单的一处景致、一个人物、一个故事所能概括的。小城承载的是一群流动的人在一个静态的空间中生生不息的生活样式、生存状况和生命形态，是一个相对封闭的、凝固的、浑然一体的客观存在。而小城之子对于家乡的记忆往往是片段的、侧面的、感性的，若想较为全面地反映小城及小城人的存在状况，就必须采用多角度、多侧面、多渠道、多样式的观察与叙述方式。萧红似乎特别喜欢这样的叙事结构，从最初的《商市街》到《生死场》到《呼兰河传》以及其他短篇小说，几乎都采用了类似的生活片段或细节记忆捕写的方式。这些小城小说往往由一系列独立的短篇或者相当于独立短篇的部分组成。各篇或者各部分之间叙述内容基本处于同一时空，有相同的氛围，共同的叙述视角，叙述目标一致，各篇或者各部分之间既有联系又有区别，形成一个有机整体。系列人物相互描写以互文、散文化叙述形式充分地呈现某一空间类型化的生存状态。对此，有学者作了精到概括：

> 小城镇文学中每个人的故事都是一个完整独立的单元，在片段化的叙述中展示了人物的性格和命运。但是这些单篇故事的意义蕴涵是单薄的，需要与其它故事一道编织一张更大的网，形成整个文本的"背景"（setting）。在这一过程中自身的意义才能在互文中得到扩展深化。作家把生存于同一文化背景下的各色人物集中起来，作为一个类加以考察，其文化心理机制、小城镇意识的内涵、更多隐含的深层的东西，才会得以发现，产生 1+1＞2 的效果，具有整体大于部分之和的优势。这些人物和题材互相暗示，忽隐忽现，在综合、统一的运动中与别的人物和题材

串联起来。随着一个个人物故事的叠加，小城镇独有的氛围慢慢弥漫开来，整部作品的力量就不断得到强化，叙事运用到一定时候就会以一副立体的生活面貌屹立在读者面前。反过来，这种力量又在每一篇中引起回音和共鸣。这些故事存在主题上的相互阐发和彼此深化的关系，通过精巧的构思和审慎的安排，宏观和微观有机地结合起来，就会取得强烈与扩展的双重效果。①

这种以系列短篇或系列部分组合而成的叙事结构，将散处的不同的人物、不同的事件、不同的场景、不同的故事及附着于其上的作者的感受、思考串联起来，组成一个完整的文本体系，统一于小城这个大的背景下，围绕着一个共同的叙事目标和主题而展开描写、叙述。这样的叙事结构不仅仅保留了短篇小说的完整体制，还客观上形成了一个内容更多、容量更大、叙事手段更为丰富的长篇小说模式。

《果园城记》的创作从开始于1938年9月的《果园城》，到1946年1月完成最后一篇《三个小人物》，共18篇小说，创作时间几乎贯穿于整个抗战时期。《果园城记》文体上是散文与小说的合一。在这18篇短文中，排在第一的《果园城》可以看成是对18个短篇的概括。果园城中有各式各样的人物，如威严而又脆弱的城主（《城主》）、败家破落的刘爷（《刘爷列传》）、自足快乐的邮差（《邮差先生》）、命运多舛的三个小人物（《三个小人物》）、桀骜不驯的傲骨（《傲骨》）、无所事事的孟安卿（《孟安卿》）、乐天知命的葛天民（《葛天民》）、不甘沉沦于世俗事务的贺文龙（《贺文龙的文稿》）、贫穷而努力的说书人（《说书人》）、卖煤油的（《灯》）、油三妹（《颜料盒》）、素姑（《桃红》）、大刘姐（《一吻》）等各色人物。还有俯视果园城众生，承载着人们人化、神化、魔幻的多种想象，满足着人们的各种精神、心理需要，同时也接受着人们的不满和怨怼的高塔（《塔》）；快乐、可爱的水鬼阿嚏（《阿嚏》）；当然还有果园城的传说……这些散碎片段分别从小城的人物、传说、

---

① 叶永胜：《小城镇文学的系列组合叙事结构》，《贵州师范大学学报》2011年第6期。

景致、故事等不同的角度叙述着、演绎着中原小城的状貌及小城人的生活样式和生命形态,组成了一个完整的短篇系列组合式叙事结构。总体上看,《果园城记》18篇小说之间可聚可散,各篇之间共同的小城叙事是其内在的关联,也组合为果园城的多维度描述。散之,每一篇都有自己的独立完整性,都是《果园城记》的意义生成点;合之,则组成一个长篇叙事结构,一个立体的、有生命的果园城就凸显出来。这种短篇系列组合式叙事结构并非师陀所独为,在20世纪30年代的小说创作中,萧红的《呼兰河传》、沈从文的《湘行散记》、艾芜的《南行记》、沙汀的川西北小镇系列等,都采用了这种叙事结构。

萧红的《呼兰河传》共七章,第一、二章概括介绍了呼兰河的大致轮廓、精神风貌,具体描写了跳大神、唱秧歌、放河灯、唱野台戏等精神"盛举";第三章叙述了"我"和祖父的生活场面;第四章描写了几家"房户"——养猪的、漏粉的、拉磨的、赶车的,突出了人们在为生活奔忙的情景;第五章到第七章依次描写了三个平常的人物:小团圆媳妇、有二伯、磨倌冯歪嘴子,讲述了他们平凡的故事;最后加了一个充满抒情色彩的"尾声"。前两章很自然地介绍小城简单的自然风情和精神风貌,写法近于"地方志",重在介绍边缘小城卑琐平凡的日常生活。第三章到第七章,在懵懵懂懂又解事颇早的女孩的引领下,近距离接触了呼兰城中的人物爷爷、小团圆媳妇、有二伯、冯歪嘴子,也走近了漏粉的、赶车的、磨倌的家,领略了我家的"荒凉"和后花园的明艳,见识了父亲的自私、冷酷,也感受了爷爷的温和、善良。小说共七章,每章都有其完整性,各章组合,形成了《呼兰河传》的系列组合式叙事结构。

《边城》是沈从文当时写作计划中以沅水流域为背景的"十城记"之第一部,后因华北局势吃紧,编辑事务忙杂,加之抗日战争爆发,第二部《小砦》写至第一章就不得不终止了写作计划。如果不是中途搁笔,这个"十城记"写作计划得以实现,就是十部相互关联的中篇小说,若串联起来,就是一部长篇巨作。1934年年初,沈从文回家探母,其间约一个月,与新婚妻子张兆和相约"每天必写一两个信",把路上所见的"一切见闻巨细不遗全记下来"。回京后一面续写《边城》,一面整理这几十封信,并在刊物上发表,后将分散发表的各篇结集成《湘行散记》。这些书信既是独立的文本,又是相互关联的整体架构,其中迷人的"湘西世界",质朴的风情,构成了一个完整的艺术世界。

关于小说的结构技巧之于作家创作的意义,南帆先生曾指出:"小说的结构技巧更为内在地反映着作家观照世界的能力。虽然结构不过是一种再度组合,但是,它却体现着作家的审美敏感、情感深度、人情练达和哲学水平。面对纷纷攘攘的大千世界,作家们的审美眼光各不相同。他们不仅将注意到不同的生活现象,而且还将注意到各种现象之间的不同联系方式。既然小说的结构在于以艺术形式更为明晰地重建这些联系,那么,结构技巧在很大程度上也就意味着作家体察生活的视野与深度。"[①] 的确,文学作品的结构技巧反映了一个作家的综合创作能力,是一部作品能否更好地表达创作意图的关键因素。现代小城小说作家在其作品中所自觉运用的系列短篇组合式叙事结构,因不需要严谨的叙事线索和前后贯通的故事情节,甚至不需要一个预设的主题,而使叙事变得自由灵活。从表面看来,这种叙事结构过于松散,也淡化了故事情节,其实,这才是真实的生活,它就是由琐碎的日常内容组成的,众多的散碎内容连缀起来就是一个既严整又摇曳多姿的架构,形散而神不散,这也就是小城小说散文化的一个表征。

第三节 "统一的观点"——以《呼兰河传》为例

美国符号论美学家苏珊·朗格曾说:"用一个人物的印象和评价来限制那些事件,就是说:'统一的观点'就是故事中某个人物的视察角度或经验。这

---

① 南帆:《小说技巧十年:1976—1986年中、短篇小说的一个侧面》,《文艺理论研究》1986年第3期。

样的人物不是在讲故事,而是在经历这些事件,因此,他们都具有对那个人来说应该具有的外表。当然,通过一个人的头脑来过滤所有这些事件,可以保证它们与人的情感和遭遇相符合,并为整个作品——动作、背景、对话和其他所有方面——赋予一种自然统一的看法。"[①] 小城小说大部分写的是对故乡生活的回忆,无论是曾经少年的"我",还是现在回望的"我",始终是以一个经历者的身份参与笔下的事件,不是在讲别人的故事,而是在经历自己的事件,因为所有的事件都被摄入统一的印象、感觉和评价中。尽管小说故事各各不同,场景、画面特色不一,传达的思考也开放多元,但都是"通过一个人的头脑来过滤所有这些事件",为这个作品赋予了"一种自然统一的看法"。

呼兰小城的故事是在"我"(一个颇解人事又有些懵懂无知的小女孩)的引领下经历的。老胡家的团圆媳妇(《呼兰河传·第五章》)头发又黑又长,梳着很大的辫子,脸长得黑忽忽的,笑呵呵的。看过的人,都觉得没有什么不满意的地方,但是都说"太大方了,不像个团圆媳妇了"。接下来,"我"就听到了周三奶奶、杨老太太、母亲、老厨子、有二伯、祖父等对小团圆媳妇的评价。再接下便是"我"与小团圆媳妇的直接接触:

> 她天天牵马到井边上去饮水,我看见她好几回。中间没有什么人介绍,她看看我就笑了,我看看她也笑了。我问她十几岁?她说:
> "十二岁。"
> 我说不对。
> "你十四岁的,人家都说你十四岁。"
> 她说:
> "他们看我长得高,说十二岁怕人家笑话,让我说十四岁的。"
> 我不大知道,为什么长得高还让人家笑话。我问她:
> "你到我们草棵子里去玩好吧!"

[①] [美]苏珊·朗格:《情感与形式》,刘大基等译,中国社会科学出版社1986年版,第340页。

她说：

"我不去，他们不让。"①

关于小团圆媳妇的情况，因为是"我"的亲耳所闻，亲眼所见，而且与小团圆媳妇有小朋友式的交流，小团圆媳妇的故事就变成"我"的经历的一部分，其中就包含了"我"的亲近情感和懵懂的感觉认识。这样一个小团圆媳妇的故事就带出了一系列关于乡风民情、人心习性的展现。其间因为大家的评判、爷爷的看法、"我"的感觉，最终才让读者看到了萧红一贯地揭开一切文化和习俗的各种道德遮蔽，还原生活本身、人性本身，站在以生命为本位的写作立场，表明了作者一直以来的悲悯情怀。在普遍性的回乡主题中，萧红小说有着深刻的生命体验和浓重的个体生命意识，这使萧红的叙事、写景、写人、描摹场景，都呈现出强烈的抒情性。也正是在这个意义上，萧红和当时大多数以启蒙、革命、救亡为主题进行创作的作家区别开来；其平铺直叙的抒情写意风格也与大多数作家写景抒情的叙述风格区别开来。

第一人称观点的运用，更便于作品直接传达个体生命体验，表达作者具体的生活感受，表露作者自己的思想。揭示表现对象的生命意识始终是萧红小说的重要内容，也是她文学创作的底色，这种特点始终蕴含在各种故事叙述和场面渲染中。

冯歪嘴子的女人王大姐，以前能说能笑，是个很响亮的人。能干、利索，都说这姑娘将来是兴家立业的好手。她摘完菜会折一朵马蛇菜花戴在头上，辫子梳得光滑、干净，她提着篮子在前边走了，后边的人就指指画画地说她的好处：老厨子说她大鼻子大眼睛长得怪好的，有二伯说她膀大腰圆带福相，母亲说若有儿子就娶她做媳妇，老周家三奶奶说这姑娘像一棵大葵花，并艳羡不知谁家有这么大的福气娶王大姐做媳妇。可是一经知道王大姐和冯歪嘴子好，还有了孩子，对王大姐的看法便马上变了。

---

① 萧红：《呼兰河传》，《萧红全集》(3)，黑龙江大学出版社 2011 年版，第 82—83 页。

等到了晚上在煤油灯的下边,我家全体的人都聚集了的时候……这个说,王大姑娘这么的。那个说王大姑娘那么着……说来说去,说得不成样子。

说王大姑娘这样坏,那样坏,一看就知道不是好东西。

说她说话的声音那么大,一定不是好东西。那有姑娘家家的,大说大讲的。

有二伯说:

"好好的一个姑娘,看上了一个磨房的磨倌,介个年头是啥年头!"

老厨子说:

"男子要长个粗壮,女子要长个秀气。没见过一个姑娘长得和一个抗大个的(抗工)似的。"

有二伯也就接着说:

"对呀!老爷像老爷,娘娘像娘娘,你没四月十八去逛过庙吗?那老爷庙上的老爷,威风八面,娘娘庙上的娘娘温柔典雅。"

老厨子又说:

"那有的勾当,姑娘家家的,打起水来,比个男子大丈夫还有力气。没见过,姑娘家家的那么大的力气。"

有二伯说:

"那算完,长的是一身穷骨头穷肉,那穿绸穿缎的她不去看,她看上了那个灰秃秃的磨倌。真实武大郎玩鸭子,啥人玩啥鸟。"①

第二天,当知道王大姑娘生小孩了,街坊四邻、太太奶奶们变着法儿,装作若无其事地寻找各种借口到我家打探冯歪嘴子家大人孩子的事儿。然后,"全院子的人给王大姑娘做论的做论,做传的做传,还有给她做日记的"。总之,这孩子从小就又野又横又馋,从小在外祖母家尽跟男孩子一起玩,用烧火叉子打伤表弟,偷吃外祖母的鸭蛋,抢别人采的菱角,为少给她一块肉跟

---

① 萧红:《呼兰河传》,《萧红全集》(3),黑龙江大学出版社2011年版,第141—142页。

外祖母打仗跑回家。为了得到更多的谈资,"于是吹风的,把眼的,跑线的,绝对的不辞辛苦,在飘着白白的大雪的夜里,也就戴着皮帽子,穿着大毡靴,站在冯歪嘴子的窗户外边,在那里守候着,为的是偷听一点什么消息。若能听到一点点,那怕针孔那么大一点,也总没有白挨冻,好做为第二天宣传的材料"①。有人看到冯歪嘴子的炕上有一段绳头,于是就传说冯歪嘴子要上吊,这上吊更刺激了他们的兴趣,西院东院,前街后街,男的女的,老的少的,漏粉的,烧火的,送货的,来了好多看热闹的人。

"上吊!"为啥一个好好的人,活着不愿意活,而愿意"上吊"呢?大家快去看看吧,其中必是趣味无穷,大家快去看看吧。

再说开开眼也是好的,反正也不是去看跑马戏的,又要花钱,又要买票。

所以呼兰河城里凡是一有跳井投河的,或是上吊的,那看热闹的人就特别多,我不知道中国别的地方是否这样,但在我的家乡确是这样的。

投了河的女人,被打捞上来了,也不赶快的埋,也不赶快的葬,摆在那里一两天,让大家围着观看。

跳了井的女人,从井里捞出来,也不赶快的埋,也不赶快的葬,好像国货展览会似的,热闹得车水马龙了。②

可无论别人怎样编排王大姐,在"我"看来还是和从前一样,她冲"我"笑,"她长得是很大的脸孔,很尖的鼻子,每笑的时候,她的鼻梁上就皱了一堆的褶。今天她的笑法还是和从前一样,鼻梁处堆满了皱褶。"③"我"看到她用草把小孩盖起来,把小孩放到炕上去。冯歪嘴子生活再难也没有上吊,没有自刎,还是好好地活着。逢年过节或家中有事,需要冯歪嘴子到"我"家帮忙,冯歪嘴子将"我"爷爷让他带回的几个馒头挟在腰里或放在

---

① 萧红:《呼兰河传》,《萧红全集》(3),黑龙江大学出版社2011年版,第143页。
② 同上书,第144—145页。
③ 同上书,第139页。

帽兜里给孩子吃，他不难为情。东邻西舍办红白喜事，冯歪嘴子若在席上，别人会在说笑中把冯歪嘴子的那一份放在一边，等席散之后，带回家给儿子吃，他也一点不感到羞耻。他的儿子和别家普通小孩一样，七个月出牙，八个月会爬，一年会走，两年会跑。"夏天，那孩子浑身不穿衣裳，只带着一个花兜肚，在门前的水坑里捉小蛤蟆。他的母亲坐在门前给他绣着花兜肚嘴。他的父亲在磨房打着梆子，看管着小驴拉磨。又过了两三年，冯歪嘴子的第二个孩子又要生了。冯歪嘴子欢喜得不得了，嘴都闭不上了。"① 在外边别人问起，他抑制着高兴。在家里，他不肯让王大姐干活。家是快乐的，他把窗子挂上窗帘，他的窗子从没挂过帘子，这是第一次；买了新棉花，买了几尺花洋布，让王大姐给孩子做小衣裳；买了二三十个上好的鸡蛋给王大姐补身子。每当"我"祖父去他家串门，冯歪嘴子就告诉祖父："那个人才俭省呢，过日子连一根柴草也不肯多烧。要生小孩子了，多吃一个鸡蛋也不肯。看着吧，将来会发家的……"冯歪嘴子说完了，是很得意的。

　　冯歪嘴子很满意他和王大姐的生活，虽然贫困，还受到周围人的嘲笑，但他们互相体谅，互相关爱，勤俭努力，齐心照顾着孩子，贫寒之家也充满温暖。这个可怜的人在努力撑起一个简陋的家，他一点抱怨也没有，看着勤俭的妻子、可爱的孩子，对未来的生活充满希望。冯歪嘴子并不麻木，对妻子孩子知冷知热，以自己个人能力和现有条件，努力让生活更好一些。但很不幸的是，王大姐在生下第二个孩子之后去世了。所有的人都以为冯歪嘴子这下可完了，等着看笑话。可是冯歪嘴子自己，并不像旁观者眼中的那样绝望，好像他活着还很有把握的样子似的，他并不绝望，看见两个孩子，他觉得在这个世界上他一定要生根，要长得牢牢的，不管自己有没有这份能力，别人这样做，他也应该这样做。于是他照常活在世界上，负着他那份责任。喂着小的，带着大的，该担水就担水，该拉磨就拉磨。他不知道别人都用悲观绝望的眼光看他，他没有想过。他也有悲哀，但一看见孩子大了，他就含着眼泪笑了。他尽他所能照顾着孩子，虽然小儿子在别人看来越长越瘦越小，

---

① 萧红：《呼兰河传》，《萧红全集》（3），黑龙江大学出版社2011年版，第146—147页。

七八个月了，只会拍巴掌，但冯歪嘴子却欢喜得不得了："这小东西会哄人了"，"这小东西懂事了"，"这孩子眼看着就大了"。他看他的孩子一天比一天大，"大的孩子会拉着小驴到井边饮水了。小的会笑了，会拍手了，会摇头了。给他东西吃，他会伸手来拿。而且小牙也长出来了。微微的一咧嘴笑，那小白牙就露出来了"①。

冯歪嘴子是"我"的邻居，冯歪嘴子和王大姐的事虽然年少的"我"不明白，但"我"看见了草房中的王大姐和孩子，他们是和其他人一样的邻居。"我"和爷爷一样，尽可能尊重他们，不伤害他们，并尽可能帮助他们。但别人不是这样的，他们或者善意或者恶意或者无意地谈论着冯歪嘴子与王大姐的事，很快满城风雨。对王大姐前后截然不同的评判，揭示着小城人的劣根性：嫌贫爱富，欺压弱小，思想保守，等级观念严重。就因为冯歪嘴子老实无能，他就不配得到爱情，在别人眼中他也承担不起一个丈夫、一个父亲应有的责任，所以他们对王大姐跟他相好非常不满，由替王大姐不平到对王大姐不出息的愤怒以至于彻底否定王大姐的各种好。显然，萧红在此是具有强烈的情感、价值倾向的。或许小城的日子过于单调无聊，每个人都要找到自己活下去的理由，在他人的痛苦中感受到自己的优越不失为一种简单有效的生活动力。萧红就在爷爷和"我"及小城人对待冯歪嘴子和王大姐的不同态度上，表现了自己一直以来的一种"自然统一的观点"。同时，在冯歪嘴子身上，也寄寓了萧红所认知的民间所蕴藏的生生不竭之力。普通百姓，未必有多少能力，也未必有多么坚强，但他们却凭着生命的本能，在恶劣的生存环境中苦苦挣扎着活下去，这就是蕴藏在普通百姓身上的刚性和韧劲。

---

① 萧红：《呼兰河传》，《萧红全集》（3），黑龙江大学出版社2011年版，第151页。

第三章 小城小说的叙事风格

第一节 萧红小说的"低徊趣味"

周作人对废名《莫须有先生传》的叙事特征有如此评价:"《莫须有先生》的文章的好处,似乎可以旧式批语评之曰,情生文,文生情。这好像是一道流水,大约总是向东朝宗于海,他流过的地方,凡有什么汊港湾曲,总得灌注潆洄一番,有什么岩石水草,总要披拂抚弄一下子才再往前去,这都不是他的行程的主脑,但除去了这些也就别无行程了。"① 朱光潜在评废名的《桥》时说:"《桥》里充满的是诗境,是画境,是禅趣。每境自成一趣,可以离开前后所写境界而独立。它容易使人感觉到'章与章之间无显然的联络贯串'。全书是一种风景画簿,翻开一页又是一页,前后的景与色调都大同小异,所以它也容易使人生单调之感,虽然它的内容实在是极丰富。"② "单调"的景色之所以能让人感到其内容"极丰富",全在于流水在行程中对汊港湾曲的"灌注潆洄"和"披拂抚弄"。这种"低徊"的笔致趣味,会让作家笔下任何简单的物事都趣味横生,意义延展。鲁迅虽然批评废名的小说"只见其

---

① 周作人:《〈莫须有先生传〉序》,《周作人散文全集》(6),广西师范大学出版社2009年版,第22页。

② 朱光潜:《〈桥〉》,《文学杂志》1937年第1卷第3期。

有意低徊，顾影自怜之态"①，但他对废名文章的"好"其实是很明白的。鲁迅在日本时期很是欣赏夏目漱石作品的"低徊趣味"。他曾在与周作人一起翻译的《现代日本小说集》的附录中做了一篇《关于作者的说明》，文字简短，引用夏目漱石关于"低徊的趣味"的文字超过一半的篇幅，可见鲁迅对"低徊趣味"的欣赏和肯定。

  他所主张的是所谓"低徊趣味"，又称"有余裕的文学"。一九〇八年高滨虚子的小说集《鸡头》出版，夏目替他作序，说明他们一派的态度：

  "有余裕的小说，即如名字所示，不是急迫的小说，是避了非常这字的小说。如借用近来流行的文句，便是或人所谓触著不触著之中，不触著的这一种小说。……或人以为不触著者即非小说，但我主张不触著的小说不特与触著的小说同有存在的权利，而且也能收同等的成功。……世间很是广阔，在这广阔的世间，起居之法也有种种的不同：随缘临机的乐此种种起居即是余裕，观察之亦是余裕，或玩味之亦是余裕。有了这个余裕才得发生的事件以及对于这些事件的情绪，固亦依然是人生，是活泼泼地之人生也。"②

  "有余裕"是指态度从容，不慌不忙。这是鲁迅喜欢的，无论是文学，还是其他。鲁迅在1925年《忽然想到二》中也曾说过这样的话：

  校着《苦闷的象征》的排印样本时，想到一些琐事——我于书的形式上有一种偏见，就是在书的开头和每个题目前后，总喜欢留些空白，所以付印的时候，一定明白地注明。……较好的中国书和西洋书，每本前后总有一两张空白的副页，上下的天地头也很宽。而近来中国的排印

---

① 鲁迅：《〈中国新文学大系·小说二集〉导言》，《中国新文学大系·小说二集》，上海文艺出版社2003年版，第7页。
② 鲁迅：《现代日本小说集》附录《关于作者的说明》，《鲁迅全集》（10），人民文学出版社2005年版，第238页。

的新书则大抵没有副页，天地头又都很短，想要写上一点意见或者别的什么，也无地可容，翻开书来，满本是密密层层的黑字；加以油臭扑鼻，使人发生一种压迫和窘促之感，不特很少"读书之乐"，且觉得仿佛人生已没有"余裕"，"不留余地"了。

或者也许以这样的为质朴罢。但质朴是开始的"陋"，精力弥满，不惜物力的。现在的却是复归于陋，而质朴的精神已失，所以只能算窳败，算堕落，也就是常谈之所谓"因陋就简"。在这样"不留余地"空气的围绕里，人们的精神大抵要被挤小的。

外国的平易地讲述学术文艺的书，往往夹杂些闲话或笑谈，使文章增添活气，读者感到格外的兴趣，不易于疲倦。但中国的有些译本，却将这些删去，单留下艰难的讲学语，使他复近于教科书。这正如折花者，除尽枝叶，单留花朵，折花固然是折花，然而花枝的活气却灭尽了。人们到了失去余裕心，或不自觉地满抱了不留余地心时，这民族的将来恐怕可虑。①

从书籍排版，到人的精神、人的心灵、人的生活，到外国学术著作的翻译，再到民族的将来，鲁迅一切都讲"余裕"，要留有余地，强调不要"失去余裕心"。

鲁迅在《三闲集》序言中曾谈到集子名字的来历：成仿吾以无产阶级之名指责鲁迅"有闲"，而且"有闲"还至于有三个②，所以名为"三闲集"。这是鲁迅对成仿吾的回击，是趣谈，也是实情。回想鲁迅的《三闲集》《二心集》《而已集》《南腔北调集》等，从这些文集的名字可以想见，他实在不仅仅是个导师、战士，还是一个有趣洒脱之人。说他"有闲"，实在也不冤枉。鲁迅不仅喜欢闲暇的生活，还提倡闲暇的思维，喜欢有"有余裕"的艺术、

---

① 鲁迅：《忽然想到二》，《鲁迅全集》（3），人民文学出版社2005年版，第15页。
② 1927年1月，成仿吾在《洪水》第三卷第二十五期《完成我们的文学革命》一文中，说"鲁迅先生坐在华盖之下正在抄他的小说旧闻"，是一种"以趣味为中心的文艺"，"后面必有一种以趣味为中心的生活基调"；并说"这种以趣味为中心的生活基调，它所暗示着的是一种在小天地中自己骗自己的自足，它所矜持着的是闲暇，闲暇，第三个闲暇"。

物什。他在给许广平的信中说:"欧战的时候,最重'壕堑战',战士伏在壕中,有时吸烟,也唱歌,打纸牌,喝酒,也在壕内开美术展览会,但有时忽向敌人开他几枪。"①他似乎喜欢这种带有游戏色彩的战斗场景。他在《读书杂谈》中指出,读书"就如游公园似的,随随便便去,因为随随便便,所以不吃力,因为不吃力,所以会觉得有趣"②。书籍排版要留有余地,这样才喜欢看;看得轻松舒服,才能看下去。印书、著书、读书、折花都要"有余裕",道理是一样的。鲁迅由印书排版的留有余地,说到学术著作中的闲话笑谈带来的活气,直至说到一个民族的未来也要"有余裕心"。从上引夏目漱石的文字可以看出,"低徊趣味"正是对日常生活用心观察、体味的态度,这才是"活泼泼"的人生。鲁迅的文字似乎有更多直面人生和社会现实的内容,风格也如匕首、投枪一般,但这并不妨碍他对"低徊趣味"的欣赏和肯定。鲁迅与废名、周作人的不同在于,他虽然也懂得欣赏这种"有余裕的文学",但绝对不会局限于此。有学者认为,鲁迅与夏目漱石对"低徊趣味"的共同性认同,在于他们都经历了从"发现自我"到"超越封闭的自我"的思想变化过程。③鲁迅1935年对废名"只见其有意低徊,顾影自怜之态"的批评,其实质不是否定"低徊趣味"本身,而是对其陷入"封闭自我"、沉溺于"低徊趣味"的不满。朱光潜在论述"所谓人生的艺术化就是人生的情趣化"时曾有这样一比:

  阿尔卑斯山谷中有一条大汽车路,两旁景物极美,路上插着一个标语牌劝告游人说:"慢慢走,欣赏啊!"许多人在这车如流水马如龙的世界过活,恰如在阿尔卑斯山谷中乘汽车兜风,匆匆忙忙地急驰而过,无暇一回首流连风景,于是这丰富华丽的世界便成为一个了无生趣的囚牢。这是一件多么可惋惜的事啊!④

---

① 鲁迅:《两地书》,《鲁迅全集》(11),人民文学出版社2005年版,第16页。
② 鲁迅:《读书杂谈》,《鲁迅全集》(3),人民文学出版社2005年版,第459页。
③ 参见[日]藤井省三《鲁迅比较研究》,陈福康译,上海外语教育出版社1997年版,第90页。
④ 朱光潜:《"慢慢走,欣赏啊!"——人生的艺术化》,《朱光潜全集》(2),安徽教育出版社1987年版,第96页。

由以上引用、论述可以对"低徊趣味"有如下理解：所谓"低徊趣味"就如同旅游时在路上欣赏两旁的风景，生活的趣味就在两旁的绿草红花、鸟树蝶虫中。若只是直奔目的地，忘记了慢慢欣赏，"这丰富华丽的世界便成为一个了无生趣的囚牢"。我们做任何事情总有一个主要目的，假如只是直奔目的而去，就没有了多彩的生活，而这种直奔主题的做法，往往达不到好的效果。再者，"低徊趣味"自然是"发现自我"、执着自我地感觉、体味方能得到，倘若拘泥于自我，而不是通过自我的感受、体味、认知大千世界，悲悯其他生命，就失去了"低徊趣味"的原意。

《呼兰河传》《果园城记》《边城》《小城三月》等小城小说基本上都是小城作家回忆故乡的平常生活记录。这些小说没有核心人物，也不讲究情节，却能有"叙事诗""风土画""歌谣"的魅力。之所以有如此艺术效果，其中很重要的原因就在于叙述带来的"低徊趣味"。叙述是小说的基本方法，也是文体的重要特征。这里的叙述，不仅在于叙述的内容，更在于叙述的方式。小说叙述不仅在于展示自我，表达自己对生活的态度，还包括自己的生命观念和艺术观念，以及背后的思维方式及精神追求。低徊有情致的叙述方式，可以把一件简单的事情说得有韵味，可以将平常的事情说得有滋味。

翻开现代小城小说，会有一个普遍的感觉，小城没有特别主要的人，也没有特别重要的事，就是普通百姓的寻常日子。作者所选取的叙述方式，也几乎是完全按照时空及事件发生的先后顺序，一件事，一个人，一种场面，老老实实、按部就班地叙述。萧红的《呼兰河传》第一章，是对呼兰小城风貌的介绍。开篇叙述了呼兰小城的冷，接下去依次叙述呼兰小城的规模、特点、人物。小城最有名的要算十字街，十字街口集中了全城的精华，街上有金银首饰店、布庄、油盐店、茶庄、药店等各种店铺。城里除了十字街之外还有两条街，一个叫作东二道街，一个叫作西二道街。东二道街上有一家火磨、两家学堂，西二道街上有一家学堂。特别介绍了东二道街上的大泥坑及与大泥坑相关的故事。然后叙述东二道街上人的生活，染房里的人事，扎彩铺及扎彩的人。呼兰小城除了十字街、东二道街、西二道街外就是些个小胡同了。小胡同中有卖麻花的、卖凉粉的、卖豆腐的,他们依次出现后,就看到了天上的晚霞,然后一天就完了。春夏秋冬,脱下单衣,换上棉衣,一年就完了。就对呼兰小城的传记式书写而言,这就是"阿尔卑斯山谷"中的汽车大路,真正美丽有趣的是路两旁的风景,这也是萧红平铺直叙中不时出现的情致化叙述。对呼兰小城的上述介绍或许是萧红第一章的任务,但她在叙述过程中写到每一处都如一道流水,在大方向不变的情况下,每流过一个地方,在"汊港湾曲"处,都"灌注潆洄"一下;遇到"岩石水草",都要"披拂抚弄"一下,如此叙述,则使小说不仅具有了"叙事诗""风土画""歌谣"的魅力,还让简单的故事拥有了丰富的内涵,小说具有了史诗的意义。

《呼兰河传》第一章,开篇就是具有画面感的"冷":

  严冬一封锁了大地的时候,则大地满地裂着口。从南到北,从东到西,几尺长的,一丈长的,还有好几丈长的,它们毫无方向的,便随时随地,只要严冬一到,大地就裂开口了。

  严寒把大地冻裂了。

  ……

  人的手被冻裂了。

  ……

  小狗冻得夜夜的叫唤,哽哽的,好像它的脚爪被火烧着了一样。

  天再冷下去:

  水缸被冻裂了;

  井被冻住了;

  大风雪的夜里,竟会把人家的房子封住,睡了一夜,早晨起来,一推门,竟推不开门了。

  大地一到了这严寒的季节,一切都变了样,天空是灰色的,好像刮了大风之后,呈着一种混沌沌的气象,而且整天飞着清雪。人们走起路来是快的，嘴里边的呼吸，一遇到了严寒像冒着烟似的。①

萧红的叙述一点花招也没有，就那么直接、简单地引领读者去看东北严寒的各种表现，虽然简单，却清新生动。萧红笔下呼兰小城的"冷"，不仅有画面感，还极富生活情趣：

> 卖豆腐的人清早起来，沿着人家去叫卖，偶一不慎，就把盛豆腐的方木盘贴大地上拿不起来了。被冻在地上了。
>
> 卖馒头的老头，背着木箱子，里边装着热馒头，太阳一出来，就在街上叫唤。他刚一从家里出来的时候，他走的快，他喊的声音也大。可是过不了一会，他的脚上挂了掌子了，在脚心上好像踏着一个鸡蛋似的，圆滚滚的。原来冰雪封满了他的脚底了。使他走起路来十分的不得力，若不是十分的加着小心，他就要跌倒了。就是这样，也还是跌倒的。跌倒了是不很好的，把馒头箱子跌翻了，馒头从箱底一个一个的跑了出来。旁边若有人看见，趁着这机会，趁着老头子倒下一时还爬不起来的时候，就拾了几个一边吃着就走了。等老头子挣扎起来，连馒头带冰雪一起捡到箱子去，一数，不对数。他明白了。他向着那走得不太远的吃他馒头的人说：
>
> "好冷的天，地皮冻裂了，吞了我的馒头了。"
>
> 行路人听了这话都笑了。他背起箱子来再往前走，那脚下的冰溜，似乎是越结越高，使他越走越困难，于是背上出了汗，眼睛上了霜，胡子上的冰溜越挂越多，而且因为呼吸的关系，把破皮帽子的帽耳朵和帽前遮都挂了霜了。这老头越走越慢，担心受怕，颤颤惊惊，好像初次穿上了滑冰鞋，被朋友推上了溜冰场似的。②

寒冷的天，一个老人冒着严寒去卖馒头，脚下有冰跌倒，馒头被路人抢

---

① 萧红：《呼兰河传》，《萧红全集》（3），黑龙江大学出版社2011年版，第3—4页。
② 同上。

去。这在启蒙话语中,完全是一幅落后贫穷环境中的民众受难图。可是在萧红写来,完全不是这种感觉。丢馒头、捡馒头、吃馒头、说笑话调侃、路人的笑,这一切虽然发生在天寒地冻中,却让人感到温馨快乐。在这里,萧红不是作为启蒙者俯视如此种种情境,而是作为百姓中的一员,感同身受地体味着他们的甘苦、达观和幽默。虽然生活不易,可日子就是这样过的,每个人在自己的职分上既努力生活,也追求、享受着简单的快乐。

东二道街南头卖豆芽的王寡妇儿子淹死了,"虽然她从此以后就疯了,但她到底还晓得卖豆芽菜,她仍还是静静的活着,虽然偶尔她的疯性发了,在大街上或是庙台上狂哭一场,但一哭过了之后,她还是平平静静的活着"。

> 至于邻人街坊们,或是过路的人看见了他在庙台上哭,也会引起一点恻隐之心来的,不过为时甚短罢了。
>
> 还有人们常常喜欢把一些不幸者归划在一起,比如疯子傻子之类,都一律去看待。
>
> 那个乡,那个县,那个村都有些个不幸者,瘸子啦,瞎子啦,疯子或是傻子。
>
> 呼兰河这城里,就有许多这一类的人。人们关于他们都似乎听得多,看得多,也就不以为奇了。偶尔在庙台上或是大门洞里不幸遇到了一个,刚想多少加一点恻隐之心在那人身上,但是一转念,人间这样的人多着哩!于是转过眼睛去,三步两步的就走过去了。即或有人停下来,也不过是那些毫没有记性的小孩子似的向那疯子投一个石子,或是做着把瞎子故意领到水沟里边去的事情。①

王寡妇靠卖豆芽度日,因儿子淹死而疯了,但她依然知道得卖豆芽维持生计,人们同情她,但同情的时间很短暂,因为不幸的人太多,同情不过来。偶有小孩子恶作剧,加重着可怜者的艰难。萧红将这些事情一步步罗列下来,

---

① 萧红:《呼兰河传》,《萧红全集》(3),黑龙江大学出版社 2011 年版,第 4—5 页。

老老实实地讲述着这些人之常事常情。但读者在阅读这些文字的时候,王寡妇日子的艰难、愁苦,周围人的善良、无奈,不幸者的可怜、无助,小孩子的不懂事,等等,都会历历在目,让人浮想联翩。这些简简单单如清风流水般的文字,清清楚楚地将呼兰小城的世事人情告诉了读者。作者将呼兰小城的形象、民风、民情、信仰、审美、衣食住行,连同神日鬼节的仙风鬼气一一道来,相比于大多数左翼作家面对乡村落后愚昧的单一性批判,萧红的《呼兰河传》多了一层欣赏与自省,不仅没有平淡之感,反而觉得既有个体的生动形象,又有整体的协调一致,任何一种场景透视,都可推而广之到呼兰河,到中国,到全人类。萧红的文字当真是"汉港湾曲,总得灌注潆洄一番",深入每个细微处,支流旁逸,水花朵朵,含义幽远。

又是一个春天来了,经萧红的"披拂抚弄",春天的景色是那么多姿多彩,趣味横生:

>　　三月的原野已经绿了,像地衣那样绿,透出在这里,那里。郊原上的草,是必须转折了好几个弯儿才能钻出地面的,草儿头上还顶着那胀破了种粒的壳,发出一寸多高的芽子,欣幸的钻出了土皮。放牛的孩子,在掀起了墙脚片下面的瓦片时,找到了一片草芽了,孩子们到家里告诉妈妈,说:"今天草芽出土了!"妈妈惊喜的说:"那一定是向阳的地方!"抢根菜的白色的圆石似的籽儿在地上滚着,野孩子一升一斗地在拾。蒲公英发芽了,羊咩咩地叫,乌鸦绕着杨树林子飞。天气一天暖似一天,日子一寸一寸的都有意思。①

原野绿得那样随意自由,小草发芽那么曲折、有趣,春来的惊喜浮起在孩子和妈妈的对话中。野菜、野花、乌鸦、羊群,一切都充满生机,真个是"日子一寸一寸的都有意思"。正是因为有秋的萧瑟、冬的寒冷,春天来得才如此令人欣喜,日子才会感觉一寸寸皆有意思。人生乐少苦多,少有的快乐

---

① 萧红:《小城三月》,《萧红全集》(4),黑龙江大学出版社2011年版,第112页。

会倍加珍惜。日子就在欣喜、悲哀中一点点前移，生命就在春夏秋冬中生老病死。在这谁也改变不了的规律中，每一个人，甚至每一棵草也都在自己的职份上，在每一个生命节点上，做着自己的生存努力。这是每个生命的本分，也是每一个生命的光彩。

萧红笔下的后花园（《后花园》），因为园主并非怎样精细的人，多半变成了菜园。

> 其余种花的部分也没有什么好花，比如马蛇菜、爬山虎、胭粉豆、小龙豆……这都是些草本植物，没有什么高贵的。到冬天就都埋在大雪里边，它们就都死去了。春天打扫干净了这个地盘，再重种起来。有的甚或不用下种，它就自己出来了，好比大菽茨，那就是每年也不用种，它就自己出来的。
>
> 它自己的种子，今年落在地上没有人去拾它，明年它就出来了；明年落了子，又没有人去采它，它就又自己出来了。
>
> 这样年年代代，这花园无处不长着大花。墙根上，花架边，人行道的两旁，有的竟长在倭瓜或黄瓜一块去了。那讨厌的倭瓜的丝曼竟缠绕在它的身上，缠得多了，把它拉倒了。
>
> 可是它就倒在地上仍旧开着花。
>
> 铲地的人一遇到它，总是把它拔了，可是越拉它越生得快，那第一班开过的花子落下，落在地上，不久它就生出新的来。所以铲也铲不尽，拔也拔不尽，简直成了一种讨厌的东西了。还有那些被倭瓜缠住了的，若想拔它，把倭瓜也拔掉了，所以只得让它横躺竖卧的在地上，也不能不开花。
>
> 长的非常之高，五六尺高，和玉蜀黍差不多一般高，比人还高了一点，红辣辣地开满了一片。
>
> 人们并不把它当做花看待，要折就折，要断就断，要连根拔也都随便。到这园子里来玩的孩子随便折了一堆去，女人折了插满了一头。
>
> 这花园从园主一直到来游园的人，没有一个人是爱护这花的。这些

花从来不浇水，任着风吹，任着太阳晒，可是却越开越红，越开越旺盛，把园子煊耀得闪眼，把六月夸奖得和水滚着那么热。

胭粉豆、金荷叶、马蛇菜都开得像火一般。

其中尤其是马蛇菜，红得鲜明晃眼，红得它自己随时要破裂流下红色汁液来。

从磨坊看这园子，这园子更不知鲜明了多少倍，简直是金属的了，简直像在火里边烧着那么热烈。

可是磨坊里的磨倌是寂寞的。①

后花园，半园菜，半园花。那半园寻常花草生长得随意简单，又恣意灿烂。它们不在乎"墙根上，花架边，人行道的两旁"，也不在乎雪埋风吹，随意扫个地盘种下甚至不用下种就能自己长出来，"年年代代，这花园无处不长着大花"，即使被倭瓜的丝蔓缠绕甚至拉倒，在地上依然开花。被铲地的人铲了、拔了，越拔越多，"横躺竖卧的在地上，也不能不开花"。"这些花从来不浇水，任着风吹，任着太阳晒，可是却越开越红，越开越旺盛，把园子煊耀得闪眼，把六月夸奖得和水滚着那么热"。这半园如同施了魔法般的平凡花草，生命力强得令人吃惊，令人不可思议，也令人敬畏。它们对这个世界的要求却简单得只有一点点，就能生长、开花、结果。没有人关注，也没有爱护，不管雨打风吹，哪怕缠绕铲拔，生命依然张扬。这些看起来平凡甚至低贱的生命，其实是世界的主体。正是这些平凡的生命，装点着世界的华丽与悲戚。也正是那些如这些花草一样身份低微的小人物，真实而又执着地演绎着世上的悲喜哀乐，他们是生活素朴的底子。花园的花开得这么明艳、热闹，"可是磨坊里的磨倌是寂寞的"。几经曲折，数番低徊，反复渲染，原来萧红是用自然的盎然生机反衬人生的寂寞无聊，但同时也用"没有什么高贵"却有着顽强生命力的野花来比拟磨倌的生命韧性。或许灰暗的磨倌与后花园明艳的鲜花外形上不能相比，但就其不屈不挠、韧性十足的生命强力而言，磨

---

① 萧红：《后花园》，《萧红全集》（4），黑龙江大学出版社 2011 年版，第 78—79 页。

佰和明艳的花是一样的。这样老老实实、悲喜经心、低徊有趣、意义深远的叙述方式背后支撑的是萧红独有的人生观和文学观。

《呼兰河传》完成于1940年12月，正值中华民族生死存亡之际，绝大多数作家以笔代戈，写革命，写战斗，纷纷投入救亡图存的抗日救国伟大运动之中。而此时的萧红却将关注的目光投向了故园小城，叙写着呼兰小城凡夫俗子们普通琐屑的生活，写小团圆媳妇无辜的死，写月英凄惨的死，写金枝活着的艰难与屈辱，写怀孕生产的女人之痛苦无奈，写乱坟岗子毫无价值的死，一切生命没有价值没有尊严像草木猪狗一样地生生死死。她以其细腻聪慧、感同身受之心，捕捉着被时代大潮、响亮口号所遮蔽、忽略的各种生活委屈和人生无奈，将那些细小却持久的部分呈现于光亮处，让生命在宏大与琐碎之间得到一种整体展现。萧红就是这样，别人的写作是抛洒文采、技巧和传达思想，而她则是用心、用生命来写作，因此她能用最普通、最简单的手法把最平凡的事物写得生机勃勃，丰富多彩。在她那里，文学和生活是一体的，她在生命的朴实、真诚中发现趣味，寻找意义，也怀着对宗教一样的虔诚对待文学作品中的一切生命。

我们在前面曾经数次提到萧红说过的这样的话："有一种小说学，小说有一定的写法，一定要具备几种东西，一定写得像巴尔扎克或契诃夫的作品那样。我不相信这一套。有各式各样的生活，有各式各样的作家，就有各式各样的小说。"① 小说创作没有固定的模式，没有一定之规，它是随着生活的律动而改变着自己的节奏的。有什么样的生活就有什么样的作家，有什么样的作家就会创作出什么样的作品。汪曾祺也有类似的观点："现代读者要求的是真实，想读的是生活，生活本身。现代读者不能容忍编造……现代小说的作者和读者之间的界线逐渐在泯除。作者和读者的地位是平等的。最好不要想到我写小说，你看。而是，咱们来谈谈生活。生活，是没有多少情节的。"②

---

① 聂绀弩：《回忆我和萧红的一次谈话——序〈萧红选集〉》，《新文学史料》1981年第1期。
② 汪曾祺：《说短》，《汪曾祺文集·文论卷》，江苏文艺出版社1993年版，第73页。

他还指出:"生活的样子,就是作品的样子。一种生活,只能有一种写法。"①

萧红的创作忠实于自己的感觉,笔下流注着她对故乡的绵绵情思,平平道来,却低徊宛转。故乡是凝滞的,生活情境几乎是不变的,村中的山,山下的河,10年来没什么变化,大片的村庄生死轮回着和10年前一样。屋顶的麻雀仍旧是那样繁多,太阳也照样暖和,牧童唱的童谣依旧是十年前的老调。一天天,一年年,人们过着卑琐平凡的生活,天黑睡觉,天亮干活,春耕夏耘,秋收冬藏。他们随着季节变化穿起单衣,脱下冬衣。这样朴素平凡、亘古如斯的生活决定了萧红叙事方式的简单、质朴。倾情倾心的投入,对每个生活细节的"漾洄""披拂",让简单、永久的生活拥有了生动的形象和深远的寓意。

呼兰河城里除了东、西二道街和十字街之外,就是些小胡同了,小胡同整天寂寂寞寞,间或有卖糖麻花、油麻花的。对此,萧红写来既温馨快意又淡远寂寥,真个如清新的风土画,又如凄婉的歌谣。其中对买麻花一出的描写,尤见萧红的观察能力和叙事水平。下面就让我们不厌其烦地将这个场景复述一遍:

> 间或有人掀开了筐子上盖着的那张布,好像要买似的,拿起一个来摸一摸是否还是热的。
>
> 摸完了也就放下了,卖麻花的也绝对的不生气。
>
> 于是又到第二家的门口去。
>
> 第二家的老太婆也是在闲着,于是就又伸出手来,打开筐子,摸了一回。
>
> 摸完了也是没有买。

于是,卖麻花的来到了第三家,家里是一个30多岁的女人,刚刚午觉睡起,头顶上梳着一个发卷。女人一开门就很爽快,把门扇往两边一分就从门

---

① 汪曾祺:《捡石子儿》,《汪曾祺说:我的世界》中国青年出版社2007年版,第193页。

里闪了出来。紧随其后跟出来5个孩子，也都个个爽快，像一个小连队似的站成一排。

第一个是女孩子，十二三岁，伸出手来就拿了一个五吊钱一只的一竹筷子长的大麻花。她的眼光很迅捷，这麻花在这筐子里的确是最大的，而且就只有这一个。

第二个是男孩子，拿了一个两吊钱一只的。

第三个也是拿了个两吊钱一只的。也是个男孩子。

第四个看了看，没有办法，也只得拿了一个两吊钱的。也是个男孩子。

轮到第五个了，这个可分不出来是男孩子，还是女孩子。头是秃的，一只耳朵上挂着钳子，瘦得好像个干柳条，肚子可特别大。看样子也不过五岁。

一伸手，他的手就比其余的四个的都黑得更厉害，其余的四个，虽然他们的手也黑得够厉害的，但总还认得出来那是手，而不是别的什么，唯有他的手是连认也认不出来了，说是手呢！说是什么呢，说什么都行。完全起着黑的灰的，深的浅的，各种的云层。看上去，好像看隔山照似的，有无穷的趣味。

他就用这手在筐子里边挑选，几乎是每个都让他摸过了，不一会工夫，全个的筐子都让他翻遍了。本来这筐子虽大，麻花也并没有几只。除了一个顶大的之外，其余小的也不过十来只，经了他这一翻，可就完全遍了。弄了他满手是油，把那小黑手染得油亮油亮的，黑亮黑亮的。

而后他说：

"我要大的。"

于是就在门口打了起来。

五个孩子为了那个最大的麻花相互追逐、打斗，两个哥哥把姐姐扭住，最小的那个孩子想趁机捡点便宜抢到麻花，几次都没得手，落在后面号啕大哭。他们的母亲为了制止这场争夺战,只好拿来烧火的铁叉子奔过去,却不料失脚跌在院子中间的猪坑里,叉子也甩出去五尺远。

于是这场戏才算达到了高潮,看热闹的人没有不笑的,没有不称心愉快的。

就连那卖麻花的也看出神了,当那女人坐到泥坑中把泥花四边溅起来的时候,那卖麻花的差一点没把筐子掉了地下。他高兴极了,他早已经忘了他手里的筐子了。

至于那几个孩子,则早就不见了。

母亲好不容易把孩子们追回来,让他们在院子排起一小队在太阳下跪着,麻花一律解除。可这时孩子们手里的麻花或撞碎或差不多吃完了,只有第四个孩子手里的麻花没动,第五个孩子根本没拿到麻花。闹到最后,那女人硬是把第四个孩子手中的那根麻花退给了卖麻花的,付了三根麻花钱就把他赶走了。

为着麻花而下跪的五个孩子不提了。再说那一进胡同口就被挨家摸索过来的麻花,被提到另外的胡同里去,到底也卖掉了。

一个已经脱完了牙齿的老太太买了其中的一个,用纸裹着拿到屋子去了。她一边走着一边说:

"这麻花真干净,油亮亮的。"

而后招呼了她的小孩子,快来吧。

那卖麻花的人看了老太太很喜欢这麻花,于是就又说:

"是刚出锅的,还热忽着哩!"①

在《呼兰河传》中,呼兰河城的气氛是灰暗的、阴沉的、憋闷的,但这买卖麻花一段描写却别有一番情调,平添了不少乐子,让我们在忍俊不禁的

---

① 以上引文见《呼兰河传》,《萧红全集》(3),黑龙江大学出版社2011年版,第18—21页。

同时，不得不佩服萧红的那"女性作者的细致的观察和越轨的笔致"。在这段描写中，我们看到了一个满是童真的萧红，在饶有兴味地看着买麻花一家大小的闹剧，而且没有忽视任何一个小小的角色：姐姐尖锐的眼光，敏捷的动作；最小的孩子弱弱的样子，黑黑的手，挑来挑去的聪慧和贪心；兄弟姐妹的充满活力的争夺；母亲的"威风"、无奈、可笑和蛮横。还有其他只摸麻花而不买者的行为及行为背后的心思，卖麻花者的狡黠，等等。中间还穿插着五个孩子争夺最大麻花的打闹、孩子母亲跌到泥坑里的窘态等描写。最后写老太太买麻花及与卖麻花者的对话，无疑是这个买卖麻花场景中的点睛之处。就这么一个场景，让萧红细细写来，利落活泼，情趣盎然。可以想象，萧红是带着笑意在回忆中再次饶有兴味地观赏这一幕的。在她看来，这些孩子为了麻花的抢夺不唯是贫穷的日子让人贪吃忘节，而是写出了小城人日常生活的趣味和活力。在她笔下，豆腐蘸点酱好吃得让没吃过的人不能想象；为能自由随便地吃豆腐，一个孩子的愿望是长大开豆腐坊。还有这样的家长，为了吃一块豆腐，竟豁上说："不过了，买一块豆腐吃去！"① 在萧红幼年的记忆中，这都是人生的趣味和奢侈，当她写到这些时自有其发自内心的喜爱与眷恋。在萧红眼中，贫穷、乏味的日子也布满了一个个有趣的细节和场景。世界在那个顽皮好奇、对世界充满兴趣的女孩眼中是可爱有趣、兴味隽永的。同时，女孩的眼中也混合了成年萧红的睿智和深刻，于是在一切天真自然的事象背后又有冷峻的审视，我们也就在她那看似平铺直叙甚至稍逊文采、略显稚嫩的文字中体会到一个故乡回望者那敏感而复杂的情怀。在《呼兰河传》中，萧红的视角是天真的，也是成熟的；她所看到的世界是热闹的，也是荒凉的；她所描述的生活是琐碎的，也是深刻的；她所运用的叙事模式是简单的，也是灵活的，富于变化的。深入理解的关键在于透过现象看本质！所以，赵园曾说："萧红写'生'与'死'，写生命的被漠视，同时写生命的顽强。萧红是寂寞的，却也正是这寂寞的心，最能由人类生活也由大自然中领略生命感呢！一片天真地表达对于生命、对于生存的欣悦——其中也寓有作者本

---

① 萧红：《呼兰河传》，《萧红全集》（3），黑龙江大学出版社2011年版，第22页。

人对于'生'的无限眷恋的,正是这个善写'人生荒凉'的萧红,而由两面的结合中,才更见出萧红的深刻。"①

第二节　师陀小说冷隽内敛的叙事风格

卞之琳曾这样评价师陀的写作:"芦焚是天生的小说家,又属于善寓激情于反讽(或照我们传统说法叫冷隽)一路的小说家,也可以说能有西方所说的古典主义的控制,我自命在这点上写起诗来和他有点接近,但是我总难以企及他善于在任何场合保持镇定的入微观察而不易受一时潮流的摆布,以致在例如在抗美援朝的激流里能保持本色,我记得他写过一篇契诃夫式的短小说(我现在一时记不起题目了,好像叫《写信》)一点也不大声疾呼,而自具激励人心的作用。……我总觉得师陀写叙事散文也往往写得有小说醇味,而在散文化小说里往往有诗情诗意,令我由衷钦佩。"② 在卞之琳眼里,"芦焚"时期的师陀就是冷隽的,相比自己创作上的直白外露,师陀散文式的小说具有含蓄蕴藉的醇味,而且往往具有诗情画意。

与萧红简单、空灵的叙述相比,师陀的小城叙事更为朴素、质实。师陀的《果园城记》包含18篇短文,分别从人物、传说、景致、故事等不同的角度阐释、演绎着中原小城的生活,每篇故事都简简单单、清清楚楚。与《呼兰河传》一样,《果园城记》也没有典型的人物,也没有主要的故事,果园城的传说和景致与其他地方一样,有些神秘,但并不神奇。看起来似乎一切平平,其实也不是,在师陀简单质朴的叙述中,人物虽然没有主角,也焕发光彩;故事虽然不讲究情节,也富含韵味。

果园城的"任何一条街没有二里半长,在任何一条街岸上你总能看见狗

---

① 赵园:《论萧红小说兼及中国现代小说的散文特征》,《赵园自选集》,广西师范大学出版社1999年版,第103页。

② 卞之琳:《话旧成独白:追念师陀》,《卞之琳文集》中卷,安徽教育出版社2002年版,第265页。

正卧着打鼾，它们是决不会叫唤的，即使用脚去踢也不；你总能看见猪横过马路，即使在衙门前面也决不会例外，它们低了头，哼哼唧唧地吟哦着，悠然摇动尾巴。在每一家人家门口——此外你还看见——坐着女人，头发用刨花抿得光光亮亮，梳成圆髻。她们正亲密的同自己的邻人谈话，一个夏天又一个夏天，一年接着一年，永没有谈完，她们因此不得不从下午谈到黄昏"①。果园城是安静的，也是沉闷的，狗、猪和女人的惯常性行为为此做了最好的注脚。狗坦然躺在街上打鼾，竟然淡定不警觉到失去"狗性"——"不叫"，用脚踢也不叫。猪可以横过马路，一点怕人的意思也没有——还"哼哼唧唧地吟哦着，悠然摇动尾巴"。每一家门口坐着的女人，聊天成了她们的职业——孩子喊饿了也不在意，直到下地的丈夫从田野归来才肯暂停。城里有一个邮局，有一家中学，两家小学，一个诗社，三个善堂，两个也许是四个豆腐作坊，一家槽坊；它没有电灯，没有工厂，没有一家像样的店铺，所有的生意都被隔着河的坐落在十里外的车站吸收去了。因此，"它永远繁荣不起来，不管世界怎样变动，它总是像那城头上的塔样保持着自己的平静，猪仍旧可以蹒跚途上，女人仍可以坐在门前谈天，孩子仍可以在大路上玩土，狗仍可以在街岸上打鼾。一到了晚上，全城都黑下来，所有的门都关上。于是天主教堂的钟声响起，它是安息的钟声，可是和谁都没有关系，它响它自己的。原来这一天的时光这就完了"②。

从师陀的叙述来看，果园城规模不大、风习陈旧、生活沉闷、环境脏乱，这与萧红笔下的呼兰河城极为相似。但在对这一切"不变"的叙述中，萧红的笔触更为空灵，她很少对每一个人物、每一处细节有那么全面细致的刻画、描写，而师陀在这方面则更为质实、周全。

马叔敖的亲戚——孟林先生一家是普通而又典型的果园城人家。孟林先生是个严厉的人，曾在这里做过小官，后来买了点财产就永久住下来了。孟太太没有生儿子，只有一个女儿，所以孟先生待她并不好。但"我"永远没

---

① 师陀：《果园城记·果园城》，《师陀全集》（2），河南大学出版社2004年版，第457页。
② 同上书，第458页。

有听见她说过丈夫的坏话,她敬重丈夫,她只说丈夫的脾气并不和善。"这位太太是在威焰之下战战兢兢过生活的,她因此厌恶任何暴力。"① 孟太太是一个特别清洁的好太太,"所有的寡妇几乎全喜欢清静,一种尼姑的奇癖。她的庭院里永远看不见一根干草,一堆鸡粪,没有铺过砖的地面总是扫得像水洗过一样"②。七年之后,"房子里仍旧和七年前我离开时一般清洁,几乎可以说完全没有变动。所有的东西——连那些大约已经见过五回油漆的老家具在内,全揩擦得照出人影,光光亮亮看不出一点灰尘",但孟林太太变老了。

> 我走进去的时候,孟林太太正坐在雕花的几乎占去半间房子的红木大床上,靠了上面摆着奁橱的装(妆)台,结着斑白的小发髻的同下陷的嘴唇轻轻的不住动弹。他(她)并没有瘦的绉(皱)折起来,反而更加肥胖起来了。可是一眼就能看出,她失去一样东西,一种生活着的人所必不可缺少的精神。她的锐利的目光到那里去了?她的我最后一次看见她时还保持着的端肃、严正、灵敏又到那里去了?可敬的孟林太太,你是怎样变了啊?③

但更让"我"感到吃惊的是孟太太的女儿素姑的变化:七年前,素姑是"一个像春天一样温柔,长长的像一根杨枝,而端庄又像她的母亲的女子,她会裁各样衣服,她绣一手出色的花,她看见了人或说话的时候总是笑着,却从来不发出声音"④。而七年后的素姑变成了什么样子呢?

> 她长长的仍旧像一根杨枝,仍旧走着习惯的细步,但她的全身是呆板的,再也看不出先前的韵致;她的头发已经没有先前茂密,也没有先前黑;她的鹅卵形的没有修饰的脸蛋更加长了,更加瘦了;她的眼杪(梢)已经显出浅浅的皱纹;她的眼睛再也闪不出神密(秘)的动人的

---

① 师陀:《果园城记·果园城》,《师陀全集》(2),河南大学出版社2004年版,第455页。
② 同上书,第461页。
③ 同上书,第462页。
④ 同上书,第461页。

光。假使人真可以比作花,那她便是插在明窑花瓶里的月季,已经枯干,已经憔悴,现在纵然修饰,她还遮掩得住她的二十九岁吗?

我的惊讶是不消说的。可爱的素姑小姐,你也怎样变了啊!①

在孟林太太家里,"我"、孟林太太、素姑小姐很不自然地坐着,在往日为我们留下的惆怅中想着我们在过去数年中断绝了的联系。"孟林太太家原来并不这样冷清,我很快的想起我们曾怎样亲自动手做点心,素姑怎样送我精工刺绣的钱装(袋),我们怎样提了竹篮到果园城去买花红——唉,七年!在我们不知中时间并不曾饶恕我们,似乎凡是好的事情都过去了。"②

《果园城记》中最短的《灯》,写了果园城黄昏小景一幕,它是《果园城记》少有的人情亮色之一。

黄昏到了,它降临到小城的屋背上和小巷里,卖煤油的开始出现在小巷转角。他挑着担子,敲着木鱼,喊着"卖煤油呵"!担子里一头是煤油桶,一头是火柴、香烟、纸、糖、烟丝等杂货。小巷里没有人,一条狗望望他,接着又自行走开。一个门响着,有人从里头走出来。

买油的说:"打四两。"

"不说也知道。"卖煤油的接住灯。

……

"喂,卖煤油的!"一个小门又打开,一个声音又向他喊。

这喊他的是个老太太,一听下面的谈话就知道。

"你真是上辈子烧香烧来的福气,老斋公,娶这样一房媳妇,两天要一灯油!"卖煤油的看了看灯,一看他就知道是一个新娘子的。

老太太喜欢的几乎没把眼泪流出来——

"会做活呢,"她说,"你给够数就好了!"

---

① 师陀:《果园城记·果园城》,《师陀全集》(2),河南大学出版社2004年版,第463页。
② 同上。

"老天爷是见证。"他赌咒没有十八两!①

跟老太太分手,又有一个中年女子喊他,他一看女子提的灯就是厨房里的,上面落了许多灰尘。女人买了油,还买了铜版纸,也没付现钱,只是记了个账,卖油的笑着叹了口气。

买油的,卖油的,一边聊着时情家常,一边做着生意。在冷落的小巷里,卖煤油的"他有他的调子:梆!梆梆!他有他的老声音,从来不变的声音。挑子活跃的跳动着,他就这样顺了小巷走下去,一路上迎着他的是开门关门的响声"。

> 天渐渐暗下来了,小巷里不再有人出现了。梆!梆梆!他顺了小巷走下去,一路上喊着,比先前更响更急的敲着木鱼。所有的灯他都认识,只要摸摸他就知道是谁家的,甚至是谁用的。现在它们已经被点起来,光亮照耀在每一个屋子里了,不管是发霉的熏黑的整洁的倾塌的全照耀到了……梆!梆梆!木鱼越来越急,越响越远,最后只剩下空洞没有行人的小巷,转个弯,他的影子随即消失在昏暗中。
>
> 可不是,他自己家里的灯也该点起来了。②

买卖双方也有认真的嘱咐、计较,但没有欺骗,都是真诚的关心。做生意的靠买卖吃饭,自然不能不计较,也没有什么谦让,但没有唯实唯利的商业气息。普通的家庭,都得算计着过穷日子,但就在大家克勤克俭的辛苦中,朴实的人情照亮了每一个贫寒的家,温暖着每一颗历经沧桑的心。买卖两方熟悉得不用说就知道要买多少;老太太为新娶的儿媳的能干而高兴,更为卖油的夸赞而安慰;记不记账每次都要争辩一下,每次都还是记账,还是笑着叹气。卖油的虽不是小巷中人,但他熟悉这里的每家每户,每天的买卖成了熟人之间普通的生活交流,买卖两方都互相关心着家里的日子,温暖着辛苦

---

① 师陀:《果园城记·灯》,《师陀全集》(2),河南大学出版社2004年版,第537—538页。
② 同上书,第538—539页。

的、欢悦的心。卖煤油的一路走过去，他的油照亮了这里的各家小屋，大家互相照顾的生意，也支持了他的生活，照亮了他自己的家。

萧红《呼兰河传》的叙述方式简单、空灵，得益于她总体的大写意和细节的勾画点染。总体写意的生命基调传达的是山河依旧，亘古如斯；东邻西舍生存艰难，也有温暖的亲情；时时灵动的生命提醒，让荒凉的小城显现了生的执着和光彩。呼兰小城的点点滴滴，就在萧红的写意点染中成为"一幅多彩的风土画"，而质朴与灵动、写实与象征的交融又使它成为一首抒情性的叙事诗，既是生存寓言，又是生命史诗。

师陀的《果园城记》是写真、写实、写种种丰富的生活，这也决定了其叙事方式更为朴素、质实。师陀笔下的中原小城与农村是连绵在一起的，只是人口稍微集中，学校、店铺等设施较多而已。有研究者称，"倘若中国的农村小说有它的前途，芦焚正在试着一条中国的有些迷惑性的路径。这条路可以向晦涩诡僻回去，也可以把这个懵懂的尚不曾十分明白自己的民族性揭发出来。"[①] 这是对师陀创造性的小说表现的肯定和期许。自五四运动以来，对乡土中国的描写形成了三种较有影响的乡村叙事范式："以鲁迅、台静农为代表的旨在对国民性进行文化批判的乡土写实小说，以茅盾、吴组缃为代表的着重揭示经济—阶级关系的农村社会分析小说，还有以废名、沈从文为代表的带着些文化守成情怀来抒写自然诗意、人间牧歌的田园抒情小说。"[②] 这三种范式都是揭示造成乡土中国如此现状的外在的社会、历史、文化原因，而师陀则从生活本身、从人性本身揭示其内在原因。这三种叙事范式都是对某一方面原因的抽象、强调，而师陀则是对生存本相的整体展现，给出了更多的思考。《果园城记》的叙事更近于选择性生活素描，无论是人物还是事件。相比于萧红笔法的空灵点染，师陀更喜欢细细地描摹，因此他对笔下的人物和事件的刻画和描写相对来说更为细密、完整。

---

① 杨刚：《里门拾记》，《大公报·文艺》1937 年第 351 期。
② 解志熙：《现代中国"生活样式"的浮世绘——师陀小说叙论》，《清华大学学报》2007 年第 3 期。

第三节　沈从文小说叙事的情致化特征

汪曾祺回忆在西南联大读书时曾谈道："沈先生经常说的一句话是：'要贴到人物来写。'很多同学不懂他的这句话是什么意思。我以为这是小说学的精髓。据我的理解，沈先生这句极其简略的话包含这样几层意思：小说里，人物是主要的，主导的；其余部分都是派生的，次要的。环境描写、作者的主观抒情、议论，都只能附着于人物，不能和人物游离，作者要和人物同呼吸、共哀乐。作者的心要随时紧贴着人物。什么时候作者的心'贴'不住人物，笔下就会浮、泛、飘、滑，花里胡哨，故弄玄虚，失去了诚意。而且，作者的叙述语言要和人物相协调。写农民，叙述语言要接近农民；写市民，叙述语言要近似市民。小说要避免'学生腔'。"① 汪曾祺对沈从文的话不仅给出了自己的理解，而且辅之以自己切身的受益体会："沈先生关于我的习作讲过的话我只记得一点了，是关于人物对话的。我写了一篇小说（内容早已忘记干净），有许多对话。我竭力把对话写得美一点，有诗意，有哲理。沈先生说：'你这不是对话，是两个聪明脑壳打架！'从此我知道对话就是人物所说的普普通通的话，要尽量写得朴素。不要哲理，不要诗意。这样才真实。"②
"要贴到人物来写"，从汪曾祺的理解来看，就是写作时一切要与人物协调一致。沈从文所说的这话可以看作一种写作宗旨，未必限于对人物的描写。就文学创作而言，无论是语言、结构，还是叙述、描绘，抑或是意境、氛围，一切都要得体，要适合此情、此景、此人、此事，这样才能传达出人物的真情实感，描绘出事件的真实状况，引发读者的同感、共鸣。小城小说是不同地域小城的景致、文化、故事、人物、事件等的综合书写。在这些小城中，景与色是简单的，而小城风景不仅指自然风光，也指关乎小城和小城人的风

---

① 汪曾祺：《沈从文先生在西南联大》，《端午的鸭蛋》，万卷出版公司2015年版，第14页。
② 同上书，第13页。

土人情，人与事形成的简单人情往往也被当作小城的景致。在这样简单的风景、简单的故事中，作者的目的自然不在讲故事，也不在描写风景，而是在风景、故事的描述中传达这一方地域独有的风土、人情、生存方式、生命形态等，从而引发读者在人生、社会等诸多领域的深层思考。优秀的作家无论表现怎样宏大的社会的、政治的、人生的主题，都能在日常生活的叙述、描写中找到这些主题的载体。在这些小城作家看来，日常生活本身就是生活的主体，文学艺术应该反映这种最基本的生活主体，作品就应该以生活为本，"要贴到人物来写"，以人物的感觉进入生活，形成一种统一的感觉氛围和内在节奏。汪曾祺说："我欣赏中国的一个说法，叫做'文气'，我觉得这是比结构更精微、内在的一个概念。什么叫文气？我的解释就是内在的节奏。'桐城派'提出，所谓文气就是文章应该怎么起，怎么落，怎么断，怎么连，怎么顿等等这样一些东西，讲究这些东西，文章内在的节奏感就很强。清代的叶燮讲诗讲得很好，说如泰山出云，泰山不会先想好了，我先出哪儿，后出哪儿，没有这套，它是自然冒出来的。这就是说文章有内在的规律，要写得自然。我觉得如果掌握了'文气'，比讲结构更容易形成风格。文章内在的各部分之间的有机联系是非常重要的。有的文章看起来很死板，有些看起来很活。这个'活'，就是内在的有机联系，不要单纯地讲表面的整齐、对称、呼应。"① 在汪曾祺看来，作家的写作只要真诚地反映世界，书写生活，不过多地加入生活本相以外的作家的"思想"，即使平铺直叙，也能文气贯通，把一件事说得有滋有味。如果就上面所论述的观点举一个例证，那最恰当的就是沈从文的《边城》。

宗白华先生在《美学散步》中指出："晋人向外发现了自然，向内发现了自己的深情。山水虚灵化了，也情致化了。陶渊明、谢灵运这般人的山水诗那样的好，是由于他们对于自然有那一股新鲜发现时身入化境浓酣忘我的趣味；他们随手写来，都成妙谛，境与神会，真气逼人。"② 魏晋时期的文士们

---

① 汪曾祺：《小说创作随谈》，《晚翠文谈》，浙江文艺出版社1988年版，第57页。
② 宗白华：《论〈世说新语〉和晋人的美》，《美学散步》，上海人民出版社2015年版，第258页。

逐渐摆脱了封建礼教的束缚，"越名教而任自然"，张扬个性，推崇自然，以超然的精神取代物欲的追求，以个体的自由取代社会的桎梏。他们试图通过自然去达到对于宇宙本体的认识，也试图通过实现人与自然的和谐达成人与道的统一。将人的精神、情感投射到自然山水之中，"与物徘徊"，使自然风物精神化、情致化。诗人们在徜徉自然山水之间得到了精神的解脱和心灵的自由，其诗歌创作境与神会，真趣弥漫，天机盎然，自然与情感和谐共存。在中国现代小说史上，能将山水自然之美与人情、人性之真妙合无间地合并到一起的，当首推沈从文的湘西小说。

湖南瑰丽神奇的山川景色，古朴淳厚的风俗民情，以及人与自然融为一体的文化形态给了湖南作家早期的美感教育。在他们的意识深处，一直沉淀着故土的神性灵气，湘人的泛神思想导致了他们对自然的迷信、崇拜。沈从文曾说："墙壁上一方黄色阳光，庭院里一点草，蓝天中一粒星子，人人都有机会看见的事事物物，多用平常感情去接近它，对于我，却因为常常和某一个偶然某一时的生命同时嵌入我印象中，它们的光辉和色泽，就都若有了神性，成为一种神迹了。不仅这些与偶然同时浸入我生命中的东西，各有其神性，即对于一切自然景物的素朴，到我单独默会它们本身的存在和宇宙彼此生命微妙关系时，也无一不感觉到生命的庄严。花木为防卫侵犯生长的小刺，为诱惑关心而具有的甜香，我似乎都因此领悟到它的因果。一种由生物的美与爱有所启示，在沉静中生长的宗教情绪，无可归纳，因之一部分生命，竟完全消失在对于一些自然的皈依中。"[①] 湘西是充满神性的，这神性不仅存在于神的代言人——巫觋之躯，也存在于天地万物，存在于人之本身。这里的神性就是万事万物的完美和谐，就是人们在敬神谢神的表演中所展现出的庄严和美丽，就是作者所追慕的生命和自然水乳交融的至境。人神是交融的，神性就是素朴纯真的人性在牧歌式环境中的自然表现。这种对自然的崇拜、皈依，表现在创作上就出现了沈从文小说中无处不在的由自然、风俗、人事融合而成的一种温馨和谐的氛围。正是这种氛围的存在，"边城"成为人们永

---

① 沈从文：《七色魇集·水云》，《沈从文全集》（12），北岳文艺出版社2002年版，第120页。

远的梦境。"这地方到处都是活的，到处都是生命，这生命洋溢于每一个最僻静的角隅，泛滥到各个人的心上。"①

沈从文《边城》题记中写道：

> 对于农人与兵士，怀了不可言说的温爱，这点感情在我一切作品中，随处都可以看出。我从不隐讳这点感情。我生长于作品中所写到的那类小乡城，我的祖父、父亲，以及兄弟，全列身军籍；死去的莫不在职务上死去，不死的也必然的将在职务上终其一生。就我所接触的世界一面，来叙述他们的爱憎与哀乐，即或这支笔如何笨拙，或尚不至于离题太远。因为他们是正直的，诚实的，生活有些方面极其伟大，有些方面又极为平凡，性情有些方面极其美丽，有些方面又极其琐碎，——我动手写他们时，为了使其更有人性，更近人情，自然便老老实实的写下去。②

源于自己的人生经历和对故乡自然山水、风物人情的眷恋，沈从文以极大的热忱对正直、诚实的故乡人平凡、琐碎的日常生活"老老实实的写下去"，叙述他们的爱憎与哀乐，从中发现并表现那极其美丽的"人性""人情"。基于此，他怀着"不可言说的温爱"创作了《边城》，借以表现"一种'人生的形式'，一种'优美、健康、自然，而又不悖乎人性的人生形式'"。他希望"借重桃源上行七百里路酉水流域一个小城小市中几个愚夫俗子，被一件普通人事牵连在一处时，各人应有的一分哀乐，为人类'爱'字作一度恰如其分的说明"③。

在《边城》中，人物恬淡自然地生活于青山绿水之间，他们"仿佛同'自然'已相融合，很从容的各在那里尽其性命之理，与其他无生命物质一样，惟在日月升降寒暑交替中放射、分解"④。小说也就在对他们平凡、琐碎的日常生活的叙述中展现了他们善良的心地、淳朴的性格、单纯的情感，叙

---

① 沈从文：《凤子·日与夜》，《沈从文全集》(7)，北岳文艺出版社2002年版，第139页。
② 沈从文：《〈边城〉题记》，《沈从文全集》(8)，北岳文艺出版社2002年版，第57页。
③ 沈从文：《习作选集代序》，《沈从文全集》(9)，北岳文艺出版社2002年版，第5页。
④ 沈从文：《湘行散记·箱子岩》，《沈从文全集》(11)，北岳文艺出版社2002年版，第280页。

事文本也处处表现出浓郁的情致化特征。

《边城》中的爷爷和翠翠的祖孙深情，正如《呼兰河传》中的爷爷和"我"，这是世上最朴实无华、最温馨动人的情感。小说就在对祖孙两人日常生活、交往、劳作的描述中展示了人性的真、善、美。

年逾古稀的爷爷是个老船夫，他从20岁在溪边摆渡，到如今50年过去了，虽然年事已高，却依然坚持着自己的工作，且"从不思索自己的职务对于本人的意义，只是静静的很忠实的在那里活下去"。陪伴他的只有一条渡船、一只黄狗和外孙女翠翠。

> 老船夫不论晴雨，必守在船头。有人过渡时，便略弯着腰，两手缘引了竹缆，把船横渡过小溪。有时疲倦了，躺在临溪大石上睡着了，人在隔岸招手喊过渡，翠翠不让祖父起身，就跳下船去，很敏捷的替祖父把路人渡过溪，一切皆溜刷在行，从不误事。有时又和祖父黄狗一同在船上，过渡时和祖父一同动手，船将近岸边，祖父正向客人招呼"慢点，慢点"时，那只黄狗便口衔绳子，最先一跃而上，且俨然懂得如何方为尽职似的，把船绳紧衔着拖船拢岸。
>
> 风日清和的天气，无人过渡，镇日长闲，祖父同翠翠便坐在门前大岩石上晒太阳。或把一段木头从高处向水中抛去，嗾使身边黄狗自岩石高处跃下，把木头衔回来。或翠翠与黄狗皆张着耳朵，听祖父说些城中多年以前的战争故事。或祖父同翠翠两人，各把小竹作成的竖笛，逗在嘴边吹着迎亲送女的曲子。过渡人来了，老船夫放下了竹管，独自跟到船边去，横溪渡人，在岩上的一个，见船开动时，于是锐声喊着：
>
> "爷爷，爷爷，你听我吹——你唱！"①

生活清贫，劳动辛苦，但在黄狗的陪伴下，相依为命的祖孙两人却过着闲适淡然的日子。他们日复一日地摆渡着来往的行人，努力尽着自己的一份

---

① 沈从文：《边城》，《沈从文全集》(8)，北岳文艺出版社2002年版，第64—65页。

职责,闲暇时享受着悠然自得的乐趣。老船夫善良、厚道,从不肯收客人一分钱,因为渡头为公家所有,他有"三斗米,七百钱"就足够了。间或有人非得留钱,老人便把这些钱托人到茶峒去买茶叶和草烟奉赠渡船的客人。"白日里,老船夫正在渡船上,同个卖皮纸的过渡人有所争持。一个不能接受所给的钱,一个却非把钱送给老人不可。正似乎因为那个过渡人送钱气派有些强横,使老船夫受了点压迫,这撑渡船人就俨然生气似的,迫着那人把钱收回,使这人不得不把钱捏在手里。但到船拢岸时,那人跳上了码头,一手铜钱向船舱里一撒,却笑眯眯的匆匆忙忙走了。老船夫手还得拉着船让别人上岸,无法去追赶那个人,就喊小山头的孙女:'翠翠,翠翠,帮我拉着那个卖皮纸的小伙子,不许他走!'"老船夫最终硬是还了那商人的钱,并且"搭了一大束草烟到那商人的担子上去",临了还气咻咻地对翠翠说:"嗨,他送我好些钱,我才不要这些钱!告他不要钱,他还同我吵,不讲道理!"① 老船工这种认真、厚道和倔强的性格,围绕在他身边的温馨、素朴的人际关系,应该是人类的想望和初衷。

爷爷去城里买肉,卖肉的不肯收他的钱,他会把钱预先算好,猛地把钱掷到钱筒里,拿了肉就走。卖肉的明白他的性情,会选最好的一处,分量故意加多,这时爷爷会及时说:"喂喂,大老板,我不要你那些好处!腿上的肉是城里人炒鱿鱼肉丝用的肉,莫同我开玩笑!我要夹项肉,我要浓的,糯的,我是个划船人,我要拿去炖胡萝卜喝酒的!"② 爷爷得了肉,把钱交过手时,自己先数一次,又嘱咐屠户再数,屠户却照例不理会他,把一手钱哗地向长竹筒口丢去,他于是简直是妩媚的微笑着走了。屠户与其他买肉的人,见到他这种神气,必笑个不止。70 岁的爷爷言行如孩子般纯真、率性、聪明,又透着边地人的仁义、善良、质朴。爷爷"妩媚的微笑"温馨、快乐了周围的人,让人感到自己做人的幸福,与人交往的快乐。

---

① 沈从文:《边城》,《沈从文全集》(8),北岳文艺出版社 2002 年版,第 85—86 页。
② 同上书,第 94 页。

祖父回家时，大约已将近平常吃早饭时节了。肩上手上全是东西，一上小山头便喊翠翠，要翠翠拉船过小溪来迎接他。翠翠眼看到多少人皆进了城，正在船上急得莫可奈何，听到祖父的声音，精神旺了，锐声答着："爷爷，爷爷，我来了！"老船夫从码头边上了渡船后，把肩上手上的东西搁到船头上，一面帮着翠翠拉船，一面向翠翠笑着，如同一个小孩子，神气充满了谦虚与羞怯。"翠翠，你急坏了，是不是？"翠翠本应埋怨祖父的，但她却回答说："爷爷，我知道你在河街上劝人喝酒，好玩得很。"翠翠还知道祖父极高兴到河街上去玩，但如此说来，将更使祖父害羞乱嚷了，故不提出。①

爷爷老了，但他还有一个好玩、爱热闹的心态，因为他的贪玩寂寞了翠翠，心中很是不忍，"神气充满了谦虚与羞怯"。翠翠懂得爷爷，不跟爷爷计较，还给他留着面子。祖孙相互体贴、理解与谅解的真情率性，就在简单的言行中传达出来。翠翠与爷爷，祖孙俩的打趣、埋怨、和谐相得，让人感觉到这是世上人与人之间最纯美的情分。在这样的环境里长大的翠翠，"触目为青山绿水，故眸子清明如水晶，自然既长养她且教育她，为人天真活泼，处处俨然如一只小兽物。人又那么乖，如山头黄麂一样，从不想到残忍事情，从不发愁，从不动气。平时在渡船上遇陌生人对她有所注意时，便把光光的眼睛瞅着那陌生人，作成随时皆可举步逃入深山的神气，但明白了面前的人无机心后，就又从从容容的在水边玩耍了"②。

这样的祖孙情感，很像萧红《呼兰河传》中的祖父和"我"。"我"出生的时候，祖父已经60多岁了，"我"长到四五岁，祖父就快70了。"我"家的后花园经常是祖父劳作、"我"玩耍的地方。

祖父一天都在后园里边，我也跟着祖父在后园里边。祖父戴一个大草帽，我戴一个小草帽，祖父栽花，我就栽花；祖父拔草，我就拔草。

---

① 沈从文：《边城》，《沈从文全集》（8），北岳文艺出版社2002年版，第97—98页。
② 同上书，第64页。

当祖父下种，种小白菜的时候，我就跟在后边，把那下了种的土窝，用脚一个一个地溜平，哪里会溜得准，东一脚的，西一脚的瞎闹。有的把菜种不单没被土盖上，反而把菜子踢飞了。

小白菜长得非常之快，没有几天就冒了芽了，一转眼就可以拔下来吃了。

祖父铲地，我也铲地；因为我太小，拿不动那锄头杆，祖父就把锄头杆拔下来，让我单拿着那个锄头的"头"来铲。其实哪里是铲，也不过爬在地上，用锄头乱勾一阵就是了。也认不得哪个是苗，哪个是草。往往把韭菜当做野草一起地割掉，把狗尾草当做谷穗留着。

等祖父发现我铲的那块满留着狗尾草的一片，他就问我：

"这是什么？"

我说：

"谷子。"

祖父大笑起来，笑得够了，把草摘下来问我：

"你每天吃的就是这个吗？"

我说："是的。"

我看着祖父还在笑，我就说：

"你不信，我到屋里拿来你看。"

我跑到屋里拿了鸟笼上的一头谷穗，远远地就抛给祖父了。说：

"这不是一样的吗？"

祖父慢慢地把我叫过去，讲给我听，说谷子是有芒针的。狗尾草则没有，只是毛嘟嘟的真像狗尾巴。

祖父虽然教我，我看了也并不细看，也不过马马虎虎承认下来就是了。一抬头看见了一个黄瓜长大了，跑过去摘下来，我又去吃黄瓜去了。

……

玩腻了，又跑到祖父那里去乱闹一阵，祖父浇菜，我也抢过来浇，奇怪的就是并不往菜上浇，而是拿着水瓢，拼尽了力气，把水往天空里一扬，大喊着：

"下雨了，下雨了。"①

一样是天真活泼的孙女、宽容慈祥的祖父，这种老少自在自得的和谐、率性与美好应该是世上最美的情景。

在"边城"的青山绿水中，不仅人物善良、真诚，连狗也那么有灵性。快过节了，爷爷进城买办过节的东西，黄狗就伴同翠翠守船。

> 翠翠头上戴了一个崭新的斗篷，把过渡人一趟一趟的送来送去。黄狗坐在船头，每当船拢岸时必先跳上岸边去衔绳头，引起每个过渡人的兴味。有些过渡乡下人也携了狗上城，照例如俗话说的，"狗离不得屋"，这些狗一旦离了自己的家，即或傍着主人，也变得非常老实了。到过渡时，翠翠的狗必走过去嗅嗅，从翠翠方面讨取了一个眼色，似乎明白翠翠的意思的就不敢有什么举动。直到上岸后，把拉绳子的事情作完，眼见到那只陌生的狗上小山去了，也必跟着追去。或者向狗主人轻轻吠着，或者逐着那陌生的狗，必得翠翠带点儿嗔恼的嚷着："狗，狗，你狂什么？还有事情做，你就跑呀！"于是这黄狗赶快跑回船上来，且依然满船闻嗅不已。翠翠说："这算什么轻狂举动！跟谁学得的！还不好好蹲到那边去！"狗俨然极其懂事，便即刻到它自己原来地方去，只间或又像想起什么心事似的，轻轻的吠几声。②

这里的狗不是乖巧伶俐的宠物，也没个阿黄、小黑之类的昵称，也不强调它看家护院的本领，小说中的黄狗是个有灵性的伙伴。它明白主人的意图，会看主人的眼色，知道自己的职责，懂得克制自己。一个天真活泼的女孩，一条善解人意的黄狗，就这么简单地构成了一幅鲜活的生活画面。

沈从文不仅将自己的"不可言说的温爱"灌注在小说人物身上，还将这

---

① 萧红：《呼兰河传》，《萧红全集》（3），黑龙江大学出版社 2011 年版，第46—47页。
② 沈从文：《边城》，《沈从文全集》（8），北岳文艺出版社 2002 年版，第92页。

种情感投射到"边城"的自然山水、风物人情上。

"边城"茶峒凭水依山筑城,近山的一面,城墙如一条长蛇,缘山爬去。临水一面则在城外河边留出余地设码头,湾泊小小篷船。所凭河水是酉水,水清见底,河底有白石子和带花纹的玛瑙石子,水中游鱼往来,若浮在空气里。两岸高山,山上多翠竹。近水人家多在桃杏花里,春天时只需注意,凡有桃花处必有人家,凡有人家处必可沽酒。"秋冬来时,房屋在悬崖上的,滨水的,无不朗然入目。黄泥的墙,乌黑的瓦,位置则永远那么妥贴,且与四围环境极其调和,使人迎面得到的印象,实在非常愉快。一个对于诗歌图画稍有兴味的旅客,在这小河中,蜷伏于一只小船上,作三十天的旅行,必不至于感到厌烦,正因为处处有奇迹,自然的大胆处与精巧处,无一处不使人神往倾心。"小城驻有一营的兵士,但除了号兵每天上城吹号玩耍外,其余兵士好像都不存在一般。小城生活虽然单调寂寞,但"一分安静增加了人对于'人事'的思索力,增加了梦。在这小城中生存的,各人也一定皆各在分定一份日子里,怀了对于人事爱憎必然的期待"。由于民风淳朴,即便是妓女,"也永远那么浑厚,遇不相熟的人,做生意时得先交钱,再关门撒野。人既相熟后,钱便在可有可无之间了"。小城的人"既重义轻利,又能守信自约,即便是娼妓,也常常较之讲道德知羞耻的城市中人还更可信任"①。小城虽然处于两省接壤处,但由于主持地方军事的注重"安辑保守"的治理原则,处置得法,十多年来并无变故发生。"水陆商务既不至于受战争停顿,也不至于为土匪影响,一切莫不极有秩序,人民也莫不安分乐生。这些人,除了家中死了牛,翻了船,或发生别的死亡大变,为一种不幸所绊倒觉得十分伤心外,中国其他地方正在如何不幸挣扎中的情形,似乎就永远不会为这边城人民所感到。"②

这就是"边城"茶峒的自然生态和社会生态,山清水秀,民风淳朴,其中寄寓着沈从文先生对于人生思考之后的梦。他之所以创作《边城》,是为了

---

① 沈从文:《边城》,《沈从文全集》(8),北岳文艺出版社2002年版,第66—71页。
② 同上书,第73页。

表现一种"优美,健康,自然,而又不悖乎人性的人生形式",是为了"为人类'爱'字作一度恰如其分的说明"。为此,他在小说中对"边城"自然山水、风物人情及平凡者日常生活都投注了"不可言说的温爱",使小说叙事带有鲜明的情致化特征,使叙事文本"皆着我之色彩"。所以,在小说完成之际,沈从文感慨系之:"这一来,我的过去痛苦的挣扎,受压抑无可安排的乡下人对于爱情的憧憬,在这个不幸故事上,方得到了完全排泄与弥补。"①

罗素在论述文明与道德的二律背反时指出,"正像所有开化得很快的社会一样,希腊人,至少是某一部分希腊人,发展了一种对于原始事物的爱慕,以及一种对于比当时道德所裁可的生活方式更为本能的、更加热烈的生活方式的热望。对于那些由于强迫因而在行为上比在感情上来得更文明的男人或女人,理性是可厌的,道德是一种负担与奴役。这就在思想方面、感情方面与行为方面引向一种反动",因而"巴库斯(按:即酒神)在希腊的胜利并不令人诧异"。② 的确,文明的发展在某些阶段上,不能不以道德的松弛为代价,因为文明的进程总是伴随着对人性的束缚与禁锢。所以,人们总是在历史文化的回顾中寻找已逝的精神家园,反思时代文明的病症。这种历史的、文化的矛盾现象,一再成为艺术创造的酵母。虽然艺术反映历史生活往往有其片面性,但正是这种片面性(有时是有意的偏执)却反映了历史运动的某些本质方面。中国现代文学对于一些历史现象,如城市的商业化以及近代商业文明对于古老乡村的渗透、"入侵"所造成的道德沦丧等,都有所关注。而沈从文以自己独特的感受方式与叙事策略对于湘西生命形态的展示,在中国现代小说史上独具特色与意义。

---

① 沈从文:《七色魇集·水云》,《沈从文全集》(12),北岳文艺出版社2002年版,第111页。
② [英]罗素:《西方哲学史》(上卷),何兆武、李约瑟译,商务印书馆1981年版,第38页。

参考文献

沈从文：《沈从文全集》，北岳文艺出版社 2002 年版。
萧红：《萧红全集》，黑龙江大学出版社 2011 年版。
师陀：《师陀全集》，河南大学出版社 2004 年版。
刘增杰编：《师陀研究资料》，北京出版社 1984 年版。
李劼人：《李劼人全集》，四川文艺出版社 2011 年版。
沙汀：《沙汀文集》，上海文艺出版社 1986 年版。
沙汀：《乡镇小说》，吴福辉编选，上海文艺出版社 1992 年版。
吴福辉：《沙汀传》，北京十月文艺出版社 1990 年版。
吴福辉：《带着枷锁的笑》，浙江文艺出版社 1991 年版。
吴福辉：《石斋语痕》，河南大学出版社 2014 年版。
鲁迅：《鲁迅全集》，人民文学出版社 2005 年版。
鲁迅：《中国新文学大系·小说二集》，上海文艺出版社 2003 年版。
童庆炳：《童庆炳文集》，北京师范大学出版社 2016 年版。
张爱玲：《流言》，北京十月文艺出版社 2009 年版。
周作人：《谈虎集》，河北教育出版社 2002 年版。
周作人：《现代日本小说集》，新星出版社 2006 年版。
骆宾基：《骆宾基短篇小说选》，人民文学出版社 1980 年版。
汪曾祺：《汪曾祺全集》，北京师范大学出版社 1998 年版。
汪曾祺：《岁朝清供》，生活·读书·新知三联书店 2014 年版。

卞之琳：《卞之琳文集》，安徽教育出版社 2002 年版。

费孝通：《乡土中国》，上海人民出版社 2006 年版。

范伯群、曾华鹏：《王鲁彦论》，上海文艺出版社 1980 年版。

赵园：《北京：城与人》，上海人民出版社 1991 年版。

熊家良：《现代中国的小城文化与小城文学》，中国社会科学出版社 2007 年版。

赵冬梅：《小城故事》，人民文学出版社 2006 年版。

赵冬梅：《溯源于比较》，北京大学出版社 2011 年版。

韩春燕：《文字里的村庄》，上海人民出版社 2011 年版。

周水涛：《新时期小城镇叙事小说研究》，社会科学文献出版社 2012 年版。

王晓明：《沙汀艾芜的小说世界》，上海文艺出版社 1987 年版。

迟子建：《年画与蟋蟀：迟子建散文》，浙江文艺出版社 2014 年版。

徐平：《羌村社会》，社会科学文献出版社 1993 年版。

叶君主编：《我们生命中的"九一八"》，北方文艺出版社 2015 年版。

［美］W.C. 布思：《小说修辞学》，华明、胡晓苏、周宪译，北京大学出版社 1987 年版。

［美］利罕（Lehan，R.）：《文学中的城市：知识与文化的历史》，吴子枫译，上海人民出版社 2009 年版。

［英］阿伦·布洛克：《西方人文主义传统》，董乐山译，群言出版社 2012 年版。

［美］拉尔雯·比尔斯等：《文化人类学》，骆继光等译，河北教育出版社 1993 年版。

［德］哈贝马斯：《后形而上学思想》，曹卫东等译，译林出版社 2001 年版。

［法］丹纳：《艺术哲学》，人民文学出版社 1983 年版。

［德］叔本华：《叔本华人生哲学》，李成铭译，九州出版社 2003 年版。

〔英〕汤恩比、〔日〕池田大作：《展望二十一世纪》，荀春生等译，国际文化出版社出版公司1985年版。

〔美〕埃伦·迪萨纳亚克：《审美的人》，卢晓辉译，商务印书馆2004年版。

〔以〕阿摩司·奥兹：《咏叹生死》，浙江文艺出版社2010年版。

〔美〕舍伍德·安德森：《小城畸人》，吴岩译，上海译文出版社2008年版。

〔美〕福克纳：《记舍伍德·安德森》，李文俊等译，人民文学出版社2014年版。

〔美〕苏珊·朗格：《情感与形式》，刘大基等译，中国社会科学出版社1986年版。

〔日〕藤井省三：《鲁迅比较研究》，陈福康译，上海外语教育出版社1997年版。

〔美〕葛浩文：《萧红评传》，北方文艺出版社1985年版。

钱穆：《中国文化史导论》，商务印书馆1996年版。

李泽厚：《中国现代思想史》，东方出版社1987年版。

梁漱溟：《东西文化及其哲学》，商务印书馆1987年版。

钟敬文：《民俗学概论》，上海文艺出版社1998年版。

夏志清：《中国现代小说史》，复旦大学出版社2005年版。

刘西渭：《咀华集》，文化生活出版社1935年版。

朱光潜：《朱光潜全集》，安徽教育出版社1987年版。

杨义：《中国现代小说史》，人民出版社1998年版。

童庆炳主编：《文学理论要略》，人民文学出版社1995年版。

熊培云：《一个村庄里的中国》，新星出版社2011年版。

王嘉良：《现代中国文学思潮史论》，中国社会科学出版社2008年版。

王光东主编：《中国现当代乡土文学研究》，东方出版中心2011年版。

张瑞英：《地域文化与现代乡土小说生命主题》，中国海洋大学出版社

2008 年版。

吴世勇：《沈从文年谱 1902—1988》，天津人民出版社 2006 年版。

中国社会科学院哲学研究所美学研究室编：《美学译文》，中国社会科学出版社 1980 年版。

刘克敌：《困窘的潇洒》，广西师范大学出版社 2013 年版。

宋以朗：《张爱玲私语录》，皇冠出版社（香港）有限公司 2010 年版。

方锡德、高远东、李今等编：《问学求实录 庆贺严家炎教授八十华诞论文集》，北京大学出版社 2013 年版。

林语堂：《中国人》，学林出版社 1994 年版。

许倬云：《许倬云谈话录》，广西师范大学出版社 2010 年版。

孙冰编：《沈从文印象》，学林出版社 1997 年版。

张定浩：《批评的准备》，北岳文艺出版社 2015 年版。

曾卓：《曾卓文集》，长江文艺出版社 1994 年版。

张新颖：《沈从文精读》，北岳文艺出版社 2014 年版。

严家炎：《二十世纪中国小说理论资料》，北京大学出版社 1997 年版。

黄发有编选：《中国现代新人文文学书系》，山东文艺出版社 2005 年版。

余华：《活着》，作家出版社 2012 年版。

毕淑敏：《倾诉》，群众出版社 1996 年版。

张清华、曹霞编：《看莫言：朋友、专家、同行眼中的诺奖得主》，华中科技大学出版社 2013 年版。

莫言：《我们的荆轲》，作家出版社 2012 年版。

莫言：《莫言演讲新篇》，文化艺术出版社 2010 年版。

高晓春：《有理想就有疼痛》，安徽人民出版社 2013 年版。

陈克海主编：《2014 年散文随笔选粹》，北岳文艺出版社 2014 年版。

凌宇：《沈从文传》，北京十月文艺出版社 1988 年版。

骆宾基：《萧红小传》，黑龙江文艺出版社 1981 年版。

张新颖：《沈从文的后半生》，广西师范大学出版社 2014 年版。